RÉVEILLE-TOI PAPA, C'EST FINI !

Jean-Raphaël Hirsch

RÉVEILLE-TOI PAPA, C'EST FINI !

Préface de
Boris Cyrulnik

Albin Michel

Au Dr Sigismond Hirsch, mon père
Capitaine des Forces françaises de l'intérieur (FFI)
Déporté-résistant à Auschwitz
Croix de guerre 1940-1945
Grand officier de la Légion d'honneur.

À Berthe Hirsch, ma mère
Sous-lieutenant des Forces françaises de l'intérieur (FFI)
Déportée-résistante à Auschwitz
Croix de guerre
Médaille de la Résistance
« Morte pour la France ».

À Yoshka Hirsch, mon oncle
Mort en Espagne, en combattant contre Franco.

À Édouard (Bouli) et Shatta Simon, née Hirsch,
Combattants volontaires de la Résistance
Créateurs de la maison EIF de Moissac
qui ont sauvé plus de 500 enfants juifs.

À Élisabeth Hirsch
Combattante volontaire de la Résistance
Assistante sociale chef de l'OSE
qui a sorti des enfants des camps de Gurs et Rivesaltes
qui en a convoyé vers l'Espagne et la Suisse en les sauvant.

À Marianne Cohn, sa collègue,
Agent de liaison EIF, torturée à mort en 1944.

À ma femme, Anne.

À mes enfants,
Yaël, Michaël, Jonathan
dont l'existence consacre à mes yeux l'échec de la Solution finale.

À ma sœur, Nicole, Tamara, pupille de la nation à titre militaire
Enfant cachée.

À tous les déportés.
À mes camarades enfants cachés, survivants ou disparus.

« Le ventre est encore fécond d'où a surgi la bête immonde. »

Bertolt Brecht, *La Résistible Ascension d'Arturo Ui*, 1941, Épilogue.

« Alors, au spectacle de ce peuple éperdu et de cette déroute militaire, au récit de cette insolence méprisante de l'adversaire, je me sens soulevé d'une fureur sans bornes. Ah ! C'est trop bête ! La guerre commence infiniment mal. Il faut donc qu'elle continue. Il y a, pour cela, de l'espace dans le monde. Si je vis, je me battrai, où il faudra, tant qu'il faudra, jusqu'à ce que l'ennemi soit défait et lavée la tache nationale.

Ce que j'ai pu faire, par la suite, c'est ce jour-là que je l'ai résolu. »

Charles de Gaulle. *Mémoires de guerre. L'appel, 1940-1942.*

« Le monde est dangereux à vivre non pas tant à cause de ceux qui font le mal, mais à cause de ceux qui regardent et laissent faire. »

Albert Einstein

Préface de Boris Cyrulnik

Je me suis longtemps demandé comment un enfant pouvait être condamné à mort pendant plusieurs années, traverser la guerre en participant à la résistance, perdre une grande partie de sa famille et se remettre à vivre tant bien que mal, jusqu'au moment où Jean-Raphaël Hirsch, devenu chirurgien, a refait une famille sans transmettre l'horreur de la Shoah.

J'ai connu le même chemin, nous sommes frères d'âmes, mais je ne suis pas un aussi bon exemple de résilience que lui.

Pour essayer de comprendre comment nous avons limité la casse, je propose d'analyser trois moments : avant, pendant, après. C'est logique.

Avant la guerre

Jean-Raphaël et moi avons acquis un précieux facteur de protection : l'amour de notre mère. Pourquoi ont-elles eu la force de nous aimer, alors qu'elles étaient pauvres, vivaient dans des familles chassées de leur pays et voyaient les nuages noirs du fascisme monter à l'horizon ? Elles étaient jeunes, aimaient la vie, et se sentaient sécurisées par le soutien de leur mari, et l'espoir d'être « heureuses comme Dieu en France ».

Les neurosciences aujourd'hui photographient et dosent les altérations cérébrales et émotionnelles des enfants dont la mère est malade ou malheureuse. Ces femmes déchirées par leur histoire difficile, par un mari brutal ou par la société effondrée ne peuvent pas sécuriser leur enfant. Nos mères, en échappant à ces fracas nous ont offert un facteur de résistance émotionnelle. Ce qui ne veut pas dire indifférence ! Au contraire même, ces enfants soutenus ont appris à s'exprimer par la parole, par la relation affective et par l'engagement social. Comme nous essayons de le faire Jean-Raphaël et moi.

Pendant la guerre

Nos parents ont été arrêtés, dénoncés par un voisin probablement. Mais nous avons rapidement trouvé un substitut affectif dans des villages ou dans des maisons où nous étions cachés sous un nom très français, Jean Paul Pelous pour lui, Jean Laborde pour moi. La confiance que nos parents avaient imprégnée en nous nous a permis d'affronter les épreuves de la guerre sans nous laisser détruire. Jean-Raphaël fut un très jeune agent de liaison auprès des résistants. Il passait des messages dans sa pompe à vélo. Moi aussi, j'ai passé des messages pour coordonner les groupes de F.T.P. et du F.F.I. associés lors de la libération de Castillon, près de Bordeaux, mais, moi, je les dissimulais dans ma braguette.

Pendant ces épreuves, Jean-Raphaël s'est fortement attaché à son père pour qui il a gardé son estime et son affection pendant toute sa vie. J'ai été très fier de l'engagement de mon père dans l'armée française et de mon jeune oncle dans les F.T.P.

Après la guerre

Nous étions mauvais à l'école ; et pour cause, nous n'y avions pratiquement jamais été. Pythagore ou le participe passé n'avaient pas grande signification pour nous. Après quelques années où nous avons été des élèves médiocres, il a bien fallu se réveiller. Jean-Raphaël, quand il a voulu devenir chirurgien, et moi, quand j'ai rêvé d'être psychiatre.

À partir de ce moment, c'est la représentation de notre passé qui a composé, pour nous, un précieux facteur de résilience.

Jean-Raphaël était fier de sa famille et de sa résistance. J'étais fier de la mienne et de mon évasion au cours du transfert pour Drancy-Auschwitz. Dans notre esprit d'enfant, nous avions été plus forts que l'armée allemande, ce qui n'était pas faux. Mais cette image de victoire et de mort était difficile à partager, puisque le silence était la règle imposée : « La France est à reconstruire. On ne parle pas de ces choses-là. »

Le processus de résilience de Jean-Raphaël a été meilleur que le mien à partir de ce moment. Il vivait dans un milieu juif où il a pu développer un sentiment d'appartenance : on prie comme ça, on mange comme ça, voilà quelles sont nos valeurs et notre solidarité. Je n'étais pas dans un milieu juif, et je ne savais pas ce que le mot signifiait, excepté la mort. Le silence qui entourait Jean-Raphaël était-il moins lourd ? Autour de lui, on parlait de la guerre en Europe et en Israël, mais on ne parlait pas de la mort de sa mère, alors que son père ne cessait d'y penser, sans dire un mot.

Nous partageons beaucoup de réactions émotionnelles, beaucoup d'idées, de projets et d'amis, Jean-Raphaël et moi. Comment est-ce possible ? Est-on façonné à ce point par son milieu ?

Le mariage est une deuxième chance et, pour Jean-Raphaël comme pour moi, notre épouse a été une colonne vertébrale affective. Mais avons-nous toutes les libertés ? S'il avait épousé la jolie Allemande de sa jeunesse, son destin aurait-il été le même ? Il aurait blessé son père, il aurait perdu le soutien de ses proches et découvert le passé nazi du grand-père des enfants qu'il aurait eus avec elle. Il aurait encore une fois été contraint au silence ou à la rupture. Quel qu'ait été son choix, cela aurait transmis un poids dans l'âme de ses enfants. Avons-nous si peu de liberté ? Ou avons-nous simplement la liberté de choisir le milieu qui nous façonne ? Notre seule liberté serait de choisir nos chaînes ?

Dans ce livre clair, bien documenté et authentique, j'ai rencontré beaucoup de questions que Jean-Raphaël a posées. Il transmet sa chaleur parce qu'à chaque page on respire l'amitié et la joie de vivre.

Le bonheur est contagieux. Alors profitons-en.

UN CAUCHEMAR

« Réveille-toi papa, c'est fini ! » C'est toujours par ces mots que, réveillé en sursaut au cœur de la nuit par ses cris, je tentais d'interrompre et d'apaiser les angoisses de mon père, agité, couvert de sueur.

Il était en proie à d'atroces cauchemars qui l'ont poursuivi depuis son retour de déportation jusqu'à sa mort. À mesure que je rafraîchissais doucement son front à l'aide d'une serviette mouillée, il se réveillait en effet, jetant un coup d'œil étonné, presque égaré autour de lui. Reprenant peu à peu pied dans le monde : « Ah ! c'est toi », disait-il, et, calmé, il se rendormait tandis que j'allais me recoucher, le cœur lourd.

Sans que nous en parlions jamais, je savais à son regard tragique, celui-là même qui m'avait frappé lors de son retour en mai 1945, vers quels fantômes il venait de retourner. Mais était-ce son arrivée à Auschwitz un matin gelé de novembre 1943 ? Les hurlements des SS ? Les aboiements de leurs chiens ? Les croassements des corbeaux ? La dégringolade du wagon ? Le froid et l'épuisement ? Ou bien plutôt la séparation d'avec sa femme, ma mère, qu'il avait cru protéger de sa canadienne fripée, ce qui décida les nazis à voir en cette jolie femme de trente-sept ans une petite vieille inutilisable à qui on ordonna de rejoindre la colonne de gauche, celle que l'on destinait à la chambre à gaz. Ou était-ce la résurgence des ombres squelettiques des « musulmans », comme on disait des déportés décharnés ? L'odeur obsédante de la chair brûlée ? Celle des chiasseux incontinents ? Le goût permanent des cendres qui chargeaient la langue et la peau ? À moins que ce ne fût le regard affolé des jumeaux qu'il avait eu la charge de radiographier pour le compte du Dr Mengele ? Je ne le sus jamais vraiment.

Peut-être d'ailleurs que ces cauchemars tenaient tout simplement à la terrible réalité globale du camp dont l'inhumanité invraisemblable faisait parfois douter que tout cela ait vraiment existé. J'ai souvent vu mon père demander à un camarade rescapé comme lui la confirmation des scènes auxquelles ils avaient assisté ensemble, comme s'il doutait, après coup, de la réalité de ce qu'il avait vécu. La confirmation de ces horreurs le laissait chaque fois un peu plus songeur, renfermé : l'impossible avait effectivement eu lieu, et il était bien l'un des très rares rescapés, un survivant d'entre ces six millions de Juifs d'Europe déportés, humiliés, assassinés sans savoir pourquoi, sinon parce qu'ils étaient nés juifs.

Comme ultime vérification qu'il n'était pas devenu fou, qu'il n'inventait rien, par une espèce de tic, il pressait sa langue contre ses deux incisives supérieures, brisées par la Gestapo à Toulouse lors de son arrestation, pour le faire parler sous la torture. Les deux prothèses posées après la guerre produisaient alors un petit bruit sinistre lui rappelant sans conteste possible ce passé incroyable.

On imagine aisément que, au matin de ces nuits cauchemardesques, j'aie pu avoir la tentation de demander à mon père une description de ses visions. Mais je n'ai jamais osé. Il y avait là une frontière, un gouffre que l'amour même ne pouvait franchir : **on a été déporté ou pas**. Pour cette raison, il exista toujours une barrière infranchissable entre nous, indépendante de nos deux volontés, une malédiction rémanente de communication impossible qui me sépara toujours de l'être qui m'était le plus cher : mon père.

Toute ma vie, mon père fut pour moi l'incarnation des valeurs les plus nobles. J'ai toujours admiré sa volonté inébranlable de vouloir défendre ses droits d'homme libre, ses droits d'homme juif aussi, sa fidélité à son histoire et sa détermination à se battre pour ses valeurs. Mais aussi son souci des autres qui ne se manifesta jamais mieux que dans la générosité qu'il mit à soigner ses malades. Pour toutes ces raisons, ses cauchemars m'atterraient, car ils me révélaient la torture morale que subissait encore en permanence cet homme d'habitude si réservé, si sûr de lui.

D'évidence, quand il était devant nous, il était en même temps **ailleurs**, parmi ses compagnons de supplice, morts à telle ou telle étape. Et quand il évoquait un camarade disparu « là-bas », il disait avec amour : « le pauvre vieux ». Pendant dix-huit mois, du 18 octobre 1943 au 7 mai 1945, cet homme avait réussi à échapper tous les jours, toutes les heures, à la mort, la mort qui était devenue sa compagne de chaque instant, et ce même après la Libération. Pourquoi ? C'est la question qu'il se posait comme se la posaient le philosophe Hans Jonas pour qui Dieu existait peut-être mais ne pouvait plus être tout-puissant, ou bien Élie Wiesel qui n'avait pas divorcé de Dieu mais faisait partager sa colère, ou peut-être encore Primo Levi, l'auteur de *Si c'est un homme* [1], qui se suicida en 1987.

Je ne supportais pas qu'il souffre. J'ai donc décidé de consacrer ma vie à essayer de consoler mon revenant de père. Lourde tâche. Un sentiment permanent de culpabilité aussi inexpliqué que confus me tenaillait. C'était obsédant, accablant. Jusqu'au jour de la mort de mon père, le 22 janvier 1990, à l'âge de quatre-vingt-quatre ans, je me sentis à chaque instant investi d'une immense responsabilité primaire à son égard, d'une mission impos-

1. Primo Levi, *Si c'est un homme*, éditions Francesco De Silva, 1947. Traduit de l'italien par Martine Schruoffeneger, Julliard, 1987, éd. Pocket, 1990.

sible, mais incontournable, celle de tenter de réinsérer vers la normalité cet homme exceptionnel et pourtant fracassé par les camps.

Certes, aider à vivre est mon métier. Je suis chirurgien. Mais là, il s'agissait de mon père, homme habité par l'enfer et possédé par la maladie nazie que l'on n'arrivait pas à guérir, même après la guerre. Aussi, je ne pus consentir à ce que le jeune homme que j'étais devenu s'opposât à son père en quoi que ce soit, même pour s'accomplir complètement. J'eusse été non pas seulement le fils rebelle, mais un complice de ses anciens bourreaux.

Après-guerre, Sigismond Hirsch, mon père, était peu disert. Il lui arrivait de ne pas parler du tout pendant des jours, voire des semaines. Il se contentait souvent de citations en français, en latin, en allemand, en hongrois, en yiddish et même en hébreu. Il répétait souvent la devise des princes d'Orange : « Je maintiendrai » ou, pour me pousser à prendre une décision difficile : « Il faut savoir brûler ses vaisseaux. » De son carquois mémoriel il lui arrivait de sortir une phrase décisive pour moi, parfaitement adaptée à la situation : *« Gam zou letova »* (« De cela aussi peut naître un bien »). Parfois sarcastique, il disait : « Si ce monsieur était aussi bien que tu le veux, il serait à ta place ! » Mais souvent aussi, l'expression était très dure, voire injuste, s'agissant par exemple d'une jolie fille avec qui je sortais : « C'est une carrosserie sans moteur ! »

*

Je m'appelle Jean-Raphaël Hirsch. J'ai répondu au nom de Jean-Paul Pelous pendant mes années de résistance passées en compagnie de mon père, le Dr Sigismond Hirsch, et de ma mère, Berthe Hirsch, déportée et assassinée à Auschwitz le 23 novembre 1943. Après leur arrestation, j'ai été évacué et recueilli auprès d'un médecin résistant lui-même, le Dr Jean Daniel, et c'est ainsi tout naturellement que j'ai poursuivi, seul, sans mes parents, une activité de résistance dans un autre groupe, très différent des Éclaireurs israélites de France, le MLN, ex-MUR (Mouvements unis de la Résistance), qui fédérait Combat, Franc-tireur et Libération.

Je suis né en 1933, l'année de l'avènement de Hitler au pouvoir.

Pour qu'on se souvienne de cette incroyable histoire qui est arrivée à l'homme, il faut témoigner, car, comme l'écrit Simone Veil : « La Shoah ne devait avoir ni témoin ni histoire. Le projet nazi consistait à effacer un peuple de l'histoire et de la mémoire du monde. Tout était conçu, pensé, organisé pour ne laisser aucune trace. Nous ne devions pas survivre. La machine de mort nazie devait faire disparaître non seulement les Juifs et les Tziganes en tant que peuples, mais jusqu'aux preuves de leur mise à mort. L'existence des chambres à gaz était gardée comme un secret d'État [2]. »

Pour autant, il ne m'était pas venu à l'idée d'écrire. Tant de choses ont déjà été dites et racontées par des historiens extraordinaires, comme Raul Hilberg ou Saül Friedländer, Annette Wieviorka et André Kaspi (ces deux derniers comme moi présidents de commission à la Fondation pour la Mémoire de la Shoah), des écrivains, tels que Claude Lanzmann ou Serge Klarsfeld.

2. Simone Veil, Discours lors du colloque « Enseignement de la Shoah et création artistique » – Strasbourg, 17-18 octobre 2002.

Témoigner, certainement il le faut, comme le voulaient les déportés mourants qui disaient au camarade près d'eux : « Tu raconteras… » Aussi ai-je participé au premier livre de témoignages en France décrivant l'état d'esprit des enfants cachés orphelins[3]. Vice-président des Enfants cachés, j'ai également participé au livre *Paroles d'étoiles – Mémoire d'enfants cachés 1939-1945*[4], comportant 800 témoignages.

Mais écrire seul mon histoire et celle de mes parents, en étais-je capable ?

Dans ma famille même, j'hésite souvent à revenir sur ces souvenirs enfouis, de peur de heurter la sensibilité de mes enfants. J'aimerais malgré tout qu'ils n'oublient pas notre histoire ni celle de leur peuple. C'est à cette condition seule que nous avons survécu à travers les siècles.

Or, lors d'une conférence donnée à la Sorbonne à l'occasion du concours national de la Résistance, je fus surpris de l'intérêt porté par les étudiants à mon histoire et à celle de mon père. Ils me bombardèrent de questions. Ils étaient avides d'anecdotes et applaudirent à tout rompre à la fin de mon intervention comme si mon témoignage leur apportait quelque chose d'essentiel. Plus curieux encore, parmi ces jeunes, quelques-uns étaient d'origine africaine ou asiatique, et tous semblaient passionnés.

Il est certain que l'histoire de ma famille demeure singulière à plus d'un titre, car mon père, Juif roumain

3. Claudine Vegh, *Je ne lui ai pas dit au revoir*, Paris, Gallimard, 1979.

4. Jean-Pierre Guéno, Jérôme Pecnard, *Paroles d'étoiles – Mémoire d'enfants cachés (1939-1945)*, Paris, Éditions des Arènes, 2002, et version intégrale non illustrée aux Éditions Librio, 2004.

immigré en France dans les années 1920, fut tour à tour un des piliers de notre communauté en fondant les Éclaireurs israélites de France (EIF ou EIF), un résistant de la France libre, un déporté, le radiologue de Mengele à Auschwitz, un survivant, puis l'un des créateurs de la Sécurité sociale voulue par le général de Gaulle. Mais de là à en faire un livre ?

Raconter est une chose. Écrire en est une autre. Pour tout dire, je m'en croyais incapable. « Je suis chirurgien, pas écrivain », répétais-je à tous ceux qui me pressaient de faire le récit de la vie de mon père. « Au mieux, j'écrirai comme on rédige un compte rendu opératoire », finissais-je toujours par rétorquer en souriant.

Et puis il y eut un déclic. Ce fut au Mémorial de la déportation, le 11 septembre 1994. J'expliquais à des amis de quelle manière mon père avait réussi à cacher 400 jeunes Juifs pendant la guerre dans le Sud-Ouest, comment sa sœur Shatta Simon avait su organiser une maison d'enfants réfugiés à Moissac, comment Élisabeth Hirsch, son autre sœur, que l'on appelait Boëtzi, avait très tôt rejoint l'OSE (Œuvre de secours aux enfants) [5] où elle était assistante sociale au bureau de la direction centrale, assurant le passage d'enfants juifs vers la Suisse (comme Marianne Cohn) avec Georges Loinger, Charles Lederman et l'abbé Glasberg, ou vers l'Espagne, enfin dans quelles circonstances était mort leur frère Yoshka, engagé volontaire en Espagne dans les Brigades internationales contre Franco après le coup d'État nationaliste de juillet 1936 et mort en combattant sur l'Èbre. Je témoi-

5. L'OSE a été créée en 1912 à Saint-Pétersbourg par des médecins pour aider les populations juives défavorisées. En 1933, l'OSE fuit le nazisme et se réfugie en France.

gnais de la résistance des EIF et, voyant tous les miens cités, comprenant le sens de leurs actions, voyant leurs visages sur des photos, Gilberte Steg (Loriot, de son nom de totem, chez les EIF), la femme du Pr Addi Steg, mon maître, s'exclama ainsi : « Quelle famille ! Il faudrait en écrire la saga. »

Subitement, il m'est apparu essentiel de ne pas perdre la mémoire d'une famille au service « de la France et du judaïsme », comme le dit si bien la promesse que font les EIF.

De retour chez moi, je me mis à la recherche du livre de souvenirs que mon père m'avait laissé avant de mourir. En effet, mon père avait pris sa retraite sur le tard, lorsqu'il fut persuadé que j'avais pris les choses en main et même que je les développais « convenablement », comme il disait. Il passa alors le plus clair de son temps à Auvillar[6], à l'endroit même où son réseau de cache avait sauvé des centaines de jeunes Juifs de la déportation. Il avait reconstruit une superbe maison du XVIIe siècle en l'agrémentant des cheminées d'un château féodal en ruine qu'il avait acheté, d'un escalier en pierre qui montait jusqu'à une tour dominant la Garonne *(voir cahier hors-texte, photo numéro 5)*, et il y menait une vie animée des visites de sa famille et d'amis résistants qu'il régalait des mets savoureux du Sud-Ouest. Et puis il lisait énormément, très attaché à son immense bibliothèque, car c'était un homme d'une grande culture.

Dès 1984, quelle que fût la modestie de mon père, j'avais décidé de ne pas laisser perdre la mémoire de son épopée. Je lui envoyai donc une amie, Florence Favre Le

6. Village du Tarn-et-Garonne.

Bret, la fille de Robert Favre Le Bret, le fondateur du Festival de Cannes, enregistrer ses mémoires sur un magnétophone. Le contenu des bandes magnétiques constitue la matière brute de ce livre que j'avais fait relier, mais dont, je dois dire, je ne me préoccupais plus beaucoup : je gardais ça pour mes vieux jours. Je le relus d'une seule traite, déplorant certes les digressions inutiles, mais retrouvant un peu de lui à chaque page. Quel homme ! Son fichu caractère m'en fit baver. Je peux même dire que la vie à ses côtés après la guerre fut terrible. Mais j'ai encore du mal à me rendre compte combien il a fallu d'énergie et de charisme à mon père, homme juif, pour traverser le XXe siècle, de 1906 à 1990.

Les souvenirs refirent surface. Contrairement à mes parents, j'ai pu m'enfuir lors de leur arrestation et je ne fus pas déporté. **Ma vie témoigne d'une autre réalité de la Shoah : celle des enfants cachés.** La Shoah ne s'est pas achevée en 1945, car les nazis nous ont frappés jusqu'à la troisième génération. Comme un écho diabolique, elle s'est propagée chez les enfants de déportés. Soixante-dix ans après, je ne suis toujours pas guéri. Sans le livre précurseur de Claudine Vegh, nous n'aurions pas aussi bien compris notre drame vécu avant et après le génocide, une perte brutale de repères créée par des traumatismes indélébiles : l'arrestation, la cache, le changement d'identité, l'angoisse, l'exil, l'humiliation, la déportation des parents, et enfin l'Absence, tout cela créa un mur de non-dit, de silence, voire de secret qui fut dressé peut-être pour nous protéger de cette folie et qui aboutit à une quasi-impossibilité pour nous de donner un sens clair à notre existence de paria.

Qu'on se le dise : **on ne guérit pas de la Shoah**, n'en déplaise aux psychanalystes tardifs des années 2010 qui

Construction de la maison d'Auvillar.

interrogent des vieillards, espérant leur faire beaucoup de bien… De sa propre bouche, Simone Veil m'a dit : « Sur mon lit de mort, je me souviendrai encore d'Auschwitz. »

Quant à moi, j'ai été élevé dans l'entourage de mon père, au milieu d'anciens déportés-résistants de tous les camps, de toutes les amicales – très souvent des hommes extraordinaires, toujours les hommes d'une histoire exceptionnelle. Ils me toléraient parmi eux, dans leur cercle très éclectique, parce que, moi aussi, j'avais été résistant, et c'est d'un œil attendri qu'ils considéraient le petit jeune que j'étais comme une mascotte. Curieusement, dans nos réunions, eux n'amenaient pratiquement jamais leurs enfants. Ce livre a pour but, entre autres, de raconter cette expérience unique d'un gosse entouré de ces survivants revenus d'un voyage fantastique. « Tu vois, me disait Jean-Annet d'Astier de la Vigerie, de Gaulle m'a dit : "Je ne peux pas te faire compagnon de la Libération, parce que tes deux aînés le sont déjà ! On dirait que je fais du favoritisme !" » Et pourtant, mon ami Jean-Annet était le type même du héros. Et que dire de Michel Hacq, mon parrain, qui mesurait deux mètres ; il était tellement fort que même les *Kapos* évitaient de le frapper, de peur qu'il leur en retourne une ! Il grommelait : « Le Vieux, il charrie : quand il nommait des compagnons de la Libération devant l'Hôtel de Ville, en août 1944, nous, on était encore au camp et on a dû attendre le printemps suivant pour être libérés ! On se les gelait pendant la grande marche. Quand on est rentrés, il avait distribué toutes les décorations. »

J'étais leur confident. Ils m'avaient adopté comme j'avais été adopté en tant que pupille de la nation à titre militaire et j'étais l'un des leurs.

…FFE … de 1re INSTANCE
de la Seine
AU PALAIS DE JUSTICE
A PARIS
Chambre du Conseil

PUPILLES DE …
(Loi du 27 Juillet 1917)

NOTIFICATION D'UN JUGEMENT

40

Le Greffier du tribunal de 1re Instance du Département de la Seine **notifie à M**e Hirsch

représentant légal de enfant ci-après nommé un Jugement de la Chambre du Conseil en date du 22 OCTO 1947

aux termes duquel le Tribunal a déclaré que
« la Nation adopte les **mineurs »**
Hirsch Jean Raphaël Ernest
Hirsch Nicole Camara

POUR NOTIFICATION :

Paris, le 5 DEC 1947

LE GREFFIER

NOTA — *Dans le mois* qui suit la présente notification *appel* peut être interjeté par .... le représentant légal de l'enfant par simple lettre recommandée adressée au Greffier en Chef de la Cour d'Appel de Paris.

Voir au Dos : **Avis Important.**

Lettre pupille de la nation.

Pour me témoigner leur estime, ils demandèrent au ministre de la Défense ma nomination dans l'ordre de la Légion d'honneur. Je pense avec admiration à Pierre Julitte, compagnon de la Libération, auteur de *L'Arbre de Goethe*[7] – également mon parrain, à Vincent Planque, à Eugène Sirvent, à Marcel Mérigonde, à Edmond Michelet, à René Cassin, à tant d'autres. Chacun d'entre eux aurait dû écrire un livre…

Aussi, c'est dans « la crainte et le tremblement » que je me risque à écrire celui-ci.

AVIS

Ce livre n'est aucunement un livre d'histoire savant et documenté ; c'est simplement l'histoire de ma vie. C'est un témoignage d'amour et d'admiration pour mes parents et pour mon peuple. Aussi, pour tout un groupe de héros résistants survivants et morts fusillés, déportés, martyrisés.

Certes il y a quelques répétitions : elles sont voulues pour la plupart, même si cela peut surprendre, car chez les Juifs on n'hésite pas à répéter les choses, quelquefois en se balançant d'avant en arrière (prières), au cas où elles n'auraient pas suffisamment retenu d'emblée l'attention !

Ainsi dans nos écoles, c'est par touches successives, répétitives, qu'on peut espérer parfois parvenir au but : **la transmission**, sachant que, Marc Bloch nous l'a appris, « l'heure d'exactitude » ne sonne jamais.

Je sais bien que « le Moi est haïssable », comme disait Pascal, et si j'ai été amené à parler de moi, c'est

7. Pierre Julitte, *L'Arbre de Goethe*, Paris, Presses de la Cité, 1965.

Paris, le 5 Mai 1986

Monsieur le Ministre,

Déportés résistants, nous nous permettons de recommander à votre haute et bienveillante attention, en vue de la nomination dans l'ordre de la Légion d'Honneur, le Docteur Jean Raphaël HIRSCH.

Celui-ci, certes, s'est fait d'ores et déjà à cinquante trois ans une réputation certaine en tant que médecin et comme chirurgien.

C'est, toutefois, au titre de votre Département Ministériel que nous tenons à vous présenter son cas, en le soutenant chaleureusement.

En effet, le Docteur Jean Raphaël HIRSCH a été mêlé directement, dès le début de la guerre et malgré son jeune âge, aux dures réalités de la résistance à l'occupant.

Ses parents, repliés dans la région de Montauban après la débacle de 1940, y avaient tout de suite organisé un réseau d'évasion qui developpa une activité clandestine courageuse et très efficace.

Son père, Sigismond HIRSCH, arrêté, de ce fait, par la Gestapo en Octobre 1943 a été déporté au camp d'Auschwitz-Birkenau où il a eu d'ailleur comme médecin un comportement admirable puis au camp de Mauthausen dont il est revenu très érrouvé en 1945.

Ses états de service à ces différents titres lui ont valu d'être élevé à la dignité de Grand Officier de la Légion d'Honneur.

Sa mère, Berthe HIRSCH, médaillée Militaire de la Résistance, arrêtée et déportée, est morte à Birkenau.

Si nous rappelons tous ces faits, Monsieur le Ministre, c'est pour mieux vous éclairer sur le comportement qu'à eu Jean Raphaël HIRSCH, pupille de la Nation à titre militaire, après l'arrestation de ses parents.

Vous pourrez le découvrir également par le témoignage de Louis PHILIBERT - Maire du Puy-Sainte-Réparade, Président du Conseil Général des Bouches-du-Rhône, ancien responsable départemental des Mouvements unis de la Résistance, témoignage dûment validé par la liquidateur national du mouvement.

Jean Raphaël HIRSCH s'est mis spontanément, et selon les moyens d'un jeune adolescent à moitié clandestin, à l'entière disposition de la résistan locale et du maquis voisin. Assurant les liaisons avec celui-ci et secondant le Docteur DANIEL, médecin de ce maquis, il ne cessa d'apporter, malgré les dangers encourus et en maintes circonstances, un concours actif et apprécié de ses responsables à la cause de la libération de la France.

En outre, depuis plus de vingt ans, après avoir secondé son père, fondateur du C.O.S.E.M., association à but non lucratif, conventionné par la Sécurité Sociale et devenu l'un des tout premiers centres médicaux de Paris

./...

Lettre au ministre.

après avoir étudié tout spécialement la pathologie des déportés, avec le Docteur ELLENBOGEN, Inspecteur Général de vos services médicaux notamment, il a pris à son tour la direction générale de l'établissement.

Or, il est remarquable que, par la volonté du Docteur HIRSCH père d'abord, de son fils ensuite, le C.O.S.E.M. a été constamment, depuis près de quarante ans, un centre particulièrement ouvert aux déportés survivants et, plus généralement, aux anciens combattants.

Nos amicales le savent bien, nos camarades y ont toujours trouvé, sans relache et jusqu'à présent, un accueil spécialement chaleureux et des soins attentifs à leurs maux spécifiques.

C'est au nom d'un très grand nombre d'entre eux que nous en portons d'autant plus volontiers témoignage que le Docteur Jean Raphaël HIRSCH, non seulement anime au C.O.S.E.M. un service spécial consacré aux Anciens Combattants et Victimes de Guerre, mais encore prolonge son action bénéfique jusqu'à plusieurs oeuvres sociales désintéressées, parmi lesquelles nous citerons notamment la Maison des Enfants de Laversine dans l'Oise où l'on s'occupe spécialement des enfants et des familles de déportés.

Nous voulons croire que de tels mérites, une telle continuité dans le comportement retiendront votre bienveillante attention et vous feront prendre une décision favorable à notre requête en faveur des états de service du Docteur Jean Raphaël HIRSCH.

Nous pouvons vous assurer qu'une mesure de cette nature réjouirait grandement le monde de la Résistance et de la Déportation.

Nous vous en exprimons à l'avance toute notre gratitude et vous prions de croire, Monsieur le Ministre, à l'expression de nos sentiments de haute et respectueuse considération.

Vincent PLANQUE
Déporté à Buchenwald
Grand Officier de la Légion d'Honneur

Michel HACQ
Vice Président de l'Amicale
Grand Officier de la Légion d'Honneur

Eugène SIRVENT
Président de l'Amicale de Dachau

Pierre JULITTE
Déporté à Buchenwald
Compagnon de la Libération

P. Julitte

par nécessité, pour tenter de décrire, une fois encore, le ressenti spécifique **d'un enfant caché parmi tous les autres enfants cachés.** J'espère parvenir à faire un compte rendu modeste, tant est grand l'exemple qui m'a été donné par de nombreux héros de la Résistance. Ce qu'il y a de particulier dans mon témoignage d'enfant caché par rapport à tous les témoignages de misère de mes camarades enfants cachés, c'est peut-être **la description clinique de mon compagnonnage avec mon père pendant la Résistance et dans la vie**, de mon vécu solitaire au maquis pendant que mes parents étaient déportés-résistants à Auschwitz, et de la vie, du face-à-face, de 1945 à 1990, dans un effort violent de reconstruction que nous avons entrepris mon père et moi en tant que médecins. À ce propos, je voudrais affirmer d'emblée que les adultes méconnaissent gravement leurs enfants. En effet, c'est extrêmement tôt que j'ai intégré une foule de choses, et il a fallu que paraisse un livre comme *Les Enfants dans la Résistance*[8], de Philippe Chapleau, pour qu'on prenne conscience que, oui, un enfant est capable de combattre, de prendre des risques, de dominer sa peur, et même parfois d'être lucide et intelligent. Non contentes d'avoir nié mon droit à exister, voilà qu'après-guerre de bonnes âmes ont voulu soutenir qu'un enfant de neuf ans n'a pas pu être résistant : s'il avait été pris, il ne serait plus là pour leur apporter contradiction. J'y reviendrai.

Écrire ce livre, c'était pour moi aussi refuser d'oublier les « Justes parmi les Nations » : ces non-Juifs qui acceptèrent de cacher les nôtres au péril de leur vie. C'étaient souvent des gens simples et pauvres, parfois à l'instruction sommaire, habitant des campagnes recu-

8. Philippe Chapleau, *Les Enfants dans la Résistance*, Rennes, Éditions Ouest-France, 2008.

lées, et qui méritent bien leur nom de « Justes parmi les Nations » pour avoir incarné les valeurs de fraternité et de solidarité avec courage. Ils furent les maillons d'une chaîne qui permit à un certain nombre de Juifs de survivre. Aujourd'hui, Président du Comité français pour Yad Vashem, au service de Yad Vashem à Jérusalem [9], j'essaie avec mon équipe et avec beaucoup d'autres survivants de leur dire « Merci ». La médaille et le diplôme de « Juste parmi les Nations » représentent la plus haute distinction à titre civil accordée par l'État d'Israël. Au début de 2012, il a été reconnu en France plus de 3 500 « Justes parmi les Nations ». **Dans le cadre de l'opération « Villes et villages de France ayant eu des Justes parmi les Nations »**, nous essayons de dire merci à ceux qui, par leur bravoure, nous ont aidés pendant la guerre, nous autres Juifs en danger de mort, en prenant tous les risques. Lors de cérémonies en présence de l'ambassadeur d'Israël ou d'un de ses représentants, nous donnons une médaille de Juste parmi les Nations. Lorsqu'il n'y a pas eu de Juste dans un lieu, les maires nous demandent cependant d'inaugurer une esplanade, une stèle ou une allée des Justes pour rappeler qu'il y a eu quand même dans cette période tragique des Français de haute moralité. Une plaque est ainsi gravée :

PASSANT, SOUVIENS-TOI QUE, FACE À LA BARBARIE NAZIE ET À LA COLLABORATION MASSIVE DE L'ÉTAT FRANÇAIS DE 1940 À 1944, DES JUSTES PARMI LES NATIONS, RECONNUS PAR L'INSTITUT YAD VASHEM DE JÉRUSALEM, ONT SAUVÉ DES JUIFS AU PÉRIL DE LEUR VIE « QUI SAUVE UNE VIE SAUVE L'UNIVERS TOUT ENTIER » (TALMUD). TOUS CONSIDÈRENT N'AVOIR RIEN FAIT D'AUTRE QUE LEUR MÉTIER

9. Yad Vashem est un immense Mémorial qui garde à Jérusalem le souvenir de six millions de Juifs exterminés par les Allemands de 1940 à 1945.

D'HOMME. ILS ONT ÉTÉ L'HONNEUR DE LA FRANCE : « UNE LUMIÈRE DANS LA NUIT DE LA SHOAH. » QU'ILS EN SOIENT À JAMAIS REMERCIÉS ET SERVENT DE GUIDES AUX NOUVELLES GÉNÉRATIONS.

En fait, je crains que nous, les enfants cachés survivants, n'ayons pas suffisamment dit merci à nos sauveurs, aux Français qui nous ont protégés, ne serait-ce parfois que par leur silence, et je vais vous dire pourquoi : la seule évocation de ces années tragiques où nous avons été menacés de mort, où nos parents ont été assassinés, était si douloureuse que, dès que nous l'évoquions, les larmes nous venaient aux yeux et nous remettions sans cesse nos mercis au lendemain… Alors, nous nous sommes réfugiés dans un monde de silence en essayant de refaire notre âme. Mais les Juifs n'oublient pas, le peuple d'Israël n'oublie pas ce qu'il doit aux Justes parmi les Nations.

En particulier, nous venons d'inaugurer l'esplanade des Justes parmi les Nations à Moissac, « ville de Justes oubliée », et nous espérons que cette ville, quartier général des EIF pendant la guerre, sera bientôt une ville de Justes reconnue, à l'instar du Chambon-sur-Lignon.

Plus de 1 100 maires à ce jour ont souhaité une telle cérémonie, et nous avons de nombreuses demandes supplémentaires tous les jours. Cette opération « Villes et villages de France » traduit un désir très profond du pays de s'éloigner de la sinistre période de collaboration, au point qu'un président de la République est venu lui-même procéder à une cérémonie : la nomination du collège d'Allassac (Corrèze) qui a pris le nom d'une Juste parmi les Nations, Mathilde Marthe Faucher.

Bien entendu, il convient d'être vigilant et d'éviter tout révisionnisme qui tendrait à faire croire que tous

Le général israélien Avner Shalev, président de Yad Vashem (Jérusalem), est venu au musée de la Légion d'honneur à Paris pour remettre au grand chancelier de la Légion d'honneur, le général Jean-Louis Georgelin, la médaille des Justes parmi les Nations afin qu'elle soit gardée au musée avec toutes les décorations les plus prestigieuses du monde. Juillet 2012.

les Français ont été des Justes ! D'ailleurs, Yad Vashem Jérusalem est d'une rigueur extrême dans l'examen des documents réclamés pour l'attribution de la médaille.

Enfin, considérant que ce thème du « Juste parmi les Nations », Sauveur au péril de sa vie, est nouveau et extraordinaire pour l'humanité, j'ai demandé à un sculpteur, Médée, de faire une statue de 3 mètres sur 2 que j'ai mise dans mon jardin *(voir cahier hors-texte, photo numéro 8)*.

Alors, avec l'aide essentielle des Mémoires de mon père, voici son histoire et mon témoignage.

CHAPITRE 1
1906, en Roumanie antisémite

« Une famille en effet singulière et dont il reste à faire l'histoire [1] », écrit Catherine Lewertowski au début du portrait qu'elle dresse de ma tante Shatta Hirsch Simon. Avec raison, il lui semble impossible de dissocier les membres de cette famille, ils formaient tous ensemble une troupe animée d'un même idéal : bâtir une espérance nouvelle pour les Juifs, et sous l'égide puissante de ma grand-mère Régina Hirsch, cette espérance claire s'appelait SIONISME.

Shatta refusa toujours de témoigner seule, car elle n'aimait pas l'idée de parler d'elle, préférant louer la bravoure de son frère aîné, Sigismond, que tout le monde appelait Djigo, ou encore le courage de sa sœur Élisabeth, l'héroïsme de son frère Yoshka, mort en combattant contre Franco.

Pour la comprendre, cette famille, il est nécessaire de revenir à ses origines : la Transylvanie, l'*ultra-silvam* des Romains, la région « au-delà des forêts ».

Djigo naquit le 22 janvier 1906 à Cris, en Roumanie, de l'union de Régina Hirsch, née Deutsch, avec Wilhelm Hirsch. Il écrit à propos de ses ancêtres :

> « J'ai dans mes ancêtres plusieurs rabbins dont deux célèbres, mais nous observions sans aucun intégrisme les rites essentiels de notre religion à la maison : les fêtes principales, les lois alimentaires… – aucun fanatisme donc. Nous étions fermement juifs et fiers de l'être, fiers de notre histoire, mais ouverts sur le monde. En effet, ma mère, Régina, a été toute jeune une fan de Theodor Herzl, de ce prophète du futur Israël qui disait : “Si vous le voulez vraiment, ça ne sera pas

1. Catherine Lewertowski, *Les Enfants de Moissac (1939-1945)*, Paris, Flammarion, 2009 [1re éd. 2003], p. 33.

Yoshka Hirsch, mort dans les Brigades internationales en se battant contre Franco en Espagne. Frère cadet de Djigo.

un rêve" (1895). C'était l'activation du sionisme. C'est la vie active juive qui la passionnait et sans doute ai-je tâté du lait maternel. Ma mère étant une forte femme dans une famille de fortes têtes, je me devais, comme fils aîné, d'être un leader, un chef juif qui perpétuât nos traditions – et un chef sioniste ! Alors, à dix-sept ans, j'ai créé en Roumanie un mouvement, l'Hachomer Hatzaïr, et, comme il fallait se battre à l'école contre des antisémites, j'ai rassemblé les plus costauds dans une bande d'une vingtaine de jeunes, le groupe "Barissia". Nous nous entraînions et sans doute étions-nous bagarreurs. En cas d'agression contre l'un des nôtres dans la communauté, on nous appelait. Quand je suis venu à Paris faire mes études de médecine, c'est tout naturellement que j'ai entraîné ma famille et mes gars.

Mes grands-parents maternels, les Deutsch, étaient les seuls Juifs d'un petit village de Hongrie. Isaac Deutsch avait su s'attirer les bonnes grâces du comte local qui le tenait pour le "seul honnête homme des environs" ! En effet, le comte ayant perdu une bourse tombée de son carrosse sur la route, Isaac trouva la bourse et la lui rapporta. En témoignage de l'estime du comte, il reçut pour lui et ses descendants le droit d'ouvrir une épicerie. L'argent était rare, mais suffisait pour élever leurs enfants : Régina, son frère, Nandor, et ses deux sœurs, Cécile et Zelma. Chaque vendredi soir, la maison était nettoyée de fond en comble. Les portes et fenêtres closes, la famille se retrouvait autour d'une table préparée pour la circonstance. "Et le shabbat entrait. On aurait dit que le ciel était vraiment descendu chez nous. Nous étions les rois[2] !" se souvenait encore Régina dans les dernières années de sa vie. »

Régina fut profondément marquée par cette ferveur juive, car à l'extérieur, isolée, la famille était en butte à

2. Cité par Catherine Lewertowski, *Les Enfants de Moissac (1939-1945)*, *op. cit.*, p. 34.

toutes sortes de vexations. Au pays de Dracula, le mélange des peuples était inouï. À côté de la petite communauté juive, on trouvait des Roumains, des Hongrois, des Allemands, des Tziganes, des Serbes, des Bulgares, des Slovaques des Ukrainiens, des Arméniens et encore des Grecs.

Tout ce monde cohabitait plus ou moins pacifiquement au gré des nombreuses recompositions territoriales que subit la région après la guerre de 1914-1918. La chute de l'Empire austro-hongrois, la naissance de la Hongrie moderne, l'agrandissement de la Roumanie bouleversèrent ces peuples, désormais séparés par des frontières qui ne signifiaient pas grand-chose pour eux.

Les échanges culturels y étaient riches, comme dans toute la *Mitteleuropa* d'ailleurs, mais les rancœurs tout aussi tenaces. Entre orthodoxes, catholiques, juifs et protestants, on avait appris depuis longtemps à se maudire.

Un point cependant rapprochait tous les chrétiens : l'antisémitisme. La haine du Juif était devenue pour eux une seconde nature, l'évangile commun, l'ennemi contre lequel il est possible de retrouver une certaine unité, le bouc émissaire idéal. Comment accepter un peuple qui se proclame l'élu de Dieu et qui a crucifié Jésus ? N'était-ce pas le sempiternel reproche adressé aux Juifs ?

L'antisémitisme était pour ainsi dire officiel en Roumanie. L'article 7 de la Constitution de 1866 refusait la nationalité roumaine aux Juifs et aux musulmans : « Seuls les étrangers de rite chrétien peuvent obtenir la qualité de Roumain. » Le ministre des Finances du roi Carol Hohenzollern-Sigmaringen, Ion Bratianu, déclara à cette occasion que c'était bien normal, car « les Juifs étaient devenus une plaie sociale pour la Roumanie ».

En 1930, avec un peu plus de 700 000 âmes, la communauté juive ne représentait pourtant que 4 % de la population. Après le ralliement du pays à Hitler en novembre 1940, cette communauté fut systématiquement éliminée par des troupes germano-roumaines. Au moins 270 000 Juifs roumains périrent assassinés [3].

Mais bien avant ces événements tragiques, à l'atmosphère d'hostilité latente contre les Juifs vinrent s'ajouter pour Régina les épreuves de la vie. Une méchante épidémie de typhoïde décima sa famille. Ainsi, Régina Deutsch, âgée d'à peine seize ans, ayant perdu père et mère, resta seule à devoir élever son frère et ses deux sœurs.

En réaction à la dureté de cette existence, Régina développa une sorte de rage : la volonté résolue de proclamer sa légitimité à vivre, et à vivre en tant que Juive sans devoir s'en excuser. Élevée au milieu de tant de violence et de haine, mais aussi au siècle de Theodor Herzl, Régina ne croyait plus en la coexistence entre les nations et les Juifs. Dans son esprit, le combat n'avait de sens que s'il menait au retour à la terre de nos ancêtres, la Palestine, qui pourrait nous procurer le droit donné à la plupart des hommes sur terre, celui de mourir les armes à la main pour défendre la liberté d'un pays dans lequel les synagogues ne seraient plus brûlées et les Juifs ne seraient plus parqués dans des ghettos.

Régina transmit à tous ses enfants la singularité de ce peuple qui eut l'audace de proclamer l'unité du créateur et

3. United States Holocaust Memorial Museum, Washington, D.C.

d'affirmer que toutes les vies humaines étaient précieuses car les hommes avaient été créés à l'image de Dieu. Elle leur montra l'importance de défendre cet héritage. Djigo avec les Éclaireurs israélites et Shatta à la Maison de Moissac ne firent qu'appliquer cette leçon[4]. Tout au long de leur vie et à mesure que l'antisémitisme s'emparait de l'Europe des années 1930, cette « résistance biblique » fut une constante de leurs actions car, comme le dit un jour Shatta : « La force intérieure que l'on met dans un enfant pour vaincre, c'est la force la plus importante[5]. »

En attendant, il était urgent pour Régina, jeune fille ayant charge de famille, de se marier. Or, dans le village voisin, il y avait bien ces Hirsch, une famille aisée de propriétaires terriens dont les forêts avaient été judicieusement achetées quand la construction de lignes de chemin de fer nécessitait tant de bois pour tailler les traverses des voies ferrées – les essences les plus rares étant vendues aux manufactures de piano à Vienne.

> « La fortune des Hirsch ne provenait pas de Yonas, mon grand-père, mais de sa femme, Rosa Grün. En effet, elle était la fille d'un très riche minotier, qui désirait pour ses filles des maris non pas gestionnaires, mais bons Juifs et bien instruits dans la foi d'Abraham. Pour cette raison, le minotier Grün était allé jusque dans une *yeshiva* fort réputée de Presbourg pour y ramener trois des plus brillants *baruchim* (étudiants) : Mendel, Friedman et Yonas Hirsch. »

Ce dernier eut la faveur de Rosa. À cette union, il gagna un vaste domaine de 100 hectares et le droit de rester plongé, autant qu'il le souhaitait, dans les vérités de

4. Archives CDJC, coll. EIF. CMXLIII-20, 1-4. Projet de règlement des EIF (1937).

5. Cité par Boris Cyrulnik dans sa préface à l'ouvrage de Catherine Lewertowski, *Les Enfants de Moissac*, *op. cit.*, p. 11.

Yonas Hirsch et sa femme, Rosa, née Grün,
grands-parents paternels de Sigismond.

la Torah et les subtilités du Talmud. « Un sage qui lisait toute la journée dans les livres et avait une barbe comme ça1 ! », disait Shatta, qui n'évoquait jamais ce grand-père sans un respect ému. Pour ce qui est de la culture juive, il n'en manquait pas, mais c'était une vraie nullité pour les affaires, la fortune y passa presque ! Rosa, sa femme, était obligée de diriger à elle seule une entreprise de plus de quatre-vingts ouvriers. Et d'élever, bien sûr, sa nombreuse famille.

L'un des six enfants de Rosa et Yonas, Wilhelm Hirsch, mon grand-père paternel, fut séduit par la beauté de Régina Deutsch, cette femme au caractère bien trempé qui savait travailler dur. Mais Régina avait posé ses conditions : pour avoir sa main, Wilhelm dut jurer sur le Sefer Torah de faire toujours passer avant ses propres enfants son frère, Nandor, et ses sœurs, Cécile et Zelma. Homme de parole, il s'exécuta en dépit d'une situation financière rendue précaire par une passion du jeu qui allait engloutir sa fortune.

Sur la photo où il se tient près de son père, Wilhelm affecte ce quelque chose de solennel des hommes du siècle dernier encore peu habitués à prendre la pose. Son vêtement, son chapeau, sa mise rustique reflètent tout ce qu'il était : un homme avisé qui avait su acheter des forêts au bon moment, mais aussi un Juif roumain qui n'avait pas tout à fait réussi à accéder à la notoriété en dépit de son nom allemand, du hongrois qu'il maîtrisait parfaitement et de son refus de parler yiddish.

Avec Régina, il avait décidé de partager la vie d'une femme solide qui sut lui rappeler sa promesse, puisque le peu de fortune qui lui restait revint effectivement à Nandor, beau garçon flemmard qui reçut une forte

Yonas et Wilhelm Hirsch, grand-père paternel et père de Sigismond.

somme pour aller rater sa médecine à Paris alors que mon père, Sigismond, lui, dut se contenter de 200 francs pour la réussir.

Régina et Wilhelm eurent six enfants. Fils aîné de cette grande fratrie, Sigismond Hirsch fut élevé en chef de famille et se mit à vivre d'emblée en chef. Il avait l'âme d'un fondateur : très jeune, à dix-sept ans, il créa l'un des premiers mouvements de jeunesse juifs en Transylvanie, l'*Hachomer Hatzaïr*, littéralement « le jeune gardien ». Il s'agissait d'un mouvement fondé en 1913 qui considérait que la libération des Juifs ne pouvait s'accomplir que par l'alya, l'émigration en Palestine.

Le mouvement était très influencé par Ber Borochov (1881-1917), un Russe marxiste qui justifiait le retour en Palestine au nom de la justice et de l'égalité, mais aussi par l'Anglais lord Baden-Powell (1857-1941), l'inventeur du scoutisme. Djigo fit pleinement sien son message résumé à la fin de sa vie en quelques mots : « Je me mis à l'œuvre pour transformer ce qui était un art d'apprendre aux hommes à faire la *guerre* en un art d'apprendre aux jeunes à faire la *paix.* »

Mon père y apprit toutes les valeurs et les recettes qui, plus tard, firent le succès et la force des Éclaireurs israélites de France qu'il allait fonder avec Robert Gamzon : le développement individuel, l'autonomie par une vie collective, une confrontation avec la nature et la culture juive qui ne devait pas se perdre en dépit de la diaspora.

Très vite, Djigo s'imposa comme le chef incontesté d'une petite troupe de Juifs roumains, nommée « Barissia », bien décidée à défendre son identité juive. Mon père ne les abandonna jamais. Lorsqu'il émigra en France dans

Regina et Wilhelm Hirsch à Brasov, Roumanie, vers 1905.

les années 1920, il fit venir une vingtaine de ses gars et les logea dans un hôtel situé rue Véronèse, appelé *Idéal* – cela ne s'invente pas !

Sur cette photo, Djigo est entouré par deux d'entre eux, Latzi Erdos à gauche, et Ferri à droite (on dirait déjà presque des maquisards avant l'heure !). Ils étaient, comme mon père, à vif, prêts à faire le coup de poing si le besoin s'en faisait sentir. Comme des « guerriers hébreux », ils avaient appris à manier le sabre. Et puis Djigo avait incorporé d'office ses frères et sœurs au mouvement. À ses côtés, Shatta devint une militante des mouvements juifs de jeunesse. Comme l'écrit justement Catherine Lewertowski : « Régina, [...] femme lumi-

Trois Éclaireurs israélites de France, Latzi Erdos, Djigo Hirsch, Ferri Mandel.

neuse, tout à la fois fidèle à la tradition et résolument sioniste, les encouragea dans cette voie[6]. »

Régina avait en effet placé de grands espoirs en Djigo. C'était l'aîné ! Elle désirait notamment qu'il rétablisse les finances de la famille, dilapidées par Wilhem, son mari, sur les tables de poker de la région. On voulait qu'il devînt

6. Citée par Catherine Lewertowski, *Les Enfants de Moissac (1939-1945)*, *op. cit.*, p. 35-36.

un aristocrate, l'un des meilleurs. Il avait tout pour ça : il était beau, intelligent et modeste.

Il fut donc inscrit de 1916 à 1924 au *Gymnasium* de Brasov, le lycée allemand Johannes Honterus, situé jusqu'en 1919 en territoire hongrois puis redevenu roumain. L'établissement était prestigieux, presque exclusivement réservé aux Allemands. Mais entre ses murs, un long calvaire allait commencer pour mon père. Dès les premières heures de cours, il fut confronté à un antisémitisme virulent de la part des élèves allemands : coups, brimades, insultes… Il comprit tout de suite qu'il ne pourrait survivre dans ce milieu hostile sans construire une **solidarité** sans faille avec les quelques Juifs qui se trouvaient là. Mais bien vite, ils se découragèrent les uns après les autres et au boût de quelques années, il n'en resta qu'un : Djigo.

Dans ses Mémoires, il raconte :

> « Je n'aimais pas cette école à cause de l'esprit, à cause de l'ambiance et à cause aussi de l'attitude des professeurs en général qui faisaient tout pour se débarrasser de ce seul élève qui n'était pas allemand. Mais, de par la législation existante, ils ne pouvaient pas m'exclure.
>
> Et alors, tout en n'aimant pas ce milieu ni mes camarades de classe, cette ambiance, justement parce qu'on voulait m'éliminer, je me suis accroché et je leur dois de ce fait beaucoup de choses. D'abord, comme j'étais un Juif plutôt malingre, parce que la culture physique n'était pas à la mode dans nos familles à la différence des études, eh bien, pour pouvoir affronter mes petits camarades de classe qui, à toutes les occasions, me tombaient dessus, je me suis mis à la gymnastique intensivement. Il fallait que je fasse le maximum pour leur tenir tête. »

Tenir tête. C'était devenu une obsession. Il ne réussit cependant pas bien longtemps à faire face aux nombreux jeunes Allemands déchaînés. Ce qui était prévisible arriva. Une bagarre plus forte que les autres, des coups un peu moins évités qu'à l'habitude et mon père se retrouva avec un trauma crânien, inconscient, à l'hôpital de Brasov, content d'avoir échappé au pire et en même temps déçu de ne pas avoir eu le dessus.

De cette période mon père garda deux idées fortes qui allaient être le fil directeur de sa vie : la nécessité de fédérer les énergies pour résister, mais aussi une méfiance qui frisait parfois la paranoïa. Il avait cette formule lapidaire que je n'ai pas oubliée : « N'aie pas peur, si quelqu'un te menace, frappe le premier de toutes tes forces et ne te rends jamais. » C'étaient, à peu de chose près, les derniers mots de Joseph Trumpeldor (1880-1920), succombant à ses blessures après avoir défendu héroïquement la colonie agricole de Tel-Haï, en Galilée, contre une attaque arabe : « Ça ne fait rien, il est bon de mourir pour son pays. »

Quoi qu'il en soit, même l'esprit combatif et résolu de Régina dut tenir compte de la situation à la vue des graves blessures infligées à Djigo. Le soir même, il fut décidé de le retirer du lycée et de lui trouver un destin en dehors de ce pays. Il s'agissait de refaire une place au soleil à la famille. Mais où aller ?

On rêvait pour Djigo d'une grande carrière de médecin. Régina pensa immédiatement à Vienne, peut-être aussi à Prague ou encore à l'Italie. Mais mon père refusa. Il préférait Paris et la France. Tournant le dos à ce monde germanique qui était pour lui avant tout synonyme de coups et de cuisantes déconvenues, il décida que la France serait son Amérique. Des Allemands, il écrit : « Je les admirais à un certain point de vue, mais je les détestais viscéralement pour avoir été élevé parmi eux. »

Régina ne fit pas trop de difficultés. Elle tenait à donner la meilleure éducation possible à son aîné. La sanctification du Juif ne passe-t-elle pas depuis toujours par l'étude ? Elle n'oublia pas de lui faire jurer de réussir et d'organiser, aussi vite que possible, l'émigration de toute la famille.

Dans l'histoire que je vous raconte, les femmes de la famille – notre cousine Sharolta la géante, qui épuisa au moins deux hommes, Rosa Grün, Régina, et même Shatta plus tard ainsi que ma mère, Berthe – jouent un rôle de premier ordre grâce à leur caractère, cette manière de ne jamais renoncer quoi qu'il arrive. Avec elles, on était au cœur de la foi d'Israël : la certitude que la fin de l'exil, de tous les exils, est possible. Elles se souvenaient que, pour s'être laissé envahir par le découragement et le renoncement, le peuple d'Israël erra quarante ans dans le désert. Peut-être est-ce pour cette raison que mon père élevait la ténacité en valeur morale suprême. Il me rappelait sans cesse la fière devise des princes d'Orange : « Je maintiendrai », ou encore : « Celui qui gagne est celui qui **tient** une seconde de plus. »

Avant de partir pour la France, comme tous les enfants qui s'exilaient, Djigo reçut la bénédiction de son grand-père paternel, Yonas. Yonas, un géant si pieux et si érudit qui n'avait pas hésité, un jour qu'il se fit traiter au café de « sale Juif », à soulever d'un seul geste les deux malotrus avant de les assommer en cognant leurs têtes l'une contre l'autre. Catherine Lewertowski raconte comment Shatta recevra ultérieurement la même bénédiction au moment de son départ de Roumanie : « Il avait posé alors ses larges mains jointes sur sa tête et l'avait bénie comme il l'avait fait auparavant pour ses frères, partis étudier la médecine en France. Près de soixante-dix années ont passé et lorsque Shatta, très émue, mime cette scène, nul doute que la prière de son grand-père et la chaleur de ses mains la réchauffent et la protègent encore[7]. »

Pour mon père aussi, pétri de tradition juive, ces mains protectrices semblèrent faire encore effet jusqu'à sa mort. Elles étaient peut-être à l'origine de cette force qui l'animait et de ce rayonnement mystérieux qui lui attachait des amitiés pour la vie.

---

7. Cité par Catherine Lewertowski, *Les Enfants de Moissac (1939-1945)*, *op. cit.*, p. 37.

CHAPITRE 2
Un étudiant roumain à Paris

Élisabeth et Sigismond Hirsch, étudiants à Paris.

Janvier 1924. Mon père arriva gare de l'Est, avec une valise pour tout bagage et un baccalauréat roumain comme seule lettre de recommandation. Il ne connaissait personne et parlait à peine le français. Les étudiants roumains venaient volontiers en France, car il était possible d'obtenir assez facilement l'équivalence française de leurs diplômes.

On ne peut pas dire qu'il était vraiment le bienvenu. Bien d'autres avaient eu la même idée que lui. En pas moins de quarante ans, 150 000 Juifs avaient émigré vers la France. Ils venaient d'Afrique du Nord et d'Europe orientale. En 1939, on comptait parmi ces Juifs 45 000 Polonais, 16 000 Russes, 12 000 Hongrois, 11 000 Roumains et 1 700 Lituaniens et Lettons. À partir des années 1930, la communauté juive de Paris était devenue l'une des plus importantes du monde [1].

Souvent ces Juifs vivaient dans une grande pauvreté : plus de 80 % d'entre eux étaient ouvriers. Ils habitaient la plupart du temps dans des quartiers désertés par les Français : le *Pletzl* du IVe arrondissement, labyrinthe de ruelles étroites autour de la station de métro Saint-Paul, ou encore à Belleville, et dans les quartiers entre la Bastille et la République. C'est là qu'on trouvait la majorité des boutiques et des ateliers qui employaient de nombreux Juifs [2]. Si vous voulez encore vous faire une idée de cette époque, allez rue des Rosiers à Paris.

Dès son arrivée, Djigo se présenta à la faculté de médecine pour s'y inscrire. Hélas, la date était passée. L'année

1. David H. Weinberg, *Les Juifs à Paris de 1933 à 1939*, Paris, Calmann-Lévy, 1974, p. 20.

2. *Ibid.*, p. 23.

Djigo à l'âge de vingt ans.

était commencée depuis octobre 1923. Il n'y avait rien à faire : il fallait attendre un an et revenir en septembre 1924. Déception. Perdre un an alors que Djigo n'avait pas le sou !

Alors, avec le peu d'argent dont il disposait, mon père loua une chambre misérable. On lui avait proposé de faire la plonge, la nuit, dans un restaurant, il accepta.

Travail du soir au matin. Travail forcené pour le métèque qu'il était.

C'était depuis l'arrière-cour d'un restaurant du Quartier latin qu'il entendait les rumeurs de la France des Années folles. Cette frénésie de vivre qui s'était emparée des Français après la fin de la Grande Guerre et irriguait la capitale d'une fascinante vitalité était parfaitement au goût de ce jeune homme de vingt ans, plein d'entrain et bien décidé à en découdre avec le destin.

Paris était alors le phare culturel du monde. Montmartre et ses peintres, ses cabarets, comme Le Lapin Agile, Montparnasse et la Coupole, le Dôme, la Rotonde ou la Closerie des Lilas voyaient se croiser les écrivains les plus doués de leur génération : Breton, Gide, Aragon, Henry Miller, et les peintres promis à un brillant avenir : Picasso, Soutine, Modigliani, Chagall, Max Ernst, Miró, Dali, Picabia… et tant d'autres.

Entre deux services, mon père arrivait à s'échapper. Amoureux de littérature française, il avait lu Balzac, Zola – *Le Ventre de Paris* lui servait de guide dans la capitale, en particulier aux Halles. C'est avec émotion et étonnement qu'il voyait les lieux de ses livres prendre corps. Que dire de la rue du Chat-qui-Pêche, totem pour le surréalisme naissant ! Et des bouquinistes le long de la Seine, chez lesquels il ne manquait jamais de soulager son maigre budget par quelques achats dès qu'il le pouvait.

Mon père ne possédait pas l'âme d'un solitaire. Il lui fallait, où qu'il aille, trouver une bande et se mettre à sa tête. Très vite, il fit venir ses frères, Yoshka et Arti, et ses sœurs, Shatta et Boëgi, et aussi un certain nombre de ses camarades de l'*Hachomer Hatzaïr* qui formaient un petit groupe de choc, les Barissias. Tous ces jeunes gens un peu chahuteurs, un peu « branques » comme l'avouait mon père, aimaient se retrouver autour d'une choucroute – sans trop de porc – achetée chez Schmidt, gare de l'Est.

Comme le dit Nénette Simon-Sher, mère de l'ambassadeur d'Israël en France, Yoël Sher, et belle-sœur de Shatta, dans un discours prononcé à Jérusalem le 22 juillet 1987 : « Ce n'est pas en étudiant perdu dans la foule que Djigo est arrivé à Paris, [...] mais déjà avec une auréole de gloire et comme porté en triomphe par ses camarades – on dirait aujourd'hui ses "fans" – qui l'y avaient précédé, [...] ses fidèles [...] dont j'ai connu un grand nombre à Paris, ils ne juraient que par lui. Il me semble que, tous, ils se soumettaient à sa poigne de fer. »

Et puis un jour, Djigo attrapa au vol une conversation entre des étudiants : l'université de Montpellier n'avait pas encore fermé ses inscriptions. Son sang ne fit qu'un tour : il laissa tout en plan et prit le premier train pour le Sud. Pour lui, il n'était pas question de perdre une minute. Il remplit le formulaire, présenta un grand papier écrit en caractères gothiques qui lui servait de baccalauréat et fut accepté.

Dire que son année de PCB (physique, chimie, biologie) fut difficile est un euphémisme. Entreprendre des

Pr Darbois, chef du service de radiologie de l'Hôpital Tenon, à son assistant S. Hirsch dont il facilitera l'installation 92, rue Pelleport (XXe arrondissement).

études si compliquées avec un français encore si peu sûr n'était pas une mince affaire ! Il travailla encore et encore et ne perdit jamais espoir. Le jour de la publication des résultats, alors qu'il se rendait à la faculté, il entendait murmurer autour de lui : « C'est ce Juif, ce Roumain au français maladroit. – Croyez-le si vous le voulez, il est admis », disait-on. C'était une surprise pour tout le monde, même pour le doyen de la faculté de Montpellier, qui le félicita en lui faisant l'insigne honneur d'organiser un déjeuner pour lui.

Dans le train qui le ramenait à Paris, Djigo pouvait savourer sa réussite. Toujours aussi pauvre, mais inscrit en médecine, il reprit son travail de plongeur et intégra l'université de Paris en première année de médecine. Il fut bientôt affecté comme interne à l'hôpital Tenon dans le service de radiologie du Pr Darbois. L'homme était redouté. La sécheresse de son physique et de ses réparties impressionnaient. Il n'était pas question de le contester. En plus de cela, il ne se cachait pas d'être antisémite. Non, les Juifs, il ne les aimait pas.

Comment cela a-t-il pu se produire ? Je ne peux pas le dire. Mais mon père devint peu à peu l'interne préféré de Darbois. Son travail consciencieux, sa disponibilité et ce charme qui ne laissait jamais indifférent avaient eu raison des convictions de ce grand ponte de la médecine parisienne.

Aussi, c'est dans ce service qu'il apprit sa spécialité de radiologue, choix qui allait finalement lui sauver la vie à Auschwitz. Mais, malgré tous ses efforts, rien ni personne ne pouvait lui assurer qu'il n'étudiait pas en vain, car, pour exercer la médecine en France, encore fallait-il être français et pour devenir français il était évidemment nécessaire d'être naturalisé, procédure très difficile à cette époque.

Depuis la Révolution française de 1789 qui reconnaissait comme principes liberté, égalité, fraternité pour tous les hommes, y compris les Juifs, les Juifs d'Europe de l'Est avaient pris l'habitude de dire : « Heureux comme un Juif en France », phrase traduite du yiddish.

Et pour cause. Pour la première fois dans leur histoire depuis le début de la diaspora, depuis la destruction du Second Temple par les Romains, voilà qu'en France on donnait aux Juifs l'égalité et la citoyenneté grâce au décret du 27 septembre 1791. Isaac Berr pouvait écrire à juste titre : « Dieu a choisi la noble nation française pour nous restituer nos droits et contribuer à notre régénération, comme il avait jadis choisi Antioche et Pompée pour nous humilier et nous opprimer [3]. »

Certains Juifs, avec humour, n'hésitaient pas à affirmer que le Messie pourrait bien être français ! Pourtant, même l'abbé Henri Grégoire, le plus éloquent des avocats de l'émancipation des Juifs en 1791, voyait encore dans les Juifs un élément étranger à la société. Il y avait toujours d'une manière sous-jacente l'idée que les Juifs appartenaient à une « nation » à part, chose si contraire aux idéaux de la Révolution. L'abbé Grégoire, comme le duc Stanislas de Clermont-Tonnerre, député à l'Assemblée nationale de 1789, qui fut à l'origine de l'émancipation des Juifs en France, comme Bonaparte, déclarait : **« Il faut tout refuser aux Juifs comme nation et tout accorder aux Juifs comme individus. »** C'était : pour le Juif, tout ; pour une réunion de Juifs, rien. Certes, Napoléon ressuscita le Sanhédrin qui a conduit à la création du Consistoire central des Israélites de l'Empire. Mais d'une certaine manière a toujours subsisté,

3. Cité par Michel Winock, *La France et les Juifs de 1789 à nos jours*, Paris, Seuil, 2004, p. 23.

de façon souterraine peut-être, ce que de Gaulle devait exprimer par une phrase qui fut si douloureuse aux Juifs de France dans une conférence de presse sur Israël, le 27 novembre 1967, après la guerre des Six Jours : « Certains même redoutaient que les Juifs, jusqu'alors dispersés, qui étaient restés ce qu'il avaient été de tout temps, **un peuple d'élite, sûr de lui-même et dominateur, n'en viennent, une fois qu'ils seraient rassemblés dans le site de leur ancienne grandeur**, à changer en ambition ardente et conquérante les souhaits très émouvants qu'ils formaient depuis dix-neuf siècles : l'an prochain à Jérusalem. » Mon père, gaulliste de toujours, en eut le cœur déchiré : il faisait partie de ce peuple qui chantait depuis deux mille ans son espérance lors des fêtes de Pâque, *Lechana habaa birouschalaïm* (« l'an prochain à Jérusalem »). L'espérance qu'un jour les Juifs auraient de nouveau une terre incontestée avec pour capitale la capitale du roi David, Jérusalem.

Il est devenu banal aujourd'hui, sous prétexte d'antisionisme ou de réserves vis-à-vis de la politique d'Israël, de laisser cours à une reprise tout simplement du bon vieil antisémitisme. Cependant, avec la Révolution française, c'était la première fois que les Juifs quittaient l'identité nationale juive exclusive, car la nation française leur offrait des droits de citoyens à l'égal de tous.

La conséquence de cette émancipation fut une perte d'identité forte pour les 40 000 Juifs français [4]. En effet, l'assimilation des Juifs à la société française fut rapide. Toutes les portes leur furent ouvertes : l'armée, l'administration, les grandes écoles. Ils adhéraient dans leur grande majorité à la République laïque, et l'élite juive s'éloigna

---

4. Léon Askénazi, *La Parole et l'Écrit*, t. II, *Penser la vie juive aujourd'hui*, Paris, Albin Michel, 2005, p. 189.

peu à peu des pratiques juives. Le déclenchement de l'affaire Dreyfus en 1894 et la vague d'antisémitisme qui déferla sur la France en cette fin du XIXe siècle laissèrent perplexe la communauté à tel point que Léon Blum, dans ses *Souvenirs de l'Affaire*, raconte que les Juifs « ne parlaient pas de l'affaire entre eux ; ils fuyaient le sujet, bien loin de se soulever. Un grand malheur était tombé sur Israël. On le subissait sans mot dire, en attendant que le temps et le silence en effacent les effets[5] ».

Notons que la méfiance des Juifs français à l'égard des associations communautaires était réelle. Ils n'aimaient absolument pas se faire remarquer. Beaucoup craignaient de voir leurs efforts d'intégration réduits à néant s'ils ralliaient de pareils groupes. La presse juive française n'était d'ailleurs pas tendre avec les immigrés nouvellement arrivés et suspectés d'intégrisme juif. Comme l'écrivait le rabbin David Berman dans les années 1930 : le Juif français « voit et sent les choses d'une manière qui le rapproche **plus** de ses compatriotes chrétiens que de ses coreligionnaires étrangers[6] ».

Même approche chez la famille Rothschild, pourtant admirable par ailleurs en tous points, mais décidément « israélite française » ; et cela se manifeste clairement, dans un discours de 1934, où Robert de Rothschild, président du Consistoire de Paris, fustigea ces Juifs qui « arrivent parmi nous avec leurs souvenirs, leurs habitudes de Pologne, de Roumanie ou d'ailleurs » et **retardent l'assimilation** de la communauté en suscitant un sentiment xénophobe chez les Français. Il ajoutait : « S'ils ne sont pas contents, qu'ils s'en aillent. Ils sont des invités

5. Cité par Michel Winock, *La France et les Juifs de 1789 à nos jours, op. cit.*, p. 162.

6. Dans *La Vie française*, le 25 février 1935.

qu'on reçoit avec plaisir mais il ne faut pas qu'ils cassent la vaisselle[7]. » Les Juifs d'Europe de l'Est, en particulier les Polonais, ont beaucoup souffert de cet accueil mitigé.

Complètement fous sont les écrits du rabbin Élie Munk, en 1933 en Allemagne, à Francfort-sur-le-Main, dans *Judentum und Umwelt*, « Judaïsme, socialisme et nationalisme » : « Le national-socialisme a remplacé le principe démocratique de la majorité par le principe fondamental du Führer. Toutes ses mesures vont dans la bonne direction de notre volonté religieuse. Le Führer a éliminé le fléau présent, à savoir le mouvement d'impiété, et il arrivera un temps calme dans lequel beaucoup de nouveau qui se passe actuellement sera salué par nous : le détour par la haine du Juif présente s'avérera, comme souvent dans l'histoire, comme le chemin qui poussera l'humanité en avant. **Israël doit souffrir afin que ses propres idéaux comme une renaissance illuminent un monde rajeuni[8] » !** C'est un rabbin qui écrit cela, alors que Hitler est au pouvoir et qu'un massacre se prépare.

Il y a des imbéciles aussi chez les Juifs.

Il y avait bien d'un côté les « Israélites français » et de l'autre des « Juifs étrangers » – Des Barbares ? En tout cas, des pauvres, et on en entendra parler sous Vichy. On verra Laval envoyer des Juifs à la mort, et il se défendra plus tard en disant que, ce faisant, il n'envoyait que des Juifs étrangers et non pas des Juifs français ! Dans son dernier livre,

---

7. Archives de l'ACIP, B132-1935, lettres reçues : affaires administratives-Assemblée générale.

8. Dans *Judentum und Umwelt*. Dr Elie Munk, in Ansbach I.B. Frankfurt am Main, 1933. Verlag des Israelit und Hermon GmbH.

Vichy et la Shoah[9], Alain Michel tend à montrer qu'à côté de l'horreur de Vichy il y aurait eu, peut-être, un rôle d'une certaine protection vis-à-vis des « Israélites » français, au prix du sacrifice des Juifs étrangers. Je ne suis pas prêt à envisager une quelconque réhabilitation de l'État de Vichy dont l'existence à mon sens a retardé le développement de la Résistance en France. Je rappelle que ma mère, Juive française, a été déportée et est morte de la dénonciation d'un capitaine français vichyssois. Il faut avoir vécu sous l'État de Vichy pour se rendre compte de ce que cela a été. Il faut avoir vécu et subi le trouble dans les esprits à cette époque, la collaboration et, du fait de Vichy, une certaine forme de **guerre civile**. Vichy, c'est une France coupée en deux qui, outre 1 800 000 prisonniers, va avoir 700 000 travailleurs du STO en 1944 ; c'est l'armistice accepté et la ruine pour la France qui doit payer à l'Allemagne, chaque jour, des sommes astronomiques. C'est surtout la ruine de l'âme d'un peuple à genoux. Vichy n'est en rien un bouclier. Vichy risque de retarder l'émergence de la Résistance dans le pays et aide l'Allemagne dans sa domination, laquelle n'aurait pas eu seule la capacité de réaliser tous ses objectifs. Sur 76 000 Juifs déportés, certes beaucoup (50 000) étaient « étrangers », mais 26 000 étaient « français ». Pour essayer d'aggraver la condition des Juifs, Vichy antisémite faisait varier la date de validation des naturalisations. Il faut être bien conscient que, si les Allemands n'avaient pas perdu la guerre, **nous, Juifs, y serions tous passés**.

Alain Michel n'est pas seul d'ailleurs. Il y a aujourd'hui comme une mode chez les historiens, et en particulier chez Jacques Semelin, qui voudrait en quelque sorte que l'on considère Vichy et une grande partie de la population fran-

9. Alain Michel, *Vichy et la Shoah, enquête sur le paradoxe français*, Paris, CLD Éditions, 2012.

çaise de l'époque avec plus d'indulgence. Pour eux, l'Américain Paxton aurait été trop catégorique. Je répète à dessein qu'il faut avoir vécu soi-même l'occupation allemande, la collaboration française avec la terreur qu'elle répandait, avec ses dénonciations extrêmement nombreuses, avec la mort au bout possible pour tous les Juifs, pour émettre un avis solide. Certes, on peut penser que « je règle des comptes ». Je dis simplement que j'exprime ce que j'ai vécu moi-même et qu'il faut se garder de tout révisionnisme qui serait en fait une traîtrise envers nos morts.

Naissance des EIF

À Paris, en 1926, alors que Djigo et ses amis roumains cherchaient un moyen d'affirmer leur identité juive, ils se rapprochèrent du tout jeune mouvement scout juif français créé quelques années plus tôt, en avril 1923, par Robert Gamzon : les EIF. Le choc culturel fut très fort entre les amis de mon père et les jeunes Juifs issus des familles bourgeoises françaises.

Il y avait l'argent d'abord :

> « Lors d'un match à la Courneuve, on nous a volé toutes nos affaires. Nous n'avions plus que le maillot que nous portions. Pour les Juifs français, c'était amusant ; ils s'en fichaient, ils venaient de familles riches. Mais pour nous qui avions tout juste ce que nous portions sur le dos, avec, pour la plupart, mettons, une ou deux chemises de rechange, le complet, les chaussures et tout, c'était une catastrophe. Heureusement que Castor avait pris une espèce d'assurance tous risques. Le vol n'était pas prévu, mais je crois que c'était quelqu'un de la communauté, quelqu'un qui nous aimait bien, qui au bout de quelque temps a obtenu une somme suffisamment rondelette pour nous équiper à nouveau de la tête aux pieds. »

Mais il y avait surtout la tiédeur à l'égard du judaïsme. Comme le dit un jour mon père à Gamzon : « Mais pourquoi veux-tu faire absolument du scoutisme juif avec des petits gars du XVIe qui ne connaissent pas un chant en hébreu ? C'est nous qui avons dû tout leur apprendre ! »

Robert Gamzon (1905-1961) était différent. Il avait passé son enfance à Saint-Éloi, gros bourg industriel du centre de la France. Son père était un ingénieur juif immigré, dont le judaïsme était assez prononcé. Par contre, sa mère, Juive alsacienne, était la fille du grand rabbin de Paris, Alfred Lévy. Après la mort accidentelle de son père, Gamzon, âgé d'à peine sept ans, fut recueilli chez cet aïeul maternel [10].

Il hérita de trois qualités essentielles de son père. D'abord l'esprit d'ingénieur. Il fut d'ailleurs diplômé de Supélec et cette capacité à bâtir fut reconnue dans le totem que les scouts lui décernèrent : Castor. Ensuite, ses racines juives étrangères le rendaient plus sensible que les autres Juifs français à la nécessaire rencontre entre tous les Juifs, autochtones ou venus de l'Est comme de l'Afrique du Nord. Enfin, son enthousiasme, typiquement slave, lui permit d'être un véritable meneur d'hommes et de réaliser toutes ses utopies en dépit des nombreux obstacles à franchir [11].

Première utopie à l'été 1919 : Castor était alors âgé de seize ans. Il voulait construire un mouvement scout purement juif. Jusque-là, faire du scoutisme pour un Juif signifiait rejoindre les Unionistes, des scouts protestants qui juraient de « servir Dieu et la Patrie ».

---

10. Isaac Pougatch, *Un bâtisseur. Robert Gamzon*, Paris, FSJU, 1971, p. 27.

11. Alain Michel, *L'Histoire des EIF de 1923 aux années 1990. Scouts, Juifs et Français*, Jérusalem, Elkana, 2003, p. 34.

Robert Gamzon avec de jeunes EIF.

Castor réussit à convaincre quelques jeunes de s'intégrer à une « patrouille de préparation au scoutisme israélite », en 1922. Le premier camp eut lieu en 1923 à Fublaines (Seine-et-Marne). En 1927, on ne comptait encore que 150 éclaireurs alors que le mouvement adoptait définitivement le nom d'Éclaireurs israélites de France.

Les EIF s'inscrivaient ainsi dans la grande tradition du scoutisme traditionnel : une méthode d'éducation complète et active, complémentaire de la famille, utilisant le jeu, le sport et l'harmonie avec la nature, dans le seul objectif d'éduquer les enfants d'un point de vue moral et spirituel. Un seul mot d'ordre : un esprit sain dans un corps sain, ou, comme l'écrira lui-même Gamzon : « Une

12. *L'EIF*, n° 24, octobre-novembre 1961.

fraternité de jeunes qui s'unissent dans une discipline joyeuse et acceptée pour se développer eux-mêmes et servir les autres [12]. »

Outre sa créativité essentielle, prophétique, Castor marqua par sa personnalité les Éclaireurs israélites à deux titres au moins : son patriotisme, typique des familles juives alsaciennes, et sa conception très libérale du judaïsme.

Le mouvement des EIF s'est toujours voulu résolument moderne, notamment en ce qui concerne la mixité. Si les jeunes filles se regroupaient dans des troupes spécifiques (petites ailes et cheftaines) et les garçons dans d'autres (louveteaux, éclaireurs et guides), les sorties se faisaient toujours en commun, comme on le voit sur cette photographie où Robert Gamzon est entouré de jeunes garçons et de jeunes filles.

L'objectif de Castor et de Djigo, assez simple au fond, était de redonner un idéal à cette jeunesse orpheline de son identité juive, diluée peu à peu dans la culture française : « Grouper sans dogmatisme toutes les tendances positives du judaïsme contemporain, faire naître et fortifier chez les jeunes Juifs la conscience de leur judaïsme, [...] montrer à tous l'intérêt et la beauté du judaïsme vrai [13]. »

Cependant, en 1926, le tout jeune mouvement EIF marquait le pas et peinait à démarrer, à la grande désolation de Castor. Le mépris des bons bourgeois juifs pour ces jeunes qui partaient camper aux environs de Paris, souvent des jeunes Juifs étrangers, était grand. Il faut bien aussi imaginer l'inquiétude des familles quand leurs jeunes filles partaient se promener dans les bois avec de jeunes gars inconnus...

13. Archives CDJC, coll. EIF, boîte 944 : rapport sur l'activité des EIF depuis juin 1940.

Pourtant, Djigo et ses Barissias, ces solides gaillards de Transylvanie, n'avaient que faire des contraintes bourgeoises françaises, du prêt-à-penser israélite bourgeois. Ils étaient massivement, abruptement, des **jeunes sionistes** qui aspiraient à une vie libre et dans les meilleurs délais dans le pays qui deviendra Israël.

Si Gamzon avait bien compris les principes du scoutisme, il manquait cruellement de cadres pour organiser concrètement le mouvement et enseigner tout ce qu'un scout doit savoir : s'adapter à la nature, allumer un feu, construire une cabane, organiser des campements... C'est pour cette raison qu'il comprit immédiatement l'apport que pouvait constituer Djigo avec ses Roumains décidés qui connaissaient les méthodes des *Hachomer Hatzaïr.*

Comme croit le savoir Nénette Simon dans une de ses lettres, « c'est Maurice Stern, également originaire de Brasov [...], qui a introduit Djigo, sans doute en 1926, dans notre mouvement scout ».

*

Sigismond Hirsch, l'un des fondateurs des Éclaireurs israélites de France (les EIF)

Il est remarquable que rien n'ait été écrit sur la genèse du mouvement EIF par ses fondateurs. Ni Robert Gamzon, ni André Kissler, ni Sigismond Hirsch, ni Édouard Simon, ni Lily ou Nénette Simon n'ont écrit à propos des années 1923 à 1926. Rien sur l'environnement de leur jeunesse, rien sur la création progressive du « mouvement », rien avant, pendant ou dans l'immédiat après-guerre. Il faut attendre un petit éclaireur EIF, Alain Michel, qui voudrait devenir historien et qui va demander aux anciens, vers 1980, de lui raconter l'épopée qu'ils ont vécue : il souhaite en faire sa maîtrise d'histoire et va par conséquent prier mon père et Shatta de bien vouloir le recevoir. On l'aide donc, ce qui lui permettra de se déclarer plus tard « le spécialiste » de l'histoire EIF. Alors que la modestie, l'intelligence, la détermination, le courage des chefs fondateurs ont été tels que c'est seulement vers 1980-1990 qu'on a abordé ce sujet, qu'on a commencé à raconter cette aventure peu banale. Chez les Juifs, **« il faut faire »**, disait Shatta. Et Castor exhortait ses troupes à arrêter les palabres pour construire : **« Je voudrais que tu sois un bâtisseur. »** De même, Manitou (Rav Léon Askénazi) préférera la parole à l'écrit[14], et ce sont ses élèves qui écriront. Bref, on n'aimait pas les écrits stériles ou superfétatoires, on voulait agir. Une seule fois, parce qu'il y avait péril de mort imminente, Édouard Simon écrit, comme on le verra plus loin, pour avertir les chefs EIF – mais alors, avec quelle plume ! On comprend dès lors que, avec beaucoup moins de modestie que les fondateurs, un certain nombre de parvenus aient voulu transmettre des faits qu'ils n'avaient pas vécus ou pas compris ni intégrés pleinement en se glorifiant, eux qui n'avaient pas été dans l'action, d'en être les « historiens ».

De sorte que la trame profonde d'un long chemin, sa logique, ses difficultés, leur échappent. Il y a en effet une immense différence entre les chefs initiaux du mouvement qui ont conduit le mouvement avant et pendant la guerre en donnant des ordres et des orientations et ceux qui ont été des exécutants. Par exemple, quand une éclaireuse, dans une *Revue d'histoire de la Shoah* – CDJC 1997, écrit page 65 cette énormité : « Tout a débuté à Moissac

---

13. Rav Léon Askénazi, *La Parole et l'Écrit*, Paris, Albin Michel, 1999.

fin août 1942 », il conviendrait qu'elle sache que Shatta Simon a créé la Maison de Moissac dès le 5 décembre 1939 pour accueillir des jeunes, en particulier allemands, envoyés par leurs parents d'Allemagne, par crainte du nazisme hitlérien pour leurs enfants ; plus tard, pour mettre des enfants à l'abri des bombardements des villes, plus tard encore, pour les recueillir puis les cacher en leur évitant la déportation.

Sigismond Hirsch, lui, arrive de Roumanie en 1924 à Paris. Il arrive avec son groupe de costauds, qu'il a baptisé « groupe Barissia ». Ce sont des bagarreurs sans complexes. Et sa rencontre avec Édouard Simon est déterminante. Édouard Simon, solide Juif français, est l'incarnation du scout. Carré, clair, bien élevé, impeccable, il est ami de Castor. C'est un éclaireur unioniste. Tous deux trouvent anormal qu'il y ait des éclaireurs non juifs et qu'il n'y ait pas d'éclaireurs juifs. Édouard Simon est éclaireur, il est le scout typique – le scoutisme, il connaît. Et si on créait un scoutisme juif ? Les Simon sont une famille aisée, distinguée, accueillante. Bientôt, les réunions du mouvement débutant vont se faire chez eux : ils offrent un goûter, et allez ! le soir, ils invitent aussi à dîner ! Ils adoptent le jeune Hirsch, ombrageux, un peu gauche, mais plein de fougue, sioniste, cultivé. Le métèque a du ressort, du courage – et des fans dévoués !

Castor voit immédiatement le parti qu'il peut tirer de la coaptation de ces Roumains décidés pour féconder le mouvement qui marque le pas (une vingtaine de jeunes qu'on a peine à rassembler le dimanche pour faire une « sortie »). Et après maintes discussions, il arrive à convaincre Djigo de s'engager à ses côtés, mais non sans disputes parfois rudes, ils doivent accorder leur ligne de conduite. Ils s'opposent en particulier sur le sionisme, essentiel chez Djigo – Castor étant plus français, plus « bon chic bon genre ». Djigo,

Édouard Simon en uniforme.

Premier rassemblement des EIF avec Djigo et sa sœur Shatta.

lui, est dans l'histoire des héros d'Israël. Il en découle de longues négociations, par exemple sur la teneur de la « promesse » scoute des EIF. Nous y reviendrons. Néanmoins, ces deux-là ne vont plus se quitter – avec le troisième homme qui est Bouli, Édouard Simon.

En bon Juif d'Europe centrale, Djigo amène tous les siens de Transylvanie, en particulier Yoshka, son frère cadet, Boëtzi, Shatta qui s'engagent aux EIF et vont chez les Simon eux aussi… Et puis son jeune frère, Arti.

Bouli a à peine le temps de réaliser, qu'il est marié avec Shatta ! Shatta, une vraie bombe roumaine, infatigable, qui va devenir commissaire EIF. Shatta qui prend une idée qui traîne, l'adopte et n'en démord plus jamais !

Et c'est ainsi qu'on va construire un scoutisme juif français qui s'inspire du scoutisme unioniste pour la pratique extérieure : uniforme, foulard, culotte courte, chaussettes hautes, chaussures de marche, chapeau, marche au pas cadencé, mais en chantant des chants hébreux, car l'esprit, lui, est juif. Juif comment ? Lily Simon puis Sigismond Hirsch orientent le mouvement vers le sionisme. Nénette Simon, épouse Sher, précise dans une lettre également toute l'importance qu'a eue sa sœur dans cette orientation sioniste, sujet sur lequel elle unit tout à fait ses forces à celles de Djigo.

Lettre de Nénette Sher, Jérusalem, 22 juillet 1987.

[…]

« Si Shatta et Boëtzi Hirsch ont fait appel à moi pour rappeler les activités qui ont donné à leur frère Djigo une quasi-célébrité au sein des EIF, alors qu'il n'était encore ni médecin ni résistant, c'est qu'hélas il ne reste maintenant que bien peu de ceux qui l'ont connu alors qu'il est arrivé à Paris en 1926. […] Je tiens avant tout à exprimer ma gratitude personnelle à son égard : je puis dire qu'à deux moments décisifs de ma vie il m'a sauvée et la première fois, pas seulement moi, mais aussi mon mari et notre fils, Yoël. C'est en effet grâce à son aide que durant l'Exode en 1940 nous avons pu poursuivre, jusqu'à la frontière d'Espagne, la route qui nous a menés sept mois plus tard, le 15 janvier 1941, en Palestine. La deuxième fois remonte à il y a cinq ans, lorsqu'il m'a accueillie pendant quatre mois à la clinique qu'il a fondée à Massy : les soins attentifs que j'y ai reçus m'ont évité la petite voiture d'infirme.

Ce n'est pas en étudiant perdu dans la foule que Djigo est arrivé à Paris, après une année d'études à la faculté de médecine de Montpellier, mais déjà avec une auréole de gloire et comme porté en triomphe par ses camarades – on dirait aujourd'hui ses "fans" – qu'il avait amenés.

Dès 1923, en effet – il avait alors dix-sept ans –, il avait été la tête de proue des jeunes sionistes dans sa ville natale de Brasov, où il avait par ailleurs créé une section du *Hachomer Hatzaïr*. Quant à ses fidèles, les étudiants de l'association « Barissia », dont j'ai connu un grand nombre à Paris, ils ne juraient que par lui. Il me semble que tous, ils se soumettaient à la poigne de fer de l'ancien membre de son comité directeur.

Si mes souvenirs sont exacts, c'est Maurice Stern, du KKL de Paris, également originaire de Brasov, et que j'avais attiré avec deux ou trois de ses camarades aux EIF, qui introduit Djigo sans doute en 1926 dans notre mouvement scout. Une photo datant de cette époque et prise au camp de Grignon témoigne de la part active que lui et ses "Tchoutchoums" y avaient prise – un portail en branchages que je ne pense pas pouvoir attribuer à d'autres EIF.

D'où provient le nom de "Tchoutchoums" ? Sans doute suis-je la seule à en connaître ici l'origine : au cours d'une fête donnée par les EIF, Djigo se produisit sur la scène dansant une hora endiablée, entouré de quelques-uns de ses fidèles, qui chantèrent en hébreu dont nous ne retînmes que des "Tchtchtch...". Et puis ce nom de leur ancien groupe : *Hachomer Hatzaïr*. Qu'est-ce que c'est que ces "Tchoutchoums" ? s'exclama alors André Kanter, le fantaisiste des EIF, fondateur et rédacteur de la revue EIF d'alors. Et depuis ce jour, ce nom désigna le petit groupe venu de Transylvanie.

En 1928, ce fut le camp de Jullouville-les-Pins, dirigé par Castor et où retentissait l'appel fréquent et vigoureux lancé par Djigo à ses deux Tchoutchoums qui participaient aussi à ce premier grand camp : "Latzi, Ferri, viens ici !"

Le Foyer de la rue des Deux-Ponts – le premier centre communautaire juif sioniste pour les jeunes, créé par notre sœur, Lily Simon, ayant été fondé à peu près un an après les EIF, fin 1924, je crois que c'est en 1929 qu'avec l'accord de la promotrice du Foyer, Mme Fernand Halphen, Djigo mit sur pied le dispensaire de la place des Hospitalières-Saint-Gervais (déjà un dispensaire !). Dépendance et complément dudit Foyer. Cet ensemble éducatif, culturel, médical, desservait les quelque 60 familles juives de l'immeuble – toutes immigrées de fraîche date. Outre les soins médicaux que Djigo donnait aux enfants, à leurs familles et aux élèves de l'école communale mitoyenne, où tous les élèves, sauf un, étaient juifs et EIF dans leur grande majorité, il aidait les parents de ces familles nombreuses à régulariser leurs papiers, car les arrivants, non seulement étaient démunis de tout, mais encore ne parlaient pas le français.

C'est là qu'il rencontra la famille Simon, une vieille famille juive française. Lily Simon était assistante sociale. Son frère

Édouard qui passait de temps à autre remarqua la sœur de Djigo, Shatta…

Avec Lily, Djigo accomplit un travail remarquable au Foyer, et à ce propos, je crois indispensable de signaler que les Tchoutchoums, d'éducation sioniste, se sont d'autant mieux intégrés au groupe local du Foyer que ma sœur, Lily Simon, sa fondatrice, y avait établi comme base l'idéologie sioniste. Les noms des troupes, meutes et sections témoignent de la direction qui était donnée aux jeunes : Trumpeldor et Bar-Kokhba.

En 1931, toujours avec l'appui de Lily Simon qui fournit le terrain de camp et les facilités de la Maison de la Mer à Colleville, colonie de vacances complément du Foyer de la rue des Deux-Ponts, se déroula le Camp mondial du scoutisme juif, organisé par Djigo avec les principaux chefs EIF. Ce fut une réussite d'où sortit l'Union mondiale du scoutisme juif, toujours sur l'initiative de Djigo. […]

En 1933, Djigo devint Monsieur le docteur Hirsch et fut nommé membre du comité directeur des EIF. Il participa aux cours pratiques et théoriques du camp-école de Cappy, dans l'Oise, ouvert aux chefs des quatre mouvements du scoutisme français. […]

En 1942, à Auvillar, dans le cadre de l'organisation de résistance des EIF, la "Sixième", il organisa un vaste réseau de planquage pour des jeunes, juifs et non juifs, de dix-huit à vingt-cinq ans qui s'étendait dans le Tarn-et-Garonne, le Gers, le Tarn et le Lot-et-Garonne. […] »

À partir de 1926, des jeunes Juifs musclés, en habit paramilitaire, défilent dans Paris en chantant des chants hébreux rafraîchissants mais qui épouvantent le Consistoire et les bons bourgeois juifs ! Pourtant, à l'époque, mon père hésitait, car il ne voyait pas véritablement la pertinence de ce mouvement juif qui était si peu marqué par le judaïsme. La première friction porta sur la promesse. Gamzon voulait jurer **fidélité « à Dieu, à la France et au judaïsme »** ; Djigo préférait « à Dieu, au judaïsme

Sigismond Hirsch, commissaire national des Éclaireurs israélites de France (EIF) faisant faire « la Promesse » à des éclaireurs (troupe Trumpeldor) . « Je jure fidélité à Dieu, au judaïsme et à la France. »

et à la France ». C'étaient deux cultures, deux histoires, deux destins qui s'affrontaient là.

Pour Djigo, c'était le judaïsme qui devait être premier servi. Avec son « foutu caractère de bagarreur », pour reprendre ses mots, Djigo ne voulait pas céder. D'ailleurs, il aurait préféré « Éclaireurs juifs » à « Éclaireurs israélites de France ». Gamzon, impressionné par l'ardeur que mon père mettait à défendre son point de vue, fut sur le point d'être convaincu, puis, au dernier moment, se ravisa : « Écoute, dit-il un jour à Djigo, ça ne colle pas, vis-à-vis des "vrais" Français, ceux du XVIe, du VIIIe et du VIIe arrondissement. Et il nous les faut aussi, si nous voulons faire un amalgame. » Djigo, qui était têtu mais pas buté, finit par lâcher. En desserrant à peine les dents, il concéda : « Bon ! va pour les Éclaireurs israélites de France et ta promesse. »

> « Castor était excessivement diplomate, écrit mon père dans ses Mémoires. Il n'était pas comme moi, un caractère difficile, têtu et emporté. Quand j'ai une idée, il est difficile de m'en faire changer. Mais lui essayait toujours de se mettre à la place des autres. Il était très malléable, ce qui avait aussi des inconvénients quelquefois. »

Simon Lévitte entouré par Boëtzi (à gauche) et par Shatta (à droite).

Pour faire court, Djigo soutenait une ligne **beaucoup plus sioniste** que la plupart des Juifs français. Il se rapprochait en cela de Denise Gamzon, la femme de Castor, ou encore de Simon Lévitte ou Léo Cohn, personnalités phares du mouvement. Simon Lévitte deviendra, avec Freddy Menahem, l'un des chefs de la Résistance juive en zone occupée (MJS).

Au cours de la séance du 4 octobre 1927, le procès-verbal qualifie d'ailleurs Djigo Hirsch de **« chef sioniste[14] »**. Peu à

14. Cité par Alain Michel, *L'Histoire des E.I. de 1923 aux années 1990*, *op. cit.*, p. 46, n. 94.

peu, son assiduité et son expérience concrète du scoutisme lui permirent d'infléchir le mouvement dans ce sens. **Djigo avait pour projet de former une génération capable de bâtir un État juif en Palestine**. Dans cette perspective, la débrouillardise, la proximité avec la nature, le travail agricole paraissaient des priorités pour l'avenir, pour Israël.

Il est vrai que le caractère juif du scoutisme fut renforcé encore par l'intégration au mouvement dans les années 1930 de jeunes réfugiés juifs d'Allemagne, tel Léo Cohn, originaire de Hambourg, qui refusa de se rendre en Palestine au début de la guerre et disparut à Auschwitz. Profondément imprégné de culture juive comme de culture classique, poète, musicien, juif orthodoxe et ouvert, Léo Cohn développa aux EIF un judaïsme du vécu, fait de chants, de danses, d'histoires et de traditions qui se rattachaient directement à la joie de vivre développée par le hassidisme de Pologne, courant mystico-religieux fondé par le Baal-Chem-Tov au XVIIIe siècle.

Il fallut cependant attendre le Conseil national du 1er novembre 1932 pour que soit officialisée la nouvelle direction voulue par mon père pour les EIF : l'organisation ferait désormais une place importante au judaïsme dans sa dimension culturelle, mais aussi cultuelle. Aucune manifestation scoute ne pourrait être organisée le jour du shabbat. Il était recommandé de suivre un minimum de cacherout, mais il n'y avait aucun intégrisme. Les EIF étaient un mouvement juif traditionaliste mais **libéral**.

Jusqu'à la guerre, les oppositions restèrent grandes. Les Juifs français se méfiaient de ces EIF et surtout de l'enseignement des valeurs juives libérées dans un projet sioniste. Certaines familles craignaient même que leurs enfants ne deviennent des rabbins !

Pourtant, l'histoire donna raison à Djigo. Si, au début des années 1930, les EIF affichèrent une attitude plus que réservée à l'égard de l'émigration en Palestine, dès 1935, lorsque les menaces allemandes et antisémites se précisèrent, **l'objectif prioritaire du mouvement fut bien de créer les futurs pionniers pour l'émigration vers le « Foyer national », le futur Israël**.

La crise économique de 1929 et l'arrivée en France des premiers Juifs fuyant les persécutions nazies accrurent encore la tendance sociale des EIF ; mais, fait curieux pour un mouvement de jeunes Juifs à cette époque, le Front populaire de 1936, avec ses vastes grèves générales, avec Léon Blum, Juif, comme chef du gouvernement (1936-1937), ne passionne pas les EIF. En octobre 1938, un atelier de menuiserie fut installé au siège des EIF, 27, avenue de Ségur. Ce local situé dans le VIIe arrondissement de Paris devint le cœur, la forteresse des EIF. Une ferme-école inaugurée en mai 1939 près de Saumur compléta ce dispositif. Ma tante Shatta Hirsch-Simon, elle, ouvrit la Maison de Moissac, dès le 5 décembre 1939.

Gamzon voulait en effet « renverser la pyramide », comme il disait. À ses yeux, trop de Juifs travaillaient dans le secteur commercial et les milieux intellectuels, trop peu dans le secteur primaire et secondaire. L'intégration de la communauté se ferait au prix d'une participation active des Juifs à l'effort de production.

Face aux épreuves qu'allait traverser la communauté juive, une seule solution donc : le travail manuel et le retour à la terre. L'idée était dans l'air du temps.

*

Les débuts des EIF. En uniforme, Djigo Hirsch et Bouli Simon, le mari de Shatta.

Enfin, à force de revenir à la charge, Gamzon eut raison des réticences de mon père. Ils conclurent un marché : Djigo rejoignait les EIF mais gardait son indépendance en montant une troupe à lui dans un local mis à sa disposition, rue des Deux-Ponts.

Les deux chefs avaient trouvé le moyen de travailler ensemble, et leur amitié devint fusionnelle. Très différents l'un de l'autre, mais aussi déterminés, ils ont construit peu à peu un idéal commun, tendu vers *Eretz Israel*, la terre d'Israël. Ils ont créé un code scout : « La fidélité dans les petites choses est à la base de tout ce qui s'accomplit de grand. » La phrase trônait déjà dans la pièce principale du 18, quai du Port, à Moissac.

Ensemble, ils bâtissent les EIF en organisant des camps successifs dont celui de Colleville, près de Caen, en 1931. **Ensemble, ils se retrouvent** (par miracle) à Port-Vendres, dans le Sud, en pleine débâcle, en 1940, avec Édouard Simon et Boëtzi Hirsch. **Ensemble, ils décident, plutôt que de rejoindre de Gaulle en Angleterre, de rester en France pour protéger les Juifs**. Ensemble, ils sillonnent la France et organisent le « planquage » des jeunes. Et quand Djigo est arrêté par la Gestapo, le 18 octobre 1943 à l'aube, le soir même, malgré le danger et les difficultés de circuler à l'époque, arrive Castor avec quelques EIF, dont Roger Fichtenberg. Castor a été prévenu par Shatta et vient sur place pour voir ce qu'il faut faire pour que les jeunes planqués par Djigo ne soient pas arrêtés. Effectivement, aucun des 400 jeunes Juifs et réfractaires au STO ne sera capturé. Avec son équipe, dont Roger Fichtenberg, Castor récupère le fils de Djigo, Nano, agent de liaison, qui ne doit absolument pas tomber dans les mains des Allemands, car il connaît les caches de beaucoup de jeunes planqués.

Seul, en l'absence de Djigo déporté, Castor récupère ensuite ses gars et va créer le maquis de Vabre avec, en particulier, la compagnie Marc Haguenau (ainsi nommée en hommage au responsable de la « Sixième » arrêté en février 1944 à Grenoble, torturé par la Gestapo et tué au cours d'une tentative d'évasion). Deux êtres exceptionnels, deux destins juifs hors du commun [15]. Un ingé-

15. À la Libération, ensemble, Djigo et Castor entreprennent de reconstruire la communauté. Ensemble, ce sera l'école des cadres d'Orsay. Djigo, en uniforme de capitaine de FFI, se rend en Afrique du Nord chercher de nouveaux jeunes chefs pour le mouvement EIF. Ainsi arrivent, entre autres, Léon Askénazi (Manitou) et le futur grand rabbin de France, René-Samuel Sirat. Dernier acte logique dans un tracé impeccable, Castor fait son alya et « monte » en Israël. Mon père va le voir plusieurs fois. Hélas, Castor se noie en se baignant. Immédiatement, mon père prend l'avion pour éviter qu'une autopsie inutile ne porte atteinte au corps de son ami.

nieur et un médecin. Deux sionistes convaincus. Deux modestes qui n'ont jamais revendiqué les honneurs, jamais publié, jamais péroré. Castor a seulement écrit *Tivliout (Harmonie)* [16], que les EIF viennent de rééditer. Sigismond Hirsch n'avait rien écrit. Shatta et Bouli Simon n'ont jamais rien écrit. Une exception toutefois, l'ordre extraordinaire que donne Bouli à ses jeunes lors de la dissolution de Moissac en octobre 1943 : « Rendez-vous à tous les survivants après la guerre, à la Maison de Moissac, le premier shabbat après la Libération. »

*

Mais revenons à 1926. En échange d'une modeste rétribution, mon père avait accepté depuis quelques mois de soigner les Juifs sans le sou qui étaient logés gratuitement dans deux immeubles, au 10 et au 12 de la rue des Deux-Ponts, sur l'île Saint-Louis à Paris. Le local appartenait à une riche veuve, Mme Halphen. Par cette œuvre de charité, elle voulait surtout éviter que la pauvreté de la communauté juive émigrée ne devienne un terreau favorable à la propagation des idées communistes[17].

> « On s'occupait des nouveaux immigrants, raconte mon père, on leur trouvait un logement, je les soignais gratuitement. Mme Halphen était passionnée par le judaïsme. Depuis la guerre, elle était veuve. Son mari, un type extraordinaire, était mort à la guerre de 14-18. Il est tombé au cours des premiers combats ; elle ne s'était jamais remariée. »

Les immigrants ne parlaient pas la langue, n'avaient pas de travail. Ils étaient si pauvres qu'après ses consultations

16. Robert Gamzon, *Tivliout Harmonie*, Paris, EIF, 1945.

17. Alain Michel, *L'Histoire des EIF de 1923 aux années 1990*, op. cit., p. 49.

gratuites Sigismond Hirsch devait acheter les médicaments prescrits !

Sous l'impulsion des Tchoutchoums de Transylvanie, les EIF devenaient de plus en plus sionistes. (Les Tchoutchoums, comme on l'a vu, étaient ces éclaireurs de mon père, solides gaillards qu'il avait ramenés de Roumanie en France. Ce nom resta célèbre à ces jeunes inconditionnels de Djigo et sionistes purs et durs.)

De l'avis même d'Alain Michel, qui s'intitule « le spécialiste de l'histoire des EIF », **ce groupe eut toujours une identité différente des autres à cause de son recrutement plus populaire et des valeurs sionistes plus prononcées**. Les noms de la meute et de la troupe, Trumpeldor et Bar-Kokhba, en témoignaient assez [18]. Dans le local de la troupe, une grande carte de la Palestine rappelait à tous que le retour vers la Terre promise, l'*alya*, était un rêve à la portée des 200 jeunes, originaires de neuf pays différents, dont mon père s'occupait.

Apprendre à survivre comme il l'avait appris en Roumanie, tel était son credo. Défendre les Juifs, leur identité et leur culture, tel était son projet.

Et bientôt, ce fut la révolution dans le « Tout-Paris » juif et pas juif. Qu'on imagine tout à coup de jeunes Juifs qu'on était habitué à voir malingres, vêtus de noir et rasant les murs de la capitale, au mieux discrets, au pire honteux, qui étaient devenus de jeunes scouts quasi paramilitaires, culottes courtes, chaussures de marche, chemise ouverte avec foulard et drapeau car-

18. Antoinette Simon dans *La Terre retrouvée*, 3e année, n° 10, 25 juin 1931, p. 13.

Éclaireurs EIF en tenue de sortie. Djigo, avant-dernier à droite.

rément déployé, portant des badges, des étoiles, constituant des troupes (c'est bien le mot !) d'éclaireurs aux noms évocateurs de héros juifs : David, Trumpeldor, ou Bar-Kokhba. Ces jeunes gars musclés, faisant de la culture physique, des marches, s'exposant au soleil, qui défilaient dans la capitale au pas cadencé et chantaient des chants… hébreux qui jaillissaient de leurs jeunes poitrines ! Stupeur. Puis, derrière les garçons, venaient les filles, également en uniformes, chemises blanches, jupes bleu foncé… (en Israël, les femmes aussi font leur service militaire).

De plus en plus souvent, mon père fit défiler ses éclaireurs dans Paris. Cela inquiéta beaucoup les rabbins qui se demandaient si ces démonstrations n'allaient pas leur attirer les foudres des catholiques. Ils étaient atterrés, très réprobateurs : « Vous allez recréer de l'antisémitisme », disaient-ils. Comme si le seul Juif acceptable était le Juif honteux de lui-même.

Jeunes scouts juifs.

Tout au contraire, mon père multipliait les camps, les « réunions de chefs » et les sorties scouts, car Djigo croyait qu'il était urgent de donner une dimension juive massive au sein du scoutisme français. Avec les pionniers du mouvement EIF, il recrutait inlassablement le maximum de jeunes pour les coopter.

On voit sur cette photo des jeunes de plus en plus nombreux avec des uniformes de plus en plus « vraiment scouts ». Ainsi organisa-t-il le premier camp mondial du scoutisme juif en 1931 à Colleville. Deux cents campeurs et près d'une centaine de délégués venus de différents pays se réunirent sur un terrain prêté par Mme Halphen. Cette rencontre déboucha même sur une éphémère Union mondiale du scoutisme juif.

Djigo reçut à cette occasion le titre un peu pompeux de « commissaire pour l'Afrique du Nord ». Il lui incombait

Les premiers camps EIF. Colleville, 1931.

la lourde charge de créer des correspondants partout où il y avait des Juifs intéressés par le scoutisme. Mon père eut beau faire remarquer à la petite compagnie qu'il n'était même pas français et qu'il ne s'était jamais rendu en Afrique du Nord, ce fut peine perdue. Tout le monde le croyait fait pour cette tâche. Il y alla donc, en mission.

Il lui appartint de rédiger une intense correspondance, qui dut lui coûter, car, après tout, son français était peu sûr et son écriture trop anguleuse pour être lue sans difficultés. Elle lui permit de mettre sur pied un noyau de chefs scouts. Ces derniers allaient jouer un rôle décisif dans le mouvement et surtout dès les premiers jours de la débâcle de juin 1940, lorsqu'ils accueillirent des centaines de familles fuyant l'offensive allemande, comme on le verra plus loin.

Ce furent les valeurs du scoutisme qui allaient devenir le socle de la Résistance juive pendant la guerre. Tous

Les premiers camps EIF. Shatta et Boëtzi,
au troisième rang, au centre.

les enfants recueillis à la Maison de Moissac, dans le Tarn-et-Garonne, le racontent. Moissac, capitale des EIF ! Ils vivaient au rythme du scoutisme. Dès leur arrivée, les enfants intégraient, en fonction de leur âge, une patrouille pour les garçons, un clan pour les filles. Ils mangeaient par patrouille, ils jouaient en patrouille. C'est cet esprit scout qui permit à des centaines de jeunes Juifs français et européens, confrontés à des situations extrêmes – arrestation, cris, assassinat des parents, tortures, internement – de se reconstruire peu à peu en tenant à distance la tragédie que vivait la communauté juive.

« Ne te sépare pas de ta communauté », était-il écrit en gros caractères dans la grande salle de la Maison de Moissac. Car pour Shatta, Djigo et les autres, il s'agissait de sauver non seulement des vies mais aussi des âmes.

Dans l'écroulement général des valeurs et des structures, dans la débâcle, dans un foutoir intégral, l'organisation scoute juive représentait, pour certains Juifs, une alternative au chaos, une idée neuve, moderne, qui résistait à la grande pagaille, au désespoir.

*

De plus, Djigo développa aux EIF une assistance médicale. Après tout, il se souvint qu'il était d'abord médecin ! Avec l'accord de Mme Halphen, il mit sur pied le dispensaire de la place des Hospitalières-Saint-Gervais : « outre les soins médicaux que Djigo donnait aux enfants, à leurs familles et aux élèves de l'école communale mitoyenne, où tous les élèves, sauf un, étaient juifs et EIF dans leur grande majorité, il aidait les parents de ces familles nombreuses à régulariser leurs papiers [19] », car les arrivants, non seulement étaient démunis de tout, mais encore ne parlaient pas le français.

C'est là qu'il rencontra la famille Simon, une vieille famille juive française. Lily Simon était assistante sociale. Son frère Édouard passait de temps à autre. Il remarqua la sœur de Djigo, Shatta. On se demande bien qui pouvait passer à côté de cette tornade roumaine !

Car « Shatta, c'est Shatta », comme on allait le dire plus tard à Moissac. Catherine Lewertowski insiste beaucoup sur ce point : « Elle émettait un fluide mystérieux auquel personne n'échappait. Elle était une puissante figure dominatrice. Mais un être à la domination souriante. Quand elle était là, il n'y avait plus personne d'autre pour dominer. Et son accent ! Et sa voix ! Elle savait tout. Elle

19. Antoinette Simon, témoignage, coll. particulière.

Charlotte Simon, dite Shatta, née Hirsch, et sa sœur, Élisabeth Hirsch, dite Boëtzi.

centralisait tout. Il fallait que cela passe par elle et que cela reparte d'elle[20]. » Pas d'états d'âme. Jamais. « Il faut faire », disait-elle.

On aurait pu faire la même description de mon père. C'est dire que les engueulades entre eux étaient homériques. Mes oreilles en résonnent encore.

Édouard Simon, dit Bouli, aurait pu remarquer Boëtzi, « une reine de beauté » selon les mots de mon père. Elle travaillait elle aussi au dispensaire (les Hirsch chassaient en meute). Belle, oui, mais au caractère impossible, « comme toute la famille d'ailleurs », ajoute mon père et je m'y inclus :

20. Georges Loinger cité par Catherine Lewertowski, *Les Enfants de Moissac (1939-1945)*, *op. cit.*, p. 107.

« Ça ne se voit pas comme ça, elle semble très douce… Bref, elle ne s'est jamais mariée. Mais elle était tellement belle qu'un jour la baronne Édouard de Rothschild l'a remarquée ; elle lui avait tapé dans l'œil et la baronne a voulu mettre la main dessus ; Boëtzi devait avoir seize ans à l'époque, mais elle était sans aucune formation. Qu'à cela ne tienne ! Elle lui a payé ses études et l'a même envoyée pour un an à Strasbourg. […] C'est ensuite qu'elle a intégré le foyer de la rue des Deux-Ponts comme assistante sociale. »

Mais c'est Shatta qui retint l'attention de Bouli. De fil en aiguille, Shatta fut de plus en plus sensible aux avances d'Édouard Simon tandis que, de son côté, mon père avait remarqué une jeune infirmière juive alsacienne qui travaillait là, Berthe Weyl – ma mère.

*

Dans ces premières années de scoutisme, tout était fait de bric et de broc sauf la foi des engagements des uns et des autres. Mon père et quelques autres chefs se rencontraient en fin d'après-midi chez les Simon, qui avaient accepté de faire de leur appartement un point de ralliement. Mon père leur en fut toujours reconnaissant :

« M. Simon était très gentil. C'était le genre un peu bourru. Mme Simon était un ange de bonté. Lorsqu'il était tard le soir, parce que la réunion avait duré un peu plus longtemps, on nous gardait à dîner après nous avoir donné un grand goûter. On était les plus heureux du monde car, en temps normal, on se contentait d'un repas par jour au Foyer israélite grâce à des tickets qui nous étaient distribués gratuitement. »

Djigo était persuadé de l'importance de son travail même si les effectifs étaient encore maigres : **à la veille**

de la guerre, le scoutisme juif comptait 2 500 jeunes dont quelques centaines de chefs.

Il voyait d'un œil lucide le tour que prenait la politique en Europe. L'Allemagne avait été laminée par le détestable traité de Versailles et par la crise de 1929. Elle sombrait chaque jour un peu plus dans la violence, liée – outre la crise financière sans précédent – à l'humiliation insupportable qu'on lui avait infligée.

De son côté, la France non plus n'était pas vraiment dans une santé éclatante. Comme chaque fois que la France doute d'elle-même, les Juifs étaient accusés de tous les maux, et mon père le savait. L'affaire Stavisky (1934) le confortait dans l'idée que la période certes exigeante mais heureuse de ses vingt ans n'allait pas tarder à se refermer brutalement.

Djigo savait que ces jeunes gens qui faisaient de la gymnastique, s'occupaient à construire des abris de fortune, des tentes, à couper du bois, à faire du feu, à cultiver les champs se préparaient en fait à faire face à un ennemi qui n'était pas encore clairement identifié mais que sa méfiance naturelle et son expérience lui faisaient déjà pressentir : **les nazis**.

CHAPITRE 3
La vie à Paris

Service de radiologie – hôpital Tenon, début 1931. Au centre, le Pr Darbois, à la gauche du patron, son assistant, le Dr Sigismond Hirsch.

L'année 1933 fut une des meilleures que mon père eut à vivre. D'abord il se maria, ensuite il eut un fils, ce qui n'est jamais peu de chose dans une famille juive, enfin il fut naturalisé français. Voilà que tout devenait possible pour lui ! Il était français, médecin et pouvait exercer !

Alors que, pendant toutes ses années d'études, il avait craint de ne jamais pouvoir exercer, il était maintenant le Dr Hirsch, même si pour tous ses amis des EIF « il resta et reste toujours Djigo », selon l'expression de Nénette Simon.

Sur cette photo de 1931, en compagnie des membres du service de radiologie de l'hôpital Tenon, il pose fièrement aux côtés du Pr Darbois et des infirmières. Il avait toutes les raisons de penser qu'une brillante carrière se présentait à lui. En effet, le Pr Darbois, décidément bien disposé à son égard, lui proposa d'ouvrir un cabinet juste en face de l'hôpital, dans un modeste appartement situé 92, rue Pelleport (XXe arrondissement). Le matin, il travaillerait au service de radiologie qu'il avait pris en charge et en retour, l'après-midi, il soignerait la clientèle que Darbois s'engageait à lui envoyer à partir de ses malades personnels.

L'immeuble, une HLM, située juste en face de la station de métro Pelleport, était simple mais coquet. Du troisième étage où nous logions, ma mère surveillait l'arrivée des patients afin de les accueillir le mieux possible. La qualité de l'accueil était une règle d'or à la maison ! Ma mère ne voulait rien négliger pour fidéliser une clientèle dont nous avions absolument besoin pour finir le mois dans de bonnes conditions.

Le rituel était toujours le même. Un patient sonnait. Ma mère ouvrait et l'installait dans la salle d'attente qui était aussi notre salon. Ensuite, elle introduisait le malade dans le bureau de mon père. Pendant ce temps, elle vaquait à ses occupations domestiques entre notre petite cuisine, les deux chambres que comptait l'appartement et les toilettes qui servaient à tout le monde.

Quelquefois, mon père l'appelait pour qu'elle l'aide à faire un pansement ou administrer des remèdes. Son diplôme d'infirmière participait au succès de mon père en tant que médecin.

Djigo était infatigable. Les consultations se poursuivaient tardivement, souvent jusqu'à 22 heures. Il était hors de question de refuser un malade. Très vite, la clientèle s'étoffa : personne ne savait résister au charme du Dr Hirsch ni à l'assurance qu'il mettait dans ses diagnostics. Derrière son grand bureau ancien, il savait réconforter les patients, mais surtout essayait de les guérir. En ce temps-là, la médecine disposait de peu d'armes diagnostiques et thérapeutiques, et l'on accordait beaucoup d'importance à l'intuition du médecin. « Il a un bon diagnostic », disait-on.

Trop souvent, le dernier client parti, je dormais déjà. Pour profiter un peu plus de son fils sans avoir à renoncer à une consultation, mon père prit l'habitude de m'asseoir dans l'un des grands tiroirs ouverts de son bureau. C'est ainsi que, dès mon plus jeune âge, je fus plongé dans les odeurs d'éther, les examens médicaux, et c'est un peu par osmose que je suis devenu médecin !

Un soir, mon père reçut une visite étrange. Il était tard, bien plus tard que l'heure habituelle de la dernière consultation. Trois hommes se présentèrent à la porte. L'un d'eux, porté par deux colosses, paraissait grièvement blessé. Mon père les fit entrer dans son bureau et comprit tout de suite qu'il n'avait pas affaire à des patients habituels. Sans vouloir être très précis sur les circonstances d'une blessure par balle que mon père identifia très vite, les truands lui demandèrent de faire le nécessaire. Dans un premier temps, Djigo se récusa et conseilla l'hôpital. Il n'en était évidemment pas question, compte tenu du contexte.

Les truands lui dirent : « Toubib, fais ce que tu peux chez toi. S'il meurt, tant pis ! »

Plusieurs semaines durant, mon père accepta donc de soigner le blessé qui venait régulièrement consulter. Lors de la dernière consultation, alors que le malade était par miracle de nouveau d'aplomb, celui-ci demanda à mon père :

« Possédez-vous une voiture, docteur ?

– Non, lui répondit mon père.

– Je vois que vous regardez ma traction avant Citroën dans la rue avec un réel plaisir.

– Effectivement, j'ai toujours aimé les voitures.

– Eh bien, signez l'acte d'achat que j'ai préparé et donnez-moi un franc : elle est à vous. »

La traction valait 26 000 francs ! Mon père resta médusé. Alors qu'il n'en avait vraiment pas les moyens, il se retrouvait propriétaire d'une belle voiture. Plus étonnant encore, il reconnut plus tard le gangster dans un réseau de résistance pendant la guerre. Le miraculé, car c'était bien de cela qu'il s'agissait, le remercia d'avoir été fidèle à son serment de médecin en gardant la plus grande discrétion sur son cas.

*

Peu à peu, au fil des années, à force de ténacité, de travail, d'une discipline de vie à laquelle il ne dérogeait jamais, économisant sou à sou, Djigo réussit à se constituer un petit pécule, quelquefois grevé par sa sœur Shatta, qui n'hésitait pas, les jours où elle rendait visite à son frère, à embarquer l'air de rien les enveloppes posées ici ou là. Il n'est pas besoin de dire dans quel état de fureur cela mettait mon père. Une fois même, elle partit en emportant un tableau, sans rien demander à personne. Elle l'avait trouvé beau, elle en avait eu envie, elle l'avait pris, un point c'est tout ! Telle était Shatta ! Par ailleurs totalement désintéressée.

Cependant, mon père cherchait désormais un moyen profitable pour investir son argent. Au dispensaire de la place des Hospitalières-Saint-Gervais, il avait observé l'augmentation continue de la demande de soins chez les Français, notamment chez les plus modestes. Le développement des assurances sociales, l'enrichissement aussi de la population pouvaient contribuer à augmenter la demande de soins. L'offre était pourtant encore loin de celle d'aujourd'hui. Il n'était pas question de médecine universelle : la Sécurité sociale n'existait pas, les honoraires des médecins étaient libres, et les malades les moins fortunés attendaient souvent la dernière extrémité avant de consulter, craignant toujours que la facture soit hors de leurs moyens financiers. « Tu vois, me disait Marcel Mérigonde, déporté-résistant, président de l'amicale de Neuengamme, les pauvres sont timides et fiers. Certes, nous avions un peu d'argent, mais comme on avait peur que le médecin nous demande pour sa consultation **plus que ce que nous avions**, nous attendions toujours le dernier moment avant d'aller consulter, et ça avait souvent des conséquences néfastes. » C'est dire le bienfait de la Sécurité sociale pour tous.

Djigo était convaincu que la médecine de ville n'avait pas opéré sa révolution. Elle était pratiquée d'une manière artisanale, sans réflexion sur les économies d'échelles réalisables afin de l'ouvrir aux plus pauvres, sans travail d'équipe, sans matériel, sans personnel. C'est dès ce moment que Djigo comprit que la solution passait par une médecine d'équipe, de dispensaire, garantissant à la fois la qualité des soins et des coûts réduits. Aussi, le 30 juin 1937, Djigo fonda une SARL en association avec le Dr Guérin, de triste mémoire comme on le verra plus tard. Le capital s'élevait à 25 000 francs, réparti en 50 parts de 500 francs chacune, attribuées par moitié à chacun des associés. Guérin dispenserait ses consultations de chirurgie gynécologique tandis que Djigo, grâce à un travail acharné et un endettement important, allait installer un centre de radiologie.

Le centre médical fut installé au 63, rue de Miromesnil (VIIIe arrondissement). Le quartier était plutôt élégant, le loyer déjà hors de prix pour un local qui ne ressemblait à rien. Il était vieux, abandonné, même s'il avait eu son heure de gloire. Le Pr Benibarbe en avait fait, dans les années 1875, un centre chic de remise en forme pour des femmes qui voulaient perdre du poids, se faire masser, bref, devenir belles.

En 1933, les locaux étaient en ruine. Deux piscines en relation avec la Grange Batelière, rivière souterraine qui traverse Paris, avaient permis aux belles de la Belle Époque de prendre soin de leur corps. Il fallut emprunter, faire des travaux pour réaliser un centre médical chic au cœur de la capitale.

À partir d'un local dans un état miséreux, mon père, avec un goût très sûr, inné, réalisa un centre de diagnostic et de traitement hyper moderne, meublé bien sûr dans un style superbe 1930. Il se faisait du souci, car, outre les travaux, le loyer dans le VIIIe arrondissement était déjà

Le jeune Dr Sigismond Hirsch dans son centre de radiologie, rue de Miromesnil.

très cher. Mais ce jeune homme ambitieux ne reculait devant rien. Le courage, la foi en soi.

Or, voilà qu'au moment de signer le bail avec le propriétaire, au milieu d'un capharnaüm de poutres enchevêtrées et de toiles d'araignées, mon père distingua malgré la chiche lumière un tableau au fond du hall : une croûte ? S'adressant au bailleur inculte, mon père déclara qu'à titre symbolique, pour forcer la chance, outre la signature du bail il achetait ledit tableau. Et immédiatement, le bailleur fut d'accord pour vendre le tableau, mais demanda sans surprise un prix fort élevé que mon père impécunieux ne pouvait régler sur-le-champ. Qu'importe, le bailleur tira alors d'un vieux tiroir un carnet à souches avec dix traites que mon père signa à l'instant en les échelonnant.

Curieux et cultivé, mon père, dès sa rentrée chez lui, se précipita sur ses chers livres et découvrit que son acquisition était en fait un magnifique Brueghel, un *Paradis terrestre. (voir cahier hors-texte, photo numéro 12).*

Le tableau, caché pendant la guerre, fut la seule chose que les Allemands ne nous ont pas prise. Mais quand mon père rentra de déportation, ce bailleur Harpagon se manifesta, alléguant qu'il fallait lui rendre le tableau sous prétexte, disait-il, qu'il n'avait jamais été payé : il espérait que les traites-récépissés avaient disparu et tentait sa chance. Mais par un hasard inouï, le carnet à souches avait été caché lui aussi avec le tableau et fut présenté sur l'heure, attestant que chaque traite avait été honorée, comme en témoignaient les signatures. C'est Georges Bac, le célèbre encadreur, qui fit nettoyer le tableau et le mit dans un cadre avec amour et génie. Depuis, le *Paradis terrestre* est un symbole dans notre famille. En le regardant, je songe chaque fois à mon père qui m'a raconté que, lors de son acquisition, il l'avait contemplé une nuit entière assis dans un fauteuil.

Mon père travaillait énormément, du matin au soir, souvent la nuit avec les urgences en plus. L'hôpital, le cabinet, le centre médical lui donnaient un travail fou. Un jour de 1937, il revint à la maison avec un paquet qu'il donna à ma mère. Elle l'ouvrit, intriguée et émue, et sortit de la boîte un magnifique renard argenté. C'était le *must* de l'époque, toutes les femmes en rêvaient, elle en rêvait. Et puis il lui dit : « Chérie, je t'emmène en vacances. » C'étaient leurs premières vacances.

Nous prîmes donc la route avec la traction avant vers le soleil. On passa quinze jours merveilleux à Saint-Paul-de-Vence, dans une auberge modeste : la *Colombe d'Or*. L'établissement n'était pas encore ce qu'il devint par la suite. Paul Roux, le patron, et sa femme, Titine, géraient ce havre de paix. Lui avait la passion de la peinture. Il peignait d'ailleurs sans grand succès des toiles dépourvues de force. Mais surtout, il offrait l'hospitalité à de jeunes peintres qui, en reconnaissance, lui offraient des œuvres. Ces artistes s'appelaient Braque, Masson, Picasso, Chagall… Ainsi commença la formidable collection de la *Colombe d'Or*. Ces quinze jours ont eu pour moi une importance énorme, parce que c'est la seule fois dans ma vie que mon père a eu du temps pour moi, son fils unique. C'est alors qu'il m'a appris à jouer aux échecs, m'a raconté la Bible à sa manière, décrit nos chefs légendaires hébreux et transmis nos valeurs de toujours ainsi qu'un amour farouche pour Israël : j'avais quatre ans et je me souviens de chaque mot, de chaque intonation. À l'époque, âgé de trente et un ans, mon père était un type absolument enthousiasmant. (C'est en pensant à cet homme-là que, à son retour de déportation, je me rendais compte tous les jours de ce que les Allemands lui avaient subir, nous avaient fait subir.)

Week-end à la plage d'Houlgate. Mme Jaïna,
Berthe Hirsch et Nano, 1937.

Oui, c'était en 1937. Nous revenions d'une promenade au mont Baou. Là, une bohémienne arrêta ma mère, qui, une fois n'était pas coutume, se laissa lire les lignes de la main. Levant ses grands yeux sombres sur ma mère, le visage tiré, et après un silence qui dura un peu trop longtemps pour être le prélude d'une bonne nouvelle, la voyante lui dit, en désignant mon père resté en retrait : « Ne suis pas cet homme, il va te mener à la mort. »

*

Sans doute Djigo n'avait-il pas même prêté attention à sa consommation vertigineuse de cigarettes. Deux paquets quotidiens. Parfois trois. Il n'y avait rien à faire pour l'en dissuader jusqu'au jour où, à trente-deux ans, il s'évanouit au volant de sa voiture, place de la Concorde. La perte de connaissance fut soudaine. Il eut le réflexe d'arrêter le véhicule.

Un jeune interne, Pierre Soulié, diagnostiqua un infarctus du myocarde. Le tracé de l'électrocardiogramme en main, qui se résumait à l'époque à trois dérivations, D1 – D2 – D3, ce jeune médecin, qui allait devenir professeur agrégé de cardiologie et pour qui j'allais travailler en 1958, fut catégorique : mon père était perdu. Il lui conseilla même de vendre sa clientèle et d'attendre tranquillement la mort. Selon lui, les artères coronaires étaient bouchées aux trois quarts, et à l'époque aucun protocole thérapeutique ne laissait espérer une rémission.

Djigo reçut la nouvelle sans sourciller. Mais dans son for intérieur, il était persuadé qu'il n'avait pas dit son dernier mot. Au lieu de tout lâcher, il mit un remplaçant dans son cabinet, le Dr Sachs, et se fit hospitaliser dans une clinique située sur les hauteurs de Nice où un original, un certain Dr Gordon Brodee, avait mis au point une cure alternative destinée aux cardiaques : régime strict sans graisse, longues heures de repos au soleil et beaucoup de gymnastique. À ce train-là, en moins de six mois, Djigo était devenu un athlète bronzé qui avait récupéré toutes ses capacités.

Bien après la guerre, en 1958, externe des Hôpitaux de Paris dans le service du même Pr Pierre Soulié à l'hôpital Lariboisière, je conseillai à mon père de venir quand même se faire examiner dans le service. C'était le service de cardiologie le plus réputé du pays avec celui du Pr Lenègre.

« Tout de même, lui dis-je, après trois ans de résistance et dix-huit mois de camp de concentration, évaluer ton état cardiaque me semble indispensable.

– D'accord, prends rendez-vous, dit mon père. Allons revoir ce cher Soulié qui m'avait condamné. »

La consultation de Monsieur Soulié était toujours un événement. En grand ponte de l'Assistance publique, il se tenait assis derrière un bureau, entouré des assistants, des chefs de clinique, des internes, des externes, des stagiaires, de la surveillante générale. On lui passait les dossiers, il réfléchissait, donnait son diagnostic, son traitement, et passait au malade suivant. Nous, on notait les conclusions du patron.

Les malades, torse nu, étaient d'abord examinés par un externe, éventuellement par un interne qui pratiquait un électrocardiogramme.

Quand Soulié vit mon père se présenter, il n'en crut pas ses yeux. Il prit la parole. « Mesdames, Messieurs, aujourd'hui ma leçon sera la suivante : apprenez qu'un professeur agrégé peut parfaitement se tromper. Ainsi, en 1938, j'avais condamné à mort cet homme, M. Hirsch, qui est devant vous. Eh bien, il a traversé la guerre, évacué son régiment, obtenu la croix de guerre en 1940. Il a été déporté-résistant à Auschwitz et… il est revenu et… le voilà !

– Approchez, monsieur Hirsch, dit-il d'une manière énergique. »

Dans le service, on avait pris l'habitude de l'appeler la « poule neurotonique », nerveux comme tout qu'il était. Il attrapa mon père par la taille, mit son stéthoscope, regarda l'électrocardiogramme et se mit à bougonner : « On voit bien là les séquelles de l'infarctus postéro-inférieur en D3 VF de 1938, mais voilà, Hirsch va bien, il est cicatrisé. Essoufflé ? demanda-t-il.

– Pas du tout, répondit mon père.

– Des douleurs ?

– Jamais plus.

– Et à l'effort, en montant les escaliers ?

– Rien !

– Vous fumez ?

– Plus du tout.

– Bravo, mon cher Hirsch. Pour tout ! Je vous revois dans un an. Traitement : aucun. »

Soulié ne s'expliqua pas cette rémission totale assez inédite dans les annales de la médecine. En fait, il aurait fallu mener des analyses plus poussées, mais je ne serais pas étonné de voir dans cette guérison miraculeuse le résultat du régime draconien auquel mon père fut soumis à Auschwitz dix-huit mois durant. Peut-être que le corps, privé d'apports caloriques, avait été chercher jusque sur la paroi des artères les lipides, les graisses nécessaires à la survie de l'organisme et peut-être aussi que les artères coronaires s'étaient désobstruées ? Impossible en tout cas d'imposer à la clientèle habituelle un régime amaigrissant pareil… faisant passer un homme de 75 kg à 42 kg !

Sigismond Hirsch en convalescence.

CHAPITRE 4
Faire face : la drôle de guerre

1939 ! Les bruits de bottes se laissaient entendre partout en Europe. La guerre menaçait maintenant directement la France. Mais ne l'avait-elle pas cherchée après tout ? L'impuissance à résister aux exigences toujours plus grandes de Hitler n'est pas à mettre à l'honneur du pays. « Comme on fait son lit, on se couche [1] », écrit quelque part Bertolt Brecht. L'absence de réponse armée à la remilitarisation de la Rhénanie en 1935 alors que la Wehrmacht n'était pas bien puissante, les accords de Munich (1938) en vertu desquels la Tchécoslovaquie fut lâchement abandonnée froissaient les valeurs essentielles pour Djigo et tout particulièrement l'esprit de résistance.

L'histoire est spécialement sévère à l'égard d'Édouard Daladier. Pourtant, jusqu'au bout, Édouard Daladier fut opposé à la négociation avec Hitler et ne signa les accords qu'à contrecœur. La pression de Chamberlain, le Premier ministre anglais, tenant d'une politique d'apaisement avec l'Allemagne, fut extrême sur lui. Il eut tort d'accepter ce qu'après la guerre il qualifia de traquenard. À la sortie de l'avion qui le ramenait en France, très étonné de l'accueil excessivement enthousiaste des Français, il se serait exclamé : « Ah, les cons, s'ils savaient ! »

Pour sa part, mon père n'en revenait pas de voir les dirigeants de ce pays, de son pays, se comporter de cette manière. Cette façon d'adopter sciemment le parti du

1. « Comme on fait son lit on se couche, personne ne viendra vous border. Si quelqu'un doit gagner, ce sera moi. Si quelqu'un doit crever, ce sera toi. » Paroles extraites du spectacle musical de Bertolt Brecht et Kurt Weill, *Grandeur et décadence de la ville de Mahagonny*, devenu un opéra en trois actes, créé le 9 mars 1930 à Leipzig.

renoncement contre celui de la volonté et du courage lui était insupportable. Il était plus en accord avec Churchill et sa fameuse réplique : « Vous aviez le choix entre la guerre et le déshonneur. Vous avez choisi le déshonneur, et vous aurez la guerre[2]. »

La France victorieuse à Verdun était-elle donc à ce point devenue une planche pourrie ? Un grand corps inerte, comme émasculé, sans plus de dignité ni sens de son devoir ? Djigo en était convaincu : ce n'était pas de cette manière qu'il convenait d'agir dans l'existence. L'attaque était toujours préférable, et les bavardages inutiles retardaient le moment d'en finir. Il était persuadé que, quand on est sous la menace d'être assassiné, il vaut mieux tuer avant d'être tué soi-même.

Il était évident dans son esprit que les Juifs seraient les premiers à subir les conséquences de la guerre : toute sa jeunesse, il avait appris durement que, pour finir, on s'en prenait toujours aux Juifs.

Pour Djigo, il n'était donc pas possible de rester les bras ballants sans rien faire ; il fallait agir et, en l'occurrence, prendre les armes, avec les moyens possibles dont on disposait, conformément à la promesse des EIF, « pour Dieu, le judaïsme et la France ».

Membre éminent des EIF, Djigo eut très vite connaissance de la situation de la communauté juive en Allemagne. Il n'ignorait rien de la Nuit de cristal (9-10 novembre 1938) et de l'afflux des Juifs allemands en France, de ce qu'ils racontaient à leur arrivée.

2. Après la conférence de la dernière chance, à Munich, les 29 et 30 septembre 1938, Churchill s'adresse en ces mots à la Chambre des communes.

Pendant cette très longue période du développement du nazisme, de 1933 à 1938, la communauté juive ne put se résoudre à regarder lucidement la situation qui s'aggravait progressivement. Les Juifs allemands dans leur cécité mentale appelaient leur premier-né mâle Adolf et faisaient des prières pour le chef de l'État, Hitler. On ne voulait pas se rendre à l'évidence et on inventait mille arguties rassurantes. Pourtant, à partir de 1937-1938, des notables juifs allemands – professeurs, avocats, médecins, architectes –, conscients malgré tout du danger qui pesait de plus en plus sur la communauté, mirent leurs enfants à l'abri en France tout en continuant à exercer leur profession en Allemagne. La France leur paraissait invincible, un pays sûr pour leurs enfants.

C'est dans ces conditions que, durant l'été 1939, les EIF et l'OSE (dont ma tante Boëtzi Hirsch était un membre actif) commencèrent à planifier l'évacuation des jeunes Juifs susceptibles d'être menacés par la guerre et l'invasion allemande. Les cadres de ces deux associations reçurent l'ordre de trouver des refuges à la campagne, loin des frontières et des centres industriels, dans la crainte des bombardements. Toutes les maisons ouvertes à cette occasion le furent dans la zone qui allait devenir la zone libre en 1940 : La Ruffie et Saint-Céré, dans le Lot ; Villefranche-de-Rouergue et Saint-Affrique, dans l'Aveyron ; Beaulieu-sur-Dordogne, en Corrèze ; enfin, Moissac, dans le Tarn-et-Garonne, Moissac qui allait devenir « la capitale des EIF ».

Dès la fin de l'été 1939, Shatta prit le train pour Moissac. La préfecture du Tarn-et-Garonne lui avait indiqué une maison réquisitionnée au 18, quai au Port : « Elle a tout organisé, acheté les draps, fait venir des lits, réuni l'équipe. C'était une maîtresse femme et une merveilleuse cuisinière [3] », se souvient Lazare Prajs, pionnier de la maison. Lui était un réfugié polonais qui avait refusé de suivre sa famille émigrée aux États-Unis : « J'étais trop pris par les EIF. Trop enchanté de ce que nous faisions déjà avant-guerre. On vivait avec notre patrouille dans la tête du matin au soir [4]. »

La Maison de Moissac ouvrit le 5 décembre 1939. J'y étais, avec mon cousin Jean-Claude Simon, le fils de Shatta. Nous voici, en compagnie de notre fidèle Mirza, le chien de la maison.

Sur cette photo prise à Moissac, devant le 18, quai du Port, en décembre 1939, Shatta se tient au premier plan, les mains sur les hanches. Certes, elle ne possédait pas l'élégance des Parisiennes ni la taille fine d'une femme du monde, mais plutôt ce quelque chose de massif que rien n'ébranle et qui, en dépit de tout, semble résolu à faire ce qui lui semble juste depuis toujours. Elle répétait souvent cette phrase étonnante et qui la caractérise si bien : « Quoi qu'il en coûte, il faut toujours choisir la vie. » Et à ses côtés, on voit ma mère, Berthe Hirsch, souriante, mais totalement déterminée. C'est le début d'une grande aventure, faite de courage, d'audace, de créativité, de fidélité et d'espérance. Moissac entrera dans l'histoire jusqu'à être connue par Yad Vashem Jérusalem. Et bien sûr, à cette époque, les chefs EIF montent en puissance, comme on le voit sur cette photo qui montre l'une de ces « réunions des chefs », avec Castor (Gamzon) et Edmond Fleg…

Il m'apparaît important de montrer sur cette photo

3. Cité par Catherine Lewertowski, *Les Enfants de Moissac (1939-1945)*, *op. cit.*, p. 71.

4. *Ibid.*, p. 71.

Jean Hirsch et Jean-Claude Simon, avec le chien Mirza, décembre 1939, à Moissac.

18, quai du Port, à Moissac. Berthe Hirsch, à gauche, et Shatta Simon reçoivent les premiers enfants juifs allemands, déc. 1939.

le visage prophétique de deux de nos chefs, Castor (Gamzon) et Edmond Fleg. Ce dernier, qui a écrit *L'Enfant prophète*[5], perdra ses deux fils au combat en 1940.

Moissac, mais aussi beaucoup d'autres centres, était ce type de réalisation qui permet de mesurer l'importance du travail accompli par les EIF avant la guerre. Les scouts juifs avaient en effet formé des hommes et des femmes qui, par leur corps et leur esprit, allaient devenir des piliers de la résistance juive. C'est cette préparation qui a permis la mise en place d'une organisation efficace.

Lorsque la France déclara officiellement la guerre à

5. Edmond Fleg, *L'Enfant prophète*, Paris, Gallimard, 1926.

Chefs EIF.

Edmond Fleg (à gauche) et Castor.

Devant le 18, quai du Port, à Moissac, une réunion d'infirmières et d'assistantes sociales qui participent, bien sûr, aux réunions des chefs. On reconnaît en particulier sur cette photo Boëtzi, Berthe et Shatta.

Boëtzi, Berthe et Shatta.

Berthe Hirsch et Fanny Alter (dont le mari sera fusillé),
avec le chien de la « colo », la célèbre Mirza.

Shatta en uniforme reçoit en grande pompe le général Laffont, chef des scouts de France, semblant défiler devant le 18, quai du Port, à Moissac.

Jean-Raphaël Hirsch enfant avec Boëtzi.

l'Allemagne, le 2 septembre 1939, Djigo, en dépit de son dossier médical qui l'avait réformé d'office pour lésion cardiaque, demanda sa mobilisation. Il fut affecté à la 22e section d'infirmiers militaires. Peu de temps après, le major Hirsch incorpora le 218e régiment régional à Melun, stationné dans l'Oise, à Ormoy-Villers. Toujours rebelle, et en contradiction avec le règlement militaire, il partit au volant de sa traction avant !

Comme pour beaucoup de soldats français, cette première année de guerre fut pénible. On se contentait d'attendre. Mais attendre quoi au juste ? Que la Pologne, l'alliée historique de la France, se fasse dépecer en deux semaines par les armées germano-soviétiques ? Et surtout, que l'armée allemande, débarrassée de son front Est, concentre toute sa puissance de feu sur la Belgique et la France ? Cette situation était-elle croyable ? Djigo rongeait son frein.

Tout annonçait l'étrange défaite [6], pour reprendre le titre de l'ouvrage célèbre de Marc Bloch. Dans l'Oise, Djigo fut affecté au service de santé du régiment :

> « Mon régiment devait fournir les ouvriers pour réparer les voies, nécessaires en cas d'invasion. L'hiver 39/40 était un hiver terrible ; il faisait un froid extraordinaire et dans mon régiment, tous les matins, avant de sortir pour travailler sur la voie, puisqu'on travaillait sur les ballasts à la pioche et à la pelle, j'avais toujours 250 malades qui venaient à la visite pour être exemptés. Je les passais tous à la visite. La plupart étaient vraiment trop âgés. C'étaient des anciens de 14/18. S'ils n'étaient pas passés devant un conseil de réforme, c'est que l'état-major l'avait interdit : on avait besoin de tout le monde.

6. Marc Bloch, *L'Étrange Défaite*, Paris, Gallimard, coll. « Folio Histoire », 1990.

Le médecin major Sigismond Hirsch mobilisé, 1940.

J'avais comme commandant du régiment un colonel de l'Action française dont je préfère taire le nom. Il bouffait du Juif et m'engueulait quotidiennement, me menaçait même en me disant : "C'est pas possible, dans un régiment de 1 200 bonshommes, 250 exemptés tous les jours ! Ça ne peut pas durer." »

Comme armée, on pouvait mieux faire. Elle semblait de bric et de broc : des vieux et des malades. Et avec ça la France espérait sans doute gagner contre les panzers et les divisions blindées conjuguées avec l'aviation *(Stukas)* de Hitler… Mais la ligne Maginot tiendra, disait-on encore et toujours. Ni doctrine claire ni courage. Pauvre France !

Djigo faisait son métier, même à l'armée. Quand il jugeait un homme inapte au travail, il n'écoutait que sa conscience : il exemptait. L'officier supérieur, un médecin-colonel, ne l'entendit pas ainsi. Il exigea de Djigo qu'il qualifiât tout le monde pour le service. La rivalité fut franche et ouverte. Pour lui nuire tout à fait, le colonel convia le médecin-général à évaluer le travail de ce médecin qui faisait selon lui trop de zèle. On allait lui donner une bonne leçon et le mettre au pas. En effet, un beau matin, un général, en principe requis pour sermonner le major Hirsch, arriva dans la pièce où mon père auscultait les malades :

« Une blouse, dit-il d'un ton péremptoire. Et vous – en parlant à Djigo –, votre stéthoscope. Et puis amenez-moi donc un de ceux que vous avez exemptés. »

Un malade s'avança. Il l'ausculta, l'ausculta encore. Chercha. S'arrêta. Palpa. Fit la moue :

« Bon, oui… à la rigueur celui-là. D'accord. Exempté. Un second. »

Le suivant. Même examen attentif : « Là… oui… bon, vous avez raison. »

Il en vit cinq, six, sept, huit, puis s'arrêta au neuvième : « Ça va, mon opinion est faite. Vous avez raison, mon vieux. Venez, major, on va régler cette affaire avec le colonel »… et il engueula d'importance ledit colonel !

Le colonel se tenait au garde-à-vous et finit par lâcher en regardant mon père avec des yeux exorbités de ressentiment : « Bien, mon général. Parfait, mon général », et il n'osa plus jamais contredire le Dr Hirsch. Le sens du devoir, c'était cela pour Djigo : il était d'abord médecin avant d'être militaire.

Pendant la consultation du matin, la file des malades s'allongeait jusqu'au dehors de l'infirmerie. Il fallait aller vite, posséder un jugement sûr et un diagnostic impeccable. Il n'avait pour l'aider qu'une ou deux infirmières et son ordonnance, Féron, qui lui resta fidèle tout au long de la guerre, allant même jusqu'à risquer sa vie en le cachant dans un Paris en proie aux ratonnades antijuives. Il se serait fait tuer pour Djigo.

Un matin de consultation, alors que les hommes attendaient patiemment leur tour, en file indienne, son ordonnance, Féron, fit irruption dans le cabinet de mon père :

« Docteur, il y en a un, dehors, qui fait le malin.
– Comment ça, Féron ? demanda mon père.
– Il dit à tout le monde que, de toutes les façons, lui sera exempté.
– Ah bon ! Et pourquoi serait-il exempté, demanda mon père, tout étonné.
– Féron, un peu gêné :
– C'est-à-dire, major…
– Allez, accouche, mon vieux.

– Parce qu'il s'appelle Bac, qu'il est israélite et que, donc, comme vous êtes israélite, il dit qu'il sera exempté. »

Le sang de Djigo ne fit qu'un tour. « Ah, c'est comme ça ! » Et quand il était en colère, mieux valait ne pas se mettre en travers de son chemin. Il bondit hors de l'infirmerie, remonta la colonne des hommes torse nu qui attendaient la consultation et tomba soudain sur un énorme bonhomme asthmatique, pérorant avec un accent roumain à couper au couteau. Sans même l'entendre, il sortit de sa poche un carnet sur lequel il inscrivit « consultation non motivée », ajoutant, quelques années plus tard : « Jamais je n'avais fait cela. Consultation non motivée, cela voulait dire direct la taule. » En effet, on jeta le pauvre type dans une soue à cochon.

Il s'appelait Georges Bac. Quand il lut le papier, il en devint blême. Il n'en croyait pas ses yeux. Autour de lui, tout le monde ricanait. À vouloir faire le malin, il avait tout perdu. Et tout perdre, c'était d'abord passer la nuit dans un froid glacial. Mais voilà qu'à deux heures du matin Féron vint réveiller mon père en urgence.

« Toubib, je crois que nous avons fait une bêtise. Bac est dans un triste état. Il bat la campagne… Il a 41 °C de fièvre.

– Nom d'un chien ! » dit mon père en se levant immédiatement.

Il courut auprès de Bac, trouva là un asthmatique emphysémateux fébrile, très mal en point, qui délirait. Mais heureusement, on l'a vu, mon père avait obtenu – Dieu sait comment – une dérogation spéciale qui lui avait permis de se rendre aux armées avec sa voiture et il s'en servit comme ambulance militaire.

> « Je l'embarque dans ma voiture jusqu'à notre hôpital d'évacuation, où il n'y avait pas de médecins, pas de maté-

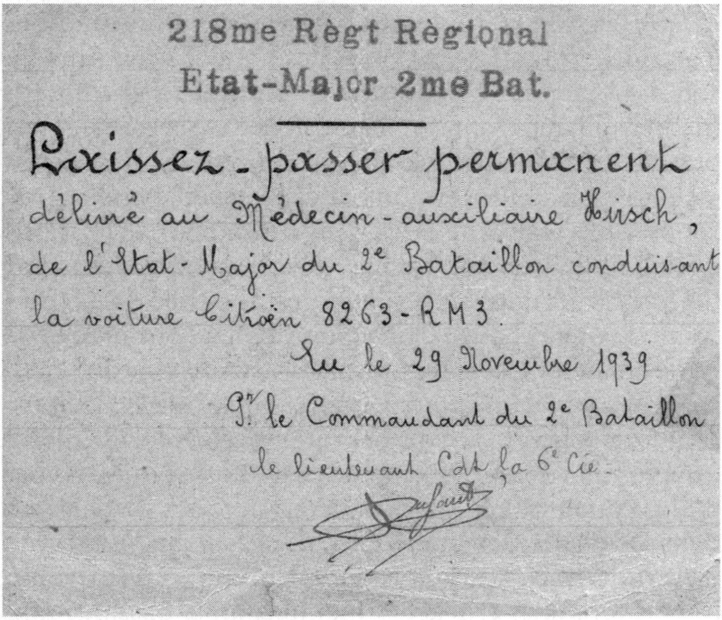

218me Règt Règional
Etat-Major 2me Bat.

Laissez-passer permanent
délivré au Médecin-auxiliaire Hirsch,
de l'Etat-Major du 2e Bataillon conduisant
la voiture Citroën 8263-RM3.

Vu le 29 Novembre 1939
Pr le Commandant du 2e Bataillon
le lieutenant Cdt la 6e Cie.

Laissez-passer permanent, 29 novembre 1939.

riel. C'étaient des bonnes sœurs qui servaient d'infirmières. Elles ne savaient même pas faire des piqûres. Alors, je suis allé matin, midi et soir lui faire des piqûres, avec beaucoup de mal parce que nous n'avions pas bien sûr à l'époque de pénicilline. Je l'ai, par miracle, tiré d'affaire. »

Contrairement au règlement, Sigismond Hirsch est parti à l'armée avec sa voiture personnelle grâce à laquelle il évacuera son hôpital encerclé sous le feu allemand, d'où sa croix de guerre.

Bac lui fut toute sa vie reconnaissant. Djigo Hirsch était son bienfaiteur. Il pouvait lui demander ce qu'il voulait.

Ce colosse juif roumain était arrivé du fin fond des Carpates en France au début des années 1920 sans un sou et ne parlant pas un mot de français. Par un petit matin froid, rajustant son manteau devant la gare de l'Est où un train venait de le déposer, Georges Bac s'était assoupi deux heures sur un banc. Au réveil, perclus, frissonnant, il s'était étiré et avait regardé autour de lui. Paris s'éveillait doucement. En face de lui, un bistrot tenu par un fouchtra[7] allumait ses lumières. Il s'était risqué près du zinc et, en échange d'un café, avait fait l'offrande de sa force en avisant sans un mot deux sacs de charbon qu'il souleva comme une plume. Impressionné par la démonstration, le fouchtra le considéra attentivement en se disant qu'après tout il pourrait employer ce colosse pour pas cher et il commença à lui faire charrier des sacs de charbon dans les étages des immeubles de ses clients. Le travail était rude, mais Bac s'en acquittait comme en se jouant, toujours rapide, efficace. Quelques mois passant, rasé de près car coquet, assez bel homme, Bac était devenu l'homme à tout faire de la modeste entreprise. Il fit des progrès surprenants en français : il passait des nuits à apprendre. Les clients, ravis de sa disponibilité, ne manquaient jamais de lui donner de substantiels pourboires.

Ainsi commença la formidable ascension de Georges Bac. Certes, il mettait un peu trop de parfum, certes il roulait les « r », mais quoi ? Il était impeccable, efficace et rapide. S'il rencontra quelques occasions féminines, l'histoire ne l'a pas retenu.

Un jour, un client du bistrot demanda au fouchtra si on pouvait l'aider à débarrasser un grenier pour un prix raisonnable. Le fouchtra acquiesça. Bac se rendit donc au

7. Les Auvergnats sont ainsi nommés d'après une insulte qui leur est attribuée.

grenier, et là se produisit la rencontre de sa vie : au sein d'un désordre indescriptible, contre une cheminée, trois cadres en bois dorés étaient adossés, couverts de poussière. Comme fasciné, Bac les transporta en leur nouvelle demeure avec une infinie précaution, mais la beauté du bois sculpté et plâtré, jaune et brun, avait troublé son âme.

Allez savoir pourquoi, il se mit à étudier passionnément tout ce qui touchait aux bois dorés, aux cadres de toutes les époques. Il voulait tout savoir. Et bientôt, il sut tout, y compris en histoire de l'art. La brute était devenue par amour un puits de science. Cheveux gominés à la Tino Rossi, l'air conquérant, portant des costards toujours un peu vulgaires, fumant comme un sapeur, il avait ouvert une galerie rue Bonaparte, à Saint-Germain-des-Prés. Comme beaucoup d'hommes, pendant la « drôle de guerre », il fut mobilisé, ainsi que nous le retrouverons plus loin.

Quelques semaines avant l'armistice, dans la panique générale, il revint à Paris, réformé. La situation s'était rapidement aggravée, et la France était envahie. C'est dans ces conditions qu'il assista, médusé, à la grande opération de sauvegarde des œuvres du Louvre décidée par le conservateur. Pour hâter le mouvement, ce dernier fit en effet enlever tous les cadres et rouler les toiles libérées dans du papier de soie, qui furent stockées dans des greniers de fermes selon un inventaire dressé par le conservateur du Louvre. Ce faisant, ce conservateur laissait derrière lui, contre les murs des galeries du musée, des centaines de cadres magnifiques, historiques, vides. Bac, devant ce trésor inouï, n'y tenant plus, s'offrit pour les acheter ; et, ô surprise, dans la gravité du moment, le conservateur accepta. C'est ainsi que Bac put stocker un vrai trésor pour presque rien dans sa boutique, qui devint une véritable caverne d'Ali Baba.

Après la rafle du Vél'd'Hiv (16 et 17 juillet 1942), à laquelle il échappa par miracle, il réussit à passer en zone sud. Il n'avait qu'une idée en tête : retrouver le médecin major qui lui avait sauvé la vie et dont il savait qu'il s'occupait de cacher des Juifs réfugiés dans le Sud-Ouest. C'est ainsi qu'un beau jour il sonna chez mes parents, à Auvillar. Mon père ouvrit la porte. Subitement indisposé par l'odeur d'eau de Cologne dont Bac s'aspergeait chaque matin, il le reconnut. Bac poussa un cri de joie en levant les mains en l'air en signe d'allégresse. Qu'importe, furieux ou pas, mon père le cacha, lui, sa femme et ses deux filles. Ils survécurent grâce à lui.

À la fin de la guerre, en mai 1945, Bac passait la plus grande partie de ses journées au Lutetia, lieu où les prisonniers et les déportés étaient regroupés à leur retour d'Allemagne. Soufflant comme un phoque, fumant des Lucky Strike l'une après l'autre, il consultait jour après jour, inlassablement, les listes de déportés rescapés. Il était sûr que Djigo avait survécu. Un type comme lui ne pouvait pas avoir renoncé à vivre. Il l'attendait aussi parce qu'il pensait qu'il aurait besoin d'aide pour refaire sa vie.

> « Toujours un peu essoufflé, toujours aussi excessif dans sa manière de s'exprimer, il guetta, certainement autant que ma famille, si je n'étais pas parmi les rescapés. Il habitait rue Bonaparte. Quand je suis rentré, il m'a dit : "Vous êtes mon bienfaiteur." Et de son costume trop voyant, à la poche gauche très gonflée il tira une liasse épaisse de billets de banque. Il m'embrassa en disant : "Docteur, tenez, c'est pour le début." Et moi, en le repoussant gentiment : "Écoutez Bac, ne commencez pas avec vos histoires ; ça suffit ; gardez votre argent." »

Bac ne le quitta jamais.

Après la Libération, il était devenu un marchand tout-puissant, le plus grand encadreur du monde. Outre ses cadres qu'il vendait très cher, il était aussi devenu antiquaire. En effet, il avait étendu son activité aux consoles et aux meubles XVIIIe. Et c'était merveille de voir cet homme puissamment vulgaire, métèque en diable, reconnu comme un génie, considéré avec respect par les grands de la terre ; car, dans son domaine, il était un maître incontesté.

Il m'aimait comme un fils et était d'une générosité folle, d'un grand bon sens populaire aussi. Il m'amusait beaucoup. Je passais des heures délicieuses dans sa galerie rue Bonaparte à Paris, où j'entendais un baron de Rothschild revenu d'Amérique lui dire : « Dites-moi Georges, quel cadre me conseillez-vous pour ce Picasso période bleue, vous savez, pour l'accrocher dans mon château de…, au-dessus de la cheminée du grand salon ? » Et c'est ainsi que, tout jeune, je vis passer chez lui des tableaux superbes et que j'ai pu m'initier un peu à la peinture.

Bac demanda à Djigo de le laisser encadrer gratuitement nos tableaux. C'était un honneur pour lui, disait-il.

*

Mais revenons en ce début de printemps 1940 où tout s'accéléra. Mon père fut transféré non loin de Vesoul, à Vaivre, où se trouvait la réserve générale du service de santé. Il était maintenant évident que la France ne pourrait pas éviter la guerre. Le débarquement franco-britannique en Norvège en avril 1940 trahissait l'imminence du début de la campagne de France. Churchill avait remplacé le trop mou et idéaliste Chamberlain tandis que Paul Reynaud essayait de faire oublier les accords de Munich en préparant autant que faire se peut l'armée.

Lorsque, le 10 mai, la ruée allemande commença, mon père était aux premières loges. L'assaut fut terrible. Un intense bombardement sur Vesoul fit office de diversion. Le gros de l'attaque se concentrait en réalité dans les Ardennes.

Un ordre de repli immédiat fut donné, mais ne parvint pas jusqu'à l'unité de santé de mon père, affairé à soigner les blessés dans son hôpital. C'est en entendant les tirs de l'artillerie allemande se rapprocher dangereusement qu'il remarqua le silence assourdissant dans le camp français. Tout le monde était parti. Au milieu de la journée, son hôpital se retrouva quasiment encerclé. Il fallait évacuer de toute urgence, si on voulait éviter d'être fait prisonnier, mais sans plus ni voitures ni camions.

Certains proposèrent de se rendre. Un tonitruant « hors de question » retentit à travers l'hôpital. C'était Djigo qui prenait les choses en main. Il démonta la banquette arrière de sa traction et y entassa ses hommes avec leurs fusils comme des sardines, vitres ouvertes. Après de nombreux passages en va-et-vient sous le feu de l'ennemi, il réussit à exfiltrer de la nasse qui se refermait toute son unité et les malades dont il avait la responsabilité. Au dernier voyage, il récolta en prime une rafale de mitrailleuse qui balafra de part en part la voiture sans, heureusement, tuer personne. Il était moins une. La tenaille allemande venait de se refermer.

La débâcle

Fuyant les troupes allemandes et les tanks allemands qui avaient contourné la ligne Maginot, toute la France du Nord fuyait vers le Sud, en voiture, en chariot, en vélo sous les bombardements des avions allemands, les Stukas, dans un abominable désordre (voir le film *Week-end à Zuydcoote*).

En médecin, mais aussi en chef scout, S. Hirsch eut la très grande satisfaction d'avoir ramené sains et saufs la plupart de ses hommes. Il les fit se replier loin du front, à l'abri, près d'Artigat, dans l'Ariège. Pour cette évacuation des hommes avec leurs fusils sous le feu de l'ennemi, le général Huntziger, quoique antisémite, lui accorda **une citation à l'ordre du corps d'armée, prélude à l'obtention de la croix de guerre**.

C'est d'Artigat qu'il assista à l'effondrement matériel et moral de la France, qu'il entendit le maréchal Pétain faire « don de sa personne au pays » tout en demandant l'armistice à l'Allemagne, de là aussi qu'il entendit l'appel du 18 juin. De Gaulle voulait continuer le combat, et Djigo fit immédiatement son choix : il fallait bien évidemment continuer à se battre, mais comment ?

Pour lui, la guerre n'était pas terminée. La France ne pouvait pas se résoudre à un armistice déshonorant alors qu'il était possible de poursuivre le combat depuis l'Afrique du Nord ou l'Angleterre. Le souvenir des horribles Allemands de son lycée de Brasov l'obsédait !

L'armée voulait le retenir. Il était même question que tous ceux qui avaient été récemment naturalisés soient affectés dans des compagnies de travailleurs étrangers. Il n'en était pas question pour mon père.

Djigo était bien décidé à quitter une armée qui n'allait pas tarder à accepter l'inacceptable : **l'armistice du 22 juin 1940**. Pour autant, il était soucieux des formes et mit un point d'honneur à ne pas passer pour un déserteur. Il présenta son dossier médical de cardiaque et se fit réformer. Le 20 juin 1940, la France à genoux, lui le cœur dépité, il partit pour Moissac, où la famille était réfugiée depuis 1939.

*

Lorsque les chefs scouts juifs planifièrent l'évacuation, ma mère et moi avions fui Paris en décembre 1939 : nous avions rejoint mes tantes Shatta et Élisabeth à Moissac. La maison du 18, quai du Port était déjà devenue l'un des centres stratégiques des EIF. Grâce au financement du *Joint*, du Comité d'aide aux réfugiés (CAR) et des services de l'État pour l'aide aux réfugiés, Moissac avait pris de l'ampleur. Bouli, le mari de Shatta, devint le bras droit de Gamzon pour la gestion des centres artisanaux, et Shatta, par son culot habituel, réussit à annexer le 12, le 10, puis le 16, quai du Port afin de donner un toit à tous ceux que l'avenue de Ségur, siège des EIF, envoyait vers Moissac. Des appartements chez des logeuses de Moissac dépannaient aussi.

Déjà Shatta dominait en maîtresse absolue : « Dans la maison, elle régnait en souveraine sur les êtres et les choses. Rien ne lui échappait. Rien ne se décidait sans son accord. Elle avait un désir de perfection que les épreuves aiguisaient plus encore », écrit Catherine Lewertowski[8].

Quand nous arrivâmes avec ma mère, plusieurs dizaines d'enfants juifs étaient déjà installés, beaucoup étaient allemands, entre douze et dix-huit ans, mais il y avait aussi quelques éclaireurs qui confectionnaient des sandwiches

8. Catherine Lewertowski, *Les Enfants de Moissac (1939-1945)*, *op. cit.*, p. 107.

distribués sur les quais de la gare de Montauban où des dizaines de trains passaient chaque jour remplis de milliers de familles juives fuyant la Belgique occupée. Ils criaient : « Sandwiches kasher ! Qui mange kasher ? »

Une atmosphère très spéciale régnait alors en France. Un désordre indescriptible avait subitement mis fin à la normalité. Pour un enfant de sept ans, ces changements étaient très perceptibles : le monde des adultes, qui était censé me donner des repères rassurants, vacillait complètement. Tout semblait bouleversé ; les adultes paraissaient frappés de stupeur. L'enfant que j'étais se trouvait devant un désastre. Les gens vivaient dans une inquiétude maximale. Je voyais grandir leur angoisse devant un avenir devenu complètement incertain. Ils étaient comme perdus dans cette France du Sud pauvre et délabrée, en grande difficulté pour recevoir toutes ces colonnes de réfugiés fuyant les combats.

L'autorité n'existait d'ailleurs pour ainsi dire plus. Personne ne savait quoi penser de cet effondrement rapide du pays, de ce gouvernement réfugié à Bordeaux, partagé entre l'armistice et la poursuite des combats. Entre un maréchal, certes héros de Verdun, qui dit quelque chose, et l'appel contraire d'un colonel condamné à mort par contumace, on ne savait plus où on en était.

Je me souviens encore parfaitement d'avoir éprouvé tout ce qu'il y avait d'incertain, d'inquiet et parfois de lâche chez les adultes, non pas au cours de crises de nerfs, de larmes, mais dans certains silences ou chuchotements brutalement interrompus à mon approche. J'ai compris très vite aussi que même mes parents essayaient de me déguiser la vérité. Eux me demandaient de ne pas poser de questions, disaient que tout irait bien. Mais à l'âge qui était le mien, à cet âge où l'on s'interroge pour savoir à quelles valeurs on doit s'attacher, il était bien difficile de cacher la réalité. Alors, quand les adultes se mirent à éviter de répondre à toutes les questions dérangeantes, je compris que le monde ne tournait plus rond.

L'armistice du 22 juin 1940

Mon père arriva à Moissac à la fin du mois de juin 1940 avec son uniforme, son laissez-passer et surtout ses bons d'essence et sa voiture.

Ce fut d'ailleurs grâce à la voiture, aux bons d'essence et au laissez-passer qu'il aida des parents, Antoinette Sher, son mari et leur fils Yoël, futur ambassadeur d'Israël en France, à continuer leur route vers l'Espagne, d'où ils espéraient gagner la Palestine. Il avait été décidé que mon père les suivrait en compagnie de sa sœur Boëtzi, qui cherchait un moyen de gagner l'Afrique du Nord. À leur arrivée à la frontière espagnole, un gendarme français fit signe aux deux voitures de s'arrêter. Il étudia d'un air soupçonneux les papiers, questionna ma tante Élisabeth. Quand il apprit qu'elle travaillait pour une Rothschild, il se raidit et ne voulut plus rien entendre. Sans ménagement, il lui fit signe de déguerpir et de retourner là d'où elle venait.

La soldatesque française semblait déjà atteinte par la marée brune qui montait.

Il ne restait qu'une chance de s'en sortir : passer par Port-Vendres où quelques rares bateaux appareillaient encore pour les colonies. Djigo conduisit à toute allure. Malheureusement, quand ils arrivèrent, une cohue indescriptible

Sigismond et Jean Hirsch, 1940.

sur les quais regardait effarée le dernier bateau fumer à l'horizon. C'en était fini : ils étaient faits comme des rats.

Dans cette foule dense de Français désemparés et fatigués qui avaient voyagé plusieurs jours sur des routes encombrées et en permanence sous la menace des avions allemands, l'abattement était total. Mon père erra quelque temps entre les ballots ficelés à la va-vite, les vélos surchargés des objets de toute une vie ou encore les charrettes tirées par des animaux de trait bien loin de la quiétude de leurs sillons.

Et puis, tout à coup, au détour d'un hangar il se retrouva nez à nez avec Robert Gamzon ! Après un cri de surprise, ils tombèrent dans les bras l'un de l'autre. Castor, démobilisé aussi, raconta son périple. Il avait appris la nouvelle de l'armistice alors qu'il roulait vers Nevers en mission auprès du futur général de Lattre de Tassigny : « C'est fini, s'était-il écrié, tout est fini, la France est finie. On est battus, battus… Tout est fini en France. » Comme une partie de l'Administration et du personnel politique, il essayait de rejoindre Londres pour continuer la lutte.

Mais dans cette pagaille, l'essentiel pour le moment était de s'être retrouvés. C'était une chance inouïe. Toute la soirée ils parlèrent de leurs projets. On ne devait pas s'avouer vaincu comme cela. Il fallait se battre. Les Allemands installés, les Juifs seraient en première ligne maintenant. La communauté allait avoir besoin d'eux et les scouts EIF dispersés partout en France, aussi : **décidément, on ne pouvait pas partir, on ne pouvait pas tout abandonner**. Il était nécessaire de rester en France et d'organiser la résistance sur place et si possible une résistance juive capable de protéger la communauté juive. Il fallait faire face, sans armes, sans argent, mais avec les EIF.

La guerre des Juifs

Ils se convainquirent l'un l'autre. Mais encore fallait-il réussir à rassembler les EIF en un réseau performant. Comment s'y prendre ? Il fut décidé que la priorité était d'organiser un camp des chefs scouts pour les réunir dans les plus brefs délais. Mais où donc pouvait-on trouver un lieu assez discret ? Viarose, proposa Djigo. Viarose, près de Moissac. Il connaissait un peu la région et savait surtout qu'il pourrait compter sur le soutien logistique inconditionnel de Shatta.

Gamzon convaincu, la date fut vite arrêtée : le 15 août 1940, ce qui laissait le temps nécessaire pour réunir tous les chefs. À son arrivée à Moissac, Édouard Simon, le mari de Shatta, tint le même langage à Gamzon : « Écoute, c'est très beau d'aller combattre pour la France, mais maintenant il y a 300 000 Juifs qui sont ici égarés ; tu es un des types qui savent négocier, il faut que tu restes ici[9]. »

Voilà pourquoi mon père avait repris la route vers Moissac. En chemin, il s'arrêta à Toulouse où il rencontra l'homme qui allait le faire entrer dans la Résistance française : le colonel Josset, camarade de captivité du général de Gaulle en 1914-1918, qui était chargé d'organiser un service de renseignements pour Londres, le réseau Béryl. Il encouragea Djigo à transformer les EIF en réseau de résistance. Il lui demanda aussi de faire du renseignement pour lui sur la frontière espagnole ; il voulait trouver des points de passage clandestins pour permettre, en cas de besoin, de se rendre à Londres via l'Espagne. Dans le désordre total dans lequel se trouvait la France, devant

9. Alain Michel, *L'Histoire des EIF de 1923 aux années 1990*, *op. cit.*, p. 56.

cet angoissant désastre général, il était bien difficile de déterminer une ligne de conduite optimale.

Durant plus d'un mois, mon père travailla à l'organisation du **camp de Viarose**. Dans son journal, Gamzon insiste sur l'importance de ce camp :

> « On a pris comme principale décision de nous considérer comme toujours mobilisés, au service des Juifs cette fois, car, malgré ses promesses actuelles, Hitler mettra la France "au pas". Et la première façon pour un pays de "marcher au pas", c'est de devenir antisémite, que ce soit de gré ou de force. Nous, les chefs et les aînés des Éclaireurs israélites de France, nous devons nous considérer comme responsables de toute la jeunesse juive de France, puisque, actuellement, nous sommes **le seul Mouvement qui soit resté organisé**. [...] Nous avons décidé de continuer le travail éducatif de nos maisons d'enfants et de commencer un grand travail de formation agricole à la campagne. [...] Tant qu'on nous laissera le faire, nous continuerons et même nous développerons notre scoutisme pour faire de tous les jeunes Juifs de France des êtres forts et courageux. Il est à craindre qu'ils n'aient plus tard besoin de beaucoup de courage. »

Le camp de Viarose fut une vraie réussite. Plus d'une soixantaine de chefs répondirent à l'appel. Il fut décidé de réorganiser les EIF en profondeur. On développerait la formation professionnelle, dissimulant ainsi leur objectif premier : mettre en sécurité les Juifs français ou étrangers. Dans ces centres, on apprendrait à être artisan, paysan aussi. On mettrait en application le projet du maréchal, qui prônait le retour à la terre, car, comme il le disait lui-même : « Ce n'est pas moi qui vous bernerai par des paroles trompeuses. Je hais les mensonges qui vous ont fait tant de mal. **La terre, elle, ne ment pas**. Elle demeure votre recours. Elle est la patrie elle-même. Un champ qui tombe en friche, c'est une portion de France qui meurt. Une jachère à nouveau emblavée, c'est une portion de la France qui renaît [10]. » Au moins pour un temps, la *doxa* de Pétain pouvait coïncider avec l'activité des Éclaireurs israélites.

Et puis, au cas où cela tournerait vraiment mal, c'était aussi une manière de préparer le retour en Palestine, terre inculte qu'il faudrait mettre en valeur le temps venu. La ferme-école de Viarose prit le nom de « chantier des défricheurs ». Gamzon et sa femme s'occupèrent de celle de Lautrec. Une autre ouvrit à Taluyers, dans le Rhône, en 1941.

On peut considérer qu'à partir de cette date, dès août 1940, une véritable résistance juive structurée par les EIF s'était constituée.

Contrairement à une idée reçue, les Juifs ne furent pas des victimes passives de la Seconde Guerre mondiale, mais des hommes et des femmes qui résistèrent comme ils le purent et avec les moyens qu'ils trouvèrent face au projet d'extermination massive. On connaît surtout la résistance héroïque des Juifs du ghetto de Varsovie, entre avril et mai 1943, mais partout en Europe, les Juifs se dressèrent contre l'oppresseur. Il y eut beaucoup d'actes isolés, ce qui prouve assez la bêtise de la vieille et célèbre idée du « complot juif ». Des actes isolés, souvent désespérés, notamment par des déportés qui osaient à l'orée même de la chambre à gaz défier leurs bourreaux, à l'exemple de ce vieil homme qui cracha à la figure du commandant d'Auschwitz, Rudolf Hoess : « Ce massacre des Juifs,

10. Extrait du discours du 25 juin 1940 dans lequel le maréchal Pétain annonce aux Français les conditions de l'armistice.

l'Allemagne le paiera cher », ou de cette femme qui le défia calmement : « Je savais dès le début qu'on nous avait conduits à Auschwitz pour nous gazer. Je me suis chargée de deux enfants pour échapper à la sélection des détenus capables de travailler. Je voulais subir mon sort en pleine conscience. J'espère que cela ira vite. Adieu [11]. »

De la France à l'URSS en passant par la Grèce, la Yougoslavie, l'Afrique du Nord – où la Brigade juive força l'admiration des Anglais et du général Koenig –, et même en Allemagne, les Juifs participèrent aux mouvements de résistance, combattirent dans les rangs des partisans. Dans les pays Baltes, en Ukraine, en Biélorussie et en Russie, des groupes de partisans juifs se créèrent, comme celui des frères Bielski, actif dans la région biélorusse de Nowogródek et Lida. Ils sauvèrent 1 200 personnes. Dans l'Armée rouge, ce furent près de 500 000 combattants juifs qui participèrent à la « Grande Guerre patriotique », payant un lourd tribut : 120 000 furent tués au combat, et 80 000 exécutés après avoir été faits prisonniers par les Allemands. À partir de l'été 1941, les Russes juifs capturés furent systématiquement fusillés [12].

Ce fut la même chose en France. Non seulement les Juifs participèrent activement à l'organisation de la Résistance française, à l'image de Djigo, mais en plus ils développèrent une résistance spécifique. Le Consistoire, le Rabbinat, la Fédération des Sociétés juives, l'ORT (Organisation – Reconstruction – Travail), l'OSE et les EIF,

11. Rudolf Hoess, *Le Commandant d'Auschwitz parle*, Paris, La Découverte, 2010, p. 183-184.

12. Antoine Germa, Benjamin Lellouch et Évelyne Patlagean, *Les Juifs dans l'histoire*, Seyssel, Champ Vallon, 2011, p. 613-614.

Le colonel Josset, aide de camp du général de Gaulle.

comme on l'a vu, mirent sur pied les premières structures de réseaux de résistance dès le mois de juin 1940. De même que le MJS (Mouvement de la jeunesse sioniste) et les MOI (Main-d'œuvre immigrée).

Djigo tenait à relier cette défense juive à la Résistance française. Il prit soin de rester en contact étroit avec le colonel Josset, qui lui demandait sans cesse d'inspecter les mouvements proches de la frontière espagnole. Dès août 1940, il se rendit à Luchon, puis Superbagnères, afin de mettre sur pied une filière d'évacuation de réfugiés qui allait servir plus tard à faire sortir de France des pilotes de la Royal Air Force abattus par la DCA allemande. Pour essayer d'organiser une structure cohérente à cette époque, tous les chefs EIF se mirent à voyager beaucoup, du mieux qu'ils le pouvaient.

Comme je l'ai indiqué plus haut, on a souvent tendance à mésestimer la réalité et l'efficacité de la résistance juive. C'est bien ce qu'exprime Jacques Lazarus, dans *Information juive* daté du 7 août 2002, en réaction à de fausses allégations :

Mais où étaient-ils, les résistants juifs sous l'Occupation ?

« En ce 58e anniversaire de la Libération, nous avons jugé opportun de publier la correspondance que Jacques Lazarus, chargé sous l'Occupation des questions militaires à l'AJ, organisation juive de combat, a adressée récemment à *France-Soir* en réponse à un courrier de lecteur, un certain Montès.

Monsieur le directeur de *France-Soir*,

Sous le titre “Où étiez-vous ?” a été publiée, dans le débat des lecteurs de France-Soir, daté du 1er août 2002, la lettre d'un nommé Pierre Montès qui écrit entre autres : “... j'observe que, durant quatre ans de maquis et de combats, je n'eus jamais un compagnon d'armes juif. Quasiment pas de Juif non plus dans nos associations de survivants, pardon, d'anciens combattants. Où sont nos donneurs de leçons ?”

Pierre Montès (qui proclame avoir combattu quatre ans dans les maquis qui n'ont été créés qu'au cours de l'année 1943) insinue ainsi qu'était négligeable, voire inexistante, la participation des Juifs de France aux combats pour la libération de notre pays.

Indignés par des propos aussi scandaleusement provocateurs et qui s'inscrivent dans le contexte actuel de dénigrement trop fréquent de la communauté juive et de l'État d'Israël, mes camarades et moi, anciens de la Résistance juive de France, regroupés au sein de l'association éponyme, tenons à rappeler à vos lecteurs qui pourraient être abusés par les dires insidieux de votre correspondant, la part prise par les Juifs, qui, par dizaines de milliers, ont combattu, côte à côte avec leurs frères d'armes de toutes confessions, de toutes ethnies, dans les rangs des armées alliées contre l'Allemagne hitlérienne et ses complices des pays occupés d'Europe.

S'agissant de la France, dois-je mentionner la contribution essentielle de tant de Juifs, autochtones et immigrés, à la délivrance de leur commune patrie ?

Pierre Montès fait état de sa qualité de capitaine FTP-FFI. Ignore-t-il donc ou feint-il d'ignorer le combat exemplaire des FTP juifs de la MOI (la Main-d'œuvre immigrée) ?

Ignore-t-il donc ou feint-il d'ignorer les 11 FTP juifs (sur 23 au total) du groupe Manouchian, ceux de "l'Affiche rouge", dont une dizaine de visages, et parmi eux sept Juifs, couvraient les murs de toutes les villes de France, ces FTP fusillés avec leurs camarades en février 1943 ?

Ignore-t-il donc ou feint-il d'ignorer les FTP juifs du bataillon Carmagnole Liberté qui a multiplié les actions offensives anti-allemandes dans l'agglomération lyonnaise et les principales villes du Sud-Est ?

Ignore-t-il donc ou feint-il d'ignorer les combattants juifs de la 35e brigade Marcel Langer, du nom de leur chef, arrêté à Toulouse par un policier français, condamné à mort par un tribunal français, guillotiné le 23 juillet 1943 dans la cour de la prison Saint-Michel de Toulouse ? "La Cohorte", organe de liaison de la Société d'entraide des membres de la Légion d'honneur, signalait, dans son numéro de juin 1991, que cette unité a été honorée de 25 croix de la Légion d'honneur, qu'elle compte en outre quatre membres dans l'ordre national du Mérite, quatre médaillés militaires, neuf médaillés de la Résistance et de nombreux titulaires de la croix de guerre.

Toujours dans le cadre des FTP, Pierre Montès ignore-t-il donc ou feint-il d'ignorer le nom de Joseph Epstein (colonel Gilles), chef militaire FTP de la région parisienne, fusillé avec dix-huit autres résistants le 11 avril 1944 au mont Valérien ?

Sait-il que, sur les 1 137 résistants exécutés au mont Valérien, au moins 133 étaient juifs, soit 11,6 %, alors que le pourcentage des Juifs pour l'ensemble de la population française n'atteignait en 1940 que 0,75 % ?

Et, toujours dans le cadre de la Résistance, rappelons l'existence des maquis juifs du Tarn, sous l'autorité de l'AS (l'Armée secrète), celle de l'AJ, organisation juive de combat, qui participera aux combats de la Libération au sein du Corps franc de la Montagne noire, celle des Éclaireurs israélites de France (la compagnie Marc Haguenau), qui participera activement à la libération de Castres.

[Cette compagnie, entièrement juive, sous les ordres de Robert Gamzon, comprenait beaucoup des jeunes qui avaient été cachés par mon père.]

J'évoquerai quelques noms, parmi tant d'autres, de martyrs juifs de la Résistance : Jacques Bingen, successeur de Jean Moulin, Maurice Loebenberg (Cachoud), chef du service faux papiers du MLN, torturé à mort à Paris le 18 juillet 1944 par la Gestapo de la rue de la Pompe, Max Guedj, tombé en plein ciel, le "plus grand des héros de l'aviation française 1939-1945", selon Clostermann.

Je n'aurais garde d'oublier l'action déterminante d'un groupe de jeunes Juifs d'Alger dans le succès du débarquement allié en Afrique du Nord, les 8 et 9 novembre 1942, au cours de laquelle trouva la mort le lieutenant Jean Dreyfus, dont le frère tomba lui aussi, au Tchad, dans les Forces françaises libres, dans les rangs desquelles tant de Juifs ont combattu et dont le chef, le général de Gaulle, se serait exclamé à Londres : "La Synagogue m'envoie plus de combattants que l'Église."

"Il est impossible de rendre compte avec précision de l'action des diverses formations dans lesquelles se sont retrouvés, seuls ou principalement, des réfugiés juifs et des Juifs français. Mais on peut affirmer qu'elle fut considérable", est-il écrit dans la brochure éditée par la Fondation de la Résistance, destinée à aider les candidats au "Concours national de la Résistance et de la Déportation de l'année scolaire 1997-1998". Ce sera ma conclusion.

En publiant la lettre de Pierre Montès, vous avez, Monsieur le directeur, donné audience à des propos qui sont à nos yeux une insulte à la mémoire de tous les combattants et résistants juifs qui ont lutté pour que la France retrouve indépendance et liberté.

Nous attendons instamment de vous qu'en réparation vous donniez dans une de vos plus prochaines livraisons le plus large écho à la présente.

Croyez à mes sentiments distingués.

Jacques Lazarus
Capitaine FFI
Officier de la Légion d'honneur à
Titre militaire, croix de guerre
1939-1945, médaille de la Résistance avec rosette
Membre du comité directeur du CRIF »

En réponse à la provocation de ce M. Montès, voici les citations et distinctions de mon père, un Juif :

– Citation de l'Ordre de la Division 30/40 n° 21 du 18 août 1941.
– Citation de l'Ordre de la Division 40/45 n° 91 du 27 mars 1947.
– Citation de l'Ordre du Corps d'Armée n° 2 du 05 février 1948.
– Citation de l'Ordre de l'Armée du 14 janvier 1948 (J.O. 05 mai 48, page 4341).
– Croix de Guerre 39/45, décret du 14 janvier 1948 (J.O. 05.05.48).
– Croix de Combattant Volontaire 1939/1945 (décision n° 1814 du 23 décembre 1960).

– Chevalier de la Légion d'Honneur, décret du 14 janvier 1948 (J.O. du 08 mai 1948, page 4341).

– Officier de la Légion d'Honneur, décret du 16 avril 1953.

– Commandeur de la Légion d'Honneur, décret du 26 juillet 1957 (J.O. du 28 juillet 1957).

– Grand Officier de la Légion d'Honneur – Élévation le 14 mai 1985 au Palais de l'Élysée.

– Médaille des Évadés n° 97725, décret du 13 septembre 1949 (J.O. du 21 octobre 1949).

– Médaille des Blessés (2 blessures) 18 octobre 1948 : à Saint-Michel (Tarn-&-Garonne) 1er décembre 1943, à Birkenau (Silésie). Certificat de validation n° 09777 du 29 octobre 1952.

– Médaille des Déportés de la Résistance.

– Médaille d'argent des Épidémies, décret du 25 octobre 1960.

– Carte de Déporté-Résistant n° 1 001 01832.

– Carte de Combattant Volontaire de la Résistance n° 000220.

– Carte Combattant n° 554849.

– Officier de la Santé Publique, décret du 03 février 1955.

– Chevalier du Mérite social, décret du 06 juillet 1955.

Et de ma mère juive :

– Croix de guerre.
– Médaille de la Résistance.
– Sous-lieutenant FFI.
– Morte pour la France.

Comme tous les chefs EIF, mon père se mit donc à voyager beaucoup pour organiser une structure cohé-

RÉPUBLIQUE FRANÇAISE

Guerre 1939-1945

CITATION

ORDRE GENERAL No 91

LE MINISTRE DE LA DEFENSE NATIONALE

CITE :

A L'ORDRE DE LA DIVISION

HIRSCH Sigismond - Médecin-Capitaine - (F.F.C.)

" Entré dans la résistance dès le début de 1941, a pris une part très active á l'action de plusieurs Mouvements de résistance. Bien que recherché par la Police Allemande dès 1941, s'est consacré tout spécialement malgré les dangers qui le manaçaient á la lutte contre la déportation et á ainsi réussi á soustraire plus de 400 jeunes gens á un départ pour l'Allemagne.

Arrêté par la Gestapo le 18 Octobre 1943, a été déporté en Allemagne après avoir été torturé á la prison de Toulouse.

Belle figure de résistant."

CETTE CITATION COMPORTE L'ATTRIBUTION DE LA CROIX DE GUERRE

AVEC ETOILE D'ARGENT.

POUR AMPLIATION:

PARIS, le 10 Avril 1947
Le Lt-Colonel NOEL
Chef de la section /Décorations-Résistance/
P.O. Le Capitaine LAMOTHE
Adjoint.

FAIT à PARIS, le 27 Mars 1947

Le Colonel JOSSET
Délégué Général F.F.C.I.

Signé : JOSSET

MINISTERE DE LA DEFENSE NATIONALE

Croix de guerre de Sigismond Hirsch.

Djigo et Berthe Hirsch, Carpentras, 1940.

rente. C'est ainsi qu'en septembre 1940 mon père, ma mère et moi étions sur les routes en direction de Carpentras… On voyageait dans une France désormais coupée en deux avec, au nord, la zone occupée et au sud, la zone dite libre sous la férule de Vichy. Une ligne de démarcation séparait ces deux zones, et tout le problème devint bientôt de parvenir à trouver des moyens pour passer, dans un sens comme dans l'autre, cette fameuse ligne de démarcation et de mettre en place des filières sûres pour faire passer des renseignements de part et d'autre, et bientôt des hommes et des femmes. En peu de temps, mon père réussit à établir des relais fiables permettant aux nouvelles et aux résistants de circuler dans les meilleures conditions possibles. Il avait mis à contribution beaucoup de ses anciens patients que la guerre avait contraints à fuir et qui se trouvaient dispersés partout en France. Avec la force de conviction qui ne le quitta jamais, Djigo, une main de fer dans un gant de velours, avait convaincu les Picard (d'anciens malades à lui) de se charger de transmettre les informations par Salies-de-Béarn.

Sigismond circule après la débâcle avec sa traction avant pour organiser la résistance en zone sud.

Ainsi, en moins de six mois, et petit à petit, il devint un membre important d'un réseau de résistance dans cette France si étrange où les uns étaient pro-vichyssois et où les autres affirmaient, soit d'emblée soit progressivement, leur hostilité au régime en place.

CHAPITRE 5
Dans la gueule du loup en zone nord occupée – janvier 1941-juillet 1942 – Résistance contre collaboration

« La collaboration, ce ne fut pas une exigence allemande à laquelle certains Français ont répondu par sympathie ou par ruse. Ce fut une proposition de la France, qu'Hitler repoussa en dernière analyse. » Robert O. Paxton, *La France de Vichy*[1].

« À la surprise des Allemands, ce sont les Français qui les premiers proposent que les enfants juifs soient inclus dans les trains de déportation[2]. » Comme le rapporte, après Dannecker, Heinz Röthke, ce sont les Français qui ont pris l'initiative de rafler les enfants juifs, qu'ils soient français ou étrangers en France, et ils les ont expédiés à Drancy. C'est le chef de la police française en zone occupée, Jean Leguay, qui a affecté les enfants aux divers convois pour Auschwitz. (J'étais l'un de ces enfants menacés de mort par la France.)

La différence fondamentale entre nazis et collabos était que la haine que vouaient les Allemands aux Juifs reposait sur une **théorie raciste**, alors que la France était mue par **la lâcheté, la bêtise et l'indifférence**. Pour Vichy, les Juifs étaient devenus de simples objets.

Pétain, accusé en 1945 d'« attentat à la sûreté de l'État et d'intelligence avec l'ennemi », écrit à Hitler le 20 octobre 1941 de Vichy : « La collaboration franco-allemande n'a sans doute pas donné tous les résultats qu'en attendaient vos prévisions et **nos espoirs**, mais la France conserve le souvenir de votre noble geste. Elle sait que tous les fruits n'en seront pas perdus[3]. »

---

1. Robert O. Paxton, *La France de Vichy, 1940-1944*, Paris, Seuil, 1997 [1re éd. 1973], p. 95.

2. *Les Collabos*, Paris, Arthème Fayard/Pluriel, 2010, p. 113.

3. Lettre mise aux enchères à Drouot le 11 décembre 2012 parmi divers échanges dactylographiés avec Adolf Hitler.

C'est à Carpentras que mon père prit connaissance avec consternation du statut des Juifs édicté le 3 octobre 1940. Douze jours après le vote de ses pleins pouvoirs, Pétain et les antisémites notoires qui l'entouraient s'attaquèrent aux Juifs, sans même consulter Berlin. Ils révisèrent les naturalisations postérieures à la loi très libérale de 1927. Mon père n'était plus français. Dès le 27 août 1940, Vichy abrogea le décret Marchandeau de 1939 qui avait interdit les propos racistes et antisémites dans la presse. Les antisémites de tout poil pouvaient recommencer librement leurs diatribes haineuses.

Il est vrai que les Allemands souhaitaient appliquer leur doctrine raciste : dès le 27 septembre 1940, le commandement allemand fit recenser tous les Juifs de la zone occupée. Ils interdirent aux Juifs passés en zone non occupée lors de l'exode de revenir en zone occupée. Un interdit de plus que Djigo s'apprêtait à enfreindre. Comme pour ne pas être en reste dans le combat contre les Juifs, Vichy accéléra encore la répression : précisons que, le 3 octobre 1940, fut ordonnée l'épuration des Juifs dans l'Administration, particulièrement dans la justice et l'enseignement.

Mais pourquoi s'arrêter en si bon chemin ?

Le 4 octobre, le gouvernement de Vichy demanda aux préfets d'interner les « ressortissants étrangers de race juive » dans des camps spéciaux : Gurs, Rivesaltes, Le Vernet, Les Milles, Agde, Noé, pour les plus connus. Au total, 26 camps furent créés dans la zone nord et 15 dans la zone sud qui furent réservés prioritairement aux Juifs qui avaient fui le Troisième Reich. On estime à 50 000 le nombre des internés parqués à la fin de 1940 dans ce que l'on commençait à appeler des camps de concentration[4].

4. Denis Peschanski, *La France des camps : l'internement 1938-1946*, Paris, Gallimard, 2002.

Dès ce moment, l'objectif prioritaire des EIF fut de libérer les enfants internés dans ces camps. Mes tantes Shatta et Boëtzi, avec ce mélange d'inconscience et de culot qui caractérisait tous les enfants de Régina, mirent au point une stratégie. Boëtzi, bien que Juive et qui avait *a priori* tout intérêt à rester planquée, réussit à se faire interner volontairement comme assistante sociale dans le camp de Gurs.

Les conditions de vie y étaient difficiles : manque d'hygiène, de nourriture et très grande promiscuité favorisaient les épidémies.

Souvent, Boëtzi dissimulait des enfants sous des manteaux pour tromper la surveillance des gardes ; d'autres fois, on écartait les fils barbelés pour exfiltrer les plus vieux. Tous étaient conscients que ces camps étaient les antichambres des déportations, qu'il fallait agir vite pour faire sortir le plus grand nombre de Juifs.

De Moissac, Shatta se rendit chez le préfet à Montauban. On lui refusa d'abord le rendez-vous. Elle revint. On la fit attendre de longues heures. Elle ne se découragea pas. Parce qu'on n'arrivait pas à s'en débarrasser, en fin d'après-midi, on la fit enfin entrer dans le bureau du préfet. « Vous avez moins d'une minute », lui dit le secrétaire de la préfecture. Elle se posta devant le bureau du préfet et lui expliqua la situation de ces jeunes enfants parqués comme des bêtes. Le préfet était un collaborateur. Mais il n'en revenait tout simplement pas que cette femme fût venue jusqu'à lui afin de lui demander la vie sauve pour des enfants juifs allemands dont il n'avait que faire. Mais fallait-il prendre le risque de lui refuser cette grâce ? Shatta sortit donc avec son autorisation : elle pourrait accueillir 50 enfants supplémentaires. Parmi eux,

Moyshe, âgé d'alors quinze ans, qui se souvient encore du jour où il retrouva la liberté :

> « Début 41, le camp a été liquidé. [...] C'est l'OSE et les EIF qui sont intervenus. On a choisi quinze enfants pour les envoyer dans une maison d'enfants. Le critère de choix, c'était la maigreur. En tout cas, c'est ce que j'ai retenu. Avant de rejoindre Moissac, on nous a emmenés à Montpellier où on a passé huit jours dans un orphelinat catholique pour filles. Dans cet orphelinat, on était très bien mais il y avait une discipline terrible ! Tous les gestes et les déplacements étaient régis par des règles strictes. On marchait en ligne en direction du réfectoire [...]. Les bonnes sœurs savaient que nous étions juifs. Je crois même que, lorsqu'il y avait du cochon, elles me servaient autre chose[5]... »

Des centaines d'enfants témoignèrent après la guerre de la chance qui fut la leur de rencontrer sur leur chemin les EIF et Moissac. Car l'ambiance y était différente de celle des orphelinats catholiques dans lesquels ils avaient été cachés transitoirement. Ainsi, la jeune Lorette, libérée du camp de Gurs par Boëtzi, raconte son arrivée à Moissac comme l'entrée dans une nouvelle famille : « Nous célébrions le Shabbat, qui débutait le vendredi soir par l'office, et par un meilleur repas, par des chants et des danses[6]. »

Comme le relève un rapport d'activité sur Moissac, le bien-être physique et mental de ces enfants ballotés dans toute l'Europe, sachant à peine parler le français et qui ne partageaient que la culture juive, était une priorité ; Shatta Simon le dit :

---

5. Cité par Catherine Lewertowski, *Les Enfants de Moissac (1939-1945)*, *op. cit.*, p. 83-84.

6. Laure Schindler-Levine, *L'Impossible Au revoir, l'enfance de l'un des derniers « maillons de la chaîne »*, *1933-1945*, Paris, L'Harmattan, 1998.

« L'atmosphère générale que nous nous efforçons d'entretenir est celle d'une grande famille, et nous cherchons ainsi à ce que les enfants aient un épanouissement complet, afin qu'ils ressentent le moins possible les circonstances douloureuses et exceptionnelles qui les entourent. »

Grâce à la culture du scoutisme bâtie avant la guerre par les chefs EIF, « ces enfants qui semblaient être de véritables vieillards à leur arrivée avaient, dans ce laps de temps, réappris à rire, à s'amuser comme des enfants de leur âge[7] ».

« Par quelle magie avait-on pu métamorphoser si vite en spectacle de joie tant de misère ? » demande Edmond Fleg.

*

Passage de la ligne de démarcation sens sud-nord, vers Paris

Après plusieurs semaines passées à consolider ses filières de renseignements, mon père, qui n'était plus officiellement médecin, sauta pour ainsi dire dans l'inconnu. En effet, le colonel Josset lui confia une mission, mais en zone nord ! Josset avait été prisonnier en 1914-1918 avec le général de Gaulle, il avait été son ordonnance et était à présent au cœur de la Résistance. Il avait créé un service de renseignements sur ordre de Londres, et son réseau s'appelait le réseau Béryl, d'abord à Pau, puis à Toulouse.

« Il pensait que je serais plus utile à Paris ! » écrit mon père.

7. Rapport 1942. Archives CDJC, coll. EIF.

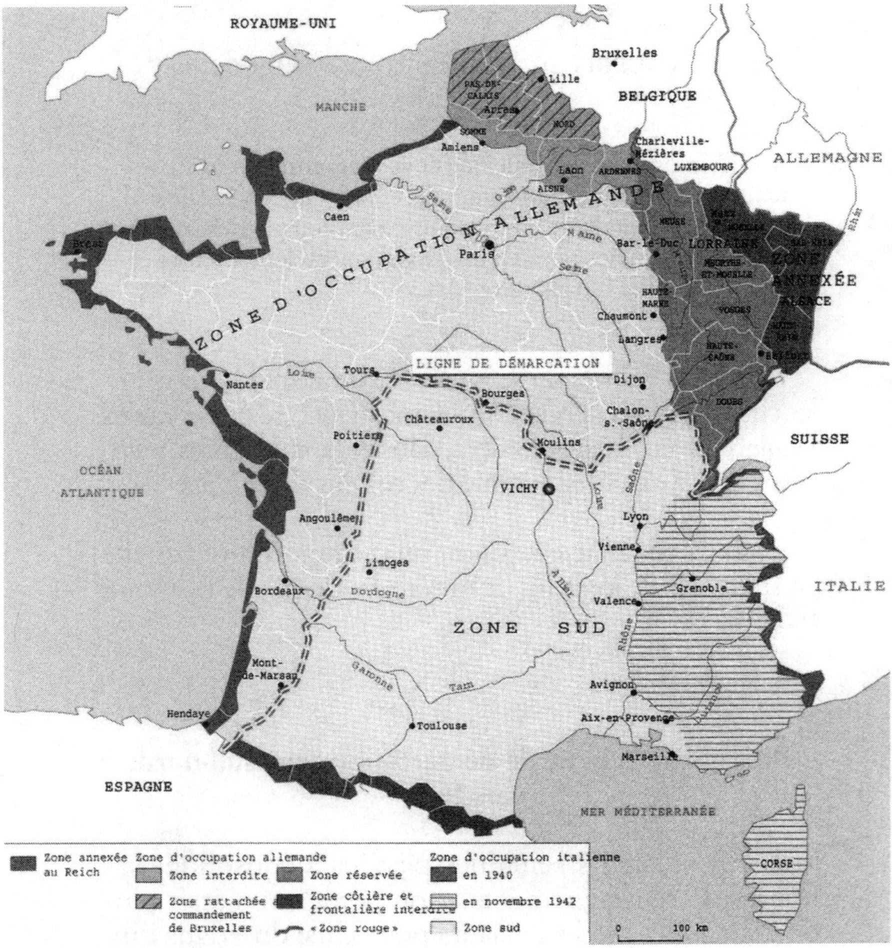

Carte de la ligne de démarcation en 1940.

D'évidence, retourner à Paris, c'était un peu se jeter dans la gueule du loup et, d'ailleurs, ma mère ne comprit pas tout de suite. Pourquoi prendre de tels risques ? Mais comme elle ne refusait rien à mon père, elle accepta. De toute manière, avec Djigo, il n'y avait jamais rien à négocier : Djigo avait pris sa décision.

Avec l'aide de la famille Picard, il passa la ligne de démarcation dans le sens sud-nord à Salies-de-Béarn :

« J'ai pu aller jusqu'à Bordeaux où j'ai pris une correspondance avec un train direct vers Paris qui par bonheur n'a pas été contrôlé, car je n'avais pas de faux papiers ; je n'avais que mes papiers personnels, **et déjà, à l'époque, les Allemands ne laissaient pas revenir en zone occupée les Juifs qui étaient partis de chez eux en zone libre.** »

Rien que dans cette démarche, on imagine le courage et peut-être même l'inconscience de certains hommes à cette époque.

Par prudence, arrivé seul à Paris, il s'installa chez son ordonnance Féron, 29, rue des Vinaigriers (X^e^ arrondissement), et commença à faire parvenir un nombre important d'informations vers le sud :

« Les Allemands avaient immédiatement pris en main toute l'industrie de l'armement et en particulier l'usine d'Achille Blanc. L'industriel Achille Blanc était avant la guerre propriétaire d'une usine qui fabriquait des boulons sophistiqués pour les avions Dassault, et c'était un ami de mon père. Des commandes lui parvenaient de tous les côtés, pour l'armée de l'armistice aussi bien que pour les Allemands. Il est vrai que les renseignements que le capitaine Roux pouvait me donner au début n'avaient pas un grand intérêt. Les relations directes entre les Allemands et le gouvernement de Vichy se faisaient encore par l'intermédiaire de la Commission d'armistice qui se trouvait à Wiesbaden, en Allemagne. Aussi, je rencontrais quotidiennement Camille Buisson, qui était devenu le chef de renseignements de l'Armée volontaire de l'arrondissement où j'habitais avant la guerre. Grâce à lui, je faisais parvenir beaucoup d'informations en zone sud. Il s'agissait de renseignements sur les mouvements de troupes et sur les pourparlers entre Vichy et l'Allemagne. Fait très important, les Allemands essayaient de récupérer tout l'armement que l'armée française avait dispersé. En zone nord, leur tâche était facile, mais en zone sud, ils étaient dans l'impossibilité de le faire. Ces armes cachées systémati-

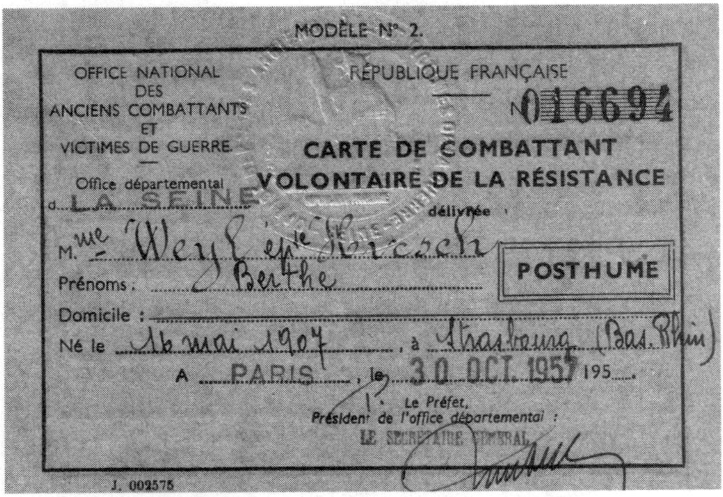
MODÈLE N° 2.

OFFICE NATIONAL
DES
ANCIENS COMBATTANTS
ET
VICTIMES DE GUERRE

Office départemental
d. LA SEINE

RÉPUBLIQUE FRANÇAISE

N° 016694

CARTE DE COMBATTANT
VOLONTAIRE DE LA RÉSISTANCE
délivrée

M.me Weyl ép. se Hirsch

Prénoms : Berthe

POSTHUME

Domicile :

Né le 16 mai 1907, à Strasbourg (Bas Rhin)

A PARIS, le 30 OCT. 1957 195..

Le Préfet,
Président de l'office départemental :
LE SECRÉTAIRE GÉNÉRAL

J. 002575

La carte de Combattant volontaire de la Résistance de Berthe.

quement permirent plus tard à la Résistance de s'organiser. Les renseignements parvenaient en zone sud par la Suisse, par Salies-de-Béarn, mais étaient aussi véhiculés par des agents de liaison en contact régulier avec les Arsenaux à Vichy. »

Djigo entra aussi en contact avec un Autrichien, M. Rosenthal, affecté au Bureau de la gare Saint-Lazare, qui lui communiquait les horaires des convois militaires allemands en partance pour la Normandie où un nombre important de troupes et de matériels étaient concentrés pour se prémunir contre un éventuel débarquement allié.

Par ailleurs, mon père reçut pour mission de récolter des fonds nécessaires à la publication d'un journal résistant, le *Pantagruel.* Il sut convaincre Haas (un associé d'Achille Blanc) de devenir un généreux contributeur. Le premier numéro sortit en octobre 1940. Il fut rédigé par un éditeur de musique, Raymond Deiss, arrêté en octobre

Berthe Hirsch entre elle aussi dans le réseau « Armée volontaire », en septembre 1941, au grade de sous-lieutenant.

1941. Les numéros étaient composés au premier étage de la librairie Firmin-Didot, par deux linotypistes, les frères Blanc, René et Robert, qui furent arrêtés en 1941. Ils moururent tous les deux en camp. Le journal cessa de paraître après seize numéros et l'arrestation de Deiss.

Dès son retour à Paris, Djigo fut sollicité par d'anciens patients qui se risquèrent à lui demander un service un peu particulier. Mais ils savaient qu'on pouvait faire confiance au Dr Hirsch : ils cherchaient un moyen de faire revenir d'Allemagne des parents prisonniers en alléguant des raisons médicales. Pour cela, il fallait constituer un solide dossier. « Si ce n'est que cela ! » dit Djigo. En un clin d'œil, il reconstitua des dossiers à l'aide de clichés d'anciens tuberculeux et d'électrocardiogrammes dont il modifiait les noms. Il le fit d'abord « sans grande conviction », pour reprendre son expression, « avant d'être agréablement surpris de voir plusieurs personnes revenir grâce aux dossiers. *J'ai donc continué et les clients ne manquaient pas* ! Par la suite, le contrôle des Allemands est devenu plus sévère et cette activité a dû être arrêtée. »

*

Cependant, ma mère et moi étions restés à Moissac.

Là, nous partagions la vie des enfants de cette collectivité. Longtemps, j'ai cru que nous vivions dans une certaine sécurité. C'était un mirage créé par la grande assurance conjointe de Shatta et de ma mère. Par l'ambiance de fête qui régnait aussi.

Mais tous les habitants de Moissac ne voyaient pas d'un bon œil cette maison de réfugiés. Les archives du Tarn-et-Garonne gardent les traces de lettres de dénonciation à la fois terribles et tragiques. Il serait trop long de les citer toutes. L'une d'elles est édifiante à plus d'un titre, celle de Paul Balette, légionnaire réfugié à Moissac :

> « Monsieur le Maréchal,
> J'ai l'honneur en ma qualité de légionnaire 1914-1918 de porter à votre connaissance un fait qui paraît anormal, surtout depuis que vous avez pris en mains le relèvement moral de la France. Au moment de l'exode de mai-juin 1940, nous avons recueilli à Moissac une colonie d'enfants juifs, soi-disant lorrains, accompagnés de quelques dirigeants des deux sexes.
> Depuis cette époque, les parents et amis sont venus rejoindre ces enfants et vivent ici d'une façon parfaite et bien mieux que nous. Munis d'argent, ils font des tournées journalières à la campagne et achètent à n'importe quel prix les denrées qui devraient être vendues sur le marché avec la taxe. Comme chez certains producteurs, les sentiments ne dépassent pas le porte-monnaie, c'est nous, les ouvriers des villes, qui sommes les victimes de ces agissements. »

Heureusement, Shatta avait su nouer de bonnes relations avec les autorités. Elle avait réussi à persuader l'administration que Moissac n'était rien d'autre qu'une maison d'enfants scouts qui mettait en œuvre la « Révolution nationale » chère au maréchal Pétain dont le portrait ornait d'ailleurs la grande salle de la maison.

De son côté, Gamzon avait réussi à entrer en contact avec Gilbert Lesage, un quaker qui dirigeait le Service social des étrangers, créé par Vichy. Grâce à lui, les activités de Moissac purent bénéficier assez longtemps d'une certaine légalité. Au cours de l'année 1941, Moissac devint très officiellement un « centre de formation professionnelle », qui eut le droit d'accueillir des Juifs étrangers ; et, le 2 janvier 1942, Moissac fut placée sous le contrôle du Service social des étrangers.

Mais dès les dernières semaines de l'année 1940, ma mère ne supportait plus la séparation d'avec mon père. Elle n'avait plus qu'une idée en tête : le rejoindre. En dépit du danger, il lui semblait qu'elle serait toujours plus en sécurité auprès de Djigo. Sans doute insista-t-elle, sans doute mit-elle toute la force de son caractère pour faire accepter cette décision lourde de risques et de dangers : il nous fallait à notre tour traverser clandestinement toute la zone occupée.

Alors, en janvier 1941, ma mère et moi empruntâmes la route suivie par mon père quelques mois plus tôt. Nous étions attendus à Salies-de-Béarn, de l'autre côté de la ligne de démarcation, par un médecin qui faisait office de passeur. Je me rappelle parfaitement cette journée. L'angoisse de ma mère. Le silence. Les chuchotements. Les ombres qui nous saluaient furtivement dans le brouillard épais qui s'était alors levé. Une sorte de solennité religieuse face au danger.

Hélas, nous nous perdîmes. Les routes, les chemins, les bois étaient devenus un labyrinthe dont on pensait ne plus pouvoir démêler le vrai du faux. Inquiet de ne pas nous voir arriver, le médecin décida de partir à notre recherche. Il était hors de question de laisser la famille du Dr Hirsch dans cette situation. Il risqua sa vie.

Par bonheur, non loin de la ligne, il nous trouva égarés au bord de la route. Il arrêta sa voiture à notre hauteur, nous fit monter pour repartir sans traîner. Mais bientôt, une patrouille allemande nous arrêta. Avant de couper le moteur, le médecin me demanda de faire le malade. J'ignore si j'ai jamais eu des talents de comédien, mais quand la patrouille allemande jeta ses regards soupçonneux sur nous et que le docteur leur dit qu'il me conduisait à l'hôpital à cause d'une appendicite mal soignée, ils n'y virent que du feu.

Moyennant la rondelette somme de 5 000 francs de l'époque, des cheminots qui faisaient office de passeurs nous « offrirent » leur tender à charbon pour nous conduire à Paris. Nous nous sommes dissimulés derrière le charbon.

En effet, les locomotives d'alors marchaient souvent au charbon et derrière la locomotive se trouvait le tender, énorme véhicule d'où le conducteur du train, avec une pelle, tirait le charbon qu'il jetait ensuite dans la chaudière.

Nous nous cachions dans le tender, car il était impensable de voyager comme les autres passagers. Non seulement nous avions l'interdiction en tant que Juifs de regagner la zone occupée, mais en plus nous risquions à tout moment d'être arrêtés ou renvoyés d'où nous venions puisque nous avions franchi la ligne de démarcation sans laissez-passer.

Les Allemands surveillaient attentivement les gares. Tous les passagers étaient sommés de présenter leur carte d'identité. Il était donc exclu pour nous de descendre dans une gare. Aussi, peut-être deux kilomètres avant la gare d'Austerlitz, le mécanicien fit ralentir très sensiblement sa locomotive, au pas, et nous sautâmes sur les rails, tout près de la machine à vapeur hurlante. Bientôt, nous fûmes seuls au milieu d'une mer de rails, d'aiguillages, de traverses goudronnées. Je sautais de voie en voie, tenant la main de ma mère qui prenait garde sans cesse sur sa droite et sur sa gauche qu'aucun train ne nous roule dessus.

On fut récupérés par une équipe envoyée au-devant de nous par mon père. Le métro. Par les vitres de ce moyen de transport qui subsistait, tout de suite, ce qui me frappa c'était cette atmosphère d'une ville vidée de ses habitants en ce qui concerne ses grandes artères, toujours aussi belle, mais comme le visage sans expression d'une femme morte. Il existait un contraste étrange entre les vitrines des magasins vides et les files d'attente interminables qui se pressaient devant quelques lieux de distribution alimentaire. On eût dit un monde abandonné après une catastrophe naturelle, un monde fossilisé par la peur et l'angoisse de l'avenir.

Nous ne fûmes soulagés qu'après être arrivés rue Pelleport (XXe arrondissement), où mon père nous attendait. Au sortir de l'ascenseur, au 3e étage droite, nous touchâmes la *mezouzah* accrochée sur la porte ; nous nous embrassâmes : la famille était de nouveau réunie. Ce fut pour ma mère et moi un grand soulagement.

J'étais si content d'avoir retrouvé mon père !

CHAPITRE 6
Le port de l'étoile jaune – Paris sous l'Occupation en 1942…

La guerre faisait rage en Europe et l'occupant resserrait chaque jour un peu plus sa pression sur la communauté juive. Le 29 mars 1941, un Commissariat général aux questions juives (CGQJ) fut instauré. Il était dirigé par Xavier Vallat, catholique fervent, et antisémite forcené qui considérait le problème juif « du point de vue religieux et non pas du point de vue racial[1] ». Il prépara un second statut des Juifs, accepté le 2 juin 1941 et qui aggravait encore fortement celui du 3 octobre 1940.

Désormais étaient regardés comme Juifs tous ceux qui étaient « issus de **deux** grands-parents de race juive ». Seul le certificat de baptême apportait la preuve qu'on avait renoncé à la religion juive. Rien ne fut prévu pour les non-pratiquants.

Ce nouveau statut renforça encore les interdits professionnels en les étendant notamment aux professions libérales. La médecine d'abord : un *numerus clausus* fut institué dans les professions libérales. Pour les médecins, seuls 2 % des Français juifs eurent le droit d'exercer. Guère plus pour les avocats.

Mon père fut radié ! Il était revenu à Paris et se trouvait alors sans argent, sans travail et sans papiers. Cette radiation fut le fait infâme du conseil de l'ordre des médecins qui voyait là un bon moyen d'écarter la concurrence juive. Or le Dr Hirsch avait absolument besoin de pouvoir exercer, d'une part parce qu'il n'avait pas d'argent devant lui et d'autre part parce qu'une activité médicale officielle lui était indispensable pour masquer son activité de résistant. La première lettre de radiation émane du conseil départemental de l'Ordre, mais comme « 2 % des médecins israélites étaient autorisés à titre excep-

1. Cité par Michel Winock, *La France et les Juifs de 1789 à nos jours*, Paris, Seuil, 2004, p. 222.

tionnel à exercer en raison de distinctions spéciales et en particulier la croix de guerre », le Dr Hirsch fit appel de la décision, arguant précisément qu'il était titulaire de la croix de guerre. La réponse du conseil national de l'Ordre est encore plus odieuse. Elle dit en substance : certes, vous avez la croix de guerre, mais vous n'aurez le droit de la porter que dans six mois. Faites valoir vos droits à l'issue. Mais en attendant, la radiation est effective, **et vous n'êtes pas fondé en l'état à vous plaindre**.

Cette phrase m'a hanté toute ma vie : qu'un confrère, un Professeur, puisse écrire à un confrère médecin qu'il n'est plus médecin du seul fait qu'il est juif est inconcevable. En 1995, médecin directeur du centre Miromesnil – 63, rue de Miromesnil à Paris VIIIe, le plus grand centre médical en France, groupant 400 médecins, dont 250 chefs de clinique à la Faculté de Paris et 60 dentistes, traitant un million de Français par an –, j'avais fait apposer dans mon bureau de direction sur deux panneaux de un mètre sur un mètre les deux lettres avec leur texte scélérat et je montrais aux jeunes collègues incrédules et stupéfaits ce que pouvaient être la non-confraternité et l'ignominie.

En juin 1942, la lettre du Pr Leriche, président du Conseil supérieur de l'ordre national des médecins, témoigne chez ce bon bourgeois, plein de certitudes et de morale chrétienne, de l'effondrement moral de la France. Elle fait pendant exact à ce livre terrible de Marc Bloch, *L'Étrange Défaite*[2].

Le troisième document, plus terrible encore, si possible, conforte les deux premiers. Il émane du Secrétariat général de la Santé sur un papier à en-tête où la mention « République française » a été annulée.

2. Marc Bloch, *L'Étrange Défaite, op. cit.*

ORDRE DES MÉDECINS
Conseil Départemental de la Seine
242, BOULEVARD ST-GERMAIN - PARIS
TÉL. LITTRÉ 59-27
CH. POSTAUX 3093.01

Paris, le 22 Avril 1942.

Le Docteur REGAUD Secrétaire Général
Membre du Conseil de l'Ordre des
Médecins de la Seine

à Monsieur le Docteur HIRSCH Sigismond
92, rue Pelleport
PARIS 20°

RECOMMANDEE A.R.

Mon cher Confrère,

En application de la loi du 2 Juin 1941 remplaçant la loi du 3 Octobre 1940 et du Décret du 11 Août 1941, le Conseil de l'Ordre a le regret de vous faire connaître que votre nom cessera d'être porté au Tableau de l'Ordre des Médecins du département de la Seine dans le délai de 2 mois.

Le Conseil a été amené à prendre cette décision en raison de la limitation à 2% du nombre des médecins israélites, pourcentage actuellement atteint par les médecins bénéficiaires de l'article 3 de la loi du 2 Juin 1941 et au nombre desquels il n'est pas possible de vous ranger.

Par ailleurs, il est apparu au Conseil que vous ne pouviez figurer sur la liste des israélites susceptibles d'être autorisés à continuer d'exercer à titre exceptionnel leur profession.

Le Conseil de l'Ordre vous rappelle que sa décision est susceptible d'appel, dans le délai de 15 jours, devant le Conseil Supérieur de l'Ordre : cet appel n'est pas suspensif.

Veuillez agréer, mon cher Confrère, l'expression de mes sentiments confraternels.

LE SECRETAIRE GENERAL :

J. Regaud

Première lettre de radiation, émanant du conseil départemental de l'Ordre des médecins. Ignominie de l'Ordre des médecins de Pétain qui n'hésite pas à écrire à un confrère qu'il est radié au seul motif qu'il est juif. Sigismond Hirsch n'est donc plus autorisé à exercer.

ORDRE NATIONAL DES MÉDECINS
Conseil Supérieur
60, Bd Latour-Maubourg
PARIS

Le Conseil Supérieur de l'Ordre National des Médecins, dans sa séance du 2I Juin I942,

vu la requête présentée par le Docteur HIRSCH demeurant à PARIS, 92, rue Pelleport, ladite requête tendant à l'annulation d'une décision en date du 22 Avril I942 par laquelle le Conseil Départemental de la Seine de l'Ordre des Médecins lui refuse le maintien de son inscription au Tableau du département,

vu les autres pièces produites et jointes au dossier,

vu les lois et réglements régissant la profession médicale,

ouï le Docteur BARTHE en son rapport;

Après en avoir délibéré ;

Considérant, d'une part, que le Docteur HIRSCH ne justifie pas de son droit au port de la Croix de guerre, telle qu'elle a été instituée par le décret du 28 Mars I94I,

Que, toutefois, il lui appartiendra de faire valoir ses droits au bénéfice des dispositions du paragraphe 4 de l'article Ier du décret du II Août I94I, dans le cas où sa citation se trouverait ultérieurement homologuée;

Considérant, d'autre part, qu'il ne justifie pas que, contrairement à la décision attaquée, ses titres professionnels soient supérieurs à ceux des médecins juifs maintenus en fonction dans la limite de la proportion de 2% prévue parle décret du II Août I94I;

Que, dans ces conditions, le Docteur HIRSCH n'est pas fondé en l'état à se plaindre du refus qui lui a été opposé par le Conseil départemental de la Seine de l'Ordre des Médecins à sa demande de maintien d'inscription au Tableau de l'Ordre.

PAR CES MOTIFS,

DECIDE :

La requête du Docteur HIRSCH est rejetée en l'état.

Ainsi fait et jugé le 2I Juin I942 par Mr. le Pr. LERICHE, Président ; M. BARTHE, DURAND, FEVRE, GERNEZ-RIEUX, GIRAUD, LEMIERRE, NEDELEC, THIBAUDET et VILLEGIER, Membres.

LE PRESIDENT DU CONSEIL SUPERIEUR
de l'ORDRE NATIONALDES MEDECINS,

Pr. LERICHE

Confirmation de la radiation par le Conseil national de l'Ordre. Tous les membres qui y siègent sont de grands patrons qui statuent que le Dr Hirsch doit attendre 6 mois l'homologation de sa croix de guerre et qu'« il n'est pas fondé en l'état à se plaindre ». Ces patrons célèbres expriment bien leur antisémitisme collectif.

PT/MD

~~Ministère~~

~~SECRETARIAT d'ETAT~~ à la

~~FAMILLE et à~~ la SANTE

-:-:-:-

Secrétariat Général de la Santé

-:-:-:-

Cabinet du Secrétaire Général

-:-:-:-

COMMISSARIAT Gal aux QUESTIONS JUIVES
13 JUIN 1941
Entrée 637

République Française

Liberté – Egalité – Fraternité

Paris, le 11 JUIN 1941.

7, RUE DE TILSITT (17e)

LE SECRETAIRE GENERAL de la SANTE

à M. LE COMMISSAIRE GENERAL aux QUESTIONS JUIVES.

J'ai l'honneur de vous transmettre ci-joint un voeu du Conseil Supérieur de l'Ordre des Médecins, relatif à l'institution d'un numerus clausus des médecins et étudiants en médecine juifs.

J'attire votre attention sur la portée de ce voeu, qui reflète l'opinion de la totalité du corps médical français.

J'ajoute que sa teneur est très voisine de celle que je vous ai déjà fait parvenir, vous donnant l'opinion du Secrétariat Général de la Santé sur cette question.

Le Secrétaire Général :

[illegible]

[illegible]

Collaboration du Conseil de l'Ordre aux mesures anti-juives vis-à-vis des médecins.

Avec le Dr Hirsch, ils furent des dizaines de médecins à être radiés, des sages-femmes juives, des pharmaciens (loi du 26 décembre 1941) et des dentistes (5 juin 1942). Mais aussi des avocats : 92 seulement furent tolérés au titre d'anciens combattants, femmes de prisonniers ou veuves de guerre. Cette radiation équivalait à une mort civile.

Au nom de sa croix de guerre, mon père fait appel de cette décision, considérant qu'il fait partie de ces 2% de médecins israélites autorisés *à titre exceptionnel* à exercer son métier.

Ainsi, par l'effet de ces deux lois successives, la moitié de la population juive française fut privée de tout moyen d'existence. Nous étions devenus des parias et, comme l'ajoute Michel Winock, « la passion antisémite avait été pendant longtemps un délire sans effet réel ; elle était désormais passée dans la loi[3] ». Et comme exemple de ce que pouvait être l'esprit de la collaboration en France, parmi des millions de lettres de dénonciation tous azimuts, citons cette lettre de dénonciation des « aryens » de l'hôpital Rothschild au commandant allemand de Drancy.

3. Cité par Michel Winock, *La France et les Juifs de 1789 à nos jours*, Paris, Seuil, 2004, p. 224.

Hôpital ROTHSCHILD — Ce 31 août 1943

15 rue Santerre

Paris XIIe

CONFIDENTIEL

Monsieur le Commandant allemand du camp de DRANCY

Monsieur le Commandant,

Veuillez nous excuser si nous prenons à nouveau la liberté de vous écrire. Mais nous tous, aryens de l'hôpital Rothschild, nous sommes bouleversés par suite des évasions des internés juifs de l'hôpital. Il y a quelques jours une femme s'évade et, ce matin, c'est le tour d'un interné juif qui devait faire partie du départ pour Drancy.

Nous tenons à vous redire et à vous affirmer, Monsieur le commandant, que nous tous aryens, nous ne sommes nullement responsables de ces évasions, nous faisons notre service sans défaillance et nous exécutons les consignes très sévères et très strictes ordonnées par la direction aryenne de l'hôpital qui elle non plus n'est pas responsable.

Mais comment voulez-vous lutter contre les combinaisons des Juifs aidés par le personnel Juif de l'hôpital. Car c'est seul le personnel JUIF qui prête la main et aide ces évasions. Si vous en avez le pouvoir, il serait utile et nécessaire que vous preniez contre ce personnel juif les sanctions qui s'imposent et qui sont méritées à commencer par :

L'économe, la juive ARJENSKI

La surveillante, la juive CHILI

L'employée du téléphone et loge, la juive Fanny JILLIKOVER et les internes juifs, étrangers (une douzaine) du corps médical.

Tous ces juifs possèdent une carte de légitimation qui leur a été donnée par la fameuse Union générale des Israélites de France...

Aussi, avec ces cartes, ils se croient à l'abri des sanctions, inattaquables et ils en profitent et se moquent de tout.

Nous autres aryens, nous nous demandons à quelle légitimation ont droit tous ces youpins ?

Nous vous en prions, Monsieur le Commandant, puisque des fautes sont commises, faites payer les Juifs qui sont les seuls fautifs et les seuls responsables.

Nous faisons, à nouveau, appel, Monsieur le Commandant, à votre esprit de haute justice et nous faisons confiance aux décisions que vous prendrez.

Dans cette attente, daigner agréer, Monsieur le Commandant, l'assurance de notre très respectueuse considération.

Les ARYENS de l'hôpital Rothschild

15 rue Santerre

Par ailleurs, il faut savoir que, sur une masse de lettres dénonçant des médecins juifs auprès du Commissariat aux affaires juives, bon nombre émanaient de chers confrères non israélites qui trouvaient ainsi un moyen simple d'éliminer la concurrence !

Ce n'était pas tout : une loi du 22 juillet 1941 organisa l'aryanisation des biens juifs. Signée Philippe Pétain, maréchal de France, chef de l'État français, elle prévoyait d'« éliminer toute influence juive dans l'économie nationale ». Cette loi permettait de désigner un administrateur provisoire pour les entreprises industrielles, commerciales, immobilières ou artisanales dès lors qu'elles appartenaient à des Juifs. E.-H. Perreau, professeur à la faculté de droit de Toulouse, justifia devant ses étudiants ces décisions :

> « Il est naturel qu'en temps de crise profonde comme notre crise actuelle l'autorité publique écarte les personnes dont elle redoute l'influence, tels les Juifs à l'heure présente. [...] Leur génie commercial est légendaire depuis des siècles[4]. »

Sans même attendre ces lois, le Dr Henri Guérin, l'associé de mon père depuis l'avant-guerre, s'empara de la totalité de ses biens. Il le fit d'autant plus volontiers qu'il était à peu près sûr de s'être débarrassé une fois pour toutes du Dr Hirsch. En effet, mobilisé dans l'armée dès l'automne 1939, mon père n'avait pas montré le bout de son nez depuis plus d'un an lorsque le centre de la rue de Miromesnil ouvrit à nouveau ses portes en septembre 1940, en son absence.

Pour éviter la confiscation de ses actions dans le centre Miromesnil, mon père fut obligé de les vendre pour un franc symbolique à un cousin non juif, Dufaure, qui les porta désormais pour son compte.

Le Dr Hirsch avait peut-être été abattu sur le front, qui sait ? Avec un peu de chance, il avait été arrêté par la Gestapo et déporté vers l'Est. Quand bien même il réap-

4. Cité par Michel Winock, *La France et les Juifs de 1789 à nos jours, op. cit.*, p. 225.

paraîtrait, sa qualité de Juif l'avait privé de son diplôme de médecine, et les persécutions allemandes à Paris ne l'inciteraient pas à faire du tapage. Guérin avait donc pris sur lui de vider notre appartement rue Pelleport pour meubler avec plus de coquetterie le sien. Sans doute s'était-il persuadé qu'il nous rendait un service en s'occupant de nos affaires !

Après la guerre, Mme Dupont, directrice du centre médical Miromesnil, témoigna longuement de l'attitude de Guérin et de la pugnacité de mon père pour récupérer ce qui lui appartenait en dépit du danger :

> « Le Dr Hirsch démobilisé en zone libre, rentré au mois de mars 1941, le Dr Guérin refuse, en ma présence, de lui restituer les meubles emportés de chez lui. Ce n'est qu'après sommation par l'huissier que le Dr Hirsch a pu obtenir la restitution de ses meubles.
>
> À force d'insistance et de démarches, le Dr Hirsch a pu obtenir d'être toléré au Centre où il recevait quelques clients personnels, mais il n'avait plus aucun rôle dans la direction de la maison. »

Il en fut en réalité soulagé, car ce qu'il découvrit des trafics de Guérin lui donna des haut-le-cœur : Guérin et un ami, le Dr Jubé, avaient aménagé rue de Miromesnil un vaste laboratoire d'analyses capable de fabriquer du sérum en grande quantité. Ce sérum était ensuite vendu à la Wehrmacht qui en avait un besoin gigantesque en prévision de la guerre contre la Russie.

Ainsi, sous ses yeux, mon père, combattant de 1940 et résistant de la première heure, découvrait, indigné, que Guérin prélevait du sang français pour secourir les Allemands en guerre, et ce faisant, Guérin gagnait des fortunes.

Le 28 mai 1941, les Allemands bloquèrent les comptes bancaires des Juifs, et la vie devint intenable. Pour survivre, mon père pratiquait la médecine en cachette. Grâce à la reconnaissance de ses patients, qui n'hésitaient pas à nous faire profiter de leurs possibilités en ces temps d'extrême rationnement, nous réussîmes tant bien que mal à subsister. À cette époque, il y avait deux sortes de Français habitant la ville : ceux qui avaient des parents paysans à la campagne et ceux qui n'en avaient pas. Les premiers étaient nettement favorisés et recevaient régulièrement des colis. Même quelquefois, alors que nous étions privés de l'essentiel, nous nous réjouissions de l'accessoire : une langouste offerte par un négociant des Halles, un morceau de viande venu de province ou même une tulipe qui jetait là ses éclats chatoyants dans ce Paris vide et triste.

Décidément, Paris était maintenant pour les Juifs la ville de tous les dangers. Mais pourquoi donc mon père avait-il fait le choix de revenir de la zone sud en zone nord, de se jeter dans la gueule du loup ? Cela peut paraître ahurissant. Alors qu'il bénéficiait d'une certaine couverture à Moissac, voilà qu'il était, au péril de sa vie, revenu habiter à Paris où son appartement avait été pillé, et son dispensaire confisqué. La situation était très grave : les Juifs avaient été répertoriés et des rafles avaient déjà eu lieu. La première date du 14 mai 1941. À cette occasion, la préfecture de police avait expédié 6 500 convocations : « Se présenter en personne accompagné d'un membre de sa famille ou d'un ami, le 14 mai 1941 à 7 heures du matin », était-il écrit. 3 747 Juifs furent capturés et dirigés dans quatre trains spéciaux vers les camps de Pithiviers et de Beaune-la-Rolande, dans le Loiret. Partout, les journaux vomissaient leur haine du Juif. Des attentats contre les synagogues étaient perpétrés régulièrement dès octobre 1941. Les Allemands en étaient les inspirateurs et fournissaient les explosifs.

En réalité, c'est sur les ordres du colonel Josset que mon père avait rallié Paris, Josset ayant absolument besoin de renseignements. Mon père s'était mis en relation avec, outre le réseau de résistance Béryl, le SRAV (Service de renseignements de l'Armée volontaire) qu'il alimentait en informations en tout genre : sur les commandes militaires passées par les Allemands auprès des entreprises françaises, mais aussi sur leurs activités sur les côtes de la Manche qui étaient en train de devenir une véritable forteresse, longue de plusieurs centaines de kilomètres, bouclier réputé infranchissable qui devait dissuader les Anglo-Saxons de débarquer : le mur de l'Atlantique.

Djigo ne fut pas un cas unique. Le Pr Robert Debré réagit de la même manière. Au cours de l'été 1940, il reçut du préfet de police, Jean Chiappe, dont il avait soigné le petit-fils, le conseil formel suivant : « Ne revenez pas à Paris ; les Allemands s'y installent, ils vont mettre en œuvre une politique antijuive, vous serez en danger à Paris. À aucun prix ne revenez ! » Réaction de Debré : « Aussitôt ma décision est prise. Je retournerai à Paris et ne quitterai pas ma ville[5]. »

150 000 Juifs vivaient à Paris. Ordre leur avait été donné de se déclarer dans les commissariats. En décembre 1941, en représailles des attentats qui les frappèrent durement à cette époque, les Allemands provoquèrent une série d'arrestations parmi les Juifs. 743 furent internés à Compiègne, 53 otages juifs furent fusillés au mont Valérien.

En ce même mois de décembre 1941 s'ouvrit l'exposition antisémite organisée au palais Berlitz, situé sur les

5. Robert Debré, *L'Honneur de vivre. Témoignage*, Paris, Stock/Hermann, 1974, p. 214.

Grands Boulevards, non loin de l'Opéra. Sur le catalogue, dont la couverture fut dessinée par René Péron, on peut voir un Juif, sale et déguenillé, la tête couverte d'un châle de prières, le visage stéréotypé, qui de ses mains, ou des griffes qui en font office, enserre la planète. Marquès-Rivière en rédigea le texte. Il note d'entrée de jeu :

> « La question juive domine le monde. » Pour lui, « les Juifs forment une race à part, [...] ils avouent eux-mêmes être une race, une nation, un peuple élu. [...] Ils salissent, corrompent, pourrissent, corrodent, avilissent, rabaissent tout ce qu'ils touchent. [...] Les Juifs sont à la racine de tous les troubles, de toutes les perturbations, de tous les conflits, de toutes les révoltes du monde moderne[6] ».

Que restait-il à espérer après de telles agressions ? La communauté persistait à penser qu'il ne fallait pas rompre, qu'il était important de transiger, car on n'avait pas le droit de perdre espoir. En ces moments tragiques, on ne vivait pas, on survivait. Et pour certains, hélas, survivre, c'était réussir à gagner le droit de vivre cinq minutes de plus. C'est dans cette démarche que, pour essayer d'améliorer son sort, la communauté juive accepta de créer, le 29 novembre 1941, l'*Ugif*, l'**Union générale des Israélites de France**, qui devait assurer la représentation des Juifs auprès des pouvoirs publics. Theodor Dannecker (1913-1945), SS mort suicidé à trente-deux ans, membre éminent de la Gestapo en charge de la « question juive », l'avait exigé. L'Ugif avait été établie sur le modèle centralisé du *Reichsvereinigung* allemand qui regroupait tous les Juifs allemands ou encore du *Judenrat* polonais (en septembre 1940) et du *Joodsche Raad*, imposé en février 1941 en Hollande.

6. Cité par André Kaspi, *Les Juifs pendant l'Occupation*, Paris, Seuil, 1997, p. 106 [1re éd. 1991].

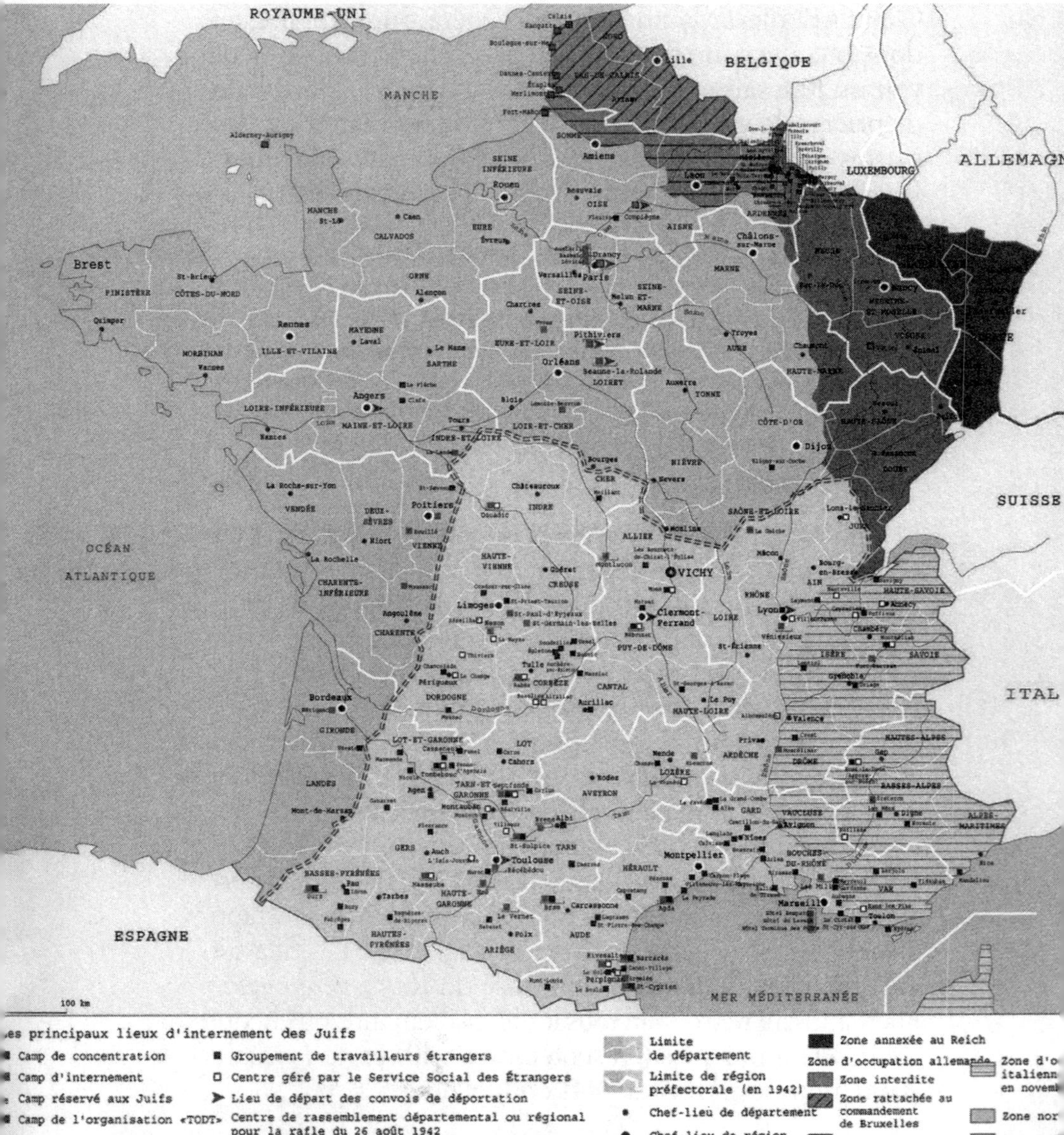

Carte des camps d'internements en France.

Dans tous les pays occupés par les Allemands, des structures similaires se mirent en place, posant les premiers jalons de l'extermination. Mais en 1941, la chose n'était pas encore évidente à saisir. Xavier Vallat réussit à convaincre les Allemands d'installer aussi l'Ugif en zone libre. L'article 1 du décret qui fonda l'Ugif était très clair : l'organisation a pour objet d'« assurer la représentation des Juifs auprès des pouvoirs publics, notamment pour les questions d'assistance, de prévoyance et de reclassement social ». Le « notamment » est terrible. Cela voulait-il dire que l'Ugif pouvait devenir autre chose qu'un simple organe représentatif ? Aider à la déportation des Juifs, par exemple ? Il était prévu que l'Ugif disposerait de fonds de solidarité alimentés par les spoliations des biens des Juifs. **En somme, on obligeait les Juifs à vivre des biens juifs confisqués.**

Toutes les organisations juives furent sommées d'adhérer et, dans un premier temps, l'OSE et les EIF ne manquèrent pas à l'appel. Robert Gamzon siégea même au conseil d'administration de l'Ugif. Il s'agissait là d'une stratégie difficile et dangereuse qui a fait l'objet immédiatement, mais aussi ultérieurement, de grandes discussions.

Il est facile après coup de faire des reproches. Mais, fondamentalement, il est certain qu'il était essentiel, à partir d'une certaine date, de se dégager de l'Ugif. Ce que firent bien sûr l'OSE et les EIF.

Castor eut toujours à cœur d'afficher son désaccord avec la politique de Vichy. À cette époque, il cosigna une lettre très ferme envoyée au maréchal Pétain :

« Nous nous permettons, cependant, en Français de vieille souche et dont les familles ont fait leurs preuves, d'exprimer qu'il nous est impossible de reconnaître le principe que les

> Français de religion juive soient exclus de la communauté nationale[7]. »

La création de l'Ugif pose une foule de questions pas encore tranchées aujourd'hui. Était-il inévitable pour les Juifs de se soumettre à la pression de l'Allemagne et de Vichy ? À quels mirages cédèrent les hommes et les femmes qui acceptèrent de siéger au conseil d'administration ? Les Juifs ont-ils pâti ou bénéficié de l'existence de l'Ugif ? En un mot : les Juifs furent-ils coupables de collaboration involontaire ?

Cette création de l'Ugif avait été surtout voulue par l'*establishment*, à l'image de Raymond-Raoul Lambert, originaire de Metz, patriote, qui refusa de quitter la France pour les États-Unis, ou encore d'André Baur, petit-fils du rabbin Emmanuel Weill, et même de Jacques Helbronner, soixante-huit ans, ancien du Conseil d'État et qui fut déporté plus tard dans le même convoi que Sigismond Hirsch, le convoi 62.

Dévouement, opportunisme, sens des responsabilités pour les uns, naïveté et illusions pour d'autres, en tout cas, dans un premier temps, stratégie de survie pour Gamzon.

Dès sa naissance, l'Ugif fut l'objet de nombreuses attaques, en particulier des milieux communistes qui y voyaient une collaboration inacceptable ou encore des milieux juifs immigrés, qui la considéraient comme un club de Juifs français défendant les intérêts des Juifs français, non sans raisons. En juillet-août 1944, à l'approche de la Libération, la condamnation fut plus ferme encore :

7. André Kaspi, *Les Juifs pendant l'Occupation, op. cit.*, p. 333.

« Des centaines de Juifs sont tombés aux mains de la Gestapo dans les locaux de l'Ugif, pouvait-on lire dans un journal de l'époque, et à cause des listes d'adresses de Juifs qui s'y trouvaient. [...] Par son existence même, l'Ugif soutenait des illusions légalistes et celle d'une quasi-sécurité pour les Juifs français, ce qui les détournait de la nécessité de se camoufler et de résister contre les répressions. [...] Elle pèse comme une tache honteuse sur les Juifs de France[8]. »

Les défenseurs de l'Ugif répondirent vivement à toutes ces attaques par une argumentation qui pèse : « Si collaborer est demander des libérations d'enfants, de vieillards, de femmes et renouveler ces demandes, que l'on est seul à faire, dans une France où Vichy se tait [...], obtenir de temps en temps quelques succès représentant autant de malheureux arrachés à la déportation ; si collaborer est servir de tampon entre la police allemande et la population pour éviter des mesures générales graves [...] alors oui, l'Ugif zone sud aura collaboré[9]. »

Douloureux problème, en vérité.

Il ne m'appartient pas de trancher un sujet historique aussi complexe. Mais il convient de faire la part des choses en distinguant l'Ugif de la zone occupée de l'Ugif de la zone non occupée. Pour la première, son action était louable avec, notamment, la gestion de nombreuses cantines parisiennes qui permettaient aux Juifs de survivre. En même temps, l'Ugif ne réussit jamais vraiment à amé-

8. Zosa Szajkowski, *Analytical Franco-Jewish Gazetteer, 1939-1944*, New York, Schulsinger Bros., 1966, p. 134-138.

9. *Ibid.*, p. 134-138.

liorer le sort de la communauté. Si ses membres pensaient pouvoir protéger les Juifs et surveiller de près les agissements de l'occupant, l'histoire a montré la naïveté de ce jugement. Certains refusèrent d'y adhérer, comme Marc Jarblum, président de la FSJF (Fédération des sociétés juives de France).

L'année 1942 ne fut en effet qu'une suite de vexations supplémentaires : le 7 février, les Juifs de Paris n'eurent plus le droit de sortir de chez eux entre 20 heures et 6 heures. En cas de non-respect, c'était la prison, une amende ou le camp d'internement. Trois jours plus tard, Vichy interdit les changements de nom. En mars 1942, le premier train pour Auschwitz transporta vers la mort 1 112 Juifs. Enfin, le 8 juillet, les Juifs n'eurent plus le droit de fréquenter des lieux de spectacle.

Cependant, dans la zone non occupée, l'Ugif fut différente. Moins soumise à la pression allemande, elle était en réalité une confédération des anciennes organisations juives. L'Entraide pour la communauté devint la première direction ; l'ORT, la deuxième ; l'OSE, la troisième et les Éclaireurs israélites, la quatrième direction. Dans la cinquième direction, on retrouvait le Comité d'aide aux réfugiés, la Fédération des sociétés juives de France et la Commission des camps. L'Ugif zone sud, pour se financer, ne recourait pas aux fonds issus des spoliations juives, mais en appelait systématiquement à l'*American Jewish Joint Distribution Committee*[10], dont il convient de souligner l'aide financière essentielle qu'il apporta à l'époque. En fait, l'Ugif ne donnait pas pleine satisfaction à Vichy ni aux Allemands.

---

10. L'*American Jewish Joint Distribution Committee*, *JDC* ou *Joint*, fut créé en 1914 aux États-Unis pour aider les Juifs de l'étranger.

La manière de ne pas appliquer exactement les décisions de l'occupant, qui voulait une organisation centralisée sans état d'âme, indigna le Commissaire général aux questions juives, qui, le 30 juin 1943, déclara : « L'Ugif de la zone sud continue à apparaître comme une regrettable juxtaposition des anciennes œuvres dissoutes par la loi[11]. »

En apparence, c'est pour cette Ugif de la zone sud que Shatta travaillait. Après son départ de Paris en juillet 1942, Djigo, lui, refusa de collaborer avec l'Ugif. Quand enfin les deux Ugif fusionnèrent, en 1943, les EIF entrèrent dans la clandestinité en fondant une nouvelle organisation appelée par dérision la « Sixième », pour sixième branche de l'Ugif. Cette « Sixième » fut immédiatement une organisation de résistance juive.

Mais c'est dès le début de l'année 1942 que mon père se trouva dans une position de plus en plus périlleuse. En février, un nombre important des membres de son réseau, le SRAV, avaient été arrêtés. À chaque instant, sur une simple dénonciation d'un de ses anciens camarades ou un aveu obtenu sous contrainte, mon père pouvait être arrêté, torturé à son tour et déporté. Il est vrai que l'organisation était soigneusement cloisonnée ; mais, après une séance de torture, tout était imaginable.

Par ailleurs, le semblant de normalité que mes parents avaient réussi à installer autour de moi finit par s'écrouler en mai 1942. C'est alors que j'allais à l'école que j'ai dû porter l'étoile jaune. L'ordonnance de Vichy était ainsi libellée :

---

11. André Kaspi, *Les Juifs pendant l'Occupation, op. cit.*, p. 337.

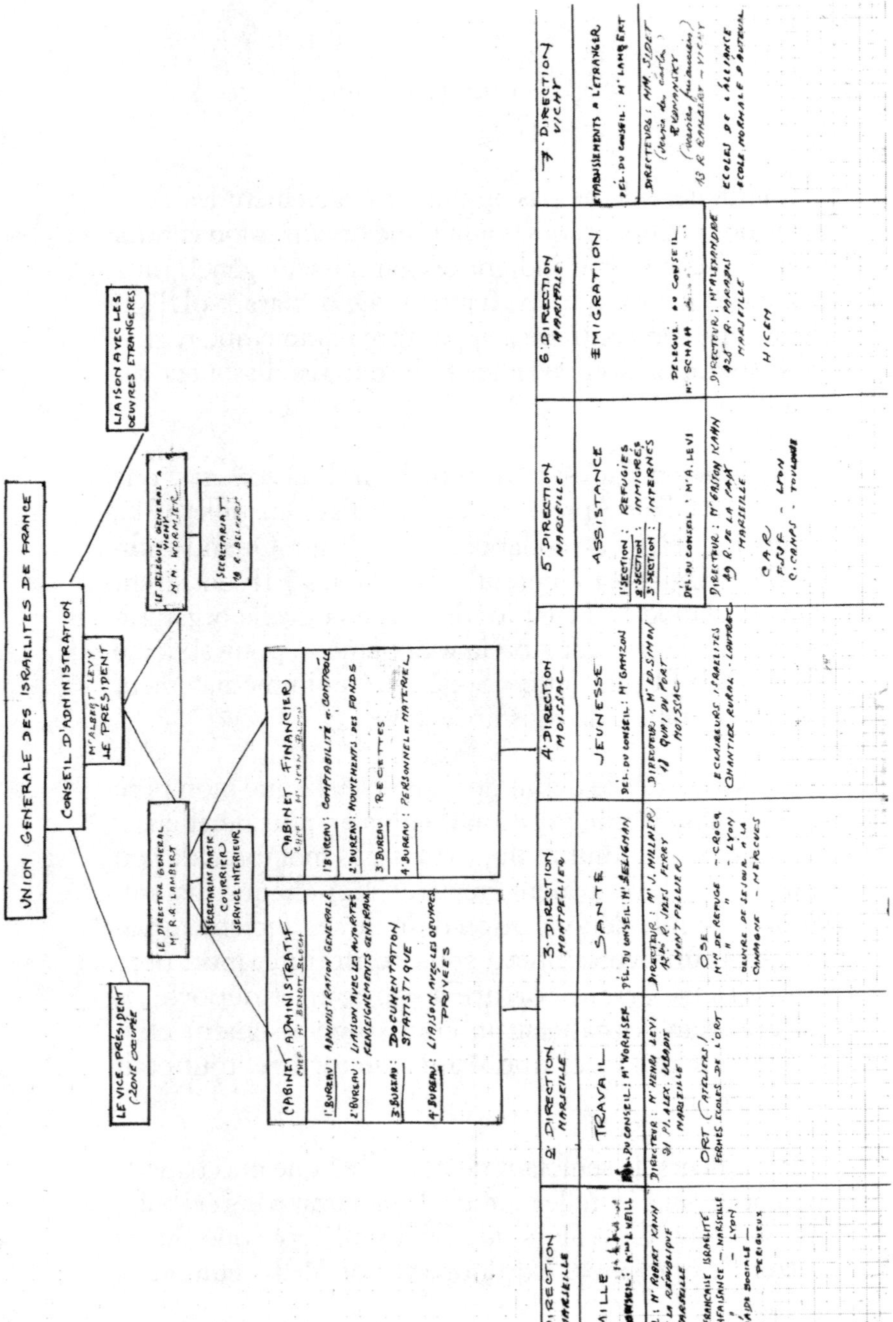

Organigramme de l'Ugif.

« Il est interdit aux Juifs, dès l'âge de six ans révolus, de paraître en public sans porter l'étoile jaune. L'étoile juive est une étoile à six pointes ayant les dimensions de la paume d'une main et les contours noirs. Elle est en tissu jaune et porte, en caractères noirs, l'inscription "Juif". Elle devra être portée bien visiblement sur le côté gauche de la poitrine, solidement cousue sur le vêtement. »

Heydrich, Dannecker et Abetz eux-mêmes précisèrent le texte de l'ordonnance. À partir de là, tout ce que l'administration peut avoir de bêtement pointilleux en temps normal se transforma dans cette situation en un cynisme effroyable.

L'ordonnance entra en vigueur le dimanche 7 juin 1942. 83 000 étoiles furent distribuées en échange d'un point textile sur les cartes de rationnement.

Je m'en souviens, du **port de l'Étoile jaune** !

Je vais à l'école communale, petit édifice situé en face de l'hôpital Tenon. J'ai tout l'attirail de l'écolier : cartable avec plumier, crayons, plume Sergent-Major, gomme, règle et compas. Mais j'ai en plus des autres une étoile cousue sur ma veste qui obsède ma poitrine – une étoile jaune cernée de noir, une étoile à six branches avec « Juif » écrit en noir en plein milieu. Les lettres noires de « Juif » ont l'air de danser une gigue gothique diabolique, menaçante – et je dois porter ça !

C'est ma mère qui m'a expliqué un jour que je devais désormais porter cette étoile, qu'il le fallait, que c'était la Loi. C'est elle qui l'a cousue sur mon vêtement en me disant que je devrais être fier toute ma vie d'être juif quoi que disent ou fassent les autres. Jamais elle ne m'avait parlé si gravement, avec tant d'autorité. Moi, plus que tout, c'est son trouble qui m'a frappé – j'y reviendrai.

Depuis, au cours de la journée, de chaque journée, on la voit, plus ou moins, mon étoile. Lorsque, provocateur et fier, je bombe mon torse d'enfant, les bras le long du corps, l'étoile s'impose à tous ceux qui me croisent. Je lis dans leurs yeux mille choses : très souvent du mépris, du dégoût, de la colère, de l'agressivité qui s'exprime parfois par une injure contre cette race maudite, la mienne.

Mais parfois aussi, ceux qui me croisent ont un air gêné, malheureux, secouant la tête ou détournant les yeux pour ne pas voir l'étoile plus longtemps, pour éviter de m'humilier.

Quelquefois aussi, par lassitude, je me tiens de telle manière que l'étoile, fugitivement, est masquée. Alors, l'espace d'un instant, je redeviens un garçonnet comme les autres, un Juif incognito quoi. Mais je sais au même moment que je ne suis plus en règle avec la loi. Je me sens coupable. Alors je me rajuste, je serre les dents, je sais que je dois être très fier pour obéir à ma mère, et à nouveau j'affronte ma vérité : je suis un Juif. Mais, depuis que je porte cette étoile, ma vie citoyenne a changé – sauf, bien sûr, à la maison.

Chaque matin, à l'école, nous entrons avec discipline et nous nous asseyons derrière des pupitres en bois faits pour deux avec un petit encrier pour chaque élève. L'ordre nouveau règne : celui du maréchal Pétain. La photo du vieux monsieur est plaquée au mur à gauche du tableau noir. Nous devons nous lever en classe pour chanter sur ordre du maître : « Maréchal, nous voilà ! Devant toi le Sauveur de la France. Nous jurons, nous tes gars, de servir et de suivre tes pas Maréchal, nous voilà ! Tu nous as redonné l'espérance […] » de quoi ? je me demande bien.

La première fois que j'ai porté l'étoile, mon camarade habituel de pupitre a soudain refusé de s'asseoir à côté de moi. L'instituteur, devant ce désordre insolite, a seulement pris un air absent et ennuyé, mais sans intervenir. Mon condisciple se tenait debout, immobile, à distance, visage fermé. Un étrange silence, interminable, régnait. Puis, d'un coup, un rang en arrière, un camarade, Jean-Jacques Deleau, s'est levé avec une raideur militaire et est venu posément s'asseoir à côté de moi. Nouveau silence, puis murmures…

Sur ordre du maréchal, à dix heures, on nous sert un bol de lait assorti d'un bonbon vitaminé rose au goût acide qu'on nous ordonne d'avaler. Je ne sais plus pourquoi, mais sur plusieurs pupitres s'étalent des catéchismes catholiques, plats, type 21x27, ouverts – j'apprends en lisant latéralement que « les perfides Juifs ont crucifié l'enfant Jésus ». Voilà donc la genèse du mépris[12] qui m'entoure, voilà donc le bréviaire de la haine[13].

Ma reconnaissance envers Jean-Jacques Deleau est immense. Mais nom d'un chien, pourquoi a-t-il fait cela ? D'autant qu'il ne me devait strictement rien et que nous n'étions pas amis auparavant ?

Les choses vont se préciser lorsque sonne la cloche de la récréation – j'ai appris à haïr la récré. En effet, mes

12. Jules Isaac, *L'Enseignement du mépris*, Paris, Fasquelle, 1962 [rééd. chez Grasset, 2004].

13. Léon Poliakov, *Bréviaire de la haine, le IIIe Reich et les Juifs*, Paris, Calmann-Lévy, 1951 [rééd. chez Presses Pocket, 1993].

petits camarades m'insultent et me tombent dessus, et je dois chaque fois me défendre de mon mieux (je fais rapidement des progrès dans la castagne). Ô surprise ! Deleau vient faire le coup de poing à mes côtés.

Rapidement, l'étoile jaune est partout : dans les rues, le métro. Elle surgit sur la poitrine de n'importe qui, n'importe quand. Ici, sur une petite vieille, là sur une dame très élégante, vraiment surprenante ainsi accoutrée, là encore sur un beau monsieur qui appartiendrait à un club, mais lequel ?

Elle est peu de chose, cette étoile. Elle ne fait pas mal, physiquement. Elle n'oblige à rien sinon à la porter. Mais pour moi, **elle a changé le monde**.

Elle a fait que je suis marqué comme une bête aux yeux de tous, que je suis différent des autres et que c'est une injustice totale, inadmissible, incompréhensible... Mais, puisqu'on m'a imposé cela, je compte bien relever le gant et assumer : parfaitement, je suis juif et j'entends le rester. « Tu dois être fier toute ta vie d'être juif », m'avait dit ma mère en me cousant cette étoile. Comme elle avait raison et comme je la remercie ! Merci maman d'avoir merveilleusement su trouver les mots, juste quand il le fallait, pour protéger ton enfant pour toujours.

Cette ville, ce pays sont pourris. C'est désormais un cancer de l'âme qui déambule dans Paris. Il y a ceux qui en sont et ceux qui n'en sont pas. Quand je lirai *La Peste* de Camus, je penserai à cela. Cette étoile salit le monde des Juifs et celui des *goyims*, elle salit le monde tout entier.

Et cela, l'enfant le perçoit clairement. D'ailleurs, depuis le port de cette étoile, il n'est plus vraiment un enfant.

Il est soudain devenu adulte, prématurément un adulte auquel on aura volé son enfance, sa pureté. « Je suis pur, je suis pur ; ainsi parlaient les pharaons. En réalité, personne n'est pur. Tout au plus l'enfant l'est-il. Encore viendrait-il à le percevoir, qu'il ne le serait déjà plus[14]. »

En effet, je ne suis plus un enfant, je ne suis plus pur, je ne suis plus du tout gentil, je suis malade – j'ai la rage.

Quand on veut repérer son troupeau, on marque au fer les bêtes pour pouvoir en faire ce que l'on veut, quand on le veut. **164 526**, c'est le numéro tatoué à l'encre bleue qu'on a piqué sur l'avant-bras gauche de mon père le 18 novembre 1943 à Auschwitz-Birkenau, convoi 62, cependant qu'on gazait d'emblée ma mère, âgée de trente-sept ans le même jour. C'est Mengele – ou bien était-ce Thilo ? – qui faisait la sélection. Eh bien, pour moi, le port de l'étoile jaune, cela a été le début du trauma, tout simplement. Aucune caresse, aucune distinction, aucun baume n'apaisera jamais, jusqu'à la tombe, l'infamie de ce chiffon jaune sur un cœur innocent.

La débâcle, les bombardements, l'inquiétude des adultes, l'incertitude du lendemain, ce n'était rien. Les phares des voitures et les vitres peintes en bleu, c'était seulement irréel, parce que cela frappait toute une population. C'était seulement absurde. Mais le port de l'étoile, j'en ai fait une affaire personnelle, d'autant que, par pudeur, par amour, je n'osais demander à la maison le pourquoi de la chose. Simplement, quand je parlais des bagarres, mon père me disait toujours cette phrase que j'ai déjà citée : « Frappe le premier, de toutes tes forces, n'aie pas peur, ne te rends jamais ! »

14. Vladimir Jankélévitch, *Le Pur et l'Impur,* Paris, Flammarion, 1978.

J'y pense tous les jours, à cette période. J'en rêve. Je lis tout ce qui s'y rapporte. J'essaie de comprendre.

1940 a été un choc intense pour les adultes vivant en France à cette époque. L'effondrement soudain et stupéfiant de la puissance française devant la force allemande a entraîné une angoisse et un désarroi immenses. Rien à quoi se raccrocher, tout à craindre s'agissant de Hitler et des nazis, plus d'espérance.

C'est dans ce contexte que s'élève la voix du général de Gaulle à Londres et que l'on va chercher au contraire un vieillard sénile qui n'a que quelques heures de lucidité par jour : Pétain.

Et comme il faut malgré tout une explication au malheur de la patrie, comme les Français et leur lâcheté à Munich, leur aveuglement entre 1919 et 1936 ne sauraient être en cause, on retrouve bien sûr le bon vieux bouc émissaire, le Juif, la race juive hideuse, libidineuse, riche, au nez crochu, dont Paris placarde la face repoussante. C'est à l'évidence la faute du Juif et du métèque…

Mais là, les adultes français ne sont pas crédibles, en tout cas aux yeux d'un enfant. Un enfant a une formidable intuition des choses, de l'équité, de la justice, de la vérité. Plus tard, on pourra sans doute l'embrigader, le corrompre, l'intoxiquer. À huit ans, un enfant a une analyse implacable, chirurgicale des adultes.

« On est enfant, on croit qu'il y a des adultes. On grandit et on n'en trouve pas », Malraux [15].

---

15. André Malraux, *Le Miroir des Limbes*.

Jean-Raphaël Hirsch à Auschwitz en 2005.

En 1940, pour le monde des enfants juifs (à part leurs parents), il n'y a plus d'adultes français. Ils (les grands) ne savent plus rien.

Durant l'hiver 2005, je me suis rendu à Auschwitz en compagnie des officiels français pour le 60e anniversaire de la libération des camps. La neige, profonde de 30 cm, remontait contre les baraques – il faisait froid, pas loin de - 15 °C. Le président de l'État d'Israël, puis les présidents Poutine et Chirac firent un discours. Après, un kaddish suivi d'un schofar a retenti sur cette étendue gelée. Chaudement vêtus et chaussés, bien nourris, nous frissonnions pourtant, imaginant la souffrance des déportés affamés, squelettiques, terrorisés, en pyjamas rayés, dans le froid, à l'intérieur de ces barbelés et entre ces miradors.

Par milliers, par centaines de milliers, les âmes des morts nous entouraient. Un de mes amis est devenu soudain tout pâle – il m'a fallu le réanimer. C'était insupportable !

Loin dans l'infini, dans cet univers désespéré de fin du monde, sous ce ciel bas de Silésie, j'ai promené un regard circulaire sur cette place située à proximité des vestiges du *Krematorium* numéro III. À droite, une troupe compacte de jeunes gens impeccables, une troupe d'hommes et de femmes de l'armée de l'État d'Israël qui portait fièrement dans le blizzard un drapeau bleu, blanc avec une étoile à six branches : la nôtre.

CHAPITRE 7
Résistance juive en Lomagne. La « Sixième » en zone sud 1942-1943

On se doutait de quelque chose. On savait que, depuis l'invasion de la Pologne en septembre 1939 et plus encore après le déclenchement de la guerre contre la Russie en juin 1941, des détachements militaires, les *Einsatzgruppen*, s'étaient mis à nettoyer campagnes, villes et faubourgs de tous leurs Juifs. Il restait cependant difficilement imaginable pour nous que ce peuple germanique civilisé devînt à ce point barbare. Un million et demi de Juifs périrent au cours de ce que les historiens appellent aujourd'hui « la Shoah par balles ». Ils furent exécutés sommairement, assassinés d'une balle dans la nuque au pied d'une fosse qu'on leur avait demandé de creuser. On a pensé longtemps que seuls les nazis, les SS, étaient responsables de toutes les horreurs inouïes de ces années tragiques. Mais en réalité, force est de reconnaître et de savoir que c'est tout le peuple allemand qui est impliqué dans les atrocités, et « la Shoah par balles » est le fait de la troupe allemande, du peuple allemand, comme en témoignent les travaux du révérend père Patrick Desbois[16].

Lorsque, le 29 septembre 1941, les Allemands fusillèrent 33 700 Juifs de Kiev dans le ravin de **Babi Yar**, près de la ville, la rumeur du massacre reçut des échos jusque dans le journal d'Irina Khorochounova :

> « Je ne sais qu'une chose, c'est qu'il se passe quelque chose de terrible, d'horrible, quelque chose d'inconcevable, qu'on ne saurait comprendre, saisir ni expliquer[17]. »

Quasiment au même moment, en août, le simple soldat

16. Patrick Desbois, *Porteur de mémoires, sur les traces de la Shoah par balles*, Paris, Michel Lafon, 2007 [rééd. Flammarion, 2009]

17. Citée par Saul Friedländer, *Les Années d'extermination,* t. II, *L'Allemagne nazie et les Juifs, 1939-1945*, Paris, Seuil, 2007, p. 261.

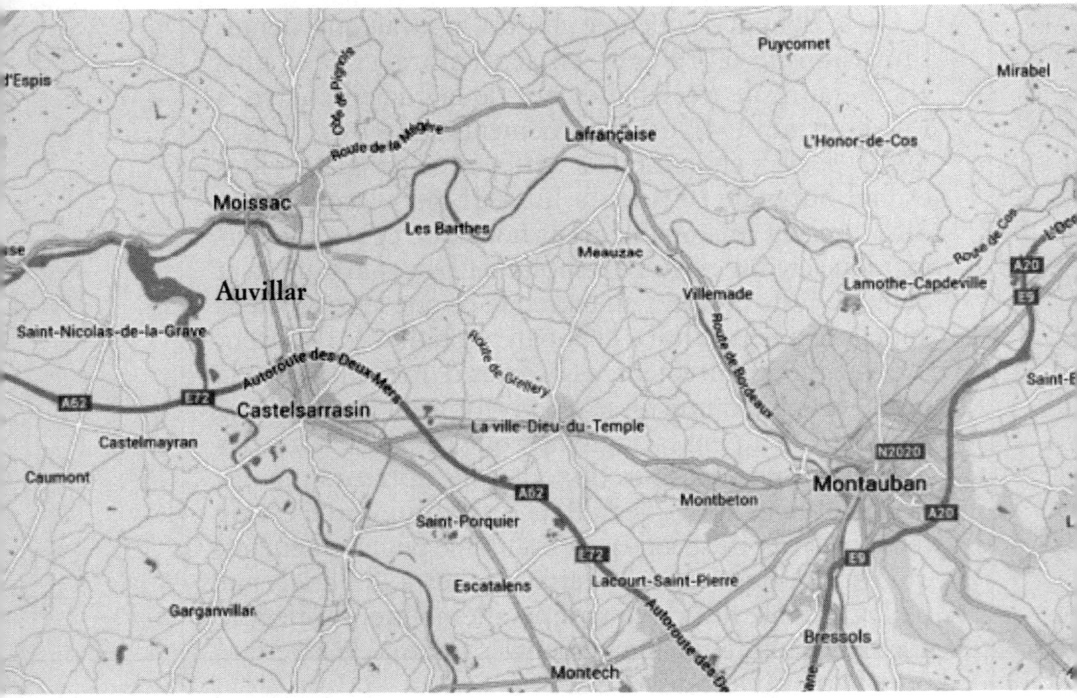

Carte de la Lomagne.

de la Wehrmacht Karl Fuchs justifiait ces atrocités dans son journal :

> « La bataille contre ces sous-hommes [les communistes], que les Juifs ont excités jusqu'à la frénésie, était non seulement nécessaire, mais survenait juste à temps. Notre Führer a sauvé l'Europe d'un chaos certain[18]. »

Lors de son procès, August Häfner, *Obersturmführer* membre des *Einsatzgruppen*, raconta de quelle manière il avait fait liquider, le 22 août 1941, 90 enfants juifs de la petite ville ukrainienne de Belaïa Tserkov[19] (« l'Église blanche ») au sud de Kiev :

> « Je suis allé seul dans les bois. La Wehrmacht y avait creusé une fosse. On y conduisit les enfants dans un tracteur. Les Ukrainiens[20] se tenaient autour en tremblant. On descendit les enfants du tracteur pour les aligner au bord de la fosse et leur tirer dessus. Les Ukrainiens ne visèrent aucune partie du corps en particulier [...] ; les hurlements étaient indescriptibles. [...] Je me souviens notamment d'une petite fille blonde qui m'a pris la main. Elle aussi, elle a été exécutée. »

Il écopa, après la guerre, de huit ans de prison. Bien mince punition !

Un soldat témoigna de ce massacre après la guerre en avouant que l'armée connaissait les agissements de la SS et les aidait même :

18. Cité par Saul Friedländer, *op. cit.*, p. 279.

19. Bila Tserkva, en ukrainien.

20. Il s'agit de la milice ukrainienne du lieutenant-colonel Riedl.

> « Les soldats étaient au courant de ces exécutions. [...] Tous les soirs, à l'époque où j'y étais, on entendait les tirs de fusil-mitrailleur, alors qu'il n'y avait pas d'ennemi dans les parages. [...] Ce n'est pas la curiosité qui m'a conduit à regarder, mais simplement le fait que je n'arrivais pas à comprendre qu'une chose pareille puisse arriver. Mes camarades étaient aussi horrifiés par les exécutions[21]. »

Il faut se rendre à l'évidence, ce ne sont pas les seuls nazis qui furent responsables de ces crimes, mais tous les Allemands.

Pour les SS, il était impératif de rendre l'élimination des Juifs plus propre et plus efficace. Le projet fut pudiquement baptisé la « solution finale du problème juif » et arrêté sur les si jolies rives du lac de Wannsee, le 20 janvier 1942. Les quelques mots du protocole de Wannsee qui décréta la mort de ma mère ne furent cependant connus que de très peu de monde dans l'immédiat :

> « Les Juifs devront être employés comme main-d'œuvre dans les territoires de l'Est. [...] Ils effectueront le trajet en construisant des routes, ce qui provoquera sans doute l'élimination naturelle d'une grande partie d'entre eux. Les survivants [...] devront recevoir le traitement qui s'impose car cette sélection naturelle des Juifs, si elle était libérée, deviendrait la cellule germinative d'un nouveau relèvement juif. [...] Au cours de l'exécution de la solution finale, l'Europe sera passée au crible de l'Ouest vers l'Est[22]. »

---

21. Cité par Saul Friedländer, *op. cit.*, p. 285-286.

22. Enrique León et Jean-Paul Scot, *Le Nazisme des origines à 1945*, Paris, Armand Colin, 1997, p. 260.

*

La naissance de la « Sixième » clandestine

La rafle du Vél'd'Hiv du 17 juillet 1942 à Paris a constitué un énorme choc. La lettre de Bouli (Édouard Simon) adressée aux chefs EIF le 3 août 1942 est singulière et claire : pour une fois, un chef EIF écrit !

> « Je crois que mon devoir est de te tenir au courant des derniers événements qui frappent nos coreligionnaires étrangers. Tu sais peut-être que tout étranger né depuis 1933 et âgé de plus de dix-huit ans peut être remis aux autorités. Pour ceux qui sont en famille, on peut les ramasser de cinq à soixante ans. Il s'agit paraît-il de reconstruire un "État juif" en Europe centrale… Or, tu n'ignores pas qu'à Minsk, récemment, 35 000 Juifs ont été passés à la mitrailleuse, et que, depuis l'occupation allemande, 700 000 Juifs ont été tués en Pologne, hommes, femmes, vieillards, enfants, tout y est passé, soit chambres à gaz, soit massacres. C'est ce qu'on appelle reconstruire un "État juif". **Il s'agit pour la France de livrer maintenant 11 000 Juifs de la zone libre**[23]. »

Quels grands de ce monde, le pape, les autorités françaises ou les Alliés, pourront encore protester de leur innocente méconnaissance de la tragédie vécue par les Juifs après cette lettre ? À moins de nous expliquer comment le seul Édouard Simon, mon oncle, réfugié à Moissac et dépourvu de toute logistique, en savait plus qu'eux.

Djigo, pour sa part, avait lui aussi averti qu'une catastrophe imminente menaçait la communauté juive de France en zone sud.

---

23. Cité par Alain Michel, *Les Éclaireurs israélites de France*, *op. cit.*, p. 123.

Depuis le 16 avril 1942, Pierre Laval était de retour aux affaires. En mars, Xavier Vallat, bien qu'il fût un antisémite acharné, étant jugé trop doux, fut renvoyé de son poste au Commissariat général aux questions juives. Il fut remplacé par une brute antisémite, Louis Darquier de Pellepoix. Dans le même temps, un fidèle de Pierre Laval, René Bousquet, accéda au secrétariat général à la police. Les Allemands ordonnèrent de déporter massivement les Juifs français vers Auschwitz. Ils en voulaient 100 000. Pour eux, il était nécessaire de débarrasser la France de ses Juifs. Vichy hésita. Rien à dire pour les Juifs étrangers, ces « déchets » comme les qualifiait Pierre Laval, mais les Juifs français, tout de même… Vichy passa un marché avec les Allemands : les Juifs français seraient épargnés en échange de tous les Juifs étrangers, même les plus jeunes, même les enfants, ce que Berlin n'avait pas exigé. Les Allemands n'étaient pas mécontents de cet accord, car ils n'eurent jamais une logistique suffisante pour arrêter les Juifs en zone libre et encore moins en zone occupée. Ils avaient donc besoin de la complicité de la police française et ils l'obtinrent.

Quant à Djigo, on l'a vu, il était temps pour lui de fuir, car il était recherché pour son activité à Paris dans le réseau SRAV. Il fallait fuir au plus vite la capitale et préparer le rapatriement vers le sud de sa famille qui était sur le point de s'agrandir : ma mère était enceinte de six mois (on parle rarement de ces femmes qui tombent enceintes « à un mauvais moment » pendant la guerre…). Qu'on imagine une résistante dont le ventre s'arrondit et qui doit voyager, elle est donc plus sensible qu'une autre à la fatigue. Qu'on imagine aussi la tentation de se faire avorter dans les conditions de l'époque et les problèmes moraux que cela induit dans les familles.

Djigo estima plus prudent de ne pas partir groupés. D'ailleurs, les cheminots de la gare d'Austerlitz n'organisaient pas de passage de familles entières, seulement une ou deux personnes, cachées dans des armoires électriques des locomotives que les Allemands n'osaient pas inspecter de peur de s'électrocuter.

Ainsi, fin juin 1942, un peu plus de quinze jours avant la rafle du Vél'd'Hiv des 16 et 17 juillet, mon père nous laissa ma mère et moi aux soins de Georgette Falborski, une cliente et amie qui avait accepté de nous cacher. Avec l'ami de cette Georgette Falborski, Édouard Rakowski, il réussit à passer sans problème la ligne de démarcation et s'installa à l'hôtel du Luxembourg à Moissac, ne voulant pas loger chez sa sœur Shatta parce qu'il pouvait être surveillé ; il était hors de question d'éveiller les soupçons et de mettre en danger les enfants des maisons. Dans le même temps, il était très inquiet d'avoir laissé sa femme et son fils seuls à Paris.

La première nuit à Moissac se passa tranquillement, mais le matin à l'aube on tambourina à sa porte : « Levez-vous, levez-vous, entendit-il. C'est très grave, venez vite. On a besoin de vous. » Mon père sauta du lit et trouva sur le pas de la porte une famille envoyée par Shatta, la famille Weissmann, affolée, au grand complet, venue rejoindre leur garçon pensionnaire à la Maison de Moissac. Il les fit immédiatement entrer dans sa chambre et, quand il jeta un coup d'œil par la fenêtre, il vit que la place principale de Moissac était cernée par la gendarmerie : une rafle était en cours. Tous les Juifs étrangers étaient en état d'arrestation. Sans perdre un instant, il fit sortir la famille Weissmann par la porte de derrière et la cacha quelques jours un peu à l'écart du bourg.

Le lendemain, Robert Gamzon, alerté par mon père du tour que prenaient les événements, de la traque quasi systématique des Juifs étrangers par Vichy, arriva lui aussi en toute hâte à Moissac (on retrouve la constante fraternité de toujours, ici de résistance, entre Castor et Djigo). Castor ne venait pas les mains vides. Il disposait d'une information aussi capitale que désespérante : il tenait de source sûre que tous les Juifs étrangers étaient en état d'arrestation. C'était l'annonce de la rafle du Vél'd'Hiv, qui allait débuter le 16 juillet 1942 **et qui eut son équivalent dans la zone libre à la fin d'août 1942**[24]. En effet, sur 40 000 Juifs livrés, 10 000 le furent en zone libre. Vingt-cinq familles de Moissac furent à ce titre arrêtées : elles ne sont jamais revenues.

Djigo se faisait un sang d'encre pour sa famille. N'avait-il pas été quelque peu téméraire de nous laisser seuls à Paris ? Allions-nous réussir à passer entre les mailles du filet ? Nous reverrait-il ?

À Paris, ma mère analysait aussi la situation comme devenue très dangereuse ; elle ne se sentait plus en sécurité nulle part.

> « Son mari, le médecin-capitaine Sigismond Hirsch, de la France combattante, raconte Georgette Falborski, ayant été dénoncé et recherché par la Gestapo, a dû brusquement abandonner son domicile et chercher refuge dans la zone sud. [...] Mme Hirsch, alors enceinte de six mois et ne se croyant plus en sécurité chez moi au bout de quelques jours, s'est adressée à l'associé de son mari, le Dr Henri Guérin [...], qui est propriétaire d'une clinique d'accouchements à Charenton,

24. Le 26 août 1942, 6 584 Juifs apatrides sont arrêtés puis transférés dans les semaines qui suivent vers le camp de Drancy, d'où ils seront déportés vers Auschwitz.

pour lui demander de l'accepter dans sa clinique étant donné sa grossesse. J'ai assisté à la conversation téléphonique au cours de laquelle il a refusé de la recevoir, vu les circonstances. »

Lorsque les arrestations menaçaient, ma mère m'emmenait longuement jouer tous les après-midi dans un square de l'avenue Gambetta situé dans le XXe arrondissement, avec les autres enfants. Jamais, pensait-elle, la police n'aurait eu l'idée de venir nous chercher là.

De plus, pour ne pas m'exposer à tous ces dangers, ma mère m'envoyait me cacher de plus en plus souvent dans une ferme de la vallée de Chevreuse. Elle m'y écrivait de gentilles lettres remplies de détails quotidiens pour m'épargner l'angoisse d'une situation tragique dont elle craignait de plus en plus l'issue. C'était la campagne, c'était nouveau. J'ai vu égorger le cochon en grande pompe.

*

Mon deuxième passage de la ligne de démarcation en fraude, en sens inverse, nord-sud

Quelques heures avant le déclenchement de la rafle du Vél'd'Hiv, le 16 juillet 1942, ma mère, enceinte de sept mois, vint me chercher et nous empruntâmes la même filière que celle que mon père avait utilisée pour passer la ligne de démarcation en fraude. Nous nous cachâmes dans l'armoire électrique d'une locomotive. Qu'on imagine un gosse sur le moteur d'une locomotive, dans le noir, les étincelles terrifiantes du solénoïde, le bruit, le temps qui ne semblait plus finir, l'angoisse aussi d'être découverts, la chaleur extrême, la peur que ma mère fasse un malaise ou, pire, accouche dans cet endroit sale et exigu.

À la gare de Vierzon, au-delà de laquelle commençait la zone libre, les Allemands inspectèrent la locomotive et, caché sur le moteur, aux pieds du conducteur du train, je vis par le carré du local technique les bottes de ces messieurs aller et venir. Mais heureusement nous ne fûmes pas découverts. Ce n'était pas une scène de film. C'était la réalité !

Mon père nous attendait à Moissac ; et, une fois encore, la famille fut réunie. Nous étions sains et saufs grâce au courage de ma mère et à son esprit de décision. On apprit peu de temps après les terribles événements parisiens, et mes parents se dirent sans doute cette fois que c'était passé tout juste. Mais nous n'étions pas hors de danger pour autant.

À la veille de la rafle du 26 août en zone libre, la plupart des chefs et cheftaines EIF campent avec leurs troupes, mais le 25 août 1942 Robert Gamzon à Vichy est prévenu par Gilbert Lesage, du Service social des étrangers, qu'**une rafle doit avoir lieu le lendemain**. Simultanément, il apprend que le mouvement des EIF est dorénavant interdit. Néanmoins, il a obtenu de l'Ugif d'intégrer le mouvement EIF **dans la Sixième section de la 4e Direction de l'Ugif, la Direction Jeunesse**, d'où l'appellation de ce célèbre mouvement clandestin, **la « Sixième »**. Et Gamzon décide que, si le mouvement officiel doit disparaître, les structures existantes doivent continuer à fonctionner. Il somme les chefs EIF de se rendre à Moissac dès le lendemain et d'alerter les familles juives pour qu'elles se mettent à l'abri, en particulier à Vichy.

« Un jour de l'été 1942, raconte Mika, un pensionnaire de Moissac, Shatta est arrivée en courant me prévenir que la police me cherchait. Il fallait que je me cache. Je suis allé de l'autre côté du pont Napoléon, là où des arbres dissimulent l'arrière-pays. C'est le quartier Saint-Benoît. Je suis resté caché trois jours avec deux ou trois autres gars. Des gosses nous apportaient à manger. Je me souviens des gendarmes sur le pont. Au bout de trois jours, on nous a emmenés dans un camp de scouts protestants à 15 kilomètres de Moissac[25]. »

C'était cela l'entraînement scout EIF : quand il y avait danger, on partait camper dans les forêts !

Pour les autres, 200 enfants au moins, on les envoya faire un camp scout sous la responsabilité d'Henri Milstein :

« Un jour d'août 1942, on a vu arriver Henri Wahl. Il venait nous annoncer l'arrestation programmée des enfants étrangers de plus de quinze ans. Avec Lévrier (un de nos chefs EIF), nous avons pris un premier groupe de grands garçons et nous avons fait un camp "volant" pour échapper aux arrestations. Rosen a pris un autre groupe et est parti se planquer dans les forêts. Je ne me souviens pas d'avoir eu peur. Rétrospectivement, je me demande encore comment c'est possible[26] ! »

Même à Moissac, l'histoire infernale de la collaboration et de la destruction des Juifs d'Europe suivait son cours, presque mécaniquement. Le 26 août à 8 heures du matin, le commissaire de police de Castelsarrasin sonna à la porte. Ses hommes se tenaient derrière lui, prêts à empoigner les jeunes déclarés hors la loi par Vichy. Mais la maison était vide. Comme par enchantement. Pas d'enfants ?

---

25. Cité par Catherine Lewertowski, *Les Enfants de Moissac (1939-1945)*, *op. cit.*, p. 169-170.

26. *Ibid.*, p. 170-171.

« Où sont-ils ? demanda le commissaire.
– En voyage », répondit Shatta.

Et ce fut tout. Les fourgons de la police française repartirent, pour cette fois, à vide.

Avant même l'invasion de la zone sud par les Allemands, le 11 novembre 1942, l'été de cette année-là – avec la rafle du Vél'd'Hiv pour point d'orgue – constitua un véritable tournant. L'étau se resserrait autour des Juifs ; il était urgent d'adapter la stratégie d'autodéfense de la communauté. Chaque jour, toujours plus de Juifs passaient en fraude la ligne de démarcation pour essayer de se réfugier en zone libre et se présentaient à la porte de Moissac. Shatta et Bouli risquaient à chaque minute leur vie en acceptant de recevoir tous ces enfants et tous ces adultes, et mesuraient pleinement le danger comme leur responsabilité.

Mais ma tante Shatta ne se départissait jamais de sa phrase talisman : « Quoi qu'il en coûte, il faut toujours choisir la vie. »

Pour Djigo, les maisons d'enfants gérées par les EIF étaient devenues beaucoup trop vulnérables. Il était urgent de trouver une autre solution. À une structure centralisée telle que la Maison de Moissac il croyait préférable d'adopter une structure décentralisée en dispersant les jeunes dans des fermes. Ils seraient logés et nourris en échange de travaux agricoles. Appliquant à la Résistance juive les structures de la Résistance française, il avait l'intention d'établir **des réseaux** dont la cohérence et l'étendue seraient connues d'un seul chef, lui.

D'ailleurs, la nature de ce pays jouait pour la communauté juive : la Lomagne, cette région à cheval sur les départements du Gers et du Tarn-et-Garonne, était un pays vallonné à l'écart des grandes voies de communication. Les fermes étaient dispersées et mal reliées par des chemins très rarement goudronnés, souvent défoncés et peu praticables. L'occupant serait désemparé dans ce grand labyrinthe de bois, de champs et de rivières. Le pays était rude, sauvage, voire menaçant pour qui le connaissait pas. **En tout cas, chaque ferme était difficile à trouver**.

Mon père raconte avec précision ce moment où il aida à mettre sur pied cette organisation clandestine qui allait s'appeler quelques mois plus tard la « Sixième ». La « Sixième » organisation juive était composée de garçons et de filles EIF de seize à vingt-cinq ans, pour la plupart encadrés par leurs chefs en zone sud :

> « J'étais entré dans la Résistance en 1941 sur ordre à Paris, mais les arrestations de plus en plus fréquentes et la pression me contraignaient à coucher chaque nuit dans un endroit différent. Vers juin 1942, certains camarades proches ayant été arrêtés, il m'a été conseillé de passer en zone sud, ce que j'ai fait en juillet 1942 en rejoignant la région de Moissac, près de Toulouse, dans le Tarn-et-Garonne, en particulier parce que ma sœur Shatta Simon s'y trouvait, qu'elle cachait des enfants et des jeunes Juifs et qu'il y avait un travail à faire d'urgence. C'est ainsi que j'ai été amené à créer à Auvillar, à 15 kilomètres de Moissac, un secteur d'accueil et de cache. J'agissais dans le cadre de la "Sixième", créée par les Éclaireurs israélites de France dont j'étais l'un des chefs.
>
> Il était urgent à mes yeux de créer des secteurs indépendants et cloisonnés, et des chefs ont été désignés dans différentes régions. Au début, je me suis occupé du problème difficile à résoudre des jeunes évadés des camps français qui parlaient seulement allemand. J'avais immédiatement posé mes conditions : il s'agissait de créer une organisation tout à fait à part, ultra secrète. Ne devaient être au courant que trois personnes du lieu où je résidais : Ninon Weyl, Marc Haguenau et Henri Wahl.

Suite à mon analyse, tous m'ont alors demandé de créer en effet un secteur clandestin pour camoufler les jeunes évadés juifs allemands des différents camps. **Nous étions en juillet 1942.** La campagne française manquant de bras pour cultiver la terre et s'occuper du bétail du fait des tués pendant la guerre de 1939-1940 et surtout du fait des nombreux prisonniers en Allemagne, j'ai vu l'opportunité de cacher nos jeunes chez des paysans qui accepteraient de les héberger à condition qu'en échange ceux-ci travaillent la terre gratuitement. Peu à peu, ce sont 400 jeunes Juifs de seize à vingt-cinq ans que j'ai cachés dans le Tarn-et-Garonne et le Gers, et pour lesquels nous devions fabriquer des faux papiers, en particulier des cartes d'identité que nous appelions des biftecks. Je me suis d'abord installé à Auvillar dans un vieil hôtel du nom de La Bonne Étape, puis nous avons loué une ruine, le château des Moines, et la maison des Consuls. Quelques mois plus tard, j'ai installé mon PC à Saint-Michel, un hameau encore plus reculé, à 7 kilomètres d'Auvillar, dans une espèce de petit manoir abandonné, mais pourvu d'une grande cour devant et d'un parc en arrière. Un dispositif était prévu pour conjurer toute surprise si quelqu'un ou un groupe se présentait devant la grille de la cour, dispositif qui devait permettre de fuir à travers parc et bois. Un chien de garde était attaché à la grille. »

Ninon Weyl était le chef de la « Sixième ». Henri Wahl était un homme exceptionnel, chef du district de Vichy ; et, comme mon père l'avait fait à Paris avec son centre médical de la rue de Miromesnil, tous les EIF pouvaient venir gratuitement dans son magasin d'optique chercher de quoi mieux voir.

Ainsi, Djigo était devenu un maillon important de cette vaste organisation de résistance juive, qui s'étendait de la frontière espagnole à la frontière suisse où certains, comme ma tante Boëtzi dans le cadre de l'OSE, dirigeaient des filières d'évacuation de Juifs avec Georges Loinger et Charles Lederman. L'organisation mit un certain temps à se structurer. L'une de ses réunions décisives pour le Sud-Ouest fut tenue chez nous, le 17 mars 1943, à Saint-Michel, au-dessus d'Auvillar, dans la maison que nous occupions avec mes parents. Roger Fichtenberg, dans son témoignage déposé à la bibliothèque du Mémorial de la Shoah, 17, rue Geoffroy-Lasnier, à Paris IVe, décrit très bien la situation :

> « Outre Ninon, il devait y avoir aussi Marc Haguenau. J'ai choisi Auvillar qui se trouve à une vingtaine de kilomètres de Moissac et qui était, par sa situation, une plaque tournante, à cheval sur le Lot-et-Garonne, le Tarn-et-Garonne et le Gers. Peu de temps après, un des nôtres, Lucien Feymann [hibou, de son nom de totem], fut arrêté en revenant à Moissac. »

Mais en juillet 1942, nous n'en étions pas encore là. Il fallait trouver des familles disposées à accueillir nos jeunes. Grâce à un ami, M. Desponts, mon père reçut une recommandation pour M. Laparre, ancien maire d'Auvillar et conseiller général du canton. Ce dernier mit à sa disposition deux grandes maisons abandonnées à Auvillar, les « Moines » et les « Consuls », où nous habitions au début et qui servirent de base logistique à l'organisation que mon père était en train de bâtir pierre après pierre. On loua donc ces deux grandes bâtisses sombres, désaffectées. « Les Moines » était un vieux château, insalubre, non chauffé, avec des oubliettes. Il était situé derrière la gendarmerie. Mon père a toujours eu pour stratégie de s'installer juste à côté des gendarmes ou des Allemands, jugeant que cette proximité audacieuse était le meilleur moyen pour qu'on n'imagine pas qu'il y avait des Juifs qui avaient le culot d'habiter tout près d'eux. Quant à la maison des « Consuls », c'était une ruine superbe, avec une porte du XVe siècle. Au fur et à mesure que les jeunes arrivaient, de jour et de nuit, et souvent dans un état physique et moral pitoyable, nous avions une permanence qui les réconfortait et les affectait dans des fermes d'accueil où nous avions obtenu à l'avance l'accord des fermiers.

Djigo raconte :

« J'ai rapidement créé des contacts avec les maires, les secrétaires de mairie des différents secteurs que je parcourais jour et nuit à bicyclette. Et ainsi nous avons pu obtenir tous les papiers nécessaires à chaque situation. Techniquement, au début, c'était assez facile dans la mesure où les mairies donnaient le carton de la carte d'identité, mais bientôt, Vichy a décrété que la préfecture seule pouvait donner ces cartes difficiles à imiter. De toute façon, nous avons rapidement créé un vrai service de faux papiers avec quelques spécialistes surdoués qui, avec des gommes ou tout autre moyen, créaient de remarquables vrais-faux. Il est difficile après coup et pourtant essentiel d'essayer de décrire la vie qui était alors la nôtre. L'atmosphère en particulier. Ainsi, on se méfiait toujours de ceux qui arrivaient sans être annoncés, ou sans provenance certaine, dans la hantise d'intégrer un traître, un "mouton" qui nous dénoncerait. Il n'y avait plus d'essence pour circuler, très peu de médecins dans ces campagnes reculées, et c'était pour moi un atout, parce que j'allais par tous les temps à vélo soigner gratuitement des paysans désespérés et souffrants (on était un peu au Moyen Âge sur le plan médical), et dans ces conditions, il n'est pas étonnant que je me sois fait estimer et admettre de toute la population, enfin presque. Nous recevions de l'argent en espèces à peu près tous les mois du Joint et on imagine le courage, l'honnêteté de ces "transporteurs de fond" qui, à leurs risques et périls, nous apportaient à domicile les moyens de gérer la situation. »

Grâce à son charisme et à l'aide de M. Laparre, un notable local, Djigo réussit à convaincre des fermiers ou plutôt des fermières veuves ou âgées d'accueillir chacune un ou deux jeunes qui seraient nourris et logés en échange de travaux agricoles. Elles acceptèrent assez facilement parce qu'elles avaient besoin de bras solides pour les aider. En effet, à l'époque, l'agriculture était peu mécanisée : on labourait à l'aide de chevaux. Des hommes forts et vigoureux étaient donc nécessaires pour les travaux des champs. Or, nous venons de voir que, en ces temps d'occupation, on manquait partout d'hommes, car ils étaient morts ou prisonniers. Outre les morts de la guerre récente, 1 600 000 Français étaient prisonniers en Allemagne.

Nos jeunes, qui avaient été récupérés dans des camps français après un très long voyage parfois, ne connaissaient rien au travail de la terre. Ils appartenaient le plus souvent à l'*intelligentsia* allemande ou autrichienne, parlaient plusieurs langues, jouaient du violon ou du piano comme personne, mais pour ce qui était des labours et des moissons… En fait, les 50 premiers qui nous arrivèrent ne parlaient pas un mot de français. On n'aurait pas pu les cacher en ville. Alors qu'à la campagne, moyennant leur travail, ils étaient logés, nourris et… dispersés.

Heureusement, ils faisaient preuve de bonne volonté, car ils savaient que c'était leur dernière chance de survivre. Parfois aussi, ils avaient reçu une petite formation à la Maison de Moissac par laquelle ils transitaient souvent. Il ne faut pas oublier qu'officiellement Moissac était pour Vichy un « centre de formation professionnelle ». Il y existait des ateliers de reliure, de menuiserie, de couture. Et puis il y avait surtout l'idéal scout. La « Loi de la Maison », affichée dans la grande salle, était la loi scoute avec en commentaire quelques versets de la Bible. Je me posais souvent la question suivante : « Comment ces jeunes, n'ayant aucune connaissance du travail de la terre et de ses multiples tâches, pouvaient-ils donner satisfaction dans les fermes ? » Et la réponse est qu'ils mettaient toute leur énergie et s'adaptaient très rapidement grâce à leur intelligence et à leur volonté de survivre.

Aussi s'établit-il entre Moissac et Auvillar une activité complémentaire étroite avec de nombreux échanges de garçons et de filles à cacher, les deux structures se rendant des services réciproques essentiels et souvent d'urgence.

Au cours de ses consultations, mon père, subrepticement, tâtait le terrain et, s'il était favorable, faisait la proposition de placer un ou deux jeunes. Rares étaient ceux ou celles qui refusaient, parce qu'on manquait de main-d'œuvre, comme nous l'avons vu, et parce que mon père sut toujours être convaincant. Il en plaça d'abord beaucoup dans le canton d'Auvillar, puis dans le Gers, près de Miradoux, et enfin dans une bonne partie du Tarn-et-Garonne.

Par exemple, Rosa Apter, jeune Juive recueillie par l'organisation de mon père, raconte dans ses Mémoires la manière dont s'était déroulée la recherche d'une planque. Ses parents furent arrêtés en octobre 1942 par la gendarmerie et déportés vers l'Est. En pleine panique, elle entendit parler par hasard de notre organisation et décida de partir nous rejoindre avec sa sœur Sarah et un ami, Albert, qui allait devenir son mari.

> « Nous trouvons les "Moines" à Auvillar. Pendant deux ou trois heures, nous marchons de long en large dans un parc quand, tout à coup, un Monsieur bien habillé, très grand homme, s'approche de nous et demande : "Que faites-vous ici ?" Albert se déchausse, sort une étoile jaune qu'il avait cachée dans sa chaussette. Je peux vous dire qu'il n'a pas eu droit à des compliments ! "Et si vous aviez été arrêtés et

fouillés ?" Nous lui racontons notre histoire. Il se présente : "Docteur Hirsch. On m'appelle Djigo." Puis il nous dit de prendre la route de Saint-Michel à travers champs. "Si les gendarmes vous arrêtent, vous dites que vous êtes des Moines." C'était un mot de passe. [...]

Nous arrivons dans une ferme délabrée [la ferme de Lisac, à 4 kilomètres au-dessus du village de Saint-Michel]. Les propriétaires ne s'en occupaient plus depuis des années. C'étaient des châtelains et ils n'avaient plus de personnel. Alors Djigo s'était arrangé avec eux. Il y avait là neuf garçons, un homme qui les dirigeait, Maxime Steinmetz, qui deviendra capitaine FFI, et deux filles. Avec nous, cela faisait 15 personnes. [...]

Les garçons me faisaient la cour car Albert et moi n'osions rien dire de notre vie amoureuse jusqu'au jour où j'ai compris que j'étais enceinte. C'était pour nous à ce moment une catastrophe. Il fallait l'annoncer à Djigo. Albert s'en chargea. [...] Le voyant venir de loin, je cours à sa rencontre. Très détendu, il me dit : "Djigo nous attend demain soir. Il ne m'a pas fait un seul reproche." [...] À notre arrivée, Djigo, sa femme, Berthe, à ses côtés, nous fait entrer dans son bureau et très gentiment nous dit : "Eh bien, il y aura un mariage, cela nous changera ! Mais avant tout, il faut s'occuper du juge de paix pour que vous ayez un tuteur, vu que vous n'êtes pas majeurs. Je ferai le nécessaire. Nous avons de la chance que vous soyez tous deux français." [...] Djigo devait bien connaître le juge, car ils parlementèrent ensemble avant que le juge prenne la parole et nous demande qui pensait prendre le rôle de tuteur. Alors Djigo se lève et dit : "Moi je prends la charge des deux jeunes."

[...] À notre retour [...] tous nous embrassaient, sauf ma sœur qui resta dans un coin : elle était jalouse. Avec son intuition extrême, Djigo comprit qu'il était dangereux de la laisser avec le jeune couple que nous formions et la fit changer de ferme. [...] Notre mariage civil eut donc lieu le 15 juillet 1943 à 20h45. [Quelques jours après] Le rabbin Léo Cohn est venu de Moissac en short et a parcouru les derniers kilomètres par les champs pour ne pas se faire remarquer. Hélas, il fut arrêté quelque temps après, déporté, et ne revint pas. C'était un personnage extraordinaire.

Nous avons oublié pour quelques heures les dangers. Nous avons dansé, mangé et vers le soir tout le monde est reparti vers son point d'attache. Avant que nous quittions le château, Djigo m'a dit : "Ton bébé doit naître fin janvier 1944 ; après, Boëtzi vous emmènera en Suisse où vous serez plus en sécurité tous les deux." En fait, il ne fut pas question qu'Albert nous suive, car Djigo l'avait pris dans son groupe de résistants.

[…] Le lundi matin 18 octobre 1943, Albert, qui arrivait en vue du château, vit des gens courir au-devant de lui disant : "Vite, sauvez-vous, prévenez les autres, car la Gestapo est au château. Nous avons même entendu des coups de feu." Djigo nous avait donné à tous des consignes précises au cas où il arriverait ce malheur et nous avions tous un point de chute. Moi, je devais rejoindre une petite ferme dont les propriétaires, M. et Mme Nègre, étaient âgés et sans enfants. »

Ainsi, en septembre 1942, l'organisation de Djigo cachait plus de 80 jeunes, la plupart des Juifs allemands, dans un rayon de 15 kilomètres autour de Saint-Michel. C'était le premier cercle. Mais sur les trois départements du secteur qu'il avait organisé, Djigo et son équipe planquaient 400 jeunes. La « Sixième » l'avait chargé spécialement des étrangers. Non seulement Djigo parlait parfaitement l'allemand, mais il avait le cran de dissimuler des jeunes très difficiles à planquer en raison de leur accent épouvantable, dans le cas le plus favorable, certains ne parlant pas du tout le français. Djigo confisquait leurs papiers, se débrouillait pour leur en procurer d'autres avec des faux noms et surtout leur interdisait formellement de parler ou de s'aventurer dans des lieux publics. À la question : « D'où viens-tu ? », ils avaient reçu l'ordre de répondre : « D'Alsace ».

Se posait de plus le problème des jeunes filles. Que pouvait-on en faire ? Il n'était pas possible d'exiger d'elles les travaux harassants des champs. Pour résoudre la difficulté, M. Laparre dirigea mon père vers la mère supérieure du couvent d'Auvillar, mère Placide, grande dame de la noblesse belge. Elle faisait partie d'un groupe de chanoinesses missionnaires de Saint-Augustin, qui, arrivées au moment de l'Exode, s'étaient établies à Auvillar. C'étaient des filles de grandes familles belges qui, ayant eu un désespoir amoureux, s'étaient vouées à Dieu. Elles prenaient en charge des enfants anormaux, de grandes familles belges eux aussi, et s'en occupaient en France, car il faut bien dire qu'à cette époque on avait souvent un peu honte en Belgique d'avoir un enfant anormal, un trisomique (on disait à l'époque un mongolien) ou un épileptique majeur faisant des crises de grand mal. On les expédiait donc en France, aux bons soins des religieuses. Quatre religieuses : la supérieure, mère Marie Placide, mère Anne-Marie, mère Antoinette et mère Madeleine, nous ont aidés très courageusement pendant cette période. À notre demande, elles ont été reconnues Justes parmi les Nations par Yad Vashem à Jérusalem.

Djigo alla directement voir mère Marie Placide et lui dit abruptement ce qu'il attendait d'elle :

« Il se pourrait que j'aie quelquefois besoin de vous, pour caser des filles. Pourrais-je compter sur votre aide, mère Placide ? » se risqua-t-il auprès d'une catholique qui aurait très bien pu le dénoncer immédiatement.

Après un moment de silence, la Mère supérieure répondit d'un seul mot, clair : « Oui. » Puis elle ajouta :

« Mais avant que je puisse vous être utile, vous, vous pouvez aussi nous aider.
– Comment, ma Mère ? demanda Djigo étonné.
– Eh bien, nous nous occupons déjà d'une cinquantaine

d'enfants malades ou handicapés et en particulier nous avons pris en charge de grands épileptiques et mongoliens d'origine belge. Or, il n'y a pas de médecin dans le pays. Vous pourriez peut-être monter une consultation. Nous nous occupons aussi de pas mal de pauvres du coin.

– D'accord, répondit mon père, je monte un dispensaire chez vous. »

Encore un dispensaire !

Quelquefois, Djigo, entre deux missions, restait dormir au couvent. Les sœurs lui donnaient alors la plus belle chambre, celle de l'évêque, paraît-il. Un comble ! Mais l'activité du couvent finit par attirer l'attention et les Allemands ne furent pas longs à débarquer.

> « La Mère supérieure avait une telle allure, raconte Djigo, elle en imposait tellement quand elle s'adressait à eux sans se démonter qu'ils en étaient stupéfaits. "Vous savez chez qui vous venez ?" leur avait-elle dit la première fois dans un allemand parfait. Et comme l'Allemand essayait de répondre en un français maladroit, elle fusilla l'officier du regard en lui disant : "Vous pouvez me parler en allemand. Vous ne savez donc pas ce que mon ordre a fait pour les Allemands durant la Première Guerre mondiale ?" Un peu étonné d'une telle résistance, les Allemands repartirent aussitôt. »

Le dévouement et la générosité de ces religieuses à l'égard des Juifs honorèrent l'Église, quand son chef, le pape Pie XII, s'employa, tout au long de la guerre, à la ternir et à s'abstenir d'intervenir clairement. Alors que cette femme, au risque de sa vie, accueillait son frère juif, ce grand prélat un peu prétentieux et hautain ne voulut jamais tirer les conséquences de ce qu'il connaissait à l'évidence : l'extermination en marche de millions de Juifs. Aussi mère Placide a-t-elle pleinement mérité la médaille de « Juste parmi les Nations » que nous avons demandée pour elle. De plus, le jour de l'arrestation de mes parents, ayant échappé à l'arrestation, je me suis réfugié au couvent, et on m'a donné la tenue des enfants du lieu. J'ai porté chasuble, sonné vêpres et matines et suis resté là quarante-huit heures. À la suite de la dénonciation de Chauvet, les Allemands, connaissant mon rôle, me recherchaient pour me faire parler. Ils vinrent donc rapidement au couvent, furent reçus avec un sang-froid extraordinaire et, dégoûtés de voir des mongoliens qui les dévisageaient en tirant la langue ou des épileptiques qui faisaient des crises en tombant par terre tout en urinant et en bavant, ils préférèrent se retirer rapidement, religieusement reconduits par les sœurs.

Il y avait en France, en 1940, environ 320 000 Juifs. 76 000 furent déportés. 2 500 seulement revinrent, et à peine quelques enfants. Si 240 000 Juifs survivaient encore en 1945, **c'est avant tout** parce que les Allemands perdirent la guerre et que les déportations cessèrent. C'est aussi grâce à la Résistance française et à la Résistance spécifiquement juive (EIF, OSE, MJS, MOI) qui cacha et sauva des Juifs. C'est enfin parce que des « Justes parmi les Nations », des hommes et des femmes de courage et de cœur, sauvèrent des Juifs au péril de leur vie. Ils sont au nombre de 3 546 Justes reconnus au 31 janvier 2012.

La liste de Yad Vashem n'est qu'indicative. Elle place cependant la France au troisième rang des pays qui ont fourni le plus grand nombre de Justes, après la Pologne et les Pays-Bas. Dans la cache des Juifs, en France, il n'exista pas d'action collective spectaculaire comme au Danemark en 1943 ni de manifestations particulières s'opposant au martyre des Juifs. Mais il y eut une multitude d'actes individuels et nombre de protestations à côté, il est vrai, d'un océan d'indifférence.

Nombreux sans doute sont des Justes qui n'ont jamais été distingués, qui n'ont jamais eu de médaille ; car, modestes, ils n'ont jamais parlé de ce qu'ils ont fait et n'ont donc pas été reconnus. Leurs actions furent d'autant plus héroïques que la collaboration de la population française fut massive si l'on en croit la quasi-totalité des livres consacrés à Vichy et en particulier le *Vichy* de l'historien américain Robert Paxton[27]. Et cette collaboration est confirmée par les témoins de l'époque.

C'est seulement bien tard (mais enfin, mieux vaut tard que jamais), à partir de la fin de 1942, que l'Église de France s'émut du sort réservé aux Juifs par les voix de Mgr Saliège et Mgr Théas[28]. La fin de 1942 et le début de l'année 1943 constituent une époque charnière où le climat change en France du fait de plusieurs facteurs. Tout d'abord, les Allemands commencent à subir de graves revers successifs depuis le débarquement des Alliés en Afrique du Nord (novembre 1942) et la défaite de Stalingrad (février 1943), et la population en vient à se demander si les Allemands vont ou non perdre la guerre et de quel côté il est préférable de se trouver. En deuxième lieu, les Allemands envahissent la zone sud, dite libre, à la fin de 1942, ce qui porte atteinte à la confiance en l'armistice et à l'aura du maréchal Pétain. Même pour les vichyssois, les Allemands recommencent à être des boches. En troisième lieu est institué le STO (Service du travail obligatoire) qui dresse pour la première fois toute la population contre les Allemands, car les mères au foyer, déjà privées de leur mari, mort ou prisonnier, ne veulent en aucun cas se séparer aussi de leurs fils pour

27. Robert O. Paxton, *La France de Vichy, 1940-1944, op. cit.*

28. Jules Saliège (1870-1956), nommé archevêque de Toulouse en 1928 ; Pierre-Marie Théas (1894-1977), évêque de Montauban de 1940 à 1947.

qu'ils aillent travailler gratuitement en Allemagne sous les bombardements des avions alliés. Il faut absolument que les jeunes fermiers restent pour s'occuper de la ferme. L'agriculture à l'époque n'est pas mécanisée et, si elle l'est, par exception, il n'y a bien sûr pas de carburant. Il faut donc un homme fort pour labourer la terre avec un cheval et une charrue. Mais dès lors, ces jeunes, **réfractaires au STO**, tombent *ipso facto* et immédiatement dans l'illégalité, et s'ils restent quelque temps à la ferme pour aider leur mère, ils vont bientôt gagner les maquis pour ne pas se faire arrêter. C'est le vrai début massif de la Résistance en France.

*

Djigo savait qu'il était de la plus grande importance de sécuriser sa filière. Pour cela, il avait besoin de la bienveillance de la gendarmerie, cette même gendarmerie qui avait déjà arrêté des Juifs et qui obéissait aux ordres de Vichy.

> « En fait, quelques semaines avant mon arrivée à Auvillar, les gendarmes, obéissant à Vichy, avaient arrêté **la totalité** des Juifs allemands, en particulier quatre familles dont personne n'est revenu. À Auvillar, les gendarmes avaient été sans pitié alors que, dans le reste du département, une partie seulement des Juifs avaient été arrêtés. Ils avaient donc fait trop de zèle et en avaient quelque complexe et surtout quelques craintes. »

Dès son arrivée dans la région d'Auvillar (juillet 1942), toujours partisan de la manière forte pour créer stupeur et désarroi, Djigo se rendit donc **directement chez les gendarmes** en compagnie de M. Laparre, qui était très respecté. En guise de salutation, il menaça d'emblée les forces de l'ordre. D'abord, il leur rappela les arrestations des Juifs à Moissac et à Auvillar, ensuite il leur donna rendez-vous après la guerre pour éventuellement régler les comptes si d'aventure leur venait l'idée de s'approcher d'un peu trop près des jeunes, et ce fut cela, à cette époque, le coup de génie du Dr Sigismond Hirsch. Nous n'avions pas d'armes, pas d'argent, et nous affrontions un péril mortel, inouï ; il fallait tout inventer, tout organiser.

Mais, fidèle à sa jeunesse, à son expérience des lycées allemands, où sa meilleure défense était l'attaque, même dans des conditions désespérées, Djigo porta en effet le fer dès son arrivée, au cœur précis de la lâcheté, de la culpabilité des gendarmes à la botte de Vichy qui venaient d'arrêter dans la région tous les Juifs qu'ils pouvaient. Il fallait un culot d'enfer, et cela pouvait immédiatement très mal se terminer pour lui : qu'importe ! Il pratiqua là ce qui sera plus tard la base même de la dissuasion nucléaire, la dissuasion du faible au fort. Quand un ambassadeur soviétique menaça un jour de Gaulle de lui envoyer une bombe atomique, celui-ci, fort de la puissance nucléaire française bien moindre, répliqua, glacial : « Dans ce cas, nous mourrons ensemble, monsieur l'ambassadeur. » Oui, mon père menaça tout à fait clairement les gendarmes de mort ! Bien plus, il les rendit directement responsables de tout ce qui pourrait arriver à nos jeunes, **quelle qu'en soit la cause**. Il les transforma en fait en alliés permanents, obligés et terrifiés ! On peut appeler cette détermination extrême courage, inconscience, ou héroïsme. Mon père disait qu'un héros ce n'est pas quelqu'un qui n'a pas peur, c'est quelqu'un au contraire d'intelligent, qui a peur, mais qui surmonte cette peur en faisant ce qu'il faut, quand il le faut, malgré tout. On retrouve cette capacité réflexe chez Shatta, chez Boëgie, chez Yoshka, c'est comme une marque de fabrique familiale. L'éducation ? Les gènes ? Je ne sais vraiment pas.

> « Nous leur avons dit ce que j'allais faire : fonder un "centre artisanal et rural". Je leur ai parlé du rôle que je remplissais et leur ai carrément fait savoir que nous ne voulions pas utiliser de faux papiers, mais que si des jeunes que nous casions dans des fermes isolées, dans des endroits éloignés, étaient arrêtés de leur fait, cela se saurait en haut lieu du côté de la Résistance, que la punition serait définitive et que de surcroît ils devaient être très conscients qu'il était extrêmement probable, de plus en plus probable, que les Allemands allaient perdre la guerre, et que le régime de Vichy n'en avait plus pour longtemps. »

Culot, intrépidité, détermination face au danger, cette manière de faire permit à l'organisation clandestine de continuer à exister. Prenant modèle sur son frère aîné, Shatta ne fut pas en reste de pareils coups d'éclat, cette manière radicale de défier le destin, cette façon étonnante de risquer le tout pour le tout.

La scène se passait à Grenoble, un jour d'août 1942, très peu de temps après « la nuit de Vénissieux » au cours de laquelle 108 enfants juifs furent arrêtés avec leurs familles et libérés grâce à l'intervention de l'OSE. Shatta et Arti assistaient à une réunion clandestine organisée par l'OSE dans la chambre d'hôtel de Boëtzi Hirsch, leur sœur. Tout d'un coup, des inspecteurs de police frappèrent. Consternation ! Ils entrèrent. Shatta décida de tout leur expliquer sans détour : « Oui, les papiers sont faux, et nous sommes ici pour organiser le sauvetage de 200 enfants juifs menacés d'arrestation. Faites ce que votre conscience vous dictera[29] ! » dit-elle aux policiers éberlués par tant de franchise et de courage. Ils rebroussèrent chemin sans rien dire.

Que ce soit à Moissac, que ce soit à Auvillar, après tout, la situation militaire n'était pas claire, et bien imprudent

29. Catherine Lewertowski, *Les Enfants de Moissac (1939-1945)*, *op. cit.*, p. 175.

était de choisir un camp ou l'autre. Et, à partir de ce jour, les gendarmes d'Auvillar fermèrent les yeux sur nos jeunes planqués ainsi que sur notre trafic de cartes de rationnement indispensables pour nourrir tout ce monde.

La « Sixième » était aussi une filière de fabrication de faux papiers, car un grand nombre de Juifs étaient fichés par les autorités. Un laboratoire photographique fut installé à Moissac et d'autres se mirent à fabriquer des tampons à partir de gommes ou de linoléum entaillés. On fournissait à tous : des cartes d'identité, des cartes de rationnement et même des actes de baptême. Le secrétaire de la mairie de Moissac, M. Darrac, aidait Djigo et Shatta en leur prêtant les tampons de la mairie : « Il me faisait venir le soir pour tamponner les premières fausses cartes. Puis il m'a dit : "Écoutez, je ne vois pas pourquoi je fais ce travail. Prenez donc le tampon le soir, et le lendemain matin vous me le rapporterez[30]". » Darrac a été décoré à la Libération.

Mais Djigo préférait à ces papiers dits faux-faux des faux-vrais. Il s'agissait de cartes appartenant à des personnes de la région dont on avait remplacé la photographie.

> « Nous avions des faussaires spécialisés. Les secrétaires de mairie nous donnaient des papiers d'identité en blanc que nous avons toujours remplis au nom des gens du pays. Ma sœur Élisabeth, par exemple, avait les papiers de la secrétaire de la mairie de Moissac et jusqu'à la fin de la guerre. Cela a toujours marché en dépit d'un accent qui ne faisait pas toujours très Sud-Ouest. Elle portait le nom de Pelous comme mon fils, Jean-Raphaël (Nano). »

30. *Ibid.*, p. 196.

Roger Fichtenberg raconte d'une façon assez cocasse la manière dont il leur arrivait de fabriquer des faux papiers :

> « Nous étions dans le train entre Agen et Moissac. Je suis entré dans les toilettes avec un camarade pour faire une fausse carte. On m'avait en effet apporté une carte avec une photo pour que je mette le cachet que j'avais sur moi. On faisait cela le plus discrètement possible. Et là on avait gagné ! Car vous n'imaginez pas la tête qu'ont faite les gens quand ils ont vu sortir deux hommes ensemble de cet endroit. »

Les hommes de la « Sixième » repéraient aussi les mairies bombardées. Ils faisaient faire ensuite des actes de naissance dans une autre mairie en affirmant être nés dans la commune bombardée. Il était ainsi impossible aux autorités de vérifier puisque les archives avaient brûlé.

Mais ce système ne marchait pas dans toutes les mairies, car certains maires distribuaient directement aux commerçants les cartes de rationnement. C'était le cas du maire de Merles :

> « On ne sait pas quelle mouche l'a piqué un jour, il a commencé à embêter nos gars. D'abord il ne leur donnait pas la carte d'alimentation. On voyait que ça prenait mauvaise tournure. Du jour au lendemain, il a fallu que je déménage tout un groupe de quatre ou cinq gars qui étaient dans les fermes des environs de Merles. Il y a eu quelques fois des incidents de ce genre. Mais ils n'ont pas été nombreux, car même ceux qui nous regardaient de travers se demandaient pourquoi on était à ce point protégé par les gendarmes. Et ils n'osaient pas moufeter. »

On avait multiplié les contacts avec les préfectures, les mairies pour être au courant des arrestations prévues. Dès que nous savions quelque chose, nous nous mobilisions pour déplacer tel ou telle vers une zone plus sûre.

Les archives du Tarn-et-Garonne montrent que les Renseignements généraux se doutaient de quelque chose, qu'ils enquêtaient même. Mais ils n'ont jamais vraiment réussi à comprendre la manière dont mon père s'arrangeait pour disperser les jeunes dans les fermes et ne jamais en perdre un de vue. C'est là que la formation acquise dans le cadre des EIF joua pleinement son rôle.

Disperser des jeunes dans la campagne demandait une sévère et rigoureuse organisation. Il était souvent impossible de les placer immédiatement dans les fermes sans leur avoir procuré des vêtements de rechange, du linge, une bonne paire de chaussures, alors introuvables dans la région. Djigo avait réussi à entrer en relation avec les quakers à Marseille. Un dénommé Cornelissen, un Hollandais, lui expédia tous les vêtements qu'il souhaitait avec en prime des médicaments dont on manquait cruellement dans la région et aussi des espadrilles, un vrai trésor qui permettait parfois de faire un cadeau… à des paysans.

Il faut savoir que, dans ce monde redevenu primitif, tous les moyens de survie étaient exploités, et ainsi le troc était devenu une pratique courante. Tous les produits dont nous nous servions étaient artificiels. Ainsi, le savon était un faux savon, le cuir, un carton bouilli, la ficelle, du papier torsadé. Que dire de l'alimentation faite souvent de topinambours, de rutabagas, accommodés bien entendu sans matière grasse. On avait d'ailleurs faim une heure après avoir mangé ! Mais la richesse de la campagne française nous permit là aussi de nous adapter.

L'hiver 1942 a été très rude, très froid. Dans ces campagnes reculées, on sortait de la maison pour aller chercher de l'eau au puits, car il n'y avait pas d'eau courante. De même, on faisait des corvées de bois qui brûlaient dans de grandes cheminées paysannes. Nos habits, nos chaussures étaient médiocres. Une bonne paire de chaussures de cuir était un véritable trésor. C'était aussi un luxe particulier que de posséder une grande veste fourrée en peau de mouton retournée avec un large col également fourré qu'on appelait une canadienne. Nous habitions souvent dans des maisons désertées depuis des années et donc très humides, bâties parfois à même la terre, sans vide sanitaire. On se chauffait tant bien que mal grâce à des poêles ronds avec un tuyau vertical qui allait jusqu'au toit et on vivait dans une proximité immédiate de ce poêle, surtout pour les repas, pour éviter d'avoir froid. À la tombée de la nuit, on allait se coucher, souvent une bougie à la main. Et là, on se jetait dans un lit de plumes qui s'affaissait. C'était une sensation de confort extraordinaire, d'autant que le lit avait été chauffé préalablement par « un moine ». Dans le Sud-Ouest, dans les fermes, un moine est une sorte de traîneau en bois avec une plaque de fer horizontale sur laquelle on mettait une casserole pleine de braises en faisant attention de ne pas mettre le feu et on retirait le moine juste avant de se coucher dans un lit qui était tout chaud et bassiné. On urinait la nuit dans un pot tiré d'une tablette de nuit, mais si on avait besoin de déféquer, de jour comme de nuit, alors il fallait aller dans le jardin où un petit édicule en bois offrait une planche horizontale trouée, les matières allant dans une fosse septique. On avait donc très froid quand on devait aller s'isoler. Ainsi était la vie de tous les jours, comme depuis des siècles, à la campagne, rythmée par le soleil et la lune, et parfois, avant de se coucher, on faisait – distraction suprême – une belote. Et puis on écoutait

Radio Londres, « les Français parlent aux Français », on écoutait Pierre Dac, alias André Isaac, qui parlait, qui faisait passer des chansons moqueuses sur l'occupant, type « Radio Paris ment, Radio Paris est allemand ». En écoutant la radio, prudemment, car on risquait de se faire repérer, on suivait avec passion les batailles des Alliés contre les nazis, en mettant de petites épingles sur les lieux critiques. Et puis, Radio Londres se mit à diffuser des messages à destination de la Résistance.

Oserai-je le dire ? À côté du caractère dramatique et dangereux de la situation, il existait aussi des occasions d'amitiés, d'échanges, de chaleur humaine, d'hospitalité, et très souvent, des gens connus ou inconnus étaient retenus à coucher et à manger « à la fortune du pot ». C'étaient tantôt des transfuges pourchassés, tantôt des résistants en mission. Cependant, il fallait en permanence rester sur ses gardes et, lorsqu'un inconnu venait par exemple faire des offres de service, disant qu'il voulait « entrer dans la Résistance », il fallait systématiquement être très prudent et faire une enquête sur son compte avant de l'introduire, car Vichy ou les Allemands envoyaient souvent des « moutons » qui risquaient de nous trahir et de faire tomber tout un réseau. D'ailleurs, nous appliquions au maximum la technique employée par les *carbonari* en essayant de faire que chacun de nous ne connaisse pas plus de cinq autres membres de l'organisation.

Au fond, on vivait la situation dans un monde clos, on était comme enfermés dans cette ambiance angoissante et triste. Tout se rapportait à la guerre ; et, quand on buvait un verre avec des camarades, on disait : « Encore un que les boches n'auront pas », ou bien, après avoir discuté de situations pénibles, de difficultés, on essayait de terminer la discussion en se réconfortant par la phrase rituelle : « On les aura, les boches. » On les appelait aussi les « vert-de-gris », les « doryphores », du nom d'un parasite qui bouffait nos pommes de terre. On mangeait souvent des vesces, de grosses lentilles, qui étaient généralement charançonnées.

La force de cette organisation, son caractère déconcentré, était aussi sa faiblesse, car il était nécessaire d'avoir sous la main des agents de liaison fiables pour assurer le lien essentiel entre Auvillar et les fermes. Les historiens n'ont jamais assez insisté sur l'importance des agents de liaison. On a récemment découvert le rôle fondamental qu'ils jouèrent dans la Résistance, dans l'information, dans la transmission des messages et bientôt, dans la transmission des ordres, puis des armes.

C'est en 1942 que commencent à se multiplier **les agents de liaison**, hommes et femmes qui se déplaçaient le plus souvent à vélo, volontiers la nuit. « L'armée des ombres », avec l'immense respect qu'on lui doit, est au début une armée de cyclistes ! Le vélo n'a jamais de panne. Il ne fait pas de bruit. Il n'est pas cher. Il n'attire pas l'attention. Et tout le monde *a priori* sait faire du vélo. Le courrier était, bien entendu, surveillé. Oui, la Résistance en France a souvent commencé par la transmission de renseignements grâce à des cyclistes et par l'écoute de Radio Londres. Les Anglais, en particulier, étaient très intéressés par toutes sortes de renseignements, car il y avait des troupes françaises sous les ordres de Vichy, des armes, et surtout la marine française dont il convenait de tenir compte pour la conduite de la guerre. Il y avait une zone sud et une zone nord. Les Allemands construisaient le mur de l'Atlantique… Bref, il était essentiel pour les Alliés de se faire une idée de ce qui se passait en France sous la botte allemande ;

et, peu à peu, on a pris conscience des services que pouvait rendre la Résistance. Pour ceux qui ont vécu cette période, c'est en 1942, début 1943, que la vie change en France : l'énorme traumatisme de 1940 commence à être intégré, il y a une adaptation au malheur, à l'Occupation. Et puis la situation est évolutive : les Allemands vont envahir la zone libre, contrairement aux principes de l'armistice ; et, si le STO a été institué par les Allemands, c'est bien Vichy qui met en place tout un arsenal de lois françaises qui vont être très mal perçues par la population, et comme les Allemands commencent à accumuler de graves échecs (débarquement des Alliés en Afrique du Nord en 1942, Stalingrad en 1943), l'ambiance change progressivement. Le doute s'installe quant à l'issue de la guerre.

Mais pour l'instant, les Allemands, encore très forts, sont bien là, terribles et dangereux. Combien de temps va durer cette tragédie ? Combien des nôtres seront arrêtés, déportés, fusillés ? L'addition s'alourdit tous les jours, pesant sur le moral de tous.

En ce temps-là, les femmes font une démonstration éblouissante, héroïque, de leurs capacités. Certes, il y a des assistantes sociales EIF ou OSE qui ont une solide formation dans leur métier, mais on ne leur a pas appris la guerre. Surtout, il y a beaucoup de jeunes femmes qui vont tout apprendre « sur le tas », si l'on peut dire. Un jour que je faisais un témoignage sur la Résistance, une toute jeune fille s'approche et me dit : « Mais alors, vous deviez savoir énormément de choses pour pouvoir vous comporter correctement dans une période aussi dangereuse ? » Et j'ai répondu en riant : « Tout au contraire, mademoiselle, nous avons dû tout inventer, à chaque instant. C'est seulement au fil des mois que nous est venue une certaine expérience. » Mais c'est la chance, le culot, le réflexe qui étaient souvent décisifs. Quand on imagine la vie de ces filles jeunes (ou celle des garçons), en pleine poussée sexuelle, adolescentes qui devaient se dévouer et risquer leur vie bénévolement en sacrifiant leur vie amoureuse, on ne peut qu'être plein d'admiration. Et puis la contraception n'existait pas, tomber enceinte pour une fille agent de liaison à cette époque était une vraie catastrophe. Comment faire le boulot avec un très gros ventre ? (À moins d'utiliser **aussi** cet argument pour passer devant des soldats allemands.) L'avortement, qui a souvent été décidé alors par les filles, était une option dangereuse pour la vie et tragique au plan psychologique. Il y avait vraiment peu de bons moments, et les jeunes, angoissés, la peur au ventre, serraient les dents en faisant quand même le travail, avec le sentiment très triste qu'ils passaient à côté de leur jeunesse. Malgré tout, les jeunes femmes n'avaient pas abandonné toute coquetterie : faute de bas elles se teintaient les jambes, faute de cuir elles portaient des chaussures rehaussées par du liège, mais qu'il était difficile à cette époque d'être jolie, bien habillée, tout en ne se faisant pas remarquer.

Un jour, pour remercier les femmes agents de liaison de la « Sixième », on décida, pour une fois quand même, de leur faire un cadeau ! Un sac « sport » en vrai cuir brut, qu'on pouvait porter en bandoulière, un sac design avant l'heure, très élégant, une merveille à l'époque. Ce fut un immense plaisir, mais de plus, un cadeau utile parce que, plutôt que le classique journal ringard et suspect dans une gare pleine de policiers en civil, ce sac constituait un signe de reconnaissance immédiat, infaillible entre collègues de la Résistance. Sans un mot, deux filles avec deux sacs identiques s'isolaient de la foule pour discuter et accomplir leur mission. Voici un de ces sacs, celui que portait ma mère. C'est l'une des rares choses que les boches ne nous ont pas prises et c'était comme un bout d'uniforme pour l'armée des ombres.

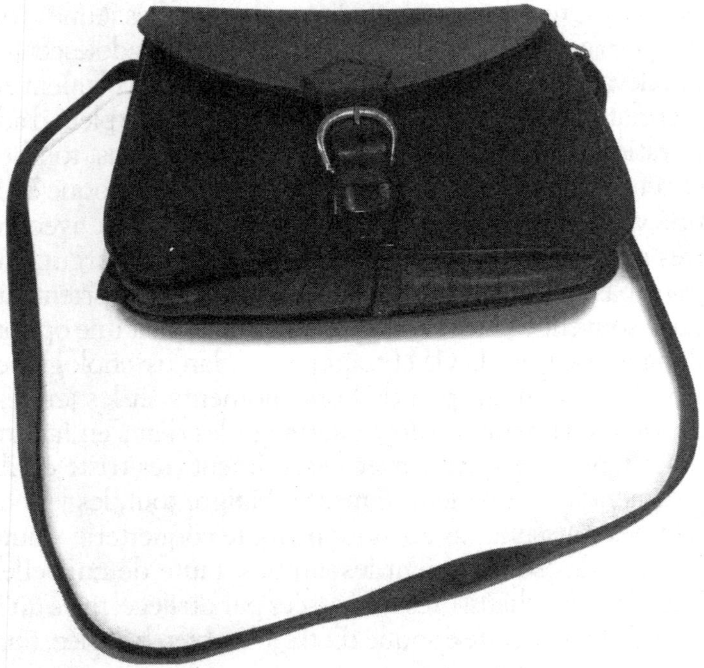

Sac des résistantes de la « Sixième ».

C'est alors que, comme on n'est jamais mieux servi que par sa famille, mon père eut l'idée de me mettre un vélo entre les mains et m'impliqua dans ses activités : âgé de neuf ans, sans doute le ou l'un des plus jeunes résistants de France, j'étais chargé de porter des messages à tous les jeunes dont mon père avait la responsabilité et de gagner par des chemins épouvantables des fermes isolées et très difficiles d'accès.

C'est ainsi que je suis devenu agent de liaison. Un enfant attirant moins l'attention, on m'envoyait souvent en mission, en particulier quand la situation était délicate. À force de pédaler dans toute la région, j'avais acquis des mollets de champion et développé une affection profonde pour mon fidèle vélo et son dérailleur, allié précieux dans les côtes !

Pendant cette année où je ne suis pas allé à l'école du tout, j'amenais à tous des faux papiers, des tickets d'alimentation, des vêtements et, si possible, des nouvelles d'un frère et d'une sœur cachés dans une autre ferme. Des parents des jeunes planqués, on ne pouvait malheureusement que très rarement parler, car la plupart du temps on n'avait plus aucune nouvelle à leur sujet et on imagine mal la détresse de ces jeunes qui étaient déjà, sans le savoir, des orphelins.

Il m'arrivait de devoir réconforter les uns, féliciter les autres de la part de mon père, m'enquérir de la situation pour que n'éclate à aucun prix un conflit local. Il ne fallait surtout pas attirer l'attention. C'était le prix de notre survie. Éviter aussi que ne survienne un scandale à cause d'un jeune vigoureux qui aurait voulu séduire une fermière non consentante, déceler la dépression d'un orphelin ne supportant plus sa solitude, voire l'inconscience d'un jeune allant se saouler un dimanche au café et risquant de parler alors qu'il fallait se taire.

De retour, je devais faire mon rapport, et il m'arrivait même de conseiller à mon père d'opérer des changements dans les fermes. Avec la simplicité et la naïveté que les enfants mettent en toute chose, sans que je m'en rende compte vraiment, j'étais entré dans la Résistance, sous le nom de Jean-Paul Pelous. C'était le nom qui était indiqué sur mes faux papiers. **En fait, bien qu'enfant, j'accomplissais un travail d'adulte, d'agent de liaison.**

Mon père me donnait des ordres comme à chacun à Auvillar, et il ne me serait pas venu à l'idée de désobéir.

Ce que Djigo voulait, je le voulais aussi. Mon travail pouvait se révéler périlleux. **J'avais subi une sorte de formation** : en cas d'arrestation, il ne fallait pas flancher, ne rien dire, rester évasif, jouer au naïf. Mais je me rappelle aussi combien cette situation était valorisante. La confiance que m'accordait mon père était la chose la plus précieuse pour moi à l'époque. Il était hors de question de le décevoir. Ce sentiment était partagé par tous, par Shatta comme par tous les jeunes cachés. Ma mère, Berthe, impassible, souriante, organisait le quotidien avec une autorité de fer.

Manger, nous habiller, nous cacher, être informés, travailler pour notre groupe, telles étaient nos préoccupations de chaque jour. Et je répète que, à cette époque, nos vélos jouaient un rôle considérable pour nous déplacer.

Je participais aussi au marché clandestin gratuit et organisé par le boucher Lartigue. Ce trafic nous permettait d'approvisionner les fermes en viande. Curieusement, en effet, certaines en manquaient.

Henri Lartigue était plutôt bel homme avec ses fines moustaches, très fier aussi d'avoir été garçon boucher à Paris. Il nous aida sans peur. À l'époque, les bouchers de campagne possédaient leurs abattoirs privés. La nuit, je l'aidais à abattre du bétail. Je tenais une lampe à acétylène pendant que Lartigue, à l'aide d'un piolet creux, frappait d'un coup violent le front de l'animal qui s'affaissait alors subitement sur ses genoux. Avec une tige de fer introduite par l'orifice, il dilacérait le cerveau. Lentement, l'animal, vaincu, se couchait sur le flanc, mort. À l'aide d'une pompe de motocyclette, j'injectais de l'air sous la peau grâce à une espèce de seringue avec une forte aiguille que j'introduisais juste à la naissance d'une patte

Roger FICHTENBERG Paris le 11 Juillet 1989

67, avenue de la République

75011 PARIS

A T T E S T A T I O N

Je soussigné Roger FICHTENBERG ancien responsable de la SIXIEME (Organisation Juive de Combat) pour le Secteur Lot et Garonne - Tarn et Garonne, d'Août 1942 à la Libération, certifie que :

Jean HIRSCH
12, avenue Emile Deschanel
75008 PARIS

a servi d'agent de liaison à notre organisation dans le secteur d'Auvillar (Tarn et Garonne) entre fin 1942 et Octobre 1943, date à laquelle il a dû quitter la région à la suite de l'arrestation de sa famille.

Jean HIRSCH apportait notamment des cartes d'alimentation, des vêtements, de la correspondance et autres documents aux personnes recherchées par la Police de Vichy ou la Gestapo cachées dans le secteur : prisonniers de guerre évadés, réfractaires du S T O, Juifs, Resistants.

Il a toujours accompli ces taches avec beaucoup de dévouement.

J'établis la présente attestation pour servir et valoir ce que de droit.

Attestation de Roger Fichtenberg.

de l'animal. Il fallait voir ce spectacle : la peau se détachait peu à peu des muscles, se soulevait monstrueusement, formant une baudruche comme prête à s'envoler. Une sorte de cutter me permettait alors de couper la peau, la détachant méticuleusement de la masse musculaire recouverte de ses aponévroses. Sans attendre, nous débitions la bête et au milieu de la nuit on la distribuait aux plus nécessiteux de nos jeunes.

Quelle meilleure initiation à la chirurgie pouvais-je rêver ? Contrairement à beaucoup de mes camarades étudiants en médecine, la dissection d'un cadavre ne m'a jamais impressionné.

Je ne sais pas si à l'époque je mesurais vraiment le danger auquel nous étions exposés. Pourtant, du fait de cette activité clandestine susceptible de nourrir des « terroristes », Lartigue aurait pu être fusillé sur place immédiatement, et moi-même aussi avec lui si nous avions été pris, car les Allemands étaient particulièrement impitoyables dans ces cas-là. Il y en avait beaucoup d'autres qui couraient des risques insensés. Chambert, le boulanger, nous cuisait du pain plus blanc qu'il n'aurait dû le faire. André Lacoste conduisait pour nous son car à gazogène, nous livrant colis et courrier en toute discrétion, et le pâtissier Barillet nous confectionnait quelquefois des gâteaux. Lagane, immense gaillard enveloppé dans son tablier de cuir marron de maréchal-ferrant, accepta de cacher chez lui un des nôtres, un colosse aussi immense que lui et que nous appelions Hercule. J'adorais rester près de la forge à voir rougir les fers et observer le ferrage des chevaux dans l'odeur de corne brûlée et les bruits métalliques produits par les coups de marteau sur le fer incandescent battu sur l'enclume et fermement maintenu par une grande pince. De plus, le maréchal-ferrant était aussi charron. De nombreuses carrioles stationnaient devant son atelier avec des roues à réparer.

*

Description de notre organisation en 1943. La vie de la « Sixième » en zone sud racontée par Roger Fichtenberg (EIF)

Roger Fichtenberg, l'un de nos vaillants chefs EIF, avait une particularité dangereuse. Contrairement aux ordres, il notait tout sur un petit carnet ! Pendant la guerre, c'était une aberration. Si l'on avait saisi son carnet, cela aurait pu être une catastrophe. Il répondait, étant minutieux, que cela ne se produirait pas. En revanche, après la guerre, son témoignage, appuyé sur des faits et des dates, est d'une extraordinaire valeur, notamment dans la déposition qu'il fit au Centre de documentation juive contemporaine :

« À Auvillar, les EIF avaient deux centres d'accueil, la maison des Consuls et la maison des Moines. Djigo était connu de tout le monde, sa qualité de médecin lui ouvrait grand les portes. Il était en contact avec les autorités, y compris les gendarmes, les religieuses, les “gaullistes”, les agriculteurs, les commerçants, d'autant qu'il avait soigné gratuitement nombre de personnes. Dès la fin du mois d'août 1942, il avait commencé à placer une centaine de jeunes comme ouvriers agricoles sur un très grand secteur s'étendant jusque dans le Gers. Un problème très important se posait alors : celui de la carte d'alimentation, voire de la carte de textile. Car tout, absolument tout, depuis le pain qui avait à l'époque l'aspect d'une affreuse pâte noire, s'obtenait uniquement contre la remise de tickets. Nous avions trouvé un procédé, que nous appelions la technique du lavage : il suffisait de plonger pendant quelques instants la carte d'alimentation dans une cuvette remplie d'eau de Javel diluée pour effacer les nom et prénom portés dessus. Il ne restait plus qu'à inscrire le nouvel état civil et le tour était joué. Il devenait urgent de nous procurer des tampons, vrais ou faux. Les vrais nous furent fournis par des mairies complices. Parfois, ils étaient tout simplement dérobés. Nous faisions de fausses cartes d'identité que nous appelions "beefsteaks". Par chance, à cette époque, il n'y avait pas de modèle national. Les cartes étaient établies par les municipalités, et pour nous, il suffisait d'acheter un carton dans une librairie, un timbre fiscal dans un bureau de tabac, et de mettre un coup de tampon sur la photo d'identité. Les faux tampons furent fabriqués par nos spécialistes. Gilbert Leidervarger (totem Renne), comptable de la Maison de Moissac, fit un essai en gravant une gomme et il parvint à reproduire le tampon "commissariat de police de Moissac". On n'arrête pas le progrès, quelques jours plus tard, il acheta du linoléum et des outils et le résultat fut excellent. [...]

Voici donc nos jeunes munis de faux papiers et d'une possibilité de "planquage", encore fallait-il les convoyer, d'autant que certains parlaient mal le français et souvent n'étaient pas à même de se débrouiller. Il n'était pas rare de devoir convoyer un jeune homme d'un bout à l'autre de la zone sud. De plus, la zone sud étant occupée par les Allemands dès le 11 novembre 1942, nous avons cherché alors à faire passer le maximum de jeunes en Suisse. Mais les Suisses refoulaient impitoyablement tout réfugié ne répondant pas aux critères des nobles autorités helvétiques ! Nous cherchions également à faire passer les jeunes en Italie et en Espagne, en liaison avec des républicains espagnols. Les passeurs se faisaient payer, le plus souvent. Nous formions des groupes de huit jeunes, et les quatre qui pouvaient payer pour eux-mêmes le faisaient aussi souvent pour les quatre autres. Le 5 janvier 1943, le Commissariat général aux questions juives procède à la dissolution de la Quatrième Direction "Jeunesse" de l'Ugif et met ainsi fin à l'activité officielle des EIF. Marc Haguenau (Colombe) devient le directeur officiel de la 3e Direction de l'Ugif "Service social des jeunes", sixième division, d'où l'expression célèbre : **la "Sixième"**. Et, comme Djigo l'avait indiqué, on s'organisa en créant des régions et des secteurs avec un cloisonnement maximal pour éviter des arrestations en chaîne au cas où l'un des nôtres serait pris. Chaque chef de région serait secondé par des assistantes sociales qui visiteraient les planqués et qui devenaient des agents de liaison, les chefs nationaux assurant la liaison avec les responsables régionaux. On imagine bien que de nombreux transports de matériel de toute sorte créaient des problèmes souvent difficiles à gérer et il fallait faire preuve à tout moment, ici comme ailleurs, d'invention et de courage, tout en ayant, ou pas, de la chance. Le 17 mars 1943, réunion chez Djigo, à Saint-Michel, avec tous les chefs de la "Sixième" : Castor bien sûr, Marc Haguenau, Henri Wahl, Ninon Haït, Shimon Hammel (Chameau souriant), pour explorer toutes les possibilités offertes par le secteur de sécurité d'Auvillar, qui décidément devient prototype d'une organisation possible.

On n'organise pas tout : deux de nos jeunes, Albert et Rosa Borenstein, avaient couché ensemble et Rosa était enceinte. Alors on les maria, et le maximum de chefs vinrent assister au mariage, le 18 juillet 1943.

Le 18 octobre 1943, descente de la Gestapo. Djigo, Berthe, sa femme, Édouard Rakowski et Simone Weltmann sont arrêtés et déportés. Djigo est blessé en tentant de s'enfuir. Par chance, Nano, qui remontait d'Auvillar à Saint-Michel, est intercepté par Pierrot Bruel et se cache au couvent.

Au fur et à mesure de notre activité, après avoir au début caché des adolescents, nous avons caché ensuite des adultes, puis des non-Juifs, puis des résistants, et tous faisaient appel à nous, en particulier grâce à notre solide expérience de fabrication de faux papiers. Nous étions capables de faire des extraits de naissance, des bulletins de mariage, des livrets de famille, des certificats de baptême !, des certificats de travail, etc. Nous avions même découvert qu'il suffisait d'avoir un certificat de démobilisation de prisonnier de guerre rapatrié pour obtenir un jeu complet de papiers. Alors nous avons cherché à en obtenir et puis nous nous sommes mis à les fabriquer. Notre travail se poursuivit ainsi sans relâche jusqu'à la Libération. Bientôt, de nombreux scouts rejoignirent le maquis EIF de la Montagne noire, de même que la plupart de nos jeunes planqués en âge de combattre. Certains montèrent dans les maquis les plus proches, la plupart participèrent au sein des FFI au combat

page 94

SERVICE SOCIAL DES JEUNES

Service clandestin de lutte contre la Déportation

Août 1942 - Novembre 1944

-:-:-:-:-:-:-

ATTESTATION

Je soussignée, Respondable Nationale du Service Social des Jeunes, connue dans la clandestinité sous la désignation de "Sixième" qui, sous l'occupation, s'est consacré à la lutte contre la déportation, certifie par la présente ce qui suit :

J'ai appris à connaître le Docteur Sigismond HIRSCH, il y a environ I8 ans dans les Mouvements de Jeunesse parisiens. Plus tard, j'ai pu apprécier ses excellentes qualités professionnelles de médecin. Dès le début de la guerre, en I939, il s'est engagé comme volontaire et a, pour ses services et son courage, obtenu une haute distinction.

En Juillet I942, le Dr. S. HIRSCH est entré dans notre Service où il a activement travaillé jusqu'au I7 Octobre I943, date de son arrestation par la Gestapo.

Dès le début de son travail, il a accepté de grandes responsabilités en se chargeant en particulier du camouflage des enfants et des jeunes gens recherchés pour déportation.

Il dirigeait notre travail en ce sens dans trois départements : Tarn-&-Garonne, Lot-&-Garonne et le Gers. Ayant préparé le terrain par la création d'un état d'esprit favorable à son action, il plaçait ses protégés dans des familles de paysans et d'artisans ruraux, comme apprentis ou ouvriers agricoles, les munissant d'une fausse identité, avec des cartes d'alimentation, certificats de travail, etc.

Inlassablement, le Dr. HIRSCH éclairait sur la véritable situation et sur les buts de l'occupation allemande, la population française desdits départements, parvenant à s'assurer même la complicité de certains fonctionnaires, maires, gendarmes, etc...

Il parvient à placer et camoufler ainsi près de 400 jeunes gens. Une fois placés, il ne les abandonnait pas mais continuait à les soutenir à l'aide d'un service médico-social que lui-même avait mis sur pied. Des assistants sociaux, formés par lui, visitaient régulièrement les jeunes, versaient la pension pour eux et veillaient aussi bien sur leur moral que sur leur santé et leur vestiaire.

Pour certains étrangers, il organisa trois fermes (Lissac, Le Pin, Bardigues) où furent défrichés et mis en état d'importants terrains.

....

Pour soustraire à la Gestapo des enfants dont les parents avaient été déportés, il organisa à Auvillars (Tarn-&-Garonne) une maison d'enfants camouflés.

Il procéda au placement d'Israélites traqués dans les couvents de la région.

Il traitait gratuitement bon nombre de malades parmi la population qu'il cherchait à gagner à ses idées, soutenant ainsi son action.

Pour maintenir le courage de ses jeunes protégés, il les entraînait à une vie rude et active, maintenant leur esprit de lutte et de résistance à l'ennemi. Plus tard, avec la formation des maquis, la plupart de ces jeunes s'y trouvèrent moralement et physiquement préparés.

18 Le 17 Octobre 1943, le Dr. S. HIRSCH et sa femme, son assistant Edouard Rakowsky et une de ses protégées, Simone Moyen, furent arr^tés à Auvillars par la Gestapo et, après sévices, déportés dans un camp d'extermination en Silésie. L'enquête que nous fîmes auprès de la population, indiquait nettement que le Docteur HIRSCH et les siens avaient été dénoncés.

La rumeur publique désignait comme dénonciateur un nommé Chauvert, du Service Géographique de l'Armée, de Montauban.

Au printemps 1944, par une lettre clandestinement expédiée d'Allemagne, le Dr. HIRSCH nous fit savoir l'assassinat de sa femme par les Allemands. A son retour, au début de l'été 1945, nous apprîmes par lui également l'assassinat de son assistant Edouard Rakowsky.

Nous avons constaté l'état physique déplorable du Docteur HIRSCH et de Simone Moyen, rentrés en France après 20 mois de cruelle détention, de famine et de tortures.

Dans l'espoir que justice sera faite en vue de punir les responsables de la déportation et de l'assassinat des personnes sus-mentionnées, je délivre la présente attestation, afin qu'elle soit versée au dossier du Docteur HIRSCH.

PARIS, le 16 Juillet 1945.

Signé : Ninon HAIT

Ninon HAIT
Responsable Nationale.

Attestation de Ninon Haït.

pour la libération de la France. Hélas, nous eûmes des pertes extrêmement sévères. Une question se pose alors : si nous n'avions pas été des scouts et en particulier des scouts juifs, aurions-nous fait la même chose ? Sûrement pas. »

Pour Shatta et Djigo, les « planquages » n'étaient pas une fin en soi. Certes, dans l'immédiat, il s'agissait de survivre, de ne pas être pris. Mais maintenir le moral, l'espoir chez ces jeunes traumatisés était aussi essentiel en entretenant du mieux que l'on pouvait dans ces circonstances la flamme de l'identité juive. Nous étions bien conscients de la tristesse extrême de ces jeunes qui ne se plaignaient jamais et qui étaient en plein brouillard, en totale solitude, en rupture de leur passé. Pourtant, il fallait qu'ils tiennent physiquement et moralement. Voilà ! Il fallait à tout prix TENIR et leur en donner l'énergie.

Les jeunes que nous cachions étaient la plupart du temps cassés par ce qu'ils avaient vécu : la trahison des dénonciateurs, souvent leurs voisins, la traque, la cache, l'opprobre, la fausse identité, la crainte d'être identifiés comme Juifs, l'absence de leurs parents. Ils étaient des enfants sans parents, sans école, sans langue et souvent sans nom. Catherine Lewertowski a raison de dire que ces jeunes sortis de leur « enveloppe de sens » étaient menacés physiquement et moralement par leurs bourreaux qui « voulaient à travers chacun d'eux anéantir l'âme juive ». André Neher a bien perçu cette dimension indispensable de l'après-guerre dans son livre *Ils ont refait leur âme*[31].

À Moissac, « on jouait la Bible. On jouait la vie et on a gagné », comme le disait Shatta. Les fêtes juives étaient respectées : Pessah et la sortie d'Égypte, Chavouot et

31. André Neher, *Ils ont refait leur âme*, Paris, Stock, 1979.

la révélation de la Loi, Roch Hachana, le Nouvel An et la création du Monde, Yom Kippour et le Grand Pardon, Soukkoth, fête des Tentes célébrant l'errance dans le désert et la joie de la moisson, Hanoukka, fête des Lumières, mais aussi Pourim et la fête d'Esther.

> « La mise en scène régulière des épisodes bibliques donnait à chacun la possibilité de s'identifier à un héros et, dans le même temps, d'être directement acteur de son propre destin. Véritables manuels de fabrication des êtres, les mythes juifs rejoués dans la grande salle à manger du 18, quai du Port, décorée pour la circonstance, réactivaient l'identité juive des enfants, en les réaffiliant à leur groupe d'origine. Nouvelle armature, ces mythes consolidaient les rescapés qui s'apaisaient enfin. Qui parmi eux ne se souvient pas de ce jour de fête glorieux de mars 1942 où la Troupe célébra la reine Esther, jeune héroïne juive qui sauva son peuple de la destruction[32] ? »

N'était-il pas fou de célébrer Pourim, de faire un bal costumé juif au sein de l'horreur ?

Nous, dans la région d'Auvillar, en pleine campagne, nous ne pouvions pas, bien sûr, apporter tout cela, mais nous essayions quand même de préserver le fil ténu de l'essentiel juif.

La résistance organisée par les EIF dans le Sud-Ouest fut une possibilité offerte à beaucoup de victimes collatérales de la Shoah de se reconstruire, de reprendre goût à la vie et de jeter les bases de leur vie future, celle qui allait commencer après la guerre.

La Maison de Moissac, « capitale des EIF » en zone sud, a été un type de réponse à la situation pendant un

32. *Ibid.*, p. 245.

certain temps, créée et pilotée par Bouli et Shatta Simon. **Ici, la chaude collectivité était comme une protection**.

Auvillar, lui, au contraire, a été immédiatement **basé sur une autre formule, celle d'une dispersion maximale** parce que, d'emblée, Sigismond Hirsch s'est méfié des rassemblements de jeunes et, dès qu'il a rejoint la zone sud en juillet 1942, il a imposé son concept de « Réseau de cache » d'Auvillar, système complexe de fermes les plus isolées, les plus distantes possible les unes des autres pour éviter la capture par les nazis de nombreux jeunes en une seule fois. Bien entendu, ce système exigeait des agents de liaison expérimentés et infatigables reliant ces fermes qui étaient chacune un cas particulier.

Et en octobre 1943, immédiatement après l'arrestation de Djigo et de sa femme, Shatta a fait fermer les maisons d'enfants devenues trop dangereuses et elle a adopté d'urgence la formule de dispersion prônée par son frère Djigo. Heureusement, grâce au talent de Djigo, de nombreuses fermes se trouvaient disponibles et prêtes à accueillir les jeunes, permettant ainsi aux maisons de se dissoudre dans la nature comme par enchantement. Formidable synergie que celle de ce frère et de sa sœur (sans oublier Édouard Simon), formidable synergie que celle de Moissac et d'Auvillar. Formidable créativité lucide d'un frère et d'une sœur venus de Roumanie et extraordinaire idéal prophétique d'Édouard Simon ordonnant, lors de la dispersion de Moissac : « Je veux que, lors du premier shabbat de la Libération, vous soyez tous présents à la maison, 18 quai du Port à Moissac. » Le plus fort, c'est qu'il a été obéi par tous les survivants !

CHAPITRE 8
Vie dans le Sud-Ouest et arrestation
(18 octobre 1943, 5 heures du matin)

Petit manoir de Saint-Michel. Le camion de la Gestapo et la traction avant s'arrêtèrent à l'aube devant l'arbre ci-dessus, le 18 octobre 1943.

Au début de 1943, Armand Gelmann avait signalé à mes parents qu'un dénommé Griffoul était disposé à leur louer un petit domaine à Saint-Michel dont il était le régisseur. Ce village était situé non loin d'Auvillar, mais plus à l'écart encore, dans la campagne. La cache y serait plus sûre.

Le petit château était vide, assez délabré, mais il avait le mérite de donner sur les bois. Il suffisait de mettre un système d'alarme à la porte et à la grille d'entrée ; et, le temps qu'il soit enfoncé, on pourrait gagner la forêt par derrière sans être pris, enfin en principe.

Mon père n'était pas vraiment connu à Saint-Michel. Il était toujours sur les routes et, quand il lui arrivait de rentrer le soir, il passait par l'arrière du château avec ses fidèles : Édouard Rakowski, Roger Appel et Armand Gelmann, l'un des meilleurs éléments de notre organisation.

Gelmann, beau et grand garçon de vingt ans, toujours rieur, toujours disponible pour toutes les missions, avait été scout avant la guerre. Djigo avait très vite remarqué son talent d'organisateur, et Gelmann travailla très efficacement avec nous pendant plusieurs mois. Mais un jour, fatigué, découragé par une guerre qui ne voulait décidément pas finir et angoissé par le sort de sa famille restée à Paris, il devint triste, taciturne, dépressif. Il n'avait plus qu'une idée en tête : aller chercher sa mère à Paris et la ramener à Saint-Michel. C'était pure folie. Il faut préciser que les Allemands ne voulaient absolument pas que des Juifs de la zone sud gagnent la zone nord. Malgré toutes nos tentatives pour l'en dissuader, sans *Ausweis*, Gelmann passa à l'acte. Avant de partir, il me confia son chien, un dénommé Dick, roux comme un renard, qui devint sans tarder mon fidèle compagnon. Je reparlerai plus loin de mon chien Dick. Dans un monde où l'on se sentait épié, suivi, traqué, dénoncé, durant tous ces moments de solitude et de peur traversés, la présence de ce chien fut un réconfort et un soutien. Pour ce qui est d'Armand Gelmann, nous n'eûmes plus jamais de nouvelles. Il fut arrêté, déporté et tué. Son nom figure dans le livre *Organisation juive de combat*[33].

Sur place, très vite, Djigo se lia d'amitié avec le maire de Saint-Michel, Dousse, que lui avait recommandé Laparre. La première fois qu'il vit mon père, Dousse lui dit d'emblée, dans un esprit contraire à celui de beaucoup d'autres Français : « Ici, vous vous montrerez comme vous le voudrez. Nous sommes tous des anciens combattants de 14-18 ou de 39-40. Et puis, les persécutions religieuses, on connaît par ici, avec les cathares, les guerres de Religion… En tant que catholiques habitant près de la très protestante Montauban, mes aïeux savaient ce que c'était que d'être poursuivi. »

Les lettres pastorales d'août 1942 de Mgr Jules Saliège et de Mgr Pierre-Marie Théas, respectivement archevêque de Toulouse et évêque de Montauban, avaient sans doute déjà fait réfléchir les catholiques sur la situation scandaleuse de leurs frères juifs.

Bien tardivement mais tout de même, le 23 août 1942, Mgr Saliège ordonna la lecture publique dans son diocèse d'une lettre pastorale restée célèbre. Bien qu'interdite par arrêté préfectoral, la lecture de cette lettre eut quand même lieu dans la plupart des paroisses et, surtout, sera reprise et diffusée sur les ondes de la BBC à Londres :

33. *Organisation juive de combat, France 1940-1945, Résistance / sauvetage, op. cit.*

Armand Gelmann, un de nos chefs EIF auprès de Djigo.
Capturé en 1943 et mort en déportation.

« Mes très chers Frères,

Il y a une morale chrétienne, il y a une morale humaine qui impose des devoirs et reconnaît des droits. Ces devoirs et ces droits tiennent à la nature de l'homme. Ils viennent de Dieu. On peut les violer. Il n'est au pouvoir d'aucun mortel de les supprimer.

Que des enfants, des femmes, des hommes, des pères et des mères soient traités comme un vil troupeau, que les membres d'une même famille soient séparés les uns des autres et embarqués pour une destination inconnue, il était réservé à notre temps de voir ce triste spectacle.

Pourquoi le droit d'asile dans nos églises n'existe-t-il plus ?

Pourquoi sommes-nous des vaincus ? [...] »

Le dimanche 30 août 1942, les églises et chapelles du diocèse de Montauban résonnèrent à l'unisson d'un message épiscopal, rédigé le 26 août, placé sous l'intitulé « Lettre de Mgr l'évêque de Montauban, sur le respect de la personne humaine », et « à lire sans commentaire », était-il précisé au bas de la signature de Mgr Pierre-Marie Théas :

« Mes bien chers Frères,

Des scènes douloureuses et parfois horribles se déroulent en France, sans que la France en soit responsable.

À Paris, par dizaines de milliers, des Juifs ont été traités avec la plus barbare sauvagerie. Et voici que dans nos régions on assiste à un spectacle navrant ; des familles sont disloquées ; des hommes et des femmes sont traités comme un vil troupeau, et envoyés vers une destination inconnue, avec la perspective des plus graves dangers.

Je fais entendre la protestation indignée de la conscience chrétienne et je proclame que tous les hommes, aryens ou non aryens, sont frères parce que créés par le même Dieu ; que les hommes, quelle que soit leur race ou leur religion, ont droit au respect des individus et des États.

Or les mesures antisémitiques actuelles sont un mépris de la dignité humaine, une violation des droits les plus sacrés de la personne et de la famille. [...] »

Un jour, à la boulangerie, Djigo croisa le propriétaire du superbe château du Pin qui possédait une partie des bois situés derrière chez nous. Un peu cavalièrement, celui-ci dit à Djigo :

« D'après ce que je sais, nous travaillons pour le même bon Dieu ? »

Mon père hésita un instant, se demandant de quoi il était question au juste – et à cette époque on se méfiait de tous –, avant de lui répondre prudemment :

« Oui, nous travaillons tous pour le même bon Dieu… Mais nous nous entendons bien, n'est-ce pas ? Vous savez bien à quoi je fais allusion ? Et puis, pas d'histoires. Lorsque vous aurez besoin de quelque chose, venez me voir. D'ailleurs, venez un jour dîner au château. »

L'homme qui parlait ainsi était le comte Hubert de Monbrison, résistant dans le même réseau que mon père, mais cela Djigo ne le sut qu'après la guerre.

« Après la guerre, nous avons bien ri, raconte mon père, car il croyait être plus gradé que moi dans la Résistance. Or, il était chargé de mission de deuxième classe et moi de première classe. »

Hubert de Monbrison, le plus bel homme de France, protestant, avait épousé une femme juive de très grande famille, une Cahen d'Anvers. Il aida la « Sixième » à garder sa couverture officielle, un semblant de légalité qui permettait de cacher des activités de protection à nos jeunes. Djigo s'était installé dans une zone grise de semi-légalité ou de semi-clandestinité afin de pouvoir témoigner de sa bonne foi en cas de dénonciation :

« On était sous la sauvegarde des autorités, même du côté vichyssois, parce qu'on était quasi officiels à Auvillar. C'était une situation paradoxale et vraie. Nous avions un centre artisanal et rural dûment déclaré, nous avions contracté des assurances pour les immeubles que nous avions loués, nous payions les loyers. À la longue, beaucoup de gens finissaient par savoir qu'il y avait des étrangers planqués même si le nombre important de Belges, de Lorrains et d'Alsaciens qui s'étaient réfugiés dans la région permettait de dissimuler un peu plus nos Juifs allemands. Le fait que nous étions juifs n'était pas un secret. Mais personne n'avait intérêt à nous livrer, pas même les collaborateurs, qui trouvaient en nous une solution au manque de main-d'œuvre. En plus, on ne coûtait rien. Et on nous savait dangereux car complètement déterminés. »

Et dire que la division SS *« Das Reich »* sillonnait la région ! Comme je l'ai dit, mon père avait déjà utilisé cette tactique à Paris :

« Quand on voulait être tranquilles, quand on voulait manger sans tickets parce que nous n'en avions pas, quand on voulait se donner des rendez-vous sans être suspects, on allait dans les restaurants fréquentés par les Allemands ou à proximité d'un centre où il y avait des Allemands parce que l'idée ne leur serait jamais venue qu'on puisse se camoufler dans leur ombre. S'ils laissaient leur capote sur le suspensoir du vestiaire avec quelquefois leur revolver, on le volait. »

Et puis Djigo avait ce talent pour s'imposer même à ceux qui n'étaient pas censés lui vouloir du bien. Ce fut le cas d'un certain Pérez, le plombier d'Auvillar, qui était par ailleurs milicien :

« Il est venu nettoyer le puits de Saint-Michel. Il n'y avait pas encore l'eau courante ; et, comme il n'y avait plus beaucoup d'eau dans le puits et qu'on ne voulait pas empêcher les habitants du coin de venir y puiser de l'eau, on lui a demandé de le creuser un peu plus. Il possédait l'outillage que nous ne possédions pas. Il n'a pas osé nous dénoncer, trop sûr de la sanction. »

La défaite de Stalingrad en janvier 1943 contribua à sceller le sort du Reich. La situation apparaissait claire pour Djigo : le temps jouait contre Hitler. La seule chose à faire était de trouver un moyen de durer. Durer signifiait ne se faire remarquer à aucun prix. C'est pour cette raison que mon père tenait à prendre sa part des travaux exigés auprès de la population par le gouvernement de Vichy. C'était le cas de la surveillance des voies de chemin de fer qui fut fatale à mes parents :

« Nous participions au service de garde des voies parce qu'il y avait eu des sabotages de lignes de chemin de fer, de Marseille à Bordeaux. Ils étaient le fait de professionnels parachutés et non pas le nôtre. Mais les Allemands ont obligé la population civile, tout le long des voies, à garder celles-ci nuit et jour pour limiter les sabotages des "terroristes". Nous avons donc participé à ce service de garde pour faire comme tout le monde et pour ne pas attirer l'attention des Allemands ni agacer la population locale qui prenait aussi la garde. Nous voulions éviter tout motif de représailles et aussi soulager la population, parce que c'était une sacrée corvée de rester là, planté toute la nuit le long des voies.

Quand il y avait un de nos gars qui n'avait pas un accent de l'Est trop prononcé, on l'envoyait prendre la garde. D'ordinaire, les chefs n'y allaient pas. Ce n'était qu'en cas de défaillance, de maladie ou de circonstance spéciale qu'il m'est arrivé, à moi aussi, d'y aller. Je ne tolérais qu'exceptionnellement le remplacement.

Mais un jour, malade, Édouard Rakowski, sans m'avoir prévenu car j'étais à l'autre bout du département à visiter des jeunes placés dans une ferme, s'est fait remplacer par un gars.

Un milicien, un dénommé Chauvet, avait la liste de ceux qui devaient venir. Quand il a prononcé le faux nom d'Édouard

Rakowski, le gars s'est présenté en disant : "C'est moi qui le remplace.

– Comment, vous le remplacez ? a dit Chauvet.

– Oui, il est souffrant.

– C'est ça, oui. Vous faites partie de ces Juifs qui se cachent par centaines dans le coin, dit-il, tenant l'information de je ne sais qui. Ça ne se passera pas comme ça ! Nous allons nous occuper de vous." »

Il revient à mon père de faire le rapprochement dans ses Mémoires :

« Notre arrestation eut lieu le 18 octobre 1943, quelques jours seulement après cet incident. Quand j'ai été interrogé d'une manière musclée par la Gestapo à la prison de Saint-Michel de Toulouse, j'ai réussi à apercevoir le dossier posé devant mon interrogateur et j'ai pu voir l'en-tête "Service géographique de l'armée française" où travaillait ce Chauvet pour Vichy. »

Après la guerre, Simone Weltmann, qui fut arrêtée en même temps que mes parents, attesta formellement dans une lettre à Robert Gamzon la culpabilité de ce minable Chauvet qui, par jalousie, antisémitisme culturel, esprit vichyste, vanité ridicule de sa nouvelle condition de capitaine d'un État voyou, avait livré mes parents :

« Nous avions travaillé, comme tu le sais, depuis quatorze mois déjà dans la région d'Auvillar et grâce à l'activité du Dr Hirsch nous jouissions de la protection bienveillante de toute la population locale. [...] Aussi ce fut une surprise complète aussi bien pour nous que pour tous les braves gens de la région quand on nous a arrêtés. Nous ne savions, les premiers temps de notre arrestation passés à la prison de Toulouse, qu'une seule chose : cela ne pouvait pas être quelqu'un du pays car alors cela aurait automatiquement entraîné l'arrestation de plusieurs autres personnes. La Gestapo ne possédait sur nos activités que de très faibles renseignements, qui ressemblaient à des suppositions. Au bout de quelques jours de séjour à la prison de Saint-Michel, le Dr Hirsch (nous étions séparés de lui et j'étais dans la même cellule que Mme Berthe Hirsch) a pu nous faire connaître par un mot que les Allemands voulaient se servir d'une prétendue lettre de dénonciation provenant d'un certain Chauvet. [...] Ce n'est qu'en rentrant de déportation que j'ai appris que cette lettre n'était pas un mythe et que le Dr Hirsch avait pu rencontrer Édouard Rakowski qui connaissait parfaitement Chauvet et que celui-ci avait menacé de le dénoncer. [...]

Mme Hirsch et Édouard Rakowski ayant été assassinés en déportation, le Dr Hirsch et moi-même étant rentrés malades après vingt mois de détention dans les camps de concentration allemands, je te prie de faire ton possible pour que justice soit faite et que cet individu soit cité devant les tribunaux compétents. »

C'est seulement dix-sept mois après l'arrestation de mes parents que j'ai appris ce qui leur était arrivé. Par miracle, j'étais parti la veille en mission et j'avais dormi à Auvillar, chez les Lartigue. J'étais à vélo sur le chemin du retour quand la Gestapo débarqua.

*

L'arrestation

Ce fatal jour du 18 octobre 1943 ne dormaient à Saint-Michel que six personnes : mon père, ma mère, ma sœur, Édouard Rakowski, Simone Weltmann et une jeune fille qui aidait, Ida.

À 5 heures du matin, une traction avant noire suivie d'un camion bâché rempli d'hommes armés de la Gestapo encerclèrent le petit hameau de Saint-Michel.

Peu de temps après, la Gestapo ouvrit la grille d'entrée et surprit mes parents en plein sommeil. Ils étaient neuf, armés de mitraillettes et de revolvers.

Dick, qui faisait office de chien de garde, faillit ce jour-là à sa mission, celle de prévenir en aboyant si quelqu'un venait. Attaché à la grille, il avait réussi à rompre sa laisse, faite en ces temps de pénurie non pas d'une corde bien solide mais d'un papier torsadé qu'il n'eut pas de mal à couper en la mâchouillant pour aller se promener dans le village. Il revint au moment où les Allemands faisaient monter mes parents dans le camion. Le plus invraisemblable dans cette affaire est que Dick semblait avoir compris intuitivement sa faute. Mon père, à son retour de déportation, m'a raconté que le chien, se rendant compte de son énorme faute, s'était mis à courir désespérément derrière les véhicules. Ne pouvant les rattraper, Dick s'était assis au bord de la route et, à la manière des loups, s'était mis à hurler à la mort.

> « Il était cinq heures, cinq heures et demie du matin, écrit mon père, la porte était encore fermée. Les Allemands ayant franchi la grille sans encombre, ils sonnèrent. Une des filles était réveillée et préparait le petit déjeuner à la cuisine, pour tout le monde. Elle ouvrit la porte et comprit tout de suite de quoi il s'agissait :
>
> – Menez-moi à la chambre du docteur, dit sèchement l'Allemand.
>
> Ils savaient donc que j'étais médecin.
>
> – Par-là, au fond, dit Ida toute tremblante.
>
> – Où au fond ?
>
> – Au fond, à droite.
>
> Il faisait assez froid ce 18 octobre. On ne possédait qu'un poêle en faïence dans la grande salle à manger, qui était la première pièce à gauche en entrant. Il y avait là le berceau de ma fille. Nous, nous étions couchés au fond du couloir.

Alors que les Allemands se dirigeaient vers notre chambre à coucher, Ida ficha le camp chez le boulanger donner l'alarme. J'ai su après que Lacoste, le chauffeur de l'autocar, passant à cette heure matinale à vélo et apercevant un boche mitraillette au poing, comprit ce qui se tramait à Saint-Michel. Immédiatement, il fit prévenir le maire, M. Dousse, et Hubert de Monbrison.

Le vacarme nous avait réveillés. Quand les Allemands entrèrent dans notre chambre, ma femme avait eu le temps de mettre un journal sur la cassette qui contenait ses bijoux et 50 à 60 pièces d'or. "Habillez-vous", ordonnèrent les Allemands.

Ils réunirent dans le salon Édouard Rakowski, ma femme, Simone et moi. Ils commencèrent la fouille.

À un moment donné, ils se concertèrent dans un coin de la pièce. Je dis à ma femme : "Je vais faire diversion. Tu prendras la petite. Tu sais ce que tu as à faire."

Dans le berceau de notre fille, nous dissimulions des listes minuscules, sur papier pelure, qui recensaient les endroits où l'on cachait nos gars. Il n'y avait pas d'indications de noms, mais on aurait pu nous interroger dessus. Quand je rentrais de mes missions, ma femme me prenait mes petits plans et elle les mettait dans le berceau de la petite, près du poêle, ce qui aurait permis de les brûler si le chien aboyait trop fort.

Mais là, les choses ne s'étaient pas passées comme cela.

Je cherchais un moyen de faire diversion, sans vraiment trouver. Et puis un boche s'est mis à fouiller la penderie pourvue d'une fenêtre donnant sur le parc. Sans réfléchir, je lui flanquai un tel coup qu'il tomba. L'autre, qui était juste à côté, fut tellement surpris que j'ai pu le pousser contre le mur et réussir à sauter par la fenêtre. Au lieu de prendre par le bois, je filai à terrain découvert pour les attirer vers moi. C'est là qu'ils commencèrent à tirer sur moi.

Ma femme mit notre fille, Nicole, dans les bras de la petite Ida qui était revenue entre-temps. Elle lui donna l'ordre de se sauver immédiatement. **Mais au lieu de les suivre, Berthe mit à profit la diversion que j'avais produite en jetant dans le poêle tous les documents qu'elle put trouver**. C'était un poêle comme dans l'Est, qui brûlait nuit et jour à petit feu, sauf en été. *Ainsi qu'il était prévu*, profitant de la diversion que je venais d'effectuer, ma femme et Édouard Rakowski jetèrent dans le poêle une liste de nos jeunes et toutes sortes de papiers, **de sorte que pas un seul de nos jeunes planqués n'a été arrêté**.

J'ai su à mon retour qu'Ida avait amené Nicole chez le boulanger, puis chez les Monbrison. Mais comme ils se croyaient tous dénoncés, ils ont préféré l'envoyer chez Shatta, qui l'a cachée dans une ferme.

En peu de temps les boches me rattrapèrent. Aucune balle ne m'avait atteint, mais comme j'étais tombé, j'avais une blessure à la jambe. De retour au château, et n'ayant rien trouvé, ils nous embarquèrent, ramassant ce qui avait de la valeur, comme le manteau de fourrure de ma femme, un ou deux complets à moi, un jambon donné par les patients que je soignais.

Nous étions déjà montés dans le camion quand Hubert de Monbrison s'est interposé : "C'est le médecin du pays, dit-il. Si vous l'emmenez, toute la région sera sans médecin car celui de Moissac ne vient pas par ici faute d'essence."

Ils l'ont attrapé par le col et lui ont dit de foutre le camp. »

*

Parti très tôt d'Auvillar dans le froid, ce matin d'octobre 1943, je remontais à vélo vers Saint-Michel pour rentrer à la maison. Je ne me doutais de rien, et certainement pas que je ne reverrais jamais plus ma mère. Mais arrivé tout près de chez nous, je vis tout d'un coup surgir Pierre Bruel, gendre de Lartigue, qui pédalait comme un fou à ma rencontre et qui me dit de m'arrêter, car mon père m'interdisait de rejoindre Saint-Michel. Après de rudes palabres, j'obéis et ce fut le remords de toute ma vie. Le remords de ne pas avoir eu assez de décision pour rameuter un certain nombre de jeunes, préparer une embuscade et tomber sur ces Allemands qui n'étaient pas si nombreux. Nous avions bien quelques armes et quelques fusils de chasse, mais j'avais à peine

Boulangerie Honoré CHAMBERT
SAINT-MICHEL (T.& G.).

Le 23 Novembre 1948.

Je soussigné, CHAMBERT Honoré, boulanger à ST-MICHEL, déclare avoir assisté à la poursuite du Docteur HIRSCH par la Gestapo, le 18 Octobre 1943. Arrêté au château de St-MICHEL, ce dernier a pu s'échapper et je l'ai vu courir sous le feu des allemands jusqu'à ce qu'il soit tombé, repris, frappé et maltraité à coups de crosse.

Cette tentative a permis à sa femme, assassinée en Allemagne et à son Assistant mort en déportation, de détruire les listes et documents des réfractaires sous leur garde.

Personne n'a pu être inquièter après leur arrestation et déportation.

Signé : CHAMBERT.

Vu pour législation de la signature de M. CHAMBERT Honoré apposée ci-dessus.

A ST-MICHEL, le 23 Novembre 1948.

Le maire.

Attestation du boulanger Chambert.

dix ans, j'avais reçu un ordre et je n'avais pas l'habitude de désobéir. Et puis, le chef pris, les jeunes aux alentours auraient-ils accepté d'entreprendre quoi que ce soit ? Mon autorité aurait-elle été suffisante ?

N'importe, je le regrette et je rumine sans arrêt depuis lors en me reprochant de ne pas être intervenu. Cela étant, j'ai appliqué **seul** et en urgence les instructions très précises que mon père m'avait données au cas où une chose semblable surviendrait : je me réfugiai au couvent d'Auvillar. Il était très probable que les Allemands me rechercheraient, à la suite de la dénonciation de Chauvet, car ils se doutaient bien que je connaissais les planques de nos jeunes. Enfant, j'étais une proie facile et intimidable. Ce ne serait pas long de me faire parler. Outre les planques des jeunes, je connaissais la cache où étaient des documents de l'organisation.

Effectivement, peu de temps après, les Allemands débarquèrent au couvent. Comme à son accoutumée, mère Placide les reçut avec hauteur. Mais les officiers voulurent s'assurer que le petit Français ne se cachait pas quelque part. Ils commencèrent à fouiller jusqu'au moment où ils traversèrent les dortoirs des enfants mongoliens. Ces enfants tirant la langue, urinant partout, ou certains, épileptiques, en pleine crise, les découragèrent. Raccompagnés religieusement par les sœurs, les Allemands partirent, dégoûtés.

Dès qu'elle sut la nouvelle, Shatta passa un coup de fil à Gamzon. Cette scène est racontée dans son livre *Les Eaux claires*[34] :

34. Robert Gamzon, *Les Eaux claires, Journal 1940-1944*, Paris, Éditions des EIF, 1982.

« Le téléphone sonne. C'est Shatta, et je remarque tout de suite sa voix angoissée.

"Castor, il faut que tu viennes tout de suite. Djigo est tombé malade et a été emmené à Toulouse en ambulance hier soir.

– Dans une clinique ou à l'hôpital ?

– À l'hôpital.

– Bien, je viens à Moissac par le premier train." »

Clinique signifiait gendarmerie française ; hôpital, Gestapo. Le coup était terrible pour Shatta. Elle comprit tout de suite que les jours de la Maison de Moissac étaient comptés. Comment ferait-elle si elle ne pouvait plus confier à Djigo des jeunes à cacher dans les fermes ? Les autorités d'occupation n'allaient-elles pas remonter très vite jusqu'à elle ? Ce fut l'angoisse et la stupeur à Moissac. On attendait Gamzon pour décider.

Dans le train qui amenait Gamzon, immédiatement disponible, ce dernier se fixa deux objectifs : récupérer tous les papiers compromettants qui restaient à Saint-Michel et me mettre en sécurité hors de la région. Il fallait tout entreprendre pour que Nano ne soit pas pris et ne parle pas.

En pleine nuit, aidé de Roger Fichtenberg, Gamzon fit le tour de Saint-Michel. Des gens du pays avaient entendu Édouard Rakowski dire au moment où il montait dans le camion : « Il faut ranger le cagibi. » – « Qu'est-ce que cela pouvait bien dire ? » se demandèrent Castor et Roger. Ils fouillèrent tous les cagibis. Après une assez éprouvante fouille qui dura une partie de la nuit, ils tombèrent sur une cassette qui contenait 80 cartes d'alimentation et surtout des papiers d'identité de jeunes planqués.

Mère Placide, responsable du couvent d'Auvillar ayant aidé à cacher des enfants juifs. « Juste parmi les Nations. »

« Malgré le tragique de cette maison dévastée, raconte Gamzon[35], malgré la quasi-certitude que les quatre personnes qui ont été prises sont à tout jamais perdues [...], une joie immense s'est emparée de nous à la pensée de la catastrophe qui, malgré tout, avait été évitée grâce au sang-froid des Hirsch et de Rakowski. Et de fait, et c'est essentiel de le répéter, pas un seul de nos 400 jeunes n'a été arrêté. »

Quelque temps après, Roger Fichtenberg m'évacua sur son vélo. La femme de ménage de la Maison de Moissac, Mme Deschamps, me trouva une cache, dans un hôtel désaffecté de Cahors. Cette ville était sinistre et endormie. Toute la journée, j'étais assis seul dans un coin d'une chambre lugubre, aux papiers peints déchirés et sentant le moisi. De temps en temps, on m'apportait à manger.

Je suis resté huit jours seul dans ce local humide. C'était interminable !

C'est ma tante Boëtzi qui vint me chercher. Tout de suite, je lui demandai :

« Et papa ? et maman ?
– On verra plus tard », me répondit-elle.

Déjà ce silence, ce silence insupportable. Personne ne m'expliquait. Je devinais le drame, mais personne n'osait me dire que mes parents avaient été arrêtés.

Je ne savais pas où se trouvait ma sœur. Mes parents étaient-ils même encore en vie ? Je ne savais rien et je devais survivre, en ne comptant que sur moi.

35. *Ibid.*

Ma tante Boëtzi, qui appartenait à l'OSE en tant qu'assistante sociale et agent de liaison, me conduisit au Puy-Sainte-Réparade, près d'Aix-en-Provence (Bouches-du-Rhône), où un médecin résistant, le Dr Jean Daniel, et sa femme, Suzie, m'accueillirent, en dépit de leurs trois enfants plus un neveu qu'ils avaient déjà du mal à nourrir. On imagine mal aujourd'hui le courage qu'il fallait pour prendre un enfant juif recherché et assumer la responsabilité de sa garde. En fait, Jean et Suzie Daniel firent encore plus, car pendant les deux premiers mois de ma venue chez eux, ils accueillirent de surcroît un enfant de six ans, mon cousin germain Jean-Claude Simon, le fils de Shatta et Édouard Simon. En agissant ainsi, Shatta voulait que, si un malheur arrivait au fils de son frère déporté, Nano, un même malheur arrivât à son propre fils, Jean-Claude, qu'on appelait Kouki. Cependant, les conditions alimentaires et morales étant trop dures en raison de son âge, on dut évacuer à nouveau Jean-Claude au bout de deux mois en le ramenant dans le Sud-Ouest.

Le Dr Daniel était un homme généreux, mais distant, froid. Il parlait très peu et comme il n'était pas très liant ni débrouillard, il n'y avait presque rien à manger dans sa maison. Et s'il y avait quelque chose, je passais toujours, et c'était normal, après les quatre petits qui étaient plus jeunes que moi. On avait faim.

J'étais seul, désespérément seul dans l'incertitude, le malaise, le non-dit trop évident à propos de mes parents. Je crois, avec le recul, que j'étais comme mort, tétanisé, vide à l'intérieur. Je ne pensais pas à l'avenir, plus au passé : j'étais enseveli dans un présent neutre, gris, sans fin, sans affection, sans projets. À part mes rares habits, je ne possédais rien qu'une ceinture scoute en cuir marron très foncé pourvue d'un mousqueton. L'hiver, j'ai eu des chaussures en bois strié. Le dessus était en carton bouilli et il se fissurait, se trouait, de sorte que j'avais très froid aux pieds. Seul plaisir dans cette solitude extrême, il m'arriva un jour de trouver par terre un solide couteau suisse à six lames. C'était pour moi un trésor, un compagnon de tous les instants que j'accrochais à mon mousqueton. Chaque jour plus fort se développait en moi une volonté farouche de revanche.

Personne à qui parler, et d'ailleurs il y avait plein de choses dont je ne pouvais parler à personne : je n'étais pas un enfant qui avait été obligé de changer de religion et qui avait dû par exemple devenir catholique. Non, j'étais un enfant caché resté juif, très conscient de sa judéité et complètement déterminé à la conserver, pensant à chaque instant à mon père. Et j'étais donc dans un inconfort permanent, avec une inquiétude permanente : je devais faire attention à tout moment à ne pas trahir ma condition de Juif.

Il y avait dans le village une caserne où séjournaient des militaires de l'armée française de Vichy, qui attendaient là, interminablement, sans rien faire, dans une vie de caserne monotone. C'étaient des Noirs, de je ne sais plus quel pays d'Afrique. Par je ne sais non plus quel hasard, je me suis lié d'amitié avec un soldat. Et j'ai ainsi été adopté par tous, accueilli avec bonté, avec un naturel primitif et chaleureux. Sans doute beaucoup pensaient-ils à leurs enfants au pays, là-bas, en Afrique. Les Daniel étaient très inquiets de voir le garçonnet que j'étais fréquenter ainsi une soldatesque désœuvrée – mais il ne m'est rien arrivé ; et, pendant un certain temps, l'affection de ces militaires m'a quelque peu réconforté. Je suis même persuadé que, s'il y avait eu nécessité, ils auraient cherché à me protéger.

Heureusement, on a eu assez vite besoin de moi pour seconder le Dr Daniel dans son activité : le Dr Daniel, lui, soignait tout le monde, notamment les premiers maquisards qui se multipliaient très vite dans la zone sud-est, d'une part parce que la défaite allemande devenait de plus en plus évidente et d'autre part parce que le STO n'était absolument pas accepté. Comme je lui avais raconté mon rôle d'agent de liaison auprès de mon père, le Dr Daniel m'envoya à son tour porter des messages, cachés dans le creux du guidon de mon vélo.

Ça, je connaissais !

Après la guerre seulement, j'appris que mes parents avaient été emmenés à Toulouse pour être interrogés dans la prison militaire des Fleurs avant d'être transférés à la prison Saint-Michel.

CHAPITRE 9
Notre chien de garde, Dick

Mon chien, Dick.

Comme je l'ai déjà raconté, à propos de l'arrestation, on m'avait demandé il y a quelques années de témoigner avec d'autres résistants à la Sorbonne, dans le cadre du concours pour le prix de la Résistance.

Sur les bancs de la vénérable demeure, rue des Écoles à Paris, trois cents jeunes se pressaient. J'ai fait mon témoignage, très surpris de l'intérêt passionné avec lequel ces jeunes de quinze ans écoutaient une histoire tellement éloignée de leur univers d'aujourd'hui. Nous étions cinq témoins anciens résistants à parler.

Quand nous eûmes tous témoigné, le modérateur, devant une demande si forte de ce jeune public, nous pria d'ajouter quelque chose de plus personnel, de parler de nous.

« Vous me demandez de parler de moi ? Je vais vous parler de mon chien ! »

*

Au printemps de 1943, à Saint-Michel (Tarn-et-Garonne, près d'Auvillar et de Moissac), dans le sud de la France, j'ai déjà indiqué qu'un des agents de liaison de mon père, Armand Gelmann, voulait absolument franchir la ligne de démarcation sans Ausweis, pour aller voir sa mère.

Avant de partir, il me confia solennellement son chien, Dick. C'était un chien extraordinaire, complètement roux avec une queue touffue : on aurait dit exactement un renard. Il en avait l'allure, le comportement, une gueule pointue et une intelligence hors du commun.

Le dimanche, quand il n'était pas de garde, parce que nos gars surveillaient les chemins, il allait fureter dans les bois, et j'avais peur pour lui, car il ressemblait tellement à un renard que les paysans qui avaient encore quelques vieux fusils de chasse tiraient sur lui, justement persuadés que c'était un renard.

Il fallait voir, à l'époque, les paysans fabriquer eux-mêmes leurs cartouches ou comment ils « roulaient » leurs cigarettes avec du tabac en petit paquet, du « petit gris » !

Dick faisait partie de notre dispositif habituel d'alerte. En effet, nous habitions un vieux bâtiment, sorte de petit manoir délabré au pied du village de Saint-Michel, au-dessus d'Auvillar. Il y avait une cour circulaire à l'entrée centrée par un superbe magnolia, et la cour était ceinturée d'une grille verte rouillée avec une porte à deux battants. Derrière la maison, un parc à l'abandon, plein de vieux arbres majestueux et planté en désordre, descendait sur 300 mètres broussailleux vers un ruisseau puis des bois inextricables permettant en cas de besoin de fuir vers le château du Pin qui appartenait au comte de Monbrison.

Dick, attaché à la grille, aboyait avec vigueur dès que quelqu'un passait.

Las ! Nous manquions terriblement de matières premières de qualité que l'on remplaçait par des similis appelés ersatz. Le cuir était du faux cuir, et la ficelle était du papier torsadé.

Par malheur, le jour de la descente de la Gestapo, à 5 heures du matin, Dick, mordillant sa laisse de papier, l'avait dissoute avec sa salive, puis était parti faire un tour dans le village…

C'est ainsi que les Allemands purent surprendre mes parents qui dormaient.

Trois heures plus tard, le camion et la traction avant de la Gestapo repartaient, emmenant mes parents et deux de nos cadres.

Dick revint au moment où les véhicules s'éloignaient lentement sur la route descendante, avant de prendre de la vitesse.

Le 7 mai 1945, mon père fut libéré par les Américains après dix-huit mois de déportation. Auschwitz, la marche de la mort, Mauthausen, Melk, Ebensee (lieu de la Libération) : dix-huit mois d'enfer, 42 kilos pour 1,76 m, les joues incroyablement creuses, les yeux brun noir excavés, tondu, tatoué en pointillés bleus 164 526 sur l'avant-bras gauche, il faisait peur. Halluciné, il semblait voir en permanence quelque chose de terrifiant qui n'était pas de ce monde.

Quelques semaines plus tard, ayant repris des forces et du poids, mon père s'en alla récupérer sa Citroën traction avant cachée dans une grange où elle était mise sur cales, se procura des pneus réchappés, une batterie, et la traction démarra comme si elle n'avait jamais attendu.

Alors nous allâmes, mon père en habits kaki de capitaine de FFI trois galons et moi, en pèlerinage rendre visite à tous les paysans qui avaient caché nos gars et nos filles, ou qui nous avaient rendu service.

Souvent, les fermiers ou leur femme pleuraient, et certains s'étaient attachés très fort aux jeunes, des jeunes qui pour la plupart d'entre eux avaient amené dans leur ferme reculée un souffle absolument nouveau.

Les fermes n'avaient pas beaucoup changé depuis le Moyen Âge. Il se dégageait une odeur forte de la terre, du tas de fumier dans la cour, du bétail à proximité, de la fiente d'oie… On percevait qu'on avait partagé un temps de l'histoire. Nous évoquions autour d'une bouteille de vin de Cahors offerte tous les noms, toutes les qualités, et aussi les défauts des nôtres, qui avaient été à leurs côtés des paysans cultivateurs d'occasion.

On se souvenait de la belle voix de Paul, de la force herculéenne de Freddy…

Voilà qu'au troisième jour, à l'entrée classique d'une ferme du Sud-Ouest, avec son arbre vénérable, son tas de fumier, sa grange, ses oies ou ses canards bruyants, on entendit un chien, qui, comme souvent en pareilles circonstances, s'était mis à aboyer furieusement. Son aboiement nous avait figés poliment sur place, dans l'attente de l'habitant, les portières de la voiture étant restées ouvertes.

Bientôt, un paysan apparut et s'avança lourdement en criant : « Au pied, Médor ! » Déboulant soudain, un chien roux aboyeur et furieux s'arrêta net d'aboyer à notre vue, se retourna posément vers son maître stupéfait, lui montra les dents agressivement et sauta dans la traction avant. C'était Dick !

D'un mouvement unanime, les jeunes, ravis, se levèrent et applaudirent à tout rompre.

CHAPITRE 10
En prison à Toulouse
18-28 octobre 1943

« On nous a d'abord jetés dans un cul de basse fosse à la "prison des Fleurs", c'était le Moyen Âge. Nous étions 30 ou 40, debout. On ne pouvait ni s'asseoir ni s'appuyer sur quoi que ce soit. Il y avait des souris et des rats qui couraient, sans parler des cafards. Nous nous démangions dans l'obscurité, sans savoir ce que c'était. Le premier interrogatoire fut musclé, je n'avais rien à dire et je n'ai rien dit. Puis, quarante-huit heures après, de peur qu'on ne s'évade, on nous a transférés à la prison Saint-Michel, hommes et femmes séparés. J'ai pu parler à mon adjoint, Édouard Rakowski, pendant la promenade d'un quart d'heure dans la cour et je lui lance : "Tiens bon, ils ne savent rien, j'ai juste dit que je me cachais car j'étais juif. Mais ils ne connaissent pas l'existence de l'organisation, on ne parle absolument pas des jeunes." »

Et en effet, pour détourner l'attention, Djigo préféra avouer tout de suite ce qu'il ne pouvait cacher, qu'il était juif, afin de dissimuler le plus important à ses yeux : le système de planque des jeunes. En faisant cela, il programmait son envoi dans un camp d'extermination et non pas dans un camp de concentration, moins meurtrier.

« Nous sommes restés en prison ainsi quinze jours.

D'un coup de crosse, pour me faire parler, ils m'ont cassé les deux incisives supérieures et fendu la lèvre du haut en me frappant par ailleurs sur tout le corps, éteignant au passage leurs cigarettes sur mes cuisses. J'étais surtout inquiet de ce qu'on pourrait faire à ma femme, à Simone Weltmann et Édouard Rakowski, et préoccupé : "Allaient-ils parler ?"

Nos geôliers ne nous parlaient absolument pas de leurs intentions, mais manifestement ils ne savaient pas du tout quelle était notre activité ni son ampleur : ils avaient agi sur la dénonciation vague d'un capitaine de l'armée française, pétainiste, appartenant au service géographique de l'armée basé à Montauban. J'ai pu voir la signature d'un certain Chauvet qui parlait d'une activité de Juifs en corrélation avec la Résistance, mais en fait, ils ne savaient rien de précis.

J'avais bon espoir que ma sœur Shatta Simon serait informée de notre arrestation et prendrait les mesures adéquates pour éviter de nombreuses autres arrestations parmi les nôtres. Qu'elle disperserait les enfants et les jeunes dans les fermes selon ma technique. Nous étions en octobre 1943 et, je l'ai dit, le sort des armées commençait à tourner et l'on sentait ces messieurs nerveux et pressés, comme débordés. Alors, pour passer au cas suivant, sans doute, ils nous ont envoyés à Drancy. »

Après la guerre, les services ont pu préciser que mes parents et leurs collaborateurs avaient été livrés au KDS de Toulouse (*Kommando der Sicherheitspolizei* ou commandement de la police de sûreté). Les activités de ce service sont bien connues, grâce au procès de ses membres qui eut lieu à Bordeaux en 1953 et au cours duquel Djigo témoigna. Sa déposition fut particulièrement précieuse dans la mesure où 98 % des 6 400 Juifs déportés par ce service furent assassinés dans les camps.

L'organigramme du KDS était complexe. Le service était divisé en sections *(Abteilungen)* spécialisées, subdivisées en sous-sections, elles-mêmes divisées en sous-sous-sections. Mes parents passèrent entre les mains de la section IV chargée de la répression de tous les ennemis de l'Allemagne avant d'être interrogés par la sous-section IV-4 chargée de la répression contre les Juifs[36].

Pour cette raison, mes parents furent d'abord incarcérés à la prison des Fleurs. Le KDS avait pris l'habitude de commencer les interrogatoires à l'abri des épais murs de cette prison improvisée, car la Wehrmacht avait interdit la torture dans la partie allemande de la prison Saint-Michel de Toulouse.

36. Jean Estèbe, *Les Juifs à Toulouse et dans le Midi toulousain*, Toulouse, Presses universitaires du Mirail, 1996, p. 169-173.

Les interrogatoires étaient menés par une sombre brute : Oskar Rau, né en 1901 près de Posen, membre du parti nazi depuis 1932 et des SS depuis 1933. À Toulouse, il fut surnommé le « tueur ». Il se rendit en effet célèbre pour sa violence ; il était capable de rouer de coups un homme pour lui faire avouer où il cachait son argent. En définitive, ce qui intéressait ce type était l'argent, car il ne croyait pas un Juif capable de participer à la Résistance, seulement d'être riche, en vertu du plus plat catéchisme national-socialiste.

Après trois ou quatre interrogatoires, Djigo était couvert de brûlures, les doigts écrasés, la lèvre fendue, les deux incisives supérieures cassées. Il ne parla pas. Il n'avait « rien à dire » comme il disait. Et puis il avait trouvé un moyen – comme à son habitude – d'obtenir des informations :

« Au bout de huit jours, parce que je parlais parfaitement l'allemand, un SS autrichien qui nous gardait, qui était fiancé et qui allait retourner dans son pays pour se marier, me demande si je ne pouvais pas, avec mes relations, lui obtenir du tissu pour la robe de mariée de sa femme ! Authentique ! Je décline.

Et puis le lendemain, le SS revient à la charge : "Je n'arrive pas à obtenir le tissu à cause de mon uniforme. Et quand je m'habille en civil, avec mon accent, c'est impossible de convaincre un commerçant. Et puis nous ne savons pas à qui nous adresser. Ce sont des choses qui n'existent qu'au marché noir."

J'ai passé un marché avec lui : il me confirme que Chauvet est notre dénonciateur et je lui trouve ce qu'il veut. Il est d'accord.

Peu de temps après, il revient et atteste que Chauvet est bien à l'origine de la dénonciation. Quant à moi, je fais parvenir immédiatement une lettre à Moissac, par l'intermédiaire du maire-adjoint, Ginesti, pour demander à ma sœur du tissu et en même temps je joins un courrier pour la Résistance avec cette seule mention : "Occupez-vous d'un certain Monsieur Chauvet qui nous a envoyés ici." »

Il était en effet de la plus grande importance de mettre ce Chauvet hors d'état de nuire. La Résistance voulait l'exécuter froidement. Shatta s'y opposa fermement. Elle craignait une réaction des Allemands contre la maison des enfants. Les enfants avant tout ! Il fallait du temps pour réagir et se réorganiser.

À Moissac, on était dans l'expectative depuis l'arrestation de Djigo. Shatta avait essayé par tous les moyens de faire libérer mes parents. Elle était même allée jusqu'à entrer en relation avec le consulat du Salvador à Genève qui établissait depuis quelque temps des papiers salvadoriens pour exfiltrer d'Europe les Juifs menacés. Si elle obtint rapidement les documents, les autorités allemandes et françaises ne voulurent rien entendre.

Après l'arrestation, le 18 octobre 1943, Shatta Simon essaie désespérément de faire libérer son frère et sa belle-sœur par une naturalisation soudaine obtenue auprès du consulat du Salvador à Genève.

CONSULADO GENERAL
DE LA REPUBLICA DE EL SALVADOR, C.A.
GINEBRA
SUIZA

Dos. H. 164/ 943.

Certificat de Nationalité.

Le Consulat Général à Genève de la République de Salvador (Amérique Centrale) confirme par ces présentes que

Monsieur le Docteur HIRSCH Sigismond, né le 22 janvier 1906 à Cris (Roumanie),

et son épouse:

Madame HIRSCH née WEYL Berthe, née le 26 mai 1907 à Strasbourg (Alsace),

sont reconnus comme citoyens de la République de Salvador avec tous les droits et devoirs inhérents à cette nationalité.

Si les intéressés voulaient envisager une émigration, il leur appartiendrait d'aviser ce Consulat Général en temps opportun de leur intention à ce sujet, en envoyant en même temps une photographie de date récente pour passeport de chaque membre de la famille. Ces photos devraient porter chacune au verso une certification légalisée par une autorité compétente ou un officier ministériel.

Ginebra, 5 novembre 1943.

CONSULADO GENERAL DE EL SALVADOR EN GINEBRA
REPUBLICA DE EL SALVADOR C.A.

PREMIER SECRETAIRE
DU CONSULAT GENERAL

Monsieur et Madame Docteur Sigismond HIRSCH
18, quai du Port
Moissac (Lot et Garonne)
France

Certificat de nationalité (Consulat général de la République de Salvador à Genève).

Deux mois avant l'arrestation de Djigo, chaque jour, une question tenaillait Shatta et Bouli : **était-il venu le temps de disperser la maison ? Car son frère Djigo la mettait en garde à chaque rencontre sur le danger de concentrer en un seul lieu des enfants et des jeunes, ce qui faisait qu'il y avait un risque d'arrestation massive de tous en une seule fois**. Et Djigo faisait valoir qu'il existait une alternative : le système de planque décentralisé qu'il avait organisé, qui fonctionnait, et qui était susceptible d'accueillir des jeunes bien plus nombreux avec une dispersion beaucoup plus sûre, à condition d'effectuer un travail de prospective auprès des fermiers et de constituer une équipe d'agents de liaison, élément essentiel pour maintenir le moral des « planqués », cette équipe devant être capable de réagir à tout moment pour corriger une situation éventuellement devenue dangereuse.

D'ailleurs, quelques jours après l'arrestation de Djigo, sept agents de la Gestapo se présentèrent à Moissac. Ils cherchaient huit Juifs français cette fois. Ils devinrent menaçants quand ils comprirent que les hommes recherchés ne se trouvaient pas là. Pensant que Shatta ne comprenait pas leur langue, ils se dirent entre eux : « Pour les enfants, nous reviendrons bientôt. » À la mairie, on dit à Shatta qu'elle avait été dénoncée par quelqu'un qui aurait trouvé une carte postale venant de chez elle représentant Pétain et sur laquelle aurait été inscrit : « Voilà le général Pétain qui doit être abattu. » Ce sont ces bêtises multiples et imprévisibles qui risquaient à tout moment de créer une catastrophe.

La décision fut prise : la Maison de Moissac devait fermer immédiatement. De la fin octobre à la fin novembre 1943, plus de 300 enfants furent ainsi cachés sous de fausses identités dans les fermes de la région.

Grâce à cette sage décision, à Moissac tous les enfants furent sauvés. Ce ne fut pas le cas des enfants de la maison d'Izieu, tenue par les époux Zlatin. Faute d'avoir la solution de repli que Djigo avait su offrir à Moissac et faute d'avoir un esprit de décision comme celui des Hirsch et des Simon, cette maison resta ouverte trop longtemps, jusqu'au 6 avril 1944, jour où 44 enfants furent arrêtés ainsi que sept adultes en une seule fois. Ils furent *tous* gazés à leur arrivée à Auschwitz. L'enfant le plus jeune était âgé de quatre ans.

Répétons-le, car c'est essentiel, l'arrestation des Hirsch à Saint-Michel, le 18 octobre 1943, marqua un tournant décisif dans la stratégie de cache des Éclaireurs israélites de France. En effet, il y a eu **d'abord**, dès décembre 1939, création de maisons d'enfants, essentiellement en zone libre, telles que Moissac. **Ensuite**, quand mon père revint de Paris dans la zone sud, en juillet 1942, il créa près de Moissac, et de sa sœur aînée Shatta, le secteur de cache d'Auvillar, un concept tout à fait différent. Djigo Hirsch souhaitait exploiter le terrain, le pays, et profiter de ce qu'il existait de très nombreuses fermes extrêmement isolées et difficiles d'accès, non répertoriées sur des cartes, pour cacher les jeunes adultes, un par ferme, de façon qu'en cas de rafle ou de descente de police on ne capture qu'au maximum un seul jeune caché. Il prônait donc un système déconcentré et avait vu parfaitement juste – en préparant de surcroît le terrain –, car, dès l'arrestation de Djigo, Shatta et les EIF prirent en effet la décision de dissoudre les maisons devenues encore plus dangereuses depuis fin 1942 où les Allemands avaient envahi la zone dite libre. Et où dispersa-t-on les jeunes ? Précisément dans le système de cache dispersé créé par Djigo, dans ces fermes et dans d'autres lieux, comme des couvents, et même des mairies ! Quitte à les rassembler lorsque serait venu le temps pour les diriger vers les maquis, et en particulier le maquis de Vabre.

Tant d'années après ces événements, il est difficile d'imaginer l'extraordinaire travail effectué par des jeunes gens de vingt à trente ans, bénévoles, ayant leurs propres problèmes dans la vie et qui pourtant ont réalisé l'impossible : cacher en un clin d'œil des centaines d'enfants et de jeunes ou les recacher. L'équipe des chefs EIF, en particulier autour de Moissac, accomplit entre octobre et novembre 1943 ce travail extraordinaire. Car chaque cas de jeune nécessitait de prendre des décisions urgentes, difficiles et spécifiques. Il fallait les déplacer de collèges en presbytères, de lycées en couvents, de ferme en ferme. Il fallait maintenir en place les uns, changer les autres, mais dans tous les cas, disperser les cachés. Cacher quelqu'un, c'est souvent le déplacer donc le cacher à plusieurs reprises. Chaque fois, il faut une nouvelle organisation de vie avec un effort pour persuader l'hôte susceptible d'accueillir la personne traquée et, symétriquement, convaincre l'intéressé que la formule choisie pour lui était la seule possible. Trouver des faux papiers, mettre sur pied la liaison avec le reste de la communauté… Rassurer l'enfant ou le jeune, car son angoisse est immense. « Aurions-nous été capables de faire ce travail si nous n'avions pas été formés depuis longtemps par le mouvement EIF ? » s'interroge Roger Fichtenberg en 1994 au Centre de documentation juive contemporaine, dans le cadre d'une réunion étudiant l'action des EIF pendant la guerre. Réponse : certainement pas. Cette formation a été providentielle.

D'après Shatta Simon, 735 enfants ont séjourné entre 1939 et 1944 dans les diverses maisons d'enfants, puis dans les fermes. Avant et après la dispersion, aucun n'a été pris. Comme l'écrit Shimon Hammel dans *Souviens-toi d'Amalek*[37] : « **Par opposition au concept des maisons d'enfants, valable à une époque, l'arrestation du Dr Hirsch confirme tragiquement son analyse : les jeunes planqués et dispersés sont beaucoup plus à l'abri dans les fermes reculées que dans un groupe ou une maison d'enfants où c'est tout le groupe qui serait pris, arrêté et déporté.** »

Notre culture scoute permit à chacun de nos chefs de rester en contact. Bientôt, les jeunes se regroupèrent dans les maquis, et une lutte d'une autre nature s'organisa, une lutte militaire : le maquis juif, la résistance armée. Le maquis de Vabre (Tarn), qui avait à sa tête Robert Gamzon, l'ami de toujours de Djigo, et le commandant Dunoyer de Segonzac, fut le plus typique avec un caractère juif précis, une compagnie entière, la compagnie Marc Haguenau. Alors que mon père subissait l'horreur du système concentrationnaire, ses gars avaient rejoint le maquis, défendaient l'honneur et ne déméritèrent pas au combat : le 18 août 1944, la compagnie tend une embuscade à une section antiaérienne nazie installée à Mazamet qui doit rejoindre Castres en train. Ils permirent la capture d'un train allemand blindé et la libération de Castres le 21 août 1944. Puis ils s'engagèrent dans l'armée française et entrèrent en Allemagne. Ils participèrent alors à de durs combats, et un certain nombre d'entre eux moururent. On dit que les Juifs se sont laissé mener à l'abattoir comme des moutons, et je répète que c'est faux et odieux.

Jean-Paul Nathan, l'un des nôtres, a écrit un petit livre intitulé *Un éclaireur EIF au maquis*. Il a justement fait

37. Shimon Hammel, *Souviens-toi d'Amalek* ; Témoignage sur la lutte des Juifs en France (1938-1944), Paris, CLKH, 1982.

partie de cette compagnie Marc Haguenau juive EIF qui a capturé le train allemand (on avait donné ce nom en hommage à l'un de nos chefs EIF assassiné par la Gestapo). Il raconte que les Allemands descendent enfin du train puissamment blindé et armé, mains en l'air et drapeau blanc : ils se rendent. Alors, savoureuse revanche, les nôtres, qui sont pour la plupart des jeunes Juifs d'origine allemande, mitraillette braquée, leur disent dans la plus pure langue de Goethe : *« Wir sind Juden ! »* (« Nous sommes juifs ! ») Et les Allemands pensaient que, pris par des « terroristes », ils étaient perdus, mais alors, pris par des terroristes **juifs**, ils étaient persuadés que leur dernière heure était venue. Bien entendu, on les a seulement fait prisonniers.

LETTRE DU COMMANDANT DU BATAILLON DU VABRE

au

CAPITAINE GAMZON, commandant LA 2ème COMPAGNIE

(Maquis des Eclaireurs Israélites de France)

-:-:-:-:-:-

Le 27 Août 1944.

Mon cher Gamzon,

Je vous confirme par écrit ce que je vous ai dit trop rapidement hier.

Votre Unité s'est battue comme se battent depuis toujours les meilleurs soldats français ; leur attitude au feu a été belle ; les résultats qu'ils ont obtenus ont dépassé mon attente.

Un fait, entr'autres, m'a prouvé la valeur de vo hommes : au moment où n'entendant plus qu'une arme automat que des nôtres sur quatre ou cinq, craignant le pire, j'ai ordonné le repli à deux ou trois cents mètres du fameux te rain, j'étais anxieux de savoir dans quel état j'allais tr ver une troupe qui venait de s'engager dans un dur combat bien situé pour des néophytes. En une seconde j'ai été ras suré, je me suis trouvé en présence de soldats.

Je vous demande de bien vouloir transmettre mon admiration à votre escadron, très simplement.

Permettez-moi enfin de vous dire que cet escadro doit infiniment à l'apôtre magnifiquement dévoué que vous êtes. Au dévouement, vous ajoutez un courage peu banal. J' demandé pour vous une citation à l'Ordre de l'Armée.

Voulez-vous me faire transmettre les proposition pour l'avancement et les citations que vous désirez obteni pour votre escadron.

Je vous souhaite prompte guérison.

Mille amitiés.

Signé : HUGUES.

(Commandant DUNOYER de GONZAC.)

Lettre de Hugues (commandant Dunoyer de Segonzac) au capitaine Robert Gamzon.

CHAPITRE 11
Drancy. Les ténèbres. Arrivée début novembre 1943. Départ pour Auschwitz par le convoi 62 en date du 20 novembre 1943

Le premier camp que mes parents connurent fut français : Drancy. Le camp était rempli de prisonniers qui avaient été arrêtés par des Français en uniforme, gardés par des Français en uniforme, et les convois vers les camps de concentration et d'extermination étaient gérés par des Français ; les trains de la SNCF étaient français. Certes, il y a eu successivement trois commandants allemands qui supervisaient. (Quand on va à Drancy aujourd'hui, en 2013, on retrouve trois bâtiments en fer à cheval, style 1930, qui ont servi à parquer les malheureux condamnés à mort, justement parce qu'ils étaient vides, disponibles. L'hygiène était détestable, la vie impossible.)

Drancy, je ne l'ai jamais accepté. J'en veux à la France en particulier pour cela.

« Arrêtés le 18 octobre 1943, ma femme, Berthe, mon collaborateur Édouard Rakowski et moi-même avons été transférés de la prison Saint-Michel de Toulouse à Drancy au début de novembre 1943. »

Cette petite ville banale et proche de Paris restera dans les mémoires comme la sinistre antichambre des camps de la mort, au point qu'après la Libération certains édiles ont voulu changer le nom de ce lieu. On les comprend ! En 2012, la FMS avec le CDJC inaugurent le musée-mémorial de Drancy. Le président de la République, François Hollande, a inauguré, le 21 septembre 2012, ce mémorial, et Éric de Rothschild a retracé l'affreuse histoire de ce lieu.

Sigismond Hirsch écrit :

« Ce camp de concentration d'hommes, de femmes et d'enfants de France, gardé par des gendarmes français, en uniforme français, rassemblait des êtres humains condamnés à mort – sans jugement, sans grâce possible, et innocents.

Le temps y était rythmé par les convois qui partaient pour l'Allemagne, lieu d'exécution. Les conditions de vie étaient ce que l'on imagine, mais l'humiliation, la rage dominaient. Un sentiment intense de trahison de cette France qu'on avait tant aimée.

Aussi l'incertitude sur ce qui allait nous arriver nous taraudait-elle. De plus, l'idée d'être dans mon pays où l'on parlait ma langue, le français, où l'on était entouré et gardé par des Français me révoltait violemment et je n'avais qu'une idée, obsédante, m'évader avec ma femme. Je n'étais pas le seul ! D'ailleurs, nous sommes restés peu de temps à Drancy, parce que, juste avant notre arrivée précisément, une équipe avait commencé à percer un tunnel pour tenter une évasion en masse. Malheureusement, à la dernière minute, il semble qu'un détenu transféré à Compiègne ait parlé… En tout cas, les Allemands ont déclenché une alarme générale, ont envahi le camp en nombre et, après des recherches minutieuses, ont découvert l'entrée du tunnel. Furieux, ils ont immédiatement isolé une vingtaine de responsables suspects à leurs yeux d'être les auteurs de cette tentative et, trois jours plus tard, nous avons été expédiés avec ces "cadres" à Auschwitz-Birkenau par un convoi plus important encore que les autres. Ça a été le convoi 62, dit "convoi du tunnel". »

Internée à Drancy avec mon père au début du mois de novembre 1943, ma mère usa du droit donné à chaque prisonnier d'expédier du courrier pour faire parvenir à ma tante Shatta deux lettres.

La **première lettre** exprime mieux que tout autre chose ce que fut ma mère, sa force de caractère, son amour pour ses deux enfants, ma sœur Nicole, née quelques mois avant leur arrestation, et moi. C'est en fait son testament, mais elle ne le savait pas. Arrivée aux portes de la mort, elle y décrit en quelques mots ce que furent les difficultés de sa vie et sa crainte devant celles qui se préparaient pour ses enfants.

« Drancy, novembre 1943

Chers Shatta, Boëtzi, Arti,

Dans cette cruelle épreuve, deux consolations me restent, l'une est de savoir les enfants en bonnes mains. Faites bien attention à eux, nous ne vivons que pour eux et dans l'espoir de les retrouver bientôt et en bonne santé. Il est inutile que je vous décrive ma souffrance, vous vous l'imaginez – m'arracher mes petits, c'est ce qui a pu m'arriver de pire, moi qui n'ai pas eu de maman. Aussi, je vous supplie, si un malheur devait nous arriver, de veiller sur eux, de leur éviter tout ce qui peut les blesser, les diminuer, leur donner l'impression de ne pas être comme les autres enfants. Confiez-les à Marthe, qui me remplacera moi et vous prendrez la place de leur papa qui vous a donné toutes les instructions pour leur éducation. Évitez-leur toutes disputes de famille. Je sais que ce n'est pas toujours facile **mais ne perdez jamais de vue que des enfants sans parents sont infiniment plus sensibles que d'autres**. Vous consolerez aussi ma chère petite sœur. Vous lui direz qu'elle doit avoir autant de courage que j'en ai moi et que je sais, et ceci sera mon dernier réconfort, qu'elle sera une maman pour mes pauvres chéris – que Dieu les bénisse. Ma seconde consolation est d'avoir retrouvé Tsig après dix-neuf jours de complète séparation, sans presque savoir ce qu'on a fait de lui. Dieu merci, il est bien portant et maintenant je crois que jusqu'à la fin nous resterons ensemble pour le bien ou pour le pire. Et, figurez-vous, et ceci va tout de même vous faire rire, il est toujours le même et désire que je m'arrange bien ; alors, pour lui faire plaisir, envoyez-moi une glace, de la poudre, de la crème, du rouge à joues et à lèvres, car je suis partie sans rien, mon tailleur noir, à défaut le beige, avec deux corsages.

Prenez très soin de vous. Je compte sur toi Shatta pour retrouver ce qui nous a été pris. Tu le feras remettre aux enfants à leur majorité. J'espère à bientôt. Je vous embrasse tous.

Berthe »

Invraisemblable lettre : même après dix-neuf jours de prison, après les tortures subies dans une geôle à Toulouse, le convoyage dans le très rude automne 1943 jusqu'au camp de Drancy, Djigo exigeait de ma mère dignité et féminité, et bannissait tout laisser-aller.

D'ailleurs, mon père demanda toujours beaucoup à sa famille. Cette manière très dure de scruter nos failles et de les dénoncer nous plongeait parfois dans un grand désarroi. Avec lui, on n'avait pas le droit à l'erreur. Il ne supportait pas le relâchement, même dans la tenue vestimentaire. Il mit toujours un point d'honneur à rester « impec », comme il disait. Bien après la guerre, si d'aventure il lui arrivait lors d'un dîner de faire une tache sur sa cravate ou sur sa chemise, il était capable d'entrer dans une colère noire disproportionnée. Que de drames fit-il pour des choses qui nous semblaient ridicules ! Pour lui, c'était une discipline de vie, l'expression d'une volonté de tous les instants, en accord total avec l'inscription qui se trouvait dans la salle à manger de Moissac, au 18, quai du Port : « La minutie dans les petites choses est à la base de tout ce qui s'accomplit de grand. » C'est cette rigueur qui lui a peut-être permis de survivre dans la nuit d'Auschwitz. (J'ai du reste toujours remarqué une grande minutie des déportés en toutes choses.)

La lettre écrite par ma mère depuis Drancy montre qu'elle était moins confiante que son mari. Ils n'avaient pas eu la même vie. Berthe Hirsch n'avait pas eu la chance d'avoir une mère comme Régina, capable d'insuffler courage, force et détermination. Elle était orpheline de mère.

Sa mère, Lucie Strauss, était morte prématurément à l'âge de trente ans, et Berthe, qui était née le 26 mai 1907, l'avait à peine connue. Son père, un petit bourgeois de Strasbourg, vendeur de papiers peints place Kléber, s'était vite remarié. Il n'avait peut-être même pas attendu la mort de son épouse, atteinte d'une maladie hépatique, pour fréquenter d'autres femmes.

Sans connaître les détails de cette histoire familiale, je l'ai devinée terrible quand, bien plus tard, je me suis recueilli sur la tombe de la mère de ma mère, à Saint-Avold. L'épitaphe m'y semble un sévère désaveu pour mon grand-père maternel, accusé ni plus ni moins d'avoir abandonné sa femme au cours de sa maladie : « Ci-gît Lucie Strauss, morte à l'âge de 30 ans, recueillie par sa famille. »

J'ai un peu connu cet homme pendant la guerre, lors d'un bref passage à Brive, où une bonne partie de la communauté juive d'Alsace s'était réfugiée ainsi qu'à Périgueux. Sa nouvelle femme, dont on peut juste dire qu'elle était excellente cuisinière, ne me fit pas bonne impression. Ils ne se préoccupèrent jamais de notre sort. Après l'arrestation de mes parents par la Gestapo, ils ne cherchèrent pas à savoir ce que nous étions devenus, ma sœur et moi. Rien non plus de leur part après la Libération alors que ma mère avait été assassinée au fin fond de la Silésie et que mon père était toujours en déportation. Ils n'ont jamais bougé le petit doigt pour nous. Il n'y eut que ma tante, la sœur de ma mère, Marthe, habitant au Maroc, qui prit la peine de s'assurer que nous étions entre de bonnes mains.

De toutes les manières, ma mère ne supporta pas longtemps son père et sa nouvelle femme. Son idée était qu'elle et sa sœur n'avaient plus leur place dans ce foyer. Elles devaient prendre leur destin en main : il était urgent de partir.

Une fois majeure et son diplôme d'infirmière en poche, elle gagna Paris. À l'époque, pour une jeune fille de cet âge, quitter le toit paternel avant d'être mariée paraissait purement et simplement scandaleux dans la bonne bourgeoisie juive de Strasbourg. Elle finira mal, devait-on dire. C'est une fille perdue, devait-on penser.

Quand j'y songe (c'est-à-dire presque tout le temps), cette mère que j'ai si peu connue me laissa une impression de tendresse, de chaleur doublée d'une énergie indomptable. Je l'ai perdue à l'âge de dix ans, mais elle a su me transmettre l'essentiel.

Mon père avait dû apprécier en elle cet esprit de résolution, cette capacité à faire front. Il savait aussi qu'entrer dans sa tribu à lui exigeait un tempérament de fer de la part de Berthe.

Entre ma mère et mon père, les rapports étaient inconditionnels. Ils se chamaillaient quelquefois, s'engueulaient parfois, mais mon père trouva toujours en face de lui une femme capable de lui tenir tête, ce qui le rassurait et ce qu'il admirait au fond. Quand il dépassait les bornes, ma mère savait claquer la porte de la voiture ou aller voir sa sœur en Afrique du Nord. Ma mère était en cela parfaitement conforme aux fortes femmes de la famille. En elle il pouvait reconnaître un peu de sa mère, Régina, de sa grand-mère Rosa Grün ou de sa sœur Shatta.

En novembre 1943, dans la promiscuité, le bruit et l'angoisse du camp de Drancy, alors qu'elle envisageait le pire pour elle, elle n'avait d'inquiétude que pour ses enfants au cas où elle et mon père disparaîtraient. Elle redoutait cette vie d'orphelin qu'elle avait connue

Jean Hirsch et sa mère, Berthe.

et insistait donc auprès de Shatta sur le fait que « les enfants sans parents sont infiniment plus sensibles que d'autres ».

Ma mère me manqua et me manque toujours. Je ne trouve pas vraiment les phrases capables d'exprimer la nature de ce manque. Ou plutôt, les mots me semblent bien communs pour l'exprimer. « Car, comme l'écrit Élie Wiesel, malgré tous mes efforts pour dire l'indicible, "ce n'est toujours pas ça"[1]. »

Après la guerre, **l'absence de ma mère se transforma en un bloc de silence**. Personne ne m'en parlait plus. Chacun taisait les circonstances exactes de sa mort. Il me sembla qu'elle eût été la seule à pouvoir adoucir la douleur de mon père et son caractère devenu plus impitoyable encore. Elle aurait certainement trouvé les mots pour modérer l'exigence absolue de réussite que mon père m'assigna, comme une fuite en avant pour conjurer le désespoir. Être ou ne pas être.

C'est seulement à l'approche de sa fin, plus de quarante ans après la disparition de sa femme, que mon père crut devoir rompre le silence en me disant soudain : « Fils, je n'ai été l'homme que d'une seule femme. » Et c'était vrai. Revenu à l'âge de trente-neuf ans, bel homme, cultivé, d'un charme infini, il ne s'est jamais remarié, bien que de jolies femmes lui aient tourné autour : il ne voulait sans doute pas nous imposer une marâtre comme celle qu'avait subie notre mère.

Physiquement, Djigo était très bel homme. Grand, brun, mince, athlétique, des yeux marron pailletés d'or,

1. Élie Wiesel, *La Nuit*, Paris, Minuit, 2007 [1re éd. 1958], p. 14.

des cils très longs qui lui faisaient un regard velouté quand il le voulait, ou sidéral. Sa bouche ironique, ses masséters puissants lui donnaient une forte personnalité immédiate, **un vrai magnétisme**. Il connaissait des poèmes de Goethe, de Schiller, de Verlaine, de Heine par cœur en français et en allemand. Les femmes en étaient folles. Vous savez, le regard d'une femme, quand elle voit passer un beau type qui l'intéresse… Généreux, intelligent, comme inspiré, c'était un seigneur, une sorte de prophète. Quand il était quelque part, il n'y en avait que pour lui. D'une discrétion et d'une modestie extrêmes, il méprisait les ramenards, les prétentieux, les gens qui parlaient trop, les « foutriquets », comme il disait. Il était encore, s'il le voulait, un merveilleux conteur, un poète. Est-ce le hasard si Jacques Prévert est devenu un de ses grands amis ? Qu'il s'agisse du chef scout autour d'un feu de camp, à la belle étoile, entouré de ses éclaireurs, qu'il s'agisse du médecin en face de son malade, qu'il s'agisse du résistant parmi ses gars, dès qu'il prenait la parole, le charme opérait, et on se serait fait tuer pour lui. Il émanait de sa personne tout entière, stature, voix, regard, démarche, gestuelle, comme un envoûtement, comme un phénomène paranormal.

*

Mais revenons à Drancy d'où ma mère écrivit une **deuxième et ultime lettre** dont les mots resteront à jamais gravés dans ma mémoire :

« Chère Georgette,
Je vous écris dans la pénombre. Nous rapporterons des souvenirs à évoquer à longueur de journées !!! Je suis avec mon mari. J'espère jusqu'à la fin, quelle qu'elle soit. Dites à mes petits chéris que mon cœur – ma pensée sont près d'eux.

Chère Georgette

je continue. Il y a un départ en
vue. Peut être en ferons nous partie
Nous aurons le courage nécessaire nous
ne vivons que pour revoir nos chers
Faites savoir à Lejeune qu'il remette
à Borszi ce que maman lui avait confié
un jour il sait où et que celle-ci
mette le tout en sécurité pour eux.
Consolez mon petit garçon car il doit
comprendre quant à ma belle
petite poupée je la serre fort sur mon
pauvre cœur. Chère Georgette je suis
partie sans rien. Priez-les qu'on m'en-
voye d'urgence une paire genre
scandale quelque chose de solide la
taille-vous serrez - j'ai repris mon
poids normal. Ajoutez une glace
de la crème grasse poudre rouge et
rouge à lèvres. Vous voyez la coquet-
terie ne perd pas ses droits!!! Cette
mais est navrée de me voir défaite
ainsi un peu de couleurs donneront
le change. J'aurais aimé mon
tailleur noir avec 2 corsages - un
soutien gorge - 1 veste tricotée les
ciseaux, fil à coudre.. des pièces pour
[illegible]

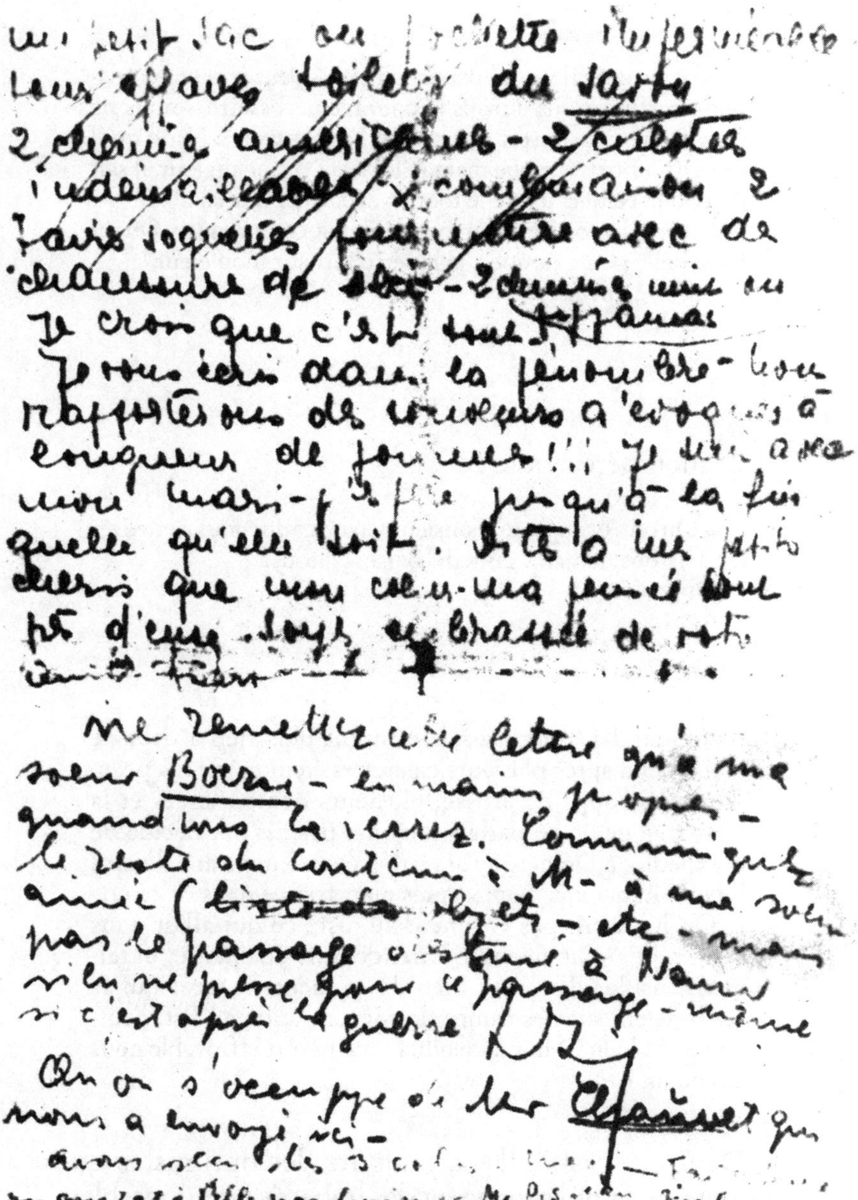

Lettre de Berthe.

Je continue. Il y a un départ en vue – peut-être en ferons-nous partie – nous aurons le courage nécessaire – nous ne vivons que pour revoir nos chéris. Faites savoir à Nano qu'il remette à Boëtzi ce que maman lui avait confié un jour, il sait où et que celle-ci mette le tout en sécurité pour eux.

Consolez mon petit garçon car il doit comprendre. Quant à ma belle petite poupée, je la serre fort sur mon cœur.

Soyez embrassée.

Berthe »

Et mon père ajoute :

« Qu'on s'occupe de Monsieur Chauvet qui nous a envoyés ici. Partons demain, samedi. Baisers à tous.

Djigo »

Mon père raconte :

« Quand à Toulouse, ils n'eurent plus rien à tirer de moi, quand après plusieurs cigarettes éteintes sur ma peau, plusieurs coups de crosse, plusieurs dents cassées et la lèvre fendue, je ne parlais toujours pas, ils ont décidé de m'expédier à Drancy. J'y ai retrouvé ma femme et Édouard Rakowski quelque temps après mon arrivée dans ce camp.

On ne savait pas vraiment au juste ce qui allait nous arriver. On avait entendu parler de Juifs polonais et ukrainiens fusillés. Il y avait bien des rumeurs tenaces qui se répandaient sur des camps de concentration à l'Est, peut-être en Pologne ? Et on imaginait qu'un sort effroyable nous attendait. »

Dans ces cas-là, il y a toujours des optimistes qui savent tout et qui propagent des bobards irresponsables. Mais pouvait-on imaginer l'inimaginable ?

Drancy était la pièce maîtresse du dispositif mis en place pour déporter les Juifs de France. Les bâtiments composaient un ensemble de quatre étages en forme de U. Il avait suffi de fermer le côté non construit et d'entourer les bâtiments de barbelés pour aménager un camp d'internement sûr. Les internés étaient logés dans les bâtiments inachevés : ils vivaient en permanence sous la surveillance des gendarmes qui habitaient à côté du camp, dans des tours aujourd'hui détruites, derrière le bâtiment en U.

Des Juifs furent internés à Drancy dès les premières rafles d'août 1941. L'un des premiers internés raconte :

> « Nous voici en route pour Drancy, où nous arrivons à 14 heures, sans bagages et sans avoir mangé. Là, 3 000 hommes sont parqués, debout entre les barbelés. Ils attendent… Les autobus continuent d'arriver. Aucune organisation. Le soir, les gendarmes nous conduisent par paquets de 50 dans des chambres-dortoirs. Les lits sont faits de quelques mauvaises planches sur lesquelles on couche à deux. Nous sommes dévorés par les punaises. Il faudra attendre cinquante-cinq jours pour toucher une paillasse. […] Le soir, nous recevons un peu de pâté, 250 grammes de pain pour vingt-quatre heures. Le lendemain, les arrivées continuent. Les couverts sont inexistants, on mange avec ses doigts […]. La gendarmerie maintient l'ordre très brutalement. Le troisième jour, la faim commence à se faire sentir[2]. »

C'est à peu près dans ces conditions que vécurent mes parents. En arrivant, ils entendirent la déclaration rituelle du commandant du camp français :

2. Jacques Darville et Simon Wichené, *Drancy la Juive ou la 2e inquisition*, Cachan, A. Berger Frères, 1945, p. 19.

« Vous arrivez dans un camp d'internement dont l'administration intérieure est confiée à vos coreligionnaires. Dans l'intérêt de chacun, il est nécessaire de vous soumettre à une discipline nouvelle [...]. Les autorités allemandes nous ont laissé une grande autonomie dans l'administration du camp. Elle ne subsistera que si, grâce à notre travail, tout fonctionne à la satisfaction de tous[3]... »

Pendant quinze jours, mes parents vécurent à Drancy. Ils partagèrent le sort réservé à tous les internés. Pour se laver, les détenus disposaient de vingt robinets d'eau. Pour manger, pas de récipients, sinon ceux que l'on se fabriquait. Le menu offert était : deux morceaux de sucre, un pain de deux livres pour sept internés, soupe de rutabagas, un rien de viande le dimanche.

De cette situation la police et la gendarmerie françaises tirèrent profit en se livrant à un marché noir éhonté : une assiette de soupe coûtait 100 francs ; une ration de 250 grammes de pain, 125 francs ; un petit-suisse, 45 francs ; une cigarette, 125 francs...

Pour ce que j'en sais et en dépit de la promiscuité, de l'état sanitaire catastrophique qui y régnait, le moral de mes parents était plutôt bon. Au moins, ils étaient ensemble. Et c'était pour eux le plus important. Et puis j'ai souvent parlé de cette force, de cet optimisme de mon père qui n'excluait pas la lucidité.

La vie à Drancy était rythmée par le départ des convois. La procédure administrative était immuable : lorsque des trains étaient disponibles, le responsable du Bureau des affaires juives, en l'occurrence Aloïs Brunner, transmet-

3. Cité par André Kaspi, *Les Juifs pendant l'Occupation, op. cit.*, p. 268.

tait un ordre de déportation au commandant du camp. À partir de février 1943, un convoi de 1 000 déportés environ quittait irrégulièrement Drancy. (17 convois entre février et décembre 1943.)

Georges Wellers, un interné rescapé, explique le caractère aléatoire de la formation des convois :

> « Quand Drancy regorgeait de monde, il était aisé de choisir 1 000 personnes demandées pour une déportation. [...] De temps en temps, on cherchait quelques principes d'ordre général, mais sans grande conviction. [...] Le moment venait toujours où il ne restait plus de choix, et le sort des vieux, des jeunes ou des enfants était également horrible[4]. »

4. Georges Wellers, *L'Étoile jaune à l'heure de Vichy. De Drancy à Auschwitz*, Paris, Fayard, 1973.

CHAPITRE 12
De Drancy à Auschwitz
20-23 novembre 1943 – le convoi 62

Mes parents furent déportés par le convoi 62, parti le 20 novembre 1943 à 11h50.

« C'était le "départ du tunnel", ainsi appelé parce qu'un groupe avait essayé de s'évader sans succès, et en représailles, on fit immédiatement partir ce convoi. »

En creusant un tunnel, qu'on peut encore voir aujourd'hui à Drancy, les internés étaient arrivés à trois mètres du lieu permettant l'évasion. Hélas, sans doute à la suite d'une dénonciation, les Allemands firent irruption et, furieux, constituèrent immédiatement un convoi pour Auschwitz, celui qui allait emmener mes parents.

Les travaux très précis de Serge Klarsfeld ont réussi à établir que ce convoi regroupa 1 200 Juifs. Il n'y en avait plus que 1 181 vivants à l'arrivée à Auschwitz, le 23 novembre.

« Dès notre arrivée, 241 hommes et 45 femmes furent sélectionnés pour le travail. Les autres furent gazés immédiatement. »

Dont ma mère.

Seuls 29 survécurent. Dont mon père.

« Et puis on nous fit monter dans un wagon à bestiaux. Tout de suite j'ai reconnu Helbronner, le célèbre conseiller d'État, président du Consistoire, ami de Pétain jusque-là. C'était un homme assez grand, très mince, mais déjà avancé dans l'âge. Il ne voulait pas se laisser abattre, racontait beaucoup d'histoires, riait aussi. Pendant tout le voyage, il eut un moral extraordinaire qui remontait un peu tous ceux qui étaient déprimés.

Les conditions du voyage étaient effroyables. Nous étions collés les uns contre les autres, sans pouvoir vraiment nous asseoir ni espérer nous allonger. Alors on s'asseyait à tour de rôle dans les endroits les plus chauds du wagon, loin des grilles d'aération. Le froid était devenu terrible et le vent de l'Est commençait à nous glacer les os. Très vite, nous avons tous eu soif sans pouvoir boire quoi que ce soit. Au bout de deux jours, la situation était devenue intenable.

Chacun essayait de garder sa dignité d'homme malgré tout. Il fallut du temps par exemple pour que les uns et les autres acceptent de faire leurs besoins dans un seau, là, au milieu de tout le monde. Parce qu'on n'y tenait plus, on a trouvé une astuce : les deux qui se trouvaient le plus proche du seau tendaient une couverture. Ainsi essayait-on d'humaniser ce qui commençait à devenir un véritable enfer, d'autant qu'il se répandait une odeur putride très pénible. Mais au moins j'étais avec ma femme et nous pouvions bavarder : inlassablement, comme à Drancy, je lui faisais préciser comment elle avait détruit la liste de nos gars cachés, et les circonstances dans lesquelles notre petite fille Nicole, âgée de neuf mois, avait été laissée sur place. Nous avions de plus en plus froid et comme je portais une solide canadienne et un foulard rouge, je les ai passés autour de ma femme. Ce fut une erreur tragique, parce que Berthe, qui n'était pas très grande, se trouvait engoncée dans cette vaste canadienne et à l'arrivée, elle a eu l'air d'une femme âgée alors qu'elle n'avait que trente-sept ans, ce qui fait qu'on l'a dirigée vers la colonne qui allait être gazée.

La deuxième ou la troisième nuit, une fille de vingt ou vingt-deux ans a fait une crise nerveuse. Elle venait de Troyes où ses parents étaient des ouvriers dans le tricot. À deux ou trois, nous avons eu du mal à la maintenir. C'était très impressionnant et ça a duré assez longtemps avant que nous ayons pu la calmer. Nous n'avions rien sous la main, même pas un peu d'eau qu'on aurait pu lui jeter à la figure.

Mis à part cet accident, je peux dire que le moral était assez bon grâce à Helbronner qui mettait une sacrée ambiance. On était même en train de se demander par quels moyens on pourrait rentrer en France. Comment allons-nous revenir, pensais-je alors ? Les chemins de fer marcheront-ils ? Les Allemands n'ayant plus beaucoup d'essence, il n'était sans doute pas question de rentrer en avion. Et nous nous disions tous qu'on trouverait bien des chevaux, une charrette ; on se débrouillerait en tout cas, car notre dernière heure n'était certainement pas encore arrivée. »

Il semble que dans les autres wagons l'ambiance n'était pas la même. Henry Bily, déporté dans le même convoi que mes parents, raconte ainsi[1] :

« Le voyage continue, triste, fatigant, éprouvant.

Les femmes se lamentent sur les conditions de ce déplacement et les enfants pleurent sans cesse.

Ils ont faim, ils ont peur et ils sont fatigués.

Jamais ils n'ont vécu un tel cauchemar, dans une telle odeur pestilentielle. Dans un tel brouhaha !

Combien d'heures passent ?

Déjà la moitié de notre wagon est complètement amorphe.

Et parmi l'autre moitié, combien sont encore lucides ? [...]

L'odeur du seau d'aisance au milieu du wagon et la promiscuité insupportable font que nous ne sommes déjà plus tout à fait des êtres humains. »

C'est dans les premières heures du 23 novembre 1943 que le convoi arriva à Auschwitz. Mon père raconte :

« Après trois nuits de voyage, c'est dans cet état d'esprit que nous sommes arrivés, dans la nuit noire, le matin vers 2 h, 2 h 30. Le plus lugubre était l'ouverture des portes, les SS qui criaient en donnant des coups de schlague : "Raus, Raus", criaient-ils, et comme il n'y avait pas de quai, que c'était un peu haut, des vieilles femmes ou des enfants tombaient du train en se blessant.

Au moment de descendre, on ne pensait plus à rien, comme frappé de stupeur.

Le train ne s'est pas arrêté dans une véritable gare, mais en plein champ, dans la nuit la plus épaisse. Quelques faibles

---

1. Henry Bily, *Destin à part. Seul déporté rescapé de la rafle de Clans du 25 octobre 1943*, Paris, L'Harmattan, 1995.

lumières de poche vacillaient sur la plaine enneigée. Il y avait des centaines de corbeaux croassant sur la plaine. D'ordinaire, la nuit, ils se perchaient dans les arbres, mais cette nuit-là, ils étaient restés rivés à la terre, s'envolant par intermittence dans des claquements d'ailes lugubres.

Un médecin – ce n'était pas Mengele ce jour-là – était muni d'une petite badine et procédait à la sélection. Les uns allaient à droite, les autres à gauche. Il faisait un froid sibérien.

Je ne sais pourquoi ma femme, pourtant jeune et bien portante, fut dirigée vers la gauche. La fatigue du voyage qui avait creusé ses traits ? Son accoutrement ? Bien qu'âgée de trente-sept ans, avec la canadienne que je lui avais mise sur la tête pour qu'elle n'attrape pas froid, elle avait l'air d'une petite vieille. On lui a dit d'aller à gauche rejoindre les vieillards et les plus faibles.

Tout s'est passé en une fraction de seconde. Un ordre donné par un officier rendu en partie invisible par la nuit et nous fûmes séparés. C'est à la lueur d'une lampe électrique que je vis pour la dernière fois son visage.

Quand on a demandé les raisons de cette séparation, les SS nous expliquèrent que ceux qui étaient regroupés à gauche allaient se rendre au camp dans des camions parce qu'ils étaient trop fatigués pour marcher. D'ailleurs, après un petit moment, ils demandèrent à ceux qui se sentaient malades de rejoindre la colonne de gauche. Certains étaient encore en pleine forme, mais passèrent à gauche, car ils se disaient qu'à tout faire il était préférable d'aller en voiture qu'à pied ! Il y en a eu plusieurs dizaines dans ce cas-là. En fait, je ne sais pas trop, car sur la terre gelée nous n'apercevions que des ombres.

Personne n'a plus jamais eu de nouvelles d'eux. Les quelques déportés désignés par les SS pour nous accueillir étaient pressés de questions sur le sort des familles. Ils répondaient : "Ils sont déjà libres ; ils sont déjà tranquilles ; ils sont en train de brûler." On ne voulait pas le croire, nous pensions qu'on nous racontait cela pour nous abrutir. Mais peu à peu, le doute s'insinua et nous mit bientôt dans un état second.

Quand le train fut complètement vide, on nous regroupa en une longue colonne. Nous étions entourés de SS tenant en laisse des chiens-loups qui aboyaient et sautaient dans notre direction.

On a fait plusieurs kilomètres à pied. Je me rappelle juste qu'on suivait une route, mais pendant combien de temps ? Cela a-t-il duré une heure, deux heures ? Je ne peux pas le dire car nous avions perdu la notion du temps.

Et puis soudain, on vit plusieurs camps, les uns à côté des autres. Mais c'est en plein champ qu'on nous a fait déshabiller et qu'on nous a donné des loques. »

CHAPITRE 13
Auschwitz II, camp de Birkenau, face aux chambres à gaz et aux fours crématoires II et III. Novembre 1943-17 janvier 1945

Quand on parle des déportés, on évoque immédiatement l'image du malheureux en pyjama rayé, maigre et tondu, tatoué sur l'avant-bras gauche. Celui-là est en fait un survivant provisoire, car, en réalité, 90 % des déportés étaient assassinés dès leur arrivée dans les camps d'extermination : ceux-là, on ne les verra plus, ils sont en cendres. Quant à ceux qui n'étaient pas tués d'emblée, avec une ration alimentaire de 600 calories par jour au lieu des 2 800 normales, ils se mettaient à maigrir et, à ce rythme, ils mouraient en deux à trois mois en moyenne, d'autant plus vite que le travail qui leur était imposé était dur.

Mon père ne se doutait pas qu'il était arrivé aux portes du plus grand complexe concentrationnaire d'Europe. En effet, les premières installations avaient été réalisées en avril 1940, quelques mois après l'invasion de la Pologne. La ville d'Oswiecim reprit alors le nom qu'elle portait au temps de l'Empire austro-hongrois : Auschwitz. Avec la construction du premier four crématoire, au début juillet 1940, Auschwitz devint l'embryon du système d'extermination des Juifs d'Europe. En 1941 fut construit juste à côté un autre camp, Birkenau, camp d'extermination et immense camp de travail capable d'accueillir 100 000 prisonniers. Le troisième camp, Monowitz, était un camp exclusivement de travail qui alimentait en main-d'œuvre de nombreuses usines des grandes firmes allemandes, comme IG Farben.

Lorsque Djigo franchit les portes du camp I d'Auschwitz, il ne se doutait pas non plus que l'activité du camp était à son sommet depuis quelques mois déjà : quatre des cinq fours crématoires fonctionnaient nuit et jour. Ils brûlaient des centaines de milliers de cadavres qu'allait produire cette gigantesque entreprise de morts qui vit passer entre ses barbelés 1 300 000 déportés dont un million de Juifs.

À la tête du camp, il y avait un peu plus de 2 000 SS en novembre 1943 ; en janvier 1945, ils furent 4 000. On compte que 8 000 SS passèrent par Auschwitz. Grâce à leurs fiches retrouvées dans les archives après l'évacuation du camp, le 27 janvier 1945, on sait qu'ils étaient peu cultivés ; rarement ils avaient poursuivi leurs études après l'école primaire. Si 5,5 % d'entre eux avaient terminé des études supérieures, il s'agissait surtout des médecins du camp. 42,4 % des SS qui passèrent par le camp se déclarèrent catholiques romains, 36,5 % protestants luthériens et 20,1 % sans religion particulière en cochant la case « *gottgläubig* » (croyant en Dieu). Personne ne se déclara athée. Après la guerre, seulement 15 % d'entre eux furent poursuivis devant des tribunaux.

> « Ce n'est qu'une fois entrés au camp que nous avons reçu une tenue de déporté. On avait intérêt à aller chercher nos affaires rapidement car il y avait déjà des Kapos, des Polonais qui nous tapaient dessus en hurlant "Schnell, schnell"... Les vêtements étaient entreposés dans un vaste local dans lequel se trouvait une montagne de chaussures à semelles de bois. Elles n'étaient pas rangées par paires, ce qui nous obligeait à prendre ce qui venait : deux chaussures du pied droit par exemple ou une grande et une petite chaussure. Il en alla de même pour les pyjamas qu'on attrapait sans avoir le temps de distinguer les tailles. Les grands tombaient sur des pantalons dans lesquels ils avaient du mal à entrer et les petits prenaient des pantalons qu'ils étaient obligés de remonter. »

La procédure était un peu différente pour les détenus qui arrivaient directement à Birkenau. Ce camp disposait d'une *Judenrampe* qui fonctionna du printemps 1942 à la mi-mai 1944.

Aujourd'hui, il ne reste rien des aménagements intérieurs du bâtiment destiné à accueillir des milliers de déportés. Ce bâtiment comprenait aussi des bains, des douches pour les détenus et les installations de l'*Entlausung*, l'épouillage des vêtements.

« Ensuite, il fallut ressortir devant le baraquement. On est resté là plusieurs heures, debout, à attendre le jour se lever. Au petit matin, plusieurs hommes sont venus nous tatouer. Dans l'équipe des tatoueurs, je suis tombé, par le plus mystérieux des hasards, sur une connaissance, un de mes anciens médecins qui me servait d'Assistant rue de Miromesnil à Paris, le Dr Fagenbaum, qui a survécu d'ailleurs. Alors que l'un de ses collègues m'injectait de l'encre sous la peau pour inscrire d'une manière indélébile les six chiffres qui me suivraient jusque dans la mort : 164 526, Fagenbaum s'approcha de moi et réussit à me dire seulement : "Attends-toi au pire. Si je peux, je tâcherai de venir dans votre camp." Mon père le pressa de questions : "Mais c'est quoi, le pire ?

– Tu as vu la fumée, là ? C'est des gens qu'on brûle. Ceux de la colonne de gauche.

– Mais pour ma femme ? Tu ne peux rien faire ?

– Non, rien." »

Dès le début de son livre *Si c'est un homme*, Primo Levi présenta le tatouage comme le premier pas vers la perte d'identité et la déshumanisation. Le tatouage était une particularité d'Auschwitz. Dans les autres camps, à Mauthausen par exemple, les détenus, à la manière des soldats, portaient des plaques sur lesquelles était gravé leur matricule.

« ILS NOUS ENLÈVERONT JUSQU'À NOTRE NOM… »

« Ils nous ont pris nos vêtements, nos chaussures, et même nos cheveux ; si nous parlons, ils ne nous écouteront pas, et même s'ils nous écoutaient, ils ne nous comprendraient pas. Ils nous enlèveront jusqu'à notre nom : et si nous voulons le conserver, nous devrons trouver en nous la force nécessaire pour que derrière ce nom, quelque chose de nous, de ce que nous étions, subsiste[1]... »

Pourquoi ne pas se suicider tout de suite ? Mon père, grâce à son foutu caractère d'insoumis, par bravade à l'égard de ces Allemands qui voulaient le tuer, par esprit de résistance, parce qu'il s'était mis dans la tête qu'il faudrait raconter au monde le sort qu'on avait réservé aux Juifs, aussi parce qu'il avait laissé derrière lui deux enfants qui, s'il disparaissait, deviendraient orphelins, s'était juré de ne jamais flancher et d'employer toutes ses forces à vivre. Et puis il fut tondu. Ce n'est qu'après tous ces rituels nécessaires à la transformation de l'homme en un déporté, après que, une à une, les marques de son existence sociale furent détruites et qu'il fut devenu un simple numéro dans la foule anonyme des camps que mon père fut transféré au camp de Birkenau où il fut interné dans le secteur de quarantaine.

« Il y avait un camp de quarantaine destiné à isoler les suspects de maladies contagieuses. On est resté dans ces baraquements huit à dix jours, sans travailler, sous la surveillance des Kapos. La plupart du temps, il s'agissait de Polonais ou d'Ukrainiens. C'étaient eux qui distribuaient la soupe et le pain, les vivres et qui en volaient une grande partie. Quand ils distribuaient la soupe, ils ne remuaient jamais le fond qui était plus concentré et ne nous donnaient que le dessus, c'est-à-dire l'eau avec quelques épluchures de pommes de terre et quelques rutabagas. Parfois, c'était une soupe de pois. On s'en réjouissait toujours parce que ça remplissait un peu plus. Avec ça, ils donnaient un petit morceau de margarine qui pesait cinq ou six grammes. Même pour le café, on n'avait jamais "la louche" qui faisait à peu près trois quarts de litres. »

---

1. Primo Levi, *Si c'est un homme*, *op. cit.*

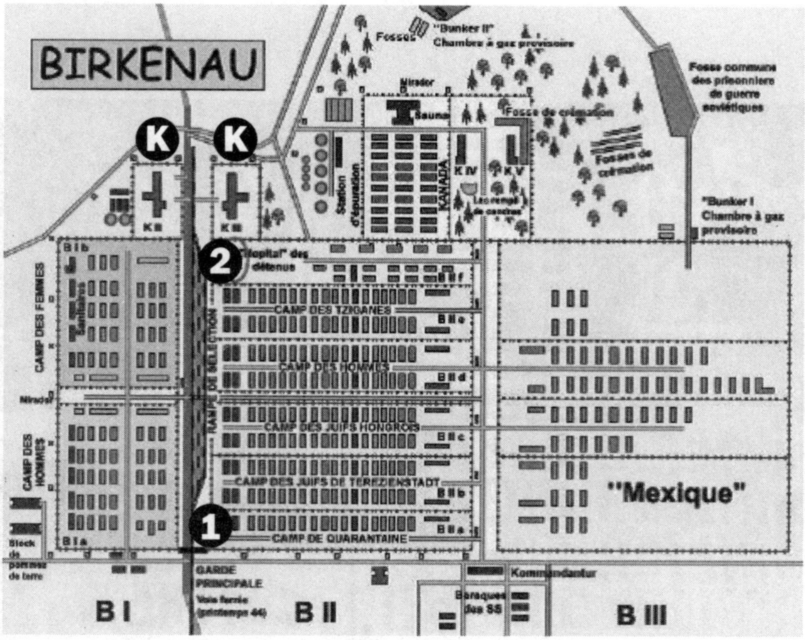

Plan d'Auschwitz-Birkenau.
1. Le camp de quarantaine où mon père fut interné.
2. Le camp-hôpital où il fut radiologue. K : Les crématoires.

Le Dr Hirsch a donc été à proximité des crématoires, de la rampe de sélection et du *Kanada* tout le temps qu'il fut dans l'unité du Dr Mengele.

Dans ce camp de quarantaine, plus de 32 000 détenus, hommes et femmes, séjournèrent. 2 000 y moururent et plus de 3 800 furent sélectionnés pour les chambres à gaz. Les déportés étaient couchés sur des châssis en bois superposés et laissés à la merci des *Kapos*, ces prisonniers de droit commun qui faisaient la police en lieu et place des SS. Leur violence était la garantie de leur survie. Ils étaient là pour exécuter les sales besognes.

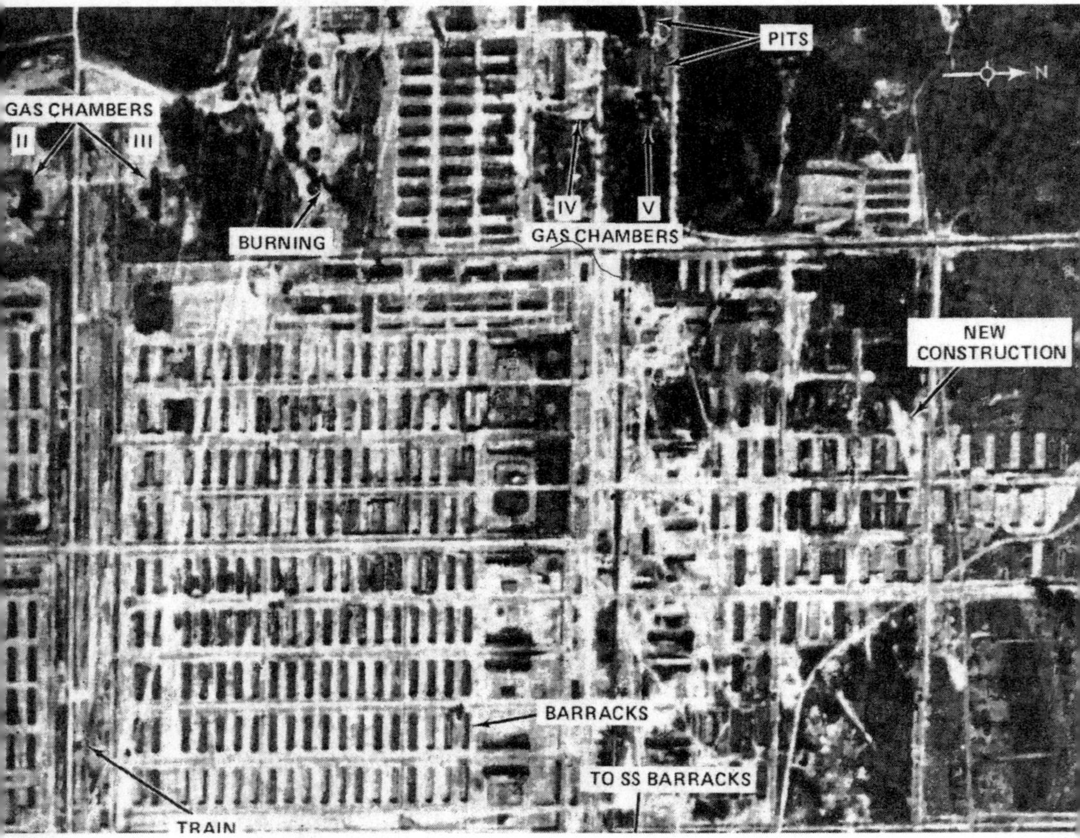

Vue aérienne du camp de concentration d'Auschwitz Birkenau,
le 26 juin 1944 par la CIA. Vues des fosses, chambres à gaz,
incinération, nouvelle construction, baraques,
vers les baraques des S.S., train.

« Nous ne sortions pas. On faisait en sorte de ne pas trop s'éloigner de la pièce réservée aux Kapos qui était le seul endroit chauffé dans le baraquement. Pour se tenir chaud, on s'est allongés les uns contre les autres. Et puis on se racontait des histoires, des histoires de libération évidemment ; on se persuadait que tout ce que disaient les Kapos, les déportés venus du camp principal sur les chambres à gaz et les crémations étaient des mensonges racontés pour nous effrayer. C'est ainsi qu'on essayait d'échapper à l'inéluctable.

On ne peut pas dire que j'avais le moral. J'étais plutôt dans un état d'abrutissement total à cause de la fatigue du voyage, du manque de sommeil et de nourriture.

Dès les premiers jours, certains avaient abandonné la partie, se mettaient à pleurer et multipliaient les crises dépressives. Pour ma part, je n'avais pas tellement le temps de trop penser car j'étais occupé à surveiller les allées et venues dans le camp, pour voir comment cela allait tourner.

Puis on nous fit sortir deux fois par jour de ces baraquements pour l'appel. C'était quelque chose d'extraordinaire car cela pouvait durer une ou deux heures, parfois plus quand il y avait eu des tentatives d'évasion.

Je me souviens encore du froid mordant de la plaine polonaise. Beaucoup finissaient par s'effondrer ; à coups de pied, on essayait de les ranimer. Certains sont morts sur place, surtout ceux qui avaient des problèmes cardiaques.

Au bout de quelques jours, des responsables du camp sont venus nous voir pour répertorier sur des listes ce que nous étions dans le civil, pour voir s'il n'y avait pas des gens utiles au fonctionnement du camp. C'est là que j'ai déclaré que j'étais médecin et qu'ils remarquèrent que je savais parfaitement parler allemand.

Puis on nous a emmenés subir un examen mené par le médecin-chef, le colonel Verstellen. Il est resté célèbre dans les annales de Birkenau. Il nous tapait dessus comme les Kapos pour un oui et pour un non. C'est lui qui m'a expédié au camp des travailleurs, à l'"Arbeit", après m'avoir examiné.

Mais à ma grande chance, je fus nommé *Pfleger* du camp, c'est-à-dire secrétaire (littéralement « aide »). Je faisais toutes sortes de corvées, pendant que les autres travaillaient à l'usine.

Il fallait laver, nettoyer, désinfecter, aller chercher la soupe. Pour la moindre négligence : schlague, et surtout suppression de la soupe, à moi comme aux autres.

Après quelques semaines à ces corvées, j'ai été envoyé inspecter les travailleurs à l'entrée du camp pour vérifier leurs poux, vecteur du typhus. Les SS avaient peur du typhus qui ne distinguait pas les uniformes noirs des pyjamas rayés. »

La première épidémie de typhus avait eu lieu à Auschwitz en juillet 1942. Elle fit 20 000 victimes d'un coup.

« Il nous revenait de déclarer tel ou tel typhique et dès que quelqu'un était suspect sur ce sujet, c'était le gaz. On faisait tout pour les cacher. Mais on risquait la mort pour ça. Il n'était pas rare que le Kapo prenne lui-même les températures pour voir s'il n'y avait pas des malades qui se dissimulaient ici ou là.

Pour nous médecins, ça ne pouvait pas durer longtemps, car nous étions en contact avec les malades toute la journée. J'ai tenu deux mois sans rien attraper. Cela tient au fait que j'avais été bien nourri à Auvillar. Soignant des paysans toute la journée, j'étais payé en retour en jambons et légumes. Jusqu'à Drancy, nous avons mangé à notre faim, ce qui fait que, physiquement, j'étais assez résistant. »

Dans son malheur, Djigo eut la chance d'être médecin et de savoir parfaitement parler l'allemand. On n'imagine pas quel atout décisif c'était. Il ne fut pas tout de suite mis au travail, ce travail épuisant auquel on astreignait les déportés à Birkenau. Henri Borlant, âgé de seize ans quand il arriva à Auschwitz, raconte cette réalité terrible :

« Après, le travail a commencé. C'était encore l'enfer. On était en plein été. Au début, c'était un travail sans utilité : on nous faisait porter des caisses en bois, affreusement lourdes, qu'il fallait charger de cailloux, de terre. Avec des brancards, un homme devant, un autre derrière. Il fallait porter en courant la caisse à quelques centaines de mètres. De chaque côté, il y avait les Kapos et des sous-chefs, avec des gourdins. Ils nous tapaient dessus. Si l'on renversait la caisse, on prenait des coups ; si on faisait tout comme il fallait, on prenait des coups aussi. Le lendemain, on rapportait la terre où on l'avait prise. [...] La seule nécessité de ce travail était de nous épuiser et de nous faire crever un peu plus vite. Dès les premiers jours, il en est mort des quantités. C'étaient des journées qui n'en finissaient pas. On avait sur tout le corps des plaies infectées, surtout aux pieds. La hantise, c'était de laisser voir que l'on était malade, parce qu'on nous envoyait alors à l'hôpital et on disparaissait[2]. »

Cependant, au bout de deux mois de ce régime hypocalorique, mon père avait maigri et avait fini par attraper le typhus. Il s'était autodiagnostiqué un typhus exanthématique, une maladie très contagieuse, transmise par les poux et dont les premiers symptômes étaient une poussée de fièvre, des éruptions cutanées et des troubles de la conscience. La maladie était redoutée même par les SS. Dans des organismes déjà affaiblis, la maladie se développait d'une manière foudroyante et entraînait, la plupart du temps, **une mort rapide**.

*

L'agonie

De fait, il sombra rapidement dans le *tuphos*, une sorte de torpeur qui annonce la mort. Se lever commença à lui demander un effort surhumain. Tenir debout devint impossible. Il avait 40 °C de fièvre. Il était au bout. Il perdait peu à peu conscience. Malgré ses efforts désespérés, il n'arrivait même plus à évoquer le visage de sa femme

2. Henri Borlant, « *Merci d'avoir survécu* », Paris, Seuil, 2011, p. 87-88.

et de ses deux enfants pour prendre congé. Le 164 526 allait mourir et le savait.

Arrive le camion qui récolte les mourants et les morts pour les amener au crématoire. On y charge mon père sur le tas de carcasses et de mourants en vrac. Le camion démarre.

À cet instant, Djigo savait qu'il allait à la mort, que c'était fini, que tout était fini, quand, avec les maigres forces qui lui restaient, il entendit une voix gutturale… Un officier arrête le camion et y monte. On cherche un médecin – Un radiologue – Parlant couramment l'allemand – On cherche le n° 164 526 – On cherche le Dr Hirsch – Car Mengele avait absolument besoin d'un radiologue pour immortaliser ses géniales « expériences ». Il avait déjà à sa disposition un remarquable anatomopathologiste, Miklós Nyiszli, qui, miraculeusement sorti sauf d'Auschwitz, écrivit plus tard un récit stupéfiant, *Médecin à Auschwitz*[3].

Dans une sorte de brouillard, il semblait à mon père que cet officier avait un uniforme bien coupé, élégant, et qu'il s'exprimait avec distinction : il demande au 164 526 s'il est bien le médecin radiologue parlant allemand comme c'est écrit sur sa liste. Péniblement, mon père lui répond que oui. Pour vérifier, le type lui demande de lui citer le nom d'un bacille de la dysenterie. Comment allait-il arriver à se souvenir de quoi que ce soit dans l'état où il se trouvait ? Mais, par un concours extraordinaire de circonstances, mon père avait, durant ses études de médecine, établi un moyen mnémotechnique pour retrouver le nom de ce bacille qui lui échappait toujours. Du fond

3. Miklós Nyiszli, *Médecin à Auschwitz, Souvenirs d'un médecin déporté*, Paris, Julliard, 1961.

Josef Mengele.

de sa torpeur, il dit presque mécaniquement : « Shiga ». Et encore dans un allemand parfait !

Mengele – car c'était lui – acquiesça.

L'homme aimait les réponses précises. *« Alles in Ordnung »* (« Tout est en ordre »). Alors on retire Sigismond Hirsch du camion qui reçoit l'ordre de repartir vers les crématoires ; et, immédiatement, Mengele ordonne de mener mon père à l'infirmerie, le *Häftlingskrankenbau*, l'hôpital des hommes, le petit empire de Mengele. (On mesure ici la terrible perfection de l'organisation allemande, capable de retrouver ainsi un homme, si elle le souhaitait, même parmi un tas de mourants et de cadavres.)

On le met dans un coin, sous un toit où il faisait beaucoup moins froid que dehors (on était fin janvier 1944). On lui donne deux couvertures et des boissons chaudes abondantes, car il était incapable de manger, toujours à moitié dans son *tuphos*, sa torpeur. Lentement, il reprit connaissance, et on devait vraiment avoir besoin de lui, car ordre était donné de lui apporter autant de soupe qu'il souhaitait. On voulait qu'il vive. On lui donne même à manger, et le donneur d'ordre, c'était Mengele lui-même.

Le typhus exanthématique est une maladie grave en elle-même et qui tuait, en l'absence de médicaments. La rage de vivre de mon père, sa jeunesse, son instinct de survie hors du commun firent merveille. Il fut d'aplomb en moins d'un mois et eut la surprise glaçante d'être désigné comme l'assistant du médecin d'Auschwitz-Birkenau : le Dr Mengele.

Le bloc 1 abritait l'administration médicale SS ainsi que les médecins et les pharmaciens. La chirurgie était installée au bloc 2. C'est non loin de là qu'une salle de radiologie fut mise au service de Djigo. En revanche, la salle de dissection occupée par le Dr Miklós Nyiszli, qui a laissé un témoignage précis sur les expérimentations de Mengele, se trouvait à quelques encablures de là, près des deux crématoires. À ce titre, et à la différence de Djigo, il appartenait au *Sonderkommando.* C'était un groupe de Juifs qui avaient pour mission de vider les chambres à gaz de leurs cadavres et de les charger dans les fours crématoires après leur avoir arraché les couronnes dentaires en or. Fait particulier, tous les trois mois, le *Sonderkommando* était liquidé et remplacé par un autre pour qu'il ne reste aucun témoin. Par exception, parce que Nyiszli était un remarquable anatomopathologiste et qu'il était devenu indispensable aux expérimentations du Dr Mengele, il survécut à toutes les exécutions successives[4].

4. Jean-François Forges et Pierre-Jérôme Biscarat, *Guide historique d'Auschwitz et des traces juives de Cracovie*, Paris, Éditions Autrement, 2011, p. 122.

1. *Hirsch père et fils, Maurepas, 1987.*

2. *Anne Hirsch, Paris 2013.*

3. *Été à Saint-Tropez en famille.*

4. Avenue de Messine, Paris VIIIe. Médecin-directeur du Cosem en famille.

5. Maison du Dr Hirsch à Auvillar 1962.

6. Élévation au grade de grand officier de la Légion d'honneur de Sigismond Hirsch par le président de la République, François Mitterrand.

7. Le président François Hollande et Jean-Raphaël Hirsch (2012).

8. Statue du « Juste parmi les Nations ». Sculpture de Médée.

9. *Cour de la Colombe d'Or : Sigismond Hirsch et Flore, Jacques Prévert et sa femme, Jacques Le Tisserand, 1969.*

10. *Flore, Sigismond et Jean-Raphaël Hirsch déjeunant à la Colombe d'Or, devant une céramique de Léger.*

11. Verso de la photo numéro 9 avec un dessin de Prévert.

12. *Brueghel,* Paradis terrestre.

Auschwitz comportait alors trois grands secteurs complétés par une cinquantaine de petits camps répartis dans la région :

– Auschwitz I, ouvert à la mi-1940,

– Auschwitz II, dénommé Birkenau, ouvert en octobre 1941, centre d'extermination immédiate et aussi camp de concentration où plus d'un million de personnes périrent,

– Auschwitz III ou Monowitz, inauguré en mai 1942, camp de travail forcé au profit des usines chimiques allemandes IG Farben.

Les déportés arrivaient dans l'ancienne gare de marchandises d'Auschwitz, par la *Judenrampe*, et devaient marcher environ un kilomètre jusqu'à Birkenau. Mais à partir du printemps 1944, au moment de l'arrivée des Hongrois, on prolongea la voie ferrée jusqu'à l'intérieur de Birkenau pour rapprocher les arrivants des chambres à gaz.

À la sortie du train avait lieu **la sélection** : les faibles, les vieillards, les enfants, les malades, les femmes enceintes étaient conduits immédiatement aux chambres à gaz dans des camions. Les adultes à partir de seize ans étaient eux orientés vers les travaux forcés, déshabillés, tondus et tatoués.

Tous les matins, six fois par semaine, les déportés partaient au travail au rythme d'une marche interprétée par un orchestre de détenus.

Début 1942, on construisit quatre complexes de chambres à gaz et de crématoires appelés K II, K III, K IV et K V. Les chambres à gaz pouvaient contenir 1 400 personnes au maximum. Un pommeau de douche au plafond distribuait un gaz, le Zyklon B d'IG Farben, qui provoquait une mort lente et douloureuse, tuant en deux à dix minutes environ.

C'est ainsi qu'on a assassiné ma mère.

CHAPITRE 14
Médecin à Auschwitz chez le Dr Mengele. Janvier 1944-janvier 1945

« La probabilité pour survivre à Auschwitz était quasi nulle. Au total, nous sommes revenus 2 500 sur 76 000 déportés juifs de France. Il fallait avoir à Auschwitz "la chance" de ne pas être sélectionné et gazé dès l'arrivée comme l'étaient 90 % des nôtres. J'étais jeune (trente-sept ans) et sportif, volontaire, et je parlais parfaitement l'allemand, l'ayant appris adolescent dans les gymnasiums allemands de Roumanie. Enfin, j'étais médecin radiologue et c'est sans doute la conjonction de tous ces facteurs qui m'a sauvé à plusieurs reprises de façon décisive. C'était pourtant insuffisant pour être assuré de survivre, car nous étions en péril de mort à chaque seconde et donc en état de stress permanent. »

En 1943, la machine à assassiner a pris son rythme de croisière. Dans cet univers fou, un démon émerge : Mengele.

Qui est Mengele ?

Joseph Mengele a laissé un souvenir d'épouvante, de tueur de sang-froid qui terrifiait jusqu'à ses collègues officiers SS.

« Il était petit, brun et n'avait pas les yeux bleus, écrit Djigo. Il était le contraire de ce qu'il aurait voulu être, grand, blond… Nous n'avions pas de conversations avec lui. Il posait des questions et nous lui répondions. Il était content ou pas content. Il voulait des changements ou n'en voulait pas. »

Mengele naquit le 16 mars 1911 à Günzburg, dans la très catholique Bavière et dans une famille aisée, avec un père riche industriel, très nationaliste. Sa mère était une brute autoritaire, elle exigeait qu'on lui obéisse en tout. Le père, lui, rêvait que Joseph, son fils aîné, reprenne la direction de l'usine. C'était un nazi antisémite borné, inflexible, qui avait deux autres garçons. Quand il arrivait dans son usine, il aboyait sans arrêt et sa femme était du même moule.

Dévote, pieuse, elle était terrible en matière de discipline, si bien que Mengele a toujours souhaité faire quelque chose d'exceptionnel pour se démarquer de son milieu familial.

Très ambitieux, prenant de la distance vis-à-vis de sa famille, le jeune et beau Mengele souhaitait, lui, tout autre chose que la direction d'une usine de province.

Il voulait poursuivre ses études et était fasciné par la science et plus encore par la biologie. Sa motivation profonde était de devenir professeur de médecine. Il intégra l'université de Munich en 1930, à dix-neuf ans à peine. Il était déjà depuis quelque temps sensible au discours d'un ancien caporal de la Grande Guerre, Adolf Hitler, qui prononçait des discours enflammés dans les brasseries bavaroises sur la pureté héréditaire de la race aryenne.

À vingt ans, il adhéra aux casques d'acier.
À vingt-trois ans, il entra aux Sections d'assaut (SA).
À vingt-huit ans, il devint SS.

En 1935, déjà, il soutint un premier mémoire d'anthropologie consacré à la mâchoire inférieure des groupes raciaux, tentant de montrer absurdement la supériorité de l'Européen nordique de race aryenne. Il faut savoir que l'anthropologie sociale et culturelle était très en vogue dans les années 1930.

Le plus extraordinaire est qu'il souffrait lui-même d'une malformation de la mâchoire : l'absence symétrique de deux molaires dans son maxillaire supérieur ainsi qu'un vide entre les incisives supérieures[1].

1. Jorge Camarasa, *Le Mystère Mengele. Sur les traces de l'Ange de la mort en Amérique latine*, Paris, Robert Laffont, 2009 [1re éd. 2008], p. 22.

En 1938, il obtint son doctorat ; sa recherche portait encore sur les déformations buccales et maxillaires. Plus tard, il écrivit un ouvrage consacré à la transmission héréditaire de la *Fistula Auris*, une fente anormale dans le cartilage de l'oreille. Il eut l'immense honneur de le voir publié par l'Institut de biologie héréditaire et d'hygiène raciale de Francfort.

Le jeune Beppo – surnom donné à Mengele par ses camarades – s'enthousiasma pour des professeurs tels que Fisher, qui publia en 1913 un ouvrage intitulé *Héritage humain et enseignements d'hygiène raciale*, ou encore Otmar von Verschuer, directeur du nouvel institut d'anthropologie et d'eugénésie Kaiser-Wilhelm de Berlin. Ces deux éminences du savoir allemand tâchaient de montrer l'importance de la génétique dans l'anthropologie, pensant ainsi pouvoir établir la supériorité de la race aryenne grâce à des preuves scientifiques incontestables.

Les travaux de Mengele sur les jumeaux poursuivaient le même objectif, comme le raconte très bien Nyiszli :

> « Faire un pas en avant dans la recherche de la multiplication de la race supérieure désignée pour la domination est un "noble but". Si l'on pouvait arriver à ce que dans l'avenir chaque mère de race aryenne pure accouche autant que possible de jumeaux, on obtiendrait rapidement une magnifique population de grands blonds aux yeux bleus apte à dominer le monde[2]. »

De 1940 à 1943, Mengele servit dans la Waffen-SS et, courageux, extirpa d'un char allemand en feu deux soldats, ce qui lui valut plusieurs blessures qui le mirent hors d'état de combattre. Pour cette action, on lui attribua la

2. Miklós Nyiszli, *Médecin à Auschwitz, op. cit.*, p. 62.

croix de fer et le titre de *Haupsturmführer* (capitaine) et on l'expédia « à l'arrière » pour une mission « médicale ».

Quand il arriva à Auschwitz, le 30 mai 1943, il crut avoir la chance de sa vie : il pourrait enfin mener à grande échelle des expérimentations sur des cobayes vivants et apporter la réponse définitive que ses maîtres avaient si longtemps cherchée : la supériorité de la race aryenne.

En vingt mois, du 30 mai 1943 au 17 janvier 1945, date de l'évacuation d'Auschwitz, l'inconnu Mengele devint le plus grand tueur du monde de tous les temps. Un *serial killer* qui doit sa gloire satanique à l'exacte coïncidence entre son apogée personnelle et celle du nazisme, auquel il adhérait passionnément : ayant décliné la direction de la petite usine provinciale de son père, il devint le patron de la plus grande usine de mort du monde, Auschwitz-Birkenau.

Mais que fait Mengele ? Il participe aux sélections à l'arrivée des trains et remplit les chambres à gaz, il abat lui-même certains déportés et va utiliser les déportés pour ses « expériences médicales » sur des hommes et des femmes, tout aussi horribles et absurdes les unes que les autres et dont on pourrait faire un très long catalogue. Tout particulièrement, il fait mettre des jumeaux dans des blocs à part, les examine et fait des dossiers, puis les tue. Bien entendu, ces « expériences » n'ont rien de scientifique, n'apportent rien, ne déboucheront sur rien, et cependant il les continue dans un délire obsessionnel, espérant valoriser son ego en envoyant à Berlin des rapports méticuleux auprès de son maître, Otmar von Verschuer, sur ses expériences qui étaient toutes des absurdités. Son objectif essentiel est d'optimiser la reproduction des soi-disant êtres supérieurs que seraient les aryens. Pourtant, il n'a aucune formation de généticien. C'est un collectionneur d'anomalies physiques qui « expérimente » comme le fait de son côté le Pr Clauberg. (C'est Himmler lui-même qui avait créé l'*Ahnenerbe* qui organisa les pseudo-expériences dans le domaine racial.) En fait, Mengele a trouvé auprès du Pr Otmar von Verschuer un maître, et en réalité, le vrai père qui lui a manqué depuis son enfance et qui travaille à l'institut d'anthropologie de Berlin.

Ambitieux, c'est peu de dire que Mengele se plaisait à Auschwitz. Il « était » Auschwitz, craint de tous, y compris des SS. Il était un jeune médecin, capitaine nazi super décoré, capable de tuer ou de faire tuer n'importe qui, n'importe quand. C'est grâce à cela, à cette situation, qu'il va tout faire pour assouvir une dévorante ambition de gloire et de reconnaissance.

Djigo fut surpris par l'amateurisme du protocole scientifique suivi par Mengele à Auschwitz. Une espèce de bricolage qui ne pouvait déboucher sur rien de bien solide ni de très probant :

> « Il faisait des espèces de colloques où nous devions venir, moi avec mes radios et des interprétations, les autres chacun avec leurs observations, pour présenter les cas qui sortaient de l'ordinaire. Mais nous étions des praticiens et non pas des chercheurs. On voulait nous faire faire un travail pour lequel nous n'étions pas préparés. Le travail que nous effectuions n'était pas suffisant pour des recherches scientifiques. Au lieu de faire reposer ses observations sur des bases solides, il voulait seulement confirmer son idée préconçue.
>
> Était-ce un trouillard qui voulait sauver sa peau, un médiocre arriviste ou quelqu'un qui voulait grimper parce qu'il pensait que le règne nazi serait universel ? Qui peut le savoir ?
>
> Mais par quelle conviction le nazi Mengele était-il poussé ? Surprise, il ne jugeait pas les Juifs inférieurs à lui au point de

vue intellectuel, puisqu'il ne travaillait qu'avec des Juifs. Il n'y avait aucun médecin allemand ; il n'y avait que des Juifs de tous les pays. De plus, ce que l'on sait très peu, c'est qu'il avait choisi comme maîtresse une très belle fille juive polonaise et qu'il l'a peut-être aidée à se camoufler.

Moi je pense qu'il croyait à la science. Au contraire, des camarades disaient qu'il n'y croyait pas et qu'il n'était qu'un faux savant. Il était très intelligent et avait même des connaissances médicales non négligeables pour un médecin généraliste. »

Mais pourquoi alors se livrer à des expérimentations sadiques sans aucun fondement scientifique ? Par exemple :

« Un jour, il voulut voir s'il n'y avait pas moyen de changer la couleur des yeux en injectant directement dans la pupille du bleu de méthylène. Vous voyez ça ! Prendre des gosses et leur faire cette injection. Des hurlements affreux ; rien ne les calmait, ces gosses, alors il les a fait liquider tout de suite.

Je crois aussi qu'il était passionné, tout du moins en ce qui concerne l'histoire de l'anatomie pathologique, parce que ce médecin hongrois, Miklós Nyiszli, qui était en contact avec lui et vivait près du crématoire contrairement à nous, faisait beaucoup d'autopsies en sa présence. »

L'examen des jumeaux et des nains suivait toujours le même protocole. Il était divisé en deux étapes : l'examen *in vivo* auquel participait Djigo en faisant des radiographies et l'examen anatomo-pathologique qu'effectuait après la mort le Dr Miklós Nyiszli.

« Moi, je me contentais de les examiner, raconte Djigo. Dans le petit bloc de radiologie, je prenais des clichés de leurs squelettes. Toutes ces radios étaient versées aux dossiers qu'on constituait pour chacun des patients. Mengele était très sourcilleux sur leur tenue. Gare à celui qui faisait la moindre tache dessus.

Je témoigne que, jamais, je n'ai vu aucun confrère recruté par Mengele commettre devant moi un acte répréhensible ou de collaboration avec ce fou assassin, un acte qui aurait pu nuire à l'un de nos camarades. Bien au contraire, nous prenions parfois des risques extrêmes pour tenter de les sauver. »

Mon père n'avait pas accès à la salle d'opération et encore moins à la salle de dissection du Dr Miklós Nyiszli. Il plaçait les radios dans le dossier qui était transmis ensuite à Nyiszli pour la dissection.

« Là où j'étais, il y avait une vingtaine de médecins groupés avec des chirurgiens et toutes sortes de spécialistes. Nous n'avions pas beaucoup de contacts entre nous car le camp était grand et chacun avait un coin dans un petit bloc où il faisait son travail. Nous ne nous réunissions que quand Mengele passait : parfois une ou deux fois par jour, d'autres fois on ne le voyait pas de la journée. »

Mais chacun savait ce qu'il advenait des cobayes de Mengele :

« Il y avait dans ce camp de Birkenau un bloc opératoire où de jeunes médecins SS, des étudiants en médecine, peut-être même de simples infirmiers, venaient quelquefois faire des opérations ou s'exercer à faire des opérations.

Thilo, qui se préparait à être gynécologue, s'exerçait sur des femmes qui n'avaient rien ; il enlevait les utérus pour parfaire sa technique opératoire. Après l'opération, on ne gardait pas ces femmes plus de quinze jours ou trois semaines ; on les gazait, on s'en débarrassait.

Dans notre bloc aussi, on a vu toutes sortes d'opérations. Mais là, avec de vrais chirurgiens qui soignaient leurs camarades déportés. En effet, il y avait deux ou trois chirurgiens parmi les déportés. Je me souviens notamment de l'un d'entre eux qui était polonais ; il s'appelait Hermann. Il nous expliquait en sortant, car nous n'avions pas accès à la salle d'opération, le genre d'opération qu'il faisait : il incisait des abcès toute la journée parce que sur les corps des déportés, le moindre coup, le moindre choc donnait des hématomes qui se transformaient en abcès. Il n'y avait pas de pansements, pas de coton ; il n'y avait que du papier, des rouleaux de papier, et il fallait changer ça matin et soir, parce que ça collait et que ça répandait une odeur épouvantable quand on approchait.

Quant aux nazis, nous savions aussi qu'ils pratiquaient la stérilisation par rayons X sur les femmes. Parfois ils injectaient des substances corrosives pour boucher les trompes. Une de mes cousines, Irène Garon, a subi cette injection sclérosante. Quand on n'en mourait pas, on faisait des occlusions intestinales par brides. Chez les hommes également, ils pratiquaient l'ablation des testicules, surtout lorsque les Juifs grecs sont arrivés. Ils choisissaient des jeunes, entre vingt et vingt-quatre ans. Ils les irradiaient. Ils n'avaient pas tellement de spécialistes ; parfois c'étaient des SS et des infirmiers qui donnaient la dose. Il fallait à peu près 500 hertz, mais le plus souvent ils administraient des doses beaucoup plus fortes. Les déportés hurlaient ; c'était un supplice de les entendre. Mais ça ne durait jamais parce qu'ils les gazaient pour faire disparaître les traces. »

De son côté, Miklós Nyiszli a raconté ce qu'il faisait des corps qu'il recevait après leur exécution par Mengele lui-même.

« Les adultes jumeaux savent qu'ils sont intéressants du point de vue scientifique ; dans l'espoir de conditions meilleures, ils se présentent volontairement. Il en va de même pour les nains. [...] On effectue sur eux tous les examens médicaux que le corps humain est capable de supporter. Des prises de sang, des ponctions lombaires, des échanges de sang entre frères jumeaux, ainsi que d'innombrables examens, tous fatigants et déprimants. Dina, l'artiste peintre de Prague, exécute les dessins comparatifs des crânes. [...]

Aux recherches *in vivo* succédera la phase la plus importante de l'étude de la gémellité : l'étude comparative du point de vue anatomique et anatomo-pathologique. [...] Étant donné qu'il faut accomplir la dissection pour l'appréciation simultanée des anomalies, les jumeaux doivent mourir en même temps. Aussi meurent-ils dans une des baraques KZ d'Auschwitz, dans le quartier B, et par la main du Dr Mengele. [...]

Des mains des SS je prends les documents concernant les cadavres. Ce sont les dossiers des deux petits frères jumeaux. Le *Kommando*, formé de deux femmes, dépose devant moi la civière recouverte. Je soulève la couverture. Elle cache deux jumeaux de deux ans. Je donne l'ordre à deux de mes hommes de transporter les cadavres et de les déposer sur la table de dissection.

J'ouvre le dossier et le feuillette. Des examens cliniques très poussés accompagnés de radiographies, de descriptions et de dessins artistiques. [...]

Je note dans le procès-verbal chaque phase de la dissection. J'enlève la calotte crânienne. J'en extrais simultanément le cerveau et le cervelet. J'examine l'ensemble. Suivent l'ouverture du thorax et l'enlèvement du sternum. Ensuite, j'écarte la langue par une ouverture pratiquée sous le menton. En même temps que la langue vient l'œsophage et, avec les voies respiratoires, les deux poumons. Je lave les organes pour y voir clair. Tout est plein de sang. La plus petite tache ou la différence de couleur la plus insignifiante peut fournir des indices importants. Je fais une coupe transversale à travers le péricarde. J'enlève à la cuiller le sérum qui s'y trouve.

Je sors ensuite le cœur ; je le mets sous le robinet pour le laver. Je le tourne et retourne dans ma main pour l'examiner. [...] **Il a reçu une piqûre de chloroforme dans le cœur afin que le sang du ventricule en se coagulant se dépose sur les valves et amène immédiatement la mort par arrêt du cœur**[3]. »

De par le caractère imprévisible de son comportement, Mengele était redouté de tous. Il pouvait être charmant avec

3. Miklós Nyiszli, *Médecin à Auschwitz, op. cit.*, p. 60-64.

un déporté quelques instants et l'envoyer soudain à la mort la minute suivante. Tous ceux qui étaient à son contact ne savaient jamais ce qu'il allait décider l'instant d'après.

« Quand les Juifs tchèques sont arrivés, raconte Djigo, ils ont été mis dans un camp, près de notre camp-hôpital, dans lequel ils sont restés plusieurs mois. Mengele a sélectionné quelques médecins réputés parmi eux. L'un d'eux l'a supplié d'épargner sa famille. Mengele l'a engueulé : "Ça ne te suffit pas que je te sauve ta peau ?"

La nuit suivante a été épouvantable. Il a fallu que nous rentrions dans nos baraques et, derrière la fenêtre de mon petit bloc de radiologie, j'ai pu voir défiler des camions avec des chargements de femmes, d'hommes et d'enfants qui poussaient des cris épouvantables parce qu'ils savaient : ça a duré toute une nuit et une partie de la journée suivante. Ça s'est répété, quelque temps après, avec les Tziganes.

Mengele pourtant les avait longtemps protégés, notamment à cause des nombreux jumeaux qu'il y avait dans leurs camps. Il n'était pas rare qu'il leur distribuât des bonbons. Il jouait même avec les gosses parfois. »

Mengele prenait du plaisir à théâtraliser ses actes meurtriers comme lorsqu'il traça une ligne sur le mur du bloc des enfants à une hauteur comprise entre 1,50 m et 1,56 m et envoya à la chambre à gaz tous ceux dont la tête n'atteignait pas cette ligne.

« Et, comme le remarque Djigo, le calme apparent du tueur Mengele en était plus glaçant encore. Toujours habillé avec élégance, très détendu, il effectuait souvent les sélections à l'arrivée des trains. Si ses autres collègues médecins, Wirth, Fischer, Klein, Thode, Frank ou Lucas, étaient souvent indécis, hésitants et surtout plus stressés, Mengele jouait de la cravache avec détachement. Il y avait une chose qu'il n'aimait pas, c'était le désordre. »

Efraïm Stiebelmann, un Juif préposé à la réception des convois, en témoigne :

> « À l'arrivée d'un convoi de Lodz [...], une femme ne veut pas se séparer de sa fille. [...] Mengele ordonne aux sentinelles d'emmener l'enfant de force. La femme bondit sur le soldat, le mord et le griffe au visage. Mengele dégaine et abat la femme et la fillette. Et puis il s'écrie : "Balayez-moi cette merde." »

Mengele excellait dans la sélection rapide des déportés qui sortaient des convois : *links, rechts, links, rechts*, vie, mort. Parfois, il sifflotait des airs d'opéra, car il aimait la grande musique, la culture...

De là où il était, Djigo assistait quotidiennement à l'arrivée des trains :

> « Dans le camp, j'étais bien placé. Il se trouvait que le bloc où j'exerçais était sur le passage de ceux qu'on amenait par la voie la plus directe vers les fours crématoires. Il y en avait quatre ; ils étaient groupés deux par deux. L'un d'entre eux était situé à *100, 150 mètres de mon baraquement.*
>
> Quand il y avait trop de convois qui arrivaient, quand les quatre fours crématoires qui brûlaient 12 000 à 14 000 cadavres par jour ne suffisaient plus, les nazis faisaient creuser des fossés, en triangle. Ils mettaient quelques barres de fer en travers et on jetait dessus des couches et des couches de cadavres. Les enfants étaient parfois jetés vivants. Certains SS étaient miséricordieux, car avant de les jeter dans la fournaise ils les achevaient en faisant éclater leur tête contre un mur. Toute la journée le charnier brûlait, entretenu par la graisse fondue des cadavres.
>
> Il y avait des *Kommandos* de dentistes qui arrachaient les dents chaque fois qu'il y avait de l'or ou des obturations en platine. Je ne parle pas de ce que les gens apportaient et qui était entreposé dans ce que l'on appelait le Canada, parce qu'il y avait tant de choses dans cet entrepôt qu'on pensait, un peu

bizarrement, qu'il n'y avait qu'au Canada qu'on pouvait trouver une telle abondance. »

Pour autant, mon père était formel sur Mengele :

« En apparence, il n'était pas fou ; il semblait être d'une intelligence au-dessus de la moyenne. Mais il est difficile de donner l'image complète de sa personnalité du fait que nous n'avions pas d'échanges. Le seul sujet de conversation que nous avions, c'étaient des discussions médicales, et on ne peut pas dire que c'étaient de vraies discussions.

Je me rappelle qu'un jour, avec sa badine, il m'a tapé sur la tête ; il n'était pas d'accord avec le diagnostic que j'avais fait. Il disait que c'était une pneumonie franche et non une bronchopneumonie comme je l'affirmais. Je me suis demandé ce qui allait m'arriver. Mais cette fois, c'est passé. »

Les jumeaux passionnaient tout particulièrement Mengele, car, en les étudiant, il espérait trouver le secret d'une multiplication humaine rapide lors des grossesses. Il pensait que, s'il parvenait à maîtriser ce processus, la race aryenne, grâce à lui, pourrait se multiplier très vite et pourrait dominer le monde. Un jour, il remarqua une rougeur au niveau des genoux de deux enfants jumeaux. Il évoqua des érythèmes noueux et paria sur la tuberculose. Il demanda à Djigo ce qu'il avait vu sur les radios pulmonaires. Mon père, sachant que, s'il évoquait la moindre anomalie, Mengele tuerait les jumeaux sur-le-champ pour vérifier par autopsie déclara les clichés normaux. Furieux d'être contesté, Mengele embarqua les enfants dans sa voiture, et on le vit prendre le chemin des crématoires. Il les descendit froidement et les fit disséquer. Il revint peu après dire à mon père : « Pour cette fois, vous avez eu de la chance ! Les poumons étaient en effet normaux. Mais si j'avais découvert les lésions, c'est vous qui y seriez passé. Je ne supporte pas le sabotage. »

« C'était quelque chose d'horrible ! Des gosses que nous avions eus deux mois, avec qui nous avions joué, auxquels nous nous étions attachés… nous avions fait des choses impossibles pour les cacher chaque fois qu'il y avait des contrôles, et certains nous doivent la vie, parce que nous étions plusieurs à risquer notre peau… Je me souviens particulièrement des frères Franckfürter, Isidore et… ? Ces gosses étaient tellement beaux et intelligents. Bien sûr, tout ceci nous a terriblement marqués.

Dans ces conditions, chaque heure passée en restant vivant devenait une victoire. Chaque minute de souffle supplémentaire, une lutte de tous les instants. Nous étions condamnés. Nous le savions. Comment espérer vivre après avoir eu le droit d'apercevoir toute l'horreur nazie ? »

Avec Mengele à côté de soi, la vie était devenue d'une fragilité insoutenable :

« Dans quelques semaines, raconte Nyiszli, le *Sonderkommando* aura vécu. Nous périrons tous ici et nous le savons bien. Nous nous sommes déjà habitués à cette pensée, car nous savons qu'il n'y a aucun moyen de nous en sortir. Onze *Sonderkommandos* ont péri ici et ont emporté, avec leur dernier soupir, le secret horrifiant des crématoriums et des bûchers. Même si nous ne survivons pas, **il est de notre devoir de veiller à ce que le monde apprenne la cruauté et la bassesse – inimaginables pour un cerveau normal –** de ce peuple qui se prétend supérieur[4]. »

En 1944, Edouard Wirth, le médecin-chef d'Auschwitz, recommanda Mengele à ses supérieurs ; il loua « sa discrétion, sa persévérance et son énergie avec lesquelles il accomplit chaque tâche et se montre à la hauteur de toute situation », mais aussi à cause de « sa précieuse contribution à la science anthropologique en faisant usage du

4. Miklós Nyiszli, *Médecin à Auschwitz, op. cit.*, p. 135.

matériel scientifique dont il dispose », son « absolue fermeté idéologique » et sa « conduite irréprochable comme officier SS ». Un univers de folie.

Dans la pleine réalisation d'un monde nazi, de l'enfer nazi, Mengele est Satan sur terre. Maniaque, méticuleux, il est « l'ange de la mort ». C'est un athée total, absolument insensible à la douleur de l'autre, amoral, qui n'exprima jamais par la suite un seul remords. S'il a pu s'échapper et se réfugier en Amérique latine grâce à la Croix-Rouge, il a eu peur après la guerre, chaque jour, toute sa vie. En effet, Eichmann est capturé par les services israéliens et enlevé en Israël, seul condamné à mort le 31 mai 1962. Eichmann disait qu'il ne faisait qu'exécuter les ordres et c'est à propos de son procès que Hannah Arendt a décrit **la banalité du Mal**. Ainsi Mengele termine-t-il sa vie dans la terreur d'un enlèvement israélien, se cache outre en Argentine, au Paraguay et au Brésil, jusqu'à sa mort par noyade, en 1979, et, par un retour des choses, l'autopsie de son massif cranio-facial permet de certifier qu'il est bien ce cadavre-là en raison de ses anomalies stomatologiques. Si Israël ne l'a pas enlevé à son tour, c'est que, malheureusement, il était déjà en délicatesse avec les pays d'Amérique latine à cause de l'enlèvement d'Eichmann et ne put se permettre d'aller le capturer. Mengele, la peur au ventre, dissimulé sous des identités multiples, est mort au Brésil, sans avoir été jugé pour tous ses crimes affreux.

À Auschwitz, comme dans tous les camps, **pour tenir**, le plus important peut-être, c'était la force morale et aussi une succession invraisemblable de chances. Mais de plus, il fallait essayer de mettre de son côté toutes les chances possibles, d'optimiser son capital de chances.

Mon père raconte :

« En tant que médecin, je savais que nous manquions terriblement de vitamines, n'ayant ni fruits ni salades, et ces vitamines étaient essentielles, notamment la vitamine C. C'est pourquoi je me suis astreint tant que j'ai pu à manger de l'herbe, des feuilles d'arbres, et c'est comme ça que j'ai évité l'avitaminose C, le scorbut, et, alors que la plupart de mes camarades ont perdu leurs dents, moi je n'en ai pas perdu une seule (sauf bien sûr les deux incisives supérieures cassées lors d'un interrogatoire par un boche à Toulouse). Médecin, je savais aussi l'importance essentielle des protides, et c'est pourquoi, dans mon infirmerie, en me pinçant le nez de dégoût, je me forçais à mâcher des escargots crus ou des limaces baveuses que j'assaisonnais avec un peu d'acide acétique trouvé à l'infirmerie, que je diluais. En tant que médecin du camp-hôpital, je devais aussi soigner des malades qui étaient admis. On soignait certains prisonniers politiques. Beaucoup de communistes notamment. Ils avaient été mis là par le régime. Alors, quand ils étaient contents de nos soins, je leur demandais s'ils ne pouvaient pas m'obtenir des médicaments pour les autres déportés, surtout contre la diarrhée. Moi-même, j'avais mis au point un remède artisanal en récupérant du charbon de bois et en l'administrant aux malades. Mais c'était loin d'être suffisant.

Médecin, je savais l'importance de conserver une certaine hygiène et une peau saine, c'est pourquoi, quand il y avait de la neige, je me forçais à me frictionner pour rester tonique.

Je le répète, **les chances, il fallait essayer de les mettre de son côté à chaque instant**, car en fait, la probabilité de survivre était quasi nulle : nous sommes revenus 2 500 sur 76 000 déportés juifs de France.

Médecin, il m'arrivait ainsi de pouvoir rendre quelques services ; et, en retour, un camarade m'apportait parfois un bout de pain. Mais quelquefois, soudain, malgré tous ces efforts, le moral flanchait complètement, et l'idée du suicide nous venait en tête, idée qu'il fallait absolument évacuer immédiatement.

Les suicides, il y en avait quotidiennement. Ça dépendait beaucoup du temps. Il y en avait davantage l'hiver que l'été ; et puis ça dépendait beaucoup des Kapos. Les déportés se suicidaient toujours de la même manière : ils couraient vers les barbelés sur lesquels ils étaient foudroyés ou bien ils faisaient en sorte de se faire descendre par les SS postés sur les miradors.

Ce n'était pas facile de prévoir les suicides. Quelquefois, en apparence, les déportés étaient en très bonne forme et, sans qu'on sache vraiment pourquoi, tout à coup, ils "couraient quand même aux barbelés". On appelait cela comme ça : courir aux barbelés. C'était la même chose pour la force physique. Ce n'était pas toujours les plus costauds qui résistaient le mieux, ni les plus jeunes, mais ceux qui étaient d'âge moyen. Des petits sur qui on n'aurait pas parié survivaient et se montraient plus solides parce que leur force de caractère était supérieure à la moyenne.

D'où tirait-on cette force ? Je ne me l'explique pas bien encore aujourd'hui. La rage de vivre... on ne pouvait pas se rendre, on ne devait pas... il fallait résister. Et surtout, au bout de quelque temps, on s'habituait, car on avait acquis une espèce de dédoublement de l'esprit qui faisait qu'on ne réalisait plus exactement ; on regardait ce qui se passait, on le subissait, mais on faisait comme si on regardait un spectacle extérieur. Oui, l'esprit, le subconscient n'admettait pas comme vrai ce qui se passait autour de nous.

Comme cette fois où je me rendis au camp des femmes en compagnie du Dr Segal. Les SS avaient sorti je ne sais d'où deux déportés dans la cour, le père et le fils. Ils se mirent à battre le fils qui refusait d'étrangler son père. Puis, à coups de pied, ils enfoncèrent la boîte crânienne du père qui se mit à pousser des cris épouvantables que nous entendions en nous éloignant. Est-ce que ça peut se concevoir ? Est-ce qu'on peut raconter ça ?

Segal en frissonnait de tout son corps. Il était fragile ; je parlais avec lui et je le soutenais. Lors de l'évacuation du camp, on est parti ensemble dans cette fameuse marche de la mort. Le 15 janvier, on fut séparé et j'appris peu de temps après qu'il était très vite mort, à bout de forces physiques et mentales. C'est cela, il fallait s'accrocher, tenir et ne jamais rien lâcher.

Les déportés les plus amaigris, décharnés, étaient appelés des "musulmans" et étaient rapidement sélectionnés pour être gazés.

Les gros et forts mouraient les premiers, incapables de résister au "gap" énergétique et alimentaire, subissant alors une fonte musculaire massive. Très vite, ils devenaient des squelettes ambulants.

Ce que les SS regardaient d'abord, c'étaient les fesses. Quand la masse fessière avait complètement fondu, ils en déduisaient qu'on était devenu inutile. Quand on en était là, on n'avait plus de force physique et encore moins psychique. On était vidé. Tous ceux qui en étaient là savaient ce qui les attendait, mais ils n'avaient plus les ressources pour se révolter. La plupart du temps, ils n'étaient pas conscients de ce qui leur arrivait et quand ils l'étaient, souvent ils souhaitaient la mort parce qu'ils n'avaient même plus la force de mettre fin à leur existence.

Pour ma part, c'est dur à dire, mais si j'ai survécu, c'est parce que j'ai été bien nourri jusqu'à mon arrivée de France et surtout parce que Mengele s'est intéressé à moi. Grâce à lui, on ne me donnait plus le haut de la soupe, mais le fond du chaudron. J'aurais pu tout aussi bien y passer à cause de lui, mais ce n'est pas arrivé. »

Pourquoi ? Le hasard. La chance.

Après la guerre, certains ont commencé à dire que les déportés survivants s'étaient tous mal comportés. Chaque fois que j'entends cela, je suis révolté. Quand on pense dans quelle horreur ces hommes et ces femmes furent plongés, je ne comprends pas qu'on puisse tenir de tels propos. Simone Veil, qui perdit sa mère à Auschwitz, en est tout autant scandalisée, comme elle l'écrit dans ses mémoires :

« Dieu sait dans quelles conditions nous vivions – en vérité je pense, par bonté d'âme, qu'Il l'ignorait – et à quel point notre quotidien était effroyable ! Ce n'est pas mal se comporter que de vouloir sauver sa vie, de ne pas se laisser emporter par le corps voisin qui chute et ne pourra se relever[5]. »

5. Simone Veil, *Une vie*, Paris, Stock, 2007, p. 96.

Le tout est de ne pas accepter de faire un acte immoral ou nuisible à autrui. C'est dit d'une manière peut-être un peu abrupte, mais je crois qu'un homme bien portant, qui mange à sa faim et ne court pas à tous les instants le risque de disparaître dans la seconde suivante, ne peut tout simplement pas comprendre. **Imaginez, si vous pouvez, ce que signifie avoir faim**. Comme l'écrit Henri Borlant : « Les gens affamés ne sont pas démoralisés, ils ne pensent plus. Non, on n'est pas malheureux, on est affamé. On n'est qu'une faim. [...] Le désespoir, c'était pour ceux qui étaient bien nourris[6]. »

Quand on survit au typhus, on a une telle faim qu'on mangerait de la terre. On pense exclusivement à manger et la faim vous taraude.

Djigo possédait un tempérament de guerrier. Mais il eut surtout beaucoup de chance. Un jour, ce fut un SS qui se débarrassa d'un sac d'oignons, que mon père récupéra.

> « Une autre fois, un homme, un Polonais, me dit en allemand, parce que je ne connaissais pas le polonais : "Viens !" Et il me donne une petite sacoche avec des espèces de graines dedans. Je ne savais pas ce que c'était. Nous étions au printemps 1944. Je vous ai dit que mon poste de radiologie était là, à même le sol, moitié sur des planches de bois, moitié sur la terre. Il y avait environ 4 mètres carrés de terre entre mon bloc et une barrière, et on ne pouvait y accéder qu'à travers une fenêtre qui donnait de la lumière dans cette petite pièce. J'ai croqué quelques graines : ça avait un goût affreux. Alors j'ai pris toutes les graines et je les ai semées à tout vent sur mes 4 mètres carrés de terre en la striant et puis je ne m'en suis plus occupé. La neige avait fondu. Deux mois après, à ma stupéfaction, **je vois que le sol verdoie et que quelque chose pousse**. Intrigué, j'ai attendu pour savoir : eh bien, ça a donné

6. Henri Borlant, « *Merci d'avoir survécu* », *op. cit.*, p. 93.

des choux de Bruxelles, très nombreux, qui ont poussé vite et très haut. C'était bon, même cru, et matin, midi et soir, je mangeais un chou ou deux, suivant que je pouvais me retenir, car il convenait de se rationner. Ça m'a donné plein de vitamines, et j'avais encore des choux en octobre 1944, sous la neige, qui là-bas arriva très tôt. Aussi, avant de partir pour la marche de la mort, en janvier 1945, j'ai ramassé sous la neige de quoi remplir mes deux poches de choux gelés, mais même gelés, ils étaient une chance providentielle. »

Ainsi, alors que son espérance de vie pouvait ne pas dépasser une heure, alors qu'il ne savait même pas s'il serait encore là le lendemain, **mon père a semé des graines et récolté de la nourriture à Auschwitz !** Telle était sa foi dans sa survie.

Plus extraordinaire encore, mon père écrit :

« Du plus profond de cet enfer, j'ai pu faire parvenir deux lettres d'Auschwitz à ma famille. »

Absender:
Meine Anschrift:
Name: Stebenbakoff-Wateles ...
geboren am: 1-4-1921 Sofia
Gef.-Nr. 166461
B II F

Konzentrationslager Auschwitz

Folgende Anordnungen sind beim Schriftverkehr mit Häftlingen zu beachten:

1. Jeder Schutzhäftling darf im Monat zwei Briefe oder zwei Karten von seinen Angehörigen empfangen und an sie absenden. Briefe an die Häftlinge müssen lesbar mit Tinte, einseitig und in deutscher Sprache geschrieben sein. Gestattet sind nur Briefbogen in normaler Größe. Briefumschläge ungefüttert. Einem Briefe dürfen nur 5 Briefmarken à 12 Pf. der Deutschen Reichspost beigelegt werden. Alles andere ist verboten und unterliegt der Beschlagnahme. Lichtbilder dürfen als Postkarten nicht verwendet werden.

2. [illegible] bei Geld- oder Postsendungen die genaue Anschrift, bestehend aus Name, Geburtsdatum und Nr. angegeben ist. Bei fehlerhaften Anschriften geht die Post an den Absender zurück oder wird vernichtet.

3. Zeitungen sind gestattet, dürfen aber nur durch die Poststelle des K.L. Auschwitz bestellt werden.

4. Die Häftlinge dürfen Lebensmittelpakete empfangen. Flüssigkeiten und Medikamente sind jedoch nicht gestattet.

5. Gesuche an die Lagerleitung zwecks Entlassung aus der Schutzhaft sind zwecklos.

6. Sprecherlaubnis und Besuche von Häftlingen im Lager sind grundsätzlich nicht gestattet.

Der Lagerkommandant.

FRANKREICH

Première lettre de Sigismond Hirsch.

Auschwitz, den 19-ten [illegible]

Lieber Gy[illegible]!

Ich wollte Euch schon seit einige-
Zeit schreiben - aber ich habe es immer
verschoben. Jetzt schreibe ich Euch doch
um von dem lieben Vater und der kleinen
Kinder zu erkundigen. Seit Ihre arme Mutter
die liebe Bertha gestorben ist denke ich
noch viel mehr an Sie. Ich hoffe, dass
Sie die Krankheit Ihrer Mutter nicht ver-
erben werden - und glaube dass auch alles
Vorsorge getan wird um es zu verhüten
Mit der Tuberkulose soll man nicht spielen
kennt es - denn wenn man Sie einmal
bekommt ist man früher oder später

gelosen. Ich selbst bin gesund und hoffe dass
es auch bei Euch der Fall ist. Ich bitte Euch mir
mir Pakete zu schicken. Die Pakete durch die
Post von 1 Kg. kommen am schnellsten an. Ein
guter Freund aus St. Michel soll eine in 11
Tagen erhalten haben. Trotzdem seine Nummer
fehlte. Ihr sollt jedoch Medikamente
Flüssigkeiten oder sonst verderbliche
Sachen schicken. Schickt mir zuerst
1 Kg. Speck dann trockenen Salami
Fett und ähnliche Sachen. Ich danke
Euch im voraus und verspreche Euch
öfter zu schreiben. Ich grüsse u. küsse die
Kinder, Eltern u. ganze Familie
Schreibt mir wie am schnellsten [illegible]

Monsieur et Madame Ginisty

Peintre

Moissac, Tarn-et-Garonne

28 mars 1944 (tampon)

« Auschwitz, le 19 mars 1944

Cher Ginisty,

Je voulais vous écrire depuis déjà quelque temps – mais j'ai toujours repoussé à plus tard. À présent je vous écris tout de même pour prendre des nouvelles du cher Nano et de la petite Nizon. Depuis que leur pauvre mère la chère Berthe est morte, je pense encore beaucoup plus à eux. J'espère qu'ils n'hériteront pas de la maladie de leur mère, et crois aussi que vous faites tout pour l'éviter. On dit qu'il ne faut pas jouer avec la tuberculose. Car si on l'a eue une fois, on est perdu un jour ou l'autre. Je suis moi-même en bonne santé et j'espère que c'est aussi votre cas. Je vous prie de m'envoyer des colis. Les colis de 1 kg envoyés par la poste arrivent le plus vite à destination. Un bon ami qui vient de St Michel en aurait reçu un en 4 jours, et cela même alors que son numéro manquait. Vous ne devez pas envoyer des médicaments, des liquides ou toute autre denrée périssable. Envoyez-moi d'abord 1 kg de lard, ensuite du salami sec, de la graisse et des choses de ce genre. Je vous remercie d'avance et vous promets d'écrire souvent. Je salue et embrasse les enfants, parents et toute la famille. Écrivez-moi le plus rapidement possible. »

Traduction de la première lettre d'Auschwitz.

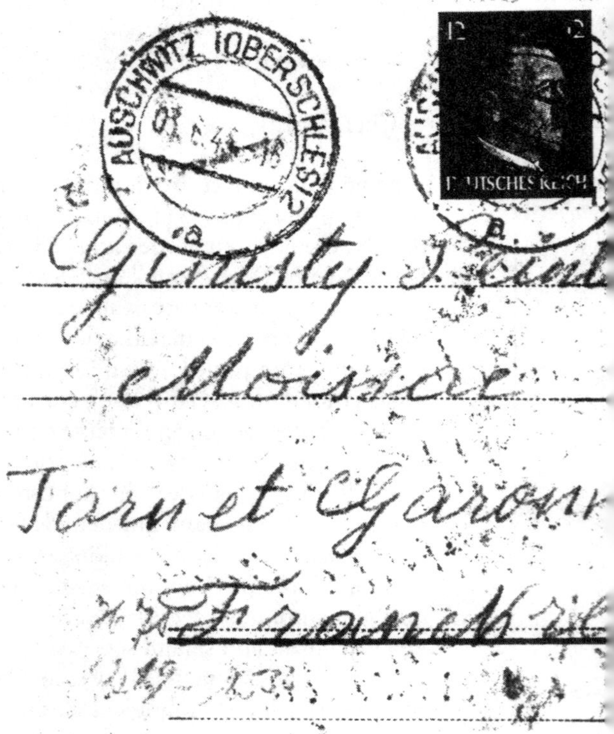

Konzentrationslager Auschwitz

Folgende Anordnungen sind beim Schriftverkehr mit Häftlingen zu beachten:

1. Jeder Schutzhäftling darf im Monat zwei Briefe oder zwei Karten von seinen Angehörigen empfangen und an sie absenden. Briefe an die Häftlinge müssen lesbar mit Tinte, einseitig und in deutscher Sprache geschrieben sein. Gestattet sind nur Briefbogen in normaler Größe. Briefumschläge ungefüttert. Einem Briefe dürfen nur 5 Briefmarken à 12 Pf. der Deutschen Reichspost beigelegt werden. Alles andere ist verboten und unterliegt der Beschlagnahme. Lichtbilder dürfen als Postkarten nicht verwendet werden.
2. Geldsendungen sind nur durch Postanweisungen gestattet. Es ist darauf zu achten, daß bei Geld- oder Postsendungen die genaue Anschrift, bestehend aus Name, Geburtsdatum und Nr. angegeben ist. Bei fehlerhaften Anschriften geht die Post an den Absender zurück oder wird vernichtet.
3. Zeitungen sind gestattet, dürfen aber nur durch die Poststelle des K.L. Auschwitz bestellt werden.
4. Die Häftlinge dürfen Lebensmittelpakete empfangen, Flüssigkeiten und Medikamente sind jedoch nicht gestattet.
5. Gesuche an die Lagerleitung zwecks Entlassung aus der Schutzhaft sind zwecklos.
6. Sprecherlaubnis und Besuche von Häftlingen im Lager sind grundsätzlich nicht gestattet.

Der Lagerkommandant.

Deuxième lettre de Sigismond Hirsch à M. Ginisty (qui a été fait « Juste parmi les Nations » en 2013). NB : cette lettre est écrite par une autre personne que la précédente, mais signée toutefois par la même (l'écriture est différente, l'allemand plus primaire).

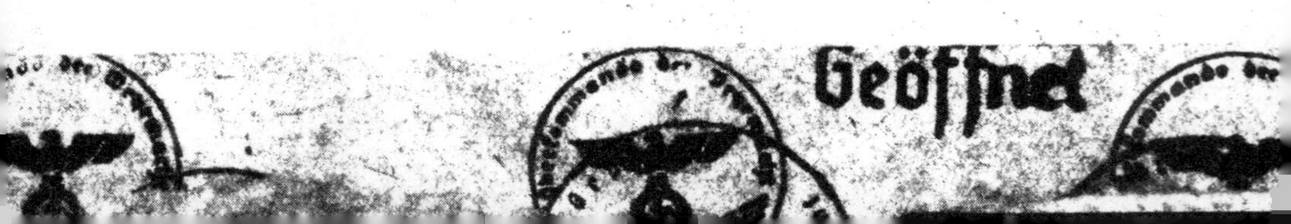

Auschwitz, den 20-5-1944

Liebe Freunde.

Ich schreibe Ihnen nur wenig-
[illegible]. Ich habe schon 2
Briefe bekommen eine von 12/4/
und andere von 27/4/44. und ich
bin sehr glücklich davon. Es gibt
auch schlechte nachricht aber so
geht das Leben. Ich bin zufrieden
weil die Kinder sind gesund und
ist alles in ordnung bei Ihnen.
Für mich geht alles gut, Ich bin ge-
sund. Ich habe noch keine Pa-
kete bekommen aber ich warte
diese Packete mit grosse Freude

Ganze fett können Sie auch

schicken wie Butter, Salami, Speck

und alle solche Lebensmittel aber

gut, sehr gut gepackt dann

bekommen wir alles in ordnung

von
Bedanken Sie für mich die

Freunden von St Michel für

Ihre geschickende Packet

was wir 2 mal gekriegt

Zu Ende meinen Brief Küsse

und Grüsse ich Ihnen und

alle Freunde viel mals auf

baldiges wiedersehen

Ihre: Stcherbakoff

Ginisty Peintre

Moissac

Tarn-et-Garonne

1er juin 1944

NB : le courrier a été ouvert par la censure militaire

« Auschwitz, le 20 mai 1944

Chers amis,

Je vous écris selon les possibilités. J'ai déjà reçu deux lettres, une du 22 avril et d'autres du 27 avril 1944, et j'en suis très heureux. Il y a aussi des mauvaises nouvelles mais il en va ainsi pour chacun. Je suis satisfait parce que les enfants sont en bonne santé et que tout va bien pour eux. Pour moi tout va bien, je suis en bonne santé. Je n'ai pas encore reçu de colis mais j'attends ces colis avec une grande joie. Vous pouvez envoyer aussi de la graisse d'oie, comme du beurre, du salami, du lard et tous les aliments de ce genre, mais bien, très bien emballés de façon à ce que je reçoive tout correctement. Remerciez pour moi les amis de St Michel pour le paquet qu'ils ont envoyé. Nano a été vacciné deux fois. À la fin de ma lettre je vous embrasse et salue de nombreuses fois tous les amis. À se revoir bientôt, vôtre : Steherbakoff. »

Traduction de la deuxième lettre d'Auschwitz.

« Par un hasard extraordinaire, il y avait dans le bloc 7 un certain Maurice Blanc, un Russe qui avait été déporté pour avoir fait du marché noir. Lui pouvait sortir et était en contact avec des prisonniers anglais qui travaillaient à proximité d'Auschwitz. J'ai donc eu l'idée de lui demander d'essayer d'obtenir un formulaire des Anglais, leur courrier passant par la Suisse. Et je lui ai promis que les Anglais lui donneraient en retour quelque chose à manger. C'est ainsi que j'ai pu écrire avec mon écriture reconnaissable à ma sœur Shatta : "Je suis en bonne santé. Hélas, Berthe est morte." En retour, juste avant l'évacuation du camp, j'ai reçu à mon tour un bref message : "Toute la famille va bien, le garçon et la fille se portent bien." Je n'ai jamais entendu que qui que ce soit d'autre ait pu ainsi donner signe de vie à sa famille à partir d'Auschwitz. En revanche, des camarades étaient au courant des nouvelles des fronts grâce aux TSF que possédaient les SS qu'ils servaient et par exemple, le jour du débarquement allié en Normandie, nous avons tous été informés presque immédiatement. »

On commençait à comprendre que c'était le début de la fin. Les SS devenaient de plus en plus tendus, agités, nerveux, agiles de la gâchette :

« Il y a eu un bombardement. Plusieurs centaines de Juifs ont été tués ou blessés. Ceux qui étaient grièvement touchés étaient éliminés tout de suite. Une soixantaine de SS ont péri. Il a fallu apporter les premiers secours même aux SS qui avaient été touchés. On les a garrotés aussi pour arrêter leurs hémorragies. **C'est ainsi que pendant plusieurs heures j'ai porté secours à mes bourreaux. Je suis médecin et quand on est médecin, on soigne tout le monde.** »

Toute sa vie, Djigo a traîné le souvenir d'Auschwitz comme un fardeau :

« Je comprends très bien ceux qui ne veulent pas me croire et ceux qui disent : "Ça ne se peut pas ; ça n'a pas existé." Je me mets à leur place puisque nous-mêmes nous nous demandions si c'était vrai. Mais je revois ces visages diaboliques SS tournés vers les femmes et les enfants qui allaient à la mort. Je les vois toujours. Là, j'ai vécu au-delà des limites de l'horreur, de l'envisageable, du dicible, du compréhensible. Là, Mengele a voulu faire de moi une bête. Et je crois que si j'ai survécu, c'est parce que j'ai refusé d'être autre chose qu'un homme. La médecine m'y a aidé. Comme je l'ai dit, après un bombardement, on soignait tout le monde, même les nazis. Ils avaient décidé de ne plus être des humains, moi pas. Et ils avaient décidé de nous rayer de l'humanité pour toujours. J'avais la rage de tenir, je m'acharnais à conserver mon moral, à combattre les idées noires, sachant que ce combat était ma seule chance de survie. Pour tenir dans les camps, il fallait surtout ne pas penser à la vie d'avant. Ne penser à rien. Obéir à l'instant présent. Garder ses forces en essayant d'aider les autres. »

CHAPITRE 15
La marche de la mort
Mauthausen – Melk – Ebensee
17 janvier-7 mai 1945

En même temps que le débarquement allié en juin 1944 en Normandie, les Russes lancèrent une offensive générale, l'opération Bagration. En un mois, le front de l'Est avança de 500 kilomètres. En août 1944, les Soviétiques n'étaient plus qu'à 200 kilomètres d'Auschwitz.

Les nazis envisagèrent sérieusement de liquider le camp, comme cela avait été fait pour les camps situés plus à l'est. Non seulement il n'était pas question d'abandonner une précieuse main-d'œuvre aux bolcheviks, mais il était inenvisageable de laisser des traces de l'entreprise d'extermination des Juifs d'Europe. Malgré tout, ils attendirent le dernier moment puisque les crématoriums marchèrent à plein régime jusqu'à la fin de l'année 1944.

Quand l'effondrement du Reich ne fit plus de doute pour personne, le camp fut progressivement vidé au début de janvier 1945. Mais Mengele n'était pas décidé à quitter ainsi ses équipes de médecins et ses grandioses recherches qui devaient changer la face du monde et assurer la suprématie de la race aryenne. Aussi ne se volatilisa-t-il qu'au dernier moment, quelques heures avant le 17 janvier 1945. Le 27 janvier 1945, l'Armée soviétique entrait dans Auschwitz.

« Il devait être environ minuit, raconte Nyiszli, lorsque je suis réveillé par de très fortes détonations, des crépitements de mitrailleuses et des lueurs éblouissantes. J'entends des claquements de portes et des pas qui s'éloignent à la course. [...] J'ouvre la porte, je vois que les lampes de la salle des fours sont allumées. Les portes des chambres des SS grandes ouvertes témoignent de la précipitation de leur départ.

Les lourdes portes en chêne à deux battants du crématorium sont ouvertes aussi. Je jette un regard sur les tours de vigie qui nous entourent. Depuis des mois, c'est la première fois que je les vois vides. [...] Les SS ont fui : nous ne resterons pas un instant de plus à cet endroit où durant huit mois la mort certaine nous guetta à chaque minute de chaque heure. [...] Je fais mes adieux au cimetière sans tombeaux de millions d'innocents[1]. »

En réalité, Nyiszli fut très vite incorporé à la colonne de déportés déplacée plus à l'ouest par des SS. À l'aube du 17 janvier, dans la nuit glacée du très rude hiver 1945, les nazis regroupèrent 67 000 déportés, dont Djigo. Là commença ce qu'on appela plus tard la marche de la mort. Des milliers d'hommes et de femmes affaiblis par le travail et les carences caloriques, vêtus et chaussés sommairement, durent marcher interminablement dans un froid polaire. Beaucoup moururent en route, beaucoup ne réussirent pas à s'accrocher à la vie, à puiser au fond d'eux les ressources physiques et morales nécessaires pour survivre.

Sigismond Hirsch raconte de son côté :

« Et là, je n'étais plus protégé par ma fonction de médecin, je marchais avec tous les autres. Ils nous ont mis en route pour nous évacuer ; comme ils n'avaient plus de trains, de moyens de transport, c'est à pied que nous sommes partis dans la neige. Les Russes auraient pu nous libérer s'ils avaient poussé la cadence, mais ils se sont arrêtés net, comme ils se sont arrêtés devant Varsovie, pendant presque un an, **le temps que les boches puissent exterminer tout le monde**.

Moi, tout en marchant, je faisais à chaque pas le bilan : par une chance inouïe, j'étais encore vivant, j'étais resté douze mois dans l'équipe de Mengele, de janvier 1944 à janvier 1945, j'avais même repris des forces et du poids grâce à une double ration de soupe épaisse, et donc j'étais en meilleur état physique que beaucoup de mes camarades. Et puis ma femme était morte treize mois auparavant, et le choc commençait un peu à

1. Miklós Nyiszli, *Médecin à Auschwitz, Souvenirs d'un médecin déporté, op. cit.*, p. 231-233.

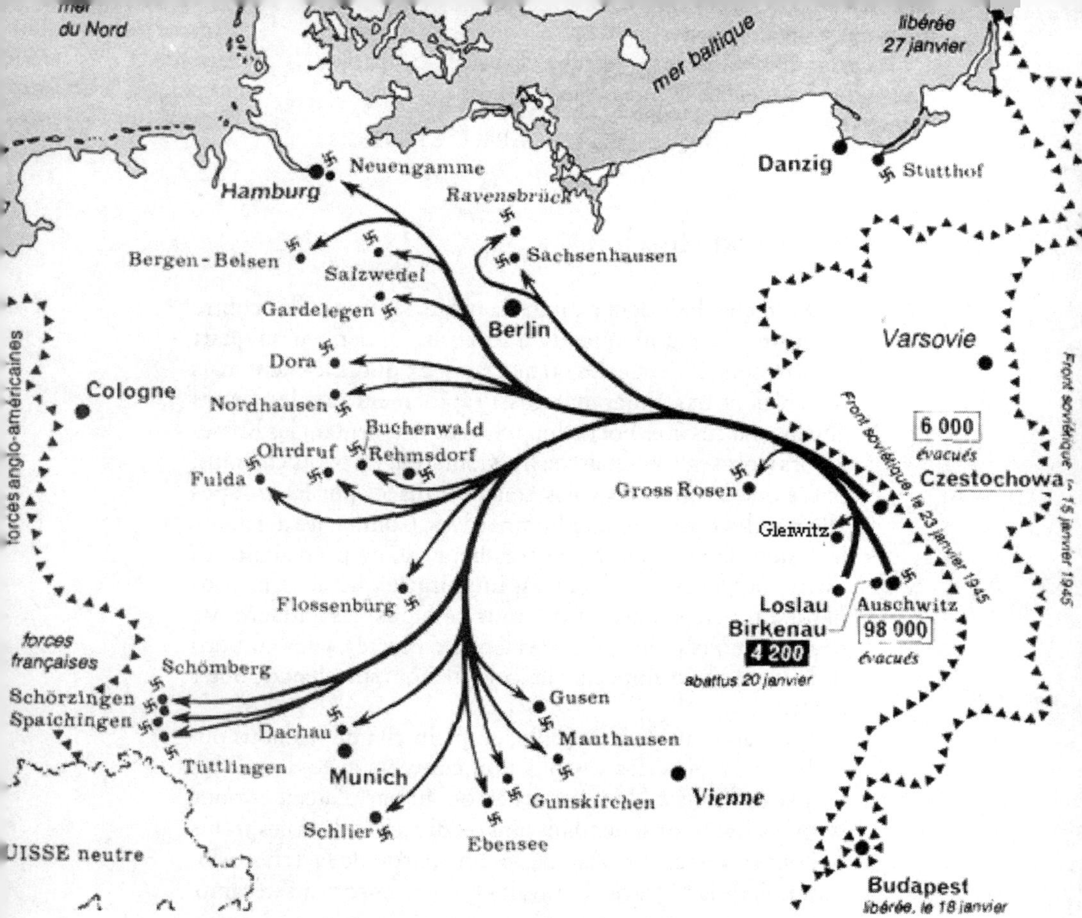

Les marches de la mort.

s'estomper. D'ailleurs, j'évitais farouchement de me pencher sur le passé, concentrant mon énergie sur la seule chose qui me poussait à vouloir survivre : l'idée que mes enfants étaient vivants et qu'ils avaient besoin de moi. Peut-être avais-je aussi la rage de revenir pour raconter, pour témoigner… Je marchais pas après pas en essayant de ne pas m'épuiser. »

Le Dr Hirsch fut d'abord conduit à Mauthausen puis à Ebensee avant d'être libéré et de rejoindre Paris.

Sigismond Hirsch :

« On couchait dehors, dans la neige, les uns collés contre les autres. Le matin, quand on se levait, un tiers ou un quart d'entre nous étaient gelés ou morts. Ceux qui se levaient mais n'arrivaient pas à marcher aussi rapidement que les autres étaient abattus. Les boches marchaient vite, sentant les Russes à leurs trousses. On a marché trois jours, par de petits chemins, parce que les grandes voies étaient utilisées par les troupes allemandes constamment bombardées. Comme les aviateurs lâchaient leurs bombes de très haut, ils ne pouvaient pas distinguer leurs cibles, et c'est un miracle que nous n'ayons pas été touchés. Partout où nous passions, les cadavres de ceux qui nous précédaient avaient été écartés, jetés au bord de la route afin d'empêcher les colonnes qui suivaient de buter contre eux.

Puis, au bout de trois jours, en plein champ, ils nous ont embarqués dans des wagons non couverts avec des sortes de plates-formes. Nous étions 30 ou 40 par plateau et nous sommes restés ainsi pendant huit ou dix jours dans ces trains qui ont traversé, après la Silésie, une partie de la Tchécoslovaquie et de la Moravie. On avait plus faim encore qu'au camp, car on ne nous donnait absolument rien à manger ni à boire.

La situation s'est un peu améliorée en Tchécoslovaquie grâce au courage et à la générosité des habitants qui, au péril de leur vie, jetaient des vivres et des vêtements depuis les ponts. Parfois même, ils enlevaient leurs manteaux. Alors que nous étions restés deux jours arrêtés dans une gare surplombée par un pont, des ouvriers tchèques qui partaient travailler en usine, une musette sur le dos, nous jetèrent leur repas du jour. Nous étions en janvier 1945, au cœur d'un hiver extrêmement rude. Je crois que ce geste simple, mais qui devait coûter à ces travailleurs, nous a sauvé la vie parce que, pour la première fois depuis dix jours, depuis notre dernier repas, nous avons mangé à notre faim.

Encore fallait-il pouvoir attraper cette nourriture. Moi j'ai eu une chance extraordinaire car mon wagon s'est arrêté juste sous le pont. Mais les autres… Ceux qui étaient en queue de train ne pouvaient rien avoir. Il y en avait qui n'avaient rien avalé depuis une quinzaine de jours à l'exception d'un peu de neige fondue. »

Simone Veil vécut la même expérience :

« Ce fut un épisode particulièrement atroce. Ceux qui tombaient étaient aussitôt abattus. Les SS et les vieux soldats de la Wehrmacht qu'ils encadraient jouaient leur peau et le savaient. Il leur fallait à tout prix fuir l'avance des Russes, tenter d'échapper coûte que coûte à la mort qui les poursuivait. [...] La proximité croissante des troupes soviétiques affolait tellement les Allemands que nous nous sommes alors demandé si nous n'allions pas tous être exterminés. [...] Les SS nous ont entassées sur des plates-formes de wagons plats, et nous avons été dirigées d'abord sur Mauthausen, où le camp n'a pas pu nous accueillir, faute de place. Nous sommes alors reparties pour huit jours de train, en plein vent, sans rien à boire ni à manger[2]. »

Mon père, lui, est entré à Mauthausen :

« Et puis le train s'est mis en route de nouveau. Nous avons contourné Vienne qui avait été bombardée à plusieurs reprises. Le train a pris la direction du nord et on est arrivé au camp de Mauthausen. À mes yeux on était presque sauvés, car pour moi, Juif roumain, Vienne était la capitale de la culture, de la civilisation.

Depuis le train on aurait aimé pouvoir admirer cette belle campagne enneigée, ses calvaires à chaque croisée de chemins. Mais si l'accueil des Tchèques avait été généreux, celui des Autrichiens fut exécrable. Quand le train s'arrêtait, ils nous apportaient parfois des seaux d'eau, car la neige n'éteint pas la soif. Mais ils pissaient dedans devant nous et ils s'amusaient à regarder s'il n'y en avait pas parmi nous qui se jetteraient dessus pour boire quand même. C'était pareil avec le pain qu'ils jetaient dans le purin, amusés à l'idée que l'un d'entre

2. Simone Veil, *Une vie*, *op. cit.*, p. 82.

Vue du camp de concentration de Mauthausen (Autriche).
Photo prise après la libération du camp.

nous pourrait le manger tel quel. Ils étaient pires que les boches. Je n'ai rien vu de pareil que ces Autrichiens. »

Devant Djigo se dressait le camp de Mauthausen, bâti au sommet d'une colline. Ses murs tristes lui donnaient l'air d'un château médiéval. Pour construire cette forteresse, plusieurs milliers de déportés avaient travaillé nuit et jour dans les carrières de granit ; ils avaient porté des blocs de 20 à 30 kilos au sommet des 186 larges marches d'un escalier de granit vite baptisé « escalier de la mort ». Il n'était pas rare qu'un travailleur trop fatigué s'effondre d'un coup, entraînant dans sa chute ceux qui se trouvaient derrière lui.

« Quand on nous fit descendre des plates-formes du train, trois quarts des déportés ne bougèrent pas : ils étaient morts, morts de faim et de froid. Nous sommes arrivés en bas d'une petite montagne. On nous a donné l'ordre de monter un escalier de plusieurs dizaines de marches. Ceux qui n'arrivaient pas à monter étaient jetés en contrebas de l'escalier par un petit coup qui suffisait à les déstabiliser.

Les carrières qui s'ouvraient de part et d'autre de l'escalier pouvaient être profondes de 30 à 40 mètres. On jetait dedans les déportés épuisés et, ainsi, on économisait les balles. Chaque marche était un effort et en même temps un répit contre la mort qui rôdait partout autour de nous ; chaque marche était une conquête de la vie. Le petit nombre qui arriva en haut de l'escalier et dont j'étais pénétra dans une forteresse à l'entrée monumentale. Comme à Auschwitz, il y avait cette inscription sur la porte : *"ARBEIT MACHT FREI"*.

On nous a collés dans un coin de la cour de l'entrée, et nous sommes encore restés là, debout, pendant vingt-quatre heures. Quand l'un d'entre nous tombait, un gardien venait le redresser à coups de pied. S'il ne se relevait pas, il avait droit à une balle.

La vie, la mort, la vie, la mort. C'était toujours la même histoire depuis maintenant un an et demi.

J'ai eu de la chance, une fois encore. Au bout de vingt-quatre heures, mon groupe a été dirigé vers la douche. Ce n'est pas du gaz qui est sorti, seulement de l'eau, mais de l'eau gelée. Trempés, mouillés, on a rejoint un bloc distant de plusieurs centaines de mètres en courant au rythme de la schlague, les pieds dans la neige fondue. On nous a tondus à nouveau, la tête, le corps… »

Djigo ne se trouvait sans doute pas très loin de Nyiszli, qui décrit le même épisode :

« Après le contrôle, on nous dirige vers le bain à travers un passage étroit. Nous nous trouvons mêlés à d'autres déportés venant d'autres camps. Nous pouvons être environ 10 000 à nous serrer sur cette petite surface. Un vent terrible souffle entre les murs du château. […] On nous laisse entrer dans les bains par groupe de quarante. Je me rends rapidement compte que trois jours seront nécessaires pour que tout le monde passe. […] Attendre ici deux jours est une question de vie ou de mort. Un prisonnier ne peut entrer dans les baraques et figurer sur les listes de ceux qu'on doit ravitailler que lorsqu'il est passé par les bains. [...] Je m'arrête devant un *Oberscharführer* SS et lui dis d'une voix assurée : "*Herr Oberscharführer*, je suis le médecin du convoi KZ d'Auschwitz, laissez-moi entrer dans le bain." Il me regarde. Mes bons vêtements ou peut-être mon attitude décidée à moins que ce ne soit mon allemand parfait lui en imposent. S'adressant à ses camarades qui se tiennent près de l'escalier des bains, il leur dit : "Laissez pénétrer le docteur[3]." »

Dans la cour où s'entassaient tous les malheureux qui n'avaient pas pu entrer dans les bains, les morts se comptaient déjà par dizaines. Si la vie dans les blocs était loin d'être supportable, au moins les déportés n'étaient pas soumis au vent, au froid et aux pluies verglacées.

« Alors que les blocs comprenaient 60 places, on nous y a entassés par centaines, tête-bêche comme des bouteilles de vin, poursuit Djigo. Je faisais déjà moins de 50 kilos à l'époque et toute la journée j'avais les quatre pieds de mes voisins sur le visage. Le plus épouvantable, c'est qu'il fallait tout de même se lever pour aller faire ses besoins. Dans ces moments-là on se marchait dessus, on se tapait même car on était devenus des bêtes sauvages. Mais quand le bloc fut complètement plein, cela devait être le deuxième jour, il ne fut même plus possible de bouger, on ne pouvait plus se lever pour faire ses besoins, alors on urinait et on déféquait sur place. Quand les Kapos virent cela, ils nous matraquèrent à mort.

Je disais que j'avais eu de la chance car il y en a d'autres qui étaient restés debout vingt-quatre heures comme moi avant d'être arrosés et transformés en bonshommes de glace.

Mais je n'étais pas sorti d'affaire ; car, à Mauthausen, je n'étais plus médecin : j'étais un déporté parmi d'autres. On m'a donné un peu à manger et j'ai dû creuser la montagne à 10 ou 15 kilomètres de Melk, cette abbaye mondialement connue. Une fois sur deux, on allait à la mine à pied. On creusait des tunnels dans lesquels les nazis cachaient leurs usines d'armement.

3. Miklós Nyiszli, *Médecin à Auschwitz*, *op. cit.*, p. 237-240.

Dans l'état où on était, il nous fallait des heures pour y parvenir. À tel point qu'il ne nous restait que deux ou trois heures pour dormir. La plupart du temps, nous marchions en dormant, sans plus sentir les coups que nous donnaient les Kapos.

En quelques jours on ne pesa plus qu'une quarantaine de kilos. Avec le peu de muscles qui nous restait il fallait encore porter la machine à forer pendant dix ou douze heures dans des trous sans aération et où la poussière nous aveuglait.

Dans ce camp, j'ai vu pire encore que les Autrichiens : les Ukrainiens. On était vraiment à bout. On n'avait rien à manger depuis des jours et des jours. Mais eux, il leur arrivait assez souvent d'achever au couteau un déporté plus affaibli. Ils sortaient le foie et ils le mangeaient tout cru. Ils étaient devenus comme des bêtes. Les Européens crevaient de faim aussi, mais jamais on ne s'est abaissé à ce genre de chose, non, je n'en ai jamais vu un devenir cannibale.

Cela a duré deux mois.

Et puis quand les Russes prirent Vienne et que les Américains passèrent le Rhin, les Allemands nous évacuèrent une nouvelle fois. »

De Mauthausen à Melk (camp annexe de Mauthausen)

« Certains partirent à pied, d'autres en bateau, et moi, d'une manière inespérée, en chemin de fer. Très peu de temps après notre départ, on fut bombardés par des avions alliés. »

Melk (Autriche) avril 1945

« Nous avons travaillé quatre semaines à Melk dans une mine souterraine, où l'on fabriquait des pièces détachées pour l'aviation, spécialement des roulements à billes, et où on ne nous donnait pratiquement rien à manger. Curieusement, j'ai trouvé là des déportés hongrois originaires comme moi de Transylvanie et en particulier un de mes anciens éclaireur,

Grunda Imre. Comme il chantait très bien, les SS l'avaient mis dans un bloc et le protégeaient un peu. Ainsi, il avait de la soupe et m'en donnait avec même un peu de pain et parfois un morceau de margarine. Mais surtout, il me passa une paire de chaussures un peu trop neuves en me conseillant de mettre de la boue dessus pour ne pas attirer l'attention. Comme j'avais trop faim, au bout de quelques jours, j'ai troqué mes superbes chaussures pour de mauvaises galoches à semelles de bois, mais en échange j'ai obtenu un pain tout entier que j'ai mangé dans l'obscurité, tout seul, d'un seul coup, pour qu'on ne puisse pas m'attaquer en me le volant. Et c'est peut-être cela qui m'a donné les forces nécessaires pour tenir jusqu'à la Libération. Ce sont ces petits détails, ces chances successives, ou ces malchances, qui étaient la vie, ou la mort. »

De Melk à Ebensee (Autriche) avril 1945

« Lors de l'évacuation du camp de Melk, en avril 1945, j'ai fait partie du dernier convoi qui amena les déportés vers Ebensee en chemin de fer. En cours de route, nous avons pu desceller quelques planches de notre wagon et plusieurs de nos camarades avaient déjà pu s'échapper lorsque nous fûmes découverts. J'étais avec le Dʳ Vitany, médecin roumain, et avec le Dʳ Wetterwald, chef de clinique en urologie de Paris (qui allait me soigner à l'infirmerie d'Ebensee pour fracture de deux côtes à la suite d'un coup de barre de fer asséné par un SS).

Nous fûmes vingt à être collés contre la palissade de planches de la gare d'Ebensee pour y être fusillés. Gardés pendant une heure, les bras levés, torse nu, nous attendions notre exécution. Mais il y avait déjà peu de SS et c'étaient surtout des territoriaux, moins fanatiques, qui n'étaient pas chauds pour aggraver leur cas. Si bien qu'après une heure d'attente environ ces soldats âgés nous ont seulement frappés à coups de crosse et « los, los » (on avait peine à croire à notre chance), ils nous ont fait monter vers le camp au pas de course et nous ont affectés en représailles à de durs travaux. »

Ebensee (Autriche) avril 1945

« À Ebensee, on ne nous donnait pratiquement rien à manger et nous travaillions dans des tunnels destinés à dissimuler des usines d'armement. Il y avait de longs tunnels qui s'enfonçaient dans la pierre blanche avec d'importants décombres provoqués par des charges explosives. Ces tunnels étaient destinés à abriter une raffinerie de pétrole synthétique (installation A) et des machines-outils (installation B). Mais on sentait que quelque chose changeait, que la machine allemande agonisait, et il était clair que les SS, certes toujours aussi dangereux, étaient de plus en plus préoccupés et inquiets. Le camp était surpeuplé avec d'ailleurs un certain nombre de Français. Le front se rapprochait et on se demandait tout le temps de quelle manière les Allemands allaient nous exterminer, **allaient liquider les preuves que nous étions**. On parlait de nous entasser dans un tunnel et de nous ensevelir en faisant sauter le tunnel. »

CHAPITRE 16
La libération au camp d'Ebensee
6 mai 1945

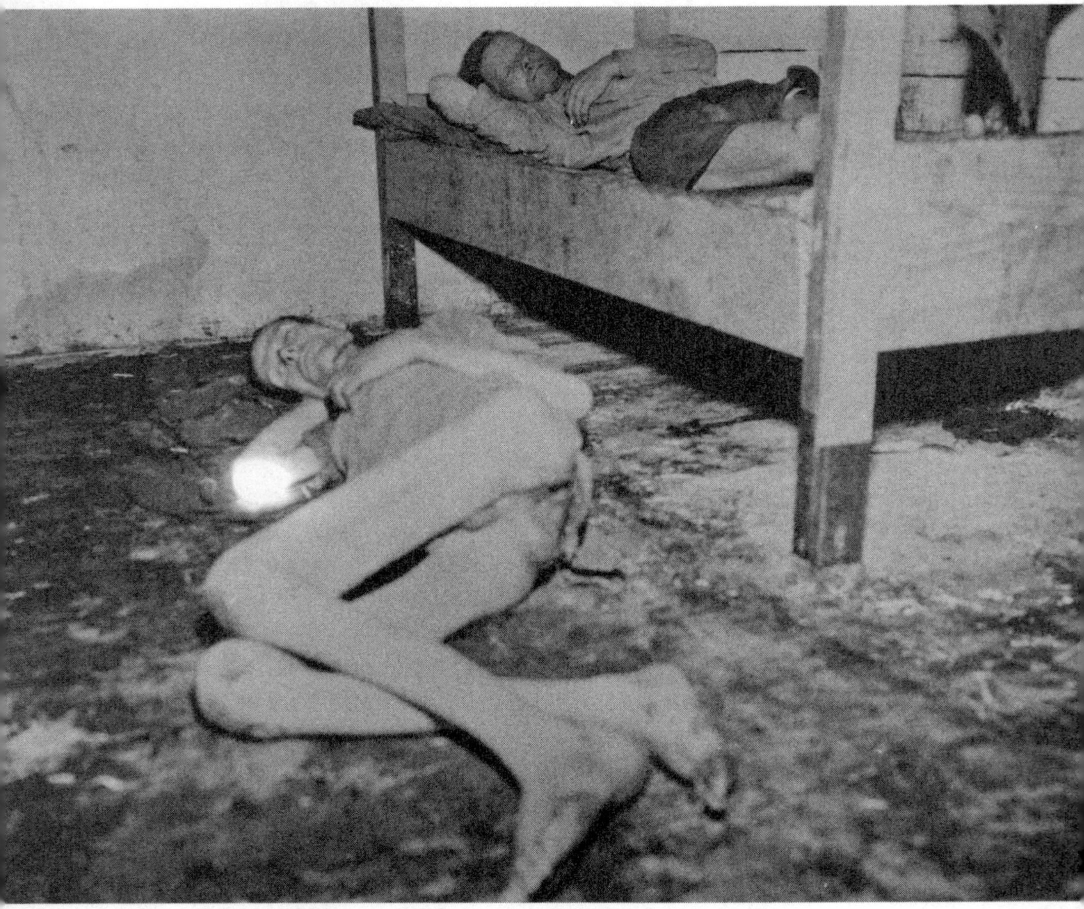

Un SS, enfermé, attend sur un châlit le sort qui va lui être réservé.
Par terre, un déporté vient de mourir.
Camp d'Ebensee, mai 1945.

« 6 mai 1945 – la date est inoubliable pour moi, car les Américains nous ont libérés. Mais les derniers jours avaient été particulièrement terribles : les SS tuaient tous les déportés qu'ils pouvaient. La peur décuplait leur sadisme. Et puis tout à coup, ils disparurent, laissant derrière eux quelques vieux soldats de la Wehrmacht dont nous pensions qu'ils ne nous tueraient pas. »

« Depuis deux jours, on entendait une canonnade... et nous savions que les Alliés étaient proches. Alors, dans une vacuité curieuse, n'arrivant pas à réaliser la situation nouvelle, seuls et souvent gisant parmi les morts parce que nous étions tout à fait au bout, *on a vu soudain deux tanks monter lentement la côte et entrer dans le camp en pulvérisant le portail fermé*, tandis que les rares sentinelles foutaient le camp. Je ne tenais plus debout. Mais tous les encore-vivants se sont dressés. Le capitaine Ané (futur directeur de l'École polytechnique de Paris) et quelques Français voulaient que nous fassions bonne figure ! Nous, les loques, les malheureux que nous étions ! Il organisa je ne sais comment une espèce de colonne de survivants, prêts à marcher, même en titubant, et nous nous sommes regroupés pour aller comme nous pouvions au-devant de nos libérateurs. Ils avaient même réussi à fabriquer une sorte de drapeau tricolore.

Il y avait partout des montagnes de cadavres qui puaient affreusement.

Quand les soldats américains se sont approchés de nous, ils avaient du mal à nous regarder : ils découvraient avec horreur et indignation les survivants décharnés que nous étions, au milieu des morts et des mourants.

Les soldats respiraient avec peine à cause de l'odeur pestilentielle du camp tout entier – il y avait là peut-être 20 000 cadavres.

Alors, furieux, les Américains ont fait venir sans ménagement la population des alentours pour que les Autrichiens voient de leurs yeux ce qu'ils avaient fait ou laissé faire. Je revois le visage fermé, fourbe, craintif de ces hommes et de ces femmes. On les a obligés à creuser des fosses gigantesques et, avec de gros bulldozers, les prisonniers SS ont dû pousser dedans tous ces cadavres, continuellement, pendant trois jours. On répandait de la chaux par-dessus pour neutraliser cette puanteur atroce, mais rien n'y faisait : même à travers 40 centimètres de terre, ça puait encore.

Nous, on ne se rendait pas vraiment compte, parce que c'était l'odeur de tous les jours. »

« Immédiatement, des camarades se sont rués vers les magasins d'alimentation et les magasins d'armes. Hélas ! ils se sont empiffrés de pain et de viande, mais c'était une erreur grave et je tentai de les raisonner. Médecin, je savais le danger d'une reprise alimentaire trop rapide, mais c'était peine perdue que de le leur faire comprendre, cela faisait trop longtemps qu'ils mouraient de faim. Ainsi, beaucoup s'intoxiquèrent et moururent. Pour ma part, au contraire, je m'efforçais de manger par petites bouchées, progressivement.

Et puis ils ont pris les armes et ont tué tous ceux qu'ils pouvaient attraper. Je n'étais pas brillant et je n'ai pas eu la force de participer à la bagarre.

Les territoriaux étaient partis, mais il restait quelques SS surpris et des Kapos. Pour me tenir debout, c'était difficile. Je me suis traîné jusqu'à une espèce de réservoir-piscine qui était près des cuisines : il y avait beaucoup d'eau là-dedans, environ 2,50 m. On y a jeté des Kapos, des SS qui n'avaient pu se sauver.

Le plus terrible de ces Kapos était un bohémien. On l'a jeté dans le bassin. Il savait nager, mais dès qu'il était fatigué il s'agrippait aux bords et on lui tapait dessus, on lui écrasait les mains avec nos pieds. À bout de forces, il s'est noyé comme les autres. On en a tué comme ça par noyade ou par balles une vingtaine. Quelques Russes encore costauds parmi nous sont allés à la chasse aux SS avec des armes et ils les ont tous tués. Ils étaient déchaînés.

Et peu à peu, les Américains ont organisé les secours. Rapidement, ils nous ont apporté de la soupe légère pour éviter les intoxications. Très vite, ils sont revenus avec des désinfectants, qu'ils répandaient sur nous et partout. Ils nous aspergeaient de

DDT, et ce fut un miracle : nous qui avions des poux depuis des mois, qui nous grattions sans arrêt, qui avions des ulcérations partout, nous avons vu les poux tomber en masse et nous avons bientôt cessé de nous gratter ! Il n'y avait aucune résistance à l'époque au DDT qui était un produit nouveau – que les poux ne connaissaient pas.

Cependant, comme les Allemands nous avaient gardés dans le camp enfermés pendant les dix derniers jours sans rien nous donner à manger, du fait de la famine, de la diarrhée ou du typhus de nombreux camarades mouraient encore chaque jour. Tout d'un coup passe devant moi un lieutenant américain, un Juif que je connaissais d'avant-guerre, et qui me découvre dans cet état. Horrifié, il s'occupe immédiatement de moi, me donne un peu à boire et à manger et m'apporte des vêtements propres. Mais il n'avait pas de chaussures pour moi. Qu'importe ! Il jette un regard circulaire sur des prisonniers SS qui se demandaient si on allait les exécuter sur-le-champ, et il avise un officier SS qui arborait de superbes bottes. Il lui intime l'ordre de retirer ses bottes, mais l'imbécile fait mine de ne pas comprendre. Alors l'officier américain lui décoche un magistral coup de pied au derrière et aussitôt, la lumière se fait dans l'esprit du boche qui enlève ses bottes et me les donne avec empressement. C'était une merveille de la technologie allemande : cuir noir extra avec semelles de cuir truffées non seulement de clous en fer mais aussi de chevilles de bois pour qu'en cas de marche dans l'eau cellesci se dilatent et rendent ces merveilles imperméables… Le luxe extrême après quelle misère ! Pointure 42-43, juste la mienne, parfaite pour mes pieds.

Malgré tout, j'avais été trop vorace moi-même, et un mois après, le 25 mai, à Moissac, ayant juste rejoint mes enfants, je fus pris de crises convulsives affreuses qui terrorisaient mon entourage – l'ensemble réalisant un tableau de pseudo tétanos avec trismus, contractures musculaires horriblement douloureuses et pour finir, opisthotonos, c'est-à-dire corps tout entier en arc de cercle, crises qui ne cédaient qu'à la morphine intraveineuse. Le trismus, contraction des maxillaires, me donnait un faciès diabolique, épouvantant les miens (rictus sardonique). »

« La morphine, merveilleux médicament, amenait une sédation si extraordinaire jour après jour que je dus lutter fort pour ne pas devenir morphinomane !

Mais avant mon retour en France, encore sur les lieux du camp, je repris progressivement des forces et fis le maximum pour informer les miens que j'étais vivant mais ne pouvais pas rentrer immédiatement, car, médecin, dès que j'en aurais la force, je voulais soigner mes camarades survivants avant de rentrer. En effet, beaucoup n'étaient pas transportables et on manquait de médecins.

On finit par me rapatrier par train, ce qui me sembla dans ces conditions nouvelles un luxe inouï.

À l'arrivée à Paris, on me dirigea comme tous mes camarades survivants vers l'hôtel Lutetia, dans le VIe arrondissement, magnifique bâtiment en pierre de taille qui avait abrité la Gestapo.

L'accueil au Lutetia était dramatique. Les familles consultaient avec angoisse des listes sur les murs pour savoir si leur parent était vivant ou non. On nous interrogeait pour savoir si, par hasard, nous avions rencontré l'être aimé…

J'avais hâte de revoir mes enfants qui étaient dans le Sud-Ouest, à Moissac, chez ma sœur Shatta Simon et son mari, Édouard.

Arrivé à Moissac, après tous ces mois de faim extrême, j'avais une hantise irrationnelle, obsessionnelle, permanente, de manquer de nourriture et j'exigeais qu'auprès de mon lit, jour et nuit, il y ait une table couverte de quoi nourrir un régiment.

Les retrouvailles avec mes enfants furent à la fois inespérées, bien sûr, miraculeuses, bénies, mais difficiles. D'abord, je ne savais pas comment annoncer à mes enfants de douze et trois ans la mort de leur mère, Berthe Hirsch, assassinée à Auschwitz à l'âge de trente-sept ans. Et eux, par pudeur, ne me posèrent aucune question. Ensuite, mon aspect physique, même un mois après ma libération, était immédiatement inquiétant : qu'on imagine un gaillard de 1,76 m, pesant 42 kilos, encore tondu, aux yeux encore inorbités et cernés d'ombre, au visage émacié, les avant-bras maigres comme des baguettes avec, sur l'avant-bras gauche, tatoué, bleuté, 164 526. Et puis ma peau était bistre terne, presque celle d'un cadavre.

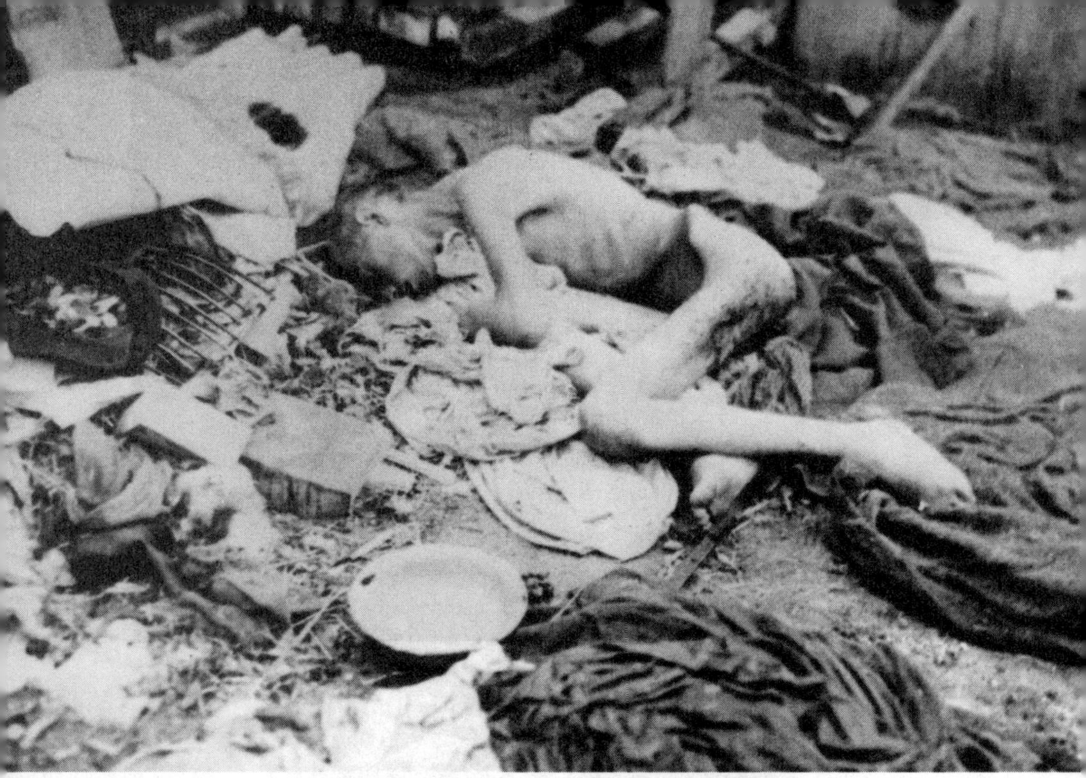

Déporté mort de faim et d'épuisement.

En fait, en l'absence de leur mère, je ne savais trop quoi dire à mes enfants tellement chéris et qui m'avaient tellement manqué, et d'ailleurs, je fus affreusement maladroit : ainsi, prenant mon fils, Jean, et ma fille, Nicole, sur mes genoux et les serrant tendrement contre moi, je leur dis : “Maintenant, je peux mourir.” Belle psychologie pour des enfants ! J'évoquais immédiatement la mort, quelle maladresse !

Voilà, me disais-je alors : j'avais réussi à survivre, à traverser tout cela. J'avais réussi car, en tant que médecin de Mengele, j'avais été protégé, mais aussi parce que dans mon esprit il n'était pas possible que je me rende comme ça, sans rien faire. Mais cela n'avait pas suffi. Pour survivre, il fallait avoir eu la chance de connaître des dizaines, des centaines de moments favorables à la suite.

Pourquoi moi ? Pourquoi ai-je survécu ? »

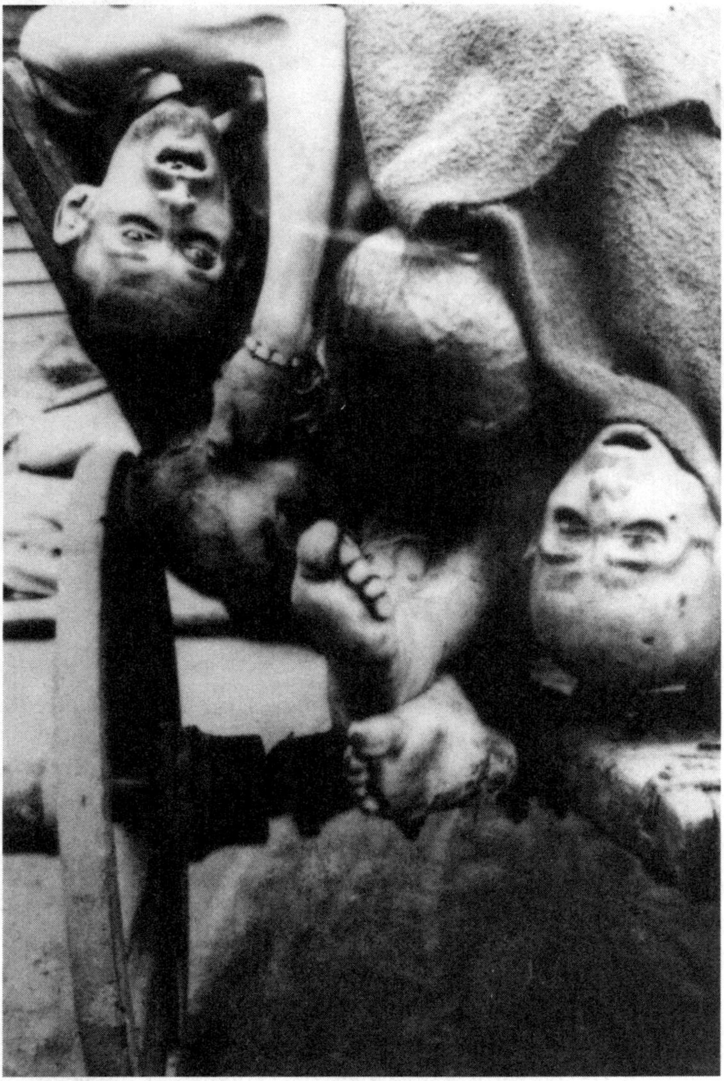

Amas de cadavres, Ebensee, 1945.

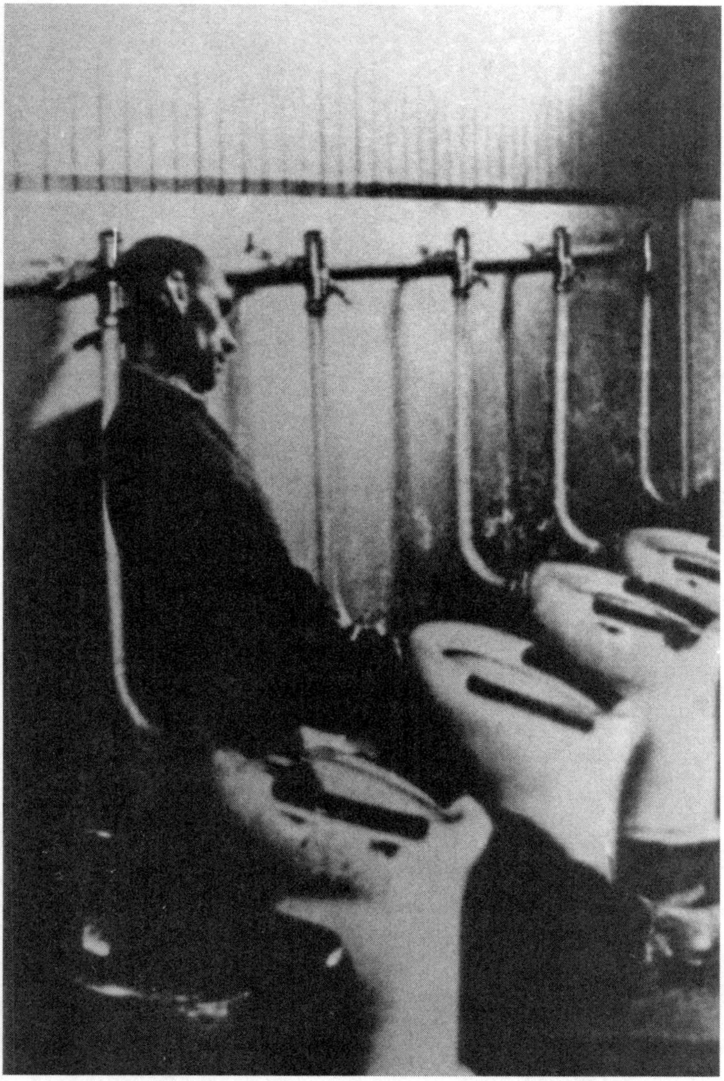

Déporté trouvé pendu aux latrines, Ebensee, 1945.

CHAPITRE 17
Un enfant au maquis, Jean-Paul Pelous (novembre 1943-septembre 1944)

Agent de liaison Jean-Paul Pelous, juillet 1943.

Pendant que Djigo essayait de survivre au camp, moi j'aidais le Dr Daniel, engagé dans la Résistance.

Jean-Raphaël Hirsch :

« Le Dr Daniel se dépensait sans compter et risquait à tout moment d'être arrêté.

Le 15 août 1944, les Américains débarquèrent sur les plages du Midi. Le Dr Daniel, sa famille et moi avions pris carrément le maquis et nous gagnâmes les collines dominant Le Puy-Sainte-Réparade (Bouches-du-Rhône), où nous bivouaquâmes tant bien que mal dans une vieille ferme à moitié détruite dans le haut de ces collines.

La 7e armée américaine, commandée par le général Patch, comprenait 100 000 soldats américains et 260 000 soldats français. Le débarquement en Provence demeure encore sous-estimé et les combats contre 250 000 soldats allemands furent acharnés. Nos maquisards harcelaient, terrifiaient les Allemands parce qu'ils étaient soudain partout. C'étaient surtout des FFI dans notre région.

L'été 1944 était très chaud. Les collines recouvertes de genêts avec leurs fleurs jaunes exhalaient une merveilleuse odeur. Les grillons faisaient un vacarme, les grandes sauterelles vertes perturbaient les brins d'herbe.

De temps à autre, des parachutes se déployaient dans un ciel tourmenté par des combats aériens, des tirs de DCA… Les Américains venaient nous prêter main-forte contre les Allemands qui opposaient une résistance tenace. Ils savaient que c'était fini pour eux, mais ils obéissaient aux ordres : ne rien lâcher. La bataille faisait rage, et les détonations étaient constantes.

Les chars américains se battaient contre les chars allemands dans la plaine, en contrebas. Les obus mirent le feu aux collines, jonchées de plantes sèches en cet été torride.

Et de notre masure nous pouvions voir monter les flammes. On nous ordonna aussitôt d'allumer un contre-feu, et cette opération réussit. Nous n'allions pas griller, nous étions presque sauvés, mais pas encore libres.

Au milieu de cette chaleur de l'été, un ruisseau merveilleux coulait d'une eau claire et fraîche. Le Dr Jean Daniel avait installé son poste de commandement juste à côté. Je l'aidais à soigner les blessés. Je les faisais boire – à l'exception des blessés de l'abdomen – et je les pansais. Ils devenaient chaque jour de plus en plus nombreux. C'est ainsi qu'après avoir été agent de liaison je devins aide-soignant sur champ de bataille. Mais parfois, à la demande, j'assumais les deux fonctions dans la journée.

Un jour, on m'envoya en mission : je devais aller récupérer des médicaments au village. Je descendis avec crainte les collines. J'arrivai au lieu indiqué, une maison du village où nous avions des réserves stockées, quand, au moment de sortir, en ouvrant la porte, je me trouvai soudain nez à nez avec une colonne allemande en retraite rasant les murs. Cela m'eut tout l'air d'être des troupes d'élite qui se repliaient, fusil-mitrailleur à la hanche : c'étaient des tueurs. Mon regard croisa un instant seulement celui d'un grand gaillard en uniforme sombre qui passait. Le canon de son arme était juste braqué sur moi – mais il ne tira pas…

Je regagnai avec soulagement les collines. Et c'est sur ce chemin que je me fis une promesse : devenir médecin pour rester aux côtés de ceux qui souffrent.

Dans notre vieille masure, des amitiés naissaient, on s'organisait peu à peu, on faisait à manger. Les parachutistes américains s'installaient autour de la table. Les armes devenaient chaque jour un peu plus nombreuses. Un matin, l'un d'entre nous voulut faire une photo. Quelques-uns s'alignèrent pour un souvenir. C'est alors qu'une espèce de paysan lourdaud crut intelligent de poser avec une mitraillette Sten. Il appuya sans faire exprès sur la détente et blessa deux d'entre nous !

On mangeait ce qu'on pouvait. Il n'y avait plus de blé pour faire du pain. Alors on utilisait du maïs qui donnait un pain jaune, lequel, trois heures après sa cuisson, était dur et immangeable.

Fin août-début septembre 1944, la marée montante en particulier américaine emportait tout sur son passage : ce fut la Libération.

Vous dire l'ivresse de vivre, le soulagement, le soleil, l'armée américaine qui passait à toute allure avec ses jeeps, ses Dodge, ses canons autotractés, ses soldats, noirs, blancs, qui nous jetaient des chewing-gums, des boîtes de viande, du café, des bonbons de toutes les couleurs aux odeurs extraordinaires… Les femmes jolies qui leur souriaient…

Le Dr Jean Daniel, lui, sur une Motobécane, courait partout pour empêcher que des soldats allemands égarés, désemparés, ne soient fusillés sur place. Il arrivait souvent trop tard. On les avait déjà tués, puis, après avoir fait un trou de 80 cm dans la terre en bordure des routes et cassé les corps en deux d'un coup de pied, on avait recouvert leurs corps d'un peu de terre si bien que les routes étaient jalonnées de petits tumulus… en manière de tombeaux.

Et commença l'épuration, pas toujours juste, souvent peu reluisante : on coupa les cheveux des femmes qui avaient couché avec des Allemands ; on fusilla des hommes sans vrai procès… Des résistants de la dernière heure firent du zèle. Les hommes circulaient armés. Tantôt FFI, tantôt FTP, chacun revendiquant un territoire. Les Français allaient-ils se battre entre eux ? »

*

Jean-Paul Pelous redevint Jean-Raphaël Hirsch.

Pendant dix mois, seul avec moi-même (et sans aucun contact avec l'un des miens), personne ne m'avait parlé

A T T E S T A T I O N

Je soussigné, Louis PHILIBERT, Maire du Puy-Sainte-Réparade (Bouches-du-Rhône), ancien responsable départemental des Mouvements Unis de Résistance, certifie que le jeune

Jean, Raphaël HIRSCH

dont le Père avait été arrêté et déporté, nous a été amené au Puy Sainte-Réparade où il a été hébergé chez le Docteur DANIEL, Médecin du Maquis et de la Résistance locale, qui était sous mes ordres.

Il a secondé le Docteur DANIEL en soignant tous les malades et blessés qui lui furent amenés depuis octobre I943. Il assura égalementplusieurs liaisons avec le maquis qui se trouvait dans les collines et li se distingua, notamment en septembre I944, lorsqu'au cours d'une bataille de chars il y eut de nombreux blessés et un incendie qui menaça de détruire le maquis ainsi que la population qui s'y était réfugiée.

Son activité débuta en octobre I943 dès l'arrestation de ses Parents.

En foi de quoi je lui délivre ce certificat pour servir et valoir ce que de droit.

Fait, le I2 février I978.

Louis PHILIBERT.

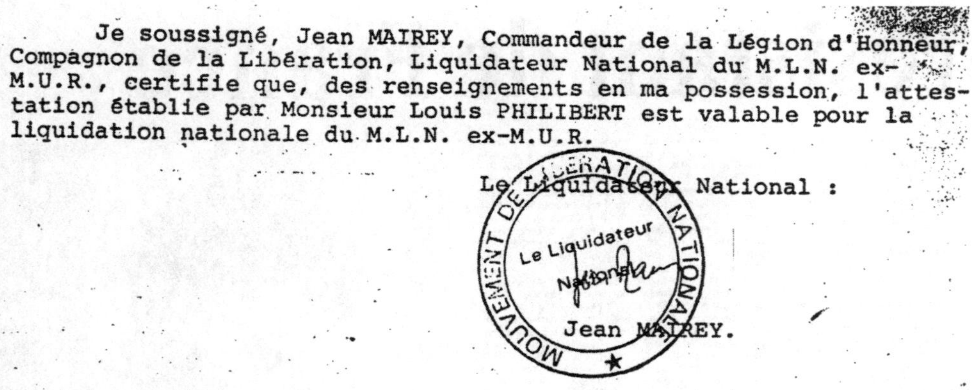

Je soussigné, Jean MAIREY, Commandeur de la Légion d'Honneur, Compagnon de la Libération, Liquidateur National du M.L.N. ex-M.U.R., certifie que, des renseignements en ma possession, l'attestation établie par Monsieur Louis PHILIBERT est valable pour la liquidation nationale du M.L.N. ex-M.U.R.

Le Liquidateur National :

Jean MAIREY.

Attestation de Philibert.

de mes parents ; je n'avais rien osé demander à personne. Sans le sou, j'ai eu froid, j'ai eu faim et mes pieds gelaient l'hiver dans mes chaussures à semelles de bois striées. Qu'étaient devenus mes parents ? pensais-je parfois. Où se trouvaient-ils ? Et ma sœur ? Ma famille n'existait plus ; elle avait volé en éclats à cause de cette guerre, de cette folie allemande.

Assez vite, un de nos agents me ramena à Moissac, à la maison d'orphelins gérée par ma tante Shatta Simon Hirsch, traversant les rivières à l'aide de bacs, car tous les ponts de France semblaient avoir sauté. Là, en compagnie d'autres orphelins, j'ai recommencé à vivre.

Mme Daniel est partie vivre en Israël avec ses trois enfants. En y repensant, je crains que nous n'ayons pas

Moissac - Auvillar

«Nano», plus jeune résistant de France

Le Tarn-et-Garonne a été le berceau de nombreuses personnalités qui ont marqué les années d'occupation. Si l'on connaît bien les cas de René Bousquet qui s'est tristement illustré par son zèle auprès de l'occupant, ou encore Monsigneur Théas, un des rares évêques à avoir protesté publiquement contre les mesures antisémites du gouvernement de Vichy, en revanche l'on parle moins de celui de Jean-Raphaël Hirsch, le plus jeune résistant de France.

Ce dernier avait répondu à l'appel lancé par l'Abbé Pierre, qui avait, on l'oubli parfois, permis de former des maquis dans le Vercors et dans la Chartreuse. C'est en mai 1943, que cet appel à la jeunesse de France avait été lancé, c'est à dire des combattant mineurs à une époque ou la majorité s'acquière à 21 ans.

En réalité dès 1940, de très jeunes résistants s'était jeté à corps perdus dans la lutte contre l'occupants, on se rappelle notamment de la manifestation du 11 novembre à Paris, qui réunis plus de 2500 de Châteaubriand dont faisaient parti Guy Moquet mais aussi au cinq élèves du lycée Buffon.

Les exemples ne manquent pas, comme Ginette Marchais qui, à 12 ans, devint agent de liaison et de renseignements en Indre-et-Loire.

Mais il y a eu plus jeune, Jean-Raphaël Hirsch, qui a seulement 9 ans lorsque du côté de Moissac il est chargé par son propre père, le Docteur Sigismond Hirsch qui est un juif sioniste très investi dans la sauvegarde d'enfants juifs cachés, des missions de liaison. Cela en fait sans nul doute le plus jeune résistant de France.

Le Docteur Hirsch a pour mission de cacher des jeunes juifs qui ont échappé aux rafles et dont les parents ont été internés, environ 400 enfants dans le secteur d'Auvillar, et des réfractaires au STO dans le Lot-et-Garonne et le Gers. Ces enfants sont placés très discrètement dans des fermes aux environs de Moissac.

Un enfant attirant moins l'attention, la mission du

restations, rafles se succèdent, ses parents décident de passer en zone dite libre début 1942. C'est allongé sous le ventre d'une locomotive qu'il rejoint avec sa mère le Tarn-et-Garonne, où son père médecin juif organise le regroupement d'enfants juifs pour les sauver de la déportation.

"Je deviens donc agent de liaison à dix ans" explique-t-il, "c'est un travail de chien mais essentiel. Je ne dois surtout pas me faire remarquer alors que je sillonne le terrain. Je suis chargé de porter des messages camouflés dans le cadre de mon vélo. J'allais aussi faire la nuit de l'abattage clandestin, c'était un petit abattoir en brique très isolé qu'on éclairé à peine, situé près du cimetière". Et Nano de poursuivre: "Imaginez l'ambiance pour un gamin qui est arrivé à vélo, vers 4 heures du matin. Qui va assister à l'abattage et parfois donner une coup de main avant d'acheminer des quartiers de viande aux groupes de juifs et de réfractaires au STO. Je

« Nano, plus jeune résistant de France », article du Petit Journal du Tarn-et-Garonne.

suffisamment remercié les braves gens, les Justes qui nous ont aidés au péril de leur vie, gratuitement, simplement pour obéir à leur conscience d'hommes et de femmes. Et je vais vous dire pourquoi : le seul fait de se remémorer cette époque, le souvenir de ceux que nous avions perdus, morts en martyrs, était si douloureux, si cruel que nous avons évité de reprendre contact.

Tout de même, j'ai demandé et obtenu la reconnaissance de « Juste parmi les Nations » pour le Dr Jean Daniel et pour mère Placide, supérieure du couvent d'Auvillar.

CHAPITRE 18
Convalescence du père et du fils rescapés et nouveaux départs

Au camp scout du Chambon-sur-Lignon.

En pension à Moissac, en compagnie d'autres orphelins, j'ai recommencé à vivre. Peu après la Libération, les EIF ont fait un camp scout au Chambon-sur-Lignon, village protestant qui avait caché beaucoup de Juifs (les protestants se souvenaient des persécutions subies lors de la révocation de l'édit de Nantes et se montraient courageux et accueillants envers les Juifs persécutés). J'y suis allé camper comme louveteau et c'est mon oncle Édouard Simon qui a organisé ce camp où il a reçu la Légion d'honneur.

Fin mai 1945, quand mon père rentra en France, il avait une drôle d'allure. Son regard était voilé par une ombre terrifiante. Tondu, le visage émacié, la peau de la face tendue sur des maxillaires saillants, 42 kilos pour 1,76 m, il faisait peur, et dérangeait surtout parce qu'il faisait peur.

Certes, il était couvert de décorations[1], mais dans un état physique et moral épouvantable. Il avait perdu sa femme, « morte pour la France », croix de guerre et médaille de la Résistance, assassinée à Auschwitz[2].

Comme tous les survivants qui revenaient des camps, il était arrivé à l'hôtel Lutetia à Paris. Certains camarades avaient tout perdu, personne ne les attendait plus, et ils erraient accablés dans le hall, définitivement seuls. Il y avait aussi les familles qui ne voulaient pas perdre l'espoir de voir revenir un être cher. On interrogeait fiévreusement les squelettes ambulants à la recherche du moindre indice concernant le parent disparu.

---

1. Voir plus haut, p. 153-155.

2. Voir plus bas, p. 407-408.

Le numéro 164 526, le cheveu encore court après la tonte, amaigri, retrouve ses enfants à Moissac, juin 1945.

Quand j'ai revu mon père à Moissac, quelque chose s'allégea en moi, et en même temps un poids se mit à peser plus fortement : le silence autour de ma mère. Personne ne nous parlait d'elle. On savait, mais personne ne nous disait rien. Et ce silence est devenu envahissant, mortifère. Quant à mon père, qui avait été pour moi l'exemple de la force et du courage, son état de décharnement me révolta, et je me jurai de l'aider à guérir. À lui qui m'avait appris ce qu'était être un homme, à qui on avait si longtemps contesté ce droit, à lui je devais ça ; j'étais fermement décidé à ne pas le décevoir.

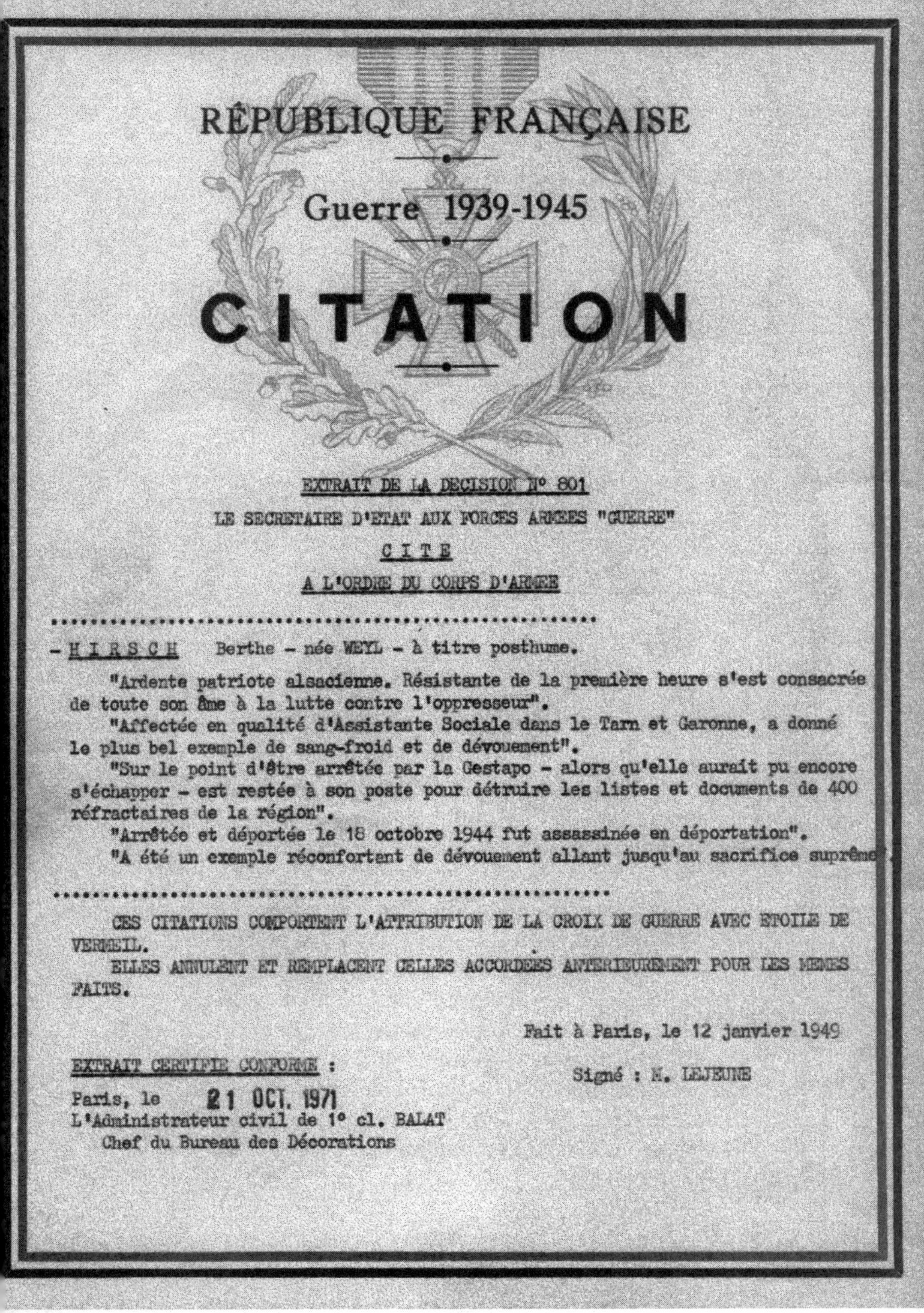

RÉPUBLIQUE FRANÇAISE

Guerre 1939-1945

CITATION

EXTRAIT DE LA DECISION N° 801

LE SECRETAIRE D'ETAT AUX FORCES ARMEES "GUERRE"

CITE

A L'ORDRE DU CORPS D'ARMEE

....

- HIRSCH Berthe - née WEYL - à titre posthume.

"Ardente patriote alsacienne. Résistante de la première heure s'est consacrée de toute son âme à la lutte contre l'oppresseur".

"Affectée en qualité d'Assistante Sociale dans le Tarn et Garonne, a donné le plus bel exemple de sang-froid et de dévouement".

"Sur le point d'être arrêtée par la Gestapo - alors qu'elle aurait pu encore s'échapper - est restée à son poste pour détruire les listes et documents de 400 réfractaires de la région".

"Arrêtée et déportée le 18 octobre 1944 fut assassinée en déportation".

"A été un exemple réconfortant de dévouement allant jusqu'au sacrifice suprême".

....

CES CITATIONS COMPORTENT L'ATTRIBUTION DE LA CROIX DE GUERRE AVEC ETOILE DE VERMEIL.

ELLES ANNULENT ET REMPLACENT CELLES ACCORDEES ANTERIEUREMENT POUR LES MEMES FAITS.

Fait à Paris, le 12 janvier 1949

Signé : M. LEJEUNE

EXTRAIT CERTIFIE CONFORME :

Paris, le 21 OCT. 1971

L'Administrateur civil de 1° cl. BALAT

Chef du Bureau des Décorations

Citation croix de guerre Berthe Hirsch.

VALEUR DISCIPLINE

AU NOM DU PRÉSIDENT DE LA RÉPUBLIQUE FRANÇAISE

GRAND MAÎTRE DE L'ORDRE NATIONAL DE LA LÉGION D'HONNEUR

LE GRAND CHANCELIER DE LA LÉGION D'HONNEUR

certifie que Madame W E Y L *épouse* H I R S C H Berthe

Adjudant, Combattant Volontaire de la Résistance (Déportée-Résistante)

née le 17 Mai 1907 , *à* Strasbourg (Bas-Rhin)

MORT POUR LA FRANCE

a été décorée de la MÉDAILLE MILITAIRE *à titre posthume par décret du* 30 Mars 1949

Scellé et enregistré sous le N° 27,339

Le Chef des Services de la Légion d'Honneur et de la Médaille Militaire

Fait à Paris, le 21 Octobre 1971

Amiral Cabanier

Médaille militaire de Berthe Hirsch.

Commença alors une autre épreuve : comment faire sa vie quand on a été un enfant caché ? Comment essayer de surmonter cette histoire ?

Je sais que je l'ai évoquée, mais cette scène m'obsède encore aujourd'hui : en arrivant à Moissac, mon père s'assit sur une chaise ; après un long silence, il prit ses deux enfants sur ses genoux et dit seulement cette phrase : « Maintenant que je vous ai revus, je peux mourir. » Ça recommençait bien ! Ma mère était morte. J'étais tout à fait perturbé, incapable de lire et de compter convenablement, et mon père, à peine revenu, et dans quel état, me parlait de mourir ! Et pourtant, nous étions condamnés à nous reconstruire.

Mais comment, de son côté, Miklós Nyiszli, rescapé d'Auschwitz, envisageait-il de se reconstruire ?

Miklós Nyiszli ne tira aucune conséquence politique de son expérience concentrationnaire. Il rentra chez lui, retrouva sa femme et sa fille, ouvrit à nouveau son cabinet et reprit la médecine. C'était ainsi qu'il voulait se reconstruire :

> « J'ai coupé de la chair sur les cadavres de jeunes filles saines et j'en ai préparé de la nourriture pour les cultures de bactéries du Dr Mengele. J'ai plongé les cadavres des estropiés et des nains dans du chlore ou bien je les ai fait bouillir durant des jours afin que des squelettes bien préparés parviennent dans les musées du IIIe Reich pour justifier la nécessité qu'il y avait de détruire un peuple. [...]
>
> Dans mon logement, je ne trouve pas ma place. Je vais et je viens sans but entre des murs muets. Mon passé est chargé de souvenirs sanglants et de chagrins profonds tandis que l'avenir m'apparaît sombre. [...]
>
> La sonnerie retentit et tout de suite après la porte s'ouvre. Ma femme et mon enfant entrent. Elles ont été libérées dans le fameux camp de Bergen-Belsen [...], elles n'ont cessé de sangloter durant des heures. [...]
>
> Maintenant, la vie reprend tout à coup un sens. [...] Je vais travailler de nouveau. Ce sera désormais pour quelqu'un et pour quelque chose.
>
> Comme ce sera bon de pouvoir maintenant soulager les autres ! Mais je ne veux plus jamais disséquer de cadavre[3]. »

*

Au plan matériel, mon père disait souvent en 1945-1946 qu'il repartait de zéro. À la Libération, après une épura-

3. Miklós Nyiszli, *Médecin à Auschwitz, op. cit.*, p. 247-250.

tion ni juste ni glorieuse, force est de dire que, pendant de très longues années, non seulement on ne s'excusera jamais auprès des Juifs, **mais encore on ne leur donnera pratiquement aucun dédommagement pour leurs morts déportés, pour la valeur réelle de leurs biens confisqués**. Le sujet est absolument tabou, car cela aurait coûté une somme astronomique à la France : combien vaut l'indemnisation d'un mort ?

La récupération de certains de ces biens a souvent été très laborieuse et quelquefois impossible en ce qui concerne les œuvres d'art cantonnées dans des musées par des conservateurs fourbes. Quand on pense qu'en 2013 un nouveau ministre de la Culture a fait rendre à leurs descendants sept tableaux ayant appartenu à des Juifs exterminés, on voit là encore, la duplicité de l'État.

Pendant près de soixante-dix ans, des fonds en déshérence appartenant à des Juifs morts en déportation ont été stockés à la Caisse des dépôts et consignations à la suite des confiscations effectuées sous Pétain par les hauts commissaires aux Affaires juives Xavier Vallat puis Darquier de Pellepoix.

L'Allemagne au contraire, bien que détruite, ruinée, dès le lendemain de la guerre fera de gros efforts financiers envers les Juifs et envers Israël. (D'ailleurs, en Israël, les indemnités versées par les Allemands ont créé une polémique violente. Certains Israéliens ne voulaient rien accepter de la part de ce peuple criminel. D'autres, réalistes, exposaient qu'Israël, entouré d'ennemis, avait besoin d'argent, en particulier pour acheter des armes pour se défendre. C'est cette argumentation qui l'a emporté.)

En 1945, mon père, revenant de déportation et passant comme ses camarades survivants à l'hôtel Lutetia, reçut la somme royale de 1 000 francs ! Les déportés n'intéressaient personne et en tout cas pas le gouvernement. En fait, ils ont été mal reçus, disons-le.

En 1946, ironique, mon père me dit : « Il paraît que lorsque je casserai ma pipe tu ne paieras aucun impôt de succession parce que j'ai été déporté-résistant, que tu es pupille de la nation à titre militaire et que ta mère est " morte pour la France " ! Eh bien, quelques mois après, bien sûr, on est revenu sur cette fastueuse disposition. De même, il a fallu batailler pour récupérer notre appartement entièrement vidé par l'occupant ; et, de plus, des gens l'habitaient depuis presque trois ans. Il a fallu aussi batailler pour récupérer nos actions, etc.

Après deux ans de récupération physique indispensable, Djigo quant à lui recommença aussi ses consultations à Paris, avec une sorte de rage nouvelle. Pour lui dont la femme n'était pas revenue, il n'y avait plus que le travail. Il avait sur les bras deux enfants encore jeunes. Tout ce qu'il entreprit pendant des années, il le fit pour nous et pour prouver au monde qu'il n'était pas le sous-homme que les nazis avaient voulu humilier. Au plan intellectuel, certes il relisait sans cesse les *Mémoires de guerre* du général de Gaulle, mais, n'étant pas homme à se confiner dans le passé, il militait à présent constamment pour l'État d'Israël à venir.

Heureusement pour lui et pour nous, Djigo n'avait pas été qu'une victime, il avait été aussi un résistant. Il appartenait au camp des vainqueurs. Cette particularité était essentielle dans la réussite du processus que Boris Cyrulnik allait appeler résilience de nombreuses années plus tard, ce mécanisme de l'esprit humain qui permet, peu à peu, de surmonter un traumatisme fort. Djigo avait une histoire à raconter qui n'était pas seulement celle des barbelés et des brimades. Il était célébré et remercié pour avoir soutenu de Gaulle quand d'autres s'étaient fourvoyés dans la collaboration. Aussi ne partagea-t-il pas entièrement le triste destin des survivants des camps de la mort, souvent interdits de parole. Lui au moins pouvait parler avec ses camarades revenus de déportation, alors que, comme le raconte Simone Veil :

> « Pendant longtemps ils [les déportés] ont dérangé. Beaucoup de nos compatriotes voulaient à tout prix oublier **ce à quoi nous ne pouvions nous arracher** ; ce qui, en nous, est gravé à vie. Nous souhaitions parler, et on ne voulait pas nous écouter[4]. »

Djigo soutint l'œuvre de reconstruction de De Gaulle avec une fidélité absolue en même temps qu'il se mit à détester l'*establishment* français qui n'avait subi que très modérément les purges de la Libération et avait expié de façon très insuffisante à ses yeux. En particulier les membres du conseil de l'ordre des médecins qui l'avaient exclu, radié de sa profession, au seul motif qu'il était juif (espérant qu'il serait un concurrent de moins). Aucun des médecins siégeant dans cette vénérable institution **ne crut devoir protester** ni démissionner quand fut instauré le *numerus clausus* en 1941-1942. **Aucun ne demanda jamais pardon**. Pas plus que les Allemands d'ailleurs.

Pour cette raison, l'Ordre fut dissout le 27 août 1944 avant d'être renouvelé en profondeur et d'être institué à nouveau ; mais, un an plus tard, le 24 septembre 1945,

4. Simone Veil, *Une vie, op. cit.*, p. 99.

MODÈLE N° 1.

OFFICE NATIONAL DES ANCIENS COMBATTANTS ET VICTIMES DE GUERRE

Office départemental

RÉPUBLIQUE FRANÇAISE

N° 000220

CARTE DE COMBATTANT VOLONTAIRE DE LA RÉSISTANCE

délivrée à

M. HIRSCH

Prénoms : Sigismond

Domicile : 51 rue Manin Paris 19e

Né le 22 janvier 1906 à Cris Roumanie

A Paris, le 18 janvier 1952

Le titulaire : P/Le Préfet, Président de l'office départemental

DUPLICATA

RÉPUBLIQUE FRANÇAISE

N° 1.0.01.01832

CARTE DE DÉPORTÉ RÉSISTANT

Délivrée par le Ministre des Anciens Combattants et Victimes de la Guerre

TITULAIRE : HIRSCH Sigismond

Né le 22-1-1906 Cris (Roumanie)

Domicile : 51, Rue Manin PARIS 19e

Interné du 18 Oct. 1943 au 19 Nov. 1943

Déporté du 20 Nov. 1943 au 23 Mai 1945

Carte établie le 7 Décembre 1950

LE DIRECTEUR DES STATUTS ET DES SERVICES MÉDICAUX
P. O. LE CHEF DU BUREAU DES CARTES

Le Titulaire,

Carte de déporté résistant
et carte de combattant volontaire de la Résistance.

avec de nouveaux médecins, certes moins marqués par la collaboration de Vichy mais toujours notables réactionnaires, tenus seulement à une certaine lâche réserve et héritiers d'un passé honteux.

De 1945 jusqu'aux années 1980, il n'y eut pas un seul Juif élu au conseil de l'Ordre en dépit du nombre élevé des médecins juifs français. Il y régna une redoutable omerta. Je n'ai rien contre la représentation loyale d'une profession, bien sûr, mais que penser d'un Ordre supposé défendre les médecins qui osa écrire à l'un d'eux : « Monsieur, vous êtes juif et dans les deux mois vous serez radié de notre ordre. »

Cinquante ans plus tard, chirurgien, dirigeant le plus important dispensaire médical conventionné de France que nous avions créé à partir de zéro, groupant 400 médecins, dont 250 chefs de clinique, j'avais fait reproduire cette lettre et sa confirmation sur deux panneaux de un mètre sur un mètre, accrochés dans mon bureau ; les jeunes confrères écarquillaient les yeux, ne pouvant croire qu'une telle chose puisse être écrite noir sur blanc dans un document officiel. Et pourtant…

Ce sont de vieilles histoires me dira-t-on, mais non. J'ai vécu toute ma vie de médecin avec ce sentiment d'hostilité. Le conseil de l'Ordre (qui ressemble à un ordre moyenâgeux) a été systématiquement contre tout ce qui s'est fait de nouveau, de moderne en France après la Seconde Guerre mondiale, et cela au nom de la sainte déontologie, cette déontologie qui fut invoquée pour radier les confrères juifs !

Djigo n'avait jamais partagé la morgue des gens arrivés, ces gens qui se rengorgent de leur position, se complaisent dans leurs préjugés, leur conservatisme, leurs opinions préconçues de castes qui les font regarder les gens du peuple comme d'infimes atomes quasi invisibles.

Même après la guerre, il lui semblait que beaucoup de ses confrères avaient la vue courte. Par exemple, pour un grand nombre d'entre eux, le projet d'instaurer une Sécurité sociale était tout bonnement inimaginable et inacceptable. Comment ? Admettre le plafonnement des honoraires ? Le conventionnement ? Mais enfin, était-ce vraiment sérieux ?

Hors de question d'accepter la Sécurité sociale voulue pourtant par le Gouvernement provisoire de la République et dont l'exposé des motifs présenté à l'Assemblée consultative nationale provisoire disait toute la philosophie :

> « La Sécurité sociale est la garantie donnée à chacun qu'en toute circonstance il disposera des moyens nécessaires pour assurer sa subsistance et celle de sa famille dans des conditions décentes. Trouvant sa justification dans un souci élémentaire de justice sociale, elle répond à la préoccupation de débarrasser les travailleurs de l'incertitude du lendemain, de cette incertitude qui crée chez eux un sentiment d'infériorité et qui est la base réelle et profonde de la distinction des classes entre les possédants sûrs d'eux-mêmes et de leur avenir et les travailleurs sur qui pèse à tout moment la menace de la misère.
>
> Envisagée sous cet angle, la Sécurité sociale appelle l'aménagement d'une vaste organisation nationale d'entraide obligatoire qui ne peut atteindre sa pleine efficacité que si elle présente un caractère de très grande généralité à la fois quant aux personnes qu'elle englobe et quant aux risques qu'elle couvre. Le but final à atteindre est la réalisation d'un plan qui couvre l'ensemble de la population du pays contre l'ensemble des facteurs d'insécurité ; un tel résultat ne s'obtiendra qu'au prix de longues années d'efforts persévérants, mais ce qu'il est possible de faire aujourd'hui, c'est d'organiser le cadre dans lequel se réalisera progressivement ce plan. »

Pierre Laroque, Juif, haut fonctionnaire, « le père de la Sécurité sociale », avait été chargé par le général de Gaulle d'assurer cette disposition sanitaire capitale pour le pays.

Le conseil de l'Ordre s'opposa fermement à cette idée au nom du fameux principe du colloque singulier médecin-malade de Duhamel : rien ne devait s'interposer entre ces deux intervenants et surtout pas un tiers payant qui viendrait moduler les honoraires décidés par le seul médecin. Les honoraires devaient rester libres, c'est-à-dire **à la totale discrétion du seul médecin**. C'est pourquoi le conseil de l'Ordre fut hostile aux médecins qui acceptaient la convention et les menaça même de les radier. Mais on avait l'habitude… Ceux qui acceptaient étaient qualifiés de médecins jaunes, car traîtres à notre profession, ou encore de médecins rouges, car forcément communistes, ce que nous n'étions pas.

Toujours dans cette démarche absurde : en 1956, le conseil de l'Ordre, en désespoir de cause, essaya même de salir mon père en l'accusant de cupidité et en alléguant un abus d'actes médicaux qu'il aurait prétendument commis au détriment des malades et de la Sécurité sociale, et il lui infligea un blâme. Inutile de dire qu'il n'y avait aucun fondement à cette nouvelle brimade et le conseil de l'Ordre fut débouté et condamné sévèrement aux dépens.

C'était quand même un peu fort de voir cette structure ex-vichyssoise attaquer un déporté-résistant Croix de guerre, avec des allégations fausses et odieuses. Mais là, c'est à la volonté de De Gaulle que le conseil de l'Ordre s'opposait et rien ne pouvait empêcher Laroque et mon père de bâtir leur projet.

Le conseil de l'Ordre s'opposa aussi aux cabinets de groupes, car les médecins, en se regroupant, pouvaient constituer un contre-pouvoir gênant. Les dispensaires n'eurent pas plus grâce à leurs yeux. Et que dire de la lutte contre l'instauration de S.O.S. médecins et de la gestion calamiteuse des retraites des médecins ? (Les fonds étaient placés à 3 % d'intérêts alors que l'inflation grimpa jusqu'à 14 % !) Morgue et incompétence, à l'époque. Pour mémoire, en 2010, la cotisation indispensable à l'exercice de la médecine (inscription au conseil de l'Ordre) s'élève à 300 euros pour chaque praticien en exercice. Comme il y a environ 270 000 médecins en France, la collecte est d'environ 81 millions d'euros par an, sauf erreur ou omission, et ceci chaque année.

À propos de l'étrange comportement du conseil de l'Ordre, je ne résiste pas au plaisir de raconter ici deux histoires.

1. Le conseil de l'Ordre essaya à l'époque d'empêcher la mise en place de la Sécurité sociale par tous les moyens. Par exemple, au début des années 50, le Dr Lecœur, l'un de ses membres, **dénonça** son confrère, le Dr Sigismond Hirsch, en alléguant que celui-ci ne payait pas assez d'impôts dans le cadre de son activité du Centre Miromesnil, dispensaire conventionné avec la Sécurité sociale. L'inspecteur local des impôts, écœuré par cette dénonciation anticonfraternelle, fit deux choses. Il répondit au Dr Lecœur avec une puissante et méprisante ironie : « Tout en prenant acte de votre souci de savoir si le Dr Hirsch paye normalement ses impôts, j'ai l'honneur de vous informer que ceux-ci sont normalement payés, sur des bases correctes. » Et il alla donner la lettre de dénonciation à mon père. Le Dr Lecœur, membre du conseil de l'Ordre, faillit être renvoyé du conseil de l'Ordre pour dénonciation d'un confrère. J'ai gardé religieusement la lettre de l'inspecteur des impôts.

Beaucoup plus tard, je suis interne en chirurgie dans un service de l'AP et on m'appelle en urgence au bloc pour un clochard sans connaissance, sans pouls ni tension, saigné à blanc par un coup de couteau ayant sectionné la carotide primitive avec une plaie pharyngée. Je cours immédiatement au bloc : hélas, il était trop tard et le blessé était mort avant même que nous ayons pu faire un geste. Cinq jours après, coup de téléphone à mon patron, le Dr Detrie, chirurgien des Hôpitaux de Paris, qui est interpellé ainsi par un certain Dr Lecœur, anatomo-pathologiste, membre du conseil de l'Ordre : « Alors, on reste sans rien faire devant une plaie de la carotide ! » Mon patron répond vertement qu'il est plus facile de disséquer des cadavres que d'opérer des vivants ! Et cinq jours plus tard, je suis convoqué par un juge pour expliquer ce décès… Le juge était jeune, il avait mon âge. J'étais venu le voir directement de l'hôpital en blouse blanche et cape d'interne bleue. Gêné, le juge m'accueillit très gentiment et me demanda de lui raconter succinctement les circonstances de la mort du blessé. Son opinion presque faite, il s'enquit néanmoins : « Croyez-vous, docteur, que la lésion était grave ? » Avec la fougue de la jeunesse et de l'indignation, je lui répondis : « Si quelqu'un vous porte un coup de couteau pareil, monsieur le juge, dites-vous que ça n'est pas un ami ! » – « J'ai compris, docteur, excusez-moi de vous avoir dérangé. »

C'était, vous l'avez reconnu, Lecœur, le même individu, qui avait vu, je ne sais comment, mon nom, Hirsch, le fils de ce misérable Juif qui était partisan d'instaurer la Sécurité sociale en France.

2. En 1972, jeune chirurgien de trente-neuf ans, j'avais obtenu une autorisation de 250 lits obstétrico-médico-chirurgicaux dans les Yvelines pour ouvrir un hôpital

privé dans une banlieue en pleine expansion où la carte sanitaire démontrait un besoin évident. C'était un projet superbe. Convocation quasi immédiate du conseil de l'Ordre de Versailles. Mû par un pressentiment, je passai au coffre chercher les deux lettres de radiation de mon père datées de 1941 et demandai à celui-ci de m'accompagner. Le jour dit, l'accueil fut impressionnant. Imaginez une longue table recouverte d'un tissu pourpre, sur une estrade, avec dix médecins derrière. En bas, deux chaises pour nous, le Moyen Âge !

Un jeune médecin se lève et me dit avec une prétention odieuse : « Mon cher confrère, nous avons examiné l'autorisation de construction que vous venez d'obtenir qui ne laisse pas de nous étonner dans notre région… Mais nous tenions à vous dire que nous serons très attentifs à ce que la déontologie soit strictement respectée dans votre établissement à venir et en particulier nous regarderons de près les contrats de médecins qui devront tous nous être soumis, et nous serons curieux ! » Tout traduisait l'hostilité, la jalousie, la menace et la méfiance antisémite plutôt que l'enthousiasme pour un projet neuf, moderne et qui allait apporter un bien-être à la population locale dans une France en reconstruction.

Ma réponse fut la suivante : « Mon cher confrère, laissez-moi tout d'abord vous remercier pour cet accueil somptuaire auquel je ne m'attendais pas. Vous remercier aussi pour le souci que vous exprimez pour la sécurité professionnelle des futurs médecins qui exerceront dans l'établissement à construire. Bien entendu, tous les contrats des praticiens vous seront adressés pour approbation. Toutefois, ce souci que vous manifestez de protéger des confrères me touche d'autant plus aujourd'hui que le conseil de l'Ordre ne l'a pas toujours exprimé ainsi, conseil qui écrivait à mon père, âgé de trente-cinq ans en 1941 : **"Vous êtes juif, vous êtes donc radié du conseil de l'Ordre."** Vous doutez ? Prenez donc connaissance de ces deux lettres ! »

À ce moment, au centre de l'assemblée, le président des « dix », fort âgé, se leva, rouge, écarlate, violet – il suffoquait…

« Mais… mais, je n'étais pas de ceux-là », éructa-t-il péniblement. Le jeune crétin, lui, s'était tassé sur sa chaise, épouvanté, épaules rentrées, timoré. « Mais qui vous dit cela, mon cher confrère ? », répondis-je au président. Et là, mon père, vieux briscard impassible, grand officier de la Légion d'honneur, se leva posément et dit : « Mon fils a eu tort d'évoquer ces souvenirs vieux maintenant de trente ans. **Encore que, parfois, l'esprit demeure !** Au revoir, Messieurs. » Et nous sortîmes.

Je n'ai plus jamais entendu parler du conseil de l'Ordre, et dès lors l'hôpital de Trappes rendit d'immenses services à la population et continue de le faire tous les jours.

En 1945, malgré un conseil de l'Ordre aussi réactionnaire, les autorités ministérielles cherchèrent un moyen d'installer une structure pilote afin de convaincre les praticiens de la nécessité d'instaurer une Sécurité sociale.

Les Alliés avaient certes gagné la guerre, mais sur les pays libérés pesait un effroyable bilan humain et matériel. On oublie souvent que le rationnement en France fut aboli en 1947 seulement. Sur les ruines encore fumantes de la guerre prospérait la menace d'un autre totalitarisme : le communisme.

Le parti des « 75 000 fusillés », chiffre excessivement exagéré, pouvait revendiquer un peu plus de 26 % des suffrages en cas de vote en 1945 et pas moins de 159 députés. Maurice Thorez, le leader du parti communiste français, était porté par le prestige de Staline, l'un des grands vainqueurs de la guerre, et la montée en puissance des partis communistes dans ce qui allait devenir le bloc de l'Est. Déjà Churchill avait mis en garde l'Europe occidentale dans son célèbre discours de Fulton (Missouri) du 5 mars 1946 :

« [...] De Stettin sur la Baltique à Trieste sur l'Adriatique, **un rideau de fer** s'est abattu sur le continent. Derrière cette ligne se trouvent toutes les capitales des anciens États d'Europe centrale et orientale. Varsovie, Berlin, Prague, Vienne, Budapest, Belgrade, Bucarest et Sofia ; toutes ces villes célèbres et leurs populations sont désormais dans ce que j'appellerais la sphère d'influence soviétique, et sont toutes soumises, sous une forme ou une autre, non seulement à l'influence soviétique mais aussi au contrôle très étendu et dans certains cas croissant de Moscou [...]. »

Les États-Unis et de Gaulle voulaient à tout prix empêcher de laisser chavirer la France du côté soviétique. Le meilleur remède : l'assistance, le développement, l'enrichissement. Ce fut le plan Marshall pour l'Europe ; et, en France, de Gaulle souhaitait en particulier instaurer un système de Sécurité sociale.

C'est dans ces conditions que, au nom des amitiés résistantes, de Gaulle et Laroque consultèrent le Dr Hirsch. Sans se forcer beaucoup, Djigo proposa de mettre en place la structure en laquelle il avait toujours cru : un réseau de centres de santé conventionnés où les nouveaux assurés sociaux pourraient venir se faire soigner presque gratuitement tout en recevant des soins de qualité. Il avait un atout majeur, un local disponible, ce qui était exceptionnel pour un médecin, et cela avait une raison :

il avait été exclu par Vichy de toute vie professionnelle médicale, de 1941 à 1944.

Ce fut la création du Cosem, d'abord appelé Cidet (Centre interentreprises de diagnostic et de traitement), en 1950, au 63, rue de Miromesnil dans le local récupéré au collabo Guérin. Entre ces murs, une nouvelle manière de pratiquer la médecine était en train de naître. Non plus cette médecine de cabinet réservée à une élite riche, à des patients qui avaient les moyens de payer sans problème une consultation dont le prix était fixé par le seul médecin, mais une médecine ambulatoire « industrielle, mais humaine », de qualité, offerte à tous dans un centre moderne adapté au temps présent.

Tel était le projet de mon père, telle fut mon ambition toute ma vie : le rêve un peu fou de couvrir la France de dispensaires, de centres médicaux dans lesquels se dispenserait une médecine de haut niveau, **mais avec une éthique rigoureuse et contrôlée**. À la médecine d'échoppe succéderait ainsi une médecine rationalisée, pratiquée en équipe et aussi en réseau, assurant la bonne formation des personnels, la mise en commun des moyens techniques coûteux nécessaires à une médecine moderne et la garantie d'une meilleure gestion des dépenses de santé pour la Sécurité sociale, et cela avec des médecins salariés mais **vacataires à temps partiel**, donc conservant leur activité libérale dans leur cabinet.

Rue de Miromesnil, mon père proposa aux meilleurs chefs de clinique de venir deux matinées ou après-midi par semaine dispenser leur spécialité. En échange de consultations données au prix fixé par la Sécurité sociale, les jeunes praticiens trouvaient une clientèle immédiate, nombreuse, et donc un revenu initial bienvenu leur permettant d'affronter les charges de leur récente installation en ville dans de bonnes conditions ainsi que des moyens logistiques non négligeables lorsque l'on débute une carrière, notamment un secrétariat et des assistantes. De leur côté, les patients se réjouissaient d'avoir accès à des soins remboursés à 75 % et bénéficiaient d'une prise en charge globale de leurs pathologies grâce aux différentes spécialités offertes par le centre : médecine générale, radiologie, laboratoire d'analyses médicales, chirurgie dentaire, etc. L'idée étant de constituer un groupe médical avec des services aussi complets que possible sur un seul site. Grâce à ce concept, dépassant le clivage habituel, on faisait travailler en synergie la médecine de ville, la médecine hospitalière et la médecine de centre médical.

Aujourd'hui encore, il me semble que Djigo élabora une médecine ambulatoire qui reste d'actualité en France. Trop de médecins sont revenus à leurs vieux réflexes d'avant la guerre en pratiquant des dépassements d'honoraires excessifs tandis que les hôpitaux, écrasés sous le poids des tâches qui leur incombent, perdent en performance. La médecine de dispensaire devrait être considérée avec plus d'attention par ceux de nos dirigeants qui sont convaincus de la nécessité de sauver le système social fragilisé par des déficits abyssaux, et **il conviendrait de réétudier en la réévaluant la participation des mutuelles**.

Avant même la fin de mes études de chirurgie, comme à mon habitude, j'épaulai mon père dans cette vaste entreprise et l'aidai à développer le centre. Mais, fait essentiel, j'étais la deuxième génération de médecins et entouré de très nombreux amis et collègues d'internat qui avaient confiance en moi et qui étaient beaucoup plus jeunes que mon père. Je pus amener ainsi la fleur de la jeune médecine française, hypertitrée, si bien que, au centre, deux générations de médecins, deux populations médicales purent exercer dans une harmonie et une continuité parfaites. Cette « transfusion de sang médical neuf » permit alors un essor extraordinaire de la structure et assura son succès définitif, à ce point que beaucoup se mirent à nous copier et à nous demander des conseils. « Il faut être l'homme de quelque chose », m'avait appris mon maître Marc Iselin, chirurgien. Eh bien, nous étions devenus les hommes de la Sécurité sociale, un modèle, un prototype de distribution de soins.

À la fin des années 1970, quand je devins le directeur du Cosem, j'essayai de lui donner une dimension nouvelle. En 1982, j'installai le Centre médical Rome ; en 1993 le Centre médical et dentaire Atlas ; et enfin, en 1995, le dispensaire Aide médicale (X^e^ arrondissement). Les quatre dispensaires travaillèrent bientôt dans la même philosophie, permettant des économies d'échelle importantes. Alors que je ne suis plus à la tête de ces centres, je suis content de constater qu'ils continuent à fonctionner selon les mêmes modalités et la philosophie initiale de mon père : accueillir tous les publics dans un environnement adapté et performant. Telle était l'idée originelle des pionniers de la Sécurité sociale et tel est l'idéal d'une médecine humaniste. **J'espère que le respect du malade, le respect du partenaire – la Sécurité sociale –, et l'éthique** demeurent aujourd'hui au niveau où ils étaient jusqu'en 1997, date à laquelle j'ai pris ma retraite.

Ainsi, au lieu de verser dans la haine, les remords ou bien même les regrets, dès la fin de la guerre, Djigo se voua à cette mission écrasante : contribuer à reconstruire un service de santé efficace pour le pays. Sans doute faut-il trouver l'origine de ce projet en grande partie dans l'éducation qu'il avait reçue de sa mère, Régina. Sans doute aussi que ce qu'il vécut à Auschwitz le convainquit définitivement que la plus noble tâche pour un être humain était de soigner. Est-ce grâce à cette conviction que Djigo ne fut jamais un être haineux ? Certainement. Il était dur, intransigeant, oui, mais pas aigri.

CHAPITRE 19
Les enfants cachés – Souffrance et résilience

Le sort des enfants cachés fut longtemps occulté en France. Sur environ 80 000 enfants juifs dénombrés avant la guerre, 69 000 survécurent et 11 000 furent déportés. **Aucun ne revint… C'est dire qu'un enfant caché capturé était condamné à mort.** Quarante-huit pour cent retrouvèrent au moins un membre de leur famille, les autres devinrent orphelins de père et de mère.

Je suis l'un de ces enfants cachés et j'ai été vice-président de la plus importante association en nombre d'entre eux, précisément l'Association des enfants cachés, dissoute en 2007. Nous étions environ un millier. Aujourd'hui subsiste l'Association des fils et filles de déportés juifs de France que préside Serge Klarsfeld et dont je fais partie, qui comporte beaucoup moins de membres.

Les enfants cachés survivants ont été terriblement malheureux, eux aussi victimes de la Shoah, d'autant plus qu'après la guerre on les ignora… pendant soixante ans !

Catherine Lewertowski[1], fille d'une enfant cachée à Moissac, écrit : « Des décennies plus tard, les générations en restent ébranlées, souvent habitées de malaises dont elles n'arrivent pas à capter le sens et qui restent des énigmes : le plus souvent, les survivants se sont tus, espérant par ce silence protéger leurs enfants, parce que la douleur du Souvenir est plus forte que celle de l'oubli (croyaient-ils). » Mais les enfants en quête de leurs origines, de leur identité à consolider, en quête d'une explication du malheur qui leur était arrivé ont souvent abouti sur le divan d'un thérapeute, cherchant des réponses.

1. Catherine Lewertowski, *Les Enfants de Moissac (1939-1945), op. cit.*

Dès le début de mes études de médecine, dans les années 1960, j'avais remarqué que mes collègues neuropsychiatres **ne s'intéressaient pas du tout au problème des enfants cachés.** Plus tard, chef de clinique-assistant dans un service de chirurgie de l'Assistance publique des hôpitaux de Paris, vers la fin des années 1970, j'ai vu arriver une jeune femme du nom de Claudine Vegh qui se destinait à la psychiatrie et devait, comme tous les étudiants en médecine, faire un stage de chirurgie. Elle me demanda un jour de lui suggérer un sujet pour sa thèse de docteur en médecine. Je répondis que j'étais chirurgien et que j'étais totalement incompétent en psychiatrie ! Et même que je me méfiais un peu de cette discipline… et qu'ainsi il serait plus logique qu'elle s'adressât à un patron de psychiatrie. Mais elle insistait… tant et si bien qu'au cinquième mois je cédai. « Écoute, lui dis-je, tu es une enfant cachée. Réunis 100 observations d'enfants cachés et essaie d'en dégager des conclusions. » Résultat, elle a écrit *Je ne lui ai pas dit au revoir*[2], en 1979, qui a reçu le prix de la Wizo, livre terrible et magnifique, livre pionnier consacré à la douleur intense des enfants cachés et à leur deuil impossible vis-à-vis de leurs parents disparus, d'autant que les corps partis en fumée empêchaient de prendre congé.

« Jean-Raphaël m'a beaucoup encouragée à écrire ce livre », raconte Claudine. Ses observations décrivent bien le malheur affreux vécu par ces enfants. Sommairement :

– les uns n'ont plus rien voulu avoir affaire avec le judaïsme et les Juifs. Ils se sont convertis au christianisme, ont épousé des non-Juifs, n'ont pas circoncis leurs enfants

2. Claudine Vegh, *Je ne lui ai pas dit au revoir. Des enfants de déportés parlent*, Paris, Gallimard, 1979.

et ont aussi changé de nom pour mieux se fondre dans la population française et même rompre avec la mémoire de leurs parents. Ils ont voulu oublier leur histoire, ils ne voulaient pas que semblable catastrophe arrive de nouveau à leurs enfants ;

– les autres, tout au contraire, ont considéré que les non-Juifs étaient tous d'abominables salauds et se sont construit un nouveau ghetto, en coupant toutes relations avec les non-Juifs (les *goyim*). Ils se sont mariés exclusivement avec des Juifs et des Juives et ont, bien sûr, continué leurs traditions en faisant en particulier circoncire leurs garçons. Mais adieu la tolérance…

Tous ont eu de graves problèmes avec leurs parents, à ce point qu'on peut se demander s'il n'était pas moins dur de vivre totalement orphelin que de vivre avec un parent miraculeusement revenu de déportation qui vous culpabilise (à son corps défendant). Ainsi les conclusions de Claudine Vegh sont-elles tragiques et montrent-elles clairement que vivre avec ces revenants fut un enfer culpabilisant.

Et la Shoah a fait que beaucoup ne croient plus en Dieu.

Nombreux sont les enfants cachés qui se sont suicidés. Je pense par exemple à mon camarade d'orphelinat Félix Ayzelman. Je pense à mon amie, la charmante toute rose et toute blonde Sarah Kofman, que j'ai rencontrée à Moissac et qui s'est hélas donné la mort en 1994, à l'âge de soixante ans. Nous avons été très proches pendant des années et je l'ai vue devenir une philosophe brillante, très connue au fil des années. Elle m'étourdissait de textes de Derrida, de Nietzsche, de Jankélévitch, mais elle m'impressionnait surtout par les livres qu'elle avait écrits, qu'elle me dédicaçait chaque fois. Par exemple, son livre

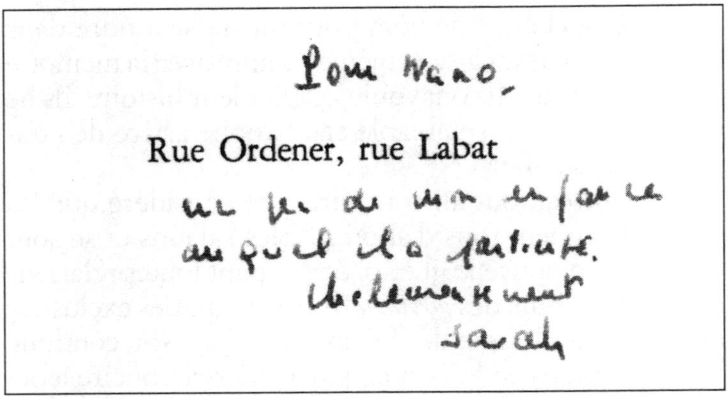
Pour Nano,
Rue Ordener, rue Labat
un peu de mon enfance
auquel il a participé.
Chaleureusement
Sarah

Dédicace de Sarah Kofman à Jean Hirsch.

Aberrations, le devenir-femme d'Auguste Comte[3] m'avait émerveillé. C'était une gosse en fait assoiffée d'amour ; et, quand nous l'avons enterrée, sur une musique de Mozart, je me suis violemment reproché de ne pas avoir pris le temps d'essayer de l'apaiser, de la réconforter et surtout de n'avoir pas perçu à quel point elle souffrait. Mais était-ce possible ? pouvais-je me douter ? Malgré son éclatante réussite, malgré sa résilience ébauchée, il s'est trouvé tragiquement que la plaie était trop profonde : on ne guérit pas de la Shoah. Ce sera sans doute le leitmotiv de ce livre et il m'en coûte d'avoir dû faire ce constat d'échec : en effet, pour un chirurgien, le bonheur, le triomphe, c'est d'obtenir une guérison aussi complète que possible, totale, sans séquelles, de faire que votre blessé se retrouve intact, **comme avant**. Au prix d'une intervention violente, rapide, efficace, la chirurgie a pour but idéal d'obtenir une « restitution *ad integrum* » et nous sommes habitués à réussir très souvent, certes en prenant des risques, car,

3. Sarah Kofman, *Aberrations, le devenir-femme d'Auguste Comte*, Paris, Aubier Flammarion, 1978.

comme disait Napoléon : « La chirurgie comme la guerre est un art conjoncturel et parfois mortel. » Mais ça vaut le coup !

Ici, hélas, « il faut encore une fois constater avec tristesse que l'offense est inguérissable », et c'est Primo Levi, ancien déporté qui l'écrit dans *Les Naufragés et les Rescapés*[4].

En 1958, j'étais externe des Hôpitaux de Paris, à l'hôpital de La Pitié, quand on me demanda de remplacer immédiatement l'interne de psychiatrie du pavillon Quentin qui était malade… J'ai eu beau dire que je ne connaissais rien dans cette discipline, on me pria avec tant d'insistance que j'acceptai. C'est ainsi que j'ai été amené à travailler quatre mois dans un service parisien de psychiatrie d'urgence. J'ai découvert une pathologie très diverse, des névroses, des psychoses, des mélancolies, des tentatives de suicide, une pathologie souvent lourde avec un grand nombre de delirium et de pré-delirium tremens : nous nous battions sans grand succès contre l'alcoolisme chronique.

Beaucoup plus tard, j'ai constaté avec étonnement que les études et les témoignages sur les enfants cachés parlent aussi peu de leur puberté, de leur accès à leur condition d'adulte, de leur besoin vital d'une présence et d'une tendresse qui pouvaient dans une certaine mesure compenser l'absence du père et de la mère. En tout cas, dans nos 800 témoignages, les enfants cachés n'abordaient pratiquement pas ce sujet. Oui, je suis surpris que les psychiatres ne parlent pas plus de l'amour, de la passion sexuelle chez les ex-enfants cachés devenus des adolescents.

4. Primo Levi, *Les Naufragés et les Rescapés, Quarante ans après Auschwitz*, Paris, Gallimard, 1989, p. 24.

Nombreux sont les enfants cachés qui ont développé des troubles psychiques allant de la névrose d'angoisse à la psychose maniaco-dépressive (trouble bipolaire). Nombreux sont ceux qui n'ont pas pu faire d'études supérieures, soit parce qu'ils étaient trop perturbés, soit parce que, matériellement, il leur fallait absolument se mettre au travail le plus vite possible. Et ces études non faites leur inspirent souvent un regret très fort, tout au long de la vie. En réalité, beaucoup, pour vivre, ont exercé des métiers modestes, ont vécu chichement et ont fini dans la misère. Beaucoup, au fil des années, avaient changé d'identité, de religion, de lieu de vie. Tous ont eu un mal fou, quel que soit leur besoin essentiel de reconstruire une famille, à se marier, bien ou mal, et enfin – et c'est péché –, l'aide matérielle accordée à ces malheureux a été nulle ou quasi nulle. C'est un vrai scandale, une plaie béante au flanc de notre société française.

Certes les pupilles de la nation ont perçu une aide minime en France, mais il a fallu attendre plus de soixante ans après 1945 pour que Serge Klarsfeld obtienne enfin une pension mensuelle, pour les orphelins d'environ 500 euros – aide providentielle pour beaucoup, mais venue bien trop tard et accordée à des désormais vieillards ! Mais enfin, c'était un geste efficace. Une **indemnité réelle** se serait, elle, chiffrée par centaines de millions d'euros.

La Fondation pour la Mémoire de la Shoah a reçu une somme de 400 millions d'euros, provenant exclusivement de **la restitution des biens confisqués aux Juifs de France et stockés** par le haut-commissariat aux Affaire juives de Pétain à la Caisse des dépôts et consignations. La France garda secrètement et avec fourberie cette somme pendant toutes ces années, de 1942-1943 à 2000, et c'est une honte.

(Il est possible que l'État français ait néanmoins ajouté une somme modeste pour aboutir aux 400 millions d'euros.)

La restitution à laquelle la France a été absolument forcée a eu lieu en l'an 2000 ! Ces fonds en déshérence appartenant à des Juifs morts en déportation ont attendu cinquante-cinq ans avant d'être restitués et confiés à la FMS à destination des enfants des déportés qui ne sont pas revenus. Celle-ci en a donné une partie au Mémorial de la Shoah, 17, rue Geoffroy-l'Asnier (Paris IVe), qui est une œuvre de Mémoire remarquable et essentielle pour la transmission. Mais pour **les enfants cachés encore en vie**, c'est peu de chose en vérité au regard de leurs difficultés matérielles quotidiennes. À mon sens, il aurait été symbolique et réconfortant de **créer une maison des enfants cachés, un home** où les survivants puissent se rencontrer, avec une animation culturelle en rapport avec leurs origines, ou encore une maison de retraite médicalisée évolutive et enfin, une pension mensuelle qui s'ajoutât à celle que Serge Klarsfeld avait obtenue… Mais non, rien de cela n'a été fait.

« **J'ai un remords** », a déclaré Simone Veil, présidente de la Fondation pour la Mémoire de la Shoah à l'époque, dans un discours à l'Hôtel de Ville, « **nous n'avons rien fait pour les enfants cachés** ».

Eh bien, cela a été ressenti comme une avanie de plus, et aujourd'hui, il est bien tard : à la suite des déportés rescapés qui disparaissent les uns après les autres, les rangs des enfants cachés s'éclaircissent aussi à leur tour.

J'ai fait écrire à Claudine Vegh dans son livre : « Car ils nous ont frappés jusqu'à la troisième génération. »

DOCTEUR JEAN-RAPHAËL HIRSCH

Ancien Interne des Hôpitaux de la Région de Paris
Chirurgien-Assistant de l'Hôpital de Nanterre
Membre de la Société Française de Réadaptation Fonctionnelle

Madame Simone Veil,
Présidente de la Fondation
pour la Mémoire de la Shoah

Paris, le 7 juin 2004

Madame la Présidente,

Je voudrais attirer votre attention sur le projet de construction d'un foyer logements évolutif pour les « Enfants Cachés » survivants de la Shoah, projet en discussion à la Commission Mémoire et Solidarité depuis 18 mois dont j'ai été le rapporteur, ayant donné un avis très favorable.

Or, un travail d'expert sur ce sujet vient de nous être communiqué, et qui est, lui, très négatif. Il nous semble cependant que ce travail purement technique méconnaît totalement la dimension juive spécifique de cette espérance, son caractère d'exception au décours de la Shoah, et son adéquation parfaite avec les statuts de la Fondation.
L'argument principal contre le projet est que les 80 lits de cette maison de retraite juive moderne risqueraient de rester vides !

En conséquence, j'ai fait mettre ce projet à l'ordre du jour de notre Assemblée Générale des « Enfants Cachés » qui aura lieu le 13 juin 2004 au Centre Communautaire.
Un formulaire sera remis aux membres de l'Association présents ce jour leur demandant d'exprimer leur intérêt éventuel pour ce foyer logements évolutif, et leur intention, à priori, de finir leur vie dans un tel établissement juif, ceci en fonction, bien évidement, de ce que sera leur vie et son environnement dans quatre ans, temps d'une construction éventuelle.
Ce projet d'une maison de retraite moderne où des enfants cachés, orphelins, âgés, esseulés et pauvres pourraient passer leurs vieux jours avec des camarades d'infortune nous tient beaucoup à cœur, et nous ne manquerons pas de faire parvenir à la Commission les formulaires signés.

Ancienne Déportée, vous êtes pour nous comme une sœur qui serait revenue, et nous espérons que vous serez à nos côtés pour ce projet.

Veillez agréer, Madame la Présidente, l'expression de mes sentiments respectueux et cordiaux.

Jean Hirsch

Jean Raphaël Hirsch
Vice Président des Enfants Cachés

Lettre de Jean-Raphaël Hirsch à Madame Simone Veil.

FONDATION POUR LA MÉMOIRE DE LA SHOAH

La Présidente

AMR/BC

Paris, le 20 JUIL. 2004

Monsieur le Président,

J'ai bien reçu votre courrier concernant la demande de soutien du projet de foyer logement évolutif pour « les Enfants Cachés », présenté par la Fondation CASIP-COJASOR.

Je comprends votre attachement à ce projet. Il répond aux attentes maintes fois exprimées de ceux dont l'enfance fut si douloureuse, qui ont connu une vie difficile, souvent obtenu peu de satisfaction et de reconnaissance, et qui ressentent aujourd'hui le besoin de vieillir et de finir leur vie ensemble, au sein d'un établissement adapté à leurs besoins.

Toutefois, mon expérience du domaine complexe de l'action sociale, m'a enseigné que parfois, même avec la meilleure volonté, la concrétisation des idées les plus pertinentes peut s'avérer difficile et que de nombreuses considérations sont à prendre en compte si l'on veut parvenir à leur réalisation.

J'ai lu avec beaucoup d'attention les différents comptes rendus de la Commission Solidarité concernant ce projet. Tout en comprenant votre irritation devant un avis d'expert, qui vous a semblé technocratique mais qui n'a fait que répondre au cahier des charges qui lui était demandé, j'observe aussi que des réserves sont venues de la part des membres de la Commission, bien qu'ils aient exprimé fortement le souhait de voir le projet aboutir.

Monsieur Jean-Raphaël HIRSCH
Vice-Président des Enfants Cachés
12, avenue Emile Deschanel
75007 PARIS

.../...

Réponse de Madame Simone Veil (recto).

C'est d'ailleurs afin de lever ces réserves en tenant compte des observations formulées, et pour donner à ce projet toutes les chances d'être agréé par les pouvoirs publics notamment, que la Fondation CASIP-COJASOR à été invitée à le représenter.

Ensemble, avec le concours des professionnels de santé, je suis convaincue que nous saurons trouver les solutions les plus adaptées afin de permettre au foyer-logement de voir le jour dans un avenir proche.

Je connais l'importance, pour ceux d'entre nous qui avons vécu les mêmes expériences tragiques, de pouvoir les partager ensemble comme seuls nous pouvons les partager, et je vous demande d'être confiant.

Je vous prie d'agréer, Monsieur le Président, l'expression de ma considération distinguée.

Simone VEIL

Réponse de Madame Simone Veil (verso).

Enfant caché, c'est vrai que, malgré tous mes efforts, j'ai trop parlé de cette époque et mes trois enfants en ont certainement été marqués. C'est pourtant à eux maintenant de reprendre le flambeau et de transmettre la mémoire : ils sont les petits-enfants de déportés et, après nous, légitimes pour en parler. Au jour le jour, quand on est enfant caché, on est très vulnérable. Comme un animal blessé, on n'a plus confiance. « Ne perdez jamais de vue que des enfants sans parents sont infiniment plus sensibles que d'autres », nous écrit ma mère, Berthe Hirsch, de Drancy en novembre 1943. Enfants sans parents ? Que dire de nous, certes orphelins, mais qui de plus avons eu peur, avons été angoissés vitalement et dont les parents, pour la plupart, sont morts mais par assassinat, sans laisser de corps que nous puissions voir pour faire notre deuil ?

Pour un enfant caché, un échec de plus prend tout de suite une dimension de catastrophe. Et c'est le plus souvent dans la solitude qu'il nous a fallu digérer, ruminer une douleur supplémentaire… La résultante de tout ce qui a été exposé est un intense mal à vivre au quotidien, dans presque chaque circonstance de la vie. « Chez nous », un incident banal peut prendre une violence fantastique. Ainsi, imaginez la scène où vous êtes au volant et où, lors d'un contrôle de routine, un policier en uniforme vous demande : « Vos papiers ». Ressurgit immédiatement et fidèlement l'époque où vos papiers étaient faux et où votre vie était en danger (*a fortiori* si on n'avait pas de papiers !).

On ne guérit pas de la Shoah.

Un jour, lors d'une réunion d'enfants cachés, nous avions eu un conflit très mineur avec un camarade. Le ton montait, et l'une d'entre nous s'exclama : « Mais enfin, arrêtez ! Nous sommes tous branques ! » C'était vrai !

Tous, nous avons gardé une marque indélébile que les gens qui nous entourent observent poliment, si ce n'est avec impatience, avec irritation. Tous, nous avons eu un mal à vivre permanent, assez spécifique, je crois, et très douloureux. Certains d'entre nous s'étaient même dénommés « Buchenwaldiens » comme pour souligner qu'**ils n'étaient plus que de la nationalité du malheur de leurs parents**.

Pour nous, les enfants cachés, la défaite de l'Allemagne, la libération des camps et – c'est horrible à dire – le retour de certains de nos parents ne furent pas la fin d'une période dramatique, mais souvent le début d'une épreuve supplémentaire.

À mon sens, la culpabilité est essentielle si l'on veut vraiment comprendre ce qui s'est passé, ce qui se passe au tréfonds d'un enfant caché ; et, dans cette hypothèse qui est la mienne, je n'ai pas été libéré en tant que sujet, mais suis resté captif d'une histoire que je n'ai jamais su évacuer.

De plus, lorsque l'un de nos parents revenait, tout se passait souvent comme si l'on ne faisait pas en permanence ce que l'on devait vis-à-vis du **revenant** : la demande du fantôme était insoutenable, et la réponse, aléatoire. Passaient sur soi les tonnes d'âmes qu'avait emportées la Shoah. Pour donner un exemple de culpabilisation, parfois j'avais mécontenté mon père, qui me répondait alors : « Si ta pauvre mère te voyait… » On imagine immédiatement la rémanence du malheur ! Et comme personne n'est parfait, vous vous rendez compte de la force culpabilisante des reproches, même pour des choses vénielles ? Nous nous disions : « Peut-être ne serons-nous jamais au bon niveau, peut-être ne parviendrons-nous jamais à redevenir normaux ? » Et le paradoxe, au fond, c'est qu'on demandait le maximum à un vrai malade, à un enfant caché ! L'aurai-je assez répété : on ne guérit pas de la Shoah. Tout au plus on survit ; et, par moment, peu à peu, certaines plaies cicatrisent partiellement. Mais de plus, dans l'hypothèse où l'on vit au quotidien avec un rescapé des camps, on ne peut jamais bâtir librement sa personnalité d'adulte, devenir un adulte comme tous les autres, parce qu'on a comme partenaire au pire un martyr, au mieux un héros martyr. Il faudrait vraiment **beaucoup de talent pour à la fois guérir soi-même et consoler l'autre**. C'est là une mission quasi impossible. J'aime beaucoup Levinas qui parle si souvent du « souci de l'autre ». Contre un reproche même injustifié, il est impossible de s'insurger. Ainsi tous les jours de ma vie, parce que j'ai été en même temps un enfant-homme, un agent de liaison avec des pouvoirs de commandement, de décision, même délégués, j'ai eu un rapport biaisé avec la normalité de mon temps. Comment croire qu'un enfant ait pu faire de la résistance ? Même sur ordres ? Et pourtant (culpabilité encore), je me reproche violemment, tous les jours, de ne pas avoir su sauver mes parents. J'imagine sans cesse dans ma tête les circonstances de l'arrestation, les dizaines de garçons que je pouvais rassembler pour tomber sur neuf agents de la Gestapo, et je ne trouve pas de repos, même si je n'en parle jamais. Certes c'était compliqué. Certes j'ai obéi aux ordres de mon père qui m'a fait dire de ne pas bouger, et à cette époque on ne discutait pas les ordres de nos chefs. Certes il y aurait eu un grand risque de représailles et peut-être des recherches de nos planqués… N'empêche que ma mère est morte, que mon père a failli mourir et que, même si ce n'est pas logique, je me sens coupable.

À ce propos, il convient d'arrêter net l'imbécillité de certains adultes qui prétendent qu'on ne peut pas avoir été résistant à l'âge de neuf ans. Quelle absurdité ! Il suffit pour s'en convaincre de lire le livre sur les enfants dans la Résistance de Philippe Chapleau[5].

Dans l'histoire militaire mondiale, la guerre de 1940-1945 constitue une rupture :

1) Le combat n'est plus limité aux soldats ; et, femmes, enfants ou vieillards, les populations civiles sont concernées, qui sont bombardées, affamées et tuées.

2) Du fait de l'évolution des armes modernes, de leur miniaturisation et de leur capacité meurtrière formidable, un enfant est devenu capable de tirer avec une mitraillette Sten ou autre, peut porter un revolver, ou une charge de plastic. Tout ceci ne requiert plus la force musculaire d'un adulte, et un doigt d'enfant suffit à presser sans effort une détente.

3) La communication est devenue vitale. C'est ainsi que dans de nombreux pays, les enfants prennent désormais part aux combats. J'ai un camarade de Résistance, Jean-Jacques Auduc, qui avait douze ans à l'époque et qui a eu la croix de guerre en 1945 et a été fait *Commander* de la Cross of Liberty en 1945. Je l'ai rencontré à plusieurs reprises et nous avons témoigné ensemble. Il écrit : « Je venais à bicyclette en faisant 25 kilomètres dans un sens et 25 kilomètres dans l'autre, je franchissais les barrages allemands sans être inquiété, je cachais les messages dans la pompe de mon vélo, je servais de guetteur, etc. »

Exactement comme moi, qui avais dix ans.

5. *Des enfants dans la Résistance (1939-1945)*, Éditions Ouest-France, 2008.

Ces enfants soldats, messagers en culotte courte, agents de liaison, transportaient ainsi armes et messages au service de leur cause et se sont révélés parfois de remarquables guerriers – parce qu'ils ne se posent aucun problème. Ils sont sommaires, immatures, sans réflexion, sans expérience de la vie et de la mort, sans imagination aucune de la souffrance de l'autre. Ils ont un ordre et ils l'exécutent, impitoyablement, et peuvent être finalement très dangereux s'ils sont mal orientés, car ils sont facilement conditionnables. Ils sont loyaux à leur chef, et à leurs yeux, la vérité est toute simple. Mais de plus, et surtout, **il est évident qu'un enfant agent de liaison peut faire jeu égal et même surpasser un adulte** parce qu'il passe inaperçu et n'éveille pas la méfiance. Éminemment joueur, inconscient souvent du danger, son toupet d'enfer lui permet d'opérer des missions en apparence impossibles. Intuitif, malin, hyperrapide, un enfant entraîné peut devenir le militaire décisif d'une opération extrême. C'est ainsi que les enfants soldats hitlériens de Berlin en 1945 ou les enfants tueurs dans plusieurs pays d'Afrique ont fait la démonstration de leurs possibilités, parfois extraordinaires.

Alors qu'on ne vienne plus me dire qu'un enfant de dix ans piloté par un père et une mère tels que les miens, dans un mouvement EIF tel qu'il a été, dans les circonstances tragiques que nous avons vécues, n'a pas pu faire de résistance. J'ai plusieurs attestations de résistants, de compagnons de la Libération qui témoignent précisément de la réalité de ma résistance, attestations qui sont reproduites dans ce livre. Si je n'ai aucun mérite en la matière, ayant été minutieusement formé à l'époque par mon père, je déteste les erreurs de diagnostic gratuites de certains qui se targuent d'écrire **l'histoire**. En effet, à côté des historiens sérieux, j'ai observé de nombreux arrivistes, bouffis d'orgueil, qui, n'ayant rien fait à l'époque, **n'ayant aucunement risqué leur vie, n'ayant pas été témoins des faits qu'ils relatent**, prétendent détenir, et eux seuls, *a posteriori*, toute la vérité et se gonflent sans vergogne, sans la moindre pudeur. Le professeur Élie Barnavi se moque souvent de ceux-là ainsi en citant Hegel : « Ah, ces historiens ? ces prophètes du passé ? »

Je me bornerai à constater que, pendant toute cette période tragique qui dura quinze mois, de juillet 1942 à octobre 1943, et tout particulièrement le 18 octobre 1943, jour de l'arrestation de mes parents, l'enfant que j'étais n'a fait aucune erreur au cours de toutes ses missions. Personne n'a jamais su où étaient les documents que mon père m'avait ordonné de cacher. Bien plus, le capitaine Maxime Steinmetz, lieutenant de mon père à la ferme de Lisac, près de Saint-Michel, note après l'arrestation de mes parents : « **La cachette connue uniquement par le fils du Dr Hirsch était vide...** » Mes parents étant arrêtés, j'ai donc fait le nécessaire, seul, et je me suis sauvé et caché efficacement pendant les premières heures décisives. Fait essentiel, **aucun de nos jeunes n'a été pris**. Enfin, ce n'est pas par hasard qu'on m'a réutilisé dans le Mouvement uni de Résistance française (MUR) après l'arrestation de mes parents (voir attestation de Philibert, p. 398-399).

Dans le bordel total où était la France de cette époque, c'est l'honneur et le talent de la Résistance française d'avoir su improviser, tirer parti de toutes les compétences possibles, utiliser hommes, femmes, laïques, religieux, marginaux, gangsters et, oui, d'avoir utilisé parfois même des enfants ! Comme disent les Israéliens, on n'avait pas le choix, *Ein Breira* !

Compte tenu de ces conditions extraordinaires, vous pouvez comprendre, peut-être, pourquoi les enfants

Moissac, le 26 Juillet 1945 .

ATTESTATION

Je soussigné, Maxime STEINMETZ, capitaine certifie avoir appartenu de Septembre 1942 jusqu'en octobre 1943 au Groupe de Résistance du Docteur HIRSCH, lors de l'arrestation opérée par la Gestapo, le 18 Octobre 1943, j'ai pu m'échapper de justesse.

Il est à ma connaissance que le Docteur HIRSCH conser- sa fortune personnelle (consistant en bijoux, titres, billets de banque, pièces d'or) dans une cassette en fer qu'il cachait à un endroit connu de lui seul, sa femme et son fils.

Des amis le docteur MALBRET et sa femme étaient venus la veille de l'arrestation, passer la journée avec nous. J'ai remarqué que Madame HIRSCH, contrairement à son habitude portait des bijoux: notamment une broche de perles, une bague avec une pierre précieuse, et un bracelet serti de diamants (Genre ancien).

Ayant fait des recherches par la suite avec d'autres membres du groupe, ainsi que le maire, qui a fait dresser l'inventaire de ce que les Allemands ont laissé du mobilier et des objets appartenant au docteur HIRSCH. Nous n'avons pas pu retrouver la cassette, ni d'autres objets de valeur appartenant au docteur HIRSCH.

Je sais que le docteur HIRSCH devait être porteur au moment de son arrestation, d'une somme de 250.000 francs environ en billets de banque. Je sais également que Monsieur Edouard RAKOVSKI avait sur lui la veille de son arrestation une somme de 60.000 frs.

La cachette connue par le fils du docteur HIRSCH était vide.

Les Allemands ont emporté en même temps un poste de T.S.F. marque "Point Bleu" 9 lampes m'appartenant d'une valeur de 10.000 frs.

Capitaine Maxime STEINMETZ
Etat Major particulier du Gouverneur
de la 14è région de Lyon

Attestation du capitaine Maxime Steinmetz.

cachés n'ont pas parlé avant de leurs difficultés : on nous aurait pris pour plus branques, pour plus fous que nous ne sommes. Mais aujourd'hui, je m'en moque éperdument et je transmets les éléments de la vie d'un enfant caché, que cela choque ou non ; éléments qui, bien sûr, ne peuvent rendre compte de la totalité du vécu et du millier d'histoires qui sont toutes incroyables. Ceci n'est que mon histoire et n'engage que moi. Cependant, comme vice-président des enfants cachés, ayant participé à des centaines de témoignages (déposés au Centre de documentation juive contemporaine), ou à un livre comme *Paroles d'étoiles* de Jean-Pierre Guéno, j'ai une solide expérience des caractères généraux du ressenti de mes camarades enfants cachés parce que je suis un **témoin encore vivant** de cette époque et que j'ai souvent communiqué avec mes camarades de malheur. Je me demande souvent si ce que j'écris a quelque pertinence, en tout cas j'écris seul, sans l'avis de personne, sans l'influence de personne, je suis vivant et je dis mon expérience à moi, qui ai échappé par miracle à l'arrestation par la Gestapo en 1943, et qui par bonheur ai échappé à l'intervention de quiconque et tout particulièrement à celle d'un psychiatre ou d'un psychanalyste qui m'auraient suggéré, peut-être, ce que je dois ressentir. Le terrorisme des intellectuels, c'est de vous dire : « Vous avez un cerveau, c'est parfait, ne vous en servez pas », comme certains historiens aujourd'hui qui ont fait leur pré carré d'un sujet et qui n'admettent l'intrusion de personne. Je ne suis sous aucune influence, hormis celle de ma mémoire et celle de mon vécu fusionnel avec mon *alter ego*, mon père, qui lui, en revanche, pèse de tout son poids au risque de m'écraser. C'est pourquoi aussi, comme disait mon ami Prévert : « Oui, j'écris des vers, mais ce sont des vers libres ! »

Dans une autre vie, je ferais peut-être des études de psychiatrie et j'exprimerais alors sans doute mieux ce qu'a été la vie d'un enfant caché. À défaut de cette excellence, je me contente d'essayer de me rappeler honnêtement ce que j'ai ressenti et ce que j'ai vécu. Je reconnais volontiers que, lorsque l'on me parle des enfants cachés, je me cabre souvent. Seuls Boris Cyrulnik et Claudine Vegh ne m'agacent jamais. Il se trouve que ce sont deux enfants cachés et de plus deux médecins psychiatres… Tout particulièrement, Boris Cyrulnik sait de quoi il parle quand il décrit le phénomène de **résilience**, cette capacité de renaître de sa souffrance, même si l'on n'en guérit pas. Il me paraît surtout que l'on ne peut aborder ce sujet sans **une immense modestie, ne serait-ce que par respect pour ceux qui sont morts** et pour ceux qui ont eu moins de chance que soi. Il faut absolument éviter toute démarche qui consisterait à tirer gloire d'un tel malheur en le racontant sans humilité. Ensuite, c'est avec objectivité qu'il faut prendre en compte tous les travaux antérieurs ; et, à ma connaissance, en France, le trajet est jalonné par le livre *princeps* de Claudine Vegh en 1979 qui a été suivi l'année suivante par un symposium aux États-Unis. Puis sont venus les témoignages de notre association « Les Enfants cachés » (nous étions un millier), qui a été hélas dissoute en 2007, sans oublier, bien sûr, l'apport des témoignages de l'« association des Fils et des Filles des déportés juifs de France », présidée par Serge Klarsfeld et dont je fais partie. Ces témoignages passionnent de nombreuses associations aux États-Unis, en particulier *The Hidden Child Foundation* [6].

C'est sans être historiens de formation, écrivains, juristes ou professeurs, et sans avoir le moindre talent d'écriture que nous avons déposé **nos témoignages**

6. *The Hidden Child Foundation*, association présidée par Ann Shore et Rachel Goldstein, 605 3rd Avenue, New York, NY 10158.

d'enfants cachés au CDJC. Pour autant, nous sommes des témoins incontestables, peut-être gênants, mais des témoins survivants, sincères et désintéressés, racontant des histoires vraies. Il n'est donc pas étonnant que nous irritions de plus en plus les caciques de l'*establishment*.

Bien sûr, durant cette période 1985-2007, de nombreux groupes de parole se mirent en place. Nous avons progressivement compris un certain nombre de choses, entre autres que les nazis ne s'attaquaient pas à une personne en particulier, mais que c'est toute la collectivité juive qu'ils voulaient anéantir et qu'il leur fallait donc aussi tuer tous les enfants juifs qui représentaient les Juifs du futur susceptibles de perpétuer l'identité juive. En réponse, nous avons aussi compris que c'est *a priori* la collectivité juive qu'il aurait fallu essayer de traiter après la guerre. Dans l'immédiat, il avait fallu sauver ces gosses, donc les cacher, ce qui impliqua parfois un changement d'identité, une conversion. Les hôtes catholiques qui les accueillaient leur ont parfois ordonné d'arrêter leur devenir juif pour se réveiller chrétien, pour se réveiller un Autre, en une véritable métamorphose de l'identité. Ce fut pour certains un chemin très douloureux, entre pratique du mensonge et sentiment de trahison par rapport à l'être vrai. Mais plus douloureux encore, à la Libération, les enfants cachés étant devenus chrétiens ont dû aussi refaire **le chemin inverse** en s'arrachant à l'amour de leurs parents adoptifs chrétiens. Ce n'est pas par hasard si ma fille, Yaël Hirsch, docteur en Sciences politiques, fait en 2004 son master de pensée politique sur la conversion et rejoint bien sûr Levinas : il y a bien une **facticité** juive qui colle à la peau du Juif comme une tunique de Déjanire ; et même quand le Juif veut se séparer de son identité collective, il semble qu'il n'y parvienne pas : voilà que le cardinal Lustiger, enfant caché, converti et croyant catholique, dignitaire de l'Église, fait réciter un kaddish (la prière juive des morts) sur sa tombe ! Est-ce une démarche personnelle ou un dernier hommage à ses parents juifs ? Voilà que Rosenzweig, qui veut se faire catholique, passe d'abord dans une synagogue et renonce à sa conversion[7].

Après la Shoah, le prix à payer pour survivre et pour rester juif a été exorbitant – et tous n'ont pas pu faire face. Il s'agissait pour certains de rester eux-mêmes, de préserver finalement leur identité, de *tenir*, en mémoire de nos parents exterminés, de tenir pour nous, pour notre descendance, pour notre *peuple* présent et à venir. Au fond, **nous étions tous comme frappés d'une maladie nouvelle**. Mais en médecine, on nous apprend qu'il n'y a pas des maladies mais des malades et que chaque malade interprète sa maladie à sa façon, tente de résister à la maladie à sa façon. C'est pourquoi chacun de nous s'est demandé à un moment de sa vie : « Mais comment font les *autres* ? » Malheureusement il n'y avait pas de recette, cela aurait été trop simple.

Je cherche dans mes archives et je retrouve un texte merveilleux de Serge Klarsfeld, écrit de sa main. Alors, laissons donc un autre enfant caché, célèbre, s'exprimer. Il est célèbre comme beaucoup d'enfants cachés modestes, comme René Frydman, professeur en médecine, le père de la fécondation *in vitro*, comme le mime Marcel Marceau, « Bip », comme Charles Denner, extraordinaire acteur de cinéma (ces deux derniers camarades rencontrés à Moissac). Laissons s'exprimer Serge Klarsfeld :

> « Ils sont vieux maintenant. Pourtant, je le sais, pour avoir été moi-même un de ces enfants, ils ne cessent de faire le va-et-

7. Franz Rosenzweig, *L'Étoile de la rédemption*, Paris, Seuil, 2003.

vient entre l'être mûr qu'ils sont devenus et l'enfant qu'ils étaient qu'ils portent en eux et qui régit encore leur vie. Cet enfant, si loin et pourtant si proche, si profond en nous et pourtant si accessible à la moindre sollicitation intérieure, n'est pas le produit naturel de nos mémoires individuelles ; il est aussi le fruit de la volonté de notre mémoire collective *juive*. Cet enfant que nous préservons au fond de nous-mêmes, nous le chérissons, car il est aussi l'enfant qui est parti, tous les enfants juifs qui sont partis et ne sont pas revenus – aucun des 11 000 enfants juifs déportés de France que nous représentons, qui étaient nos frères et nos sœurs et qui ne survivent plus. Ces 11 000 enfants, je les ai dénombrés un à un dans le Mémorial de la déportation des Juifs de France et je leur ai rendu leur nom, leur état civil et l'histoire de chacun de leurs convois qui les a emportés vers l'horreur des chambres à gaz d'Auschwitz. Il y a quelques jours, j'ai terminé la rédaction d'un autre ouvrage consacré aux 44 enfants d'Izieu arrêtés par la Gestapo de Barbie, déportés et assassinés parce qu'ils étaient juifs. Au terme d'une minutieuse enquête à travers le monde entier, j'ai pu redonner à chacun de ces 44 enfants son identité juive, son véritable état civil, son visage grâce à une photo, la trajectoire de leur destin ainsi que l'itinéraire tragique, passant le plus souvent par la déportation de leurs parents et qui les a conduits jusqu'à ce refuge d'Izieu, une maison d'enfants comme celle de Moissac, mais où la haine raciste les a rattrapés et les a anéantis. Le nom de ces enfants d'Izieu qui me sont si proches, je les connais par cœur un à un, dans l'ordre alphabétique, je pourrais les énumérer jusqu'au dernier, Émile Zuckerberg – ce sont des noms comme les vôtres, enfants juifs de France, de Pologne, d'Allemagne, d'Autriche ou de Roumanie.

Vos noms à vous, enfants sauvés de Moissac, heureusement je ne les connais pas et suis très heureux de ne pas les connaître et de ne pas les voir énumérés sur une plaque comme à Izieu. La plaque que nous marquerons aujourd'hui est en effet la plaque d'un souvenir reconnaissant et celle des centaines d'enfants juifs réfugiés à Moissac et qui ont *tous* survécu à l'Occupation, grâce aux efforts de leurs dirigeants et responsables, grâce aussi à l'exceptionnelle sympathie et à la **solidarité fraternelle des Moissagais. Le nom de Moissac**

comme le nom du Chambon sont les deux noms de France symboles du sauvetage réussi grâce à l'engagement moral de l'ensemble de la population de [ces deux villes] et des responsables de [leur] administration municipale aux côtés des persécutés. Sans doute faut-il brièvement retracer cette épopée de Moissac et rappeler comment, pendant la guerre, confronté aux épreuves, le mouvement des Éclaireurs israélites de France a réussi à se transformer en une grande organisation chargée de la responsabilité de centaines de jeunes, organisation qui, une fois dissoute par Vichy, s'est réfugiée dans une activité clandestine qui s'est transformée elle-même en une véritable résistance militaire.

Ouvert en décembre 1939, le centre de Moissac a d'abord accueilli les Juifs provenant des services sociaux de Paris ou de l'évacuation de villes comme Strasbourg et Mulhouse. Après la défaite de juin 1940, les enfants de nationalité française rejoignirent leurs parents, mais les chefs les plus dévoués disponibles furent utilisés pour héberger des dizaines d'enfants que les EIF avaient réussi à faire sortir des camps de concentration pour Juifs établis par Vichy dans la zone libre. Depuis le 3 octobre 1940, les préfets assurèrent en effet leur autorité pour interner dans ces camps les étrangers de race juive.

Pour former selon l'ambition du mouvement des hommes et des femmes complets au plan moral, spirituel, religieux, la Maison de Moissac a mis en place une éducation selon la loi scoute en y célébrant des offices religieux, en montant des ateliers d'ajustage, de menuiserie, de reliure, de couture, d'électricité et de prothèses dentaires.

Pendant les vacances, on organisait des camps scouts. Ce que fut le centre de Moissac et ce qu'il représente encore pour ceux qui furent les enfants de Moissac, je l'ai retrouvé exprimé dans des lettres d'anciens qui se sont établis en Israël, lettres que m'a remises Mme Shatta Simon, la directrice fondatrice et dont je peux fournir des exemples. Il faut savoir que la quiétude était loin d'être totale à Moissac, même avant l'arrivée des Allemands, en novembre 1942, en zone libre. **En août 1942 se produisit une grande rafle**

en zone libre, visant les Juifs apatrides qui arrêta plus de 10 000 Juifs symétriquement à la grande rafle de juillet 1942 du Vél' d'Hiv en zone nord.

Il fallut évacuer d'urgence des dizaines d'enfants, souvent allemands, recherchés par la police de Vichy qui se préparait à les arrêter et à les transférer aux nazis en zone occupée. Heureusement, on put transférer ces enfants dans des fermes isolées, notamment dans le secteur d'Auvillar.

L'armistice signé par les Italiens en septembre 1943 a été ensuite le signal qui a déclenché une intensification des efforts de la Gestapo pour arrêter **elle-même** les Juifs dont la police de Vichy ne se satisfaisait plus de quantités restreintes.

Si on les compare aux 33 000 Juifs que cette même police a livrés à la Gestapo le 11 septembre 1942, la tragédie de la maison d'Izieu en avril 1944 put être évitée après une première incursion policière anti-juive des Allemands à Moissac **grâce, fin 1943, à une efficace dispersion de centaines d'enfants et à leur placement sous le contrôle des EIF** dans des institutions ou établissements scolaires publics ou privés sympathisants ou dans des familles hospitalières avec de véritables faux papiers **et surtout dans des fermes isolées.**

Le service social des jeunes, création des EIF, joua un grand rôle dans le sauvetage de nombreux enfants juifs confiés, en danger dans toute l'ancienne zone libre. Mais, face à ce sauvetage, les EIF subirent de lourdes pertes humaines et en particulier l'admirable Marianne Cohn, torturée et exécutée, symbole qui nous restera pour toujours et que j'ai rappelé à Yad Vashem et au Mémorial que nous avons consacré au martyre juif avec le président de la République française. Mentionnons après la libération de la région les mérites du valeureux préfet Rouanet, solidaire de la Maison de Moissac.

La Maison de Moissac a poursuivi jusqu'aux années 1950 sa mission bienfaitrice à l'égard des enfants sauvés du génocide et les enfants de Moissac dispersés dans le monde entier, en particulier en Israël et aux États-Unis m'ont demandé d'exprimer par la pose d'une plaque 18, quai du Port à Moissac, leur profonde reconnaissance : "À Shatta, à Bouli Simon, à tous nos chefs EIF et à la population de Moissac." En tant que l'un des enfants cachés, ils m'ont demandé d'être leur interprète en cette circonstance, et je le suis avec d'autant plus de sincérité et de soulagement qu'une part essentielle de ma mission est de maintenir le souvenir des enfants juifs qui n'ont pas pu être sauvés. Donc honneur et reconnaissance à la population de Moissac, soyez assurés que cette histoire s'inscrira sur les pages d'or de l'histoire juive et de l'histoire de notre pays. »

Serge Klarsfeld.

J'ai tenu à citer *in extenso* cette allocution de Serge Klarsfeld à l'occasion de la pose d'une plaque commémorative devant la Maison de Moissac, en 1984, d'autant plus volontiers que je suis un enfant caché, un des premiers enfants de la Maison de Moissac avec mon cousin Jean-Claude Simon et que je suis un neveu de Shatta Simon-Hirsch et Édouard Simon, comme Jean-Claude est leur fils.

Il convient aussi d'évoquer Auvillar, village situé à une vingtaine de kilomètres de Moissac, où mon père, Sigismond Hirsch, a caché 400 jeunes Juifs de dix-huit à vingt-cinq ans, pour la plupart d'origine allemande, dans des fermes les plus isolées possible, sachant que Auvillar et Moissac travaillaient en synergie et de façon complémentaire.

Dans ce droit fil, les 27 et 28 avril 2013, nous avons organisé, mon cousin Jean-Claude Simon et moi, avec le soutien du président de la République française, François Hollande, et celui du président du Sénat, une cérémonie intitulée « Moissac, ville de Justes oubliée », au cours de laquelle nous avons raconté comment 500 enfants juifs avaient été cachés à Moissac et 400 jeunes adultes juifs, cachés dans la région d'Auvillar, à proximité. Assistaient à cette cérémonie le président du conseil général du Tarn-et-Garonne, la députée du Tarn, le sénateur David Assouline et le médecin psychiatre Boris Cyrulnik. Jean-Michel Baylet a rappelé avec chaleur le rôle du Dr Hirsch à Auvillar, lui dont l'action rayonnait sur quatre départements. Et le lendemain, à Moissac, en présence du ministre plénipotentiaire auprès de l'ambassade d'Israël, fut inaugurée une magnifique esplanade des « Justes parmi les Nations » ; j'ai alors assuré que nous ferions notre maximum[8] pour que Moissac, ville de Justes oubliée, devienne Moissac, ville de Justes reconnue, à l'instar des célèbres Chambon-sur-Lignon et Dieulefit.

*

La reconstruction de soi

Dans mon indispensable reconstruction (sinon je risquais de me suicider), j'ai eu beaucoup de chance : j'ai été très aidé par rapport à mes camarades enfants cachés qui souffraient, par les facteurs suivants à partir de 1945 :

1. D'abord et avant tout, j'appartenais au clan des vainqueurs : en effet, mes parents avaient été déportés-résistants et avaient sauvé beaucoup d'êtres humains. Ils étaient à titre individuel et surtout en tant que couple les Juifs les plus décorés de France. J'avais moi-même participé activement à leur action. Nous n'avions pas subi passivement l'horreur et l'humiliation. En étant le fils Hirsch, « Nano », j'étais celui dont les parents avaient sauvé 400 jeunes Juifs et Juives dont aucun n'avait été pris (et aussi des réfractaires au STO). Nos jeunes ayant ensuite formé une partie d'un

8. Nous venons d'obtenir la nomination de « Juste parmi les Nations » pour Monsieur et Madame Ginesty, en décembre 2013 – deux justes de plus à Moissac.

maquis, le maquis de Vabre (Tarn). J'étais donc reconnu partout dans mon environnement comme le fils de Djigo et aussi le neveu de Shatta et Bouli Simon, créateurs de la Maison de Moissac. Pour un gosse perdu, ça faisait un assez bon pedigree, et même aux pires moments de doute, le regard souvent positif des autres m'apportait un peu de lumière, de chaleur.

2. Ensuite, il y a eu l'influence salvatrice de la Maison de Moissac que dirigeaient Shatta et Bouli Simon, lesquels eux aussi avaient sauvé de nombreux Juifs. Dans cette Maison de Moissac, orphelin comme les autres et sans aucun privilège matériel, je participais à une merveilleuse vie en commun de gens tous jeunes et cette période a été, je l'ai dit, une première remise à niveau qui s'est avérée pour moi fondamentale. Il m'était fait tous les jours la démonstration qu'au sortir d'un chaos total et absurde un nouvel ordre était possible dans notre monde jusque-là explosé. Si je ne comprenais pas un problème en maths, j'allais voir un fort en maths qui m'aidait. Si je m'intéressais à un problème religieux, je n'avais que l'embarras du choix… Bien sûr, parfois, la réponse devait être analysée. Ainsi, Kurt Niedermeier, qui postillonnait affreusement, voulait m'entraîner dans l'idéal communiste ! Ce fut non ! Et ainsi de suite dans de nombreuses disciplines. Mais du talent même des autres pouvait naître une difficulté nouvelle : la compétition commençait pour l'adolescent. Il fallait être à la hauteur mais là, c'était à la loyale. Je ne me connaissais aucun don particulier et n'avais pas de facilités *a priori*. J'étais descendu du maquis, de mes collines, en août 1944, sachant à peine lire et écrire, encore moins compter. Je n'avais pas été à l'école pendant de nombreux mois et ainsi n'avais ni bases ni méthode de travail, et tout au contraire une conscience aiguë de mes

lacunes. C'est pourquoi mes études, que j'ai failli interrompre, furent longtemps catastrophiques. Toute ma jeunesse, j'ai dû lutter contre un désordre structurel ; et, quand un enfant n'a pas été normalement à l'école primaire et n'a pas pu construire un univers organisé et logique avec des parents à la parade dans l'acquisition des valeurs, le désordre s'installe. Alors les notions de plus en plus complexes, les connaissances qu'on cherche à inculquer à l'étudiant entraînent une confusion progressive supplémentaire, comme si l'on surchargeait une maison dont la base s'enfonce sous la charge insupportable. Ce n'était pas une question d'intelligence mais de construction impossible sur fondations inexistantes. J'étais mauvais élève, j'étais malade, j'avais la rage, et pourtant je refusais de toutes mes forces un statut de victime. Comme je suis méticuleux et perfectionniste, que j'ai besoin d'une organisation, le marasme de mon esprit et de mes connaissances m'atterrait.

C'est alors que, face au cancre que j'étais, Shatta très soucieuse de mon **éducation**, par fidélité particulière pour Sigismond Hirsch, son frère encore en déportation, me donna un véritable précepteur particulier pour moi tout seul – comme on faisait pour les princes, et quel précepteur !

Georges Lévitte, qui sera le père de Jean-David Lévitte, sherpa du président de la République, en particulier de Nicolas Sarkozy, était un homme tout à fait extraordinaire : tout petit, un peu grimaçant, c'était un génie merveilleux qui devenait beau en enseignant. Ce phénomène savait tout – absolument tout – en de très nombreuses langues, l'arabe et l'hébreu entre autres. Sarcastique, il était une sorte de Socrate. Sa maïeutique était la dérision extrême, l'insolence, la « routspa » juive,

Jeunes garçons de Moissac à la Libération, en 1945.

le culot en plus, le court-circuit – c'était la foudre. Son expression « provoc » allait parfaitement avec ma révolte aiguë contre le prétendu ordre du monde qui m'était imposé. Sarcastique, en grec, veut dire « qui mord dans la chair ». C'était lui – il allait très vite à l'essentiel, bousculant tous les obstacles et il me fit rattraper des années à toute allure ; sans doute en passant par des chemins intellectuels de traverse, non orthodoxes, qu'importe ! Avec Georges, là, je rejoignais l'élite. Fidèle au souvenir de mon père, avec une volonté farouche, je redevenais un aristocrate, un *aristos kratos* (superlatif grec), l'un des meilleurs. Avec Georges, je prenais du recul, nous riions, je riais de moi-même, vacciné pour toujours contre l'orgueil. Merci Georges, toujours pudique, sans jamais de grands mots, tu m'as convaincu que la vie, ça valait le coup, que l'intelligence, ça existe.

Je n'ai retrouvé plus tard cette sorte de génie qu'en lisant *Monsieur Chouchani* de Salomon Malka[9] : même extraordinaire puissance intellectuelle, même vitesse, même mépris des conventions – liberté totale. Je suis seul ? Qu'importe ! Je suis MOI. Cette fierté immense de Chouchani était une vertu rafraîchissante. En fait, je me suis rendu compte alors que j'adorais la compétition. C'est une expérience étonnante et désespérante à la fois. Quand on respire à côté d'un génie, d'un quotient intellectuel maximal, on le sait : on ressent presque physiquement le démarrage des cellules grises cérébrales de l'Autre, du génie qui décolle, tandis que vous, vous vous traînez lamentablement à la misérable vitesse de tout le monde ! Sans chevaux sous le capot pour accélérer brutalement, pour réagir. Eh oui, vous avez un Q.I. ordinaire ! Et ça, c'est l'inné, il n'y a rien à faire.

On le voit très bien dans le film *Amadeus* de Milos Forman, quand le génie Mozart désespère, en se jouant de lui, le besogneux Salieri, pourtant honnête musicien de la cour. Et Salieri, interné dans un asile de vieillards, depuis son fauteuil d'handicapé s'exclame en regardant le ciel : « Je te maudis, Dieu ! Mais pourquoi as-tu créé Mozart ? » Autre exemple : l'exposition « Picasso et les maîtres » au Grand Palais, avec, à gauche en entrant, un autoportrait de Picasso à treize ans intitulé avec orgueil *Io Picasso* (« C'est moi, Picasso ») et aussi, à côté de l'*Olympia* de Manet, une femme toute en angles, allongée bizarrement, la vision de la même femme allongée, mais vue par Picasso au XXe siècle.

Avec Georges Lévitte, tout était possible, tout de suite. Puisque nous n'étions pas morts, cela voulait bien dire quelque chose, non ? Et nous passions l'après-midi à

---

9. Salomon Malka, *Monsieur Chouchani, l'énigme d'un maître du XXe siècle*, Paris, Jean-Claude Lattès, 1994.

distinguer les vertus du *kamatz* par rapport à celle du *patah* (c'est de l'hébreu !). Tout n'était pas facile, mais tout était possible ; et, au lieu de contrer ma révolte, il en rajoutait une couche, en me fortifiant en fait. Et grâce à lui, je suis resté toute ma vie un type un peu branque, très spécial, avec un foutu caractère, mais compétitif. À moins aussi qu'une bonne partie de tout cela ne me vienne de mon père et de mes gènes ? Ou est-ce une résultante somative ? J'avais vécu une longue période extraordinaire avec le sentiment d'être peut-être hors la loi, mais d'avoir pourtant raison. D'ailleurs, pour survivre, nous n'avions pas le choix. Nos papiers étaient faux, d'accord, mais nous étions dans le vrai ! Cela laisse nécessairement des traces. Toute ma vie, j'aurai ainsi une méfiance immédiate vis-à-vis de la loi commune des hommes. Certes il faut bien vivre en société, ainsi j'ai ma carte d'identité aujourd'hui, comme tout le monde (une vraie), un permis de conduire, une qualification de chirurgie, une assurance professionnelle, en fait j'ai plein de vrais papiers, mais je garde chaque jour en mémoire cette déclaration : « Nous, Philippe Pétain, maréchal de France, le Conseil des ministres entendu, déclarons légaux les camps de concentration. » C'était ça, la loi sous Vichy : elle déclarait légale la mise à mort d'hommes, de femmes et d'enfants, c'était ça, « le Bien ». *Idem* pour la loi du 3 octobre 1940 portant sur le statut des Juifs et aggravée de la main de Pétain, antisémite notoire. *Idem* enfin, le célèbre « Je souhaite la victoire de l'Allemagne » énoncé par Laval qui, au-delà de sa signification générale, signifiait en particulier pour les Juifs : « Je souhaite la pérennisation des arrestations des Juifs, la mise des Juifs dans des camps, la capture des enfants juifs et leur envoi à la mort pour ne pas les séparer de leurs parents ! » Bousquet se chargera de l'exécution.

À cause de cette période où j'étais un « terroriste » en herbe, j'ai toujours été intéressé par le fonctionnement mental d'un gangster (bien que je n'aie aucune sympathie pour les gangsters). Je suis persuadé qu'on pourrait ramener la plupart d'entre eux vers le Bien. Et leurs valeurs : « le code de l'honneur » – « on ne balance pas » – « on ne se couche pas » – « on ne trahit pas » – tiens, ça me rappelait quelque chose... Nous aussi étions des hors la loi.

Aussi, fasciné par la force du groupe quand il est bien orienté, par exemple les EIF, les MOI, les parachutistes commandés par Bigeard, la connivence d'une équipe chirurgicale, j'ai toujours essayé de travailler en fédérant les forces qui pouvaient permettre de réussir. J'ai eu de la chance de ne pas tourner mal. Il faut savoir que, pendant la guerre, certains gangsters avaient choisi le camp allemand et d'autres, au contraire, la Résistance : alors, quand l'un des nôtres était pris, une des rares manières de le sauver était de négocier avec le milieu. Nous demandions à « nos » gangsters d'essayer de trouver un dialogue avec les gangsters pro-allemands et de le récupérer, à vrai dire souvent moyennant argent !

Au cours de mes études, j'ai accumulé toutes sortes d'échecs cuisants. Faute d'avoir les bases nécessaires, je me suis fait renvoyer du lycée Voltaire, refusant de redoubler. Élève au lycée Condorcet, j'ai subi un revers terrible en échouant au premier bac. Vraiment, ce premier bac était pour moi un obstacle quasi insurmontable, parce qu'à ce niveau on cumulait une somme de connaissances que je n'avais absolument pas. Le soir de mon échec, mon père, accablé, envisagea que je cesse mes études et que j'apprenne un métier. Mais j'ai décidé de redoubler la première en me donnant tous les moyens pour réussir. J'ai pris des cours particuliers et, surtout, j'ai eu la chance de trouver un professeur du lycée Condorcet intransigeant, Monsieur Chapon, qui m'a transmis une *méthode* de travail, et m'obligea à respecter des règles, des bases que d'autres avaient acquises tout naturellement.

En juin 1956, j'ai enfin obtenu ce premier bac, si bien qu'à partir de là, fait capital, j'étais au même niveau que les autres, puisque, en sciences expérimentales (deuxième bac), toutes les notions étaient nouvelles et qu'à condition de travailler il n'y avait pas de raison que je sois inférieur à mes camarades. C'était une véritable résurrection qui ouvrait la possibilité d'études désormais normales. Les études, c'est une chose, mais je restais un jeune très perturbé. Néanmoins, j'avais un objectif clair et, concomitamment, le travail de mon père nous permettait peu à peu d'avoir à nouveau une aisance matérielle qui nous était d'un grand réconfort. Dans son appartement d'avant-guerre, situé dans le XXe arrondissement, il avait repris ses consultations de médecin généraliste, mais très rapidement, et j'y reviendrai, c'est l'organisation d'un centre médical conventionné par la Sécurité sociale qui accapara l'essentiel de son activité.

3. Enfin, je suis devenu chirurgien.

Dans ma tentative de retrouver un certain équilibre, le fait d'appartenir au clan des vainqueurs, d'avoir été recueilli dans la Maison de Moissac, d'avoir bénéficié d'une bonne santé et d'une puberté heureuse m'ont sauvé, dès lors que la chirurgie me donnait un but pratique. Tous ces facteurs additionnés m'ont permis de rebondir, de faire résilience, comme l'écrit Boris Cyrulnik. Je pouvais travailler jour et nuit sans fatigue. J'eus cette immense chance de pouvoir exercer un métier sublime, et cela de façon quotidienne. En effet, au lieu de tourner en rond sans savoir à quoi consacrer mon énergie, de chercher stérilement telle ou telle voie, j'ai immédiatement repris mes études avec un seul but : devenir médecin. Et bien plus, parce que la performance était plus difficile : devenir chirurgien. D'abord, à mon époque, quand vous étiez chirurgien, vous étiez un peu Superman. Pour arriver, il faut certes beaucoup travailler et surmonter de nombreux obstacles, mais quand on est « arrivé », alors tout vient conforter l'image que vous avez de vous-même. Tout le monde à l'hôpital appelle l'interne ou le chef de clinique **Monsieur** avec respect, ce qui en ancien français signifie **Monseigneur**, et c'est superbe !

La solitude ? On est seul – et alors ? Oui, on est seul, on décide, on assume en maître absolu. La logique du métier est souvent paradoxale. En effet, contrairement au bon sens populaire qui énonce « Dans le doute, abstiens-toi », en chirurgie, c'est juste l'inverse : dans le doute, ne t'abstiens pas, si tu penses que ce malade a une appendicite aiguë, ouvre ! (Ça s'appelle une laparotomie exploratrice.) Résultat, si le diagnostic est exact, le patient sera sauvé ; si on s'est trompé, pas grave, on referme. C'est simple, clair et net. Dans cet ordre d'idées, nous avons de multiples adages dans la profession : « Il n'y a pas d'urgences, il n'y a que des gens pressés ! » ou bien, expression de la dualité des situations : « Eh oui, on peut avoir la vérole ET un bureau de tabac ! »

Alors que j'étais insupportable aux autres et à moi-même, la chirurgie, ma divine maîtresse, la compagne bien-aimée de mes jours et de mes nuits, m'a sauvé. En fait, j'étais agité, instable, et seule la chirurgie m'apaisait. J'opérais jour et nuit, de mieux en mieux, des heures et des heures, toujours volontaire pour prendre des gardes en plus à l'hôpital. Je n'ai jamais été fatigué ou lassé d'opérer. Et dans ce domaine, je n'ai jamais été impatient. Qui dira l'extase que procure au chirurgien le sentiment d'avoir sauvé quelqu'un uniquement grâce à son diagnostic, grâce à ses mains ? Qui dira le bonheur d'avoir gagné une fois de plus un combat contre la mort ? Lors de la guérison d'un malade, on peut douter de soi, on peut douter de Dieu, mais le sentiment d'avoir sauvé une personne grâce à ce que l'on a appris, grâce à ce que l'on est, rend fort et contribue à guérir un peu ses blessures. « Quiconque sauve une vie sauve l'humanité tout entière » (Talmud). Et ainsi progressivement, je cicatrisais au moins un petit peu.

J'aimais beaucoup mon patron, M. Philippe Détrie, qui était jeune, brillant, ironique et formateur. On lui avait confié tout jeune le service de chirurgie de l'hôpital de Nanterre qui faisait partie de l'Assistance publique de Paris. Je crois qu'il m'aimait aussi beaucoup. Un jour après la réunion hebdomadaire du service, il me garda quelques instants pour me dire : « J'ai un poste d'Assistant à pourvoir dans le service et je vais vous nommer. » Il se trouve qu'il y avait un autre interne dans le service, socialement beaucoup plus proche de lui que je ne l'étais : jeune homme bon chic bon genre, vieille famille bourgeoise française connue, VIIe ou XVIe arrondissement… C'était Gilles Debray, que j'évoquerai plus loin…

« Merci beaucoup, Monsieur, répondis-je, mais vous avez dû certainement hésiter entre moi et Debray ?
– Certes, me répondit-il en riant, mais c'est vous que j'ai choisi, parce que vous êtes mon confort ! Vous êtes sérieux – vous êtes tous les matins dans le service à huit heures –, vous écrivez bien, lisiblement, en faisant une observation pour chaque malade. S'il y a une décision à prendre, vous la prenez – vous opérez correctement et je suis certain que, si cela était nécessaire, vous me tiendriez immédiatement au courant. En vous nommant, je m'octroie

le privilège de pouvoir pêcher tranquillement la truite à la mouche à partir de mon castelet de Bourgogne. Vous êtes mon confort ! – Tandis que Gilles… ? hasardai-je. – Oh, certes, me répondit-il, il est brillant, agréable, doué même, mais on ne sait jamais où il est, à quelle heure il arrive et après quoi il court… » En remerciant à nouveau beaucoup mon maître, j'ébauchais un sourire intérieur énigmatique… ainsi, j'avais refait exactement le même parcours que jadis mon père, Sigismond Hirsch, à l'hôpital Tenon, en 1931, qui avait séduit lui aussi son maître, le Pr Darbois, d'abord antisémite, mais ensuite conquis par le sérieux et la solidité médicale de mon père.

En fait, mon maître, Philippe Détrie, chirurgien des hôpitaux de Paris, secrétaire de l'Académie de chirurgie, avait perdu un fils de vingt ans. Atterré, il me laissa pendant trois ans la direction effective de 100 lits de chirurgie de l'Assistance publique. J'étais vingt-quatre heures sur vingt-quatre à l'hôpital. Célibataire, j'y dormais, j'y mangeais et j'y vivais en permanence. Logé, blanchi, nourri dans la salle de garde de l'hôpital de Nanterre. J'opérais des cas de plus en plus complexes, et chaque jour la chirurgie faisait des progrès. Le patron, lui, ne venait qu'une fois par semaine, le samedi matin, aux staffs. Un jour, il me convoqua dans son bureau, voulant me parler, et me dit :

« Hirsch, vous faites trop fort, baissez un peu de régime.

– Mais mes opérés vont bien ? lui dis-je un peu peiné.

– Je sais, je sais, reprit M. Détrie, je vous dis ça seulement par affection et expérience, car à votre âge j'étais comme vous Assistant chez le Pr Léger, à Cochin, je faisais une chirurgie de plus en plus lourde, en prenant de plus en plus de risques. Je me croyais moderne, à la pointe du progrès…

– Et puis ? demandai-je.

– Et puis, j'ai eu cinq morts de suite.
– Merci, monsieur, lui dis-je avec respect. Je vais tenir grand compte de votre conseil avant d'avoir une pareille série. »

*

Machiavel, dans *Le Prince*, écrit : « La plupart des enfants naissent en criant, je naquis avec un certain sourire. » Nous avions en salle de garde notre prince à nous, Henri Valère Toyan Kiniffo, un Dahoméen devenu béninois, énigmatique à souhait. C'est une des vertus de nos salles de garde, on y fait connaissance avec des personnes du monde entier.

« Kiki » était un superbe athlète noir, arbitre de football. Chirurgien doué, il faisait montre en tout d'une extrême minutie, et ça commençait par son écriture et son français châtié. Nous étions très proches et il avait souvent besoin de faire le point, sur notre avenir, sur nos stratégies : on s'asseyait alors et on faisait « un coup de canapé », comme il disait. « Tu vois, me disait-il, l'Afrique c'est compliqué ! – Pourquoi ? – D'abord, tu sais que je suis catholique ? – Oui, Kiki, c'est très bien d'être catholique. – Oui mais moi, c'est sérieux, mon cousin est archevêque et je vais tous les ans embrasser la main du pape ! – C'est vraiment très bien, Kiki. Et puis quoi ? – Eh bien, je suis aussi musulman, je suis circoncis et je ne mange pas de porc. – C'est parfait, Kiki. Quoi encore ? – Je suis communiste, parce qu'au Bénin nous sommes tous communistes… – Ça, Kiki, à mon avis, il y a matière à discussion, mais soit, qu'est-ce qui te tracasse tant ? – Voilà, c'est le vaudou ! »

Au cours de nos discussions, j'apprenais la complexité de l'âme africaine si attachante. Kiki était écartelé entre les diagnostics rationnels de la science moderne européenne et les traditions africaines. Il me demandait souvent : « À ton avis, est-ce que je dois exercer en France ou en Afrique ? – Écoute, tu es certainement le meilleur ou l'un des trois meilleurs chirurgiens africains actuellement. Il me semble que ton destin et même ton devoir est d'aller exercer en Afrique et d'aider à son développement. De plus, tu deviendras sûrement ministre de la Santé, et qui sait, président… »

Il était droit – chirurgien avant tout. Certes il est devenu professeur, mais on ne lui a pas fait la carrière qu'il méritait et il a souvent dû exercer dans des conditions matérielles difficiles. Il est resté pauvre toute sa vie.

Un jour, mon père qui avait besoin d'une intervention très mineure vient me voir en salle de garde à l'hôpital : il tombe sur Kiniffo et demande à parler au Dr Jean Hirsch. « Ah, vous cherchez Jean, mon frère ? » lui dit Kiki en l'embrassant affectueusement à l'étouffer. Or mon père était un homme raide, peu enclin aux effusions inopinées. Alors Kiki, Africain intuitif, lui dit en riant devant ce cabrage : « Oui, je sais, le lait a un peu tourné, mais Jean est mon frère ! »

J'ai été pendant un an le patron des internes en salle de garde, « Monsieur l'Économe », responsable du confort de ses ouailles. Mes collègues m'interpellaient fréquemment : « Économe, quelles mesures comptes-tu prendre pour pallier tel inconfort de la salle de garde ?… » ; alors venaient de très nombreuses récriminations…

La chirurgie était devenue pour moi comme une drogue qui m'empêchait de trop penser au passé. Quand vous êtes tout le temps dans un hôpital, c'est vous que les collègues viennent chercher de préférence quand ils ont un cas difficile. Vous devenez un rouage important du service et de l'hôpital, et vous rencontrez toutes sortes de personnalités. Un de mes collègues dont j'ai déjà parlé était le brillant Gilles Debray, frère de Régis Debray, fils de Mme Jeanine Alexandre Debray, maire adjointe de Paris. « C'était un blond », comme dit Gad Elmaleh. Bon chirurgien, coureur invétéré. Et précisément, chaque fois qu'il était de garde, connaissant ma disponibilité, il venait me voir au dernier moment en me demandant de bien vouloir prendre sa garde pour pouvoir courtiser le soir une jolie fille – et j'étais presque toujours d'accord, ce qui me permettait d'opérer un maximum. Un matin, pourtant, alors que nous opérions ensemble au bloc opératoire en chantant à deux voix, je lui annonce, goguenard :

« J'ai vu que tu es sur le tableau de garde demain.

– Oui, c'est vrai, et alors ?

– Alors, ne compte pas sur moi pour te remplacer, car demain, c'est moi qui ai rendez-vous avec une belle fille.

– Mais qu'est-ce que tu me dis là, Jean, toujours à faire valoir tes menus services… Bien sûr que je la prendrai, ma garde !

– Parfait, dis-je. »

Voilà que le lendemain, à 13 heures, je suis en salle de garde en train de déjeuner ; arrive Gilles, blanc comme un mort, qui me dit : « Jean, il faut absolument que tu prennes ma garde. – Ah non, je t'ai bien prévenu hier que je sortais ce soir. – Jean, insista-t-il, je t'en prie, c'est une question de vie ou de mort ! » Il avait l'air très inquiet. « C'est si grave ? lui ai-je demandé, intrigué. Qu'est-ce qui t'arrive ? – Figure-toi que mon crétin de frère, Régis, est de gauche. – Bon, lui dis-je, quoi d'extraordinaire ? – Comment peut-on être de gauche dans ma famille ? Régis vient de se faire coxer à La Paz, en Bolivie, avec

Che Guevara. – Et ? – Eh bien, il faut d'urgence que ma mère et moi allions voir le pape et le général de Gaulle pour différer son exécution. – Écoute, Gilles, OK, mais si tu me montes un char, tu le regretteras ! »

C'était bien vrai et l'histoire est édifiante...

Oui, la chirurgie m'a permis de connaître toutes sortes de gens et de recoller au peloton des jeunes loups de ma génération. On avait voulu me persuader lorsque j'étais enfant qu'étant né juif j'étais un sous-homme qu'il fallait éliminer, et voilà qu'études faites, blouse blanche et cape bleue d'interne, on me prenait presque pour un surhomme. Un jour, à la sortie de mon service, un roi africain que j'avais opéré prenait congé. Il était enchanté et me dit très cérémonieusement : « Monsieur le professeur, je vous remercie et vous salue très perpendiculairement. » Je retins un énorme éclat de rire intérieur, je pouffais, j'étais comblé ! Oui, de plus en plus souvent, on m'allongeait du « Docteur » ou du « Monsieur le professeur » long comme le bras. Si pour les autres j'avais l'air désormais respectable, au fond de moi, même si je souriais, sommeillait un pauvre gosse meurtri. La chirurgie, et certainement mes gènes, m'a évité le canapé du psychiatre ou du psychanalyste. Mon merveilleux père était raide, ne manifestant que rarement ses sentiments, qu'il s'agisse des séquelles d'une éducation ou d'une pudibonderie germanique, mais ma mère, Berthe, elle, était rayonnante de tendresse, de gaieté, et je tiens d'elle une grande force et le goût de rire malgré tout, viatique pour toujours.

4. Ma mère a pu me transmettre son amour, sa tendresse, sa gaieté. Facteur décisif, je crois, d'une résilience, c'est une chance extraordinaire que j'aie pu conserver ma mère jusqu'à l'âge de dix ans, car je garde son souvenir, et son

message est passé : en pension, à la fac, en salle de garde, j'étais toujours le premier à monter une blague, à faire un « dîner de patrons » au cours duquel, invitant nos maîtres, nous singions grossièrement leurs travers – en riant aux larmes. La vie à l'hôpital, en salle de garde, a été une vie en **collectivité** très heureuse. On s'y faisait la place qu'on méritait, il y avait là le hâbleur prétentieux qui disait et faisait n'importe quoi, au contraire le garçon sérieux, travailleur, qui méritait la confiance des collègues, et tous, du matin au soir et aussi la nuit, nous faisions un métier qui nous passionnait. Nous étions des soldats pour la vie, et la chirurgie est particulièrement terre-à-terre, structurante, logique. *Cheir-ergon* : le « travail de la main », c'est ça, la chirurgie, on fait fonctionner l'intelligence, la connaissance théorique accumulée, l'expérience, mais aussi la pratique manuelle, l'habileté de l'*homo faber*. On ne s'ennuie jamais dans ce métier où il faut toujours apprendre plus avec des problèmes fondamentaux qui vous assaillent toute la journée : quel choix adopter dans telle circonstance ? quelle éthique ? Et l'enfant caché, ex-hors-la-loi, se refaisait une ligne de conduite personnelle corroborée ou non par une société elle-même en évolution. J'ai ainsi connu la période où l'avortement était un délit pénal, passible de dix ans de prison, j'ai connu la lutte qu'a dû mener Mme Simone Veil pour imposer sa loi sur l'avortement légal à l'hôpital. L'avortement étant toujours un drame, il nous paraissait cependant profondément injuste de voir mourir de septicémie à Perfringens une jeune fille pauvre de seize ans qui s'était fait avorter dans des circonstances désastreuses, cependant qu'une femme de la haute société subissait une courte intervention, revenait bronzée des sports d'hiver et faisait trois enfants à la suite…

Confronté à la mort depuis mon plus jeune âge, je n'ai cessé de me colleter avec elle. J'allais souvent à la morgue pour vérifier la cause de la mort de certains patients. C'est la confrontation anatomo-clinique de Laennec qui a été la base de la médecine française moderne. La dissection est un exercice indispensable pour qui veut devenir chirurgien. Une morgue est un lieu sinistre où sont alignés des morts dans le froid. Pour qui va faire un travail de dissection, il y a une telle passion pour la recherche de la cause de la mort qu'il en oublie souvent l'endroit horrible où il se trouve. Il existe à Paris un bâtiment, rue du Fer-à-Moulin, où les chirurgiens s'entraînent à leur métier dans le cadre du prosectorat. J'ai toujours été frappé par une chose : les garçons qui travaillent à la morgue toute la journée dans ce froid et ce spectacle, et qui n'ont pas, eux, l'attention distraite par une recherche d'intérêts supérieurs, sont tous, je dis bien tous, des alcooliques chroniques invétérés. Seul l'alcool permet aux vivants d'affronter la mort à longueur de journée. Par ailleurs, la plupart de ces « garçons » sont athées.

Au total, intellectuellement et matériellement, j'ai ainsi repris pied dans la vie, progressivement, et dans une vie relativement aisée. D'abord, en salle de garde, on travaille énormément, sans avoir le temps de dépenser, si bien qu'à la fin du mois, quand on touche sa paye, on est riche de ses économies. Mais ce n'était pas suffisant : rapidement j'ai cherché à gagner plus d'argent pour me prouver que j'en étais capable. Pour mon père comme pour moi, l'argent n'était pas un but en soi. Ce qui nous guidait, c'était un farouche besoin de prendre notre **revanche**, de susciter une jalousie qui nous prouverait que nous existions bien, que les boches avaient échoué ainsi que les gens bien établis, bien collaborateurs, bien antisémites. L'argent permet aussi d'entreprendre, de créer et d'innover. Alors, en serrant les dents, mon père et moi, ensemble, nous avancions pas à pas, qu'il s'agisse d'organisation d'une médecine, de construction immobilière, d'achat de terrains, sans nul besoin de nous parler. Nous avions besoin d'espérer, d'imaginer, de créer, d'exister. Alors, révolte ? provocation ? ou réflexe de survie ? Nous nous battions pour refaire notre situation.

Si la résilience est la capacité à rebondir et à refaire une vie supportable en surmontant le traumatisme, peut-être ai-je réussi, en parvenant à reconstruire une famille et à structurer une situation. Mais si le but est d'oublier ses souffrances et de vivre comme les autres, je n'y suis pas tout à fait parvenu : je l'ai répété tout au long de ce livre et je le dis tranquillement au nom de mon père rescapé d'Auschwitz et qui n'est plus : « On ne guérit jamais de la Shoah. » Il y a toujours au fond de soi un relent d'angoisse impossible à évacuer, une régurgitation acide qui vous revient n'importe quand, un détail qui vous frappe en boomerang et vous confirme que tout cela a bien été, que cela est et que cela sera, jusqu'au jour de votre mort.

Analyse de la psychologie de l'enfant caché

Pour exprimer à quel point je ruminais mon passé, j'y reviens à dessein pour dire encore : oui, à la Libération, survivant, j'étais seul. Orphelin précoce, mes parents m'avaient transmis jusqu'à l'âge de neuf ans sans doute l'essentiel. Mais après ? J'avais soif de confirmations et je restais muré dans ma solitude. En fait, j'étais au fond d'un puits de tristesse.

Le deuil impossible de ma mère prédomina dans les premières années après la guerre. Parce que mon père était occupé à se refaire une situation à Paris, pendant presque deux ans, je restai à l'**orphelinat de Moissac**. Il accueillait les orphelins de la Shoah : une collectivité juive, saine, joyeuse malgré tout (mis à part le silence tenace sur le passé). Une communauté juive d'un judaïsme large, libéral, compréhensible. Les prières y étaient dites tantôt en français, tantôt en hébreux. C'était une maison mixte dans laquelle les garçons et les filles vivaient ensemble. On marchait durement avec les éclaireurs au cours des sorties. « Nous, de l'espérance », disait Edmond Fleg, notre chef et guide. C'était vrai !

Je comprends seulement maintenant tout ce que je dois au mouvement EIF, tout ce que je dois à Moissac : là-bas, foi dans l'homme malgré tout, foi dans le judaïsme, foi dans l'espérance d'Israël et peut-être foi en Dieu. Foi dans les amis, si divers, de tous les pays, de toutes les langues, de toutes les cultures, de tous les talents. Et puis, à Moissac, nous chantions : il y avait une chorale magnifique d'une trentaine de chanteurs dirigés par Henri Milstein et l'harmonie musicale nous faisait du bien (Castor a justement écrit un petit livre, *Tivliout*, qui veut dire « harmonie »). On était ensemble, on voulait s'en sortir, on chantait à pleins poumons, et en particulier « Lève la tête, peuple d'Israël ».

Est-ce un hasard si les enfants cachés survivants s'appelaient Barbara, Jean Ferrat, Serge Gainsbourg, Juliette Gréco, Polnareff et qu'ils chantaient leur mal à vivre ? Est-ce un hasard si, toujours à Moissac, le célèbre mime Marcel Marceau (Bip) exprimait avec génie la dérision de l'aventure humaine ? Est-ce un hasard si le professeur René Frydman fait naître des bébés inespérés (« Il faut choisir la vie », disait Shatta) ? Est-ce un hasard si Pierre Dac (alias André Isaac), « Les Français parlent aux Français », était un Juif à la radio de Londres aux côtés de De Gaulle ? Si Charles Denner, rencontré à Moissac, et Claude Berri ont cette présence insolite au cinéma ? Toutes ces démarches traduisent à l'évidence une sublimation désespérée, un effort pour s'en sortir. Mais en réalité, et sans aucun orgueil, c'est la France tout entière et l'Europe qui sont pleines d'enfants cachés qui ont essayé de toutes leurs forces de s'arracher à leur malheur parce qu'ils étaient obligés de faire résilience pour survivre. Hélas, tous n'ont pas réussi. Moi-même, j'avais toutes les peines à me réadapter au monde normal que je n'avais pour ainsi dire jamais connu. Les responsabilités qui furent les miennes avaient été telles, ma proximité avec le danger si constante que je trouvais la vie normale d'un enfant de douze ans bien terne.

Immédiatement à mon arrivée à Moissac, ma tante Shatta me donna des habits convenables et m'amena à la mairie pour m'inscrire à l'école. C'était juste quelques jours après la Libération. Un soleil nouveau se levait sur une vie différente. J'avais encore mes faux papiers au nom de Jean-Paul Pelous. Tout le monde le savait. Le fonctionnaire, ex-collabo, suait la peur, craignant l'épuration encore en cours (on fusillait parfois très vite à la Libération). Dès mon arrivée, il m'accueillit avec une déférence servile :

« Vous venez pour votre inscription ? me dit-il. Aucun problème. Quel est votre vrai nom ?

– Hirsch ! répondis-je d'une manière agressive.

– Bien, dit-il, en écrivant “Hirsch”, mais ça s'écrit H-I-R-S-C-H ?

– Oui. »

Étrange moment : sur ma seule affirmation, un ex-collabo de l'ancienne administration, terrorisé, me faisait des vrais papiers officiels ! Mon esprit était ailleurs, plombé par l'absence de ma mère, mais surtout par le silence qui régnait autour de sa disparition. Qu'était-elle devenue ? Pourquoi n'était-elle pas rentrée avec mon père ? Je n'avais pas été là quand elle rendit son dernier souffle. Je ne lui avais pas dit au revoir. Son absence me dépassait. Tous les gens autour de moi évitaient soigneusement d'aborder le problème. Le silence. L'abominable silence.

Parfois, je me maudissais. J'avais complètement perdu confiance en moi. L'école était devenue une épreuve. Pour ne pas y avoir été durant toute la guerre, je ne possédais pour ainsi dire aucune base. Je savais à peine lire et écrire. La règle de trois en mathématiques et les accords du participe passé furent longtemps des problèmes insurmontables ; au début, n'en comprenant pas l'intérêt, je bâclais mes devoirs. Je ne possédais aucune base, **aucune méthode de travail**. Ma jeunesse s'est passée à lutter contre ce désordre envahissant. C'est ce qui arrive quand un enfant n'a pas été à l'école primaire et n'a pas pu bâtir un univers construit et logique. Quand à cela viennent s'ajouter les troubles de l'âme, les notions de plus en plus complexes qu'on cherche à lui inculquer n'entraînent qu'une confusion supplémentaire. Ce n'était pas une question d'intelligence, mais de construction impossible. Oui, véritablement, c'est en cela que les Allemands nous détruisirent aussi.

Et puis j'ai rejoint mon père à Paris. Et là, soudain, je me suis trouvé plus seul encore, sans mes nombreux amis et face à mon père chéri, mais d'une tristesse infinie et terriblement anxiogène. En plus, dans le maquis, j'avais vécu une vie de hors-la-loi qui laissa des traces profondes en moi. J'étais devenu un révolté farouche avec une méfiance indélébile à l'égard de la loi des hommes. Au fond, je redoute toujours un peu les codes admis, le plat conformisme des gens arrivés.

Pour nous, les enfants cachés, la libération des camps, la défaite de l'Allemagne et, c'est triste à dire, le retour de certains de nos parents ne furent pas la fin de quelque chose, mais souvent le début d'une épreuve redoutable : la culpabilité, le mal à vivre. La Shoah ne s'est pas achevée en 1945.

Les souffrances endurées, la perversité des brimades, l'angoisse et la proximité permanente de la mort avaient rendu l'humanité des revenants problématique. Primo Levi clôt son livre *Si c'est un homme*, par cette interrogation qui était celle de tous les déportés : étaient-ils encore des hommes ?

C'est comme si les barbelés ne s'étaient jamais ouverts devant eux en 1945. Ces barbelés n'étaient plus de métal, mais fabriqués avec la culpabilité d'avoir survécu quand la plupart des déportés avaient succombé de désespoir, de faim, de froid. Parfois, nous avions l'impression qu'ils voulaient nous le faire payer.

On ne le sait pas assez, mais beaucoup d'enfants de déportés n'ont pas supporté les souffrances de leurs parents et se sont suicidés ; bien d'autres en ont gardé une marque indélébile.

Hier comme aujourd'hui, j'entretiens le même sentiment à l'égard de ces années qui suivirent la guerre et qui furent très douloureuses.

Comme je l'ai dit au début de ce récit, mon père, sa vie durant, fut en proie à d'épouvantables cauchemars.

Quand j'ai su qu'on l'avait obligé à faire partie de l'équipe du célèbre Dr Mengele, j'ai compris les hurlements. Il n'a plus jamais ri, il n'a jamais plus eu un mot gentil pour moi ; il a ressenti sûrement comme un lourd fardeau de nous élever, ma sœur et moi. Il n'a jamais voulu amener une autre femme chez nous. Les repas étaient terriblement angoissants : mon père restait derrière son journal, sans prononcer un seul mot…

*

Ma sœur Nicole, elle, sans doute, n'est jamais parvenue à assumer sa situation d'enfant cachée. Moi, j'ai eu ma mère jusqu'à l'âge de dix ans. Elle, elle n'a aucun souvenir de sa mère, et pour cause. C'est moi qui ai servi de père et de mère à ma sœur jusqu'à ses dix-sept ans. C'était extrêmement difficile pour un jeune garçon d'assumer une telle situation.

Après l'arrestation de mes parents, ma sœur, qui était âgée d'à peine plus d'un an, avait été ballottée de maison en maison avant d'atterrir chez une infirmière célibataire qui ne voulut absolument pas la rendre à mon père à la Libération. Il fallut insister, menacer même, et la pauvre petite, après avoir perdu sa mère, quitta celle qui en avait fait office pendant les deux premières années de sa vie – rupture affective supplémentaire et traumatisante, alors que moi, j'avais eu la chance, sous le nom de Jean-Paul Pelous, d'avoir participé à une histoire dangereuse mais passionnante, et Jean-Paul Pelous éclairait un peu la sombre vie de Jean-Raphaël Hirsch. De plus, j'avais un âge où j'avais pu comprendre un certain nombre de choses et mesurer ce que signifiait la déportation de mon père et de ma mère. Mais ma sœur, que pouvait-elle comprendre ?

Ma sœur Nicole.

Quand nous retournâmes à Paris, mon père, qui avait repris son activité de médecin, la confia à des amis qui n'avaient pas d'enfants et qui se proposaient de soulager un peu mon père dont les consultations se poursuivaient jusqu'à tard le soir. À ce moment-là pour lui, il n'y avait que le travail et la réussite. De temps à autre, il se rendait rue Manin voir sa fille, avant de la récupérer quand il déménagea dans cette même rue vers le milieu des années 1950.

Rien ne réussit à calmer en Nicole la profonde angoisse de n'avoir pas connu sa mère et de ne pas avoir eu auprès d'elle une présence féminine. Mon père proposa de l'envoyer en Israël dans l'espoir de lui trouver de nouvelles perspectives. J'ai eu raison de m'opposer à cette solution qui se transforma en désastre. Dépourvue qu'elle était de tout discernement, elle s'amouracha en effet en Israël d'un homme peu recommandable, en eut trois enfants dont une fille qu'elle appela Berthe, comme la mère qu'elle n'avait jamais connue.

Nicole reprochait en fait à notre père de ne pas avoir pu ramener notre mère. Mais qu'y pouvait-il ? Quand son séjour en Israël ne fut plus possible, Nicole finit par divorcer, malgré ses trois enfants, et elle rentra en France où je la pris bien sûr sous mon aile, elle et ses enfants.

Pour ma part, la vie à la maison était tellement pénible que j'étais souvent désespéré. En effet, mon père était devenu dur et inflexible. Pour survivre, il se réfugiait dans une poursuite farouche sans fin d'une réussite qui était devenue pour lui comme une drogue et, pour y arriver, il luttait farouchement, et même contre moi. Alors, il fallait que je me prouve à moi-même que je pouvais vivre sans lui, même s'il ne m'y autorisait pas, me considérant un peu comme sa chose qui devait lui obéir absolument. Par exemple, plus tard, chaque fille que je lui ai présentée, il la démolissait en deux phrases : « C'est une belle carrosserie sans moteur », dit-il une fois. Et, chaque fois, je me soumettais.

Je ne me sentais pas le courage de le contrarier, en aucune façon, même lorsqu'il s'agissait de choses très importantes pour moi. Plus encore, on aurait dit parfois qu'il cherchait à se venger sur moi… mais de qui ? mais de quoi ? Et lorsqu'il se comportait comme ça, je savais qu'**il n'était pas vraiment lui-même, cet homme bon, profondément modeste, désintéressé**. Dans le même temps, il réussissait admirablement dans la société d'après-guerre, et moi avec lui, complètement investis dans ce nouveau monde dont nous faisions partie. N'était-ce pas étrange ?

On imagine bien que j'ai énormément réfléchi à la situation que je vivais : je pense que, parmi toutes les horreurs qu'il a vécues, **l'humiliation** semble avoir été particulièrement insoutenable pour lui… et voilà que, sans s'en rendre compte, il cherchait à m'humilier, moi, son fils unique.

C'était invivable, et je n'y comprenais rien. Et puis, à ma condition d'enfant de déporté survivant s'ajouta le fait que, devenu médecin, j'ai acquis des connaissances et que, progressivement, j'ai essayé de relier tout cela en réalisant que mon père souffrait d'un syndrome post-traumatique réactionnel spécifique, qui affectait sous des formes variables tous les rescapés de la déportation. Les déportés rescapés étaient comme des morts vivants, souvent porteurs de troubles psychopathologiques, des êtres **par moment comme possédés pour avoir été au contact d'un monde fou**, des êtres qui voyaient des choses invisibles pour les autres et qui étaient peut-être pour certains sur le chemin d'une certaine schizophrénie, une partie d'eux étant restée au camp, souillée.

J'ai du reste lu dans une revue américaine que l'agressivité des déportés se fait cruellement ressentir sur leurs enfants comme un nouveau malheur. Nicole, orpheline, n'a sans doute pas eu la force d'assumer une telle situation.

Qu'importe ! J'aimais passionnément, inconditionnellement mon père ; et, si tous les pères sont précieux, le mien était un père du miracle, du retour. Il n'avait plus que moi ; je savais combien je comptais pour lui, même s'il ne me le disait jamais. Je savais aussi qu'il n'arrivait plus à vivre normalement, qu'il ne s'était jamais remis de sa déportation et qu'il m'appartenait d'assumer. Jamais je ne lui en ai voulu, et je me serais fait, à tout moment, tuer pour lui.

Bien plus tard, mon père, tombant par hasard sur un témoignage que j'avais fait, en fut terriblement attristé : « Je ne savais pas que cela avait été aussi dur », me dit-il.

Tous mes camarades enfants cachés ont énormément souffert.

Les conclusions du livre de témoignages de Claudine Vegh sont tragiques : vivre avec ces revenants fut un enfer de culpabilité, culpabilité d'avoir survécu à la disparition de ses parents, et les enfants cachés ont eu très souvent une grande angoisse pour affronter l'avenir.

À l'époque, j'étais trop perdu pour y penser. Je commençais un long travail de reconstruction, de résilience. Je savais qu'il me fallait trouver **seul** les moyens de me construire en dépit de la forte personnalité de mon père et de déterminer le juste chemin entre ma fidélité inconditionnelle à sa personne et mon désir d'être un homme à mon tour. Ce ne fut pas facile ! Bien sûr, il n'existait pas dans le commerce de recette, de « prêt-à-guérir ». Je me refuse encore aujourd'hui à trop disséquer les choses, mais peut-être que pour survivre il conviendrait en fait de s'absenter en partie de soi-même, de la pleine conscience de soi-même. On voit comme c'est simple !

Tout était désordre dans ma tête, confusion, bribes de savoir épars avec des lacunes gigantesques. Comment reconstruire un tout cohérent ? Sur quelles bases repartir sainement ? Telles étaient les questions qui revenaient sans cesse. Et je souffrais de cette situation, car ce qui m'importait finalement, c'était de faire honneur à mon père et de **sortir de cette tragédie la tête haute**. J'accumulai les déboires scolaires avec, on l'a vu, un échec cinglant au baccalauréat. Là, mon père se demanda s'il ne fallait pas mieux que j'abandonne les études. Il était vraiment désespéré.

*

Orientations

Alors, dans une recherche au plus profond de moi-même, seul et sans en parler à personne, je décidai que je devais réagir. Je deviendrais médecin. La médecine s'était imposée naturellement car mon père le voulait, mais aussi parce que j'avais été baigné dans l'art d'Hippocrate depuis ma tendre enfance si bien que la médecine était pour moi une évidence. Dans le maquis, j'avais pris goût à sauver les autres, à les réconforter, à compter sur l'efficacité du geste qui sauve. En plus, c'était un moyen de poursuivre l'œuvre de mon père en même temps que de la dépasser. Une manière de lui être fidèle sans me soumettre complètement à lui.

Quand il me fallut choisir une spécialité, mon père, avec cette manière autoritaire qu'il mettait en tout, et exclusif quand il s'agissait de sa famille, **décida** que je serais radiologue, comme lui. Mais vraiment, là, c'en était trop ! Accorder cela à mon père, ça m'a semblé impossible à moins de disparaître complètement dans son ombre : non pas lui être fidèle, mais être dévoré par lui. Car au fond il me fallait une spécialité plus extrême que la radiologie, plus radicale, plus définitive, bref plus conforme à mon caractère énergique et ombrageux. Ce serait la chirurgie. Ce fut un tournant capital et là, j'ai décidé **seul**, car c'était vital pour moi.

Mon père dut l'accepter, et je n'ai jamais regretté ce choix. Cette discipline, pour ne pas dire cet art, fut bien plus qu'un métier, une école de la vie, je dirais même une discipline de vie. Lorsqu'au terme d'un examen clinique, d'un diagnostic, on ouvre un corps pour réparer un organe, pratiquer l'ablation d'un autre, on plonge les mains dans l'œuvre mystérieuse de Dieu et la main du chirurgien tente, tant bien que mal, de rétablir l'harmonie et l'exacte architecture décidée par le Créateur. Alors qu'il m'arrivait d'opérer plusieurs heures durant, jamais je ne me suis lassé de contempler la beauté anatomique de cette grande machine qui nous fait nous réveiller chaque matin, nous fait marcher, digérer, penser et aimer. Il y avait pour moi quelque chose de divin à entendre le son caverneux du cœur insuffler aux artères des spasmes de vie, irriguer le corps d'une puissance merveilleuse capable de transformer une grossière suture en une cicatrice parfois à peine perceptible. « Je le pansais, Dieu le guérit », écrit Ambroise Paré, chirurgien du Roy (1575).

J'étais déjà chirurgien quand mon père, avec cette manière brutale qu'il avait, me dit un jour : « À force de te botter le derrière on a fait de toi un médecin convenable. » – « Écoute papa, ça suffit maintenant, osai-je lui répondre, je suis plus titré que toi et tu oses encore me dire cela. » Il ne répondit rien ; car, en définitive, il aimait me voir lui résister. Il avait enfin la preuve que j'étais devenu un homme. Et qui sait, me disais-je en riant, si je n'avais pas été si secoué, peut-être serais-je devenu même Professeur agrégé !

La résilience passait aussi par la réussite matérielle et la fascination pour les belles choses. C'était la manière que j'avais trouvée pour obliger ceux qui n'avaient vu en moi qu'un Juif minable affublé de son idiote étoile jaune à me considérer autrement. J'existais enfin ! Car si j'avais un extérieur conquérant, voire arrogant, au fond de moi j'avais l'humilité et la modestie des hommes blessés. Mais il fallait paraître…

Alors j'ai aimé tout ce qui était joliment façonné : le corps des femmes, les bâtiments, les objets d'art et les belles voitures, comme ce cabriolet jaguar type E, qui était la voiture la plus réussie dans les années 1960. Il m'en coûta de nombreuses gardes, des nuits et des nuits de garde, surtout en ville et à l'hôpital Saint-Antoine, mais je réussis à m'offrir ce bolide décapotable gris argent et cuir noir. Parmi les voitures tape-à-l'œil, c'était le top ! Toujours la provocation !

Et puis il y avait les copains avec qui on faisait la fête. Il faut dire que j'étais devenu un privilégié, une espèce de légende à cause des repas que j'offrais chez la mère Larcier, laquelle tenait un restaurant de terroir aux Halles. Encore une histoire invraisemblable : avant la guerre la mère Larcier était mariée à un homme abominable qui buvait et la battait. Un jour, elle réussit à le traîner jusqu'au cabinet de mon père qui parvint, à force de bonnes paroles et avec un sens peu commun de la persuasion, à lui faire arrêter la boisson. Mais privé de ses dix litres de vin quotidiens, il sombra dans une grave dépression et finit par se pendre. Pour la mère Larcier, ce fut une libération merveilleuse dont elle sut toujours gré à mon père ! Riche et jamais plus battue, elle se mit à vivre agréablement. Voilà pourquoi, après la guerre, nous avions table ouverte chez elle, même sans réserver ! Elle nous régalait de sa meilleure cuisine. À la sortie d'un cours, j'invitais mes nombreux jeunes camarades, souvent peu argentés mais toujours affamés, chez elle. Le scénario était immuable : j'arrivais avec un air d'initié dans le

La résilience. Jean-Raphaël Hirsch à Saint-Tropez, 1965.

restaurant où la patronne bien en chair m'embrassait à m'étouffer devant mes camarades médusés. Elle donnait des ordres à son personnel qui tirait d'un hangar une table supplémentaire, laquelle était dressée en un clin d'œil et elle nous faisait servir ses meilleurs plats. Mes camarades d'abord incrédules finissaient par dévorer tous les plats jusqu'à la dernière miette. Jamais elle ne voulut accepter un franc : c'étaient langoustes, rôts, volailles, desserts succulents à volonté. À nos âges, nous dévorions, et je pensais avec jubilation parfois à mon compère Rabelais : quelle joie quand on est étudiant de pouvoir régaler ses amis et quelle revanche pour le pauvre orphelin de se sentir un peu seigneur... Après trois verres d'un bon bordeaux, un sourire éperdu de l'hôtesse, il me semblait que mon destin s'arrangeait.

Enfin, il y eut les femmes. Beaucoup de femmes, mais peu d'histoires sérieuses, en tout cas assez sérieuses pour que je les présente à mon père. Mais un jour, au Quartier latin, je rencontrai une belle Allemande, Antje. Un mannequin à la peau douce et blanche, aux cheveux d'or, la puissance de caractère mêlée à la douceur d'une mère. Je voulais vivre avec elle. Dans la pleine puissance de ma jeunesse, elle m'apportait enfin la plénitude affective et sexuelle.

Il m'est difficile de décrire la chape de plomb qui tomba sur ma famille quand je leur appris que je fréquentais une Allemande, que je voulais me marier avec elle. Je savais ce qu'ils pensaient : avoir des enfants avec une non-Juive, n'était-ce pas trahir, rompre le fil de la tradition de notre peuple ? Et avec une Allemande de surcroît ! Mon père était atterré, et Régina, ma grand-mère, qui avait émigré depuis peu à Paris, était désespérée. Dans mon for intérieur, je savais bien que, eux comme moi, avaient un vrai et grave problème, et j'étais écartelé.

Bref, pour me décider et pour mettre les choses au clair, mesurant la quasi-impossibilité d'un mariage, je voulus voir les parents d'Antje qui habitaient Hambourg. Le jour de mon départ, ma grand-mère Régina récita un kaddish, la prière des morts : elle m'avait perdu, croyait-elle. Les parents d'Antje étaient des gens « convenables » ; le père avait été soldat dans la Wehrmacht ! Mais quand j'évoquai avec lui la persécution des Juifs, les camps de concentration, il fut d'une bêtise insigne : pour lui, on avait exagéré les reproches faits aux Allemands. Il avait fait et refait les comptes **exactement** : son peuple avait peut-être tué un million de Juifs, certainement pas six ! Comment donner des petits-enfants à cet homme ? La mort dans l'âme, nous nous séparâmes, et cette merveilleuse et innocente fille

Antje B.

émigra aux États-Unis. Je pense souvent à ce qu'aurait été ma vie si j'avais fait le choix de l'épouser.

Dans ses dernières années, mon père me dit un jour : « Je te bénis parce que tu n'as pas épousé ton Allemande que tu aimais. » Ce fut pour moi une sorte de révélation ; ainsi mon père avait été beaucoup plus sensible que je ne le pensais à mes sentiments. Je lui répondis presque sèchement ce que j'avais toujours répondu depuis qu'il me donna mes premières missions à Auvillar pendant la guerre comme agent de liaison dans la Résistance : « Papa, j'ai fait mon boulot. »

Ensuite, j'ai rencontré Kina. Magnifique fille de vingt-deux ans, grande, cheveux blonds vénitiens jusqu'à la taille, yeux noisette. Elle était étudiante en chirurgie dentaire à Garancière. Elle avait tout pour elle, extrêmement intelligente, drôle et courageuse.

Kina allait à la fac, j'allais à l'hôpital. On travaillait énormément. Tout nous souriait, une passion commune pour nos études, une confortable aisance matérielle, un goût partagé pour la nature. J'avais, en effet, trouvé à louer dans les Yvelines un ravissant moulin au Trembley-sur-Mauldre : six hectares autour d'une ravissante bâtisse, un vrai moulin avec une roue à aubes en bois et des cygnes prétentieux passant sur un bief du Mauldre. Des fleurs partout, et un gros chien, Vodka, qui nous gardait avec tendresse. Kina s'est convertie au judaïsme, et je me suis longtemps demandé ce qui nous était arrivé… Ses études terminées par une brillante thèse, je l'ai aidée à s'installer à Parly II dans un superbe cabinet moderne décoré avec goût. Le succès fut immédiat, tant Kina était non seulement un extraordinaire praticien moderne mais aussi charmante. L'art dentaire était en pleine évolution et sortait du Moyen Âge. Mais cette superbe fille doutait d'elle-même et moi, encore traumatisé, je n'ai pas su la conforter, la rassurer, l'épouser. Je n'avais pas encore fait résilience ; et, bien que nous nous aimions de tout notre cœur, nous avions peur. Et

Kina et Vodka.

en fait, c'est moi qui avais peur de m'engager alors que d'habitude dans la vie je n'ai pas peur. Mais on ne guérit pas de la Shoah. Le succès même de Kina m'inquiétait : après ce que j'avais vécu, c'était presque trop beau pour être vrai. Puisque je ne l'épousais pas, pour se rassurer elle faisait mine de séduire des garçons. Comme un poison s'est instillé un doute… Aujourd'hui encore, j'en demande humblement pardon à Kina, qui a payé à sa manière les tares d'un enfant caché.

Heureusement, une affection profonde, une alliance indéfectible nous unit en permanence et, bonheur rare, ma femme, Anne, et Kina sont devenues des amies inséparables. Ainsi ai-je le privilège extraordinaire, dans ces circonstances, de voir très souvent Kina et son mari, qui est tout à fait remarquable et une personnalité très connue.

CHAPITRE 20
La France de la Libération à Paris. Résilience et renaissance, vie au milieu des déportés survivants

À la Libération, j'ai vécu avec des déportés, pour la plupart anciens résistants, camarades de mon père. C'était le monde de la Résistance. Très souvent, c'étaient des personnages inouïs qui racontaient des histoires uniques, incroyables. En fait, ces revenants de l'enfer, pendant quelques années, ont occupé des postes très importants dans le pays. J'ai ainsi fréquenté de forts caractères qui, compte tenu de notre passé commun, me considéraient un peu comme leur mascotte. « Le plus jeune résistant ! » plaisantaient-ils gentiment, mais avec respect, et habituellement ils n'étaient pas tendres. Leur sentiment commun dans lequel ils m'incluaient était avant tout qu'ils étaient des survivants.

Ils avaient été mêlés, plus exactement avaient participé à des actions si extraordinaires que le quotidien leur était devenu, pour beaucoup, insupportable. Ils tournaient souvent en rond, désormais prisonniers d'une prison sans barreaux, d'un passé fantastique : il y avait la vie d'avant (Résistance et déportation), et la vie maintenant.

En fait, ils étaient tous profondément marqués à vie par le général de Gaulle. Comme Napoléon avait eu ses grognards, de Gaulle avait ses godillots. On avait appelé Napoléon « le petit caporal », eux parlaient maintenant du « vieux ». Je les écoutais avec passion, je vivais parmi eux avec passion et j'essayais de comprendre au maximum ce qui s'était passé, ce qui se passait à présent devant moi tous les jours dans la France renaissante :

– comment le magicien avait réussi à faire d'un pays vaincu un pays vainqueur qui occupait aux côtés des Alliés une partie de l'Allemagne ;

– comment et pourquoi il était obligé de donner des gages aux communistes qui représentaient environ 25 % des voix dans le pays et qui auraient pu faire un coup

Michel Hacq au centre et Sigismond Hirsch,
compagnons de misère à Auschwitz et survivants.

d'État pour s'emparer du pouvoir. Du coup, il nommait Tillon, communiste, ministre de l'Armement, et puis Marcel Paul, communiste, ministre du Commerce ;

– comment et pourquoi il laissait sciemment en place de nombreux collabos qui faisaient marcher au quotidien l'Administration française et qui avaient été pourtant au service de Vichy, ceci dans l'intérêt supérieur du pays qu'il ne fallait pas déstabiliser (c'est ainsi que nous avons gardé en place M. Papon…) ;

– comment il avait tout surmonté, l'hostilité et le mépris de Roosevelt, de Staline, de Churchill, de Giraud, en finissant par s'imposer et retourner ses adversaires d'un moment jusqu'à s'en faire estimer ;

– comment il avait réussi à fédérer la Résistance française, grâce en particulier à Jean Moulin, puis à Georges Bidault, et, fait essentiel, au bout du compte, comment il avait réussi à éviter après Vichy **une terrible guerre civile française** ;

– comment il était parvenu de justesse et par miracle à éviter une deuxième guerre civile lors de la guerre d'Algérie.

Georges Bidault

C'était la guerre d'Algérie et un jour, à Paris, mon père, mystérieux, me confie que des amis de la Résistance lui avaient demandé de cacher Georges Bidault, ancien président du Conseil national de la Résistance (CNR), et qu'il convenait que je sois discret.

Que se passait-il ? Georges Bidault avait écrit un article à propos de la guerre d'Algérie intitulé « Florilège de tout ce qu'il n'aurait pas fallu faire » et rappelait les lourdes sanctions susceptibles de frapper quiconque s'aviserait d'abandonner un pouce du territoire national. (Mon père, veuf, discret, habitant seul un vaste appartement, avait paru la personne idéale pour cacher le grand homme et le soustraire aux foudres du gouvernement.) En réalité, *a posteriori*, je ne crois pas qu'on l'ait cherché avec acharnement.

N'empêche que pendant trois semaines j'ai eu le privilège d'avoir chez moi l'ancien président du CNR qui avait défilé aux côtés du général de Gaulle à la Libération. Bidault, jadis héroïque résistant qui avait succédé à Jean Moulin, faisant partie du réseau Combat à Lyon, **s'était engagé aux côtés de l'OAS** à la fin de la guerre d'Algérie et avait cru bon de constituer une sorte de gouvernement antigaulliste en exil qu'il avait eu le goût provocateur de baptiser à nouveau Conseil national de la Résistance ! Grand-croix de la Légion d'honneur et compagnon de la Libération, extraordinaire professeur d'histoire, voilà l'homme avec qui j'ai donc eu le privilège de bavarder pendant trois semaines, rue Manin, dans le XIXe arrondissement. Mon père travaillait à l'extérieur et, au cours des repas, j'apprenais ainsi à grands traits la politique internationale, le match de l'ours et de la baleine, de la Russie et de l'Angleterre pour le contrôle des mers chaudes. Magistrale leçon, culture inouïe ! Et ma mission, cette fois-ci, consistait à tenir compagnie à l'ancien grand résistant.

Les méchantes langues disaient que Bidault buvait. J'affirme que c'est faux ; simplement, il ne tenait absolument pas l'alcool, qu'il aimait. Le malheureux, après un seul verre de vin, il était saoul ! Un jour, en rentrant déjeuner chez mon père, j'ouvre la porte d'entrée et je trouve notre président affalé face contre le sol. Dans un éclair, je me dis : « Si je le laisse par terre, il m'en voudra à vie de n'avoir rien fait pour l'aider, et si je le relève, il saura que j'ai constaté qu'il est saoul et il m'en voudra aussi toute la vie. » Je relève néanmoins Monsieur Bidault, je le soutiens fermement dans mes bras en déclarant : « Monsieur le président, je suis absolument confus, c'est la troisième fois cette semaine que quelqu'un tombe ici en se prenant les pieds dans le tapis, que je vais immédiatement faire enlever. – Oui, oui, c'est ça, le tapis, le tapis… », bafouilla-t-il, en pleine confusion. Et je n'eus que la force de le caler dans un vaste fauteuil. Je m'initiais ainsi à la diplomatie avec un grand de ce monde.

L'après-Résistance

À la Libération, adolescent aux idées simples, mais nourri tous les jours par personnes interposées de l'exemple d'un homme extraordinaire comme de Gaulle, j'étais forcément décalé, particulier, risquant de devenir parfois, par contagion, addict à la mauvaise foi, au cynisme.

La vie, elle, avait bel et bien repris : la comédie humaine se déroulait sous nos yeux critiques, comme si rien ou si peu s'était passé. Il y avait toujours l'ambition, le goût des honneurs, l'arrivisme, les clubs, les factions, la politique, le mauvais argent (car il y a le bon). Nos camarades enrageaient de voir un ex-collabo prospérer et en particulier, en souvenir des camarades de combat morts dans telle ou telle circonstance, ils « allumaient » férocement le planqué, le poltron, *a fortiori* le collabo caractérisé. Dans ces années d'après-guerre, on assistait souvent à des réunions, des déjeuners, où arrivaient des parvenus gorgés d'honneurs et d'argent qui portaient haut, quand tout à coup, au détour d'une phrase, un de mes amis soudain glacial, terrible, stigmatisait l'attitude du quidam pendant la guerre. Celui-ci balbutiait, atterré d'avoir été démasqué de façon imparable. Alors, toute une série de situations pouvait se produire. Soit l'homme, la femme, la famille avaient été simplement vichyssois, sans plus, faisant prospérer leur affaire, comme si de rien n'était ; on les appelait les « beurre, œuf, fromage » en se moquant de ces boutiquiers qui avaient fait fortune grâce au marché noir. Soit nous tombions sur un ancien collaborateur qui avait été actif. Dans ce cas, notre agressivité était terrible, surtout si, en plus de sa lâcheté et de son antisémitisme, ce collabo s'était engagé dans la Milice ou avait été responsable de dénonciations ou d'arrestations…

Combien d'agapes ai-je vu tourner court, et qui se terminaient par cette affirmation : « Tant que nous serons là, on ne racontera pas d'histoires… » Mes camarades se levaient net et partaient. Ces résistants avaient la rudesse de leur héros. J'avais été très frappé par le discours de De Gaulle le jour de la Libération de Paris, le 25 août 1944, tel qu'il m'avait été raconté. Le fameux « Paris, Paris outragé, Paris brisé, Paris martyrisé mais Paris libéré ! Libéré par lui-même, libéré par son peuple avec le concours des armées de la France, avec l'appui et le concours de la France tout entière : c'est-à-dire de la France qui se bat. C'est-à-dire de la seule France, de la vraie France, de la France éternelle ». Pas un mot pour remercier immédiatement les Alliés, et pourtant, la 2e DB du général Leclerc, française, n'était pas la seule à libérer la France, puisque les Alliés étaient là, que leurs forces étaient décisives et que les chars de Leclerc étaient des Sherman américains. Il faut attendre six phrases plus tard pour qu'il ajoute enfin « avec le concours de nos chers Alliés ». Elle est là l'ingratitude stratégique, la parfaite et géniale hypocrisie.

André Jarrot

André Jarrot était aussi ce type d'homme, caractéristique du monde de la Résistance. Motard, champion du monde de vitesse en 1938, prisonnier en 1940, évadé, il rejoint les Forces françaises libres et va être parachuté trois fois en France. C'est une force de la nature, avec un accent bourguignon inimitable.

Alors que nous tenions une réunion d'anciens combattants dans le centre de la France, conduisant comme d'habitude à toute allure, il est éjecté, allez savoir pourquoi, de sa DS, fait d'innombrables roulés boulés et rejoint notre groupe, entouré de bandelettes telle une momie. Comme on s'enquiert respectueusement de sa santé, après ses cascades, il répond de sa voix rocailleuse : « Au-dessus de la ceinture, ça va, au-dessous, c'est l'aventure… » Tel était l'homme, un costaud, massif, et lorsque je lui demande confidentiellement s'il pense que les Russes pourraient envahir la France, il me répond à voix basse : « Tu sais, petit, les armes, on les a pas rendues ! »

Plus tard, on a vu que Giscard adorait surprendre : il joue de l'accordéon dans le métro, il percute un laitier avec sa Citroën Maserati à 5 heures d'un petit matin triomphant, il fait un emprunt ruineux basé sur l'or et il crée un nouveau ministère, celui de la Qualité de la vie, et nomme notre Jarrot ! C'est ainsi que je suis invité à plusieurs reprises à la chasse. Je n'aime pas chasser. Mais à la troisième invitation, je suis bien obligé d'y aller, pour ne pas le vexer. Je me rends donc au superbe château de Grignon (lieu de l'École vétérinaire). Comme toujours, Jarrot était en retard, nous l'attendions face au perron principal, les journalistes avaient leur appareil braqué, guettant l'arrivée du ministre. Enfin, Jarrot paraît et je craignais pour lui les quolibets à venir envers un ministre de la Qualité de la vie « tueur ». Mais il arrive non pas avec un fusil, mais avec un énorme gourdin à la main… Il me fait un clin d'œil, m'attrape par le bras et me dit en riant : « Tu ne crois pas que je suis bête à ce point ? »

Saint-Germain-des-Prés

Pendant de longues années, Saint-Germain a été ma bouffée d'oxygène, mon nuage rose qui me permettait d'équilibrer le reste de mon environnement, et pourtant, chaque jour, je retrouvais le monde de la déportation.

Qui n'a pas vécu à Saint-Germain-des-Prés au printemps, à la Libération, n'a pas connu la douceur de vivre, pour paraphraser Talleyrand. C'était merveilleux ! Nous étions des survivants, nous étions jeunes, nous vivions de peu, nous mangions soit dans des restaurants universitaires, soit, pour améliorer l'ordinaire, dans un restaurant chinois, très bon marché, où nous calmions notre jeune faim par du riz à volonté. Il y avait à Saint-Germain une population jeune, heureuse, tout était possible, tout marchait, qu'on fasse des chapeaux, des chaussures, les stocks étaient vides, bref il existait une frénésie de vivre. On croisait Juliette Gréco avec son premier nez, ses chansons merveilleuses, Mouloudji, charmeur élégant, et tant d'autres avec des gueules parfois pas possibles, type Gainsbourg. On draguait au *Tabou*, aux *Assassins*, et quand on avait trouvé une fille à peu près convenable, on tentait de l'amener à l'hôtel *Montana*, rue Saint-Benoît. On déjeunait et surtout on dînait très tard dans la nuit à côté d'artistes célèbres, ou en voie de le devenir, qu'on tutoyait. On dansait bien sûr, et il y avait les caves de Saint-Germain avec ses danses de l'après-guerre, sa musique de l'après-guerre.

On inventait la vie et on se sentait incroyablement modernes. Sartre et Simone de Beauvoir régnaient et nous tournions sans cesse des *Deux Magots* au *Flore*. À l'époque, beaucoup d'homosexuels préféraient le *Flore*. Plus tard, Jean-Claude Merle a créé la *Discothèque*, une boîte rue Saint-Benoît, juste en face du *Montana*, où seuls les privilégiés avaient la clé de ce club très sélect, et j'avais la chance d'avoir une clé. Les filles « montaient » à Paris, toutes jeunes, de province, volontiers en coquetterie avec leur famille, rêvant de faire du cinéma et, bien sûr, des pseudo-assistants metteurs en scène qui se croyaient tous du génie commençaient par les mettre dans leur lit en leur promettant des premiers rôles. La fumée des cigarettes dans les boîtes était telle qu'en trois ans les jeunes provinciales prenaient un terrible coup de vieux… Il est clair que, parce que j'étais devenu étudiant en médecine, les menus diagnostics et traitements que j'ai pu distribuer gratuitement à la ronde m'ont valu d'être adopté par toutes et tous. J'étais le médecin de la bande de Saint-Germain-des-Prés.

*

Revivre après la Shoah

Comment a-t-on parlé des camps de concentration, de la Shoah, après la guerre ?

Je suis bien incapable de m'en rendre compte, parce qu'avec mon père nous vivions en permanence avec des rescapés, la plupart anciens résistants, et il faut bien dire qu'on ne parlait et qu'on ne vivait qu'avec ça, matin, midi et soir : drôle de vie.

Parfois, à son retour, un rescapé avait refait sa vie et épousé une jeune et jolie femme ; et, quand la conversation revenait sur ce sujet pour la centième fois, je me souviens avoir discerné fugacement comme une impatience, la jolie créature levant les yeux au ciel.

Oui, comment en a-t-on parlé dans le pays ?

Selon les uns, ce fut le silence : « Personne en 1945 ne parlait de l'Holocauste, ni même ne se le figurait », explique Pierre Daix, déporté communiste à Mauthausen. C'est aussi ce que disaient Addi Steg et Simone Veil : pour eux, il y avait eu refoulement, occultation de l'extermination des Juifs, et c'est ensuite, bien plus tard, qu'on s'est mis à en parler, tout le temps. Un vrai stakhanovisme de la Shoah. Ainsi, à une névrose traumatique aurait succédé une névrose obsessionnelle et c'est vrai que, de nos jours, tout le monde parle, sous n'importe quel prétexte, de la Shoah.

Selon les autres, au contraire, cette histoire aurait été assumée et on se serait exprimé à ce sujet en toute clarté dès le lendemain de la guerre. Je n'y crois guère, mais c'est la thèse structurée de François Azouvi, récente, « le mythe du grand silence[1] », qui voudrait démontrer que ce silence est une légende. Pourtant, c'est avec ténacité qu'on a essayé d'occulter, de nier ou de diminuer l'importance de la Shoah. Comment ne pas s'insurger contre l'impudence du révisionnisme, du négationnisme, des Faurisson, des Le Pen et consorts ? Sans parler de la persistance d'un certain antisémitisme ou de l'abjection d'un Dieudonné?

Ce qui m'a toujours intéressé, comme homme de l'après-guerre, comme enfant caché, comme orphelin, comme médecin, c'est qu'**il n'y ait pas eu un seul homme très connu, très puissant, de cette époque dans la société vichyssoise**, qui se soit dressé contre le malheur (peut-être certains sont-

1. François Azouvi, *Le Mythe du grand silence, Auschwitz, les Français, la mémoire*, Paris, Fayard, 2012.

ils morts que nous ne connaissons pas). Il me semblait que, entre tous, le pape Pie XII, père spirituel des catholiques du monde entier et tout particulièrement des vingt millions de catholiques allemands aurait dû se dresser tout droit. Imaginons qu'il ait menacé d'excommunier Hitler... Imaginons que les quarante millions de chrétiens allemands (catholiques et protestants) se soient réunis tous ensemble, peut-être que la face du monde en eût été changée !

La pièce jouée en 1963, *Le Vicaire du Christ* de Hochhut, pose ce problème : pourquoi Pie XII n'a-t-il pas parlé devant le plus grand péché de l'histoire, pourquoi ce silence et enfin pourquoi pas un seul peuple, hormis le Danemark, ne s'est-il opposé en masse à l'extermination ? Aujourd'hui, depuis le merveilleux discours de Jacques Chirac au Vél'd'Hiv en juillet 1995 et celui, aussi remarquable, de François Hollande, en juillet 2012 au même Vél'd'Hiv, soixante à soixante-dix ans après les faits, ceux-ci sont enfin reconnus. Hélas, beaucoup ne sont plus là pour entendre, car ils sont morts ou ce sont des vieillards.

Il y avait chez ces camarades de déportation, quel que soit leur camp, un comportement commun assez remarquable :

– une grande tolérance les uns vis-à-vis des autres, avec le désir d'éliminer ce qui sépare et de s'accrocher à ce qui rassemble ;

– une solidarité post-concentrationnaire à toute épreuve ;

– une ironie rapide, avec des taquineries réciproques, rappelant sans cesse qu'il y avait eu des camps d'extermination, type Auschwitz, et puis des camps de concentration mais sans fours crématoires, moins meurtriers : « Oh, toi, tu étais en sana », se moquaient-ils parfois d'un camarade qui avait été par exemple à Buchenwald !

– Seuls les communistes restaient, comme ils l'ont toujours été, dogmatiques et inébranlables dans leurs convictions politiques, à ce point que j'entendais souvent dire qu'au camp un communiste qui aurait eu par chance du pain ne le donnait qu'à un autre communiste. On les appelait les cocos et on leur reprochait leur intolérance, voire leur fanatisme. En 1947, Ramadier mit les ministres communistes à la porte de l'Assemblée et on imagine le tumulte à l'époque.

Les déportés, héros d'un nouveau type, ne se vantaient jamais et racontaient très rarement leurs hauts faits, mais rappelaient inlassablement le miracle ponctuel extraordinaire qui leur avait permis de survivre dans telle ou telle circonstance.

Au-delà de nos différences d'origine, de religion, de fortune, de culture, nous avions en commun d'être des survivants. Et lorsque l'un d'entre eux avait un souci, les autres le morigénaient affectueusement en lui disant : « Allez ! À côté de ce que tu as vécu au camp, ça n'est pas très grave ! » Ils disaient souvent : « Nous faisons du rab », ce qui voulait dire, en argot, un surplus de vie nous a été accordé par miracle. Alors…

Ainsi, gamin, puis adolescent, j'ai eu le rare privilège de vivre parmi des êtres exceptionnels qui sont devenus mes maîtres. Ce fut un destin fabuleux que de rencontrer autant de personnalités entrées dans l'histoire et de revivre parmi des héros. Ils m'ont appris beaucoup de choses qu'on ne trouve pas dans les livres, beaucoup de choses qui ne s'oublient pas. Des exemples. Des axiomes. Et avant tout, la valeur pour un homme de l'engagement. « Quand on donne sa foi, il faut être inconditionnel », disait Sigismond Hirsch qui citait aussi avec insistance :

« Pour entreprendre, point besoin d'espérer ; et, pour persévérer, point besoin de réussir. » Tous parlaient d'un petit opuscule de Joseph Kessel, *Bataillon du ciel*, un chef-d'œuvre : nous sommes quelques jours avant le débarquement du 6 juin 1944, de l'opération « Overlord ». Les Anglais redoutent l'arrivée rapide des chars de Rommel susceptibles de les rejeter à la mer lors de l'immense débarquement. Alors ils demandent aux parachutistes français, du colonel Bourgoin à Londres, « le manchot », d'envoyer ses hommes sur l'arrière des lignes allemandes en Normandie pour faire sauter tous les ponts et retarder ainsi les chars allemands. Cette troupe d'élite française, parachutée, fait un travail extraordinaire et la plupart des hommes meurent en héros…

Devant la performance, les Anglais, admiratifs, convoquent Bourgoin et lui disent : « À vrai dire, nous n'avions jusqu'ici pour vous les Français, mangeurs de grenouilles, pas grande estime. Mais là, nous avons été épatés par les résultats obtenus par vos hommes. Pouvez-vous nous faire un rapport ? » Alors Bourgoin saute à son tour en France, en Normandie, à l'arrière des lignes allemandes, pour aller interroger le chef sur le terrain qui commande ces glorieux parachutistes. Il trouve le capitaine Ferrane dans une ferme en ruine, isolée, et lui demande en effet : « Comment faites-vous ? » Ferrane est un longiligne taciturne qui tire sans arrêt sur une bouffarde éteinte devant un âtre également éteint en agitant ses jambes interminables. Et après un très long silence, Ferrane répond enfin : « Vous m'avez demandé comment j'ai fait pour obtenir un tel résultat, mon colonel ? Je ne sais pas trop, mais il me semble que je cherche le ressort profond de chacun de mes hommes et quand je l'ai trouvé, j'appuie dessus à tout casser ! » Toute ma vie, comme chef d'équipes, j'ai appliqué cet enseignement avec succès. Bien sûr reste à trouver « le ressort profond de chacun », je crois que ça ne s'apprend pas… mais très souvent, j'y arrive.

Fidèle parmi les fidèles de mon père était par exemple l'immense Michel Hacq, qui mesurait plus de deux mètres. Commissaire de police en Alsace-Lorraine, c'était un homme de stricte discipline, catholique fervent, mais cet homme juste ne put supporter les lois antijuives d'octobre 1940 et entra immédiatement en résistance. Je pense souvent que la révolte chez cet homme a dû lui être très douloureuse, très difficile. Il fut arrêté et déporté-résistant. Ils se rencontrèrent à Auschwitz avec mon père et ne se quittèrent plus. Comme Castor Gamzon, il est devenu un véritable frère pour mon père.

À la Libération, couvert d'honneurs, il fut nommé par de Gaulle directeur central de la police judiciaire, puis fut le seul « flic » (c'est lui qui se nommait ainsi) distingué comme conseiller d'État à titre extraordinaire. Fidèle, inconditionnel, il protégea toute sa vie de Gaulle, et au moment de la guerre d'Algérie, quand nous déjeunions ensemble, nous nous mettions toujours au fond du restaurant pour voir qui entrait, alors que deux hommes avec des mitraillettes 49 gardaient les abords. En effet, des militants de l'OAS voulaient l'exécuter. Nous allions souvent le voir place Beauvau, au ministère de l'Intérieur, accueillis par une secrétaire chevronnée, la célèbre Huguette, qui, disait-on, faisait et défaisait les préfets. Inéluctablement, nous parlions de ce qu'avait décidé ou pas Focart. Un jour que je souhaitais ardemment une place d'interne dans un service de chirurgie très prisé, j'ai demandé à mon parrain, le grand Michel, d'intervenir auprès du patron, qui était un camarade de Résistance. C'était certes une faiblesse que de demander une faveur, mais que voulez-vous, j'avais tant de choses à rattraper... Et, immédiatement, le grand Michel me donne rendez-vous pour dans trois jours, à 9 heures précises, à la Préfecture de police. Je prends toutes dispositions pour être absolument à l'heure, mais voilà, Paris était étrange ce matin-là. Embouteillages, ambiance particulière... n'avançant pas, j'abandonne ma voiture pour me rendre à pied à mon rendez-vous. Après avoir dû présenter ma carte d'identité à de multiples reprises, je parviens enfin dans l'immense salle où je devais me rendre, et poussant la porte je vois mon parrain assis derrière un imposant bureau avec devant lui une quarantaine de préfets avec képis galonnés. De la porte, je fais un signe timide indiquant que je reprendrai rendez-vous pour ne pas déranger. Mais tout au contraire, mon parrain, œil d'aigle qui m'avait repéré, me fait un signe impérieux d'avancer malgré la présence de tous ces dignitaires. Très gêné, j'arrive près de lui. Il interrompt sa conférence et me dit ceci : « Petit, dans la vie, plus on est occupé, plus il faut faire les choses immédiatement. » Et de me faire de sa petite écriture fine sur sa carte de visite la lettre de recommandation souhaitée qui, bien entendu, fut sans aucun problème un viatique souverain pour ma place d'interne.

Un autre jour, nous étions dans une voiture officielle, mon père, Michel et moi, et je ne sais plus à la suite de quelle minime erreur de conduite, une « hirondelle » (on appelait ainsi les agents de circulation) interpelle violemment notre chauffeur et se comporte trop agressivement. Après quelques instants, le directeur de la PJ sort sa carte et l'agent, terrifié, se confond en excuses qui ont été acceptées, bien sûr, avec bonté.

Franc-comtois taillé dans le roc, patriarche incontesté d'une descendance innombrable, Michel venait passer les vacances chez mon père, dans le Sud-Ouest, avec toute sa famille et l'un de ses plaisirs était de vider la cave de mon père qui était ravi. Puis Michel est mort, ou plutôt, malade, il s'est volontairement laissé mourir rapidement. Un matin, à l'aube, sa famille m'appelle, me disant que on ne parvient pas à retrouver la plaque de grand-officier de la Légion d'honneur de Michel, alors qu'on devait lui faire des funérailles aux Invalides avec prise d'armes et que cette plaque devait se trouver sur le cercueil. On me demande la plaque, identique, de mon père, et c'est ainsi, symboliquement, que la plaque du frère est venue prendre place pour honorer son frère.

Quelques lignes pour honorer la mémoire de Bernard Lerch, résistant allemand, non juif, mis dans un camp de concentration comme opposant dès 1938. C'était à l'époque des camps de travail sans fours crématoires. Lerch était *Kapo* et quand mon père le rencontra à Auschwitz, il faisait mine de frapper les déportés en hurlant, mais c'était un étrange *Kapo*, car sa matraque ne touchait jamais le corps des déportés : il donnait le change et il jouissait d'une formidable reconnaissance. Il était un ingénieur de télétransmissions ; et, à l'époque, on transmettait grâce au quartz piézoélectrique de Langevin. Or, un jour, une troupe de parachutistes anglais en uniforme arriva à Auschwitz pour être gazés, à la suite d'une opération anglaise en Europe du Nord qui avait mal tourné pour les Anglais. Alors, Lerch câbla à Londres qu'on allait tuer des militaires anglais en uniforme, et immédiatement Londres fit connaître à l'Abwehr que, si on gazait ses soldats, les Anglais ne feraient plus jamais de prisonniers allemands. Et c'est la seule fois où un groupe est ressorti vivant d'Auschwitz pour aller dans un banal stalag de prisonniers. Pour dire que les Alliés étaient parfaitement au courant de ce qu'étaient les camps de concentration, les chambres à gaz et les fours crématoires, et il n'est pour s'en persuader que de lire le livre de Jan Karski[2]. À la Libération, mon père et Michel dirent à Lerch : « Tu es un type bien, on ne te laisse pas retourner en Allemagne, on t'emmène avec nous en France. » Et le Dr Anne Lerch, sa fille, travaille depuis toujours à mes côtés ; car, signe de profonde reconnaissance, je lui ai toujours donné des postes de responsabilité qu'elle a assumés avec talent.

Parmi tous ces résistants, il y avait encore un personnage tout à fait hors du commun : Jacques Prévert.

*

Jacques Prévert

Bien qu'il n'ait pas été déporté, un homme occupa une place toute particulière dans notre vie : c'était un poète, c'était Jacques Prévert. Il était attaché à cette notion de résistance, et il écoutait avidement tout ce qu'il pouvait capter sur le sujet ; mais, avec une pudeur de jeune fille, il ne parlait jamais des services de vrai résistant qu'il avait pu rendre, ni des Juifs qu'il avait cachés pendant la guerre en leur permettant de faire du cinéma avec lui.

C'est à Saint-Paul-de-Vence que mon père a fait sa connaissance, à la *Colombe d'Or*, vers 1946, et c'est grâce à lui que j'ai fait partie de ce petit monde et que nous avons pris l'habitude d'aller à Saint-Paul tous les étés.

Quelle gaieté, quelles intelligences, quels talents étaient réunis là, dans ce petit village de France ravissant et haut perché, fortifié. Les couples se faisaient et se défaisaient. On apprenait sans cesse plein de choses

2. Jan Karski, *Mon témoignage devant le monde. Histoire d'un État clandestin*, Paris, Robert Laffont, 2010.

encore délicieusement secrètes : on faisait partie des initiés aux abords perpétuels du génie, entre Sartre et Pagnol, entre le pistou et la bouillabaisse, entre le soleil et le mistral. Il me faudrait des volumes pour tout raconter ; mais, lorsqu'une actrice de cinéma, belle comme le jour, qui venait d'avoir un grand succès, traversait la cour en descendant d'une voiture extraordinaire, les présents s'arrêtaient de parler, fascinés.

La *Colombe d'Or* était devenue l'un des lieux où il fallait être. Paul et Titine Roux recevaient dans cette magnifique auberge leurs amis peintres, sculpteurs, musiciens, leurs clients qui étaient aussi des amis. Titine en noir contrôlait tout et dès le matin faisait procéder au lavage complet de la cour, lieu du déjeuner à venir, au nettoyage du bar, au dressage des tables et à l'emplacement des clients à venir en fonction de leur notoriété. De bonne heure elle mettait tout son talent à confectionner chaque matin, à l'entrée de la *Colombe*, un superbe bouquet de fleurs qu'on logeait dans un pot, en hauteur, dans l'encoignure droite de la porte en entrant. À 11 h 30, c'était le branle-bas. Pierrot, au bar, contrôlait ses jus de fruits, ses cocktails dans une guérite en bois attenante où une responsable des rendez-vous vérifiait en permanence l'adéquation entre les clients prévus et les tables dressées. Les notables étaient installés sur des bancs de pierre au droit de la façade, au soleil. Il est vrai que, comme il y avait peu de chambres ou de bungalows, il fallait vraiment faire partie de la bande pour être admis à passer ses vacances à la *Colombe*. Parmi beaucoup d'autres, il y avait là Allégret, André Verdet (peintre déporté-résistant), Lazareff *(France-Soir)*, les Wildenstein, les Maeght (qui avaient créé une fondation à côté), Picasso, Chagall, Reggiani, César, Lino Ventura et tant d'autres de tous les pays du monde. Ici passait par exemple Simone Signoret, qui parlait de *Casque d'or*, et Serge Reggiani, pas loin, confirmait. Jacques Le Tisserand, qui faisait des tissus superbes, venait du village pour faire ses longueurs dans la piscine que Braque avait décorée avec un étrange et gigantesque oiseau en céramique sur un mur. La cour où l'on déjeunait au soleil était agrémentée d'une immense faïence colorée de Léger. On déjeunait, on dînait, en passant et repassant devant les tableaux de la *Colombe d'Or* ; et, dans la grande salle à manger, juste à côté d'une immense cheminée, un tableau d'André Masson me fascinait et aussi un homard tout rouge de Braque. Dans un va-et-vient incessant venu du monde entier, les clients qui étaient devenus des amis les uns pour les autres se retrouvaient là avec la conscience justifiée de faire partie des *happy few*, des élus. Et moi, j'étais à nouveau un peu la mascotte, le fils de la maison, car j'étais ami avec le fils Roux, Francis, avec qui j'avais joué dès 1937 : j'étais le fils du « docteur », mon père, très respecté pour avoir soigné la famille Roux efficacement et gratuitement dès avant la guerre et qui avait été déporté-résistant.

Pour évoquer un peu cette ambiance exceptionnelle, un matin que je prenais mon petit déjeuner avec Jacques Prévert près du mur de la cour qui donnait sur un ravin, sous les arbres qui au sol étaient entourés de cercles de pierre, et que je bavardais avec Jacques, celui-ci sauçant un peu bruyamment son croissant dans un large bol de café au lait, tandis que je mangeais avec distinction une tartine beurrée, survient un grand échalas à la voix gouailleuse, Yves Montand, qui dit : « Bonjour Jacques, bonjour Jean », et un peu ramenard : « Avez-vous entendu quelques bribes de mes chansons que je répète ? » « Ah, ça oui ! dit Prévert, je ne t'ai que trop entendu, tu me casses même les oreilles ! » – « C'est que, objecta Montand, je pars en tournée en Union soviétique dans quinze jours, et il faut que la jeunesse russe sache que l'intelligentsia française la soutient. Et puis, tu sais, Simone y tient beaucoup. » Et Prévert, jusque-là jovial, s'arrêta soudain de manger, leva la tête pour considérer Yves et lui dit : « N'y va pas, petit, on te couillonne ! » On connaît la suite : le revirement anti-goulag de Montand, le film *L'Aveu*, etc.

C'était ça au quotidien, la *Colombe* : on allait à la mer, on faisait une partie de boules sur la place centrale du village, juste en face de l'auberge, entourée de platanes, on formait des équipes (« Tu tires ou tu pointes ? ») et puis, après avoir échangé force injures affectueuses, on allait prendre en bas une voiture de sport pour faire une balade, pour aller à la plage ou pour visiter la magnifique région. Certains allaient se bronzer à la superbe piscine, d'autres se réfugiaient dans une belote acharnée, cependant que les sportifs faisaient au moins une marche dans les collines. À l'époque, l'Amérique dominait le monde, alors on voyait beaucoup de riches Américains, cigare à la lippe, s'étonner du goût exquis du pistou, des poissons grillés au fenouil, des mets provençaux présentés dans des céramiques rectangulaires. C'était la douceur de vivre : nous étions libres, sans souci, et tout était beau. Les menus même, coloriés comme par un enfant, soit par Cocteau, soit par Paul Roux, mettaient l'eau à la bouche.

Dans un va-et-vient incessant, les politiques, les artistes, les *businessmen* montaient à Paris ou volaient à Londres pour une réunion, une signature, et revenaient bien vite pour participer à la vraie vie, à la fête.

Progressivement, les vrais initiés, « les anciens », prenaient même un peu les expressions du Midi, l'accent, le bronzage, les habits locaux, les chaussures en corde. Besoin d'un peu d'art ? Outre les copains géniaux, on allait à côté, tantôt à la fondation Maeght, tantôt chez Picasso, ailleurs dans une villa magnifique construite par l'architecte en vogue. Et si l'idée venait aux femmes de s'habiller un soir, de se faire belles, de se chamarrer de leurs bijoux, on fonçait à Monaco, au casino. Le plus étonnant, c'est que ce petit monde privilégié était le même à Saint-Germain-des-Prés, à Saint-Tropez ou à Saint-Paul-de-Vence, et ainsi on était entre nous. Pour un gamin qui avait connu ce que j'avais connu, assoiffé de la vie, c'était le paradis. La mer, le soleil, les jolies femmes, la gaieté, les artistes, la réussite dans tous les domaines, j'apprenais un maximum dans un minimum de temps avec une avidité sans limites. Tout cela se passait dans une atmosphère bon enfant, avec un tutoiement facile. Comme l'a écrit Prévert : « Je dis *tu* à tous ceux que j'aime. »

Oui, mais pour faire partie de cet univers, pour être accepté, il fallait être d'une façon ou d'une autre « à la hauteur » et pas par piston, ni par procuration, mais par soi-même. Avec une acuité redoutable, ces grands intellectuels, ces grands artistes, ces grands entrepreneurs vous « examinaient » lors de la première rencontre, en quelques secondes, d'un regard. « Il faut mettre en tout une douce intransigeance », disait Théocrite. Et si vous les déceviez, tout comme je le vivais avec les rescapés de la déportation, ils vous « flinguaient » sans retour. « À vingt ans, un homme n'est pas responsable de sa gueule, à quarante ans, si », a dit le général Mac Arthur. « Les gueules » que je voyais chaque jour s'appelaient Reggiani, Gabin, Ventura, Belmondo, Delon, et… Prévert, mais il y en avait bien d'autres.

Une sorte d'égalité régnait entre nous ; même si nous avions les idées claires sur la situation financière des uns et des autres, personne ne parlait d'argent. J'étais bien ; j'existais par moi-même, à nouveau dans mon rôle de mascotte de la bande. Certains me guidaient, voulaient me protéger et me taquinaient en me demandant quand j'aurais ma première femme ! Ils me suggéraient même des proies, et j'étais rouge de confusion. En même temps, tant de réussites au niveau de ces hommes et de ces femmes, tant de prospérité me troublait, me mettant en demeure de réussir à mon tour pour porter haut mes couleurs et pour garder cette qualité de vie. Alors, je scrutais attentivement les uns et les autres, leurs trajectoires, tant il est vrai que celui qui a réussi raconte mille et mille fois ses débuts avec émotion. **C'est le début qui compte**. On se souvient toujours du premier argent gagné et, comme le chante Brassens, « de la première fille qu'on a prise dans ses bras ».

Conteur merveilleux, Jacques Prévert nous racontait ses premiers pas au cinéma avec Pierre, son frère, et comment il avait enfin trouvé sa voie, les films faits encore sous l'Occupation, comme *Les Visiteurs du soir*, et j'ai décidé de parler de Prévert et de la *Colombe* parce qu'il en était le grand prêtre. Je crois que Prévert est l'homme qui a eu la plus belle vie de sa génération. C'était l'homme le plus libre que j'aie rencontré. Il avait la liberté du poète, du Juste. Pour moi, confit dans mon histoire obsessionnelle, dans ma religion à conserver à tout prix, dans mes principes calqués sur ceux de mon père, psychorigide, confronté tout jeune à la tradition, à l'angoisse, au devoir, il était la vie même, un soleil d'indulgence et de bonté ! Ce prince souverain a su concilier liberté et réussite, et quelle réussite ! Après une longue période d'incertitude, taraudé par le doute, il a trouvé sa voie, un mode de vie qui lui convenait. Il vivait à Saint-Germain-des-Prés, rue Saint-Benoît, volontiers à l'hôtel Montana, et n'avait aucun tabou, aucune difficulté ou contrainte à respecter. La religion ? le patriotisme ? les grands sentiments ? Il écoutait avec générosité, un verre de vin à proximité, une cigarette éternelle au bec sous son chapeau. Enfant du Quartier latin, tantôt à la *Rhumerie* martiniquaise, ou en balade rue de Buci, son épicentre était en fait *Les Deux Magots* ou le *Flore*. Prévert a connu tous les artistes de sa génération, discuté de toutes les théories, de Sartre à Jankélévitch, ainsi il disait : « Certes je n'ai pas de Picasso, mais j'ai Picasso ! » À la moindre faim, nous allions nous restaurer chez *Lipp* où le père Caze, le maître talentueux des lieux, nous faisait immédiatement une table bien située. Nous étions devenus intimes parce qu'il adorait la vie, la jeunesse. Et cet anarchiste qui détestait les théories avait une estime profonde pour mon père, déporté-résistant. Il se foutait royalement des Juifs, des chrétiens, de la politique ou de la philosophie. Mais la déportation forçait son respect. Ainsi m'avait-il, lui aussi, adopté, lui qui n'avait pas de fils.

Avez-vous remarqué que beaucoup d'hommes extraordinaires n'ont pas d'enfants dignes d'eux, alors qu'ils ont un besoin aigu de transmettre ? Ceux-là (s'ils vous acceptent pour héritier moral) vous ouvrent tout grand leur univers merveilleux : « Petit, tu es mes vingt ans », dit Gabin à Belmondo dans *Un singe en hiver*.

Le soir, il venait dîner à la maison à Paris, rue Manin. Il venait invité, ou s'invitant n'importe quand, et c'était chaque fois un enchantement : Prévert parlait exactement comme sont ses écrits, et on aurait voulu avoir en permanence un magnétophone pour ne pas perdre un mot de ce qu'il disait tellement c'était joli. C'était la poésie à l'état pur, initiale, naissante. Tout était noble, frais et vrai ; nouveauté et rêve. Il s'était toqué de faire des collages qu'il montrait à Picasso admiratif et m'a dédicacé ainsi l'un d'entre eux : « À Jean Hirsch, son ami Jacques Rêve-vert ». Le collage le montre en duc de Vallembreuse avec un jabot, et il est superbe, lui, Prévert. C'est le seul poète vivant au monde qui entrant dans une classe à l'école a pu entendre les petits enfants chanter sa poésie.

Et quand il avait bien dîné et bien bu (c'était un solide), et quand il était content (car il était souvent bougon), il déclarait : « Ce soir, c'est une fête. » Nous avions alors mérité quelques histoires vécues avec des artistes célèbres dont il narrait souvent les débuts drolatiques et impécunieux. Et puis, tard dans la nuit, mon père étant fatigué, c'est moi qui le ramenais chez lui dans ma traction avant, une Citroën 11 Normale, dans son charmant appartement situé à Pigalle, juste au-dessus des ailes du Moulin Rouge. Il avait là une terrasse d'où il contemplait Paris, les passants, spectateur amoureux de la vie nocturne de la ville, interminablement la cigarette au bec.

Pour gagner son appartement, on prenait une petite rue qui montait sec vers Montmartre et une sorte de poterne à main gauche permettait d'accéder chez lui. Sauf que, le long de la rue, il y avait en permanence deux ou trois putains qui faisaient littéralement le pied de grue, hyper fardées mais repassant inlassablement un vieux stick sur leurs lèvres déjà rouges. Ces dames étaient adossées au mur juste avant sa poterne, un pied contre le mur. Dans le brouhaha de Clichy, à son passage, souvent l'une d'entre elles lui disait avec déférence : « Monsieur Jacques, j'aimerais vous parler de quelque chose, j'ai besoin d'un conseil… » Et la demande était gentille, respectueuse. Aussitôt, Jacques me disait : « Rentre, petit, je dois parler avec Madame. » Et à ce moment-là, nous étions plus qu'amis, nous étions frères en humanité, et il se comportait en médecin.

Mon père et ses amis, et moi donc, étions comme envoûtés par Jacques, par sa simplicité, par sa gaieté, par son bon sens, par sa culture. Je ne citerai pas tous ses livres, tous ses films, tous ses collages, tous ses amis. Avec un homme comme ça, on ne se risque pas à faire un inventaire, sauf à prendre un raton laveur dans la figure ! Merci Jacques, pour toujours, pour tout.

*

Les années passaient, j'avais vingt-six ans et il était grand temps que j'habite chez moi. Mais comment faire ? Voilà comment fut résolu le problème.

Mon premier appartement

Quand on demandait aux déportés survivants qui s'étaient regroupés dans des amicales (amicale d'Auschwitz, amicale de Neuengamme, amicale de Dora, etc.) de payer leur cotisation ou une somme quelconque pour une réunion des camarades à telle ou telle occasion, les déportés ne discutaient jamais et payaient immédiatement – c'était sacré.

Un jour, le Dr Raphaël Ellenbogen, camarade de déportation, médecin chef des anciens combattants, qui travaillait au ministère rue de Bellechasse, dit incidemment à mon père :

« Je te félicite, tu vas avoir un bel appartement.

– Tu plaisantes ? répondit mon père. Pourquoi cela ?

– Mais parce que tu as fait le premier chèque d'achat à l'ordre du programme, et donc tu es inscrit.

– Explique-toi.

– Voilà, dit Raphaël, on n'a pratiquement rien fait pour les déportés-résistants à leur retour. Alors la Ville de Paris a décidé de faire un geste pour les déportés les plus décorés qui sont revenus, et tu en es un.

– Et alors ?

– Eh bien, tu as fait un chèque de X francs et cette fois-ci ce n'était pas un don pour l'Amicale d'Auschwitz ou une cotisation, mais c'était le premier versement de l'achat d'un appartement. Tu vas avoir un appartement de 200 mètres carrés en face du champ de courses d'Auteuil !

– C'est incroyable, dit mon père, comment est-ce possible ?

– Eh bien voilà : d'abord la Ville de Paris avait un terrain qu'elle a donné gratuitement.

– Mais ensuite ?

– Ensuite, l'État a décidé de faire un prêt Banque de France sur trente ans à 1 % ! »

C'était un cadeau (l'inflation était à 6 ou 7 %). Et c'est ce qui est arrivé : on a construit un bel immeuble avec de très bonnes entreprises. Voilà comment, à vingt-six ans, vers 1960, j'ai ainsi eu la chance d'avoir un superbe appartement dans ces conditions exceptionnelles, car mon père me l'a offert. Mais de plus, le petit immeuble conçu pour une dizaine d'appartements avait des copropriétaires illustres : le Pr Mazeaud, Jean-Michel Flandin, ami de Léopold Sédar Senghor, etc.

Je quittai donc la maison de mon père et m'installai en face du champ de courses d'Auteuil. Georges Bac, l'antiquaire ami de mon père, vint avec son décorateur, Vala, fournit cadres en bois doré, consoles et meubles XVIIIe, gratuitement bien sûr. Un miracle ! Luxe suprême pour moi, je sortais ma voiture d'un vaste parking et j'allais directement à travers le bois de Boulogne à mon hôpital – apprendre passionnément, opérer jour et nuit. Pour moi, cet appartement tombé du ciel était une surprise de chaque jour, le lieu d'un nouveau départ. Jeune homme, je pouvais m'y reconstruire, me refaire un peu des racines et j'en ai vraiment pleinement profité… jusqu'au jour où, en 1979, rentrant de l'hôpital, je vois un homme d'une quarantaine d'années assis sur une marche de l'escalier devant ma porte qui se dresse, très élégant. Il était bronzé, de type oriental, peut-être arabe ou iranien ? Habillé strictement – un prince.

« Vous ne me connaissez pas, Monsieur, mais je vais vous dire pourquoi je vous attendais, me dit-il.

– Ah oui, et pourquoi ? rétorquai-je, pressé de rentrer chez moi et de me débarrasser de l'intrus.

– Je vous attends parce que je veux acheter votre appartement.

– Mais mon appartement n'est pas à vendre ! lui dis-je en riant franchement, et en même temps j'étais un peu intrigué, car, à le regarder à nouveau, il était décidément très élégant et très distingué, et il paraissait sérieux et pas fou du tout.

– Monsieur, me dit-il, avant de dire qu'une chose n'est pas à vendre, il convient de savoir ce qu'on vous en propose. » Et en effet, la somme qu'il m'en offrait était astronomique, tout à fait astronomique. Je le regardai : il avait vraiment l'air sérieux. Il vit mon ironie et sortit alors sa carte de visite en me disant : « Voici mon nom – et il écrivit quelques lignes. Téléphonez à cette banque, elle vous dira sur-le-champ qu'elle est prête à vous faire un chèque de banque de ce montant… Si vous vous décidez, j'ai aussi mis le nom et l'adresse de mon notaire à Paris. Puis-je vous demander une faveur ? Je voudrais juste jeter un coup d'œil une minute en faisant le tour de l'appartement. »

Médusé, mais totalement hostile à l'idée de me séparer de mon appartement, je m'effaçai néanmoins. Il fit en effet le tour en une minute exactement, comme il l'avait dit, et sortit en esquissant un salut distingué, révérencieux, sans doute oriental. Intrigué je téléphonai à mon père : « Tu ne sais pas ce qui m'arrive ? Un fou veut soudain acheter mon appartement et il m'en propose telle somme… en mentionnant telle banque… »

Mon père souriait rarement et riait encore plus rarement. Ce jour-là, ce fut différent. « Téléphone toujours à la banque mentionnée, que risques-tu ? », me dit-il. Ce que je fis, pour savoir quand même de quoi il retournait. Et la réponse du directeur de la banque fut immédiate : « Monsieur Z ? dit-il. Il a crédit illimité chez nous. Il vous suffit de nous indiquer le montant du chèque convenu entre vous et de nous faire parvenir copie de l'acte de vente afférente, et vous recevrez un chèque de banque. »

Je rappelai donc mon père et commença alors une longue réflexion. C'était vraiment la fortune ! Avec cette somme, je pouvais acheter beaucoup d'autres appartements… et si je faisais ça, j'étais riche !

Au bout du compte, vous l'avez deviné, j'ai dit oui, mais il y a plus fort ! L'acheteur est revenu et m'a dit :

« Je vous fais une seconde offre pour vos meubles, avec une prime si vous laissez tout en place, tel quel !

– Mais enfin, quelle mouche vous pique ? » lui dis-je.

Il était de plus en plus distingué et sûr de lui. Il me répondit :

« Écoutez, vous êtes chirurgien, je suis aviateur. Nous sommes tous les deux des hommes qui devons prendre des décisions rapidement. Or vous savez, l'aviation iranienne, c'est moi. Je suis le cousin du shah d'Iran.

– Et alors ?

– Eh bien, malheureusement, le shah va perdre le pouvoir dans quelques semaines et avec quelques parents nous parcourons le monde pour replacer notre fortune. Il me faut un pied-à-terre à Paris. Je pars demain pour New York, ailleurs ensuite. »

Nous étions en 1979, et cet imbécile de président Carter avait décidé de laisser tomber le shah – allié de l'Occident !

« On signe et vous avez six mois pour vous reloger, me dit-il. En revanche, pourriez-vous libérer immédiatement votre garage pour que je puisse y mettre ma Rolls Royce ? Vous m'obligeriez. »

Ainsi fut fait. Nous sommes devenus amis. Il avait une jeune femme splendide, une reine des mille et une nuits avec des cheveux noirs jusqu'à la taille. J'ai opéré sa petite fille. Et puis un soir il m'a invité : il faisait une grande réception dans mon ex-appartement, avenue du Maréchal-Franchet-d'Esperey ! J'arrivai donc, ponctuel, et fus frappé par la transformation : il y avait des tapis somptueux partout, des tableaux de maîtres extraordinaires. Une foule d'amis extrêmement élégants, des femmes magnifiques couvertes de bijoux comme je n'en avais jamais vu faisaient la révérence, pliant le genou devant une puissante matrone aux traits burinés : la sœur du shah d'Iran. Nous étions à la cour. Moi, enfant caché, orphelin, sans éducation, je me trouvais soudain face à l'élégance du monde, au luxe, à la classe, à la patine que seules les années d'une civilisation millénaire peuvent donner. J'apprenais.

J'ai dit qu'il y avait des gens extraordinaires dans cet immeuble. Deux histoires rapides pour dire ce qui pouvait s'y passer.

Un jour, je reviens de Deauville et range ma voiture face au bois, le long de l'immeuble. Un homme âgé m'attend et au sortir de ma voiture me dit :

« Docteur, je voudrais vous demander un conseil. Voulez-vous bien monter au 5e prendre un whisky ?

– Certainement, monsieur le Professeur. En quoi puis-je vous être utile ?

– Voilà, me dit-il, comme vous le savez, je suis professeur de droit (c'était sans doute le plus grand du pays) et expert. J'ai un cas difficile à résoudre et je ne comprends rien à ce qu'on me raconte…

– Dites-moi toujours.

– Eh bien, un monsieur de quatre-vingt-huit ans a une grande fortune.

– Et ?

– Eh bien, on trouve de plus en plus souvent sa petite bonne sur ses genoux en train de l'embrasser et lui a l'air très épris…

– Alors, la famille s'inquiète parce qu'il offre à la petite bonne des bijoux de plus en plus chers… La famille craint que toute la fortune y passe.

– Mais quel est votre problème ?

– Voilà, docteur. On me parle de syndrome de Broca, de syndrome de Wernicke, je n'y comprends rien, sauf que ce cher vieillard serait diminué pour parler !

– Écoutez, monsieur le Professeur, je ne suis pas neurologue, mais à ce niveau demandez simplement si, oui ou non, il est atteint d'un syndrome de Broca. Si oui, il a une aphasie motrice, une paralysie de la langue, mais son esprit et le reste – peut-être – vont très bien. Si c'est un Broca, laissez-le cajoler sa petite bonne, car il a toute sa lucidité, n'en déplaise à la famille ! En revanche, si on vous dit qu'il présente une aphasie de Wernicke, alors non seulement il bafouille, mais c'est parce que son cerveau ne fonctionne plus et il fait n'importe quoi, il n'est plus lucide. Stoppez les dépenses, la ruine de la famille, et mettez-le sous curatelle !

– Docteur, soupira-t-il, si je rencontrais toujours des gens comme vous, ma vie serait simple.

– Merci beaucoup, cher voisin !

– J'ai beaucoup entendu parler de votre père ! Encore un peu de whisky ? »

Une autre fois (avez-vous remarqué que les « attaques » arrivent souvent le week-end quand personne n'est joignable, sauf les services d'urgence ?), je range à nouveau la voiture et, courant vers moi, Mme Fl. se précipite et me dit : « Venez vite, mon mari vient de tomber. Il vient de faire un accident vasculaire, je crois. » C'était exact. Je connaissais cette femme, au passé de déportée-résistante extraordinaire, qui répétait toujours en riant : « Là-bas, je leur disais : "Vous aurez la peau, mais pas les os !" » Et elle était revenue !

J'entre et trouve en effet un grand gaillard affalé par terre, avec une paralysie faciale. À l'époque, j'avais toujours dans le coffre de la voiture appareil à tension et matériel d'urgence pour réanimation avec médicaments. Il avait 24-17 de tension et faisait une hémiplégie droite massive complète proportionnelle – évidente. Je lui pose donc une perfusion avec drogues pour faire baisser progressivement la tension. Je reviens le voir, organise les soins et la surveillance à mettre en place, les examens complémentaires, les spécialistes à appeler. Il récupère bien et je l'ai suivi médicalement quand, le lendemain matin, Mme Fl. m'appelle gentiment, pleine de reconnaissance. Je descends et vois dans la rue une DS Citroën noire avec un chauffeur. « Le président Pompidou est un ami très proche de mon mari, me dit-elle, je voulais absolument vous présenter. Jean-Michel Fl., Pompidou et Léopold Sédar Senghor sont les meilleurs amis du monde. Le président veut vous remercier. »

*

Chirurgien à Saint-Tropez de 1969 à 1972

J'ai toujours adoré Saint-Tropez, que j'ai découvert par hasard, tout jeune. Saint-Tropez, « charmant petit port où l'on arrive par une seule route et d'où l'on ne repart plus », disait Colette.

Face à mes difficultés scolaires initiales, pour me stimuler, mon père, très préoccupé, connaissant ma passion pour les voitures et la conduite automobile, me dit alors : « Écoute, si tu réussis ton bac, je t'offrirai une voiture ! »

L'année suivante, en juin, je fus reçu au baccalauréat, sans mention, mais reçu ! C'est l'examen le plus dur que j'ai affronté – c'était une mise à niveau, je me hissais au niveau des autres, les « normaux ». Alors, un peu gêné, mon cher père me dit, le jour même de ce succès considérable : « Écoute, je ne peux pas tenir ma parole et t'acheter ta voiture, mais tu prendras la mienne chaque fois que je n'en aurai pas besoin et, l'an prochain, je t'achèterai ta Traction Citroën 11 Normale. » En fait, dès que j'ai eu mon permis de conduire, à dix-huit ans pile, c'est avec sa vieille Traction Citroën que je suis parti sur la Côte d'Azur, avec très peu d'argent et, dans le coffre, une tente des surplus américains verte pour camper (toujours ma formation d'éclaireur). J'avais un couteau pour dormir seul dans les bois, craignant qu'un propriétaire ne me déloge. C'est ainsi qu'au cours de mes petites étapes j'ai découvert la presqu'île de Saint-Tropez et que j'en suis tombé amoureux : les pins parasols superbes, le microclimat avec beaucoup de soleil (s'il faisait mauvais, bien vite le mistral chassait les nuages), les plages de Saint-Tropez (qui sont en fait celles de la commune de Ramatuelle) m'enchantèrent. J'avais aussi remarqué beaucoup de jolies filles. Je dormais donc dans les bois, gratuitement. Je passais la journée sur des plages magnifiques, louant un matelas à Pampelonne, « à Tahiti », mangeant un sandwich – c'était dans mes moyens. Et voilà que je me trouvais dans ce monde huppé, chaque année, bientôt étudiant en médecine, connaissant de mieux en mieux ce coin béni. Les clients allongés sur les matelas orange de Tahiti venaient du monde entier et les rencontres étaient chaque jour une aventure. Un jour que Ted Lapidus, couturier à la mode, *playboy*, dessinait à côté de moi sa prochaine collection, il me demanda soudain : « Jean, à ton avis, c'est quoi, l'élégance ? – Il faut que je réfléchisse…, non, je ne sais pas, mais dis-moi ce que c'est, Ted. – Eh bien, c'est de ne jamais se laisser aller. »

C'était avant 1960, avant l'ère de Brigitte Bardot. C'était chic, mais encore confidentiel. Je retrouvai bientôt quelques amis de fac à la carrière variable. Certains avaient échoué en médecine et faisaient dentaire ou kinésithérapie. Moi, je suivais la voie royale, médecine, et bientôt les concours, l'externat des hôpitaux de Paris (reçus : un sur cinq). Concours anonyme, quinze questions de six minutes, un concours juste, écrit, sans oral, donc sans favoritisme, excellent sélecteur d'une vraie connaissance de base, permettant l'accès à l'existence vraie à l'hôpital avec nos malades, l'observation médicale clinique et… un salaire de 250 F par mois, la fortune ! un triomphe ! – une rédemption ; et aussi, quand on est reçu, on ne le doit qu'à son travail. J'ai été nommé externe des hôpitaux de Paris en 1958, à mon troisième concours – rien de glorieux, mais j'étais à nouveau dans la course, et c'était pour moi l'essentiel. J'allais devenir un bon médecin et pouvoir concourir pour l'internat des hôpitaux de Paris. Lente réinsertion dans la vie estudiantine.

Mais tout de même, à Saint-Tropez, après avoir passé quelques heures en toute égalité avec des amis étudiants sur des matelas, après nous être baignés ensemble, après nous être dorés au soleil, vers 14 heures certains me disaient : « Tiens, je vais voir ma tante qui a une maison dans les Parcs (c'est l'endroit chic de Saint-Tropez), je vais me baigner dans la piscine. » Un autre me disait : « Je vais faire une partie de tennis chez mon cousin X. » Et aucun ne m'invitait, et je mesurais que, « sans famille », il me restait encore du chemin à parcourir pour être au niveau des autres. Et je me jurais que j'aurais ma revanche, un jour. Puis vinrent les merveilleuses années d'internat, de Chef de clinique-assistant, de développement social, financier, aux côtés de mon père. Bien plus tard, en juin 1969, j'étais déjà chirurgien, alors que mes vacances à Saint-Tropez dans le plus bel hôtel de la ville, l'Hôtel de Paris, touchaient à leur terme fin juin, et que je devais reprendre mon poste d'Assistant à l'hôpital à Paris, je fus pris d'un spleen soudain, d'une pulsion : je ne pouvais me résoudre à abandonner le soleil, la mer, ce merveilleux pays.

En maillot, je retournai à l'hôtel, passai un costume et me rendis à l'unique clinique de Saint-Tropez, seul établissement de soins à des kilomètres à la ronde. Et, me présentant, je demandai à voir le chirurgien responsable. La clinique l'Oasis était un superbe bâtiment blanc rectangulaire à deux étages situé en bordure de mer dont il était séparé par la route. Devant existait un parc avec des arbres magnifiques, d'où son nom, l'Oasis, et un parking. Une femme, la secrétaire du patron, m'accueillit fraîchement et me dit que le Dr Roy était très occupé et ne pouvait me recevoir. Mais je lui fis du charme, lui exposai que je venais de Paris… En soupirant, elle finit par me faire asseoir puis recevoir. J'entrai donc dans un bureau plein de soleil. Un homme, assis dans un fauteuil, me tournait le dos. Pantalon blanc, veste bleu foncé à boutons dorés, casquette à galons dorés, on aurait dit un amiral. Il contemplait la mer à travers le magnifique jardin exotique devant la clinique, riche en palmiers. Peut-être regardait-il négligemment son Aston Martin verte DB4 Vantage vert clair (il me dira plus tard : « Si tu savais, petit, la somme de jalousie que m'ont value les dix centimètres de capot en plus de ma voiture, tu serais surpris ! »).

Je toussai discrètement pour signaler ma présence, il se retourna un peu, et je vis qu'il avait des yeux verts, des cheveux blonds roux et des lunettes.

« Mon cher collègue, lui dis-je, je suis chirurgien et ma demande va vous paraître sans doute incongrue : je suis ici en fin de vacances mais je n'ai pas du tout envie de rentrer à Paris. Alors je me suis dit, en voyant tant de monde à Saint-Tropez, que vous deviez avoir beaucoup de travail et, à tout hasard, je suis venu vous offrir mes services… Je ne suis pas maladroit… »

Il fit alors pivoter son fauteuil, toujours assis, et me considéra attentivement. Puis, avec l'accent : « Que tu es chirurgien, toi ? – Oui, m'empressai-je, vous voulez voir mes papiers ? – Les papiers, je m'en fous, rétorqua-t-il, tu veux gagner combien ? Une brique, ça te va ? – Oui, oui, pourvu que je reste, répondis-je. Eh bien, tu es de garde ! conclut-il. Amène tes papiers au secrétariat.

C'est ainsi que commença mon activité de chirurgien à Saint-Tropez. Immédiatement, je m'aperçus que j'étais devenu un personnage dans le village. Dans l'établissement, les notables qui entraient me tutoyaient d'emblée : « Ah, tu es le nouveau ? Parisien ? Ah, tu es le premier chirurgien qui nous vient de Paris, les autres sont tou-

Guindé, un chirurgien en cravate, Jean Hirsch à son arrivée à la clinique de l'Oasis.

jours venus de Lyon. » J'allais déjeuner à la plage, mais avec les autres médecins, un notaire, un pharmacien, un dentiste... En me moquant de moi-même intérieurement, je pensais à la chanson de Jacques Brel : « Les Bourgeois, c'est comme les cochons, plus ça devient vieux, plus ça devient c... » – « Et on leur montrait notre cul et nos bonnes manières. » Apparemment, j'y étais parvenu ! L'après-midi, la secrétaire du patron, qui décidément m'avait pris en charge, me dit d'un air impérieux : « La maison Bertram voudrait vous voir. – C'est quoi, la maison Bertram ? – Ce sont des marchands de bateaux, voyons. – Et alors ? – Eh bien, ils veulent vous vendre un bateau ! – Mais je n'ai pas d'argent ! – Qui vous parle d'argent ? La marque Bertram, pour son prestige, veut que le chirurgien d'ici ait un Bertram. » (En fait, en première approche, ils me louèrent un Riva, un splendide Aquarama à un prix cadeau.)

Le bloc opératoire était au second étage de la clinique. La matinée opératoire terminée, le déjeuner pris au self panoramique de la clinique, je prenais mes gardes en maillot de bain dans la baie de Saint-Tropez, sur mon Riva, au large de la clinique. De temps en temps, clignant des yeux dans le soleil, je regardais la clinique, car, en cas d'urgence, une sœur mettait un drap rouge à la fenêtre du bloc, tout en haut. Je passais alors rapidement une blouse blanche sur mon maillot, démarrais le bateau et accostais deux minutes après au ponton, traversais en courant, pieds nus, la route chaude de soleil, grimpais quatre à quatre les escaliers et arrivais au deuxième où je disais : « Alors, ma sœur, qu'y a-t-il ? » Et je faisais le nécessaire. Il y avait là un homme à tout faire, jour et nuit dans la clinique, Willie. C'était un soldat allemand égaré à la Libération et recueilli par le Dr Roy, qui était devenu homme de peine, infirmier, jardinier, chauffeur, etc. Le personnel médical infirmier était constitué d'une troupe de sœurs, dévouées et disponibles sans limites. Comment étaient-elles arrivées là ?

Le Dr Roy (nul n'est parfait) était un grand chasseur devant l'Éternel – il chassait en Espagne avec son ami Franco, chasses somptueuses. Un jour, Franco, indigné, dit à Roy : « Mais qu'est-ce qui t'arrive aujourd'hui, Jean-Claude ? Tu tires comme un pied, tu me fais honte, qu'as-tu ? – Ah, lui répondit le Dr Roy, c'est que j'ai des soucis avec ma clinique. – Allons, allons, le sermonna Franco, chasse correctement comme tu sais faire et au déjeuner, à 13 heures, je réglerai ton problème, quel qu'il soit. »

Aussi, à 13 heures, Franco, à peine assis et un peu restauré, dit à Roy : « Alors, c'est quoi, ton problème ? – Voilà, dit Roy, tu sais que je suis soumis à des règlements stricts pour ma clinique : je dois avoir un effectif d'infirmières, de secrétaires, etc. pour l'établissement. Tu sais aussi qu'en hiver je n'ai presque pas de clients, car il y a très peu d'habitants à Saint-Tropez. Je perds donc de l'argent à payer des gens pour rien. – Et ? – Et l'été, dès qu'il y a du monde et dès que j'ai une infirmière à peu près comestible, une Ferrari s'arrête devant la clinique, je perds ainsi mes infirmières et j'ai un mal de chien à faire le travail ! – Et c'est pour cela que tu gâches notre chasse ? dit Franco. As-tu une vieille ferme, un vieux mas à racheter près de ta clinique ? – Vraiment, tu es un bon ami ! dit Roy, furieux. Non seulement je perds de l'argent, mais de plus tu voudrais me faire acheter une vieille ferme inutile à côté de ma clinique ! – Parfaitement, sourit Franco. Achète ta vieille ferme – si tu n'as pas l'argent, je te le donne. – Et après ? – Après, je t'envoie une congrégation de sœurs espagnoles. »

C'est ainsi qu'en arrivant je trouvai des sœurs disponibles qui, effectivement, ne partaient pas en Ferrari !

Brigitte Bardot, alors au sommet de sa beauté, de son art, de sa gloire, s'était amourachée d'un bellâtre chirurgien et souhaitait lui créer une clinique. Malheureusement pour elle, à Saint-Tropez ou dans le voisinage, il était impossible d'obtenir une seconde autorisation d'établissement de soins. Elle essayait donc d'acheter, peut-être, l'établissement en faisant courir, disait-on, des bruits fâcheux sur notre capacité médicale.

L'organisation était celle-ci :

La clinique de l'Oasis appartenait au Dr Roy (et à sa femme, richissime), qui était aussi le chirurgien chef de l'hôpital de Saint-Tropez, une bâtisse jaune du XVIIe siècle aux murs énormes. Les ambulances, pin-pon ! pin-pon !, prenaient bien la direction de l'hôpital en cas d'urgence, mais voilà, à l'arrivée, il y avait toujours une bonne raison, une insuffisance matérielle pour qu'elles repartent vers la clinique. En particulier, il n'y avait plus de matériel d'anesthésie. On y donnait quand même une consultation de chirurgie par semaine. En l'absence du Dr Roy (à la chasse, par exemple), j'assurais cette consultation.

Un jour, le directeur de l'hôpital, qui m'observait attentivement et voyait s'étoffer les consultations, me dit : « Il nous faudrait un chirurgien comme vous, plein temps, vraiment là pour l'hôpital, et non pas M. Roy qui ne se préoccupe que de sa clinique. » Je ne répondis bien sûr pas. « Ne voudriez-vous pas devenir notre chirurgien chef ? insista-t-il. – Vous savez bien que je ne peux faire quelque chose qui ne serait pas correct vis-à-vis de mon confrère que je remplace. – Mais il ne vient pratiquement pas ! Si vous acceptiez, je vous ferai un appartement "panoramique" ! » Silence. « Et tenez, si vous faites du privé, je ne le verrai pas ! » Tout pour me tenter.

Outre la clinique et l'hôpital de Saint-Tropez, quand mon collègue Jean-Claude Roy n'était pas là, je découvris que j'avais une troisième fonction : j'étais responsable de l'hygiène des restaurants de Saint-Tropez ! avec le pouvoir de faire fermer les établissements. Aussi allai-je consciencieusement inspecter, les uns après les autres, les restaurants et commençai par ceux qui étaient établis sur le port. Horreur ! les cuisines étaient très vétustes, crasseuses – je vis dans l'une d'entre elles un drap maculé de sang de viande de boucherie près du réfrigérateur archaïque, des chats plein la cuisine… « Nettoyez-moi tout ça impeccablement et achetez du matériel correct ou je fais fermer l'établissement ! dis-je. – Vous ne feriez pas ça, docteur ? D'ailleurs, je vous invite à déjeuner. » On aurait dit Marius ! « Je passe demain matin à 8 heures, si tout n'est pas impeccable, vous êtes fermé. Pour le déjeuner, c'est non. » Il faut dire qu'à l'époque l'hygiène était très aléatoire et il était souvent un peu risqué de manger dans certains endroits.

Peu à peu, on a amélioré l'état des choses. Pour moi qui venais de Paris, les mœurs locales m'intéressaient, me surprenaient ou m'amusaient. De vieux pêcheurs de soixante-dix ans n'avaient pas jugé bon de s'inscrire à la Sécurité sociale (eux, ou leurs employeurs), de sorte que lorsque l'un d'eux présentait une péritonite, par exemple, je devais l'opérer gratuitement et discuter avec le Dr Roy, mon associé à présent, pour lui faire accepter que l'hospitalisation aussi soit gratuite. Mais ça ne me gênait guère, car, par ailleurs, je gagnais des fortunes. À cause de mon associé ! ou grâce à lui !

En effet, deux mois environ après ma prise de fonction à la clinique, alors que nous nous entendions parfaitement bien, Roy me fait un matin une gueule pas possible. Aimant les situations claires, en fin de matinée opératoire, je vais voir Roy et lui dis : « Pourquoi me faites-vous si mauvaise figure, monsieur ? Mes malades vont bien, et ils sont nombreux ! – Malheureux ! les malades, c'est une chose, mais tu es en train de ruiner la clinique ! – Comment cela, ruiner la clinique ? – Mais oui ! A-t-on idée de demander 500 F comme tu as fait hier pour une appendicite ? C'est ce qu'ils donnent aux Caves du Roy (un dancing célèbre) comme pourboire, la nuit aux serveurs ! – Je ne sais pas, moi, monsieur, j'ai juste indiqué K50, comme je le fais à Paris, selon la nomenclature. – Ça fait en effet 500 F. Ne fais plus jamais ça ! Demande

5 000 F, 50 000 F, mais ne refais jamais ça. – OK d'accord. » À partir de ce moment-là, on ne m'y a plus repris !

Certes, j'opérais gratuitement des pauvres, souvent des pêcheurs qui avaient même négligé de s'inscrire à la Sécurité sociale, et je négociais avec mon associé, qui au fond était un brave homme, une hospitalisation gratuite dans notre clinique, mais avec tous mes malades qui étaient riches, j'ai vraiment gagné énormément d'argent : j'étais ébloui par ma chance. Il y avait là la richesse de la terre, des Américains, des Arabes, des Russes, des Anglais, des Italiens. Il y a encore aujourd'hui dans ces lieux bénis, au soleil, en vacances, aussi des drames soudains qui laissent les plus puissants en détresse totale. Qu'on imagine un étranger venu de très loin, milliardaire, ne parlant pas le français, loin de ses structures habituelles, qui tombe tout à coup très malade. Où aller ? À qui se fier ? Comment faire face à l'urgence ? Et puis (on n'y avait jamais pensé), ce petit village de 1 600 habitants l'hiver, de 40 000 habitants l'été a-t-il une structure hospitalière sérieuse et sûre ? Les chirurgiens locaux sont-ils compétents ? Soudain, le multimilliardaire risque de perdre la vie et, évidemment, tous ses biens, et c'est pourquoi, si la réponse est satisfaisante, s'il y a guérison, éperdu de reconnaissance, il nous couvre d'or. Qu'est-ce que cela représente pour eux, soudain face à la mort ? Guéris, ils vous invitent, et ne savent pas quoi faire pour vous qui leur avez rendu la plénitude de leur vie intacte. Quelquefois, c'était même gênant : l'un voulait m'offrir une villa ; l'autre, me faire son héritier (c'est interdit par le code et c'est bien ainsi). Mais, très jeune, je n'étais pas indifférent à la célébrité, au talent de certains, connus du monde entier. Le fait de les voir en vrai et non plus dans les journaux me fascinait. Aujourd'hui, on a créé un pôle de santé moderne à Gassin.

L'argent, comme je n'avais pas de vice particulier, j'en gagnais plus que je n'en avais besoin. Quand un chirurgien a du succès, il travaille jour et nuit et adore opérer. Il n'a presque plus le temps de dépenser.

Déjà interne à l'hôpital, j'étais riche, car je ne dépensais pratiquement rien : célibataire, logé, nourri en salle de garde, habillé par l'Assistance publique (blouse blanche, tablier, cape bleue), blanchi, il ne me fallait rien de plus (merci Napoléon, créateur de l'internat). L'enfant caché se souvenait chaque jour du temps de la misère et n'en croyait pas sa chance. Je n'exploitais personne, je n'avais pas à rougir de mes gains. Mon superbe métier me donnait beaucoup, sinon tout. Et, oserais-je le dire, parfois j'étais un peu fier. Et puis, même si sans cesse je me morigénais en me voulant modeste, c'est agréable, la notoriété. Surtout pour un gosse qui était méprisé jadis et en particulier campait dans les bois à Saint-Tropez. La revanche, la résilience, c'était ça. Et je bénissais ma chance.

Il y avait plus : face à mon père chéri, si dominateur, si exemplaire, face au héros impossible à égaler, loin de lui (au moins par la distance), et par moi-même, je lui montrais que j'étais capable de réussir. Seul. N'empêche, j'avoue qu'une fois de plus mon père avait raison. Il me l'avait bien dit souvent d'ailleurs en se moquant de moi : « Tu verras plus tard, tu diras "Mon père avait raison." » Il m'expliquait : « Si tu connais bien un métier, tu ne manqueras jamais de rien, car ou tu seras mort et tu n'auras plus besoin de quoi que ce soit, ou tu seras vivant et ton métier te nourrira toujours et partout. » Et il est exact qu'avec mon bistouri je peux aller partout dans le monde et gagner correctement ma vie, et je l'ai fait à plusieurs reprises. Cette certitude que je pouvais être utile n'importe où et rien que par moi-même a toujours été pour moi une grande force et m'a toujours donné un grand sentiment de sécurité matérielle.

Cependant, bien entendu, je restais à piloter nos centres médicaux de Paris à partir de Saint-Tropez. J'avais pris un abonnement à la SNCF, voyageant la nuit, un jour par semaine, j'allais aider mon père, notamment en matière d'organisation et de comptabilité de nos structures. Comme on dit dans le Midi, je n'étais pas feignant.

En fait, je l'ai dit, je ne voyais sérieusement la vie qu'aux côtés de mon père. Mais quel bien m'ont fait mes trois années de chirurgien à Saint-Tropez ! Tous les jours, c'était vraiment Pagnol, Mistral, l'air, le vent, la lumière… La lumière à Saint-Tropez est très particulière – jaune, magnifique –, un peu la même que celle que peignait Cézanne à Aix-en-Provence, amoureux de la montagne Sainte-Victoire, jaune, violente, qui change le relief. Après le mistral, il y a un moment béni de lumière, sans doute lié à un phénomène de tyndallisation, comme si chaque particule suspendue dans l'air prenait vie et devenait à son tour émettrice de lumière difractée quand elle vient lécher les pins parasols aux corolles somptueuses, qu'elle joue sur les troncs d'arbres bruns, parfois presque noirs. C'est un enchantement. Il y a la lumière et aussi l'air exquis qui remplit votre poitrine.

Un jour arrive aux urgences une femme d'environ soixante-dix ans avec un ventre de bois. Diagnostic évident : péritonite aiguë généralisée, à opérer donc d'urgence. Soixante-dix ans ! cela me paraissait un âge canonique. L'arrivante, aux joues griffées comme un pruneau, ne me quitte pas des yeux pendant tout l'examen au terme duquel elle me dit, en soupirant, avec un accent savoureux : « Que je vois que ça va pas fort, docteur ! – Eh non, madame, il faut que je vous opère. – Voyez-vous, docteur, je ne suis pas bien jeune, mais j'aimerais bien vivre encore un peu… et tenez, si vous me tirez de là, je vous invite, on mangera la langouste. » C'était la plus célèbre restauratrice de poissons à Saint-Tropez. Eh bien, nous l'avons mangée, cette langouste, qui était succulente ! Et elle a vécu encore de longues années.

Un autre jour, l'anesthésiste, le Dr André Fourny, me regarde, goguenard, alors que nous opérions. J'étais un peu surpris, car, habituellement, il était très respectueux envers moi. « Qu'est-ce qui t'amuse ? lui dis-je – Tu n'as rien remarqué ? – Non. – Tu n'as pas remarqué que tu opères de plus en plus d'homosexuels ? – Non, pas du tout. – Eh bien, tu n'es pas observateur. Comme avec un tam-tam, toute la côte homo sait que tu opères bien et tous ces messieurs se passent le mot et te font confiance. » En fait, le difficile à Saint-Tropez n'était pas d'opérer mais d'assurer correctement les suites opératoires. En effet, vous opériez une femme, mais immédiatement (comme il est bien normal), le mari attendait son épouse au sortir du bloc, sauf que, en plus, les deux amants de cette femme, très inquiets également et empressés, voulaient eux aussi la voir ! Et figurez-vous que tous les trois étaient des personnages très importants… Là, tout dépendait du personnel, surentraîné en ce domaine. « Madame Untel ? Ah, on ne peut la voir, elle est actuellement en examen, en échographie, repassez… », etc. Ou cette femme battue par son mari ou son amant jaloux, pleine d'ecchymoses, les yeux au beurre noir, hospitalisée, et, bien sûr, nous rattachions pour les visiteurs ces ecchymoses à une fragilité capillaire sanguine…

À la plage, le soir aux dîners (c'était, en été, tous les soirs la fête), des bruits délicieux couraient sur les uns et les unes, sur les couples actuels et passés, sur l'argent qui circulait – vérités ou calomnies. La jeunesse triomphante mais souvent désargentée rivalisait avec la maturité opulente – et puis il y avait aussi les fils à papa ou les héritiers. Silencieux, impassible, informé, j'éclatais souvent intérieurement d'un rire énorme, gigantesque. Parfois c'était trop fort, trop incroyable.

J'avais le privilège d'assister aux plus joyeuses débauches alors que je travaillais. Bien sûr, il y avait des lieux de perdition, comme La Voile rouge où Paul faisait le spectacle – filles nues, gentilles provocations, au fond rien de méchant. Beaucoup plus redoutable était la drogue. On la soupçonnait partout, volontiers dans les boîtes de nuit. On parlait d'un disc-jockey… dans une boîte…

Croyez-moi, le grand danger, c'étaient les accidents de la circulation. Souvent accidents mortels ou initiateurs de lourdes séquelles. Les deux-roues menaient le bal du malheur, mais aussi les voitures. Dame, les conduites en état d'ivresse ou sous l'emprise de la drogue… Les vertueux souhaitaient le calme, la rigueur, la discrétion. Mais Saint-Tropez, c'est la fête, c'est la vie, l'exubérance, le plaisir, l'invention, la fantaisie, le talent.

Vingt-cinq ans plus tard, l'un de mes meilleurs amis, Daniel G., mariait sa fille. Il avait une maison à Saint-Tropez que je l'avais aidé à acquérir. Il trouva joli de marier sa fille à Saint-Tropez. Ce fut une charmante cérémonie célébrée par le maire, avec plein d'amis, vous savez, un peu comme ces mariages à la Eddie Barclay, joyeux mais tout de même plus discret !

Le maire était l'ancien cardiologue de la clinique de l'Oasis, un remarquable médecin qui donnait une vraie valeur médicale à notre équipe. Un beau jour, il décida d'abandonner la médecine pour se lancer dans la politique. Il fut élu maire, député et conseiller général du Var. Comme je ne l'avais pas revu depuis de nombreux mois, à la fin de la cérémonie je l'amenai à l'écart et lui demandai : « Mais enfin, tu étais un remarquable cardiologue. La médecine ne te manque jamais, depuis que tu es maire ? – Viens », me dit-il. Et il m'amena dans son bureau de maire ouvrant largement sur la baie de Saint-Tropez, avec Sainte-Maxime en face. La Belle Bleue scintillait de tous ses feux. « Tu vois, c'est ici que je travaille. Et puis viens ici », me dit-il. Et il m'amena à l'autre bout du local, près de la fenêtre qui dominait la rue charmante près du port qui mène à la Ponche. On voyait un perron à deux volées avec une magnifique porte en bois sculpté. Sa Renault Safrane officielle était juste devant la porte : « Tu vois, me dit-il, le maire n'a aucun problème de stationnement, mon emplacement est réservé. Et si tu savais comme les femmes me regardent depuis que je suis le maire de Saint-Tropez ! Non, je ne regrette rien ! »

Mais je reviens aux années 1969 à 1971.

J'observais mille façons de vivre, mille aventures, mille personnages. J'ai connu un couple superbe. L'homme était très riche. Hélas ! sa femme l'abandonna pour un autre. Désespéré, l'industriel se laissa couler et perdit tout, usines, etc., tout. Eh bien, j'ai vu son ex-épouse revenir vers lui, mettre sur la table (il était hospitalisé pour une lésion minime) un tas incroyable de diamants, de bijoux. Elle lui dit : « Tu m'as comblée de tout quand j'étais ta femme. Je t'ai fait du mal. Tiens, reprends les diamants et refais-toi une situation ! » Croyez-le si vous voulez, il refit fortune et refit la conquête de son ex-femme, qu'il réépousa. C'est ça, Saint-Tropez !

Mais tout ne se terminait pas toujours aussi bien. Il y avait beaucoup de suicides ou de tentatives de suicide, surtout en été. La raison en est simple : quand on est seul et sans amour, il est difficile de voir le bonheur des autres, le soleil, les plages, les nuits d'amoureux, les souvenirs heureux... Voir des femmes et des hommes beaux, riches et intelligents en bandes joyeuses accablaient certains malheureux qui se croyaient des ratés, exclus de la fête, du torrent de la vie. Et souvent, la jalousie inflige des tortures incroyables. Il faut avoir une solide armature morale et un bon environnement pour garder sa lucidité et sa stabilité dans un village comme Saint-Tropez. Les paysans, les pêcheurs des vieilles familles ont vu leurs terrains prendre une grande valeur. Ils vendaient, mais bientôt, du fait de l'augmentation de l'immobilier dans ce petit village, les enfants des pêcheurs ne trouvaient plus de logements accessibles. Alors ils allaient se loger à Cogolin, par exemple, véritable ville dortoir de Saint-Tropez, de même que La Môle maintenant.

Dans les années 60, quatre ou cinq barons dominaient le village. Je ne parle pas du Cépoun, maître de la Bravade (fête sacrée du village), du capitaine du port, du maire. Je parle d'un point de vue économique. Il y avait :

– Félix, de la plage de Tahiti, à Pampelonne, première plage à être connue mondialement. Félix, ancien gendarme motard, était un grand gaillard qui avait construit, outre une plage aux matelas orange avec deux totems tahitiens, un petit hôtel en bordure de plage, climatisé, moderne, avant tous les autres. Marie, sa femme, à la caisse, gérait l'empire. Tahiti a été la plage in du temps de Bardot ;

– Félix de l'Escale, brun aux cheveux gominés, avait créé sur le port le restaurant et le bar où il fallait venir signer vers 18 heures. On trouvait là les plus belles filles et leurs *playboys*. La soixantaine, il portait beau. Un jour, il fit une conquête tout à fait célèbre – très jolie femme. Ses amis le complimentèrent donc avec un petit bémol : il avait tout de même quelques années de plus qu'un Don Juan classique. Alors qu'un quolibet un peu plus leste que les autres lui était gentiment adressé, il rentra soudain dans son restaurant, passa derrière le bar, revint avec deux petites quilles en bois de dix centimètres de hauteur que reliait une cordelette. Avec ce matériel, il alla paisiblement sur la route devant son établissement, sur le port, dressa les deux quilles verticalement, reliées par la corde, à dix centimètres de hauteur, attira l'attention de ses amis, se mit d'un côté de la corde, sauta à pieds joints d'un saut minuscule de l'autre côté, et rentra hilare en récupérant son matériel de saut. « Voyez, les copains, je peux encore le faire ! »

– Pierrot tenait un restaurant de poisson, *Les Muscardins*, situé dans une tour du vieux port, magnifique endroit où l'on dînait face à la Méditerranée. À l'époque, on pouvait encore garer au pied de la tour sa voiture, volontiers de sport. C'était un endroit chic. La bouillabaisse était délicieuse ; la vue, magnifique ; les prix, terribles.

– *L'Hôtel de Paris* était le palace où il fallait être, à l'entrée du village, près de la plage de la bouillabaisse. Il était tenu par la famille Aubour, nettement méridionale, le père, la mère qui avaient eu une ribambelle de filles avant d'avoir enfin un garçon, gloire de la famille Aubour. Imaginez, on avait enfin un garçon et, de plus, c'était le gardien de but de foot de l'équipe de France !

Les choses en étaient là lorsque Prosper Gay Para, un Libanais qui avait un superbe hôtel au Liban, à Beyrouth, le *Byblos*, tomba lui aussi amoureux éperdu de Saint-Tropez et construisit avec amour un magnifique hôtel, le *Byblos* de Saint-Tropez. Belle architecture, très gaie, mariant des couleurs roses, rouges, jaunes autour d'une piscine féodale, c'est-à-dire aux pieds du bâtiment. Un bar et un restaurant donnent sur cette piscine et on accède au tout par une galerie marchande de magasins de luxe. En bas d'un escalier, la boîte de nuit la plus célèbre, *Les Caves.* À l'entrée, en hauteur, face à la citadelle du vieux port fortifiée, des voituriers rangent des voitures somptueuses. Et l'accueil était chaleureux, oriental, avec un style meubles damasquinés, sol en céramique, pierres millénaires Sumer sculptées.

Pourtant « Gay Para l'étranger » fut très mal reçu par les barons du cru. Le jour de l'inauguration de l'hôtel, suites magnifiques louées à prix d'or, soudain l'eau fut coupée ! Pas moyen de prendre un bain ! C'était catastrophique pour la clientèle et Gay Para fut obligé de vendre. Il ne garda qu'un splendide et minuscule bastidon dans les vignes près de Ramatuelle, l'Amourié.

La femme de Gay Para, Irène, était juive et avait vécu l'aventure du Struma, un bateau organisé pour amener des Juifs en Palestine, le 23 février 1942. Sa fille, Fabienne, était une amie. Elle s'amouracha surtout du beau François Malortigue.

Personnage de légende que Frangy. Il m'était un ami proche. On l'appelait « le Chinois », et en effet, il était né en Indochine, j'allais dire d'un mariage mixte. Jeune fonctionnaire en Indochine, chargé par l'État français d'une mission commerciale à l'exportation en France, il avait une particularité notoire, il haïssait la corruption et me racontait en riant avoir ainsi souvent repoussé des tas de billets posés sur une table et offerts en échange d'une licence d'exportation ! Son habitus était extraordinaire : très grand, mince, le cheveu court façon parachutiste, fort, il portait toujours, et surtout en ville, une robe chinoise, allait pieds nus dans ses sandales et arborait un énorme calumet, une bouffarde d'environ 50 centimètres de long dont il extirpait des nuages de fumées odorantes – je peux vous dire que, lorsque je l'invitais chez *Maxim's*, il ne passait pas inaperçu. Homme étrange, il inspirait le respect des hommes et l'attention des femmes. Sa famille possédait des immeubles à Nice, mais lui était un des rois du casino et des boîtes de nuit. Il fut même, je crois, un moment, président du Syndicat des casinos de France, mais surtout, il régnait sur une des deux boîtes de nuit de Saint-Tropez, le *Papagayo*, ayant un terrain immense sur le port, il avait au sein d'une vaste construction édifié une boîte de nuit et un restaurant, la *Bodega*. Si l'on m'avait dit que je deviendrais l'ami d'un tenancier de boîte de nuit, je ne l'aurais pas cru ! Comme d'autres sans doute, j'avais un préjugé envers les gens de ce monde, suspectant trafics, drogue, commerce de filles, que sais-je ?

Eh bien, mon ami Malortigue était sain, bon, loyal et libre. Je ne l'ai jamais entendu dire ou faire quelque chose de déplacé. Il était généreux et d'un immense bon sens. À vrai dire, depuis des années et des années, au centre de la vie de ce petit port, ayant vu passer n gouvernements et n+1 maires locaux, il était le sage reconnu et respecté de tout Saint-Tropez. Homme de ce terroir méditerranéen, il était aussi, en permanence, un homme venu d'ailleurs, le « Chinois ».

Un chirurgien, dans un tel endroit, connaît bien des secrets qu'il garde par-devers lui. Le Chinois savait plein de choses, lui aussi. Nous n'en parlions, bien sûr, jamais entre nous, par stricte déontologie. Mais souvent, sur certains sujets, nos yeux riaient ensemble. Sans rien dire, nous nous comprenions et savions que l'autre savait.

Je ne sais s'il était croyant – de ça non plus nous n'avons jamais parlé. Mais s'il y a un bon Dieu, alors Frangy Malortigue est près de lui : c'était un Juste.

Je sortais peu, ou plutôt je rentrais assez tôt, au plus tard vers 1 heure du matin, devant opérer le lendemain, alors qu'en saison les estivants se couchent très tard, vers 4 ou 5 heures du matin. Frangy, lui, surveillait son dancing jusqu'à 5 heures, se couchait quelques heures, mais compensait par une sieste. J'admirais toujours le talent qu'il avait pour réunir une jeunesse fougueuse en maîtrisant en permanence violence et débordements.

En réfléchissant, et avec le recul, il me semble que ce qu'inspire Saint-Tropez c'est **une vraie joie de vivre, de profiter de la vie, de la beauté, de l'amitié**. C'est une chance toujours renouvelée, une vraie magie, un bonheur. Pour moi, Saint-Tropez, ça faisait partie du programme de la revanche.

Un matin tôt, j'ai croisé Ghislaine, sur le port. Habillée en marin, gouailleuse, cette femme déterminée gérait seule sa boîte de nuit, transportait la recette de la nuit dans son sac, de marin lui aussi, jeté négligemment sur son épaule. Elle aurait pu se faire agresser… Mais elle n'était pas femme à avoir peur.

C'est Sylvain Floirat qui a racheté le superbe hôtel le *Byblos*. On m'a raconté qu'il se vantait de n'avoir que son certificat d'études. Des myriades de polytechniciens travaillaient pour lui. Parfois, au détour d'un exposé financier trop long de l'un d'eux, Floirat interrompait brutalement l'intervenant en disant : « Mais où est le gras ? » Interruption certes vulgaire, mais allant à l'essentiel !

Il y avait aussi le monde de la construction, de l'élaboration de villas superbes, de la promotion, les agences qui vendaient des terrains. Saint-Tropez est tout petit (environ 1 000 hectares). Souvent, quand on parle de Saint-Tropez, il s'agit en fait de Ramatuelle, commune, elle, très étendue à l'arrière de la presqu'île, avec l'immense plage de Pampelonne. Les milliardaires du monde entier retrouvaient là le goût de la compétition : la plus belle maison, la plus belle femme (pas toujours la leur), le plus beau bateau, la plus belle voiture…

J'ai énormément profité de cette période bénie, mais tout a une fin. Mon père me demanda instamment de rentrer à Paris pour l'aider (ce que je n'avais pas arrêté de faire). Abandonnant mon activité à la clinique, je repris donc mon poste à l'Assistance publique et en même temps, le développement de cliniques, d'hôpitaux et de centres médicaux en région parisienne.

L'été suivant, je retournai en voiture à Saint-Tropez pour des vacances, sans avoir retenu un hôtel – trop sûr de moi et de mes connaissances locales. Las, dans la nuit, aucun hôtel n'avait de place, tout était complet. Il était très tard dans la nuit. Ma compagne du moment avait sommeil. Dans une inspiration soudaine, j'allai à l'hôpital réveiller la vieille infirmière qui m'aimait beaucoup. « La chambre de l'interne de garde est-elle libre ?
– Oui, monsieur. Je mets tout de suite des draps ! » Et nous avons dormi merveilleusement dans cette forteresse jaune. Au matin, petit déjeuner apporté par ma fidèle infirmière.

N'empêche que j'étais vexé. On se croit un peu connu, et on reste à la porte… Pas une place d'hôtel, il fallait que je m'organise, que je réagisse. Donc, de bon matin, j'allai chez Sennequier, ce bistrot rouge sur le port, pour prendre mon café après avoir acheté les journaux. Or, en passant sur le port, sur une vitrine était affichée une offre de terrain. Je me dis : « Ça, c'est une provoc, c'est un signe ! » Et j'ai acheté le terrain dans la journée, à un prix très bas, avec permis de construire !

Et commença la construction de ma maison. Si vous voulez animer une soirée tropézienne qui démarre un peu laborieusement, mettez sur la table le sujet de la construction et de ses péripéties, succès garanti ! Et le plombier minable, et l'électricien incapable, et l'architecte ceci, etc. Ce genre de conversation à propos de travaux mal faits peut durer des heures entières avec échanges passionnés d'entreprises que nous nous indiquions : j'ai un menuisier extraordinaire…

Certes, je n'exerce plus à Saint-Tropez. Pourtant, dans cette presqu'île à la fois si opulente et si primitive par moment, le fait d'avoir un ami chirurgien peut rendre d'immenses services, par un simple examen, par un simple conseil efficace. C'est pourquoi, encore aujourd'hui, au cœur de l'été, des amis angoissés de tous les pays du monde me demandent de les aider au plan médical, en urgence.

CHAPITRE 21
Les docteurs Sigismond et Jean-Raphaël Hirsch, une équipe soudée : un déporté et un enfant caché. Construction de la Sécurité sociale, le Cosem. Vers une nouvelle proposition pour l'économie de la santé

Remarque : des récits de survivants de la Shoah, anciens déportés ou anciens déportés-résistants, on peut en trouver quelques-uns. Des témoignages d'enfants cachés, il y en a maintenant beaucoup. Mais je n'ai jamais lu, jamais trouvé le témoignage d'un père et de son fils qui racontent leur vie de cette époque, 1940-1945, face à la collaboration, à la Résistance, à la déportation pour mon père et au maquis pour moi.

Ce qu'il y a de particulier dans mon témoignage, c'est qu'il est celui d'une équipe père-fils soudée dans un même combat, lequel s'est prolongé après la Libération pendant quarante ans pour mettre en place une organisation médicale comportant la Sécurité sociale.

Il n'est de pouvoir vrai que dans une certaine continuité. Celle-ci est indispensable pour faire une œuvre valable. Pour rire, je vais citer mon maître Léon Askénazi qui nous racontait une Bible merveilleuse : lorsque trois générations **successives** et sans discontinuité sont de la qualité d'Abraham, d'Isaac et de Jacob, alors se produit une mutation et Jacob prend nom Israël ! (C'est le nouveau nom qu'on donne à Jacob après sa lutte victorieuse contre l'ange.) Rien que ça ! Trois Justes de suite et c'est la naissance d'Israël ! J'ai vraiment essayé d'être le second sur le chemin de mon père et j'ai dit que j'avais décidé de consacrer ma vie à tenter de le consoler autant qu'il était possible ici-bas. Je l'ai fait, je crois, dans toute la mesure de mes forces. J'ai calqué mon trajet sur la voie qui était la sienne :

– c'était un chef EIF, je le suis devenu,
– il était médecin, je le suis devenu aussi,
– il a été résistant, moi aussi,
– il a été un pionnier de la Sécurité sociale, je l'ai secondé en multipliant par dix son action,
– il s'intéressait à la construction : je suis devenu un spécialiste de la construction hospitalière,
– il s'est engagé pour Israël, moi aussi.

Mais s'il y a un mérite dans cette histoire, c'est totalement le sien.

J'ai été de tous ses combats depuis l'âge de neuf ans, mais par miracle je n'ai pas été déporté. Restait à trouver une femme, non seulement qui me convienne, mais qui convienne à tous les deux – mission accomplie, j'ai trouvé Anne, et j'ai donné à mon père des petits-enfants : Yaël, Michaël et Jonathan sont venus. Que fera maintenant la troisième génération, celle de mes enfants ?

Lors du sacrifice d'Isaac, Dieu ayant demandé d'immoler pour lui Isaac, son fils unique issu de Sarah, Abraham, désespéré, décide néanmoins d'obéir à l'Éternel. La Bible raconte qu'en se rendant ensemble, père et fils, sur le lieu du sacrifice, l'ombre immense du patriarche Abraham fait une **seule** tache projetée sur le sable, mais qu'au retour, l'ange ayant heureusement arrêté la main du sacrificateur, il y avait deux ombres qui cheminaient dans le désert. En effet, Isaac avait compris qu'il devait mourir et **l'avait accepté**. Alors, du fait de cette fidélité inconditionnelle, désormais il existait par lui-même et avait sa place au soleil, son ombre à lui.

J'aime cette évocation, car il me fallait être constamment aux côtés de mon père, tel un clone, et en même temps exister à part entière moi-même. Exercice difficile. Oui, une équipe soudée – il faut bien réaliser que mon père avait perdu sa femme… et qu'il avait en tête la mémoire de ma mère qu'il sublimait… et que pour ne pas faire éclater notre équipe, il me fallait trouver absolument une femme que mon père acceptât totalement. Or il était exigeant et il avait donc des critères tellement précis et nombreux que ma mission était ici quasi impossible. En fait, il était jaloux de tout ce qui approchait son fils. Pourtant, après tant d'efforts, il fallait impérativement que je réussisse ça aussi, sinon tout le reste aurait été inutile, peine perdue. Car la réponse à la tentative d'extermination de mon peuple, à la Shoah, **c'était de remettre des Juifs sur cette terre**, qui, comme je l'ai écrit en première page de ce livre, « consacrent l'échec de la Solution finale » que les nazis avaient voulu nous imposer. Il fallait, autant que faire se pouvait, donner satisfaction et apaisement et à moi et à mon père !!! Eh bien, c'est tout cela que m'a apporté Anne.

Aussi, lors de mon mariage, sous la *roupah* (dais sous lequel les Juifs se marient), au moment solennel de l'alliance et de la bénédiction millénaire du rabbin, ma main droite a saisi la main gauche de mon père à mes côtés et j'ai serré très fort pour qu'il sache que **nous continuions à rester ensemble**, que là aussi nous avions réussi, fidèles à notre passé, à ma mère, à nos morts, à tous nos ancêtres et que **nous étions prêts pour l'avenir** – que la vie continuait… sans que nous ayons fait la moindre concession.

Comme beaucoup des femmes de la famille dont j'ai parlé, aujourd'hui Anne est devenue une légende pour nous et pour nos amis. C'est une Hirsch et mon père disait en riant (pour une fois) : « Quand on a du caractère, c'est du mauvais ! »

La Sécurité sociale

Mon père a mis environ deux ans à récupérer physiquement, de 1945 à début 1948. Pendant ce temps, son centre médical resta fermé. Il était situé 63, rue de Miromesnil, dans le VIIIe arrondissement, en plein cœur de Paris. De Gaulle fit demander à mon père s'il accepterait de tester une entreprise pilote dans le domaine de la santé.

Pierre Laroque, « le Père de la Sécurité sociale » lui proposa précisément de créer un prototype de distribution de soins à la française dans ces locaux vides jusque-là depuis 1944, le collabo Dr Guérin s'étant prudemment retiré. Et comme toujours quand il s'agissait de suivre de Gaulle, mon père accepta ce challenge sans trop savoir où il allait. J'aime beaucoup évoquer le fait suivant : de Gaulle un instant dépassé en 1968 par l'insurrection de la rue, par la chienlit de Mai 68, désemparé, prend un hélicoptère et va rencontrer dans l'Est des troupes fidèles commandées par le général Massu. À la descente de l'hélicoptère, ayant déjà récupéré, il interpelle le fidèle général par cette phrase bourrue : « Alors Massu, toujours aussi con ? » Et l'autre rétorque de façon sublime : « Pour vous servir, mon général » (comme mon père !).

Dès qu'on parle de la Sécurité sociale, un homme s'impose, incontournable, **Pierre Laroque** (1907-1997). D'origine juive, entré au Conseil d'État à l'âge de vingt-deux ans, il en est exclu par les lois antisémites du 3 octobre 1940, lui, le haut fonctionnaire. Il entre en résistance à Combat, rejoint Londres en avril 1943 et en revient en 1944 avec le général de Gaulle. Dès mars 1944, le Conseil national de la Résistance (CNR) propose dans son programme « un plan complet de Sécurité sociale visant à assurer à tous les citoyens des moyens d'existence dans tous les cas où ils sont incapables de se les procurer par le travail ».

C'est Alexandre Parodi, ministre du Travail, qui l'appelle pour créer un système de protection sociale bien supérieur aux institutions d'assistance d'avant-guerre. Par l'ordonnance du 4 octobre 1945, **la maladie cesse d'être le drame sans recours des foyers ouvriers**. Les vieux travailleurs accèdent par ailleurs à des retraites honorables. Président de la Caisse nationale de Sécurité sociale, homme jeune, brillant, généreux, Laroque déclare : **« C'est une révolution que nous ferons. »** À ce moment-là, Laroque n'est pas seulement un génial technicien, c'est un apôtre ! On n'imagine pas aujourd'hui ce qu'a représenté la Sécurité sociale pour un pays ruiné, malade après la période d'occupation où tout était à reconstruire.

Ici, il s'agissait de créer **une expérience pilote**, un dispensaire médical expérimental à but non lucratif, **agréé** par le ministère de la Santé (devant donc répondre quant aux bâtiments à des normes techniques précises spécifiées dans un carnet vert édité rue Desaix) et **conventionné** par la Sécurité sociale. C'est-à-dire que pour la première fois on établissait une charte, une convention, un contrat entre la Sécurité sociale et ce dispensaire, signé de part et d'autre, avec les clauses suivantes :

– d'une part le dispensaire s'engageait à ce que tous les praticiens qui travailleraient là respectent sans aucun manque un tarif d'honoraires établi selon une nomenclature des actes médicaux, qu'il s'agisse de consultations de généralistes, de spécialistes, d'actes de radiologie, de biologie, de dentaire, de kinésithérapie, etc. ;

– qu'il accepte d'autre part de se soumettre au contrôle des médecins inspecteurs de la Sécurité sociale et plus tard, à partir de là, le système s'est généralisé à l'ensemble de la France, et en mai 1960, une convention nationale fut signée.

De son côté, la Sécurité sociale s'engageait à régler sur présentation de bordereaux les actes facturés par le dispensaire en réglant 75 % de la somme au dispensaire, les 25 % (ticket modérateur) étant payés par le malade ou tout ou partie par une mutuelle complémentaire. Comme on le sait, « tiers payant » et « ticket modérateur » sont deux mots qui se sont imposés à l'origine et qui ont gardé toute leur actualité.

Ainsi, faisant suite aux assurances sociales d'avant-guerre, **naissait un système prodigieux de couverture médicale pour tous les travailleurs en France** assurant une sécurité formidable pour tous, pour les familles, et qui a changé la vie en France en permettant en cinquante ans des progrès sanitaires fantastiques et une augmentation de vingt ans de **l'espérance moyenne de vie**. Il est surprenant de constater que les gens n'ont pas l'air de se rendre compte de ce merveilleux cadeau et que personne ne songe à dire merci. La France avait désormais et a encore aujourd'hui le meilleur système de santé du monde, le plus généreux, le plus équitable, le plus performant, **mais il coûte cher** et il va falloir s'adapter, comme je n'ai cessé de l'écrire depuis trente ans en essayant de proposer une stratégie saine et simple (il est à noter qu'on n'a jamais fait de cours d'économie de la santé aux acteurs de la santé, les médecins !). N'importe, on doit y parvenir, car ici, c'est la France merveilleuse, celle qu'on aime, qui fait mieux que tous les autres pays : quand on pense qu'elle a eu le courage de créer une **couverture médicale universelle** (CMU) donnant ainsi une protection formidable à six millions de pauvres, souvent chômeurs, et l'on s'étonne quelquefois que tout cela coûte cher...

Je ne fais pas de politique. J'observe néanmoins avec malice que la Sécurité sociale est une conquête (comme la participation) de la droite, de De Gaulle, dans l'exacte ligne de la Libération. Il s'agissait d'un nouveau départ de la France qui allait avoir bientôt une nouvelle Constitution (1958) et, après un violent effort, trente années de prospérité (les Trente Glorieuses), une nouvelle couverture médicale. À l'origine, immédiatement, ce fut un tollé. La Sécurité sociale, personne n'en voulait ! En effet :

– Les médecins et le conseil de l'Ordre y voyaient une atteinte insupportable à la liberté des honoraires. Peu leur importait que les pauvres n'aient pas d'argent pour se soigner ! Le conseil de l'Ordre des médecins menaça de radier mon père, de l'empêcher donc d'exercer ainsi que tous les médecins qui viendraient travailler au centre. Ajouterais-je que, comme il y avait plusieurs médecins juifs dans notre équipe, le bon vieil antisémitisme du conseil de l'Ordre, création de Vichy, resurgissait de surcroît. Mais mon père, qui avait déjà été radié en 1941, était vacciné. Cette fois-ci, il avait l'appui de la volonté de De Gaulle, il avait été résistant et, après sa déportation et la mort de ma mère, rien ne l'arrêtait.

– Les patrons n'en voulaient pas non plus, car ils voyaient d'un mauvais œil des charges de Sécurité sociale s'ajouter à la fiche de paye de leurs employés et préféraient importer des Arabes d'Afrique du Nord en les payant au minimum et en les logeant misérablement alors que leurs usines vieillissaient. Pendant ce temps, les Allemands reconstruisaient leurs usines rasées, devenant des concurrents redoutables.

– Plus fort encore : les salariés eux-mêmes ne voyaient pas l'immense avantage à acquérir, l'immense sécurité existentielle et rechignaient à devoir payer leur contribution sur leur paye.

Le conseil de l'Ordre appelait les médecins qui accepteraient cette convention des rouges-jaunes. Rouges, parce qu'ils étaient forcément communistes (ça n'était pas vraiment le cas), et jaunes, parce que traîtres à leur profession…

Nous étions nous aussi, bien entendu, attachés au caractère libéral de notre profession, à sa noblesse. Nous n'avions rien eu contre une structure assurant une vraie déontologie de la profession, impartialement, en respectant l'éthique. Mais le conseil de l'Ordre, à la botte de Vichy, avec ses vénérables présidents qui avaient écrit à mon père : « Vous êtes juif, donc vous n'êtes plus médecin », s'était discrédité pour toujours à nos yeux.

Quel acte aurait pu être plus antidéontologique, plus anticonfraternel, plus inhumain ? N'empêche, l'aventure était rude, passionnante, harassante : il fallait tout inventer, bâtir un système solide, pérenne, à partir de rien.

D'abord l'argent : c'était franchement drôle, car nous étions devenus les partenaires de la Sécurité sociale, de la volonté de l'État. On innovait chaque jour avec notre concours. Le matin, on convenait de payer, par exemple, 100 francs chaque acte de radiologie – va pour le Z à 100 francs. Mais à 16 heures, coup de téléphone affolé de la Sécurité sociale : « Nous souhaitons un Z à 10 francs. – Impossible, répondions-nous, on va faire faillite… – Alors que diriez-vous de 40 francs ? – On va essayer, ça doit marcher… »

Et ainsi de suite pour les B de laboratoire, les D du dentaire, les C des généralistes, les CS des spécialistes, les K de kinésithérapie ! Peu à peu, bien sûr, les choses se sont stabilisées raisonnablement. Nous étions en train de créer un monde ; nous, privés, rodions un système de santé publique qui allait coûter des milliards de francs par an, un coût qui allait dépasser le budget de l'État et augmenter chaque année de 5 %, de 7 %, **mais** aussi transformer la vie de tous les Français. Ah ! « le trou de la Sécurité sociale » ! Tant qu'on a eu une croissance forte, aucun problème, mais après… Eh bien, nous avons réussi ! Lecteur qui me lis, à un moment ou à un autre, tu as bénéficié de ce système inouï : la Sécurité sociale.

Quel effort ! Il a fallu faire des travaux sans arrêt. Il a fallu s'adapter aux progrès rapides de la médecine. Il a fallu créer l'informatique médicale. Nous sommes devenus les partenaires respectés de la Sécurité sociale avec laquelle nous travaillions en toute confiance. Il a fallu trouver de bons médecins titrés qui acceptent la convention – au début, ça n'était pas évident. De plus, jeune patron, j'ai dû tout apprendre de la gestion d'une entreprise, du droit en général et du droit du travail en particulier, la comptabilité, l'informatique, enfin, tout, en plus de la médecine qui évoluait à toute allure.

Je vais faire une digression. Quand mon père est revenu de déportation, outre nos morts, nous avions tout perdu ; il est « reparti de zéro » comme il disait, et pour la deuxième fois (la première en 1933, l'autre en 1948). Dès que mon père a réuni quelque argent avec ses consultations, il est allé chez le notaire avec moi (il m'avait fait majorer) et a mis tout l'argent à mon nom. « Docteur, lui dit le notaire, ne vous dépouillez donc pas de votre vivant en faveur de votre fils, imaginez qu'il tourne mal, imaginez qu'il épouse une femme épouvantable ! – Monsieur le notaire, répondit mon père, de là d'où je reviens, si mon fils me déçoit, plus rien n'aura d'importance, faites donc ce que je vous dis. » Noblesse oblige : en agissant ainsi, mon père me contraignait moralement à me conduire bien en retour.

Cela pour dire que nous avons été des partenaires totalement loyaux vis-à-vis de la Sécurité sociale. Mon père n'était pas revenu d'Auschwitz pour devenir un aigrefin ou quelqu'un qui transige le moins du monde avec l'honnêteté. L'argent pour l'argent ne nous intéressait pas, mais l'argent pour la puissance, pour la revanche, oui. Théocrite a écrit : « Il faut mettre en tout une douce intransigeance. » C'était notre style.

Aussi la Sécurité sociale est-elle devenue pour nous, avec le sionisme, avec la Résistance, avec une certaine idée de la médecine et de l'homme, un idéal quotidien, un rêve à réaliser. **Cette loyauté sans concession, je dois dire que les fonctionnaires de la Sécurité sociale l'ont perçue** : quand ils venaient nous contrôler, vous serez étonnés d'apprendre que c'était un plaisir partagé, car ils venaient pour conforter le système, pour qu'il devienne viable et pérenne, pour le conforter et non pour critiquer, pour aller de l'avant, et ayant établi des bases pour le généraliser, nous étions le prototype. Ils donnaient le centre Miromesnil comme référence et ensemble, eux et nous, peu à peu, nous avons développé un modèle dont nous étions fiers. Nous avons ainsi créé quatre dispensaires dans Paris : Miromesnil, Atlas, Rome, Aide médicale, et, en 1997, le Cosem (coordination des œuvres sociales et médicales) est devenu le centre médical le plus important de France, soignant un million de Français par an, en ambulatoire, groupant 400 médecins dont 250 chefs de clinique à temps partiel, 10 agrégés et par ailleurs, 60 dentistes. Nous recevions 3 000 appels téléphoniques par jour.

Et ce système apprécié s'est développé dans toute la France, submergeant tous les préjugés. On se souvient du slogan « Touche pas à ma Sécu ». En 1981, quelques mois avant l'élection de François Mitterrand, Carole Barjon écrivait sur quatre pages dans *Le Nouvel Observateur*, à propos du centre Miromesnil : « Vous voyez bien qu'on peut soigner à pleine égalité les riches et les pauvres dans un dispensaire conventionné par la Sécurité sociale en plein cœur de Paris, avec du marbre par terre, un centre chic pour tous, avec de bons médecins titrés, ce qui prouve qu'avec les tarifs conventionnés on peut s'en tirer. » C'était vite dit, mais vrai, à condition de travailler comme des brutes, de gérer avec une poigne de fer. C'était possible – c'était dur, ça demandait un investissement personnel de direction exténuant. Nous n'avions pas de secret de gestion, mais là où les autres employaient deux personnes ou trois, j'en mettais une, mais très bien payée et totalement dévouée, performante, encadrée, motivée.

On faisait la guerre à la maladie avec une petite armée de métier, à la Bigeard, en se faisant peur, en investissant sans cesse dans les meilleures machines, en faisant des travaux presque sous les pieds des malades, à toute vitesse. Oui, les autres nous copiaient, qu'importe, nous avancions toujours pour rester les premiers, en innovant. Pour résister au choc du futur (Alvin Toffler), on assimilait la technologie de demain. Et en agissant ainsi, nous avions l'ambition d'en appeler de l'opprobre qui s'attache au mot « dispensaire », un mot dont nous étions fiers.

Mon père, d'abord un peu effrayé par mes audaces et notre découvert en banque, me laissait de plus en plus la direction de l'ensemble – mais on a fini par rembourser les banques. Je le tenais au courant de tout bien évidemment, à chaque stade, et son intelligence, sa créativité, son humanisme, son bon sens m'enchantaient toujours – et aussi sa confiance, son courage.

Dans son programme socialo-communiste, celui du front commun de la gauche de 1981, Mitterrand avait énoncé 110 propositions. L'une d'elles promettait de développer les « centres de santé intégrés ». Je n'ai jamais compris ce que voulait dire ce vocable. Mais, chic ! me suis-je dit, on va enfin nous rendre justice à nous, dispensaires, on va nous aider, peut-être ? Pour le coup, mon père et moi, gaullistes, on avait construit une médecine sociale !!! Serions-nous devenus socialistes en matière de médecine sans le savoir ? Las ! Pendant tout son mandat, Mitterrand n'a strictement rien fait pour les dispensaires... (Pas plus d'ailleurs qu'il n'a tenu son engagement de supprimer le conseil de l'Ordre.) Qu'importe, « rien n'arrêtera le développement de la Sécurité sociale », disait mon père. Il avait là encore raison. Mais il convient d'en maîtriser le coût. Nous avions et avons toujours les recettes pour une santé performante et moins chère, mais le système public de fonctionnaires orgueilleux ne nous a jamais demandé conseil une fois la machine lancée. J'ai publié, vers 1990-1995, dans *Cosem Informations*, une bonne partie de ces recettes. Je les résume ici très brièvement, car ce n'est pas l'objet de ce livre.

Notre projet, outre la généralisation du système qui aujourd'hui est un fait acquis, consistait à réaliser un prototype de distribution de soins « à la française », en utilisant toutes les technologies modernes, en introduisant partout au maximum l'informatique : saisie des données du malade, dossier unique, etc.

A. Développer à outrance une **médecine ambulatoire** comme le sont nos dispensaires qui fonctionnent toujours et dont le concept n'a pas pris une ride.

– Faire la guerre à la maladie comme une troupe de parachutistes, légère, mobile, efficace, en gardant le malade chez lui (comme il faut garder les gens âgés chez eux tant qu'on le peut) et donc, éviter les hospitalisations inutiles, coûteuses comme parfois celles que l'on observe à l'Assistance publique, sans méconnaître aussi lorsqu'elle est indispensable son extraordinaire qualité et la source magnifique d'enseignement qu'elle représente.

– Faire la guerre à la maladie avec des troupes de choc aguerries, des médecins les meilleurs possible, titrés, volontiers chefs de clinique à la faculté, avec leur immense

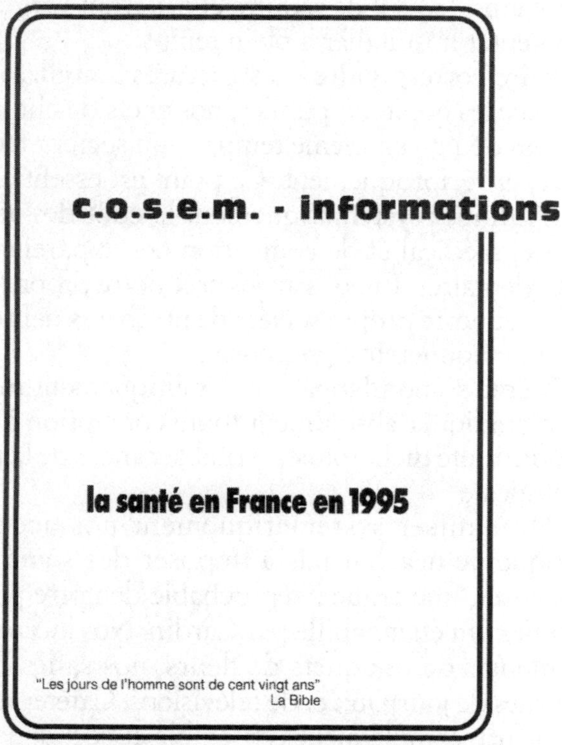

Plaquette Cosem Informations, 1995, n° 23 :
« Formation permanente de l'équipe médicale ».

expérience hospitalière si utile en ville. Et enfin, développer au maximum la chirurgie ambulatoire.

– Coopter des médecins salariés vacataires à temps partiel selon les contrats que nous avons établis et que le conseil de l'Ordre a dû valider – qui tournent aujourd'hui encore – pour qu'ils viennent avec trois vacations (quatre, peut-être) par semaine gagner de l'argent pour débuter et en profiter pour s'installer en ville à leur compte. Ainsi était préservée la médecine libérale. Ces médecins garderont ainsi le goût de séduire et éviteront l'orgueil idiot du potentat hospitalier à plein temps.

– Faire correspondre les structures ambulatoires privées avec les hôpitaux publics, nos chefs de clinique animant les deux – en même temps –, un secteur fécondant l'autre, et réciproquement. Ce point est essentiel.

– Diminuer systématiquement le coût des achats de matériel médical et de confection des appareils de prothèses dentaires. Et nous avons créé notre propre centrale d'achat et notre propre société de prothèses dentaires (ici dans une honnêteté rigoureuse).

– Même si mon langage est politiquement incorrect, il faut éradiquer absolument toute corruption à tous les niveaux, toute dichotomie, véritable cancer de la pratique chirurgicale.

– Humaniser systématiquement nos accueils : à l'époque, je m'acharnais à imposer des standardistes délicieuses, une tenue irréprochable de notre personnel infirmier qui était habillé par Cardin. Nos locaux étaient agrémentés de bouquets de fleurs, nos salles d'attente pourvues de journaux et de télévisions. Cafétéria et salon de coiffure complétaient l'ensemble et ceci dans un dispensaire ! On voit ça aujourd'hui réalisé à l'Hôpital Américain de Neuilly, mais le prix n'est pas le même.

– Avec un dogme clair : on fait l'impossible pour recevoir tous les malades immédiatement. Si l'on y parvient, les clients sont satisfaits et le succès assuré. En effet, les clients partaient avec leurs radiographies ou leurs échographies immédiatement interprétées par des chefs de clinique compétents ; vite et bien, nous essayions de prendre dans la mesure du possible les malades immédiatement, en leur évitant toute attente.

– Grâce à une puissance d'accueil considérable, nous avions ainsi, par exemple, 12 gynécologues en synchrone six jours sur sept, et nous apprêtions à ouvrir **le dimanche**

et la nuit. Déjà quel succès, quel service rendu en restant ouverts le samedi après-midi !

B. À côté de l'ambulatoire, nous avons construit, pour expérimenter une **hospitalisation privée**, deux grandes cliniques qui sont devenues en fait deux hôpitaux privés : l'hôpital Jacques-Cartier à Massy (Essonne) en 1971 et le centre obstétrico-médico-chirurgical à Trappes (Yvelines) en 1975 – structures de 300 lits avec, à Trappes, deux tours de 140 logements pour loger le personnel de l'hôpital.

C. L'intérêt de cette approche globale a été une force de frappe avec une **formation permanente continue** des praticiens, avec publication mensuelle d'un *Cosem Informations*, dans lequel l'un de nos jeunes chefs de clinique prenait la responsabilité d'un article, par exemple « Diagnostic des tumeurs du sein au stade infraclinique ». Nous faisions aussi de nombreux staffs avec tous les médecins sur des questions médicales en évolution, dans une approche pluridisciplinaire des pathologies, la tenue informatique du dossier médical, l'établissement d'une carte plastique pour chaque patient. En 1960-1970, c'était vraiment nouveau. Est survenue l'informatique. Nous avons été pilotes pour mettre en place l'informatique de la Sécurité sociale dans tous les domaines de l'activité médicale publique et privée.

D. **Nous avons développé énormément le dentaire** qui en France à l'époque était resté très en arrière, très rudimentaire, en particulier dans les dispensaires. Je rappelle que jusqu'en 1968, les études dentaires étaient payantes pour les étudiants et qu'il a fallu attendre cette date pour que les dentistes fassent une thèse comme les médecins, fassent eux aussi des publications et de la recherche. Il a fallu attendre M. Leibowitch pour se persuader de l'importance de prises d'empreintes précises pour parvenir à une reconstitution dentaire parfaite. On a sans doute oublié qu'avant-guerre on parlait de « mécaniciens dentistes » et que c'est plus tard que se sont individualisés les dentistes d'une part et les prothésistes d'autre part. Restait à savoir qui commande qui et la solution bien sûr réside dans un travail d'équipe. En ces temps anciens, il n'y avait pas d'observation, les connaissances médicales des dentistes étaient très faibles, quant au patient, on se souvient combien il avait peur de la douleur et de la fausse assurance donnée par les praticiens, d'où l'adage « Mentir comme un arracheur de dents ». Nous avons donc essayé de calquer l'approche dentaire à notre pratique médicale générale, en faisant :

– Une étude clinique complète du malade, avec constitution d'une observation médicale.

– Un bilan paraclinique avec demande d'examens complémentaires si nécessaire.

– Un bilan radiologique. Et là, nous avons vraiment innové en dépassant la vieille radiographie dentaire unitaire irradiant au maximum et le malade par un temps de pose très long, sa thyroïde, et même le dentiste qui se tenait sur le pas de la porte !

– En routine des panoramiques dentaires, une pratique des longs cônes avec pose d'une collerette cervicale protectrice plombée et alors l'Assistance publique s'est mise à travailler avec nous massivement dans ce domaine. Le service de stomatologie de la Pitié nous envoyait tous ses longs cônes avec une observation médicale, et nous étions très fiers, comblés par cette marque d'estime et par ce travail d'équipe. Ensuite est venue bien sûr la visiographie, etc.

– En cas de suspicion clinique, notre nouveau dentiste performant était très à l'aise au sein de notre **équipe** pour demander l'avis d'un cardiologue ou d'un autre spécialiste.

– Enfin, le chirurgien qui avait construit des hôpitaux n'a pas manqué de construire là aussi un vrai bloc de stérilisation pour les instruments dentaires désormais dans des packs stériles avec un pack par patient et vous imaginez combien nous avons été rassurés grâce à notre stérilisation lorsque nous est tombée dessus, vers 1984, la révélation de cette maladie qu'est le sida.

– Et puis, on n'arrête pas le progrès, se sont individualisées certes l'orthodontie pour les enfants, mais encore une endodontie minutieuse et aussi une parodontie avec chirurgie parodontale, et nous avons été le premier dispensaire à pratiquer des implants dérivés de la technique de Branemark, à des prix raisonnables. L'implant est un progrès tout à fait décisif.

Si j'ai insisté sur ce paragraphe dentaire, c'était pour démontrer qu'un dispensaire exigeant peut devenir à beaucoup d'égards supérieur à certaines pratiques de villes. La Sécurité sociale remboursait les soins dans les conditions habituelles, mais non pas tout le hors nomenclature et s'agissant de prothèse, d'auro-céramique, nous pratiquions les prix les plus compétitifs possible, bien inférieurs aux tarifs de ville, et je pense avec une qualité en moyenne égale, d'autant que nous avions notre propre unité de prothèse dentaire. J'ai acquis ainsi, progressivement, sur le terrain et dans les livres, de solides notions **sur l'économie de la santé** et j'ai essayé de faire des réunions médicales et dentaires pour nos praticiens afin qu'ils ne restent pas des prescripteurs non instruits des coûts induits par leur pratique quotidienne, qu'ils ne restent pas des prescripteurs irresponsables. Plus tard, en tant que vice-président d'AGIPI, Assurance partenaire d'AXA,

Claude Bébéar me fit admettre à l'institut Montaigne, section santé bien entendu, et nous avons publié un opuscule intitulé *L'Hôpital de demain*.

Ainsi, aux côtés de mon père et avec lui, j'ai participé de 1950 à 1997 à une expérience globale passionnante, à l'évolution et aux progrès extraordinaires d'une médecine moderne en France.

Par ailleurs, et parmi les premiers en France, le Dr Sigismond Hirsch avait développé dès 1937 la médecine du travail en s'appuyant sur une compagnie d'assurances. Pour montrer l'évolution des choses, il faut savoir qu'un médecin généraliste pouvait acquérir la qualification de médecine du travail dans les années 1960 en trois mois alors que, aujourd'hui, il faut trois ans !

Enfin, s'agissant des déportés, nous avons étudié avec le Dr Raphaël Ellenbogen (camarade de déportation de mon père) et le Pr Gabriel Richet la **pathologie de la déportation** ; un livre existe.

Nous avons participé à la mise en place des fameux articles 115 qui permettent aux invalides de guerre d'avoir accès à des soins gratuits selon un carnet à souche et les déportés et invalides de guerre ont pu bénéficier de l'établissement de leurs pensions par l'État, sources pour eux d'un paiement d'argent mensuel. Je les accompagnais bien sûr gratuitement à Bercy pour les aider à comparaître devant des médecins militaires qui fixaient la gravité de leur handicap. Il y a des structures similaires dans tous les départements français.

Nous avons constitué au centre Miromesnil **un service spécial pour l'accueil et les soins aux déportés**. En fait,

Jean-Raphaël Hirsch, médecin-directeur du Cosem.
Direction générale, 6, avenue de Messine, 75008, Paris, 1996.

nous étions devenus (entre autres) le dispensaire le plus important de Paris pour l'accueil des anciens déportés qui se sentaient chez nous en famille.

Conclusion : parfois, quand on entend un peu trop calomnier la Sécurité sociale, qui bien sûr doit être maîtrisée, mais est irréversible dans ce pays, je récapitule les services immenses qu'elle rend à tous les Français. Non seulement elle leur permet de se soigner dans des conditions matérielles extraordinaires, non seulement elle les rassure en permanence quant à leur possibilité d'accéder à des soins et pour eux et pour leur famille, mais de surcroît elle remet des Français au travail, force de frappe de la nation. En 2013, on ne peut que constater la formidable augmentation de l'espérance de vie moyenne d'environ quatre-vingt-quatre ans pour la femme et, fait extraordinaire, cette espérance augmente de trois mois tous les ans ! De plus, il s'agit d'une vie en bonne forme, le plus souvent, et on a constaté la disparition des bossus, des boiteux. Il faut lire à ce propos *La Génération inoxydable*[1] de Michel Cicurel. Aussi, et on le sait moins, grâce à la Sécurité sociale, bien des drames sont évités, en particulier la nuit, parce que dans une banlieue violente et malheureuse une infirmière en blanc, héroïque, accueille au service porte de l'hôpital ou de la clinique un désespéré et calme un excité, un drogué, un fanatique. Ainsi la Sécurité sociale joue-t-elle le rôle d'un amortisseur social. Quant au coût, il faudra bien que les Français fassent un jour des choix : la voiture ou la vie ? et arbitrer peut-être pour une voiture plus modeste, pour des dépenses non indispensables moindres… Il faudra arbitrer les choix de la Sécurité sociale comme on arbitre un portefeuille, des actions, des obligations, en fonction de l'intérêt essentiel de chacun. À propos, combien vaut la vie ? Je me suis toujours demandé si ma démarche était juste et mes concepts exacts en médecine et ceci au fil du temps. Alors, par exemple, pour vérifier quelques notions, vers 1995, j'ai repris un poste de chirurgien à l'Assistance publique, comme chirurgien attaché à l'Hôtel-Dieu, aux urgences, service piloté par un praticien hospitalier, Espinoza : j'ai été vite renseigné. Dans ce service d'accueil magnifiquement situé au cœur de Paris, à côté du parvis de Notre-Dame, j'ai été stupéfait de voir que l'on accueillait souvent de toutes petites urgences, de petites blessures superficielles, de la « bobologie » qu'on aurait pu très facilement traiter en ville sans mobiliser à grands frais la puissante Assistance publique pour si peu.

1. Michel Cicurel, *La Génération inoxydable*, Paris, Grasset, 1989.

Le comble, c'est que l'attente y était interminable, l'accueil, peu aimable par des jeunes absolument pas encadrés. Bref, j'ai constaté une très mauvaise organisation de ce service public qui coûtait très cher, très en rapport avec un orgueil sans bornes de certains responsables de services, j'allais dire de certains irresponsables de certains services. De façon exceptionnelle et surtout la nuit, ce service d'urgence reprenait sa raison d'être. On sait qu'il y a à l'Hôtel-Dieu, par exemple, un secteur d'hospitalisation d'urgence pour les criminels dangereux qui sont gardés par des agents en armes salle Cusco.

L'ancien que j'étais devenu était effrayé par le manque de respect du personnel infirmier pour les médecins du service, dépouillés de leur autorité, et par le coût d'une telle médecine. Mais peut-être étais-je démodé... et ne parle-t-on pas de fermer un service ou la totalité de cet hôpital ?

Il y a heureusement encore des grands patrons qui maintiennent la qualité de leur service, mais au prix d'un engagement total de leur part. Alors, et dans ces cas, l'hospitalisation publique redevient une merveilleuse machine à soigner et aussi, il ne faut jamais l'oublier, à enseigner. De plus, il faut évoluer en permanence en fonction du progrès et en surmontant toutes sortes de difficultés :

a/ les conflits directeur d'hôpital-médecin chef de service,
b/ la difficulté permanente de la gestion du personnel,
c/ le respect d'une enveloppe financière contraignante,
d/ la qualité des médecins français et étrangers et leur formation,
e/ l'excellence du service à maintenir à tout instant, grâce au « patron ».

On oppose souvent hospitalisation publique et hospitalisation privée (qualités, coût réciproques, services rendus). Plutôt que d'opposer les deux secteurs, il faudrait avec sagesse essayer de les faire fonctionner de façon complémentaire sans jeter l'anathème sur l'un ou l'autre secteur. C'est tout à fait possible et c'est la grandeur des patrons de ne pas abdiquer.

En fait, énormément de choses dépendent souvent d'un seul homme. On l'a bien vu avec de Gaulle, avec Churchill, mais c'est toujours un peu pareil, qu'il s'agisse d'un chef de service hospitalier, du patron d'une entreprise ou d'un homme politique en situation. Ainsi, on sait que Mandel, juif, a été fusillé par les Allemands. Avant-guerre, il avait réorganisé la Poste qui était en pleine pagaille, à tel point qu'après ce ministre, lorsqu'un ami vous disait : « Je t'ai envoyé une carte postale de vacances », si on n'avait rien reçu, on savait qu'il mentait. Qui sera – et il y a urgence – enfin le grand, le ferme réorganisateur de l'hospitalisation publique, le Mandel de la santé, s'imposant à tous, aux politiques, aux administrateurs, aux syndicats, aux médecins ? De Gaulle, avec Laroque et Hirsch, ont structuré une Sécurité sociale, Badinter a fait supprimer la peine de mort, Simone Veil a rendu possible l'avortement légal à l'hôpital dans certaines conditions. Qui permettra à la Sécurité sociale de rester cette merveilleuse conquête des Français ?

Je remarque aujourd'hui, en ce début 2013, devant la désertification médicale de certaines régions que j'avais annoncée il y a vingt-cinq ans et qui est devenue très préoccupante dans le pays, que les idées que nous défendions à l'époque se trouvent absolument confirmées. De fait, le gouvernement se demande enfin si, peut-être, en aidant les centres de santé conventionnés, que nous souhaitions généraliser à l'époque, on n'obtiendrait pas de très bons résultats. De même que nous prônions une médecine de groupe techniquement efficace et moderne, en créant un environnement intellectuel et financier agréable pour les jeunes médecins, le gouvernement se demande en 2013 si on ne pourrait pas arriver à motiver des jeunes médecins pour qu'ils pratiquent en province, dans tout le pays, une médecine contemporaine correcte bonne pour la France… intéressante, formatrice, et efficace au moindre coût, comme si on repensait après nous, les Hirsch, aux « centres de santé intégrés » du bon vieux temps où François Mitterrand en parlait dans son programme de 1981 !

J'avais décidé de m'arrêter exactement à l'âge de soixante-cinq ans et de prendre ma retraite en me consacrant à des choses nouvelles. Aussi, je suis parti totalement, brutalement presque, du Cosem, où j'ai travaillé quarante ans, après avoir bien entendu averti deux ans auparavant de la date de mon départ. J'ai fait en sorte que tout continue après moi, mais comme je voulais prendre ma retraite, il fallait que mon arrêt d'activité soit total. L'autorité, comme l'éthique, ne se partage pas. En effet, je ne souhaitais pas continuer à avoir une quelconque responsabilité dans un domaine aussi sensible que le médical que je ne maîtriserais plus totalement chaque jour. J'ai donc interrompu chirurgicalement et définitivement mon activité au Cosem, je pense, mission remplie. En agissant ainsi, je suis fidèle à l'enseignement de mon maître Iselin, qui m'a appris qu'en chirurgie il fallait couper ou ne pas couper, mais en tout cas ne pas faire les choses à moitié, *ne pas faire de simulacre.* Aussi, depuis 1997, je n'ai jamais remis les pieds au Cosem que nous avions bâti de A à Z, mon père et moi (concept et réalisation totale de 1954 à 1997, jusqu'à l'obtention d'un système opérationnel). Peut-être que, plus tard, des usurpateurs essayeront de se parer des plumes du paon, de tirer gloire de ce qui

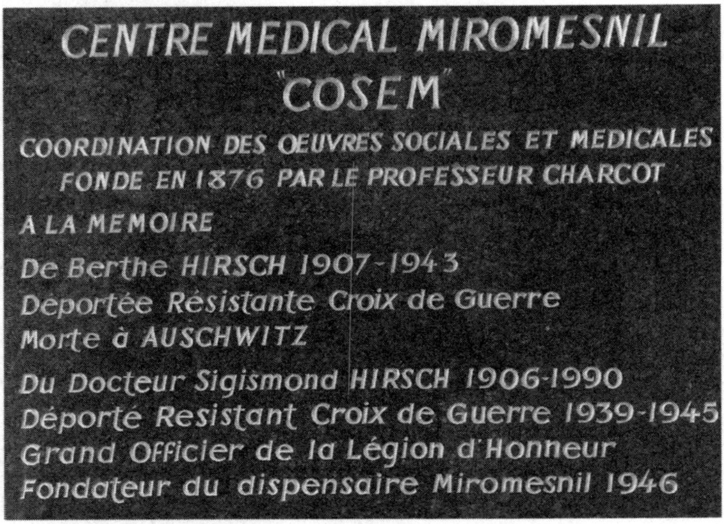

a été construit, mais peu importe ! Ce que mon père et moi souhaitions, c'était soigner tous les malades dans les meilleures conditions possible et ça a été une très grande satisfaction que d'y parvenir, ce qui a été reconnu : dans le hall d'entrée du centre médical, sur une plaque de granit brune, en lettres d'or sont inscrites les actions de Sigismond Hirsch et de Berthe Hirsch.

J'ai parlé de l'outil de travail construit, d'un concept médical moderne, mais il convenait aussi qu'il puisse fonctionner dans un réceptacle adéquat.

*

Toujours soudés, nous nous sommes mis à construire des hôpitaux et des centres médicaux. Vers 1965, nous étions une équipe de chirurgie en salle de garde et souvent, jeunes internes, nous pestions pour des motifs multiples, parce que les locaux dans lesquels nous devions travailler n'étaient pas fonctionnels (ainsi les salles d'opération étaient trop petites, les locaux des urgences inadaptés, vieux, etc.). De guerre lasse, un jour, je dis à mes camarades : « Écoutez, les architectes ne connaissent rien à la médecine, à nos besoins, et nous médecins, nous ne connaissons rien à l'architecture. De plus, nous sommes dans un monde trop vieux pour nous. Alors cessons de nous lamenter et créons un groupe d'étude qui va se lancer dans la construction d'hôpitaux modernes, de cliniques performantes et de centres médicaux top niveau. Nous allons demander à nos collègues de toutes les disciplines, cardio, gynéco, etc. de donner leurs contraintes et tous ensemble avec les architectes nous allons construire l'hôpital de demain » (c'est le titre que bien des années après nous avons repris à l'Institut Montaigne où je fais partie de la commission Santé).

Ce qui fut fait. C'est ainsi que je suis devenu conseiller technique de la Société auxiliaire d'entreprise, la SAE, qui était le plus grand constructeur en France à l'époque, devant Bouygues, et qui est devenue le groupe Eiffage avec le président Roverato. Nous avons beaucoup travaillé et avons abouti à des plans modernes. Nous avons construit des cliniques plus importantes qu'avant, d'environ 250 lits, et en revanche des hôpitaux plus petits qu'avant, pour qu'ils gardent une dimension humaine, environ 400 lits. Tout a été fait pour créer des locaux fonctionnels avec un espace-temps idéal. Et nous avons industrialisé la construction hospitalière au maximum pour construire au meilleur coût, avec le meilleur rapport prix/prestation. Certes nous avons eu des déboires : ainsi quand nous avons construit à Reims pour la première fois une clinique avec des modules préfabriqués, à la première pluie les joints n'étaient pas étanches et nous étions humiliés ! Mais quelle fierté de voir la construction s'industrialiser, de voir la grue sur le chantier ajouter chambre après chambre d'un seul bloc. Autre échec, dans les années soixante, nous mettions le ferraillage trop en surface et les façades éclataient. Qu'importe, c'était toujours la même démarche : peu à peu nous avancions et on devenait les meilleurs du marché. Nos bureaux d'étude excellents nous permettaient de rêver à diminuer le coût de revient de la santé en France et nous y sommes parvenus, au moins dans ce domaine. Bientôt, de puissants partenaires se sont intéressés à notre action, comme la Générale de Santé, branche de la Générale des Eaux. On achetait des terrains, on demandait des autorisations de lits avec tantôt succès tantôt échec. Nous connaissions la carte sanitaire par cœur, on construisait souvent pour des clients, parfois pour nous. J'ai gardé l'hôpital Jacques-Cartier à Massy et l'hôpital de Trappes où ont été ajoutées à l'hôpital privé deux tours de 140 logements pour le personnel. Si je n'avais pas choisi la chirurgie, j'aurais certainement opté pour l'architecture ou pour l'agronomie, parce que dans ces trois merveilleux métiers on voit se réaliser de façon concrète des rêves passionnants : guérir, construire, récolter. On me demandait même d'étudier des plans pour l'étranger… Et quel était mon plaisir d'opérer dans mon hôpital privé, dont je connaissais chaque centimètre carré pour l'avoir construit, avec mon équipe, ma panseuse préférée, mon anesthésiste, enfin mon environnement choisi.

C'est ainsi que mes trois enfants sont nés « chez nous », à l'hôpital de Massy. À chaque naissance, la directrice, par souci de perfection, faisait repeindre à neuf une chambre, et si par hasard ma femme ne mangeait pas un plat, grande était l'inquiétude et il nous fallait rassurer tout le monde ! À l'hôpital de Trappes, symboliquement, j'ai pratiqué la première appendicectomie lors de l'ouverture de l'hôpital, un peu comme on lance un bateau, avec une bouteille de champagne !

Et puis nous nous sommes mis à construire aussi des centres médicaux ambulatoires, et j'ai déjà parlé du centre Miromesnil Cosem à Paris.

Hôpital de Massy.

Hôpital de Trappes.

CHAPITRE 22
Le pardon et l'existence de Dieu

« Dès que le premier Juif apparaît, apparaît avec lui, comme un étranger qui lui ressemble, comme un alibi qui **s'attache à ses pas, le premier antisémite. Ce sont deux histoires parallèles, au point que, pour faire l'histoire des Juifs, certains historiens préfèrent faire l'histoire de l'antisémitisme, c'est peut-être d'un accès plus immédiat** », Manitou.

Qui a survécu au nazisme et a échappé à la Shoah est hanté tous les jours par la question : pourquoi ai-je été épargné, pourquoi moi ? On pense au sort effroyable de son peuple et en particulier au sort de sa famille disparue – je pense très souvent à ma mère et je sais que mon père y pensait en permanence – et on culpabilise…

« Tu vois, me dit soudain un jour mon père, j'ai voulu faire le matamore, j'ai entraîné ta mère dans la Résistance et elle en est morte. – Papa, lui répondis-je immédiatement, tu as fait ton travail, c'est moi qui te le dis. » On refait le film, tout ce qu'il aurait fallu faire et ne pas faire.

C'est vrai qu'il aurait pu emmener ma mère en toute sécurité au Maroc en 1940 rejoindre sa sœur Marthe, à Port-Lyautey, **et attendre la fin de la guerre comme beaucoup ont fait**, en toute tranquillité, ou aller en Amérique comme un certain nombre de notables… Mais non, **le chef EIF a voulu « faire »** (tout son idéal l'obligeait, tous les héros de l'histoire juive dont il était nourri marchaient à ses côtés : Abraham, Isaac, Jacob, Joseph, David, Jonathan, fils de Saül, Gédéon, Samson, les macchabées, Trumpeldor, Bar-Kokhba…). Juif hongrois d'une culture immense, chef de troupe EIF, il s'était trouvé confronté à une situation incroyable où il fallait inventer sa vie et veiller à la survie des autres. Ceci impliquait l'engagement absolu.

Culpabiliser ? Oh oui ! Je reviens si souvent au moment où, revenant à la maison à Saint-Michel, au-dessus du village d'Auvillar, le matin, je suis intercepté par l'un des nôtres, Pierrot Bruel, qui me dit que mon père me donne l'ordre de ne pas rentrer et de me cacher. J'enrage d'avoir obéi au lieu de rassembler quelques-uns de nos gars pour tomber sur les gens de la Gestapo. Je n'ai pas su faire une analyse claire de la situation et au moins tenter la chance, car, je l'ai dit plus haut, enfant, j'assumais des fonctions d'homme, et sans doute nos gars m'auraient-ils obéi du fait que j'étais le fils de Djigo et qu'ils avaient l'habitude que je leur transmettre des ordres de mon père. Ainsi, pour toutes sortes de raisons, comme beaucoup de mes camarades enfants cachés, je suis en quelque sorte **hanté**, et puis, par ailleurs, il faut bien vivre le quotidien. Cependant, du fait de ruminations diverses de ce type, certains ont renoncé et ont préféré se suicider. Quand on ne le fait pas, on véhicule culpabilité, haine, solitude, état d'infériorité, et c'est dur, la vie d'un enfant caché. Certes on essaie de réagir, de faire surface, de se faire une situation, de vivre une vie normale. On essaie de prouver qu'on vaut bien les autres, c'est la fameuse « résilience » de Boris Cyrulnik.

Mais quand j'avais ma mère, je n'avais rien à prouver à personne. J'étais un enfant comme tous les autres avant ces événements, et sa tendresse me suffisait, complémentaire de la sécurité offerte par mon père. Plus tard, en réaction, je l'avoue, j'ai eu envie moi aussi de faire « le matamore », de faire des études, des concours, d'en faire toujours plus, de gagner beaucoup d'argent, de construire des maisons à ma manière, des hôpitaux, d'épater le bourgeois, de m'afficher avec de belles filles ou de parader avec des voitures sport. Vaines et prétentieuses réactions, ce dont j'étais parfaitement conscient. Mais comme l'humour, c'était la politesse du désespoir.

Au fond de moi, humble, misérable, je restais un enfant à jamais blessé, condamné à paraître.

Comme un oiseau tombé du nid a beaucoup de peine à refaire un nid, j'essayais maladroitement de faire mon chemin. Alors, avec tous ces tourments, le pardon ? Pour pardonner tout cela, éventuellement, et d'abord, **il faut être vivant**. C'est ainsi que 6 millions de Juifs morts assassinés sont à jamais dans l'impossibilité de pardonner. Pour eux, rien n'existe plus pour toujours, il n'est pas question de pardon. L'éternité est un moment sans fin, sans rien, à moins de croire. Et qui serions-nous pour accorder un pardon au nom de nos morts ? Mais le pardon des survivants (nous et nos enfants) ?

Léon Askénazi, mon rabbin vénéré, dont j'ai suivi l'enseignement pendant trente ans, a une approche de la culpabilité et du pardon extraordinaire[1] :

> « Cette énorme catastrophe qui n'a pas fini d'avoir des conséquences, puisque l'humanité entière s'est abreuvée à cet événement, nous atteint encore, nous et tous les hommes sous des formes plus ou moins détournées. Je suppose qu'on n'a pas osé le dire, mais c'est ainsi que la question se pose : il s'agit de pardonner à Dieu lui-même. **La Shoah n'est pas qu'une histoire juive : c'est une histoire universelle**.
>
> Comment concevoir que le monde créé soit un monde où une chose pareille est possible ? Très probablement, une bonne partie de ce que l'on appelle l'athéisme contemporain des Juifs a là son enracinement. **Faut-il pardonner à Dieu ? Israël est-il coupable ?**
>
> – Les Juifs, en quittant l'Espagne sous Isabelle la Catholique, ont frappé ce pays d'une malédiction, d'un **herem** : il était interdit d'y aller pendant cinq cents ans. Dûment effectuée, cette malédiction vient de prendre fin. Ainsi, la punition impliquait condamnation, et celle-ci déjà portait en elle la possibilité du pardon.

1. Léon Askénazi, *La Parole et l'Écrit*, Paris, Albin Michel, 2000, tome I, p. 330.

– Mais, après la catastrophe d'Allemagne, il n'y a pas eu à ma connaissance de **herem. L'Allemagne ne méritait même pas une malédiction.** Celui qui a fait un tel crime ne doit pas être puni, il l'est de façon immanente et définitive. C'est fini, la loi ne le concerne même plus. »

La punition ?

Le film *La Chute*[2] montre le Berlin d'avril 1945, submergé par les bombes, assourdi par les canons, les explosions, les sirènes, le fracas des immeubles qui croulent, épuisé par son sang qui coule, encombré par ses morts, Berlin terrorisé, affamé, désespéré, Berlin **expie sans pardon**. Ses femmes violées par les soldats russes, les gravats partout, le froid. Il ne reste à Hitler et aux siens qu'à faire tuer encore les enfants soldats des jeunesses hitlériennes, puis à se suicider en se réfugiant dans le néant. Mais là, le démon se débat sans issue. Il est enfin impuissant – aucune foi ne le sauve – aucun espoir – aucun avenir – aucun fils – il est maudit, maudit pour toujours – *sans pardon possible*, sans absolution.

Si Dieu existe, lui aussi sait faire une mise en scène. En peinture, Anselm Kiefer *(L'incendie du Reichstag)*, Georg Baselitz, Gerhard Richter expriment ce sentiment de culpabilité et de désespérance. Le monde leur paraît sens dessus dessous, et les personnages de Baselitz ont la tête en bas, comme s'ils marchaient sur la tête !

Dans son récit autobiographique, *Si c'est un homme*[3], Primo Levi dit qu'il est impossible de pardonner aux Allemands coupables, parce qu'ils n'ont d'abord fait

2. *La Chute (Der Untergang)*, film allemand réalisé par Oliver Hirschbiegel (2004) avec Bruno Ganz.

3. Primo Levi, *Si c'est un homme, op. cit.*, appendice, p. 191.

preuve d'aucun repentir sincère et parce que, précise-t-il, **tout** le peuple allemand était en fait au courant des camps et est donc impliqué.

Vladimir Jankélévitch est encore plus net et refuse de pardonner aux Allemands :

> « Les camps sont une horreur sans nom, les SS pratiquaient la torture sans haine. Le crime gratuit, sans aucune raison, est un crime contre l'humanité, imprescriptible. Les Juifs étaient tués parce qu'ils étaient. C'est leur existence qui leur était reprochée et on a voulu les éradiquer tous de la surface de la terre. On nous reprochera de comparer ces malfaiteurs à des chiens ? Je l'avoue en effet – **la comparaison est injurieuse pour les chiens**. Des chiens n'auraient pas inventé les fours crématoires ni pensé à faire des piqûres de phénol dans le cœur des petits enfants. Le pardon ? Mais nous ont-ils jamais demandé pardon ? Il ne faut pas pardonner, car pardonner, c'est oublier. Or ces crimes ne doivent pas être oubliés, parce qu'oublier ce serait faire comme si les victimes n'avaient jamais existé, ce serait alors commettre un **deuxième crime. Le pardon est mort dans les camps**. La mise en œuvre de l'extermination des Juifs, la méchanceté ontologique de ces crimes contre nature leur confère une portée métaphysique qui justifie leur imprescriptibilité. Dès lors, le pardon et l'oubli seraient un non-sens qui bafouerait la morale elle-même, le pardon, non[4] ! »

En 1946, mon père reçut un jour une convocation d'un juge d'instruction. Quand on l'introduisit auprès du juge, ce dernier lui dit d'un ton amical et respectueux : « On tient votre dénonciateur, un dénommé Chauvet. Un mot de votre part, et il est condamné à mort. » En effet, ce personnage fut amené dans la pièce. Il se jeta aux pieds de

4. Vladimir Jankélévitch, *L'Imprescriptible, Pardonner dans l'honneur et la dignité*, Paris, Seuil, 1986, p. 44.

mon père en sanglotant, le suppliant de lui pardonner : « Je vous jure que je ne savais pas ce qui allait vous arriver. Ma fille est aveugle. Faites-moi grâce. » Djigo regarda fixement le traître pétainiste, et après un temps de silence il répondit au juge : « Non, monsieur le juge d'instruction, il n'y aura pas d'arrêt de mort de ma part pour cet homme. Si j'avais tenu cet individu qui est à l'origine de la mort de ma pauvre femme et de celle d'Édouard Rakowski en 1943, je l'aurais étranglé de mes propres mains. Mais maintenant, j'ai vu trop de cadavres, trop de souffrances. Laissons là ! » Je ne crois pas que j'aurais fait de même, mais qui sait ? Cette décision de mon père n'appartenait qu'à lui, bien sûr. Mais elle m'a beaucoup fait réfléchir. J'indique, pour la postérité de Chauvet, le nom complet de ce triste sire qui s'appelait Jacques Chauvet, travaillait à l'institut géographique national de l'armée à Montauban et a résidé plus tard 13, rue des Docteurs Déjerine à Paris XXe.

Il en alla un peu de même avec Guérin, qui lui avait volé son centre médical de la rue de Miromesnil : la vente du sang français à la Wehrmacht avait rapporté gros, et ce misérable n'était pas *a priori* homme à se laisser faire. Mais par ailleurs, il savait les menaces qui planaient sur les collaborateurs et il tremblait. Il avait raison d'avoir peur, car les amis de mon père étaient sans pitié et voulaient le flinguer. Djigo les calma mais imposa à ce salaud une transaction financière qu'il ne put refuser compte tenu des circonstances. Et il rendit gorge, capital et intérêts, trop heureux de survivre et terrifié par le retour insolite de mon père dont il connaissait parfaitement le caractère.

Tout de même, tout de même, faut-il encore croire en Dieu ? Dieu existe-t-il ? Pour Léon Askénazi, « après la catastrophe d'Allemagne, il n'y a eu aucun essai d'élucidation sur la question de ce Dieu qui a permis Auschwitz – toute l'énergie d'Israël a été mobilisée pour la construction d'un État ». Mais depuis ?

Hans Jonas, dans *Le Concept de Dieu après Auschwitz*[5], hasarde l'hypothèse de l'existence d'un Dieu, mais qui ne serait **plus tout-puissant**, s'étant retiré du monde pour laisser à l'homme sa pleine liberté. (C'était d'ailleurs déjà la position de Descartes.) C'est pourquoi il ne serait pas intervenu à Auschwitz – dans ce cas, pourtant, c'est bien Dieu qui a pris l'initiative de la Création, il est donc responsable. Personne ne lui avait rien demandé – il a donc joué les apprentis sorciers – en fait, l'existence du Mal mène plutôt à l'inexistence de Dieu qu'à l'existence d'un Dieu impuissant.

Levinas, dans ses livres *De l'existence à l'existant* ou *Difficile liberté après Auschwitz*, développe une éthique de non-indifférence des uns envers les autres. Sans chercher particulièrement à établir les preuves de l'existence de Dieu, il s'attarde au regard de l'Autre, il propose une philosophie de l'Autre. Levinas n'a pas été déporté, mais il a perdu toute sa famille en déportation, et pour lui, survivre est un privilège. Dans cet ajournement de la mort, le survivant Levinas fait l'étrange expérience d'une difficile liberté en se découvrant responsable pour l'autre humain.

Et voilà que Sophie Nordmann publie *Phénoménologie de la transcendance*[6]. Elle tente le défi de parler de transcendance tout en laissant la question de Dieu hors du champ de sa réflexion. Son propos n'est pas antithéologique, mais a-théologique, et elle définit la transcendance comme ce qui est absolument **d'un autre ordre que le**

5. Hans Jonas, *Le Concept de Dieu après Auschwitz*, Paris, Rivage poche, Petite Bibliothèque, 1994.

6. Sophie Nordmann, *Phénoménologie de la transcendance*, Paris, Éditions d'Écarts, 2012.

monde. La trace de la transcendance, c'est ce qui brille par son absence. Pour elle, la révélation est le surgissement au monde d'une idée qui ne vient pas du monde, par exemple « Tu ne tueras point » et cette idée qui surgit au monde ne vient pas du monde : ainsi la révélation de la loi au Sinaï, idée d'un autre ordre que le monde, indique que celui-ci est inachevé et précisément le judaïsme apporte au monde, à l'humanité, une autre loi que celle du monde. Conclusion : ce qui est révélé au mont Sinaï, ce n'est pas du tout l'existence de Dieu, mais l'existence de la **Loi**, impérative. « Dans l'arche sainte, il n'y a rien d'autre que les Tables de la Loi » (Levinas.) **Pour Sophie Nordmann, être juif, ce n'est pas croire en Dieu ou en un dogme quelconque, c'est obéir à une loi.**

*

Oui vraiment, **Dieu existe-t-il ?** Élie Wiesel, ancien déporté, déclare qu'il n'envisage pas un divorce d'avec Dieu, mais qu'il est très en colère.

Je crois que mon père avait exactement la même réaction face à son passé de déporté : en tout cas, il mangeait gaillardement du porc, et il était hors de question de lui proposer même très poliment de manger selon les règles alimentaires religieuses juives *(cacherout)*, car il balayait sans état d'âme ces timides tentatives en répliquant : « Après la faim que j'ai eue en déportation pendant des mois, tu ne crois quand même pas que je vais me gêner ! » Et il avait un sacré coup de fourchette !

Primo Levi, ancien déporté également, lui, s'est suicidé.

Au bout du compte, **y a-t-il un progrès humain ?**

CHAPITRE 23
Les enfants d'enfants cachés

« Car ils nous ont frappés jusqu'à la troisième génération[1]. »

Apparemment, extérieurement, mes enfants sont des jeunes comme tous les autres. Pourtant, un peu comme je l'ai fait, ils évitent avec pudeur de parler du passé, des grands-parents disparus. Avec amour, avec angoisse, je me suis demandé si je les ai correctement éduqués, si j'ai correctement transmis. Si le dosage entre fidélité et obsession a été judicieux. De plus, leur monde des années 2010 est difficile (rien à voir bien sûr avec ce que nous avons connu).

Au crépuscule de notre génération, ils montent en ligne, nos enfants ! C'est leur tour. Après la disparition du dernier des déportés rescapés, après la disparition du dernier des enfants cachés, eux seuls seront légitimes pour parler après nous de cette histoire invraisemblable et dire comment ils ressentent les choses : petit-fils ou petite-fille d'un déporté. On pourrait croire que ce sera pour eux sans objet, désuet, une vieille histoire ? Peut-être, mais bizarrement au contraire, les petits-enfants semblent souvent montrer un attachement passionné, pour beaucoup d'entre eux, pour **leur histoire**.

Or nous, les enfants cachés, nous avons eu un problème (un de plus) avec le temps ; on nous a volé notre enfance, et nous avons couru après, sans succès, d'une course désespérée. Nous avons couru après le temps de l'innocence, de la gaieté d'un foyer, de l'amour des parents. On nous a volé dix ans ou plus de notre vie (à nous qui avons survécu) et alors, nous avons souvent eu un problème pour nous marier, pour transmettre la vie :

1. Jean-Raphaël Hirsch, cité par Claudine Vegh, dans *Je ne lui ai pas dit au revoir, op. cit.*, p. 118.

« Je me suis mariée un peu n'importe comment, très vite, car après ce qui nous était arrivé, rien ne me semblait plus beau qu'une famille, moi qui étais orpheline de père et de mère. Hélas ! J'ai épousé le premier qui voulait bien se marier avec moi. Il se trouve qu'il n'était pas juif. J'ai fait plusieurs enfants avec lui pour m'apercevoir finalement qu'il était antisémite. J'ai divorcé malgré les enfants », m'a dit Martine, une collègue, enfant cachée.

D'autres ont en revanche eu la chance de trouver le compagnon ou la compagne idéale et ont fait un couple solide, soudé par les terribles valeurs communes de leur passé. Mais souvent nous nous sommes mariés tard, le temps de nous refaire une situation et de cicatriser un peu.

En France, le temps de notre enfance a été un temps de double orphelinat. En effet :

– nous avons été orphelins parce que, en 1940, il n'y avait plus d'adultes : les adultes étaient anéantis par la défaite monstrueuse et par la présence des nazis et de leurs valeurs, relayées par un gouvernement de soumission, celui de Pétain ;

– et puis nous sommes devenus orphelins parce qu'on a assassiné nos parents, peu de temps après aussi, et l'enchaînement harmonieux des générations n'a donc pas eu lieu pour la nôtre. Il y a eu rupture, et nos parents n'ont pas pu pratiquer « l'art d'être grand-père ». **Il n'est guère étonnant dès lors que les enfants cachés aient eu un problème pour éduquer leurs enfants** : ces enfants cachés n'avaient reçu aucune éducation, n'avaient eu personne pour les guider et en fait, étaient en grande difficulté pour communiquer franchement avec leurs propres enfants.

Comment expliquer à mes petits l'inexplicable, l'absurde ? Comment les protéger au mieux ? Fallait-il parler ? Fallait-il me taire ? Il est terrible, le regard d'un enfant.

Quand une primipare âgée a quelque difficulté à enfanter et qu'enfin elle met au monde un petit, les gynécologues parlent d'un « enfant précieux », car arraché au néant. Tous les enfants sont bien sûr précieux, mais nous, les enfants cachés, qui devions être assassinés et qui avons survécu par miracle, qui avons eu la chance d'avoir des enfants, oui, nos enfants sont particulièrement précieux, ce sont des enfants inespérés, ce sont des enfants de la liberté, de l'espoir, du miracle. Ils sont *le sang de l'espoir* comme l'écrit Samuel Pisar[2].

Voilà pourquoi je les ai couvés exagérément. Je ne supporte pas qu'ils souffrent. Alors que, déjà, la mère juive fait l'objet de quolibets pour sa présence envahissante, étouffante, pour son enfant, vous imaginez la vie d'un enfant d'une femme juive qui a été enfant cachée !

De plus, le monde change vite, et je suis souvent resté par trop accroché à mon passé, je raconte trop souvent des histoires d'« anciens combattants », si bien que j'impatiente mes jeunes. Que faire ? Entre la farouche volonté de transmettre et le souhait de ne pas traumatiser, la route est difficile, et je pense souvent à cette phrase de Joseph Brodsky : « Celui qui épouse son époque sera vite veuf. »

Conscient de mes insuffisances en particulier à ce sujet, voilà ce que j'ai dit à mes enfants à l'occasion d'une cérémonie en 2008, lors de la remise de ma Légion d'honneur au grade d'officier :

2. Samuel Pisar, *Le Sang de l'espoir*, Paris, Robert Laffont, 1979.

« Je me suis marié tard et je vous ai donc eus sur le tard. Je vous aime d'autant plus violemment, à part égale tous les trois. Je sais bien que le monde a changé et vous profitez de la situation pour me dire respectueusement : "Papa, tu n'y comprends rien", ou, carrément impertinents : "Mais tu nous as déjà raconté tout ça !"

C'est à votre tour de faire votre vie.

Yaël : j'ai du mal à réaliser que j'ai une grande fille qui, titulaire d'un doctorat, enseigne à Sciences-Po. L'acuité de ton intelligence et ta culture m'impressionnent.

Michaël : après tes deux masters à Dauphine, tu as déjà fondé ton affaire avec ton frère et ta sœur, et ta créativité, ton acharnement au travail m'enchantent.

Jonathan : jamais je n'aurai cru avoir un fils doué en mathématiques et qui soit polytechnicien. Ta gaieté et ton humour sont contagieux.

Restez unis comme aujourd'hui, quels que soient vos conjoints à venir, c'est un ordre ! Respectez et transmettez nos chères traditions. **N'ayez pas peur, faites mieux que nous**. Et, citant René Char, grand résistant, je dis à chacun d'entre vous :

« Impose ta chance
Serre ton bonheur
Et va vers ton risque
À te regarder
Ils s'habitueront[3]. »

3. René Char, « Rougeur des Matinaux », in *Les Matinaux*, 1947-1949, Paris, Gallimard, « Bibliothèque de la Pléiade », p. 329.

Quand mes enfants auront, comme je l'espère, à leur tour des enfants, que vont-ils leur transmettre ? Comment parleront-ils à leur tour de cette histoire ? Car ils ont été touchés eux aussi par la Shoah à travers nous. Espérons que la quatrième génération, tout en étant indemne, restera farouchement fidèle à notre tradition millénaire. Elle en vaut la peine.

CHAPITRE 24
La Résistance et les Résistances juives en France

C'est un thème délicat à aborder et mon père comme moi avons fait partie successivement de la Résistance française et de la Résistance juive.

Les différents réseaux de Résistance juive ont longtemps été méconnus. Le livre *Organisation juive de combat*[1], paru en 2002, et le livre *Les Résistances juives pendant l'Occupation*[2], paru en 2010, ont fait un point capital sur le sujet puisque aussi bien il avait été longtemps colporté que les Juifs s'étaient laissé tuer comme des moutons à l'abattoir. D'une certaine façon, il était peut-être moins méritant pour les Juifs de résister, pour autant qu'ils en aient les moyens, pour la bonne raison qu'ils étaient traqués, menacés d'arrestation et de déportation du seul fait qu'ils étaient juifs. Ils étaient bien obligés de se cacher, de faire des faux papiers et de s'organiser. C'est dire l'importance fondamentale des organisations en place, les Éclaireurs israélites de France, l'OSE, la MJS et les MOI. Pour quiconque était lucide, nous n'avions pas le choix et si nous étions pris, c'est la mort qui en était la sanction.

Mais, première différence essentielle avec **les résistants non juifs**, quand nous étions pris, c'est hélas bien souvent **toute notre famille capturée qui était condamnée à mort** dans le cadre de la Solution finale décrétée par le Reich, lors de la conférence de Wannsee en novembre 1942. Alors que, habituellement, chez les non-Juifs, **seul le**

1. Ouvrage collectif dû à l'Association des Anciens de la Résistance juive en France (ARJF-OJC), Georges Loinger, Jean Brauman et Frida Wattenberg, *Organisation juive de combat, France 1940-1945, Résistance / sauvetage*, Paris, Éditions Autrement, 2002 [rééd. 2006].

2. Georges Loinger, *Les Résistances juives pendant l'Occupation*, Paris, Albin Michel, 2010.

résistant capturé risquait sa vie, il n'avait aucune crainte à avoir *a priori* pour sa femme, ses enfants et ses biens.

Deuxième différence, le Juif capturé était déporté dans un *camp d'extermination* comportant des fours crématoires, de sorte que 90 % des arrivants étaient gazés immédiatement, en particulier à Auschwitz. Ensuite, la plupart des autres mouraient en deux à trois mois, de faim, de froid, de coups, de pendaison, d'épuisement, de maladie comme le typhus exanthématique. Si bien que le pourcentage des **Juifs résistants** arrêtés ayant survécu aux camps d'extermination est infime. Alors que beaucoup de non-Juifs résistants arrêtés étaient au contraire orientés **vers des camps de concentration** ne comportant pas de fours crématoires, et là, le pourcentage de survie était plus grand (environ 50 %).

La troisième différence est que, au retour, le déporté juif se retrouvait le plus souvent tout seul, sa famille ayant été exterminée. Et puis il était ruiné, ses biens ayant été confisqués. Le non-Juif, lui, retrouvait toute sa famille et tous ses biens.

La quatrième différence est morale. Pour les Juifs français comme pour les Juifs étrangers capturés en France, la France avait collaboré avec les Allemands et ce sont souvent des Français en uniforme qui avaient arrêté les Juifs, amoureux de la France et pleins de confiance envers elle. Cette trahison du pays d'accueil avait terriblement traumatisé les Juifs, d'autant qu'ils projetaient de continuer à vivre en France. Les non-Juifs, quant à eux, retrouvaient leur patrie, qui certes avait été fortement impliquée dans une collaboration honteuse mais ne les avait pas rejetés, et ils pouvaient donc progressivement renouer avec une France qui était à présent celle de De Gaulle.

La cinquième différence réside dans le mental de ceux qui revenaient de déportation ou des résistants qui avaient échappé à celle-ci selon qu'ils étaient juifs ou non juifs. En effet, les non-Juifs, eux, avaient été infiniment moins souvent **dénoncés** et retrouvaient un pays à reconstruire – il était quelque part excitant de participer à cette reconstruction –, tandis que les Juifs survivants se posaient au retour une question essentielle : dois-je rester vivre dans ce pays qui m'a abandonné ainsi que ma famille à notre sort ? D'autant que venait d'être créé l'État d'Israël et qu'il était tentant de s'y rendre pour espérer vivre en sécurité.

En fait, je le répète, il a été beaucoup plus vertueux pour un non-Juif de s'engager dans la Résistance parce que personne ne le menaçait dans l'immédiat et il lui aurait suffi de rester bien au chaud, tranquille, sans se faire remarquer en attendant que ça se passe (c'est d'ailleurs ce qu'ont fait la plupart des gens) au lieu d'aller se mettre dans l'illégalité et de risquer sa vie. Si bien qu'au total, dans toutes les structures de la Résistance française regroupées (Fédération nationale des déportés et des internés résistants, FNDIR ; Comité d'action de la Résistance, CAR, etc.) où j'ai été et où je suis, j'ai toujours perçu un doute poli quand on évoquait la Résistance des Juifs. Certes, on déplorait sincèrement leur déportation, leur extermination, et on s'en indignait. Mais quelque part, on n'avait pas l'habitude d'intégrer le Juif comme un combattant, jusqu'à preuve du contraire. Encore une fois, il s'agissait d'une impression et jamais d'une expression claire. Rappelons que, durant toute la guerre, la Résistance française n'a jamais essayé de protéger les Juifs (sauf initiatives individuelles). Son objectif était de libérer le pays.

On se souvient de la difficulté qu'a eue Jean Moulin à fédérer tous les réseaux de Résistance sous l'autorité du général de Gaulle, en particulier en zone sud (Frenay, d'Astier de la Vigerie et Lévy). On imagine bien que la Résistance juive – qui n'a pas eu son Jean Moulin fédérateur – n'était pas connue à l'évidence par les non-Juifs. S'ils avaient parfois entendu parler de l'héroïsme de la Brigade juive, bien peu connaissaient, par exemple, le maquis juif de Vabre, dans la Montagne noire, au mont de Lacaune (Tarn) avec sa compagnie Marc Haguenau.

Il y a plus délicat encore : il convient d'évoquer le problème des déportés juifs **entre eux**. On sait que, sur les 76 000 Juifs de France déportés, 2 500 seulement sont revenus, aucun enfant. La plupart ont été déportés à titre racial, parce qu'ils étaient juifs et qu'ils n'ont sans doute pas eu les moyens de résister : Vichy, l'organisation inexorable des nazis, leur ruse ont complètement abusé les Juifs, qui ne pouvaient pas imaginer qu'un pays dit civilisé, au cœur de l'Europe, l'Allemagne, puisse mettre à mort des millions d'hommes, de femmes et d'enfants innocents juste parce qu'ils étaient juifs et ceci sans que personne n'aide ces malheureux. Profondément légitimistes dans le pays où ils vivaient, les Juifs voulaient mériter l'estime générale et bien se conduire : résultat, ils se sont soumis à tous les recensements, ils ont porté l'étoile juive, ils ont obéi aux ordres perfides de Vichy en déclarant leur adresse, leur poste de TSF, et ils en sont morts. Tandis que d'autres Juifs, eux, ont opté d'emblée pour une résistance farouche : perdu pour perdu, autant se défendre, ne serait-ce que pour l'honneur. Et on comprend bien aisément que, parfois, au lendemain des années de guerre, il y ait eu des conversations qui tournaient court entre Juifs survivants, parce qu'il était essentiel de ne blesser personne et il aurait été vraiment grossier pour des déportés-résistants juifs d'adopter une attitude prétentieuse vis-à-vis des autres déportés juifs qui avaient tellement souffert et dont la survie même était un acte de résistance.

Pour conclure cette approche des milieux de la Résistance française, il convient de dire que l'attitude de nos camarades résistants non juifs a toujours été très claire vis-à-vis des Juifs persécutés qui se battaient à leurs côtés et, dès 1940, le général de Gaulle a toujours promis aux Juifs la restitution pleine de leurs droits qui leur seraient rendus dès la Libération ; il a tenu parole.

CHAPITRE 25
Le monde, les Juifs et Israël

Nous les Juifs, nous sommes passionnément attachés à la terre d'Israël depuis toujours et depuis que nous avons été chassés de notre pays par les Romains. Mais nous, Juifs d'aujourd'hui, nous sommes peut-être encore plus attachés à notre terre parce que le monde entier a assisté, impassible, à notre mise à mort dans tous les pays d'Europe, de 1939 à 1945. À la mise à mort de six millions des nôtres, dont un million et demi d'enfants. Israël, dès lors, représente pour nous le seul endroit sur terre où nous sommes assurés de vivre (ou de mourir s'il faut mourir), les armes à la main, en nous défendant. Nous sommes légitimement chez nous en Israël depuis la nuit des temps. Abraham, Isaac, Jacob, Jésus étaient des Juifs qui vivaient en Israël. Aujourd'hui encore, en 2012, les Arabes veulent nous chasser en fait de **toute** la terre d'Israël qui appartenait à nos ancêtres et, après Hitler et la Shoah, l'Iran menace de détruire à nouveau notre peuple, cette fois avec l'arme nucléaire. On a pris le *Mein Kampf* de Hitler pour une galéjade, on prend les discours d'Ahmadinejad pour des rodomontades, mais en fait, et c'est aussi simple que cela, nous risquons une seconde Shoah. Mais cette fois-ci, les Juifs eux aussi ont des armes.

De 1930 à 1945, ni les Américains, ni les Anglais, ni les Russes, ni les Français, ni les Suisses, ni le pape Pie XII et son Église, ni la Croix-Rouge internationale n'ont fait le nécessaire pour éviter le massacre de six millions de Juifs. Bien au contraire, c'est en toute connaissance de cause et pendant des années que les Américains et les Anglais ont refusé d'accueillir des Juifs menacés dans leur vie ou souhaitant émigrer chez eux ou en Israël. C'est quand même extraordinaire au plan humain ! Mais pourquoi les Alliés ont-ils laissé faire l'extermination des Juifs d'Europe ? Il faut lire *Jan Karski*[1], livre dans lequel Yannick Haenel décrit

1. Yannick Haenel, *Jan Karski*, Paris, Gallimard, 2009.

parfaitement le phénomène : les Alliés n'avaient cure de ce massacre et considéraient que c'était une question de second ordre – ils voulaient gagner la guerre.

En France, c'est un gouvernement légalement élu, celui de l'État de Vichy avec Pétain, qui collabore massivement et qui, dès le 3 octobre 1940, édicte des lois qui éradiquent les Juifs de leur pays. Il faut lire le *Vichy*[2] de Robert Paxton pour se persuader de ce qu'a été la collaboration ou, alors, il faut l'avoir vécue comme nous. J'ai évoqué plus haut le rôle de certains évêques ainsi que l'immense mérite de la Résistance française et de la Résistance juive, et enfin l'héroïsme des « Justes parmi les Nations ». Encore une fois, c'est bien peu face à la collaboration massive, active et passive, des Français autour de l'État français. En fait, **la raison essentielle de notre survie a été la défaite allemande qui a mis fin aux déportations**.

D'évidence, dans l'ensemble du concert des nations, ce fut « non-assistance à personnes en danger de mort ». Outre le meurtre des Juifs, on a absolument voulu les humilier, en faire des sous-hommes, des esclaves au service du Grand Reich nazi : « Il faut bien se rendre compte des dimensions de l'Holocauste pour comprendre l'étendue de la maladie mentale qui s'était emparée du peuple allemand, de tout le peuple allemand. En effet, il fallait des milliers de fonctionnaires pour assurer l'exécution d'un projet aussi vaste. Ces hommes n'auraient pu mener leur tâche à bonne fin sans le consentement quasi total de la nation. »

2. Robert O. Paxton, *La France de Vichy, 1940-1944*, *op. cit.*

Voilà pourquoi, dès sa libération, le plus important, pour Djigo, a été d'achever le travail qu'il avait commencé avec le réseau de « planquage » des jeunes en Lomagne : mettre définitivement en sécurité la communauté juive. Le jeune et bouillant sioniste roumain de vingt ans avait vu tragiquement se confirmer l'impérieuse nécessité de la création d'un État pour les Juifs, Israël, seule solution capable d'éviter une nouvelle épreuve horrible à son peuple. Et d'ailleurs, la déportation l'obligeait en permanence à regarder ce qui se passait au Proche-Orient, ce qui se passait en Israël.

En effet, la guerre était terminée en Europe et la paix rétablie. Mais pour le peuple juif cette paix était contemporaine d'un deuil atroce : six millions de Juifs étaient morts ; de plus, pour notre peuple, si attaché à la transmission, des milliers de vies à naître s'étaient évaporés derrière les barbelés nazis avant même que de venir au monde. Aujourd'hui encore, le monde porte la trace de ce judéocide. Si l'Europe comptait plus de 80 % de la population juive mondiale à la fin du XIXe siècle, elle n'en accueille aujourd'hui plus que 12 % tandis que les États-Unis en rassemblent 42 %, à égalité avec Israël. On dit que les nazis ont exterminé six millions de Juifs, c'est vrai, mais ils ont aussi tué tous les enfants que ces martyrs auraient eus s'ils avaient pu vivre. **Qui dira le nombre de frères et de sœurs que ma mère m'aurait donnés si elle n'avait pas été assassinée à Auschwitz à l'âge de trente-sept ans ?**

Pour Djigo, il était temps que le rêve de sa mère Régina prît enfin forme. On ne pouvait pas courir le risque d'une seconde Shoah. On ne pouvait pas à nouveau devenir la proie facile, désarmée, d'un peuple hostile. Il était nécessaire que les Juifs, qui avaient été abandonnés de tous pendant la guerre, puissent se prémunir grâce à un État reconnu par les instances internationales. La confiance était morte, et pour cause.

Djigo était d'accord avec David Ben Gourion qui affirmait dans *Le Sens de la Révolution juive*, discours prononcé en août 1944 :

> « La révolution juive est peut-être la plus difficile de toutes les révolutions de l'histoire mondiale, quoiqu'elle ne soit ni l'unique, ni la première. Je ne citerai que la révolution en Angleterre au XVIIe siècle, la révolution en Amérique et en France au XVIIIe siècle, la révolution en Russie au XXe siècle, et ce ne sont pas les dernières. Mais il y a une différence fondamentale qui différencie la religion juive. Toutes les révolutions qui se sont produites ou qui se produiront dans les autres pays sont des révolutions contre l'ordre établi, contre l'ordre politique, social, économique. La révolution juive n'est pas seulement une lutte contre l'ordre, mais aussi contre le destin unique en son genre d'un peuple unique en son genre[3]. »

Mon père n'était pas un intellectuel, mais plutôt un homme d'action. Il voulait agir plutôt qu'expliquer. Il était convaincu que l'essentiel au bout du compte n'était pas ce que le monde pensait d'Israël, mais la manière dont Israël agissait. Dans son esprit, il fallait dominer le destin. Les Juifs devaient retrouver le chemin de la normalité partagée par tous les peuples : un État, un territoire et des capacités de se protéger comme pouvait l'écrire Herzl en son temps : « La question juive n'est ni religieuse,

3. David Ben Gourion, *Le Sens de la Révolution juive. Message à la jeunesse palestinienne*, Paris, les Éditions de la Terre retrouvée, 1947 [1re éd. 1944], p. 5.

ni sociale, mais bien nationale. Pour la résoudre, il nous faut la penser en termes politiques à l'échelle mondiale[4]. »

Le sionisme fut un projet foncièrement normalisateur. Il voulut mettre fin à l'anormalité d'un peuple dispersé aux quatre coins de la terre et l'engager dans un processus de territorialisation afin que les Juifs deviennent un peuple comme les autres, reconnu dans le concert des nations.

La présence britannique en Palestine avait été officialisée par la Société des Nations en juillet 1922. En juillet 1937, lord Peel proposa un premier partage : d'un côté, un État juif comprenant la Galilée et la plaine côtière jusqu'à Beer Touvia au Sud ; de l'autre, un État arabe formé de la Judée, de la Samarie, du Neguev, et enfin, une troisième zone restant sous contrôle britannique, la région de Jérusalem, reliée à la mer par un corridor. Les Arabes refusèrent cette partition à l'exception de l'émir Abdallah de Transjordanie, ravi de pouvoir récupérer une partie de la Palestine.

La fin de la guerre permit à toutes les forces sionistes de se rassembler contre les Britanniques. 70 000 Juifs illégaux arrivèrent entre août 1945 et mai 1948 en Palestine ; les implantations juives furent multipliées : onze points de peuplement furent ainsi édifiés le lendemain de Yom Kippour 1946 dans le Néguev.

La résolution sur le partage en deux États liés économiquement fut adoptée par l'Assemblée générale de l'ONU le 29 novembre 1947, par 33 voix pour, 13 contre

4. Antoine Germa, Benjamin Lellouch et Évelyne Patlagean, *Les Juifs dans l'histoire*, *op. cit.*, p. 575.

et 10 abstentions. Ce vote fut accueilli avec enthousiasme par le Yichouv et avec colère par les Arabes. La présence britannique s'achevait comme elle avait commencé : dans le feu et le sang. **Il s'était produit alors un miracle inouï**, car, en 1948, les Américains et les Russes étaient tout près de se faire la guerre : en effet, comme Berlin-ouest, sous obédience alliée, était isolée en zone soviétique au bout d'un long couloir, les Russes cherchèrent à l'annexer en obturant ce couloir. Les Américains menacèrent de riposter et établirent immédiatement un pont aérien. C'est dans cette tension extrême entre Russes et Américains que ces deux peuples, qui s'opposaient systématiquement sur tout, votèrent pourtant tous les deux pour la création de l'État d'Israël, pour des raisons d'ailleurs diamétralement différentes.

« En Israël, celui qui ne croit pas aux miracles n'est pas réaliste », disait Ben Gourion. Aussi, dès la connaissance du vote de l'ONU, on dansa comme jamais, toute la nuit, en Israël, et parmi ceux qui dansaient, les larmes aux yeux, il y avait des rescapés des camps d'extermination nazis.

Mais dès le 30 novembre 1947, les Arabes qui n'acceptaient pas ce partage ont attaqué Israël depuis le Nord (Liban), le Sud (Égypte) et l'Est (Jordanie).

En 1948, on ne donnait pas cher du nouvel État juif, d'autant que les Anglais, avant leur départ, avaient livré aux Arabes leurs petits fortins couleur de sable, équipés de mitrailleuses. À la stupeur du monde, les troupes de choc de la Haganah, du Palmach et du groupe Stern reprirent au couteau les fortins. Ce fut un conflit long et meurtrier qui se termina par la victoire de l'État d'Israël qui fut proclamé le 14 mai 1948 à la face des nations.

Commence alors une magnifique période d'amitié entre la France et Israël au cours de laquelle la France aide Israël au plan technique (aviation, par exemple). En retour, Israël aide la France par ses services de renseignements et lui communique les améliorations qu'elle apporte à ses avions ; de plus, alliée fidèle, Israël va voter systématiquement aux côtés de la France, même au cours de la guerre d'Algérie. Durant cette période, l'ambassadeur de France en Israël, Gilbert, est adoré par les Israéliens ; il suffit d'arborer sur les routes d'Israël un drapeau français pour qu'immédiatement une voiture s'arrête, accueille le voyageur et le transporte au lieu souhaité.

En 1956, une nouvelle guerre au Proche-Orient éclate à propos du canal de Suez à la suite d'une prétention égyptienne, et la France, l'Angleterre et Israël sont concernés. Mon père, bien entendu, s'engagea aux côtés des siens et continua la lutte commencée en France en 1939. Protéger la communauté, s'engager pour Israël, c'était à nouveau donner un sens à la mort de Berthe Hirsch et un sens conforme à son idéal de toujours.

En 1967, c'est **la guerre des Six Jours**. Nasser bloque le détroit de Tiran, sachant pertinemment qu'il s'agit d'un *casus belli* et qu'Israël ne peut accepter un tel étranglement, que Munich c'est fini. On se souvient que de Gaulle avertit alors Israël de ne rien tenter et menace, s'il n'était pas écouté, de devenir hostile au nouvel État juif. Qu'importe, Israël, État souverain, en état de légitime défense, attaque l'Égypte, détruit son aviation et lève le blocus. Son armée conquiert au passage une partie du Golan, du haut duquel la Syrie canardait en permanence le nord d'Israël, et entre dans Jérusalem.

De Gaulle exaspéré commet alors sa terrible déclaration du 27 novembre 1947 :

« *Et certains même redoutaient que les Juifs, jusqu'alors dispersés mais qui étaient restés ce qu'ils avaient été de tout temps, c'est-à-dire un peuple d'élite, sûr de lui-même et dominateur, n'en viennent, une fois rassemblés dans le site de leur ancienne grandeur, à changer en ambition ardente et conquérante les souhaits très émouvants qu'ils formaient depuis dix-neuf siècles : l'an prochain à Jérusalem.* »

C'était une nouvelle trahison de la France à l'égard des Juifs, qui, comme celle de Vichy, déchirera le cœur des Juifs à jamais. Mais, cette fois, le général s'était trompé : Israël ne voulait pas être conquérant, il voulait simplement survivre avec, en effet, comme tous les peuples, un pays et une capitale, vivant en paix. Exactement comme un certain de Gaulle avait voulu que la France survive. De la même façon, le 3 octobre 1980, Raymond Barre a de nouveau atterré les Juifs de France par une déclaration très maladroite à propos de l'attentat de la rue Copernic, qui avait fait quatre morts et plusieurs dizaines de blessés : « Il y a même eu parmi les victimes des Français innocents », a-t-il dit, comme si les Juifs étaient coupables ! Barre était beaucoup trop intelligent pour être antisémite, je l'atteste et j'étais de ses amis proches. Mais, têtu comme un éléphant, il ne voulut jamais, face au « microcosme » politique, reconnaître qu'il avait fait une gaffe.

Petit rappel : j'avais un jour osé critiquer le général devant mon père qui m'avait alors vertement rabroué. Par ailleurs, j'étais sur la liste des chirurgiens juifs français prêts à partir opérer à tout moment en Israël si le pays avait besoin de chirurgiens.

Nous étions donc dans le gros avion de transport qui devait nous mener en Israël et qui partait à une heure tenue secrète pour ne pas être abattu par les chasseurs égyptiens, beaucoup plus rapides. Mon père était assis à ma gauche et je voyais son profil affirmé. Il avait déployé devant lui, ouvert sur deux pages, le *France-Soir* (de Lazareff) du jour même, où éclatait en caractères énormes : « **De Gaulle met l'embargo sur les armes à destination d'Israël** ! »

Je dis avec douceur à mon père : « Alors, papa, tu me rabroues toujours ? » Il ne répondit rien, c'était grave, et il était révolté, car le résistant, trahi soudain par son chef de toujours, n'acceptait pas et éprouvait une terrible douleur. Pas moi : j'étais déçu, peiné bien sûr, mais depuis qu'on m'avait imposé le port de l'étoile jaune, je savais à quoi m'en tenir : **je suis d'abord juif et ensuite français**, et je ne peux m'empêcher de percevoir en permanence une petite sirène qui susurre que ça pourrait recommencer.

– Heureusement, on n'a tenu aucun compte des avis de De Gaulle. Israël a attaqué à l'aube. Et Israël a été sauvé.

– Heureusement aussi, sans rien dire aux dirigeants français, l'armée française, à Bordeaux-Mérignac, chargeait au maximum d'armes les Boeings à destination d'Israël – car il existait une fraternité profonde des deux armées, française et israélienne.

– Au total, cette guerre fut brève et victorieuse et pour fêter cet énorme événement, nous sommes descendus avec mon père dans le plus bel hôtel d'Israël, le *King David*, à Jérusalem. Et le soir, devant les splendides murailles de la ville que nous avions reprise, magnifiquement illuminée, j'ai mis la main sur son épaule et lui ai dit : « Tu vois, papa, nous sommes revenus ! »

Sigismond Hirsch avec l'armée israélienne, juin 1967.

– Le lendemain matin, on a mis une jeep de l'armée israélienne à ma disposition. Les Arabes étaient effondrés – on leur avait promis une grande victoire. J'ai été seul vers la mer Morte, il n'y avait absolument personne. Je descendais, je descendais, comme si j'allais au cœur de la terre. Seul, dans ce pays magnifique et impressionnant. Israël, c'est vraiment, comme disait mon père, « un lieu où souffle l'esprit ».

Or, immédiatement après 1967 et l'entrée des troupes israéliennes en Cisjordanie, Moshé Dayan s'était adressé aux pays arabes en leur proposant un retrait israélien en échange d'une reconnaissance de l'État d'Israël par le monde arabe. **Le sommet arabe réuni à Karthoum le 1er septembre 1967 s'était conclu par un triple NON :**
– pas de réconciliation avec Israël,
– pas de reconnaissance de cet État,
– pas de négociations avec lui et réaffirmation des droits du peuple palestinien sur **son pays**.

C'est à la suite de ce triple refus qu'Israël s'est alors engagé dans une politique d'implantation en Cisjordanie et a voté l'annexion de Jérusalem-Est.

Quant aux 800 000 Arabes palestiniens, paniqués par les fallacieuses déclarations de leurs chefs leur prédisant la mort s'ils restaient et qui se sont donc réfugiés dans les pays arabes voisins, c'est un vrai drame humain programmé qu'ils connurent. En effet, ces pays arabes ont absolument refusé de les intégrer et les ont maintenus pendant toutes ces années dans des camps financés par l'ONU. Et ces exilés ont fait des enfants qui vivent dans des conditions précaires pour beaucoup ; bien entendu, on peut comprendre leur amertume et leur révolte.

Mais par ailleurs, symétriquement, on oublie totalement que 800 000 Juifs ont été contraints de quitter l'Égypte, l'Irak ainsi que l'Afrique du Nord pour s'installer en Israël. Ceux-là vivent normalement en Israël parce qu'ils ont été parfaitement intégrés dans ce petit pays ; de la même façon, la France a intégré les 1 500 000 « colons » pieds noirs, contraints, eux aussi, à quitter l'Afrique du Nord.

En réalité, il ne s'agit pas tant d'une erreur des Arabes que d'une inculture de l'Occident à leur égard, d'une méconnaissance grave de leur être, de leurs croyances sincères. D'où un conflit qui ne fera que s'étendre et s'aggraver, non pas seulement en Israël mais dans le monde entier, si l'on ne prend pas la peine de s'intéresser à leur mode de fonctionnement et, si l'on ne tente de le comprendre. Pour ce qui est de l'aggravation, on la voit de plus en plus de nos jours et partout, avec « les révolutions arabes » qui laissent le monde, et en particulier les Américains, médusé et inactif.

Il faut savoir pour comprendre, ici comme ailleurs :

1. Tout d'abord islam veut dire « soumis ». La grandeur de l'islam, c'est une foi, un engagement total envers un Dieu unique dont l'existence aux yeux des musulmans est certaine et va de soi, sans aucune discussion ni limite. Il faut accomplir ici-bas la volonté de Dieu qui voit tout et qui est le Seul. Le déterminisme est très fort.

2. Mais le musulman respectueux de la loi du Prophète est néanmoins dans un état de péché terrible s'il vit sur un sol dont il n'est pas le propriétaire, le maître. Il n'y a là aucun racisme vis-à-vis des autres, aucun préjugé, mais la claire certitude que les non-musulmans sont des *dhimmis* qui doivent reconnaître que le sol appartient aux musulmans et seulement aux musulmans.

Dès lors, on aura compris que les Arabes ne souhaitent absolument pas de meilleures frontières avec l'État d'Israël (sauf trêve) : ils n'acceptent tout simplement pas l'existence même d'Israël. Il faut lire l'excellent livre de Jacques Tarnéro *Le Nom de trop* [5] :

> « Dans une interview donnée à la revue *Politique internationale* (été 1982), dont le titre ne laisse place à aucune nuance : "Tous contre Israël", l'ancien président Ben Bella énonce le cœur de sa pensée. Interrogé par André Soussan sur l'usage d'une arme nucléaire pour anéantir Israël, il déclare et prophétise : "Certains dirigeants arabes peuvent bien se rendre à Jérusalem, cela ne changera rien, il y aura toujours un musulman pour liquider les traîtres. Nous n'accepterons jamais ce corps étranger dans notre région. Israël est un véritable cancer greffé sur le monde arabe. Nous finirons par avoir la bombe atomique et les Israéliens ne pourront pas résister. Ils n'ont aucune chance et s'il n'y a pas d'autre solution, alors que cette guerre nucléaire ait lieu et qu'on en finisse une fois pour toutes. Ce que nous voulons, nous autres Arabes, c'est

5. Jacques Tarnéro, *Le Nom de trop*, Paris, Armand Colin, 2012, p. 163-164.

être et nous ne pouvons être que si l'autre n'est pas. Les Arabes n'accepteront jamais l'État d'Israël parce qu'accepter l'être sioniste reviendrait à accepter aussi le non-être arabe." »

Jetez donc un regard sur une carte, et vous constaterez l'immensité des terres qui appartiennent aux Arabes, et comparez avec la surface de l'État d'Israël... Avec ses 20 770 km^2, Israël dispose d'une superficie minuscule, et se trouve complètement entouré par des ennemis déclarés.

Israël doit-il s'excuser d'avoir détruit les aviations égyptiennes, jordaniennes et syriennes qui le menaçaient en 1967 ? Doit-il s'excuser d'avoir, au terme d'une guerre éclair, conquis la Cisjordanie, la bande de Gaza, la péninsule du Sinaï et Jérusalem-Est pour assurer sa sécurité ? Reproche-t-on aujourd'hui aux Romains d'avoir vaincu Carthage qui avait décrété sa perte, aux Français d'avoir chassé les Anglais de leur territoire au XVe siècle ? Pourquoi refuser à Israël le droit élémentaire de se défendre, ce droit donné à chaque nation ? Oui ou non, les Arabes ont-ils menacé de détruire Israël ? Oui ou non, les Anglais, voyant Londres écrasée par les bombes V1 et V2 allemandes, ont-ils rasé Hambourg et surtout Dresde en faisant dans cette seule ville 35 000 morts en une nuit ? Sans parler des Américains qui, après Pearl Harbour, ont bombardé Hiroshima et Nagasaki.

Pour mon père, veiller au respect du droit à se défendre était vital. C'était soutenir le principe qu'aucune nation, pas même la France, ne lui avait accordé pendant la guerre : le droit d'être un homme libre. Aussi, en 1967, dès que la menace de la guerre fut connue, il demanda à être engagé volontaire dans le service de santé de Tsahal. Il était hors de question pour moi de le laisser partir seul. Depuis la guerre, on formait une équipe. Nous partîmes donc tous les deux en Israël.

En octobre 1973, c'est **la guerre du Kippour**. Les Arabes reprirent l'attaque contre Israël, le 6 octobre, lors de la fête du Yom Kippour, le « jour du pardon » :

> « En Israël, à cette occasion, raconte Golda Meir alors Premier ministre, le pays entier est plongé dans une paralysie : pas de journaux, pas de télévision ni de radio, pas de transports publics, et toutes les écoles, toutes les boutiques, tous les restaurants et les cafés, ainsi que les bureaux sont fermés pour vingt-quatre heures[6]. »

Les Palestiniens, les Égyptiens et les Syriens décidèrent de déclarer la guerre **ce jour-là**, un peu comme si Israël avait décidé de bombarder les mosquées de l'esplanade de Jérusalem :

> « Puis, en pleine réunion, continue Golda Meir, mon secrétaire militaire fit irruption dans la pièce avec la nouvelle que l'offensive était déclenchée et, presque aussitôt nous entendîmes le hurlement des sirènes sur Tel-Aviv. C'était la guerre.
>
> Non seulement nous n'avions pas été prévenus à temps, mais nous nous battions simultanément sur deux fronts, et nous luttions contre des ennemis qui se préparaient depuis des années. [...] Dans les deux ou trois premiers jours de la guerre, seule une mince bande de jeunes hommes courageux se dressa entre le désastre et nous. [...] Mais même au pire de ces premiers jours [...] j'ai gardé une foi totale en nos soldats et en nos officiers, en l'esprit et le courage des forces de défense israéliennes et en leur capacité à relever n'importe quel défi. Non, je n'ai pas perdu confiance en notre victoire finale[7]. »

---

6. Golda Meir, *Ma vie*, Paris, Robert Laffont, 1975, p. 448.

7. *Ibid.*, p. 453-454.

Avec une antenne chirurgicale française

(De notre envoyé spécial
Francis SCHULL)

TEL AVIV, 21 octobre. — **Officiellement, ils ne sont encore que 360. Mais, en fait, Israël compte déjà plus de 4.000 volontaires étrangers qui sont arrivés depuis le début de la guerre du Kippour. Et ils sont 30.000 qui piaffent aux Etats-Unis en se demandant pourquoi on ne fait pas appel à eux.**

Pourquoi ? Parce qu'en 1967 déjà, Israël avait accueilli toutes les bonnes volontés, mais avec maints déboires. Il y avait ceux qui voulaient absolument se battre et qui, quand on les en eut dissuadés, rentrèrent tout bonnement chez eux. Il y avait les provocateurs, les curieux, les psychopathes-nécrophiles. Et les incapables. Bref toute une horde de bons à rien qui se révélèrent plus encombrants qu'utiles une fois sur place.

Alors cette fois on a pris des précautions. Les dossiers des candidats sont tous épluchés. On vérifie leur « curriculum vitae », on leur fait passer des tests psychologiques. Et ce n'est qu'une fois assuré que l'on a misé sur un bon numéro qu'on l'inclut dans la liste. En temps de paix, il y a 90 p. 100 de filles parmi ces volontaires. Aujourd'hui, le pourcentage est le même, mais en faveur des garçons qui sont répartis dans des « kibboutzim » ou des « moshavim » (collectivités agricoles ou industrielles) où chacun a une tâche bien précise.

Mais il y a tous ceux qui sont venus de leur propre chef, comptant sur leurs parents, leurs amis et la chance pour trouver à se rendre utiles sur place. Ils seront parfois déçus. Cette infirmière hollandaise, assistante d'un chirurgien, est toujours inemployée depuis une semaine qu'elle est là.

« Cela peut paraître étonnant, me dit-on à l'Agence juive, **mais en fait, cela s'explique aisément. Cette infirmière ne parle que le hollandais. Or, pour qu'elle soit rentable — car, malheureusement, nous sommes actuellement obligés de parler en ces termes — il faut l'intégrer dans une unité et cela demanderait plusieurs jours. D'où une perte de temps et d'efficacité. Elle est extrêmement déçue, évidemment, mais elle a compris. La chirurgie de guerre est quelque chose de très particulier. Mais nous la gardons en réserve. Elle sera utile. Après... »**

Le Dr Jean Hirsch, lui, n'a pas ces problèmes. Directeur de clinique à Massy et chirurgien lui-même, il a, dès les premiers jours de la guerre, décidé de partir. Déjà, en 1967, il était venu et il avait pu se rendre compte des problèmes d'intégration des médecins dans les unités chirurgicales. Alors, il a décidé de constituer sa propre unité.

En trois jours, il a réuni cinq personnes autour de lui. Son père d'abord, Sigismond Hirsch, radiologue. Et puis un cardiologue, Ariel Shimon, une infirmière, Sylvia Perez, un généraliste, Jean-Claude Scialom, et un panseur, Joseph Zaguri. Ne manquait qu'un anesthésiste. Le samedi 13, il téléphonait à un de ses amis.

— Tu n'as pas un anesthésiste volontaire pour partir en Israël avec nous dans tes relations, par hasard ?

— Mais si, justement. Un type très bien.

— Il est juif ?

— Non. Mais il veut partir.

Et le lendemain, Alexis Simkoff se joignait au groupe. Lundi, tout le monde était à pied d'œuvre à Tel Aviv. L'équipe a tout d'abord été scindée dans deux hôpitaux : Hassada et Hichilof. Aujourd'hui tous se retrouvent à Hichilof.

« Le temps qu'il faudra »

— Depuis quelques décennies, la France a pris l'habitude de ne pas tenir ses promesses, raconte Jean Hirsch. **Sa position actuelle à l'égard d'Israël n'est pas très glorieuse. Il faut donc montrer aux Israéliens que la population n'est pas le gouvernement. C'est pourquoi nous sommes là. Oh ! nous avons bien ressenti tout d'abord que l'image de marque de la France n'était pas très bonne. Aujourd'hui, il n'y a plus aucun problème.**

— Combien de temps comptez-vous rester ?

— Le temps qu'il faudra. Je me suis organisé en France pour que notre absence ne lèse personne. Ici je suis heureux. Il y a le soleil, la mer. Je suis utile. Et puis ces Israéliens m'étonneront toujours. Regardez-les...

D'un geste, il désigne la plage toute proche où s'entassent des dizaines de personnes apparemment insouciantes. Un pays en guerre, ça ?

— On ne dirait pas, hein ? Ils ont pourtant tous l'oreille collée aux « transistors ». Un indicatif, un numéro de code, et ils bondissent. C'est une organisation fantastique. Ils sont à la fois décontractés et disciplinés. Jamais d'affolement. A l'hôpital, c'est la même chose. Il y a de sacrés chirurgiens ici...

Il se retourne vers moi, secoue sa chevelure mouillée — lui aussi était à la plage tout à l'heure — me fait un grand sourire.

— Allons déjeuner, voulez-vous ? Tout à l'heure, je retourne à l'hôpital.

Il en est sorti à trois heures ce matin. Toute la nuit prochaine encore il y restera. Avec son équipe, pour qu'en Israël, on sache que gouvernement français ne veut pas forcément dire peuple français.

N'oublions pas la mémoire de ces jeunes soldats de vingt ans qui, sur la ligne frontière du Sinaï (la ligne Barlev), au sacrifice de leur vie, ont résisté à l'invasion puis réussi à lancer une contre-offensive victorieuse en Égypte.

Aussi, en octobre 1973, sommes-nous montés, mon père et moi, à nouveau, dans un avion pour aider Israël, de la même manière que nous avions protégé des enfants juifs pendant la guerre – dont beaucoup ont d'ailleurs fait plus tard leur *alya*. À nos yeux, il s'agissait du même combat. Laisser tomber Israël à ce moment-là eût été renoncer à nos valeurs, laisser tuer ma mère une seconde fois.

Mais en 1973, l'alerte a été dramatique. Les services de renseignements ont été débordés par l'attaque surprise et les pertes ont été lourdes des deux côtés. J'ai opéré en Israël pendant un mois, avec les équipes israéliennes, avec des praticiens de nombreux pays.

Le cessez-le-feu du 24 octobre 1973 consacra la victoire de l'armée israélienne. La résolution 338 de l'ONU réaffirma la nécessité d'une **« paix juste et durable au Moyen-Orient »**. L'OLP fut reconnue comme seule représentante du peuple palestinien lors du sommet arabe d'Alger qui se tint du 26 au 28 novembre. Mais, une fois encore, l'attitude de la Jordanie témoigna d'une certaine ambiguïté. Peu à peu les pays arabes se désolidarisèrent de la cause palestinienne.

La suite de l'histoire fut de la même eau. Yasser Arafat n'eut jamais vraiment le courage de faire la paix. De leur côté, il faut bien l'avouer, les Juifs furent et demeurent divisés sur la question palestinienne, comme en témoignent la polémique sur la colonisation et les frappes préventives contre l'Iran aujourd'hui.

L'histoire de ma famille, la manière énergique que Djigo avait toujours de résoudre les problèmes en allant au-devant d'eux, l'inconséquence des hommes politiques avant la Seconde Guerre me feraient plutôt soutenir une attitude radicale. La crainte d'une deuxième Shoah est permanente chez moi. La menace d'extermination et d'éradication de mon peuple insupportable. Elle explique clairement la méfiance d'Israël dans le processus de paix que les Arabes considèrent au mieux comme une trêve. Je pense souvent que les Américains ne se sont décidés à entrer en guerre qu'après l'attaque surprise japonaise de Pearl Harbour. Il est clair que leur situation géographique lointaine, comme leur puissance militaire, leur permet d'intervenir au meilleur moment pour eux, ce qui n'est pas le cas d'Israël.

Ai-je raison ? Comme d'habitude, l'histoire tranchera. À la jeune génération de répondre à cette question.

Mais il est une chose certaine pour moi : je tiens à réaffirmer mon soutien indéfectible à Israël en rappelant les mots très justes d'Ariel Sharon :

> « L'expérience politique d'Israël jette une ombre lourde sur notre capacité à nous élever au-dessus de tout ce qui nous divise. Cependant, il y a encore place pour l'optimisme. Nous sommes, après tout, un peuple avec près de quatre mille ans d'histoire reliant les générations les unes aux autres, un peuple qui a été capable, malgré tout, de surmonter tout ce qui nous a été infligé par nos ennemis et par nous-mêmes. **Il incombe à notre génération de mobiliser ce génie et de veiller à ce que notre lien avec l'antique chaîne ne soit pas brisé**[8]. »

* *
*

8. Ariel Sharon, *Mémoires*, Paris, Stock, 1990.

Prise d'armes et décoration de Sigismond Hirsch aux Invalides.

Je suis français de mère juive française, strasbourgeoise, Berthe, née Weyl, et de père juif roumain naturalisé français en 1933. J'aime la France, sa poésie, sa langue, son histoire, ses merveilleux paysages. J'y ai énormément appris, en particulier mon métier.

Toute notre famille est entrée dans la Résistance, mon père était grand officier de la Légion d'honneur, à ses côtés, je suis entré tout gamin dans la Résistance, j'ai fait mes vingt-quatre mois de service militaire et ma mère, croix de guerre, est morte pour la France. Je suis pupille adopté par la nation à titre militaire. Plusieurs de mes oncles et tantes ont été combattants volontaires de la Résistance et ont en particulier caché des enfants et des jeunes. Enfin, mon père a été l'un des fondateurs des Éclaireurs israélites de France, principal mouvement juif de la Résistance en France. Et pourtant – et je comprends que cela irrite –, nous sommes d'abord juifs et ensuite français, ça n'est pas simple à vivre, il nous faut concilier tout cela qui parfois nous écartèle.

*

Tout jeune, j'avais été très impressionné par la collaboration française massive de Vichy. Les coups donnés par les nazis, c'était une chose, mais les coups donnés par des Français, que nous aimions, c'était désespérant. La propagande de Vichy, les affiches sur les murs des villes qui représentaient un gros Juif libidineux avec un nez crochu, laid, assis bien sûr sur un tas d'or, ont frappé l'enfant que j'étais. Ah, l'argent des Juifs ! La cupidité des Juifs ! L'ubiquité des Juifs qui sont partout, qui pourrissent tout, qui sont cause de tous les maux… Relisez *Je suis partout*, ou *Gringoire*, ou Drieu la Rochelle, ou Brasillach ou Céline, ou Pétain qui déclare légaux les camps de concentration. Et fleurissent les très nombreux camps dont Gurs, Rivesaltes, les Milles, et bientôt Drancy qui ne sont que les plus connus. Et bientôt des trains français, des convois partent de France pour Auschwitz. Tout cela au pays de Descartes, au pays de la raison et du *Discours de la Méthode*, au pays de la France des Lumières. Et pendant cinquante-cinq ans, pas un mot de regret, pas un mot d'excuse, et en particulier pas un mot de De Gaulle.

Malgré tout cela, l'amour des Juifs pour la France est intense, brûlant. Promenez-vous dans les cimetières et vous verrez le nombre de Juifs qui ont donné leur vie pour ce pays sur tous les champs de bataille. Lisez les citations sur les tombes, par exemple au Père-Lachaise, si nombreuses.

Ils aiment d'amour la France parce que ce pays a voulu qu'ils soient des hommes et des femmes comme tous les autres, dans la liberté, l'égalité, la fraternité, lors de la Révolution française de 1789-1793 : le Juif errant, le Juif sans terre, le maudit, le déicide meurtrier de Jésus-Christ a été reconnu en France pour être un homme comme tous les autres, avec les mêmes devoirs et les mêmes droits. J'ai décrit antérieurement le ravissement de mon père arrivant à Paris en 1924.

Pourtant, Laval, qui « souhaite la victoire de l'Allemagne », envoie les enfants rejoindre leurs parents pour mourir avec eux afin de « ne pas les séparer ». Il n'est pas tout seul dans cette France de 1942 ! Comme lui, et comme plein d'autres, Brasillach écrit : « **Car il faut se séparer des Juifs en bloc et ne pas garder les petits. L'humanité commande ici la sagesse**[3] » (25 septembre 1942).

3. Robert Brasillach, cité dans *Les Collabos*, *op. cit.*, p. 311.

Les rafles, et en particulier les rafles des 16 et 17 juillet 1942, par des gendarmes français, en uniformes français, désespèrent les Juifs qui avaient fait confiance à la France des Lumières et s'étaient battus pour elle. Drancy, antichambre d'Auschwitz, est un camp français, gardé par des Français en uniforme français qui organisent à la française des wagons qui partent pour la mort.

Ce n'est pas ici le lieu de décrire ce que fut la collaboration française – les dénonciations, les humiliations.

Hélas ! Passé 1960, le quai d'Orsay, avec une indépendance et une ténacité extrêmes, a toujours été pro-arabe et contre Israël. Ce ministère, qu'il soit dirigé par Védrine, par Kouchner, ou Jean-David Lévitte, a constamment montré une attitude partisane et injuste anti-israélienne.

Certes, on peut parfaitement comprendre que la France mène souverainement la politique qu'elle estime bonne pour ses intérêts, en particulier pétroliers. Mais ce faisant, elle s'éloigne parfois des idéaux d'une République juste.

Si bien que nous, les Juifs, entre deux déclarations rassurantes, nous sommes souvent sur une fesse et nous nous attendons à tout moment à une nouvelle déception.

*

Merci pour toujours au Président Chirac pour son formidable discours du 16 juillet 1995 au Vél'd'Hiv commentant les rafles à Paris du 16 juillet 1942 et celles, un mois plus tard, effectuées en zone libre. Merci à Christine Albanel, sa collaboratrice de génie, qui l'a rédigé à sa demande. Ce discours doit être lu et relu et je le retranscris ici *in extenso*, tant il est fondamental pour la civilisation des hommes, **car il y a un avant et un après Auschwitz**. Pour cela, il passera à la postérité.

« Ce jour-là la France accomplissait l'irréparable. »

Discours de Jacques Chirac prononcé lors des commémorations de la Rafle du Vél'd'Hiv – 16 juillet 1995.

Monsieur le Maire,
Monsieur le Président,
Monsieur l'Ambassadeur,
Monsieur le Grand Rabbin,
Mesdames, Messieurs,

Il est, dans la vie d'une nation, des moments qui blessent la mémoire, et l'idée que l'on se fait de son pays.

Ces moments, il est difficile de les évoquer, parce que l'on ne sait pas toujours trouver les mots justes pour rappeler l'horreur, pour dire le chagrin de celles et ceux qui ont vécu la tragédie. Celles et ceux qui sont marqués à jamais dans leur âme et dans leur chair par le souvenir de ces journées de larmes et de honte.

Il est difficile de les évoquer, aussi, parce que ces heures noires souillent à jamais notre histoire, et sont une injure à notre passé et à nos traditions. Oui, la folie criminelle de l'occupant a été secondée par des Français, par l'État français.

Il y a cinquante-trois ans, le 16 juillet 1942, 450 policiers et gendarmes français, sous l'autorité de leurs chefs, répondaient aux exigences des nazis.

Ce jour-là, dans la capitale et en région parisienne, près de 10 000 hommes, femmes et enfants juifs furent arrêtés à leur domicile, au petit matin, et rassemblés dans les commissariats de police.

On verra des scènes atroces : les familles déchirées, les mères séparées de leurs enfants, les vieillards – dont certains, anciens combattants de la Grande Guerre, avaient versé leur sang pour la France – jetés sans ménagement dans les bus parisiens et les fourgons de la préfecture de police.

On verra, aussi, des policiers fermer les yeux, permettant ainsi quelques évasions.

Pour toutes ces personnes arrêtées, commence alors le long et douloureux voyage vers l'enfer. Combien d'entre elles ne reverront jamais leur foyer ? Et combien, à cet instant, se sont senties trahies ? Quelle a été leur détresse ?

La France, patrie des Lumières et des Droits de l'Homme, terre d'accueil et d'asile, la France, ce jour-là, accomplissait l'irréparable. Manquant à sa parole, elle livrait ses protégés à leurs bourreaux.

Conduites au vélodrome d'Hiver, les victimes devaient attendre plusieurs jours, dans les conditions terribles que l'on sait, d'être dirigées sur l'un des camps de transit – Pithiviers ou Beaune-la-Rolande – ouverts par les autorités de Vichy.

L'horreur, pourtant, ne faisait que commencer.

Suivront d'autres rafles, d'autres arrestations. À Paris et en province. Soixante-quatorze trains partiront vers Auschwitz. Soixante-seize mille déportés juifs de France n'en reviendront pas.

Nous conservons à leur égard une dette imprescriptible.

La Torah fait à chaque juif devoir de se souvenir. Une phrase revient toujours qui dit : « N'oublie jamais que tu as été un étranger et un esclave en terre de Pharaon. »

Cinquante ans après, fidèle à sa loi, mais sans esprit de haine ou de vengeance, la Communauté juive se souvient, et toute la France avec elle. Pour que vivent les six millions de martyrs de la Shoah. Pour que de telles atrocités ne se reproduisent jamais plus. Pour que le sang de l'holocauste devienne, selon le mot de Samuel Pisar, le « sang de l'espoir ».

Quand souffle l'esprit de haine, avivé ici par les intégrismes, alimenté là par la peur et l'exclusion. Quand à nos portes, ici même, certains groupuscules, certaines publications, certains enseignements, certains partis politiques se révèlent porteurs, de manière plus ou moins ouverte, d'une idéologie raciste et antisémite, alors cet esprit de vigilance qui vous anime, qui nous anime, doit se manifester avec plus de force que jamais.

En la matière, rien n'est insignifiant, rien n'est banal, rien n'est dissociable. Les crimes racistes, la défense de thèses révisionnistes, les provocations en tout genre – les petites phrases, les bons mots – puisent aux mêmes sources.

Transmettre la mémoire du peuple juif, des souffrances et des camps. Témoigner encore et encore. Reconnaître les fautes du passé, et les fautes commises par l'État. Ne rien occulter des heures sombres de notre Histoire, c'est tout simplement défendre une idée de l'Homme, de sa liberté et de sa dignité. C'est lutter contre les forces obscures, sans cesse à l'œuvre.

Cet incessant combat est le mien autant qu'il est le vôtre.

Les plus jeunes d'entre nous, j'en suis heureux, sont sensibles à tout ce qui se rapporte à la Shoah. Ils veulent savoir. Et avec eux, désormais, de plus en plus de Français décidés à regarder bien en face leur passé.

La France, nous le savons tous, n'est nullement un pays antisémite.

En cet instant de recueillement et de souvenir, je veux faire le choix de l'espoir.

Je veux me souvenir que cet été 1942, qui révèle le vrai visage de la « collaboration », dont le caractère raciste, après les lois anti-juives de 1940, ne fait plus de doute, sera, pour beaucoup de nos compatriotes, celui du sursaut, le point de départ d'un vaste mouvement de résistance.

Je veux me souvenir de toutes les familles juives traquées, soustraites aux recherches impitoyables de l'occupant et de la milice, par l'action héroïque et fraternelle de nombreuses familles françaises.

J'aime à penser qu'un mois plus tôt, à Bir Hakeim, les Français libres de Koenig avaient héroïquement tenu, deux semaines durant, face aux divisions allemandes et italiennes.

Certes, il y a les erreurs commises, il y a les fautes, il y a une faute collective. Mais il y a aussi la France, une certaine idée de la France, droite, généreuse, fidèle à ses traditions, à son génie. Cette France n'a jamais été à Vichy. Elle n'est plus, et depuis longtemps, à Paris. Elle est dans les sables libyens et partout où se battent des Français libres. Elle est à Londres, incarnée par le général de Gaulle. Elle est présente, une et indivisible, dans le cœur de ces Français, ces « Justes parmi les Nations » qui, au plus noir de la tourmente, en sauvant au péril de leur vie, comme l'écrit Serge Klarsfeld, les trois quarts de la communauté juive résidant en France, ont donné vie à ce qu'elle a de meilleur. Les valeurs humanistes, les valeurs de liberté, de justice, de tolérance qui fondent l'identité française et nous obligent pour l'avenir.

Ces valeurs, celles qui fondent nos démocraties, sont aujourd'hui bafouées en Europe même, sous nos yeux, par les adeptes de la « purification ethnique ». Sachons tirer les leçons de l'Histoire. N'acceptons pas d'être les témoins passifs, ou les complices, de l'inacceptable.

C'est le sens de l'appel que j'ai lancé à nos principaux partenaires, à Londres, à Washington, à Bonn. Si nous le voulons, ensemble nous pouvons donner un coup d'arrêt à une entreprise qui détruit nos valeurs et qui, de proche en proche risque de menacer l'Europe tout entière.

Jacques Chirac

Ce discours capital a été pleinement confirmé d'ailleurs par François Hollande au Vél'd'Hiv en juillet 2012, qui précise encore plus, si besoin était, la responsabilité de la France.

Oui, heureusement, dans ce cauchemar, dans cette nuit, il y a quand même eu quelques « Justes parmi les Nations » qui ont sauvé l'honneur (3 546 reconnus au 1er janvier 2012) et qui ont sauvé des Juifs au péril de leur vie et qui ont été des lumières dans la nuit.

Amour d'Israël avant tout, mais amour aussi de la France. De ce fait existe une tension que certains Juifs résolvent définitivement en faisant leur *alya*, c'est-à-dire leur « montée en Israël ». Mais mon père était tellement épuisé par son calvaire qu'il n'a pas eu la force de conclure logiquement sa trajectoire, qu'il est resté en France en se raccrochant aux vestiges de sa vie passée. Bien évidemment, je suis resté à ses côtés, très souvent tenté, moi, d'aller vivre en Israël, mais ne pouvant me résoudre à l'abandonner.

Toutefois nous restons inquiets parce qu'on dirait parfois (le ciel préserve) que l'histoire recommence : que ce soit du fait du « gang des barbares », de Youssouf Fofana qui torture et tue Ilan Halimi en 2006, ou du fait de Mohammed Merah en 2012 à Toulouse qui tue une famille juive et des soldats, la réalité est qu'on tue à nouveau des Juifs en France : ça pourrait être nos enfants. On constate que l'antisémitisme prospère, souvent sous le masque de l'antisionisme.

Rachi de Troyes écrit dans le français le plus pur qui soit au XIe siècle. Montaigne, Mendès-France et d'autres ont tant apporté à ce pays bien-aimé et quel bonheur d'entendre à Strasbourg lors de l'inauguration de l'esplanade des Justes parmi les Nations, le 22 juillet 2012, le ministre de l'Intérieur, Manuel Valls, déclarer : « Je me battrai contre l'antisémitisme sous toutes ses formes, y compris celui sous couvert d'antisionisme. » Qu'on nous pardonne : Hitler avait écrit ce qu'il allait faire avec les Juifs dans *Mein Kampf.* On ne l'a pas cru, il l'a fait pourtant. Mahmoud Ahmadinejad dit qu'il veut détruire Israël avec une arme nucléaire : il s'agit de l'arrêter. « **Mais enfin**, pourrait me rétorquer quelque très méchante âme qui n'a jamais rien fait pour la France, **vas-y donc dans ton pays, qu'est-ce qui t'en empêche ?** » Eh bien, celui qui me dirait cela aurait raison, ce serait en effet l'attitude logique aujourd'hui pour un Juif comme moi, et pour mes enfants. Et je me fais reproche tous les jours de ne l'avoir point fait. J'ai souvent souffert de méchantes personnes qui voulaient une fois de plus m'éliminer, me trouvant en trop là où je suis, en France. Venant de gens aigris, jaloux et n'ayant rien fait pour la France, c'est un peu facile !

J'ai suivi, je l'ai dit, pendant trente ans les cours d'un rav merveilleux déjà cité, Léon Ashkénazi, « Manitou » pour les EIF, qui nous disait : « Pendant des siècles, les

Juifs ont supplié Dieu, notamment à Pessah, à Pâques, en chantant *"Permets-nous d'être l'an prochain à Jérusalem"*. Mais ils ne pouvaient pas réaliser leur rêve. Et il ajoutait : « Voilà qu'il vous suffit de prendre un avion, trois heures après vous y êtes, et vous n'y allez point ? » Et de plus, vous seriez chez vous grâce à la **loi du retour !** Et vous seriez immédiatement de plein droit de nationalité israélienne.

Alors, pourquoi en effet ne pas aller vivre en Israël ? Et mon explication (mauvaise) est la suivante : au lendemain de la guerre, mon père était en très mauvaise condition morale et physique, et il s'agissait de survivre dans l'immédiat, lui, ma sœur et moi, d'essayer de nous refaire moralement et matériellement. Et c'est vrai, dans ces conditions, que nous n'avons pas eu la force d'apprendre l'hébreu, d'émigrer, bref, d'essayer de nous adapter à une nouvelle vie, à un nouveau pays. Nous étions tellement mal moralement que cela représentait un effort impossible. Mais si mon père avait décidé d'aller en Israël, lui, le précurseur, le sioniste de toujours, le bâtisseur, bien sûr que je l'aurais suivi avec bonheur. Mais il n'en a pas parlé en ces termes et après sa déportation, je n'ai pas osé lui demander cet effort supplémentaire, et puisqu'il ne partait pas, **il m'était impossible de partir sans lui, de l'abandonner**. J'ai longuement décrit la difficulté à vivre des enfants survivants. Je n'avais pas le droit de parler au nom de mon père déporté, mais je me devais moi d'être toujours à ses côtés. Alors nous ne sommes pas partis, mais j'espère toujours que mes enfants le feront tôt ou tard, ou les enfants de mes enfants, renouant avec leur histoire, celle d'Israël.

Certes j'aurais pu émigrer enfin après janvier 1990, après la mort de mon père, et j'aurais dû le faire. Mais j'avais cinquante-sept ans et je n'ai pas eu la force, le courage de le faire, alors que des camarades, eux, aussi frappés que nous, l'ont fait, quitte à apprendre l'hébreu et à repartir à nouveau de (presque) zéro, quitte à déménager notre famille.

Je cherche souvent à faire le diagnostic, à comprendre comment fonctionne ce pays, comment la France « inconstante et fidèle » de Michelet a pu être ce qu'elle a été de 1940 à 1945. Peut-être est-elle épuisée à cause de guerres successives éliminant des hommes jeunes. Essayons une explication (risquée, car je ne suis pas historien) : en 1715, à la mort de Louis XIV, la France au cœur de l'Europe est un pays très fort. La France est la fille aînée de l'Église, son roi est un roi de droit divin. La religion d'État est le catholicisme pour tous et on a éradiqué les protestants avec la révocation de l'édit de Nantes et la Saint-Barthélemy. La France est alors le pays le plus peuplé d'Europe avec 30 millions d'habitants, c'est un pays jeune, d'une superbe jeunesse. Que survienne un concept magnifique, Liberté, Égalité, Fraternité, et la France sublimée conquiert l'Europe militairement et, à un moindre degré, culturellement, spirituellement. Cette idée-là soulève le monde, Beethoven compose pour Napoléon, Kellermann est vainqueur à Valmy à l'âge de vingt-sept ans. Bonaparte, Murat, Lefebvre, Lannes et tant d'autres sont jeunes et capables. Mais voilà, les guerres napoléoniennes font 1,8 million de morts français, c'est une saignée terrible d'hommes jeunes qui ne feront pas d'enfants. Et cette période s'arrête en 1815. « Mais sire, disait une marquise à Napoléon, tout ce sang versé, tous ces hommes tués ? – Oh, madame, répondait l'empereur, une nuit de Paris réparera tout cela. »

Cent ans plus tard, c'est de nouveau la guerre, celle de 1914-1918. À nouveau 1,8 millions morts, à nouveau des hommes dans la force de l'âge, stupidement envoyés à une boucherie de masse, sans aucun génie militaire. Et même au début de la guerre, par patriotisme, les soldats français ont des pantalons rouge garance teintés par la rivière du même nom (il faut faire travailler français !). Tout cela fait une belle cible pour les fusils Mauser allemands. De surcroît, au début, les soldats restent debout sous la mitraille ; un homme, paraît-il, doit rester debout. Et c'est un massacre. À part les morts, il y a de très nombreux blessés, atrocement peints par Otto Dix, du côté allemand. Et puis, à la fin de la guerre, en 1918, survient de surcroît la grippe espagnole qui tue 50 millions de personnes en Europe.

Ces saignées successives et terribles font que, de 1920 à 1940, **il n'y a plus que très peu d'hommes français jeunes, brillants et courageux** pour éviter ou concevoir lucidement la der des der, la guerre de 1939-1940. C'est ce manque d'hommes jeunes, cet épuisement de la « substantifique moelle » qui explique peut-être fondamentalement « l'étrange défaite » décrite par Marc Bloch en 1940. Là est, peut-être, en partie, l'explication des lâchetés successives de 1920 à 1938 : il convient d'éviter à tout prix une nouvelle guerre à ce pays épuisé. « Ah les cons, s'ils savaient », marmonne Daladier, acclamé en revenant de Munich, aux imbéciles qui croient qu'il a sauvé la paix ; Munich, « ce lâche soulagement ».

Et quand on se décide enfin à la faire, cette guerre, on la perd. Pétain s'est avéré incapable avec d'autres militaires de créer après 1918 une armée française efficace et moderne qui puisse tenir tête à l'Allemagne en cas de besoin. Et quand on l'a perdue, cette guerre, on se soumet à l'ordre de Vichy, en portant tout à fait démocratiquement au pouvoir un vieillard sénile, Philippe Pétain, qui a quelques heures de lucidité par jour et qui est un antisémite viscéral. On se couche devant l'Allemand, on collabore et on condamne à mort de Gaulle par contumace. Le soi-disant héros d'une guerre passée vingt ans auparavant s'empresse de concocter dès octobre 1940 une loi qui prive les Juifs de tous leurs droits. C'est le début de la sinistre collaboration dont j'ai parlé précédemment.

ÉPILOGUE

Grâce à notre travail acharné, notre envie de rebâtir, nous sommes devenus aisés. Nous étions bien logés dans de vastes appartements et la vie nous souriait, même si les blessures du passé jetaient toujours des ombres tenaces sur le bonheur de deux hommes solitaires : un veuf (Auschwitz) et un célibataire attardé. Mais cette richesse n'était rien d'autre pour nous qu'une revanche. Une revanche sur nos bourreaux, sur tous ceux qui depuis des siècles nous avaient méprisés, calomniés et avaient voulu nous exterminer tous à Auschwitz en apothéose. De fait, la société française en 1984 reconnaît le mérite du Dr Sigismond Hirsch et le Président de la République François Mitterrand l'élevait à la dignité de grand officier de la légion d'Honneur au Palais de l'Élysée.

Mon engagement auprès de mon père fut total. Même si je le rabrouais de temps à autre, nous formions une équipe et il était hors de question de le laisser au bord du chemin. Il fut un modèle, très souvent une douleur, toujours une discipline. Il me rappelait à mes devoirs, m'obligeait à réussir, refusait à mon égard toute complaisance.

La vie aux côtés de mon père fut très éprouvante. Elle me permit peut-être de devenir ce que j'ai essayé d'être en hommage à sa souffrance : un chirurgien respecté, je crois, qui développa le concept de Sécurité sociale, notre réseau de dispensaires et construisit plusieurs hôpitaux privés dans la région parisienne.

Pourtant, quand j'eus presque quarante ans et qu'aucun mariage n'était encore en vue, mon père me demanda, avec cette manière définitive qui fait mal, et que les caractères entiers manient parfois sans discernement : « Mais pour qui travailles-tu autant ? » La question était pertinente. La réponse, incertaine. Il avait du culot tout de même de me dire cela, lui qui avait retoqué chacune de mes liaisons !

Et puis, enfin, je rencontrai celle qui allait devenir ma femme, Anne. Elle me parut tout de suite une femme exquise, pleine de charme et surtout au caractère suffisamment trempé pour faire face à la bande des Hirsch, cette famille aussi malléable qu'un taureau un jour de corrida. Très vite, je sus qu'elle serait une épouse aimante, capable d'apaiser mes colères et en même temps exigeante, borne inébranlable à mon caractère impossible. Une mère admirable capable de reconstruire une famille juive après la Shoah.

L'histoire de sa famille était, par certains côtés, assez proche de la nôtre. Juifs originaires de Roumanie, ils avaient été négociants en grains. Avec la guerre, ils s'enfuirent en Palestine où, grâce au ciel, ils n'eurent pas à subir les arrestations, les vexations et la mort.

Deux ans après notre mariage, mon père, assis silencieusement à un coin de la table, repensant sans doute à mon mariage tardif et à toutes les impétrantes écartées, rompit un silence qui se fit dans la conversation en s'exclamant soudain tout en nous regardant pensivement, Anne et moi : « Nous avons bien fait d'attendre ! »

Tout était dans le « nous ». Exceptionnellement, cela ressemblait à un compliment, dont mon père était si avare, et il me paraissait un peu apaisé.

Anne. Comment vous la décrire ? C'est une brune, évidemment très jolie, avec de longues jambes. Elle est grande et son visage décidé est magnifique. Ses yeux noisette, très mobiles, scrutent les environs avec une acuité redoutable. J'ai mis très longtemps à la trouver. Après trente-deux ans de mariage, je peux dire que je ne me suis pas ennuyé une seconde !

Il faut dire que, si mes maîtres m'ont appris à faire (si possible) une opération à la fois, Anne, *elle*, fait en routine six choses en même temps ! Et elle les fait bien, mais il faut suivre car, avant même la fin, elle programme autre chose qu'elle organise à nouveau !

Tout de même, allez-vous dire, en médecine, elle te laisse faire ? Pas du tout ! Elle pratique tous les jours l'exercice illégal de la médecine et, dans certains cas difficiles, elle fait appel à sa mère, à ma charmante belle-mère Yvette, qui semble sortie tout droit d'un roman russe : après concertation, leur traitement consiste souvent en une prescription de quinze jours de ski à Saint-Moritz. Là, Anne (qui ne saurait rester oisive) nous emmène skier hors-piste, en profonde. Championne de ski de haute montagne (elle a sauvé son moniteur, directeur de l'école de ski, d'une avalanche), ivre de neige poudreuse qu'elle va chercher jusqu'au Canada en hélicoptère.

Elle est surtout une mère adorée et respectée par les enfants (pardon, par les jeunes). Elle est gaie, saine, enfin, comme chante Michel Berger, « elle est, elle est… ». Ce qui ne l'empêche pas d'avoir été fondé de pouvoir d'une banque place Vendôme à Paris, PDG de deux de nos sociétés commerciales et directrice d'une clinique, et aussi *trader* immobilier et, quand elle le veut bien, cordon bleu.

Elle est ma femme, franche, loyale et forte. Ma maîtresse, mon amie, ma complice dont même les (petits) défauts m'enchantent.

Bavarde (et seulement sur des sujets sans importance). Ainsi : elle pépie avec ses copines, et ce sont des fous rires dont je suis jaloux et totalement exclu.

Mondaine. Un mystère insondable, dès que nous dînons en ville avec des inconnus, voilà régulièrement que son voisin lui confie dès le premier quart d'heure des secrets inouïs sur ses problèmes intimes, ce qui a le mérite de faire que, ensuite, gêné, il nous évite absolument.

Excessive. Soupe au lait, Anne peut se fâcher vite, et il est charmant de la voir se calmer immédiatement dès que l'explication a eu lieu. De même, Anne pleure de rire et nous rions tous en famille ; c'est un vrai bonheur.

Merci, Anne, de nous offrir ta joie de vivre.

Aussi, lorsque dans une centaine d'années, Anne comparaîtra devant le Trône céleste, il lui sera demandé : « Anne Josefsohn-Hirsch, qu'avez-vous fait de votre vie ?

– Je me suis consacrée à mes enfants. J'ai tenté de leur transmettre ce que j'ai cru juste et bon.

– Fort bien, mais encore ?

– J'ai essayé d'être la digne fille de mon père Nica, ce Roumain subtil, en essayant (comme il disait) d'"être à la question".

– Quoi d'autre ?

– J'ai aussi étudié le russe, beaucoup lu Pouchkine et Tolstoï, et puis j'ai travaillé au musée de Tel-Aviv avec mes amies…

– D'accord, mais à votre sens, qu'avez-vous fait de plus difficile ?

– Eh bien, j'ai supporté Jean Hirsch ! »

À ces mots, chérubins et séraphins, *ofanims* et archanges entonneront un hymne de gloire, et Anne sera conduite à la droite de l'Éternel.

Oui, Anne est le cœur de la famille, et elle m'étonne chaque jour. Je me demande souvent ce qui l'a poussée à s'associer à un ours, un célibataire endurci et, de surcroît, gravement compromis, puisqu'il vivait depuis des années, jour et nuit, avec une exigeante maîtresse nommée chirurgie !

Elle, que j'appelle parfois mon mécréant, qui ne s'embarrasse guère d'habitude de stricte religion ou de tradition, a pourtant discerné la braise qui couvait sous les cendres d'une famille quasi exterminée et s'est lucidement donné pour mission de faire renaître la vie. Trois enfants plus tard, Yaël, Michaël et Jonathan consacrent l'échec de la Solution finale voulue par les nazis.

Aujourd'hui, quand j'évoque les principales étapes de ma douloureuse résilience, la plus significative a été celle-ci : pensant sans doute qu'il fallait officialiser plus encore mon intégration dans leur groupe, Vincent Planque, Michel Hacq, Eugène Sirvent et Pierre Julitte entreprirent des démarches pour me faire obtenir la Légion d'honneur.

En 1987, mon père, et personne d'autre, me fit donc chevalier de la Légion d'honneur en accrochant sur ma poitrine sa propre Légion d'honneur reçue à son retour de déportation. J'ai considéré que cette cérémonie père-fils, en présence de ses quatre plus proches camarades de déportation, tous grands officiers de la Légion d'honneur dont un compagnon de la Libération (on les appelait les « quatre mousquetaires » !), était une sorte d'adoubement et de **passation de pouvoir**. Comme il l'avait dit un jour : « Je peux prendre ma retraite. Tu gères maintenant convenablement nos affaires. » En fait, et depuis toujours, j'ai été à ses côtés inconditionnellement.

La naissance de chacun de mes trois enfants m'apparut chaque fois comme un démenti de ce qu'on avait voulu faire de nous pendant la guerre, des sous-hommes esclaves, et une réponse à l'assassinat de ma mère, une victoire de la vie.

Plus tard, en avril 2008, en devenant officier de la Légion d'honneur, je donnais à mes enfants l'ordre dans mon discours de ne jamais se quitter. C'est à ce seul prix que notre peuple a réussi à survivre à deux mille ans de déracinement, d'éparpillement et d'hostilité. Tel est le destin des Juifs : rester unis ou disparaître.

*

Car tel avait été le combat de la famille Hirsch : la vie. Comme le disait Shatta : « Quoi qu'il en coûte, il faut toujours choisir la vie. » En sauvant pas moins de 400 jeunes d'une mort certaine, en devenant résistant, en ne succombant pas à Auschwitz, en portant haut son idéal de médecin, Sigismond Hirsch, le fils aîné roumain, le chef de famille, avait montré l'exemple à ses frères et sœurs qui n'étaient pas restés inactifs, toujours dans une efficacité et une discrétion extrêmes. Il avait de plus entraîné tous ses camarades chez les scouts israélites de France, dans la Résistance, et ses amis médecins dans l'établissement de la Sécurité sociale.

Enfin, beaucoup de nos jeunes Juifs, ayant échappé à la déportation grâce à mes parents, ont combattu dans les maquis puis dans l'armée française et ont enfin émigré en Israël, ont fait leur *alya*, en particulier en créant le kibboutz français de Neve Ilan. Ils ont eu de nombreux enfants et petits-enfants israéliens qui leur demandent parfois en hébreu : « Dis-moi, papa, qui donc était Djigo, là-bas en France ? » (Et il y a des anciens d'Auvillar et de Moissac dans tous les pays du monde.)

Je voulais témoigner de son courage et en même temps de la difficulté qu'il fut d'être juif en Europe au XXe siècle. Les périls demeurent nombreux encore, je le sais. La résurgence de l'antisémitisme est extrêmement forte et les menaces contre Israël, très graves. Mais il me semble que

U.N.A.D.I.F.

Union Nationale des Associations de Déportés, Internés et Familles de Disparus.

Reconnue d'utilité publique par décret du 11 Mai 1984

FÉDÉRATION NATIONALE DES DÉPORTÉS ET INTERNÉS DE LA RÉSISTANCE
Reconnue d'utilité publique décret 1er avril 1950

—

ASSOCIATIONS DÉPARTEMENTALES DES DÉPORTÉS, INTERNÉS ET FAMILLES DE DISPARUS

—

PATRIOTES RÉSISTANTS A L'OCCUPATION DES DÉPARTEMENTS DU RHIN ET DE LA MOSELLE

—

AMICALES DE CAMPS

Paris le 15 Juin 2001

Monsieur Jean-Pierre MASSERET
Secrétaire d'Etat à la Défense
chargé des Anciens Combattants
37, rue de Bellechasse
75700 PARIS

FP/YH

Monsieur le Ministre,

Permettez-moi de vous soumettre un mémoire de proposition pour le grade d'Officier de la Légion d'Honneur, en faveur du Docteur Jean-Raphaël HIRSCH, nommé Chevalier en 1987 au titre du Ministère de la Santé.

Le Docteur HIRSCH, Pupille de la Nation, sa mère déportée résistante étant morte pour la France à Auschwitz, a été pendant de longues années notre conseiller médical.

Pendant l'occupation, il a servi, malgré son jeune âge, d'agent de liaison de la Résistance, d'abord en 1942-43 dans le Tarn-et-Garonne, ensuite, après l'arrestation de ses parents, dans les Bouches-du-Rhône jusqu'à la Libération.

Son père, le Docteur Sigismond HIRSCH, déporté-résistant rescapé, était Grand Officier de la Légion d'Honneur.

Depuis 1996, le Docteur Jean-Raphaël HIRSCH est vice-président des « Enfants cachés », association qui regroupe les enfants ayant échappé aux arrestations des années 1940-1944.

En raison des services éminents qu'il a rendus et qu'il rend encore en temps de paix comme il l'a fait en temps de guerre, nous vous serions reconnaissants de bien vouloir recevoir favorablement cette demande.

Nous vous prions d'agréer, Monsieur le Ministre, l'assurance de notre haute considération.

André LAROCHE
Président de la FNDIR

François PERROT
Président de l'UNADIF

P.J-

8, rue des Bauches 75016 PARIS - Téléphone: 01.53.92.21.00 Télécopie: 01.40.50.65.64
Lisez et diffusez "LE DÉPORTÉ"

Attestation UNADIF.

nos deux générations ont rempli leur mission : permettre aux Juifs opprimés du monde entier de trouver un asile sûr en Israël.

Mon père ressassait ses souvenirs et n'a jamais beaucoup parlé ; stigmate d'une éducation prussienne, des duretés de la vie et d'une farouche modestie, il s'est peu confié. Il a encore moins écrit. J'ai pu obtenir à grand peine son témoignage dicté, colonne vertébrale de ce livre que **LUI** aurait dû écrire et qui alors aurait été bien meilleur tant il avait de talent.

Il s'est éteint le 22 janvier 1990. Quelques semaines avant de mourir, il crut devoir me dire une ultime phrase pleine de remords : « J'ai voulu jouer au matamore. J'ai entraîné ta mère dans la Résistance et dans la mort. » Je lui ai fortement répondu : « Ne t'inquiète pas, papa, tu as fait ton devoir. » Pendant un temps bref, alors qu'il était malade et qu'il souffrait sans se plaindre jamais, il m'a attiré et serré contre sa poitrine de toutes ses forces, sans un mot, pour me dire son amour, pour me dire adieu. Et je le porte en moi chaque seconde de ma vie.

Je regrette qu'il n'ait pas été là pour entendre le discours de Jacques Chirac prononcé le 16 juillet 1995 lors des cérémonies de commémoration de la rafle du Vél'd'Hiv. Cette parole de vérité lui aurait sans doute été apaisante, car elle reconnaissait publiquement l'injustice commise à l'égard des Juifs par la France et par le monde entier, et donne tout son sens à son dur combat, à celui de notre famille et de tant d'autres.

*

* *

ÉPILOGUE

J'ai amené mon père à Jérusalem, sa dernière demeure. Conformément à l'ordre qu'il m'a donné, il repose en paix sur le mont des Oliviers, face aux splendides murailles de Jérusalem, et comme il le voulait, face à la Porte Dorée par où, selon la tradition juive, le Messie viendra délivrer le monde : il voulait être le premier à le voir ! Djigo repose. J'espère le rejoindre un jour et j'ai fait le nécessaire en réservant ma tombe à côté de lui. Cette terre nous fut trop longtemps promise pour ne pas la gagner au moment où il convient de tout quitter. Mort, je serai à nouveau là où je fus toujours durant ma vie : à côté de lui. À côté, comme durant ces nuits où il se réveillait en sursaut à cause de ses cauchemars et où je lui disais pour l'apaiser : « Réveille-toi papa, c'est fini ! »

INDEX

BIBLIOGRAPHIE

Askénazi (Léon), *La Parole et l'écrit*, t. II, *Penser la vie juive aujourd'hui*, Paris, Albin Michel, 2005.

Astor (Gerald), *The Last Nazi, The Life and Times of Dr Josef Mengele*, D.I. Fine, New York, 1985.

Ben Gourion (David), *Le Sens de la Révolution juive. Message à la jeunesse palestinienne*, Paris, Les Éditions de la Terre retrouvée, 1947 [1re éd. 1944].

Bily (Henry), *Destin à part. Seul déporté rescapé de la rafle de Clans du 25 octobre 1943*, Paris, L'Harmattan, 1995.

Borlant (Henri), *« Merci d'avoir survécu »*, Paris, Seuil, 2011.

Camarasa (Jorge), *Le Mystère Mengele. Sur les traces de l'ange de la mort en Amérique latine*, Paris, Robert Laffont, 2009 [1re éd. 2008].

Chapleau (Philippe), *Des enfants dans la Résistance, 1939-1945*, Rennes, Éditions Ouest-France, 2008.

Darville (Jacques) et Wichene (Simon), *Drancy la juive ou la 2e inquisition*, Cachan, A. Breger Frères, 1945.

De Gaulle (Charles), *Mémoires de guerre*, Paris, Gallimard, 2000 [1re éd. 1954-1959].

Debré (Robert), *L'Honneur de vivre. Témoignage*, Paris, Stock/Hermann, 1974.

Estèbe (Jean), *Les Juifs à Toulouse et dans le midi toulousain*, Toulouse, Presses universitaires du Mirail, 1996.

Fijalkow (Jacques) dir., *Les Enfants de la Shoah*, Paris, Éditions de Paris, 2006.

Forges (Jean-François) et Biscarat (Pierre-Jérôme), *Guide historique d'Auschwitz et des traces juives de Cracovie*, Paris, Autrement, 2011.

Friedländer (Saul), *Les Années d'extermination*, t. II, *L'Allemagne nazie et les Juifs*, 1939-1945, Paris, Seuil, 2007.

Gamzon (Robert), *Tivliout harmonie*, Paris, EIF, 1945.

Germa (Antoine), Lellouch (Benjamin) et Patlagean (Évelyne), *Les Juifs dans l'histoire*, Seyssel, Champ Vallon, 2011.

Guéno (Jean-Pierre), *Paroles d'étoiles : Mémoire d'enfants cachés* (1939-1945), Paris, Librio, 2004.

Hoess (Rudolf), *Le Commandant d'Auschwitz parle*, Paris, La Découverte, 2010.

Jankélévitch (Vladimir), *Le Pardon*, Paris, Aubier, 1967.

Jonas (Hans), *Le Concept de Dieu après Auschwitz*, Paris, Rivages, 1995.

Julitte (Pierre), *L'Arbre de Goethe*, Paris, Presses Pocket, 1975.

Kaspi (André), *Les Juifs pendant l'Occupation*, Paris, Seuil, 1997.

Lazarus (Jacques), Lazare (Lucien), Mattéoli (Jean) dir., *Organisation juive de combat, France 1940-1945*, Paris, Autrement, 2002.

León (Enrique) et Scot (Jean-Paul), *Le Nazisme des origines à 1945*, Paris, Armand Colin, 1997.

Levi (Primo), *Si c'est un homme*, Paris, Julliard, 1987 [1re éd. 1947].

Lewertowski (Catherine), *Les Enfants de Moissac (1939-1945)*, Paris, Flammarion, 2009 [1re éd. 2003].

Meir (Golda), *Ma Vie*, Paris, Robert Laffont, 1975.

Michel (Alain), *L'Histoire des E.I. de 1923 aux années 1990. Scouts, juifs et Français*, Jérusalem, Elkana, 2003.

Nyiszli (Miklós), *Médecin à Auschwitz. Souvenirs d'un médecin déporté*, Genève, Famot, 1976 [1re éd. 1961].

Occupation et résistance en Lomagne, *Les cahiers de la Lomagne*, 2010.

Pechanski (Denis), *La France des camps : l'internement 1938-1946*, Paris, Gallimard, 2002.

Pisard (Samuel), *Le Sang et l'espoir*, Paris, Robert Laffont, 2003 [1re éd. 1979].

Poliakov (Léon), *L'Étoile jaune*, Paris, Éditions du Centre, 1949.

Pougatch (Isaac), *Un Bâtisseur.* Robert Gamzon, Paris, FSJU, 1971.

Schaffer (Paul), *Le Soleil voilé. Auschwitz 1942-1945*, Paris, Éditions des Écrivains, 2002.

Sharon (Ariel), *Mémoires*, Paris, Stock, 1990.

Szajkowski (Zosa), *Analytical franco-Jewish Gazetteer, 1939-1944*, New York, Schulsinger Bros., 1966.

Vegh (Claudine), *Je ne lui ai pas dit au revoir*, Paris, Gallimard, 1979.

Veil (Simone), *Une Vie*, Paris, Stock, 2007.

Wellers (Georges), *L'Étoile jaune à l'heure de Vichy. De Drancy à Auschwitz*, Paris, Fayard, 1973.

Wenberg (David H.), *Les Juifs à Paris de 1933 à 1939*, Paris, Calmann-Lévy, 1974.

Wiesel (Élie), *La Nuit*, Paris, Minuit, 2007 [1re éd. 1958].

Winock (Michel), *La France et les Juifs de 1789 à nos jours*, Paris, Seuil, 2004.

TABLE

CRÉDITS

Impression : Normandie roto Impression S.A.S. en mars 2014
Éditions Albin Michel
22, rue Huyghens, 75014 Paris
www.albin-michel.fr
ISBN : 978-2-226-25155-8
N° d'édition : 20988/01 N° d'impression : 1401267
Dépôt légal : avril 2014
Imprimé en France